視覺、性別與權力

梁慕靈——著

從劉吶鷗、
穆時英到
張愛玲的小說想像

目次

第一章

想像中國的另一種方法

現代小說作為想像中國的方法，在十九世紀末經由梁啟超等人推廣，其發展卻與西方截然不同。現代小說在中國並不像西方經過自然的歷史洗練而成為「民族想像共同體」的工具，它是中國在十九世紀末面對西方帝國主義和殖民主義侵略下被擢升的手段，目的是在官方歷史書寫的民族建構中尋找空隙，為民間／非官方勢力爭取建立「想像共同體」的資源。但是，臺灣在一八九五年被日本殖民占領以後，面對中國新文學、日本及西方多種文學資源的傳入，引發出與中國大陸不同的想像方法。在全面被殖民的情況下，臺灣的知識分子本身既擁有中國傳統文學和新文學的文化內涵，另一方面又要面對西方和日本帶來的殖民現代性。其中劉吶鷗就是在這個時期被日本殖民的臺灣人。由於其背景特殊，他引入的日本和法國現代派小說，以及投資電影拍攝、推廣電影理論等文化活動，為中國本土「想像中國的方法」帶來重大衝擊，以「視覺化表述」的形式改變了小說想像。這令本來帶有殖民主義色彩的小說「視覺化表述」引入到中國以後，不僅影響中國的民族想像，更令這種外來的小說想像方法被重新改造。如果說，這種伴隨著殖民現代性而來的小說「視覺化表述」，是繞過中國而直接跟日本和西方的殖民主義文學連上關係，那麼當它在二〇年代末、三〇年代初登陸上海這一個半殖民地時，就注定需要面對五四新文學和左翼文學的小說想像的競爭和排斥。

另一方面，中國十九世紀末的文化場域，開始把西方不同時段的文藝同時引進，因此，除了文字（小說、報刊）的想像方法以外，在差不多時候興起的電影亦同時參與著建構中國的民族觀念。根據紀錄，中國最早上映的電影，是一八九六年在上海徐園公園把西洋影戲穿插在雜耍等表演節目中，而北京則在一九〇二年首次上映電影。在一九〇五年，北京的照相師任景豐以攝影機拍下京劇《定軍山》的演出，是中國首齣自行攝製的電影。到一九〇八年，上海虹口有了第一座戲院，可以容納觀眾兩百五十人。一九〇九年，任景豐遷至上海，戲曲電影開始流行，上海由此成為中國電影的重鎮。[1]對照晚清小說界革命的發生時間，可發現電影和小說兩者幾乎是在同一時間開始成為時人想像中國的主要方法。一八九七年梁啟超在〈蒙學報演義報合敘〉中以西方小說為例，說明小說的功用：「西國教科之書最盛，而出以遊戲小說者尤夥。故日本之變法，賴俚歌與小說之力，蓋以悅童子，以導愚氓，未有善於是者也。」[2]同年《國聞報》創刊，第一次以小說為論題，論述小說在當今的重要影響力，提出「夫說部之興，其入人之深，行世之遠，幾幾出於經史上。而天下之人心風俗，遂不免為說部之所持」。因此，《國聞報》附印說部，「宗旨所存，則在乎使民開化。自以為亦愚公之一畚，精衛之一石也。」[3]在這一連串的準備下，梁啟超在一九〇二年發表〈論小說與群治之關係〉，提出「小說界革命」的理念。由這時起，小說遂擺脫傳統說部的模式，開始了由「開啟民智之利器」到「文學之最上乘」的演變。由上述的時間排序可以見到，只認定小說是中國十九世紀末「想像中國」的主要模式，並不能全面反映事實的

1 程季華主編，《中國電影發展史》第一卷（北京：中國電影出版社，一九六三），頁九－一〇。

2 梁啟超，〈蒙學報演義報合敘〉，原載於《時務報》第四十四冊，一八九七年，現收於梁啟超著，《飲冰室文集》第二冊「飲冰室文集之二」（臺北：臺灣中華書局，一九六〇），頁五六。

3 幾道、別士（嚴復、夏曾佑），〈本館附印說部緣起〉，原載於天津《國聞報》，光緒二十三年（一八九七）十月十六日至十一月十八日，現收於陳平原、夏曉虹編，《二十世紀中國小說理論資料》第一卷（北京：北京大學出版社，一九八九），頁二七。

本貌。電影這種在西方本應是後於小說出現的「想像」模式，在中國可能比小說更早，或至少是同時成為時人想像過去、現代和未來的方法，這還未把早於電影出現的攝影技術計算在內。

這就帶來了不曾在西方出現的問題：當小說和電影同時在中國發揮各自的影響力，就出現了兩種新的想像方法的碰撞。[4]由於中國沒有經歷西方那種自然的、長時間的過渡，小說在剛剛成為文化場域中的主要文體時，就要面對電影加入爭奪場域中的資本。小說需要面對場域內另一具有同等、甚至可能是更強大的「想像中國」力量：電影在影像方面的視覺表現。影像在想像的逼真度、流通量和廣泛性各方面都能與小說匹敵，甚至能觸及不懂文字的低下階層。小說受到影像衝擊最經典的例子就是魯迅的幻燈片事件，這件事標誌著中國現代小說的出現與電影有莫大關係。周蕾曾經討論魯迅的棄醫從文與幻燈片事件的關係：魯迅感受到文字的地位被視覺影像所取代的震驚。日後不少新文學作家亦不斷地希望透過文字去達到影像所表現的效果，他們的作品或多或少都流露視覺影響的痕跡。[5]由此可以看到，五四作家開始感受到另一種「想像中國的方法」對小說的威脅。

我們或許可以從另一角度去思考兩種想像的方法在碰撞後帶來的問題。[6]是什麼原因令「小說」這種文類可以成為晚清以至民國初年用以啟蒙救亡的工具？小說本身具備了怎樣的特質可以達到梁啟超「新一國之民」的目標？[7]梁啟超為何會認為小說具有「不可思議之力」，甚至可以達到「上之可以借闡聖教，下之可以雜述史事；近之可以激發國恥；遠之可以旁及彝情」的效果？[8]我們可從民族、記憶、敘述三者的關係入手。安德森（Benedict Anderson, 1936- ）曾經提到，「民族」這個概念是建立在集體記憶之上，如同個人記憶，這種集體記憶很可能會因時間流逝而被遺忘。正是由於不能保證「被記憶」，因此必須依靠「被敘述」，一個群體才能產生認同感。「民族」的建構引發了一個「認同」的敘述的需要。[9]如果說，敘述一個民族的歷史是建構民族想像不可或缺的一環，那麼就可以解釋梁啟超為何會看中小說作為建構「民族」的工具，關鍵就在於小說具有非常接近史傳的敘事功能。上文曾引述的《國聞報》〈本館附印說部緣起〉早已把寫作小說與修史比附，認為「小說者又為正史之根矣。若因其虛而薄之，則古之號為經史者，豈盡實哉！豈盡實哉！」[10]在晚清，官方的正統歷史不由民間知識分子所掌握，小說可以作

4 例如在二〇年代，洪深由美國回國以後，提出「影戲為傳播文明之利器」、電影「能使教育普及，提高國民程度」等看法，跟梁啟超對小說功效的看法相似。參見洪深，〈中國影片製造股份有限公司懸金徵求影戲劇本〉，《申報》，一九二二年七月九日，頁一。

5 周蕾認為新文學作家除了魯迅，還有蕭紅、茅盾、巴金、郁達夫、沈從文、丁玲、冰心、盧隱、凌叔華、徐志摩等都在不同程度上受到技術化視覺性的影響，見周蕾，《原初的激情：視覺、性慾、民族誌與中國當代電影》（臺北：遠流，二〇〇一），頁三五。

6 本書主要關注小說表述方式的轉變，有關電影受到小說影響的問題有待日後再論。

7 梁啟超，〈論小說與群治之關係〉，原載於《新小說》第一卷第一號，一九〇二年，現收於梁啟超著，《飲冰室文集》第四冊「飲冰室文集之十」（臺北：臺灣中華書局，一九六〇），頁六。

8 梁啟超，〈變法通議．論幼學〉，原載於《時務報》第十八冊，一八九七年，現收於梁啟超著，《飲冰室文集》第一冊「飲冰室文集之一」（臺北：臺灣中華書局，一九六〇），頁五四。

9 班納迪克．安德森（Benedict Anderson）著，吳叡人譯，《想像的共同體：民族主義的起源與散布》（上海：上海人民出版社，二〇〇三），頁二三三—二三四。

為「虛構的歷史」去達到這種目的。[11]小說由於接近於史傳，可以用作表現廣闊的生活面貌，表現社會的黑暗和腐敗，其可達至的廣度與深度均是其他文類無法達到的。因此，是史傳的功能而不是現代意義上的「小說」被賦予想像中國的功能。

小說對「民族」想像的功能到五四時期有複雜的發展。陳平原早於八〇年代出版的《中國小說敘事模式的轉變》中，提及晚清「新小說」和「五四」小說分別受到中國的「史傳」傳統和「詩騷」傳統的影響。[12]捷克籍學者普實克（Jaroslav Průšek, 1906-1980）在一九六四年發表的〈中國文學中的現實和藝術〉中先提出《紅樓夢》為中國敘事文學提供了抒情的突破，達到更高的藝術境界；[13]其後在一九六九年發表的〈魯迅的《懷舊》——中國現代文學的先聲〉中，指出中國現代文學並沒有經過一種漸進而自然的轉變過程，而是在外力的刺激下的一種本質的突變。在這種背景下，普實克認為魯迅的作品中存在著客觀與主觀、「史詩」與「抒情」的交戰，因此魯迅並不屬於十九世紀的寫實文學傳統。[14]近年，王德威亦曾梳理由沈從文、陳世驤、高友工和普實克等人提出的「抒情」傳統，提議在革命和啟蒙以外，以「抒情」作為中國現代文學現代性的另一面向。[15]這些學者所關注到的中國現代文學現代性的多元面貌，乃是由五四新文學運動開始，把西方經歷數百年的各種文學思潮同時吸收，造成了多種多樣的文學思潮而來的。

在經歷早年對舊文學的抗爭以後，由一九二一年起，文學界主要由三種思潮所組成，一是現實主義文學思潮，這一思潮以文學研究會為代表；二是浪漫主義思潮，它以創造社為代表；三是現代主義思潮，以穆木天、王獨清、李金髮等為代表。[16]中國現代小說的發展大體亦跟隨這三股思潮所發展。概括來說，晚清「新小說」的「史傳」傳統到五四時期由現實主義一脈承繼過來，經歷陳獨秀和茅盾等就寫實主義研究和探討。這一種思潮下發展出來的小說具有強調「陳述」的特色。[17]而現代小說的「抒情」一面，則由以創造社為首的浪漫主義文學思潮一脈所繼承。創造社作家以小說的抒情功能跟文學研究會小說的史傳功能抗爭，以此建構對中國的新的想像。一

---

10 幾道、別士（嚴復、夏曾佑），〈本館附印說部緣起〉，原載於天津《國聞報》，光緒二十三年（一八九七）十月十六日至十一月十八日，現收於陳平原、夏曉虹編，《二十世紀中國小說理論資料》第一卷，頁二七。

11 「新小說」家雖然力圖區分小說與史書，但他們的小說仍然在「實錄精神」和「紀傳體的敘事技巧」兩方面借鑑「史傳」。參見陳平原，《中國小說敘事模式的轉變》（北京：北京大學出版社，二〇〇三），頁二一三—二一五。

12 陳平原，《中國小說敘事模式的轉變》，頁二〇八—二三六。

13 Jaroslav Průšek, *The Lyrical and the Epic*, ed. Leo Ou-fan Lee (Bloomington: Indiana University Press, 1980), 99.

14 Jaroslav Průšek, *The Lyrical and the Epic*, ed. Leo Ou-fan Lee, 109.

15 王德威，〈「有情」的歷史——抒情傳統與中國文學現代性〉，《中國文哲研究集刊》第三十三期，二〇〇八年九月，頁七七—一三七。

16 劉增杰、關愛和，《中國近現代文學思潮史》上卷（上海：上海文藝出版社，二〇〇八），頁三四三。

17 本書所運用的「陳述」，指的是diegesis一詞，指敘事學中對故事的述說（telling）。關於diegesis的解說，可參見王先霈、王又平主編，《文學理論批評術語匯釋》（北京：高等教育出版社，二〇〇六），頁三四八—三四九。關於中國現代小說的陳述傾向，楊小濱有深入的討論。他認為中國現代小說有一種「講述決定論」，這種講述（diegesis）取代了模擬（mimiesis）的地位，強調以作者的聲音去講故事，以此取代了無作者主體介入的敘事。楊小濱認為，這種「講述決定論」跟現實主義思潮有密切關係，他以茅盾作為例子，指出茅盾儘管在理論上贊同模擬論，但他的小說卻是不斷在拋棄敘事的客觀性。參見楊小濱著，愚人譯，《中國後現代：先鋒小說中的精神創傷與反諷》（臺北：中研院文哲所，二〇〇九），頁一一三—一二〇。

九二一年《創造季刊》在出版預告中就曾言：「自文化運動發生後，我國新文藝為一二偶像所壟斷，以致藝術之新興氣運，澌滅將盡。創造社同人奮然興起打破社會因襲，主張藝術獨立，願與天下之無名作家共興起而造成中國未來之國民文學。」[18]這裡明確地以創造社的浪漫主義精神、為藝術而藝術的取向作為中國未來國民文學的構想，提升小說抒情功能的地位，以取代過去小說史傳功能的位置。[19]但是這種強調個人、個性的想像方法只維持了短暫的時間。一九二五年「五卅」事件的發生，導致創造社的急速「左轉」，以及其後革命文學的出現，使得小說的史傳功能再次主導了想像中國的面貌。

以小說建立「想像共同體」的方向來看，小說在晚清由於其史傳功能而被提升為構建「民族」想像的方法，在五四時又被加入抒情的功能，以適應「個人」參與「民族」想像工程的社會狀況。本書關注的是，在這兩種小說的功能以外的第三股思潮，即現代主義思潮，在三〇年代前後開始加深了對小說想像中國的影響。新感覺派小說在三〇年代前後出現，配合上文提及的電影對小說作為想像中國的方式的衝擊，在小說的史傳和抒情功能以外，出現了以視覺表現為主的一種新功能。對於新文學作家來說，這種以視覺表現為主的「視覺化表述」對他們心目中想像「民族」的正宗面貌——小說「史傳」——造成莫大的損害，小說史傳功能的減弱令小說無法達到救亡啟蒙的作用。他們擔心的是小說史傳功能的重要地位一旦失去，連帶小說本身作為想像、構建中國的權力亦會被削掉。

新文學作家的這種擔憂不無原因。根據林培瑞（Perry Link, 1944-）的研究，在很長的一段時間裡，上海中下層市民並不流行閱讀新文學作品，他們更為喜愛閱讀鴛鴦蝴蝶派小說或看電影。[20]劉禾就曾經討論過，在一九三四年趙家璧跟阿英、劉半農不約而同地表示擔心新文學將會被遺忘，趙因此而編輯《新文學大系》，而阿英和劉半農則以論文集和詩集的方式保留新文學作品，並通過編選使之經典化。[21]但是到了一九三五年以後，情況就有所逆轉。由於日本對中國的

---

18 原載於《時事新報》，一九二一年九月二十九日。轉引自劉增杰、關愛和，《中國近現代文學思潮史》上卷，頁三八九。

19 關於小說「抒情」這一議題，除上文提及王德威的論文，相關的研究眾多，例如陳世驤，〈中國的抒情傳統〉，載《陳世驤文存》（臺北：志文，一九七二），頁三一—三七；陳世驤，〈原興：兼論中國文學特質〉，載《陳世驤文存》，頁二一九—二六六；關於陳世驤的抒情傳統討論，可參龔鵬程，〈不存在的傳統：論陳世驤的抒情傳統〉，《政大中文學報》第十期，二〇〇八年十二月，頁三九—五二。關於中國藝術精神中的「抒情美典」和「戲曲美典」等問題，可參高友工，〈試論中國藝術精神〉（上），《九州學刊》第二卷第二期，一九八八年一月，頁一—一二；高友工，〈試論中國藝術精神〉（下），《九州學刊》第二卷第三期，一九八八年四月，頁一—一二；高友工，《中國美典與文學研究論集》（臺北：臺大出版中心，二〇〇四年）；相關的討論可參黃錦樹，〈抒情傳統與現代性：傳統之發明、或創造性的轉化〉，《中外文學》第三十四卷第二期，二〇〇五年七月，頁一五七—一八六；陳國球，〈從律詩美典到中國文化史的抒情傳統——高友工「抒情美典論」初探〉，《政大中文學報》第十期，二〇〇八年十二月，頁五三—九〇。其他研究包括柯慶明，《中國文學的美感》（臺北：麥田，二〇〇〇）；呂正惠，《抒情傳統與政治現實》（臺北：大安出版社，一九八九）；張淑香，《抒情傳統的省思與探索》（臺北：大安出版社，一九九二）；陳惠英，《感性、自我、心象——中國現代抒情小說研究》（香港：商務印書館，一九九六）；蕭馳，《中國抒情傳統》（臺北：允晨文化，一九九九）。

20 Perry Link, *Mandarin Ducks and Butterflies: Popular Fiction in Early Twentieth-Century Chinese Cities* (Berkeley: University of California Press, 1981), 40-78.

21 劉禾，《跨語際實踐：文學、民族文化與被譯介的現代性（中國：1900-1937）》（北京：三聯書店，二〇〇八），頁三〇四—三〇五。

逐步進占，新文學開始與鴛蝴派文學平分文學場域內的勢力，這時，由於民族存亡成為文學最主要關心的問題，不論是抒情的功能或是「視覺化表述」均無法協助民族團結，小說的史傳功能因此又再大派用場，並再次成為了「想像中國」的主流方法。

本書關注這種獨特的小說敘事如何成為「另一種」想像中國的方法，就是在這一複雜的背景下展開。這種小說究竟是通過怎樣的途徑開始對「視覺化表述」予以接受？小說如何以視覺的想像模式改變自身，表現出史傳或抒情無法呈現的想像？由一九三〇年劉吶鷗開始寫作新感覺小說開始，小說「視覺化表述」在文學場域中經歷了怎樣的起伏褒貶？在劉吶鷗和穆時英去世以後，小說「視覺化表述」為何要到上海淪陷時期才再次出現？這是否由於淪陷時期民族主義無法公開活動，小說的史傳功能不再成為淪陷區文學場域中的主要想像中國的面貌，而給予小說「視覺化表述」作為想像中國方法的發展空間？張愛玲的出現，又怎樣改變並發揮小說的「視覺想像」功能？抗戰勝利後，小說的史傳功能再次受到重視，而小說「視覺化表述」則如以往一樣被標籤為「頹廢」而受到排斥，當中暗示著小說跟歷史、想像和民族之間怎樣的關係？這些都會是本書著力回答的問題。

劉吶鷗的朋友穆時英，就是受到這種引介的影響，把本來具有日本、法國新感覺派小說特色和電影視覺想像的方法，用於表現上海貧富懸殊和社會不公的一面，成功令這種新的想像方法本土化，顯示出中國本土作家對這一方面的轉化和「模擬」。其後張愛玲在上海淪陷後期的場域出現，配合「舊」派文學抬頭，成功把「視覺化表述」和現實主義的陳述模式互相調和，配以「講故事」的方式，令她的小說能夠達到帶來啟示和形象化的效果，並且在多方面配合自身的經歷，例如記憶與離散等角度，對小說形式加以改造，達到有別於正統小說傳統的表現效果。

本書關注上述三位作家在小說、電影、理論和翻譯方面如何展露一種新的想像模式，他們為中國現代文學場域引入並創造了「另一種」的想像中國的方法，顯示了中國現代小說在現實主義的陳述模式和浪漫主義的抒情模式以外，尚有其他方式去構想和建築現代中國。這「另一種」方法的意義在於，它是中國在現代化的過程中，生活在殖民地或半殖民地的作家在民族主義和反帝反封建主義勢力以外，對現代中國的想像和渴求，反映的是中國現代性想像的另一種面貌。同時，本書有關視覺性、記憶和離散等問題的討論，最後均指向有關權力的結論，[22]例如討論小說中的視覺思維，牽涉到性別和後殖民主義的角力；討論小說與記憶的問題，則牽涉到文體轉變跟文學場域的關係；討論小說與離散的問題，則連繫到小說跟女性意識和國族意識的競爭。

本書輯一以翻譯和視覺性的角度討論劉吶鷗、穆時英和張愛玲三位作家的小說創作。第二章〈混種文化翻譯者的凝視——劉吶鷗對殖民主義文學的引入和轉化〉首先探討曾經歷日治時期

---

22 本書所討論有關「視覺性」的專章，當中所指的「視覺性」並不限於在敘事形式、修辭遣詞、描寫手法等方面，而與性別、文學場域、文體變化等方面相關。因此，視覺性的關注點為「視覺如何成為問題」？「視覺性」一詞，意味著探討「文本中的視覺」背後的權力機制，以及它跟場域內其他文學／非文學勢力的關係。故此，例如茅盾《子夜》的第一段雖然有視覺化的描寫特質，但在整體來說所占比例極少，同時這段文字未見將「視覺性」這種與權力有關的問題反映出來，因此並不構成本書所討論的「視覺性」問題。有關當代文化例如電影中的視覺性問題與華語語系的關係，可參考史書美，《視覺與認同》（臺北：聯經，二〇一三）。

的臺灣作家劉吶鷗，其富有殖民地色彩的成長背景，使這位臺灣作家的作品具備多元現代性的特質，包含了歐洲、日本、臺灣和中國大陸的語言和文化特徵。劉吶鷗曾廣泛接觸不同的現代主義作品，並翻譯了法國保爾・穆杭（Paul Morand, 1888-1976）和日本的現代小說。然而，這些法國和日本的作品具有不同程度的殖民主義文學特質，經過劉吶鷗的翻譯和引入，影響了他本人以及其他中國新感覺派成員的小說創作。本章將在這一背景下探討劉吶鷗的翻譯如何表現東亞多重殖民凝視的特質。同時本章亦會討論他的翻譯和創作具有的意義，並分析劉吶鷗作為混種文化翻譯者的影響。

第三章〈由翻譯到「模擬」——劉吶鷗、穆時英和張愛玲小說的「視覺性」〉討論中國三〇年代興起於上海的新感覺派，當中劉吶鷗和穆時英的小說具有強烈的視覺化表述特徵。究其來源，這種小說表述模式並不是完全由中國本土文化場域所孕育，而是由劉吶鷗這位臺灣人經過迂迴的路線引入。這種新的小說表述模式帶來了新的想像方法，原因在於它是經由帝國主義、殖民主義到本土化的複雜過程而生成。那麼，是經由怎樣的路徑，配合怎樣的政治和文化的刺激和制約，使劉吶鷗的視覺化小說會在三〇年代登陸到半殖民地上海租界？這一種小說又有怎樣複雜的歷史面貌？本章首先探討日治時期臺灣作家劉吶鷗在臺灣和日本的文學經歷，討論他把「殖民者凝視」這種新的「想像中國」的方法引入中國的開創性。接著，本章討論穆時英和張愛玲怎樣改造和「模擬」「殖民者凝視」，表現出新一代對「現代」中國的想像。穆時英運用小說視覺化表述表現三〇年代上海貧富懸殊的半殖民地處境，張愛玲則以這種方法對傳統和現代中國做出觀察和反思，並且反過來對殖民者做出「凝視」，質疑了這種觀看背後的權力構成。本章提出劉吶鷗、穆時英和張愛玲三位作家的「模擬」策略由於時代和位置的不同而顯出差異，但是這種「模擬」並不是純粹的複製，而是一種再創造，顯示的是有別於主流的「另一種」想像中國的方法。

第四章〈劉吶鷗、穆時英和張愛玲小說「電影視覺化表述」的確立、本土化與改造〉討論了劉吶鷗、穆時英和張愛玲的小說怎樣以「電影視覺化表述」去想像他們心目中的中國。過往研究劉吶鷗和穆時英的小說，多強調他們跟日本新感覺派小說和法國保爾・穆杭小說的關係。本章則提出，劉吶鷗和穆時英在引入並改寫這些外來文學資源以外，亦加入了電影的視覺表述方法，創造出適用於本土的文學表現方法。劉吶鷗對電影的視覺本質十分重視，他的貢獻在於提升攝影機視覺的地位，並且運用到小說的表述模式之中。穆時英繼承了這種電影視覺的表述方法，一方面加強了對蒙太奇的運用，一方面又採用了古典好萊塢電影的敘述特徵，用以表現上海社會貧富不均的生活情況，使「電影視覺化表述」更具本土的特色。接著到張愛玲的出現，她對傳統中國小說和鴛鴦蝴蝶派的熟悉，使她能夠把「電影視覺化表述」跟小說的講述模式調和。她利用漢語語法可以省略某些句子的主語，以及無須變換時態、語態的特徵，在小說中自由地把人物的視覺轉換成敘述者的視覺，由此就可以自由滲入敘述者的意識。透過這種方法，她可以自由靈活地加入敘述者的看法和反思，對「電影視覺化表述」進行補充和評價。本章接著分析了劉吶鷗和穆時英在文學場域中的位置，特別是他們這種「視覺化表述」怎樣被認為跟帝國主義和殖民主義有密切關係。這些都顯示劉吶鷗和穆時英對中國的想像，並未能在場域中完全得到其他勢力的接納。張愛玲調和的做法則滿足了戰爭時期對小說「視覺化表述」和現實主義講述模式之間調和的需要：一方面以「視覺化表述」表現中國的現代想像，一方面又對這種想像進行省思和啟示。

第五章〈性別觀看與殖民觀看——從穆時英到張愛玲小說的「視覺性」變化〉則探討中國三、四〇年代興起的現代主義思潮，如何為中國現代文學場域引入了具有殖民主義文學特質的小說，當中的視覺意識在不同程度上影響了劉吶鷗、穆時英和張愛玲的小說。在劉吶鷗把西方和日本殖民主義文學翻譯到中國時，他同時就引入了當中男性殖民者帶有「凝視」特質的觀看意識。其後穆時英受到他的翻譯作品和創作的影響，進一步「模擬」並發展出有別於殖民主義文學和劉吶鷗的「視覺化」表述方法，並因此塑造了小說中常見的「摩登女性」和「傳統女性」兩種形象。穆時英的小說承接了劉吶鷗引入的「視覺化」表述方法，卻由於他身處的位置跟殖民者不同，同時亦跟劉吶鷗具有多元文化背景的出身相異，因此在他的作品中流露出與上述兩者不同的「本土男性」心理。直至四〇年代，張愛玲一方面繼續發展這種具視覺意識的小說表現模式，另一方面則以女性的角度，改變了由劉吶鷗和穆時英小說發展而來的男性視覺意識，除了於小說中為被觀看的女性爭取表述自身的機會，亦把注視的焦點反投在文本中男性觀察者的身上，進一步發展了這種新的小說表述模式。

輯二以張愛玲為研究焦點，從性別、視覺、離散及地域的角度討論張愛玲的作品具有怎樣的獨特性。第六章〈從「講故事」到「小說」——張愛玲小說中的記憶轉化〉以記憶為題，探討在張愛玲整個小說創作生涯中，具有傳承經驗作用的「講故事」敘述模式的衰亡過程，以及這種模式衰落以後，張愛玲的小說如何轉化成「小說」模式的經過，從而思考當中記憶與歷史的關係。本章以張愛玲不同階段的小說特色為研究脈絡，希望在時間及空間這兩個要素以外，發掘另一個劃分張愛玲各個小說創作時期的判斷點；同時，在經過本章關於小說內部風格轉變的研究以後，反過來亦能佐證相關的分期研究。本章首先以張愛玲的早期小說為重心，梳理出由〈第一爐香〉到〈紅玫瑰與白玫瑰〉中記憶的突然轉化，以及「講故事的人」由主導故事的位置逐漸退隱的情況，印證著本雅明（Walter Benjamin, 1892-1940）所言「講故事」傳統的消散標誌著現代人「經驗」衰亡的狀況。本章接著討論張愛玲的中期小說，分析由〈十八春〉到《赤地之戀》「記憶」的轉變情況，特別是〈十八春〉與〈小艾〉作為無產階級文學實驗，與《秧歌》「平淡而近自然」的美學特色的關係。最後本章將引用本雅明有關普魯斯特的「非意願記憶」與「意願記憶」的論述，觀察張愛玲後期小說中表現的「震驚」，以此突顯出張愛玲這一階段的小說創作在風格上的強烈轉變與記憶的密切關係。

第七章〈「反媚俗」——張愛玲電影劇作對通俗劇模式的超越〉則探討張愛玲的電影劇作如何一方面採納通俗劇模式，另一方面卻以不同的「技巧」去逐步改變觀眾／讀者對這一模式的渴求。在過往的研究基礎之上，本章繼續思考的問題是，究竟張愛玲的電影劇本創作美學是怎樣的？她用什麼方法去平衡電影的娛樂性與思考性？本章的主要論點是，張愛玲的電影劇作具有一種特色，這種特色是她一方面採納通俗趣味去爭取觀眾，另一方面卻竭力破除當中的「媚俗」問題。本章將首先梳理中國早期電影採用通俗劇模式的情況，然後分析張愛玲一系列的電影劇作如何既採納通俗劇模式以吸引觀眾，又以不同的方法突破通俗劇的局限。

第八章〈他者・認同・記憶——張愛玲的香港書寫〉關注張愛玲作品如何表現她心目中的香港。早期香港文學中的香港形象並不是由本土作家所建立，而是由南來作家塑造出「他者」的形象。然而隨著香港本土意識的興起，這些作家對香港的想像有沒有轉變？他們在各個階段的香港書寫為今日的香港文學帶來怎樣的記憶和遺產？本章以張愛玲的香港書寫為例，討論香港在非本土的作家筆下是如何被觀察和想像。通過梳理這些早期「文學香港」的印象，本章冀能提供後回歸時期香港文學的發展參照，透過整理前人在香港書寫方面的工作，了解香港文學的歷史和記憶。張愛玲跟香港甚具淵源，她很多作品都跟香港有密切關係。在一九四三－一九五二年期間，張愛玲主要以「殖民者凝視」的方法在小說中想像香港。她筆下的香港往往具有殖民主義文學那種東方主義的書寫特徵。然而她卻能以「上海人的眼光」和「洋人看京戲」的態度對這種東方主義的形象做出反思。到一九五五年以後，張愛玲轉而以電影劇作的模式表現香港「倫常」的一面。迥異於早期的書寫，她的多部電影劇作都把香港由充滿異國情調轉變成平淡樸實的倫理面貌。但是在這一時期的小說和散文中，張愛玲表述香港的方法有更大轉變，由「傳奇」的敘事轉變成以「非意願記憶」來回憶香港。在〈重訪邊城〉這篇散文中，張愛玲更表現出以往不曾流露的香港之情，當中表達了她對香港倫理和殖民記憶的重視。透過探討張愛玲對香港書寫的轉變，可以讓我們更為了解，在強調香港文學的「身分意識」和「家國歸屬」之外，倫理和殖民記憶對香港書寫的重要性。

第九章〈張愛玲的離散意識與後期小說風格〉以離散的角度討論張愛玲後期小說的風格。近年坊間出版了不少張愛玲遺作，掀起了一股重新審視張愛玲文學生命和文學位置的討論熱潮。在關注這些作品與作者私人史的關係之餘，亦出現了不少對張愛玲這一時期作品的批評，大抵認為這些作品比不上張愛玲早期創作。在這些評論成為定見以前，仍需考慮更多的問題，例如為何一個「曾經」極成功、極受歡迎的作家，不按她已經得到認同的方法繼續寫作？若果她真的是逐漸「凋謝」了，那麼又怎樣解釋她晚年孜孜不倦從事寫作、翻譯和考證的大量工作？我們又從哪一種標準去定論張愛玲後期作品不及早期作品？學術界對於張愛玲後期作品的研究仍在起步階段。在面對這樣一系列的後期作品時，我們應該從哪一種角度入手？如果以作家生存狀態與作品風格關係的角度來看，必須以離散的角度配合後期風格的理論來重新審視，才能更為深入討論。本章以下列問題作為線索，即張愛玲的後期風格，是形成於張愛玲晚年面臨的雙重死亡：肉體逐漸腐朽而面對死亡；以及人在異鄉而對故國的記憶死亡。是在這雙重的陰影下，張愛玲的後期風格才顯示出異於早期作品的意義。本章的討論範圍涵蓋張愛玲的後期小說、散文及對《紅樓夢》和《海上花》的考證、注釋及翻譯，並將探討在這些文學活動之中關於流亡／離散、對家族歷史追尋、游移的主體性與現代體驗及重塑傳統中國文化審美意識等議題。

第十章〈張愛玲後期作品中的女性離散者自我論述〉則以離散及女性自傳體小說的角度，討論張愛玲後期作品的特色和意義。隨著近年不少張愛玲的遺作陸續出版，學術界越趨關注張愛玲的後期小說創作。本章以離散的角度，全面分析張愛玲後期作品中的離散意識，以及這種意識跟她的後期小說風格的關係。同時，作為一個女性離散作家，張愛玲選擇了「自傳體小說」的模式，憑藉自己的離散經驗來表現自我屬性。本章將討論這種自傳體小說與男性自傳等父權敘事的分別，以及探討張愛玲如何以這種體裁作為對兩者的回應。本章會以張愛玲的自傳體小說跟她的早期小說和胡蘭成的《今生今世》做對比，以此研究張愛玲後期在離散狀態下的創作特色及意義。

輯一

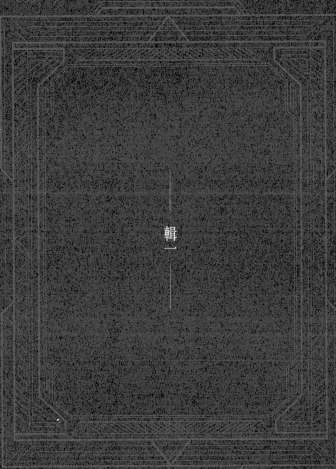

第二章

混種文化翻譯者的凝視

——劉吶鷗對殖民主義文學的引入和轉化

劉吶鷗[1]原名劉燦波，一九〇五年出生於臺南柳營，其成長時期經歷臺灣的日治時期。一九二〇年，他由臺南長老教中學校轉入日本東京青山學院中等學部，並於一九二六年畢業於該校高等學部。畢業後赴上海插班就讀震旦大學法文特別班，[2]隨後長期在上海定居，從事各種翻譯、文學和電影創作活動。從這些資料可見，劉吶鷗的出身和成長背景連繫著複雜而特殊的殖民歷史，經歷中國、日本、臺灣以及西方文藝的路線而產生獨特的文化素養，與他後來的小說創作有密切關係。

劉吶鷗的特殊成長背景反映當時臺灣知識分子在日本占領臺灣時的生存狀況。他們在殖民教育及文化氛圍下發展自身的文學素養，這些文學素養又令他們與世界性的文學潮流接軌，顯示出他們透過累積自身的文化資本去發展殖民地文學，同時亦表現在「殖民現代性」之下混種文化的生成過程。[3]本章將關注劉吶鷗在此背景下，如何累積他自身的文化資本，並透過寫作發聲，從而了解他與「殖民地主體」文化的來往情況，以及這種來往如何影響漢語語境內的文學創作活動。

劉吶鷗在投入小說創作之前（或同時）曾經致力於翻譯西方和日本現代文學，本文認為，他因而引入和發展了一種新的小說模式，同時把當中潛藏的「殖民者／被殖民者」和「男性／女性」等殖民地關係中的性別化本質引介到漢語語境，並通過殖民主義文學中的「殖民者凝視」表現出來，[4]他後來在上海進行小說創作時亦引進這種寫作思維。劉吶鷗這些文學活動（包括小說創作和翻譯）在吸收殖民母國日本的現代文學、西方現代小說（例如法國文學）的文學資源以後，並不是經日本到臺灣而落實，卻是在上海這一個半殖民地的場域中生長，他要面對的是在政治和經濟上滿布矛盾與曖昧，且匯集了各種文學勢力的複雜文學場域。這就造成劉吶鷗的小說既不同於日本的新感覺派，又迥異於在差不多時期出現的臺灣小說。[5]由此本章將著力回答以下三個問題：第一，劉吶鷗的翻譯如何形塑新的小說表現模式；第二，這種小說表現模式如何顯示出東亞多重殖民凝視（multiple colonial gaze）的痕跡，並因而造成一種混種文化，同時卻又跟殖民

---

1 劉吶鷗在一九二八年發行《無軌列車》時以筆名「吶鷗」署名；同年出版《色情文化》時則用「吶吶鷗」署名。到一九三〇年出版《都市風景線》或翻譯蒋理契的《藝術社會學》時，已於書內或外署名「劉吶鷗」。

2 劉吶鷗生平資料參考自許秦蓁，《摩登・上海・新感覺——劉吶鷗（1905-1940）》（臺北：秀威資訊，二〇〇八），頁一五九—一六〇。

3 關於這方面的研究包括陳芳明，《殖民地摩登：現代性與臺灣史觀》（臺北：麥田，二〇〇四）；黃美娥，《重層現代性鏡像：日治時代臺灣傳統文人的文化視域與文學想像》（臺北：麥田，二〇〇四）；陳建忠等合著，《臺灣小說史論》（臺北：麥田，二〇〇七）；朱惠足，《「現代」的移植與翻譯：日治時期臺灣小說的後殖民思考》（臺北：麥田，二〇〇九）。「殖民現代性」的概念來自巴蘿（Tani E. Barlow），她討論的焦點為東亞地區，包括中國、日本、朝鮮等地怎樣在殖民主義和現代性那種充滿矛盾，卻又有共犯嫌疑的關係下，發展出自身的民族觀念。見Tani E. Barlow, "Introduction: On 'Colonial Modernity,'" in Tani E. Barlow (ed.), *Formations of Colonial Modernity in East Asia* (Durham/London: Duke University Press, 1997), 1-20.

4 有關「殖民者凝視」的說明可參考Mary Louis Pratt, *Imperial Eyes: Travel Writing and Transculturation* (London, New York: Routledge, 1992), 15-37.

5 例如翁鬧在三〇年代同樣走純文學新感覺派路線，卻未見有殖民主義文學特徵的表述，反而多用抒情的手法；而跟劉吶鷗同期的楊逵則走向普羅文學的路線。Hsiao-yen Peng, "Colonialism and the Predicament of Identity: Liu Na'ou and Yang Kui as Men of the World," in Ping-hui Liao and David Der-wei Wang (eds.), *Taiwan Under Japanese Colonial Rule, 1895-1945: History, Culture, Memory* (New York: Columbia University Press, 2006), 210-247.

文學有重要的分別；第三，劉吶鷗如何透過翻譯，來建構他作為混種文化翻譯者的多元視野中的現代國族／性別敘事。

有關劉吶鷗的研究近年越來越受到重視，其中康來新和許秦蓁集中搜集和整理劉吶鷗的各種作品，包括日記、小說、評論等，於二〇〇一年編成《劉吶鷗全集》多冊，又於二〇一〇年編成《劉吶鷗全集：增補集》，以及於二〇一四年編訂《臺灣現當代作家研究資料彙編53：劉吶鷗》，集合歷來有關劉吶鷗研究的資料，對有關劉吶鷗的研究提供重要助力。[6]其他研究則主要集中於劉吶鷗的小說創作，例如李歐梵以城市上海的角度探討劉吶鷗小說的摩登女性形象和異域風格；[7]史書美以上海的半殖民地屬性配合性別和種族的角度討論劉吶鷗的小說；[8]彭小妍曾以「浪蕩子」和「摩登女郎」角度探討劉吶鷗小說的跨文化現代性；[9]李今則以電影對小說的影響，論述了劉吶鷗小說中的女性形象；[10]這些研究以劉吶鷗在上海定居以後所發表的作品為主，探討其與現代性的關係。另一方面，本章討論翻譯作品為主的研究則有王志松分析劉吶鷗的翻譯與創作關係的多篇論文；[11]藤井省三討論劉吶鷗的翻譯集《色情文化》；[12]許綺玲則討論劉吶鷗的〈熱情之骨〉與《菊子夫人》的互文關係等。[13]本章在這些研究基礎上，將首先探討劉吶鷗在上海定居及創作之前（或同時）的文藝活動，並根據劉吶鷗日治時期臺灣作家的背景，進一步討論混種文化語境對他的影響。特別是法國和日本現代派小說，這些跟現代主義有關的翻譯作品，對劉吶鷗在性別和殖民主義論述的問題有舉足輕重的影響。本章先以保爾・穆杭為例，討論西方殖民主義文學中性別與殖民主義論述的關係，再觀察劉吶鷗翻譯的日本現代小說集《色情文化》，如何成為他日後創作小說的基礎，或成為其他中國新感覺派小說與殖民主義文學的中介；最後探討這位混種文化翻譯者作為文化中間人，對中文現代小說創作的影響。

---

6 由康來新和許秦蓁合編的《劉吶鷗全集：日記集》、《劉吶鷗全集：理論集》、《劉吶鷗全集：文學集》、《劉吶鷗全集：影像集》、《劉吶鷗全集：電影集》均由臺南縣文化局於二〇〇一年出版；《劉吶鷗全集：增補集》則同由臺南縣文化局於二〇一〇年出版；《臺灣現當代作家研究資料彙編53：劉吶鷗》則由國立臺灣文學館於二〇一四年出版。

7 李歐梵著，毛尖譯，《上海摩登：一種新都市文化在中國 1930-1945》（香港：牛津大學出版社，二〇〇〇），頁一七九—一九七。

8 史書美著，何恬譯，《現代的誘惑：書寫半殖民地中國的現代主義（1917-1937）》（南京：江蘇人民出版社，二〇〇七），頁三二一—三四〇。

9 彭小妍，《浪蕩子美學與跨文化現代性》（臺北：聯經，二〇一二）；彭小妍，〈浪蕩子美學與越界——新感覺派作品中的性別、語言與漫遊〉，《中國文哲研究集刊》第二十八期，二〇〇六年，頁一二一—一四八。

10 李今，《海派小說論》（臺北：秀威資訊，二〇〇四），頁七一—七七。

11 王志松，〈劉吶鷗的新感覺小說翻譯與創作〉，《中國現代文學研究叢刊》第四期，二〇〇二年，頁五四—六九；〈新感覺文學在中國二、三十年代的翻譯與接受——文體與思想〉，《日語學習與研究》第二期，二〇〇二年，頁六八—七四。其他相關研究包括：張芙鳴，〈新文學語境中的名著翻譯與現代審美形態的本土化確立〉，《復旦學報》第四期（上海：社會科學版二〇一一），頁一三五—一四〇。

12 藤井省三，〈臺灣新感覺派作家劉吶鷗眼中的一九二七年政治與性事——論日本短篇小說集《色情文化》的中國語譯〉，康來新、許秦蓁合編，《劉吶鷗全集：增補集》（臺南：國立臺灣文學館，二〇一〇），頁三五六—三七五。

13 許綺玲，〈菊、香橙、金盞花——從《菊子夫人》到〈熱情之骨〉的互文試探〉，康來新、許秦蓁編選，《臺灣現當代作家研究資料彙編53：劉吶鷗》（臺南：國立臺灣文學館，二〇一四），頁一九三—二一五。

混種文化翻譯者是如何煉成的

臺灣人於日治時期累積的文化資本，必然與其接受殖民地教育息息相關。劉吶鷗接受殖民地教育的資料，與日本在臺灣實行帝國主義式的「同化」政策有密切關係。一九一二年劉吶鷗進入臺南鹽水港公學校，臺灣殖民政府正式規定所有臺灣公學校二年級以上的課程必須使用日語。一九一八年他進入具有基督教背景的西式學校「臺南長老教中學校」，後於一九二〇年離開，插班到日本東京青山學院中等學部三年級。一九二二年中學畢業，就讀該校高等部。他在一九二六年三月正式由青山學院文科畢業，在東京共生活了六年。一九一二年至一九二六年，劉吶鷗正經歷日本對臺灣進行「同化」統治的大正時期（一九一二—一九二六）。根據陳培豐的研究，早於明治末年，臺灣的公學校數量已不足，到大正時期，這一問題變得非常嚴重。[14]而且學生畢業後沒有足夠的中學可以升讀，只有少數臺灣子弟有能力到日本繼續學業。[15]另一方面，全面性的國語（日本語）教育普及政策實施，殖民政府希望透過增設國語教育機關等措施，加強控制臺灣人，並壓抑漢文的使用。劉吶鷗從小學開始全面接受日語教育，經歷一系列的「同化」政策，並於初中二年級時離開臺灣，到日本預備升學。對劉吶鷗影響頗深的日本新感覺派的文學思潮約出現於一九二四年，當時他正於青山學院修讀高等部文科，亦經歷日本新感覺派在一九二五至一九二六年的創作高峰。

一九二六年，劉吶鷗畢業後面對的困境是，臺灣本土沒有適合擁有高中學歷的年輕人繼續升學的發展途徑。因此在這一年的三月，劉吶鷗決定赴上海插班就讀震旦大學法文特別班，預備將來到法國留學，期間認識了詩人戴望舒（一九〇五—一九五〇）。從劉吶鷗一九二六至一九二七年的日記中可以看到他對前途感到迷惘，特別是對應該選擇哪一個地方作長遠發展感到困擾，如他在一九二七年七月十二日的日記中說：「臺灣是不願去的，但是想著家裡林園，卻也不願這樣說，啊！近南的山水，南國的果園，東瀛的長袖，那個是我的親昵哪？」[16]同年九月至十二月，劉吶鷗偕戴望舒有過一趟北京之旅。在這次旅程中他雖然認識了馮雪峰、丁玲和胡也頻，但沒有選擇留在北京，最終以上海作為他的「將來之地」發展文藝事業。

從劉吶鷗一九二七年的日記可以看到，他來到上海後，積極與文化界人士聯繫，例如他跟臺灣新文學理論家黃朝琴和陳端明聯繫甚殷，並認識了葉秋原、後來共同編輯《現代電影》的黃嘉謨、國民黨中央宣委會從事電影工作的黃天始、黃天佐兄弟等。這些文化網絡均對他日後在上海的文藝活動有極大影響，亦顯示他有意選擇上海作為他發展文化事業、為中日臺三地溝通的理想基地。有學者就曾提出，那個時代的臺灣人為自己設定的位置就是「扮演介於中國與日本之間的橋梁角色，使日本和中國和平相處，不致發動戰爭。」[17]因此，劉吶鷗後來以上海作發展的根據

14 陳培豐，《「同化」の同床異夢：日治時期臺灣的語言政策、近代化與認同》（臺北：麥田，二〇〇六），頁二一七—三〇四。

15 根據陳培豐的研究，在明治四十三年（一九一〇），臺灣兒童從公學校畢業的有四十一萬四千人，但可以升學的中學在全臺灣只有一所。同前引，頁二一九。

16 劉吶鷗著，康來新、許秦蓁合編，《劉吶鷗全集：日記集（下）》（臺南：臺南縣文化局，二〇〇一），頁四四六。

地，一方面流露他對自己臺灣人位置的了解，同時亦顯示當時的臺灣知識分子在殖民語言勢力下的反抗，以及希望在中國尋求文化上的認同。

劉吶鷗身處的這一東亞文化場域，在一九三〇年前後面對一股國際性的現代主義思潮，這一思潮影響了場域內的知識分子對世界、國族的想像。在這種世界主義的潮流下，劉吶鷗想像中國的方法，具有現代主義和世界主義的特徵。這種種因素，影響他對外國文學資源的接受態度，令他大量涉獵日本和西方各種文學流派的作品。我們可以看看劉吶鷗一九二七年日記內容，例如一月十日曾記錄他對正宗白鳥的〈夢魔〉的感想，亦有對久米正雄和菊池寬等作家的評論；一月十八日日記更顯示劉吶鷗對翻譯工作的計畫，當中記錄他與戴望舒和施蟄存討論創辦旬刊的事，更計畫「譯初夜權的一件」、「譯現代日本短篇」、「譯日本名著」等，顯示在這段時間他已有翻譯國外文學的打算。[18]從日記中的讀書月誌（見附錄一）更可見到他每月所涉獵的外國作品主要是日本和法國的小說，間或雜有英國或阿拉伯文學作品。特別是當中記載了他曾閱讀日本新感覺派作家橫光利一（一八九八—一九四七）與法國現代派作家保爾．穆杭的作品，例如四月及十月曾閱讀保爾．穆杭的"Monsieur U"及*Poésie*，七月及十一月則閱讀了橫光利一的〈春天的馬車曲〉和〈皮膚〉。這些資料反映出劉吶鷗早於一九二七年已對日本及法國現代派作品很感興趣，相關閱讀量亦非常高。[19]綜觀讀書月誌中的作品，不少具有不同程度的殖民主義文學色彩，這些作品的作家，例如日本的武者小路實篤（一八八五—一九七六）、芥川龍之介（一八九二—一九二七）、佐藤春夫（一八九二—一九六四）、夏目漱石（一八六七—一九一六）、後藤朝太郎（一八八一—一九四五）或是法國的保爾．穆杭，普遍都抱有殖民者的心態。這些例子都表明，劉吶鷗日後的翻譯和創作在不同程度上受到殖民主義文學的影響。

一九二一年劉吶鷗正在東京求學，這一年中國的文壇有文學研究會和創造社成立、魯迅的〈阿Q正傳〉正於《晨報》連載、郁達夫的第一本小說集《沉淪》出版等事件。一九二二年臺灣的陳端明發表〈日用文鼓吹論〉，掀起臺灣白話語文運動，經歷一九二三年陳炘、陳端明、黃朝琴等人鼓吹白話文，以及一九二四年張我軍引發新舊文學論戰，臺灣的新文學開始成形。[20]這時的臺灣新文學直接引進中國新文學資源。其後，日本經歷一九二三年的關東大地震，一九二四年橫光利一等人創辦《文藝時代》，日本新感覺派開始出現，這時的劉吶鷗正經歷新感覺派的發展與興盛，直至一九二六年。由這種共時的文學事件排列可以看到，由於日本殖民主義的影響，使大量臺灣青年改變了原先的文學發展，致使臺灣的新文學並沒有完全跟隨中國大陸。上述劉吶鷗

17 張炎憲，〈變動年代下的臺灣人劉吶鷗——一個臺灣史觀點的思考（節錄）〉，康來新、許秦蓁編選，《臺灣現當代作家研究資料彙編53：劉吶鷗》，頁一三四。

18 劉吶鷗著，康來新、許秦蓁合編，《劉吶鷗全集：日記集（上）》，頁四八及六四。

19 其中劉吶鷗對橫光利一頗為熟悉，他曾於一九二九年為郭建英所譯的橫光利一小說集《新郎的感想》撰寫序言，當中顯示劉吶鷗熟知橫光利一在日本的寫作情況。劉吶鷗，〈新郎的感想・序〉，收入橫光利一著，郭建英譯，《新郎的感想》（上海：水沫書店，一九二九），頁一—二。

20 此為一般說法，按黃美娥的研究，臺灣新舊文學的承接應經過一段過渡時期，約為由一八九五年至一九二四年。期間舊文人已開始關注新知新學，並努力於論著中實現現代性。黃美娥，《重層現代性鏡像：日治時代臺灣傳統文人的文化視域與文學想像》，頁三一—七九。

的日記說明，繞過原宗主國而吸納殖民母國的文化素養後，年輕一代的臺灣知識分子在重新審視大陸的小說時感到不滿足，感到大陸的小說未能表現他們在東京生活得來的「現代」，因此劉吶鷗才會覺得必須急切地在上海引入更多日本和法國文藝資源。屈指一算，由一九二四年的新舊文學論戰到一九二八年劉吶鷗開始一系列的文學活動（包括發行《無軌列車》、發表多篇日本與法國的譯作、出版《色情文化》），中間只有三年多，在臺灣接受殖民地教育的年輕知識分子，已由接受中國新文學，發展成引介大陸未有的文學潮流，兩地文學的發展路線如此不同，反映不同地域的人對國家的想像有著階段性的歧見。

在這種社會和文學氛圍下，劉吶鷗在上海的文藝活動，包括翻譯、創作和出版等，都帶有西方、日本的殖民色彩和世界主義的特徵。如果以本章討論的「殖民者凝視」角度來看，甚至可以說，劉吶鷗翻譯西方和日本的現代小說，同時亦表示引進了一種「殖民者」的觀看和目光。他用以想像中國的方法，是一種具有「殖民現代性」的「凝視」方法。他的小說創作除了法國作家保爾・穆杭外，亦借鑑日本現代派，具有一種國際化的現代主義文學特質。在這種「想像」之下，「中國」的現代面貌與五四新文學多年以來力圖形構的大不相同，具有強烈殖民色彩和世界主義特徵。透過探討劉吶鷗翻譯和創作之路，我們可以看到這種特別的小說表述方法經過怎樣的殖民主義洗禮，在中國原本毫無相關資源的情況下，逐步發展出其基本形貌。由上述梳理我們可以看到，劉吶鷗的文學創作歷程經過迂迴而複雜的殖民旅程，「繞道」中國、經過殖民母國日本，最後登陸半殖民地上海租界。[21]就是這種獨特的背景，使這種小說類型能夠突破五四以來以「史傳」傳統為主流的界限，在大陸的文學場域中落地生根。下文將探討劉吶鷗的翻譯如何促成這種新的文學表述方法的發展。

西方與日本殖民主義文學的凝視

劉吶鷗於一九二八年九月，聯同戴望舒和施蟄存創辦第一線書店，期間曾出版《無軌列車》雜誌及劉吶鷗的翻譯小說集《色情文化》。第一線書店被迫停業後，他們又於一九二九年開辦水沫書店，出版多種類型書籍，包括劉吶鷗翻譯的《藝術社會學》和郭建英翻譯的《新郎的感想》等。綜觀劉吶鷗的翻譯活動（包括他本人親自翻譯，或由他所創立的出版社出版的翻譯作品，詳情請參見附錄二）[22]，可以概括為法國和日本現代派作品及無產階級文藝理論兩大類。當中〈日本新詩人詩抄〉系列為詩歌翻譯，因此不在本章討論之列。另外，劉吶鷗翻譯俄國左翼理論家茀

21 關於中國的「半殖民地」狀態及「半殖民地」一詞的用法與定義，可參史書美著，何恬譯，《現代的誘惑：書寫半殖民地中國的現代主義（1917-1937）》，頁三六—四八。

22 雖然表格內有關保爾・穆杭或其他日本小說並不是全部由劉吶鷗翻譯，但考慮到在一九二八年起，劉吶鷗跟戴望舒和施蟄存的關係非常密切，三人共住在劉吶鷗的洋房中，每天一同看書、翻譯和寫作，而且三人聯同杜衡、馮雪峰和徐霞村成立「水沫社」並出版《無軌列車》，更於一九二九年一月開設「水沫書店」；同時，劉吶鷗曾較早地翻譯〈保爾・穆杭論〉，其小說創作亦見受保爾・穆杭影響的痕跡，他與施蟄存、穆時英等中國新感覺派成員受到保爾・穆杭和日本新感覺派影響亦已為公論，故此本章將把這些項目納入討論之列。

理契（Friche, Vladimir Maksimovich, 1870-1929）的無產階段文藝理論作品，由於跟本章研究焦點無關亦不予討論。剩下的翻譯作品主要為保爾・穆杭和日本現代派小說的作品。以下將以這兩條線索，探討劉吶鷗的翻譯怎樣把殖民主義文學特質引入漢語語境之中。

劉吶鷗和戴望舒曾在一九二八年第四期的《無軌列車》中發表了一系列跟保爾・穆杭這位法國現代主義作家有關的評論及翻譯，包括劉吶鷗所譯的〈保爾・穆杭論〉、戴望舒翻譯的保爾・穆杭小說〈懶惰病〉、〈新朋友們〉等。其文化圈子不少成員如穆時英亦接觸保爾・穆杭的作品，因此過去不少研究焦點都集中於保爾・穆杭跟劉吶鷗或中國新感覺派的關係之上。而評論界把新感覺派跟保爾・穆杭連上關係，源於一九二四年日本評論家千葉龜雄在〈新感覺派の誕生〉中，提出了法國作家保爾・穆杭與日本新感覺派的關係。[23]中國評論界則多認為中國新感覺派來源於日本新感覺派，楊之華於一九四〇年就明言「新感覺派這一文藝新思潮之由日本輸入於我國，實有賴於劉吶鷗的介紹」；[24]近年亦有不少學者討論過兩者的關係，如史書美曾經以「摩登女郎」的角度討論劉吶鷗、日本新感覺派與保爾・穆杭作品的關係；[25]李歐梵和彭小妍等亦曾持這一觀點就「城市」和「浪蕩子美學」等問題做出研究。[26]

有別於這些研究焦點集中在「女性形象」和「新感覺表現手法」，本文認為，由於保爾・穆杭的小說流露出一種以「殖民者凝視」對東方做出觀看的模式，因此當劉吶鷗的小說以保爾・穆杭的小說作為參照，就同時引入並移植了這種由殖民主義文學而來的陌生化和凝視模式。如果以性別的角度來看，劉吶鷗引入了殖民主義文學中潛在的男性觀看模式，因為殖民主義文學本身就是一種男性殖民者對殖民地入侵和占有的敘事。[27]這種文學通過塑造女性形象來合理化殖民者的侵略行為；而劉吶鷗引入和移植所帶來的轉化，則為以後他本身和其他新感覺派成員（例如穆時英）建立基礎。以下將會先考察保爾．穆杭的小說，觀察當中對女性人物的觀看表現如何；然後以此為線索，討論由劉吶鷗翻譯的日本現代小說集《色情文化》如何引入並轉化「殖民者的凝視」。

保爾．穆杭是法國一位現代主義作家，熱愛寫作小說和詩歌，著有大量的旅遊札記和名人傳記。[28]他是一位外交官，曾在倫敦、羅馬、馬德里和澳門居住，並且熱愛旅遊，曾造訪倫敦、羅

23「法國新進作家保爾．穆杭的『新感覺派』藝術自被引進日本後，不旋踵便備受推崇。我國新感覺派的誕生不能不說多少是受到他的影響。」千葉龜雄，〈新感覺派の誕生〉，收入伊藤聖等編，《日本近代文學全集》（東京：講談社，一九六八），頁三五七－三六〇。轉引自彭小妍，〈浪蕩子美學與越界——新感覺派作品中的性別、語言與漫遊〉，頁一三八－一三九。這種說法在西方學術界亦能得見，例如於一九八四年出版的*Dawn to the West: Japanese Literature of the Modern Era*就提出以橫光利一為首的日本新感覺派受到保爾．穆杭的小說*Ouvert la nuit* (*Open All Night*, 1922)的影響。參見Donald Keene, *Dawn to the West: Japanese Literature of the Modern Era* (New York: Columbia University Press, 1998), 651.

24 楊之華，〈穆時英論〉，收入錢理群主編，《中國淪陷區文學大系》評論卷（南寧：廣西教育出版社，一九九八），頁五七二。原載於南京《中央導報》第一卷第五期，一九四〇年八月。

25 Shu-mei Shih, “Gender, Race, and Semicolonialism: Liu Na’ou’s Urban Shanghai Landscape,” *Journal of Asian Studies*, 55.4 (1996), 934-956.

26 李歐梵著，毛尖譯，《上海摩登：一種新都市文化在中國 1930-1945》，頁一八七；彭小妍，〈浪蕩子美學與越界——新感覺派作品中的性別、語言與漫遊〉，頁一三八－一三九。

27 Elleke Boehmer, *Colonial and Postcolonial Literature: Migrant Metaphors* (Oxford/New York: Oxford University Press, 2005), 75-85.

馬、布達佩斯、德國、中東等地，並於一九二五年開始遠東旅行，包括日本、中國和越南。在他的作品中常常見到他遊歷東方的見聞，亦流露出他以東方為參照的東方主義視角。他的小說常常透過對東方女性的觀看來表現西方殖民者的優越感和權力感。例如在〈六日之夜〉中可見到西方白人男性對東方女子身體的凝視，這種觀看帶有強烈的異國情調：

三晚以來人們常看見她在那兒。除為了那她從來不缺的，但只和舞師或女伴舞著的跳舞以外，她老是獨自個的。當人們邀請她的時候，她辭絕了；我也正和別人一樣，雖然我是為她而來，而她又知道的。這並不是為她的乳白的背，她的黑玉的衫子，戰顫著的黑雨，無數的縞瑪瑙的珍飾，從這些珍飾間是可以辨出細長的，和耳邊鬈髮相接的眼睛來的；卻可說是為她的扁平的鼻子，她的突起的胸膛，她的灑過硫酸鹽的葡萄葉的美麗的猶太風的顏色，她那個有些蹊蹺的孤獨癖而來的。[29]

引文中那些關於東方人的輪廓特色、異國風情的裝飾打扮、經過渲染的神祕色彩，都是透過殖民者的目光而來。殖民者的觀看意識影響他對東方的想像，以及用陌生化的眼光去建構東方形象的過程。又例如在〈懶惰病〉中，觀察者對女性人物東方主義式的觀看更為直接：

在一九一五年，我在倫敦認識了一個不知道在爪哇一個什麼地方生的荷蘭女子。她是燦爛的，她的黑色的辮髮捲在耳朵上，好像澳洲產的Mérinos羊底角一樣。她使我想起了那些市

場上的招牌
原產的女子
東方的尤物
美—陶醉—仙境—光明[30]

保爾・穆杭這裡對女性的觀看是東方主義的、商品化的，例如對黑髮的強調，以及把東方女性塑造成神祕而具有強烈性誘惑的化身等，都是在一般殖民主義文學中常見的東方主義手段。在〈匈牙利之夜〉中，有以下一段跟觀看女性有關的描寫：

> ——我是歡喜那個最高大的，那個有寬闊的腰的女子的，約翰帶著一種酒的執拗說著。另一個女子是穿著瘦的筋肉，科的靜脈，手鐲的緊合，骨的影和一個神聖的獸的臉兒的。在選中這一個的時候，我感到這種夢的容易的優越，而且，像在夢中一般地，我是像孩子一樣地快樂可以這樣說：

28 關於保爾・穆杭的生平可參考法蘭西學術院官方網站："Paul Morand"（http://www.academie-francaise.fr/les-immortels/paul-morand），二〇一四年七月十七日下載。

29 穆杭著，〈六日之夜〉，收入水沫社編譯，《法蘭西短篇傑作》第一冊（〔上海？〕：現代書局，一九二八），頁一—二。

30 保爾・穆杭著，戴望舒譯，〈懶惰病〉，《無軌列車》第四期，一九二八年，頁一六〇—一六一。

> ——她得我的歡心，這個麒麟和紅驢子的混血兒。[31]

這裡只有寥寥數句對女性身體的描繪，並且是較抽象的描寫，但同樣顯示一種把異族女郎神祕化、原始化的傾向。同時，男性觀察者在觀看與品評的時候，明顯帶著一種居高臨下的優越感。在同一篇小說中有另一段男性觀察者對女子「若艾爾」的觀看：

> 若艾爾困難地，沒有平衡地在她的椅子上維持著一個胸膛低平的，生著精細的肌膚的，圓背的，生著一雙在十七歲是太成熟的神經質而有才幹的手的回回教的神像般的身體。[32]

對「若艾爾」的觀看以陌生化的手法表現，仍然強調具有東方味道的身體特徵，又有殖民主義文學中常見那種對東方女性的嚮往：具有吸引力的女子必須是天真純潔的孩子與成熟誘惑的成年女子的混合體。在〈天女玉麗〉中，則有如下的觀看：

> 從一盆香豌豆花上面，我凝看著她。她並不怎麼美麗。她的帶著嬌媚的色彩的臉兒，是太被別人的臉兒所遮掩住了。可是一張嘴好客店。像音樂一樣的髮絲。惡魔。[33]

這裡則顯露另一種殖民者男性對東方女性的公式化觀看，強調的是她的神祕與邪惡，她對性的滿不在乎，因此她是容易被「獵獲」的。

這些保爾・穆杭小說的例子，可以讓我們初步看到「女性形象」是西方殖民主義文學常常關注的焦點，通過對女性的東方主義式觀看，「殖民者凝視」在文本中得到肆意發展的空間，西方殖民者的優越感和權力感就能在文本中得到展現。這是因為在殖民話語中，「女性」常常被用作想像國家領土的形象和邊界，對女性的控制和占有隱喻著殖民者與被殖民者的關係。這種把女性建立為男性的「他者」、以被殖民者作為殖民者的「他者」的做法，霍米・巴巴（Homi K. Bhabha, 1949- ）稱之為一種對「固化」（fixity）概念的依賴，形成殖民話語的一個重要特徵：需要不斷重複的「刻板印象」（stereotype）。[34]這種「刻板印象」在殖民主義文學中常常表現為對某一種女性形象或被殖民者形象的「固化」想法。由這一角度來看，保爾・穆杭的小說對女性形象的處理具有強烈的「刻板印象」特徵，這種「刻板印象」表述採取了「觀看」作為表現手段，其焦點常常集中在女性身體之上。其作品中的女性往往是以「被觀看」的角度來「被描寫」，描述的焦點則在於她的懶洋洋性格和神祕身體等對東方女性的「刻板印象」。

更重要的是，保爾・穆杭的敘事以東方女性為參照，建立了一個可感可視的「他者」。按照薩依德（Edward W. Said, 1935-2003）的說法，東方主義論述只需使用一個詞或詞組，就可以命

31 保爾・穆杭著，戴望舒譯，〈匈牙利之夜〉，收入戴望舒，《天女玉麗》（上海：尚志書屋，一九二九），頁九五。

32 同前引，頁九九。

33 保爾・穆杭著，戴望舒譯，〈天女玉麗〉，收入戴望舒，《天女玉麗》，頁三五—三六。

34 霍米・巴巴著，張萍譯，〈他者的問題：刻板印象和殖民話語〉，收入羅崗、顧錚主編，《視覺文化讀本》（桂林：廣西師範大學出版社，二〇〇三），頁二一八。

名他們認為是「東方」的物事，並且只需要使用系詞 "is" 就可以。[35]我們可以看到保爾．穆杭小說內對女性的論述恰恰是薩依德所言的「命名」模式。而且，保爾．穆杭小說帶來的更是一種強化觀看行為的敘事。觀看帶來的愉悅，具有一種類似戀物癖的矛盾心理，同時又把觀察的客體放置於想像的空間。[36]保爾．穆杭小說對東方女性神祕莫測、不可理喻、不受掌控的特質一遍又一遍地重複，因而固化了這一刻板印象。當他的作品流傳到東方以後，就影響了東方的日本和中國的自我表述。這一點將在下文有更深入的討論。

上文曾提及保爾．穆杭的作品在二十世紀二〇年代傳入了日本，影響到日本新感覺派的創作風格。[37]後來劉吶鷗在一九二八年翻譯了七篇日本現代小說，編成《色情文化》小說集，由他創辦的第一線書店出版，就把由保爾．穆杭到日本的翻譯線索帶到中國。《色情文化》中的七篇日本現代小說，並不限於現代派或新感覺派，亦有一些普羅文學的作品。[38]當中具有現代派或新感覺派風格的五篇小說，都出現了相似類型的女性形象，例如橫光利一〈七樓的運動〉不受拘束的能子、片岡鐵兵〈色情文化〉中把兩個男子玩弄於股掌之間的「她」等。又例如川崎長太郎的〈以後的女人〉，描寫一個想做畫家的「她」與新進作者的「他」的故事。「她」是一個新式女子，為了繪畫而逃避婚姻，並且明言「我沒有做妻子的資格」，亦拒絕了一個雕塑家的求婚。[39]「她」不受男性拘束，曾說自己「並不屬於什麼人，自己自由地自活自吃是我的本意。」[40]這位新式女子周旋於不同的男子之間，卻不對自己的行為感到罪惡。這些小說中的女性都具有一種接近西方的開放性格，她們與傳統的日本女子不同，小說往往強調她們不受控制、獨立、對性的態度開放隨便，令男性不能掌握。在這一點上，可以見到西方殖民主義文學流傳到日本後的初步影響。以下將以小說〈橋〉說明這種情況。

在池谷信三郎〈橋〉中的女性人物西珈，小說形容她像美國女明星克麗拉寶（Clara Gordon Bow，或譯克萊拉寶，一九〇五—一九六五），但同時又有東洋女性特有的嫻淑安靜。[41]這位女

---

35 薩義德著，王宇振譯，《東方學》（北京：三聯書店，一九九九），頁九二—九三。（按：本書正文採臺灣譯名「薩依德」）

36 霍米・巴巴著，張萍譯，〈他者的問題：刻板印象和殖民話語〉，頁二二六。

37 在二〇年代，日本文壇不只千葉龜雄一人提出保爾・穆杭與日本新感覺派的關係十分密切。參考川端康成的說法，一九二五年四月尚有生田長江的〈致文壇新時代〉、石丸梧平的〈新感覺派與（痛苦價值）〉、中村星湖的〈新興作家一瞥〉。見川端康成著，魏大海、侯為等譯，高慧勤主編，《川端康成十卷集》第十卷（石家莊：河北教育出版社，二〇〇〇），〈詭辯：答諸家問〉頁三三七。中國評論者黃源在出版於一九三六年的《現代日本小說譯叢》翻譯了橫光利一的〈拿破崙與輪癬〉（或譯〈拿破崙與疥癬〉），在譯者後記中，黃源曾提及日本的新感覺派是受了法國保爾・穆杭的《不夜天》（或譯《夜開》）的影響而發端。可見二者的關係在三〇年代已成為共識。參見黃源選譯，《現代日本小說譯叢》（上海：商務印書館，一九三六），頁二五。

38 《色情文化》內具有現代派或新感覺派風格的小說包括片岡鐵兵的〈色情文化〉、橫光利一的〈七樓的運動〉、池谷信三郎的〈橋〉、中河與一的〈孫逸仙的朋友〉、川崎長太郎的〈以後的女人〉；其餘兩篇則是由普羅作家林房雄和小川未明所著的〈黑田九郎氏的愛國心〉和〈描在青空〉。

39 川崎長太郎著，劉吶鷗譯，〈以後的女人〉，收入劉吶鷗著，康來新、許秦蓁合編，《劉吶鷗全集：文學集》（臺南：臺南縣文化局，二〇〇一），頁三五一及三五二。

40 同前引，頁三五七。

41 池谷信三郎著，劉吶鷗譯，〈橋〉，收入劉吶鷗著，康來新、許秦蓁合編，《劉吶鷗全集：文學集》，頁二八六。

性人物不受男性掌控，小說中多次以「撲克顏」來描寫西珈善於收藏自己的感情和情緒，與傳統的日本女性不同，令男人難於控制：

他想起西珈及另外兩、三個人一塊兒去打撲克牌的那一晚。將自己的藏起，互相探索他人手裡的牌的這樣的牌戲，一副無表情的，像假面具一樣的，無事地撒謊的臉色是絕對地必要的。這種特別的臉色叫做Poker-face。——西珈竟會做這種巧妙的Poker-face，真是出於他的意外。

相愛的男女，可來試一試這撲克牌戲。黑色的，疑惑之戰慄，一定像每菲斯特的暗笑一樣來襲男人的全身的。

那假面具下的她。好一個巧妙的無表情的「撲克顏」！——要知道橋的那面的她的慾念像颶風一樣地來襲他的，就是從那晚起的。[42]

文中的「每菲斯特」指的是浮士德傳說中邪靈的名字Mephistophilis（今譯梅菲斯特），專門尋找墮落的靈魂。小說明指男主角是由見過西珈「撲克顏」的那一晚開始，對生活在橋的另一邊的神祕女性人物西珈掀起了強烈的好奇心，想要探知她的神祕背景。她是已婚？還是富人的情人？這些疑團令男主角的精神日漸緊張。小說接著具體描述男主角的心理：

他的腦筋漸漸奇癢起來。在化裝跳舞場裡同自己跳舞的女人，在那無情的假面具下是想什麼東西呢。如果悄悄地伸手突然把那假面具脫下來，多麼淫蕩底多情要在女人的臉上，像章魚的肢腿一樣地漾動著的嗎。或者還是怎樣的純情，像在做夢的小孩子的嘴唇一樣地在天真地浮動呢。在渡過橋以前西珈從不曾脫下來的假面具，是現著可怕的無表情，在微明中茫然地浮出來了。[43]

這段文字深刻地反映出東方本土男性在面對西化的現代女子時，對她的想像方式與西方殖民者的想像如出一轍。霍米．巴巴曾形容殖民話語怎樣以「刻板印象」塑造黑人形象：

（黑人）既是野蠻人（嗜血成性的）又是最順從、最值得尊重的勞動者（食物的種植者）；他既是荒淫無度的性欲的化身，又如孩童般的天真；他既是神祕的、原始的、純樸的，又是最世故最老練的騙子、社會力量的操縱者。[44]

如果我們把這種說法跟這篇小說來比較，就可以看到上文內含的性別話語跟殖民話語驚人的相似性：西珈這位「西化女性」就像被殖民者一樣，被塑造成既不受男人控制又會被金錢控制、既水

42 同前引，頁二九六。
43 同前引，頁二九七—二九八。
44 霍米．巴巴著，張萍譯，〈他者的問題：刻板印象和殖民話語〉，頁二三〇。

性楊花又如小孩般天真（或欠缺頭腦）、既神祕原始又會欺騙男性。從中我們可以見到，池谷信三郎的小說是怎樣內化了西方殖民者的東方主義想像。

但是，西方殖民話語與日本現代小說在對女性的觀看想像上，有一明顯的分別。西方殖民話語暗示在殖民者的統治下，被殖民者是可以進化的，因此西方的「摩登女郎」在「浪蕩子」的教育下，是較有希望能夠提升文化上的教養，[45]儘管本文認為最後「摩登女郎」仍然是在「浪蕩子」的掌控之下。但是這種對女性的想像被移植到東方語境的時候，就出現了根本上的變化。我們從〈橋〉的結局中可以看到男主角如何被西化女子所掌控。例如小說的後部花了大段的篇幅交代西珈的自述，她訴說自己生於一個富裕的家庭，並且已安排她與一個銀行家的兒子結婚。然而，當男主角與西珈在橋分別時，西珈忽然說：

——剛才說的話，都是假的。我父親不是富翁也不是什麼。我真是一個女優哩。

——女優？

——怎麼啦，驚異的嗎？實在對你說吧，我也不是女優。你如果把女人一瞬間所想出來的空想，一一都刻到頭裡去，你馬上就要變成狂人了。

——我早已是狂人了。你瞧，這樣。

他說著，忽轉身，背了她頭也不回地跑開了。[46]

西珈明言本土男性不宜把西化女性的說話看得太認真，否則代價是失去理智，這明顯表現本土男性未能掌控西化女性的情況。西珈不但沒有解開「橋的另一邊」的謎團，反而編出更多的謊言來耍弄男主角，最後卻無半絲悔意地揭破自己的謊言，以致男主角為了她去殺害情敵。小說最後記述了男主角在殺人後對調查案件的年輕醫學士的自述。醫學士問他是不是因為碰到西珈的情敵而受刺激殺人，男主角回答：

錯了。她有了幾個情人，她失了幾個戀人，那樣的事我都沒有關係的……不是我以外有了她所愛的男人，是我以外有了愛著她的男人，只有這一層是我心裡最難堪的重荷。[47]

這段文字顯示，本土男性的關注點並不在本土女性是否愛自己，而是在自身以外還有別的男性造成挑戰、比較和競爭，女性心態並不構成對本土男性的傷害，自身以外的男性對女性的可能占有才是問題關鍵。這種性別心理狀態隱含被殖民者對殖民者的心理障礙，表現在性別間的對話，隱喻日本面對西方現代性入侵時的自我狀態。這種情況所包含的意義將會在下文有更進一步的論述。

45 彭小妍就曾分析：「身為品味及風雅的把關者，浪蕩子以教導摩登女郎的行為舉止及穿著品味為己任。」參彭小妍，《浪蕩子美學與跨文化現代性》，頁三七。
46 池谷信三郎著，劉吶鷗翻譯，〈橋〉，收入劉吶鷗著，康來新、許秦蓁合編，《劉吶鷗全集：文學集》，頁三〇三。
47 同前引，頁三一一—三一二。

保爾・穆杭被認為是日本新感覺派模仿的西方來源，研究者曾經討論過橫光利一早期的作品例如〈頭與腹〉等，當中的跳躍式寫法具有保爾・穆杭特徵。[48]日本作家對西方殖民主義文學的內化，反映出日本在西方與東方之間所扮演的中介角色：作為東方的殖民者，日本處處以學習西方殖民者為要務；但是，在面對東方其他國家，日本則扮演著殖民者的角色。從上述劉吶鷗的翻譯來看，《色情文化》中的日本現代派小說在不經意間吸收了西方殖民者觀看東方的方式，並且透過兩性的形式表現出來。[49]但是如果比較法國保爾・穆杭的小說和由劉吶鷗翻譯的《色情文化》中的女性形象，我們可以發現：在保爾・穆杭小說中，男性人物對東方女性的觀看往往帶有色情的意味，對她的整個身體，包括髮色、皮膚、眼睛、裝扮等一一鉅細靡遺地通過觀看來享受；而《色情文化》中的女性，較少被男性以色情的眼光來觀看，小說著重表現她們的神情和態度，小說的敘事主體對女性的觀看顯得較為含蓄，較少做出東方主義的色情表述。例如在〈以後的女人〉中，男性敘述主體對女性人物的觀看強調其氣質之獨特：「也是氣質的關係吧，這實在使她有了像寂寞的湖山一樣的陰影。中等身材，在日本的女性是比較的整齊的身體，豐膩的皮膚，表示著生長在雪國一樣地柔細，全體正像疎竹一樣地清涼。」[50]可見《色情文化》中的日本小說對女性較少有強烈的色情觀看衝動。日本現代派小說吸收的是西方殖民文學中神祕、不受掌控、難以理解的女性形象，然而其對本土女性的觀看卻較少以色情的角度出發。這顯示日本現代小說對本土日本女性的關注多在於其有否受到西方影響，而較少以色情的男性殖民者凝視觀看本土女性（例如〈以後的女人〉強調女性角色的神情），顯示其關注點並非以異國風情的表述去建構「他者」，反映日本在面對西方時採用的是「被殖民者面向殖民者」的心理狀態。但當離開了本土而於南方土地上，日本本土男性就會運用起較為色情的角度觀看女性（例如《色情文化》中〈孫逸仙的朋友〉強調女性角色「豐富的肉體和頸部」，詳見下文），雖然當中的色情程度不及西方殖民主義文學，跟後來劉吶鷗小說更有程度上的不同。如果說，自明治初年開始日本受到一系列西方殖民主義不平等條約的壓迫，其後日本又把其源於模仿西方的帝國欲望施加到東亞各地，那麼在上述的文學作品中，日本作家就是把他們與西方殖民者和東亞的殖民者的關係加以性別化，反映日本在面對東亞各國時採用的「殖民者面向被殖民者」狀態。[51]這種情況一方面說明了

---

48 Donald Keene, *Dawn to the West: Japanese Literature of the Modern Era*, 650-651.

49 日本新感覺派的主要作家橫光利一，其創作除了受到保爾．穆杭的影響，亦受到當時的翻譯者生田長江（一八八二—一九三六）對福樓拜（Gustave Flaubert, 1821-1880）小說《薩朗波》（*Salammbô*, 1862）所影響，特別是當中的短句、古怪壓縮的用詞、不受約束及斷裂分離的表達、具有視覺化表述的特徵等。參見Donald Keene, *Dawn to the West: Japanese Literature of the Modern Era*, 648. 而福樓拜的作品亦具有明顯的西方殖民主義文學特徵，可見橫光利一的創作確實受到西方殖民主義文學的影響。關於福樓拜作品的西方殖民主義文學特徵，可參史書美著，何恬譯，《現代的誘惑：書寫半殖民地中國的現代主義（1917-1937）》，頁三二九—三三七。關於福樓拜小說的民族主義和異域情調問題，可參Lisa Lowe, "Nationalism and Exoticism: Nineteenth-Century Others in Flaubert's *Salammbô* and *L'Éducation sentimentale*," in Jonathan Arac and Harriet Ritvo (eds.), *Macropolitics of Nineteenth-Century Literature: Nationalism, Exoticism, Imperialism* (Philadelphia: University of Pennsylvania Press, 1991), 213-242.

50 川崎長太郎著，劉吶鷗譯，〈以後的女人〉，收入劉吶鷗著，康來新、許秦蓁合編，《劉吶鷗全集：文學集》，頁三四七。

51 關於日本如何對臺灣及南方殖民地進行殖民主義的書寫，可參考阮斐娜（Faye Yuan Kleeman）著，吳佩珍譯，《帝國的太陽下：日本的臺灣及南方殖民地文學》（臺北：麥田，二〇一〇）。

日本在東亞現代性的發展上扮演中介角色，另一方面亦表現出其自身與西方殖民者不同的位置。

如果把日本人眼中的南方及其女性形象，與他們書寫日本女人做出比較，就可以更清楚看見他們如何把原始性定位於南方，並把東亞各國書寫成日本的「他者」。在《色情文化》中，中河與一的〈孫逸仙的朋友〉正是一篇描寫日本人到殖民地香港探險遊歷的東方殖民主義文學作品。小說一開首就運用了大量的篇幅描繪香港的異國風情。在「我」這個「為要探察商略上的機密」的日本人眼中，香港是一個潮濕、魔幻的熱帶冒險樂園：

> 雨是南國的魔術師。望後一看，那像蛇一樣地爬在濡濕了的蒼鬱的山麓的幾有段階的街路走入眺望中了……用花崗石造的露台上排著好幾盆花。在這兒無論那一個人家都把鮮麗的花草排在外面，使街上變做一個樂園。葉是濃綠，而花是血紅的。開在熱帶地的一切的花的先驅者，表徵豐潤的南國的四季開花的玫瑰——牠的一群在那霧水一樣的雨中濕透了。52

「我」在香港的遊歷，充滿了異國風情及東方主義的描寫，例如遇見販賣純金銀及印度紅玉的賊人；牛一樣濕淋淋在路上歪躺著的、像豚一樣一堆堆睡在人行道上的中國苦力；「我」更一直期待遇見「妖怪一樣地笑著的穿桃色的中國衫的女人」、「鴉片和毒酒」等。最重要的是，負責接待「我」的嚮導是一個名叫愛美利啊的西班牙女子，既有著「聰明的容貌」，亦有「豐富的肉體和頸部」，且跟眾多殖民主義文學中的女性一樣，熱情天真，對性卻十分隨便開放。小說更著重描寫這位女性的神祕（來歷身分不明）和危險（與眾多革命分子有聯繫）。「我」的身分是典型的殖民旅行者，明顯參用了西方殖民者對東方凝視的眼光，並把南方香港書寫為野蠻的他者。

如果以殖民性別論述的角度來觀察的話，正顯示上述日本現代派小說中，觀察者對日本本土女性較少有刻板的觀看或描述，但對異國（特別是東亞）的女性則以東方主義式的方式來凝視，這種分別說明了現代日本游移曖昧的位置。霍米．巴巴曾提醒我們，在殖民話語中的刻板印象，源於人們內心渴求「他性」（otherness）為嘲弄的對象，用以區分種族起源和身分認同的幻想。[53] 我們因此可以看到，日本現代派小說的渴求和幻想，源於自身對「他性」的追求。通過劉吶鷗在《色情文化》中的翻譯可以見到，以橫光利一等人為代表的日本現代派作家群，其作品反映了日本人對自身於現代的位置的看法：既是殖民者，又是被殖民者。他們雖然愛戀西方，卻仍然無法全盤把西方吸收擁有。[54] 這種位置和角色將會跟劉吶鷗日後的小說創作構成重要分別，下文將就這種情況做出討論。

---

52 中河與一著，劉吶鷗譯，〈孫逸仙的朋友〉，收入劉吶鷗著，康來新、許秦蓁合編，《劉吶鷗全集：文學集》，頁三二三—三二四。

53 霍米．巴巴著，張萍譯，〈他者的問題：刻板印象和殖民話語〉，頁二一九。

54 Donald Keene, *Dawn to the West: Japanese Literature of the Modern Era*, 645.

劉吶鷗對殖民主義文學的引入和改寫

劉吶鷗曾受法國現代派作家保爾·穆杭和日本現代派小說的影響，同時亦翻譯了兩方面的評論和作品，其創立的水沫書店更出版了一系列由戴望舒翻譯的保爾·穆杭小說。因此在劉吶鷗自己的小說創作中，我們可以找到很多有關這兩方面的影響痕跡。同時，劉吶鷗本身對電影的熟悉和喜愛，訓練了他的眼睛常常集中在觀看女性之上，例如他曾在一段影評中如此說：「希望攝（攝）影攝（攝）得好一點……多看幾幅美麗的女臉大寫……」[55]又例如他在〈褒格娜底演技——以「凱塞琳女皇」為中心〉中，就曾詳細討論褒格娜的面貌和表情：「她的嘴變小時我們可以看到德國由洲下初出來的天真爛漫的小公主，變大的時候可以看出懂得肉慾的成年婦人，變不大不小的時候又可以看出高貴威嚴的女皇。」[56]這裡劉吶鷗顯示了他喜歡從電影中觀看女性的面貌，其觀看過程細緻慎密。至於他喜歡既天真又性感並難以掌控的女性形象，則會在下文有更深入的討論。劉吶鷗的小說承接了保爾·穆杭和日本現代派小說對女性的觀看風格，加上他本身獨有的電影思維和觀看視覺，使他的小說在女性形象的塑造上具有上述殖民主義文學的「刻板印象」特徵。然而，由於劉吶鷗作為被殖民者的位置跟殖民者並不相同，他在「模仿」的同時，既保留了霍米·巴巴批評殖民話語中的刻板印象，又對殖民話語進行了諷刺的「模擬」。更準確地說，劉吶鷗在「模擬」的時候，由於身分角色的不同，無法全面維持殖民話語中產生「刻板印象」的權力，在不知不覺間反而形成了一種因「模擬」、學舌殖民話語而出現的反諷力量。要探討這一問題，我們必須先從劉吶鷗筆下的女性形象入手，了解他的小說跟殖民主義文學的異同，才能尋找他創作中的反抗痕跡。

造成劉吶鷗小說跟殖民主義文學有所不同的最主要原因，是因為具有臺灣被殖民者身分的劉吶鷗跟殖民者角色有根本性的不同。法農（Frantz Fanon, 1925-1961）在《一個垂死的殖民主義》（*A Dying Colonialism*）中，以精神分析的角度討論被殖民的「土著男性」的心理。這些「土著男性」認為，殖民者透過「西化」「帶著面紗的阿爾及利亞婦女」（the veiled Algerian woman）來破壞阿爾及利亞社會的本土性。他認為殖民者透過「發現」原本被面紗遮蔽、被男人收藏於房屋中的阿爾及利亞女性，以及對她們的征服，就能摧毀阿爾及利亞的社會。[57]這種把女性與民族命運連結的做法，使民族主義者對以「改革者」角色出現的西方女性主義者非常排斥。民族主義者認為，西方女性主義者往往跟帝國主義入侵有著共謀的關係，他們害怕西方女性主義者把本土女性改變為「白人」，要求本土女性堅守民族性。在這種心理影響下，民族主義者往往會以強調「母性」跟「土地」的關係等話語作為對理想本土女性的要求。美國印度裔學者史碧華克（Gayatri Chakravorty Spivak, 1942-）形容法農這一民族主義觀點表露了被殖民男性對於婦女解放

55 劉吶鷗，〈影壇一言錄〉，原收於《婦人畫報》第三十一期，一九三五年八月，頁一八。現收於康來新、許秦蓁合編，《劉吶鷗全集：增補集》，頁三三六。

56 劉吶鷗，〈褒格娜底演技——以「凱塞琳女皇」為中心〉，康來新、許秦蓁合編，《劉吶鷗全集：增補集》，頁二一四。

57 Frantz Fanon, *A Dying Colonialism*, trans. Haakon Chevalier (New York: Grove Press, 1965), 57-59.

的恐懼，亦即害怕「白人男性把褐色的婦女從褐色的男人的壓迫下解放出來。」[58]不論是帝國主義殖民者男性或是民族主義被殖民者男性，兩者都是透過對女性命名、塑形來爭取話語權力，形成了帝國主義的男性中心主義和民族主義的男性中心主義霸權。英國學者麥克柯琳托克（Anne McClintock, 1954-）在她的著作《帝國皮革》（*Imperial Leather: Race, Gender and Sexuality in the Colonial Context*）中提到，帝國主義透過強調白人婦女自我犧牲的母性形象來表現自身文明的優越性，並同時透過把征服土地加以「女性化」而強化帝國自身的男性特質；[59]而法農則提出，被殖民的男性會透過跟白人女性結合來幻想重獲領土。[60]這些研究都印證不論在帝國主義或民族主義之下，女性的形象都被利用來強化國家論述。在殖民主義文學中，殖民者透過把被殖民的男性加以「女性化」，使這些男性成為他們的「他者」，合理化帝國自身的侵略行為，透過「他者」的形象來反照出西方人有自我的觀念。[61]由此我們可以看到性別和種族的討論跟精神分析的關係，體現在印度學者南迪（Ashis Nandy, 1937-）所言的那種殖民主義跟性別政治之間的同質同源性。[62]關於這些問題，下文將會再度提及。

　　關於劉吶鷗筆下的女性形象，史書美認為應把這些「西化的『摩登女郎』看成是反男權制度、自主獨立、都市風味和混血現代性的化身。」[63]但依循上述論者的思考脈絡，本文認為劉吶鷗作品中的「摩登女郎」並未如史書美所言具有反抗男權制度的意涵，「摩登女郎」仍然是經由殖民主義文學的譜系而來，是男性凝視下的產物。與其說「摩登女郎」看似自主獨立、對愛情掌控自如的態度是對父權制度的反抗，本文則認為這是反映被殖民的土著男性（如劉吶鷗）的雙重焦慮——來自殖民者壓迫的焦慮，以及來自土著女性「西化」後難以控制的焦慮。劉吶鷗這種態度，跟民族主義作家以女性象徵國家領土、以對女性的駕馭與否來象徵控制國家主權的想像是一體兩面的表現。不同的是，後者是以排斥的態度面對「新」的、「西化」的女性，目的在維護本土價值；而劉吶鷗則以既愛慕又恐懼的心態面對這些女性。

然而，要更深入了解劉吶鷗作為「土著男性」對殖民主義文學的模擬和反抗，必須超越以女性形象作為焦點的研究策略，改為探討形成這種「刻板印象」背後的權力機制，否則就很容易落入以「形象的轉變」作為「機制的轉變」的窠臼。就這一問題，霍米・巴巴曾經說過：「我們挑戰的切入點不應該著眼於對形象的認同是否正確，而應該明白刻板印象話語造就了主體化的過程，並給人以貌似有理的假象。」[64]那麼「刻板印象」背後的運作模式是怎樣的呢？霍米・巴巴延續法農的思路，以精神分析的角度來探討這個問題。他認為，殖民話語的作用是「既指明了但

58 中譯本可參斯皮瓦克著，陳永國等主編，《從解構到全球化批判：斯皮瓦克讀本》（北京：北京大學出版社，二〇〇七），頁一一七。Gayatri Chakravorty Spivak, "Can the Subaltern Speak?," in Cary Nelson and Lawrence Grossberg (eds.), *Marxism and the Interpretation of Culture* (Urbana/Chicago: University of Illinois Press, 1988), 297.（按：本書正文採臺灣譯名「史碧華克」）

59 Anne McClintock, *Imperial Leather: Race, Gender and Sexuality in the Colonial Context* (New York: Routledge, 1995), 26 and 47.

60 Frantz Fanon, *Black Skin, White Masks*, trans. Charles Lam Markmann (New York: Grove Press, 1967), 63.

61 Elleke Boehmer, *Colonial and Postcolonial Literature: Migrant Metaphors*, 82-83.

62 Ashis Nandy, *The Intimate Enemy: Loss and Recovery of Self Under Colonialism* (Delhi: Oxford University Press, 1983), 4.

63 史書美著，何恬譯，《現代的誘惑：書寫半殖民地中國的現代主義（1917-1937）》，頁三一二—三一三。

64 霍米・巴巴著，張萍譯，〈他者的問題：刻板印象和殖民話語〉，頁二一九。

卻又否認種族、文化和歷史上的差異」，[65]這種既承認又否認的態度跟精神分析中關於戀物癖的特徵非常接近。他又說：

> 隨著殖民刻板印象而產生的有關歷史起源的神話——種族純淨、文化優先——既起到了使多重信仰正常化的作用，同時又把建構作為它的否定過程之結果的殖民話語的主體分割得支離破碎。這一點與戀物癖所起的作用非常相似：從戀物的角度看，它既把以父親的陰莖的替代品看作物戀的對象而帶來的差異和干擾加以正常化，又激活了原初幻想的物質——一種對閹割和性差異的焦慮。[66]

殖民話語中的刻板印象跟戀物癖的相同點在於，它們都是以對完整性的信任作為基礎而產生的。殖民話語相信在原初，每個人都有相同的膚色／種族，因此當殖民者接觸黑人的時候，膚色差異帶來了匱乏和焦慮；對戀物癖來說，原初每個人都擁有陽具，當男性接觸到女性身體以後，就因為沒有陽具的身體而帶來了匱乏和焦慮。[67]霍米．巴巴提出殖民話語的刻板印象最常採用一種「強化可視物」的手法，亦即強化場景呈現（a scene）與觀看行為（a seen）間的關係。由此帶來一套窺淫癖的「看與被看」的機制，把觀察的對象置於一種「想像性」的聯繫之中，對象往往會被「神祕化」處理。以此角度觀察，以下我們將會討論劉吶鷗的小說跟他作為「土著男性」在殖民話語下的心理機制。

劉吶鷗對筆下女性形象的「凝視」跟殖民主義文學中的「殖民者凝視」非常相近，小說中的女性往往以一種對性愛主動的「摩登女郎」形象出現，反映男性作家自身的慾望投射。例如在〈風景〉（一九二八）中，男主角燃青對女性形貌的觀看是主動並且是色情的：

燃青正要翻過報紙的別面來看時，忽然來了一個女人站在他臉前。

——對不住，先生。

她像是剛從餐車出來，嘴邊還帶著強烈的巴西珈琲的香味……他的眼睛自然是受眼前的實在的場面和人物的引誘。

看了那男孩式的斷髮和那歐化的痕跡顯明的短裾的衣衫，誰也知道她是近代都會的所產，然而她那個理智的直線的鼻子和那對敏活而不容易愛（受）驚的眼睛卻就是都會裡也是不易找到的。肢體雖是嬌小，但是胸前和腰邊處處的豐膩的曲線是會使人想起肌肉的彈力的。若是從那頸部，經過了兩邊的圓小的肩頭，直伸到上臂的兩條曲線判斷，人們總知道她是剛從德蘭的畫布上跳出來的。但是最有特長的卻是那像一顆小小的，過於成熟而破開了的石榴一樣的神經質的嘴唇……燃青正在玩味的時候，忽然看見石榴裂開，耳邊來了一陣響亮的金屬聲音。

65 同前引，頁二一九。
66 同前引，頁二二三。
67 同前引，頁二二四。

——我有什麼好看呢，先生？68

小說中明言男主角的觀看是受到「引誘」而出現，帶有居高臨下的角度，以「凝視」的方式把女性身體各個細部逐一品味賞玩。劉吶鷗觀看女性的「刻板印象」可從「戀物癖」的細節羅列、以「某一」女性來代表整個種類和族群的做法見得。更甚者，這種類型的女性作為一個「戀物」對象在劉吶鷗其他小說中不斷重複出現，情況跟「戀物癖」必須通過不斷重複得到愉悅快感和焦慮的暫時去除相似。這些都表明劉吶鷗在模仿殖民主義文學中的「殖民者凝視」，通過觀看展現了觀看者的權力。但是，劉吶鷗的「凝視」跟上文提及的殖民主義文學有一個重要的不同，就是這個段落出現比保爾．穆杭或日本現代派小說更為冗長的觀看過程，而且小說中的男性人物在對女性人物做出色情觀看的同時，亦處處流露著他的評價和感覺。這一點造成了劉吶鷗在引入殖民主義文學時，同時亦轉化了「殖民者凝視」表現手法。

另一點需要提及的是，劉吶鷗把殖民主義文學中用在對東方女性的「殖民者凝視」，運用在西方女性、「西化」女性和傳統土著女性三者之上。他把「刻板印象」和「異國風情」的殖民主義凝視策略，更深入發揮展現成各式各樣的女性「奇觀」。例如上文提及〈風景〉的例子，那個被觀察的女性人物具有「西化」形象，劉吶鷗在文中十分強調她是近代的、都會的產物。這種「西化」女性在劉吶鷗筆下都是以「刻板印象」的方式出現，她們跟傳統柔弱的女性形象不同，有著強壯的、豐滿的身體，表現出劉吶鷗的「凝視」目標往往是以西方女子為參照，跟日本現代派小說在集中「凝視」日本女性的氣質或神情有所不同。這種以西方女性為參照的審美標準，在

〈禮儀與衛生〉（一九二九）中透過西洋人普呂業先生對女性的評頭品足得到闡發：

西洋女人的體格多半是實感的多。這當然是牛油的作用，然而一方面也是應著西洋的積極生活和男性的要求使其然的。從事實說，她們實是近似動物的。眼圈是要畫得像洞穴，脣是要滴著血液，衣服是要袒露肉體的，強調曲線用的。她們動不動便要拿蜌螂的本性來把異性當作食用。美麗簡直是用不著的。她們只是慾的對象。但是東方的女士卻不是這樣。越仔細看越覺得秀麗，毫不喚起半點慾念。耳朵是像深海裡搜出來的貝殼一般地可愛。黛的瞳子裡像是隱藏著東洋的祕密。[69]

劉吶鷗以動物性、原始性來形容西方女子，稱她們為「慾的對象」，並以她們跟東方女子去除色慾的秀麗的美對比，強調東洋的神祕性。劉吶鷗在這裡把「殖民者凝視」反過來用於對西洋女性的觀看之上，進一步把這種「凝視策略」轉化為一種新的表現手法。同時，又藉著轉化「殖民者凝視」來表現「西化」女性和傳統東方女性的不同，反映劉吶鷗跟殖民者不同的位置以及心理狀態。

上文曾提及「土著男性」非常害怕西方女性主義者把本土女性改變成為「白人」，「西化女

68 劉吶鷗，〈風景〉，收於劉吶鷗著，康來新、許秦蓁合編，《劉吶鷗全集：文學集》，頁四六—四七。

69 同前引，〈禮儀與衛生〉，頁一三三—一三四。

性」因此往往象徵著「土著男性」喪失了土地，同時亦喪失了對「土著女性」的控制權。這一心理在劉吶鷗的小說之中亦有明顯流露。劉吶鷗以雌性螳螂把雄性當成食物的習性來描寫「西化」的新女性，對這種習性他有深入的分析：

> 以前女的心地對於萬事都是退讓的，絕不主張。於是嬌羞便被列為女性美之一。這現象是應男子底要求而生的。那個時候的男子都是暴君，征服者，所以他底加虐的心理要求著絕對柔順的女子。但情形變了。在現在的社會生存競爭裡能夠滿足征服慾的男子是九十九％沒有的。他一次，兩次，累次地失敗著，於是慣於忍受的他的心裡頭便起了一種變化，一種享樂失敗，被在迫得被虐心裡。應著這心理而產生的女人型就是法國人所謂 garsonne（garçonne）。短髮男裝的 sport 女子便是這一群代表。她們是真正的 go-getter。要，就去拿。而男子們也喜歡終日被她們包圍在身邊而受 digging。然而男子這兩種相反的性質卻是時常渾合在一塊兒，喜歡加虐同時也愛被虐。[70]

結合上文〈禮儀與衛生〉的引文來看，劉吶鷗明顯了解這種具侵略性的女性形象是由強壯而主動的西洋女性而來，但是，在劉吶鷗引入這種女性形象到漢語語境後，就不能單純以城市變化、社會競爭造成男性被虐心理的說法來解釋。這種女性形象在進入被殖民者的語境後，被殖民者一方面從模仿而來的「殖民者凝視」中得到快感，另一方面卻對這種女性顯露恐懼，或樂於被虐的複雜心態。因此，與其說小說中描寫這些女性對性愛的主動或戀愛的自主是滿足她們自身的性慾，不如說是為了滿足土著男性這種被虐的心理。在這些小說當中，我們對女性的心理所知甚少，這是由於作者以及男性人物本身對她們的心理不感興趣的緣故。這亦可以側面反映出，小說把這些西化女性描寫得主動強勢，其實都只是為了滿足殖民地土著男性的特殊心理。例如上文曾經提及的〈風景〉，當那位在火車上認識、素昧平生的女子跟燃青到酒店房間的時候，卻忽然要求燃青跟她出去郊遊。到了綠林裡，這個女子忽然說：

——我每到這樣的地方就想起衣服真是討厭的東西。

她一邊說著一邊把身上的衣服脫得精光，只留著一件極薄的紗肉衣。在素絹一樣光滑的肌膚上，數十條多惱（瑙）河正顯著碧綠的清流。吊襪帶紅紅地嗡著雪白的大腿。

——看什麼？若不是尊重了你這紳士，我早已把自然的美衣穿起來了。你快也把那機械般的衣服脫下來吧！[71]

這種情節安排既反映出劉吶鷗心目中對「西化」女性的刻板想像，同時這種偶遇式、奇（豔）遇式的情節亦顯然是西方殖民主義文學中的常見題材。在奇遇的邂逅中，這些女子對性愛的態度隨

70 劉吶鷗著，康來新、許秦蓁合編，《劉吶鷗全集：電影集》（臺南：臺南縣文化局，二〇〇一），〈現代表情美造型〉，頁三三七。原刊於《婦人畫報》，一九三四年六月八日。

71 劉吶鷗，〈風景〉，收於劉吶鷗著，康來新、許秦蓁合編，《劉吶鷗全集：文學集》，頁五三。

便，並且大多數都不會向男性索取代價。男子既不用對這些女性負上什麼責任，這些女性亦來去自如，小說對她們毫無背景交代。本文認為，這種對女性人物背景、心理狀態毫不關心的態度，表明這些情節只是男作家的幻想和遐想、一種自我的滿足，作家看似在戀愛和性愛方面賦予她們主動權，實質並非為了顯示女性的主體性，反而只是一種平衡土著男性心理的技巧。

劉吶鷗模仿殖民者的觀看方法，延伸至同時用於對西方女子和東方女子做色情注視，流露兩種既相關又相異的女性審美觀，而這兩種審美觀又同樣是刻板的。在〈兩個時間的不感症者〉中，劉吶鷗先以「西方的」、「現代的」摩登女郎形象來描寫那個令男主角H神魂顛倒的神祕女子：

> 忽然一陣Cyclamen的香味使他的頭轉過去了。不曉得幾時背後來了這一個溫柔的貨色，當他回頭時眼睛裡便映入一位sportive的近代型女性。透亮的法國綢下，有彈力的肌肉好像跟著輕微運動一塊兒顫動著。視線容易地接觸了。小的櫻桃兒一綻裂，微笑便從碧湖裡射過來。H只覺得眼睛有點不能從那被opera bag稍微遮著的，從灰黑色的襪子透出來的兩隻白膝頭離開，但是另外一個強烈的意識卻還占住在他的腦裡。[72]

這種「近代」而「健美」的女子形象，往往出現在現代化的都市，這些女子亦大都過著高度物質化的生活。這種安排表現了西方現代化生活對殖民地土著男性在領土和女性控制權上受到雙重衝擊的情況。跟這種女性作為對比，劉吶鷗同時又表現對東方的、本土的傳統女性氣質懷念與欣賞，例如在〈熱情之骨〉（一九二九）中，通過來自法國南方的男子比也爾，表現了對東方「土著女子」菊子的欣賞：

> 他想一想，覺得她的全身從頭至尾差不多沒有一節不是可愛的。那黑眸像是深藏著東洋的熱情，那兩扇真珠色的耳朵不是Venus從海裡出生的貝殼嗎？那腰的四圍的微妙的運動有的是雨果詩中那些近東女子們所沒有的神祕性。纖細的蛾眉，啊！那不任一握的小足！比較那動物的西歐女是多麼脆弱可愛啊！這一定是不會把薔薇花的床上的好夢打破的。比也爾一想到這兒只覺得心頭跳動。[73]

這段引文再次以西方女性的動物性跟東方女子神祕纖細做對比。李歐梵曾以〈熱情之骨〉的例子來說明劉吶鷗藉此來諷刺殖民者的東方主義意味，因為比也爾這種對東方女性的幻想，後來因為菊子開口向他要五百塊錢而幻滅了。[74]然而本文認為劉吶鷗在此流露的並不是對東方主義諷刺的心態，相反地，他是模仿殖民者男性對異國女子做出觀看，並在小說中體現這種觀看的權力，其對東方女性的「凝視」同樣是具有「刻板印象」和「異國風情」的取向。但是，如果把這裡的

---

72 同前引，〈兩個時間的不感症者〉，頁一〇〇—一〇一。

73 同前引，〈熱情之骨〉，頁八九。

74 李歐梵著，毛尖譯，《上海摩登：一種新都市文化在中國1930-1945》，頁一八九。

「凝視」跟殖民主義文學比較，會發現劉吶鷗小說對東方女性（傳統土著女性）的「凝視」更為色情，帶有更多觀察者的反應和情緒。在〈熱情之骨〉中，劉吶鷗通過比也爾的男性視覺，表現了他對東、西方女子的評價。相似的觀看亦出現在〈禮儀與衛生〉中，律師姚啟明對異族女子的觀看和品評：

> ……斯拉夫女倒也不錯。她們那像高加索的羊肉炙一樣的野味是很值得鑑賞的。因為他們的民族比較地慢受機械的洗禮的關係，至少別國人所有那種機械似的冷刻性少一點。離了鄉國的他們不是像要使這沙漠似的上海潤濕起來一般地在霞飛路一帶築起一個綠洲來了嗎？[75]

這裡採用了殖民者對異族做出陌生化觀看的方法，當中對白俄女性的觀看甚有保爾．穆杭在〈洛迦特金博物館〉和〈天女玉麗〉等小說對俄羅斯的態度。東方主義式的觀看現在被劉吶鷗倒過來運用於對別國女子的觀看，異族女子的膚色、氣味、原始性現在得到強調，異域情調（exoticism）跟色情主義（eroticism）互相結合。表現種族特徵的膚色被劉吶鷗視為色情的鑑賞，他在一篇文章中曾經這樣寫過：

> 我曾對於塔西提女人的色調感覺著廣大的興趣，然而塔西提人終是西堤塔人，我與塔西提女人同樣無非是借著異味來滿足自己的色思想而已……關於膚色我很想知道的是爵士舞女王Jesepni r.eBaker的確實的膚色，以及香水王考地為她所發明的黑面粉的粉色。[76]

劉吶鷗在這裡明言自己藉著不同種族的女子膚色來發揮、滿足自己的色情幻想，重點在於其提供的「異味」，亦即一種能提供陌生化的觀看狀態。劉吶鷗的日記中，亦有對於中國女子的色情觀看。一九二七年，劉吶鷗到北京旅遊，在十一月十日的日記中，評價了聽戲時看見的北京女子外貌：

> 聲雖好，身體，從現代人的眼光看起來，卻不能說是漂亮。那腰以下太短小了，可是纖細可愛，真北方特有的大男的掌上舞的。這樣delicate（纖弱）的女人跟大男睡覺。對啦，他們是喜歡看她酸癢難當，做出若垂死的愁容，啊好cruel（殘酷）！唱時，那嘴真好看極了，唇、齒、舌的三調和，像過熟的榴柘裂開了一樣。布白衣是露不出曲線來的，大紅襪卻還有點erotic（色誘）素。[77]

從這段文字可以見到劉吶鷗是以「征服」的角度來看待傳統土著女性，在劉吶鷗的眼中，她們不具備現代西方女子的主動和強烈的性的動物性，而是以含蓄、纖細、可愛來低調地撩起男子

---

75 劉吶鷗，〈禮儀與衛生〉，收於劉吶鷗著，康來新、許秦蓁合編，《劉吶鷗全集：文學集》，頁一一六。

76 劉吶鷗，〈螢幕上的景色與詩料．膚色〉，收於劉吶鷗著，康來新、許秦蓁合編，《劉吶鷗全集：電影集》，頁三三六。按《劉吶鷗全集：電影集》內所記為Jesepni r.eBaker，懷疑有誤，估計應為美國舞蹈藝人Josephine Baker（一九〇六—一九七五）。

77 劉吶鷗著，康來新、許秦蓁合編，《劉吶鷗全集：日記集（下）》，頁七〇二—七〇三。參見頁七〇三的日記原文版本。

的性慾。但是，不論其跟西化女性的分別如何，她們在本質上同樣是「土著男性」「凝視」之下的「被觀察物」，她們的存在只是透露出「被殖民男性」面對殖民者在土地、文化上入侵時的特殊心理，不論是西化女性或土著女性，其實都反映了這種被殖民心理的一體兩面。綜合上述劉吶鷗對東、西方女性的觀看和品評，我們可以看到他模仿殖民者男性的觀看對東、西方女性品頭論足，他的態度跟〈熱情之骨〉中的比也爾並沒有兩樣。

雖然劉吶鷗模仿了殖民者男性的觀看方式，在小說中觀看、想像和品評東、西方的女子，但是，跟殖民主義文學隱藏觀看者心理、思想的手法不同，在劉吶鷗的小說中不斷透露他本身作為土著男性的雙重焦慮。〈熱情之骨〉中的菊子、〈禮儀與衛生〉中多番出走的妻子可瓊、〈赤道下〉常常受到「集群和城市之光的誘惑」而四處留情的妻子珍、〈風景〉中在火車上背著丈夫偷情的無名女子等，全都是本來屬於「土著女性」行列，現在卻被西方文明影響而變得西化。在這些小說中，處處流露著男性人物擔心本土女性被西化後，不再被「土著男性」控制的擔憂，這種心理在殖民主義文學中並不會顯露出來。例如〈熱情之骨〉中法國人比也爾亦無力駕馭的、宣稱自己為「Materielle」的東方女子菊子、〈禮儀與衛生〉和〈赤道下〉中常常擔心妻子背叛自己的丈夫、〈風景〉被「西化」女子牽引著的男子等。這種擔憂在〈遊戲〉中得到很好的體現。在這篇小說中，一個名叫步青的男子深愛著一個西化的女子，她有著「一對很容易受驚的明眸，這個理智的前額，和在牠上面隨風飄動的短髮，這個瘦小而隆直的希臘式的鼻子，這一個圓形的嘴型和牠上下若離若合的豐膩的嘴唇，這不是近代的產物是什麼？」[78] 這種描寫是典型劉吶鷗筆下「摩登女郎」的刻板形象。然而這樣一個女子卻是屬於別人的，因此步青常常有這樣的感覺：

「但是，當他想起這些都不是為他存在的，不久就要歸於別人的所有的時候，他巴不得把這一團的肉體即刻吞下去，急忙把她緊抱了一下。」[79]在這位西化女性的眼中，能夠真正擁有她的男子是有著仿如西方殖民者特徵的男子：卓別靈（即查理・卓別林，Charles Spencer Chaplin, 1889-1977）式的鬍子和廣闊的肩膀。他既爽快又粗豪，且是快快活活的。但是，步青卻是「太荒誕、太感傷、太浪漫的」，具有典型「被殖民者」的形象。[80]這就顯出一種對比，西化女性選擇的是像西方殖民者般強壯、爽快的男子，而不是像步青般既感性又女性化的「土著男子」。劉吶鷗這種寫法表現了殖民主義文學的殖民策略無孔不入地影響著「被殖民者」對自我的認知。在殖民主義文學中，殖民者常常透過把「被殖民」男性「女性化」，以合理化自身的侵略行為，因為殖民地缺乏真正的男子漢，所以它是應該被征服的。被殖民土著男性的形象因而被改寫成像女性般「太荒誕、太感傷、太浪漫的」，缺乏男子氣概。這就可以看出劉吶鷗作為「被殖民的男性」是怎樣受到殖民行為的影響去看待自我形象，並且流露出「土著男性」擔心「土著女性」像領土般被侵占的心理。

如果把劉吶鷗這種「土著男性」的心態跟法農論及阿爾及利亞婦女時的心態類比，可以看到非常接近的觀點。這種「土著男性」的心態非常容易轉變成對殖民者女性或西化女性的憎恨，一

78 劉吶鷗，〈遊戲〉，收於劉吶鷗著，康來新、許秦蓁合編，《劉吶鷗全集：文學集》，頁三四。
79 同前引。
80 同前引，頁三六。

方面他們認為這些女性是殖民者的一員，會危及他們的男性主體性；同時又認為這些女性會把更多「土著女性」轉變成「西方女性」，這些心理都暗指著「土著男性」失去領土的創傷。[81]劉吶鷗把這種心理轉化成小說中土著男性的複雜心理，他把都市物質生活跟西化的「土著女子」連上關係，表現出對這些西化的「土著女性」更為厭惡的情緒。例如在〈流〉（一九二八）這篇小說中，以男性主人公鏡秋為中心，寫他的雇主的第三房姨太太青雲不守婦道，與家庭教師曉瑛的冷靜沉著做對比。在小說中，曉瑛並不是以美麗的姿容去占據鏡秋的心，小說如此描寫她的外表：

> 她可以說是一個近代的男性化了的女子。肌膚是淺黑的，發育了的四肢像是母獸的一樣粗大而有彈力。當然斷了髮，但是不曾見她搽過司丹康。黑白分明的眸子不時從那額角的散亂著的短髮陰下射著人們。[82]

這一男性化的女性形象，去除了劉吶鷗小說中常見的「色慾化」的女性描寫。小說後來揭露曉瑛因為全心參與工廠工人的示威當中，並不曾像鏡秋一般把精神投放到戀愛之中。這種去除了女性氣質、卻能誘惑男性，又對情愛毫無興趣的「土著女性」，跟上流社會中為了金錢出賣身體的「西化」「土著女性」形成了強烈的對比。在小說中劉吶鷗明顯尊重作為「貞潔」的「土著女性」代表曉瑛，對西化的「土著女性」姨太太青雲則極為鄙夷，例如小說中寫鏡秋對青雲跟老闆的兒子約會時的態度：「鏡秋只從鼻子裡哼出半個聲音，這時他的輕蔑的臉色，他們並不曾注意到。」[83]同時，在這篇小說中，劉吶鷗透露了「土著男性」是否有能力對女體做出色情觀看，是區別社會階級的關鍵。在〈流〉中，鏡秋跟雇主的兒子堂文去看色情電影，散場後如此心想：

哼，這就是堂文之所謂眼睛的diner de luxe嗎？（化著工人們流了半年的苦汗都拿不到的洋錢，只得了一個多鐘頭的桃色的興奮。怪不得下層的人們常要鬧不平。富人們的優越感情我也有點懂得，可是他們對著舒服的生活，綢織的文化，還有多少時候可以留戀呢？就從今天來到那兒的觀客看，他們雖裹著柔軟的呢絨，高價的毛皮，誰知他們的體內不是腐朽了的呢。他們多半不是歇斯底里的女人，不是性的不能的老頭兒嗎？他們能有多少力量再擔起以後的社會？）[84]

這一段以括弧表示鏡秋內心獨白的地方十分突兀，顯示作為低下階層的工人階級對上流社會裡的「性」的看法，他們往往會把這種「色情的觀看」跟階級、生活質素、道德、社會承擔等連上關

81 例子可從劉吶鷗的日記中找到。例如於一九二七年一月十九日的日記中，他寫到在上海遇見西方女子：「眼睛和眼睛，憎恨的火，洋鬼婆們啊，站得穩吧，不然，無名火在燒的東洋男兒就要把你們衝到電車底去了。」又例如在二月一日的日記中，他到書店時：「那個女人的"thank you"真的使我生起對白人的復仇心。」劉吶鷗著，康來新、許秦蓁合編，《劉吶鷗全集：日記集（上）》（臺南：臺南縣文化局，二〇〇一），頁六六及九八。

82 劉吶鷗，〈流〉，收於劉吶鷗著，康來新、許秦蓁合編，《劉吶鷗全集：文學集》，頁六五。

83 同前引，頁六四。

84 同前引，頁六三—六四。

係，對女體的觀看成為一種優越、權力的象徵。

劉吶鷗這種對於西化的「土著女性」既迷戀又厭惡的情緒，彭小妍稱之為新感覺派作家作品中充斥著的「浪蕩子美學」和「女性嫌惡症」。[85]本文在這一點上有另一角度解釋。如果以殖民話語的角度來看，「浪蕩子美學」和「女性嫌惡症」跟上文談到劉吶鷗那種對東、西方女子既關聯又相異的審美評價，以及對「西方女性」、「西化的土著女性」和「土著女性」三者的曖昧態度都有關係，觸及的都是劉吶鷗作為「土著男性」的矛盾心態。正如本章開首所提及，劉吶鷗作為「被殖民者」跟「殖民者」處於不同的位置，因此造成了對西化「土著女性」的矛盾情緒。他的小說固然繼承了不少殖民主義文學的風格，然而，如果我們從小說中找尋例子做比對，可以發覺劉吶鷗小說對女性的觀看比保爾·穆杭或日本現代派小說更為刻板、更多從色情的角度入手，並且常常跟「性」連上關係。為什麼作為「被殖民者」的劉吶鷗反而會創作出比殖民主義文學更為刻板、更為色情的文本？按照霍米·巴巴的研究，被殖民者不會對殖民主義文學照本宣科，兩者的關係是處於一種既吸引又排斥的矛盾（ambivalence）狀態。被殖民者會以一種「幾乎相同但又不太一樣」（almost the same but not quite）的方式去「模擬」殖民者的行為，因此導致文本中出現「混雜性」（hybridity），這種「混雜性」反過來顛覆了殖民主義文學自詡的優越性。[86]本文認為，劉吶鷗對殖民主義文學的「模擬」體現在把「殖民者凝視」更廣泛深入用於西方女性、西化的土著女性和傳統土著女性；同時又對這種殖民話語進行「過度」的模仿，以更為刻板、更為色情的方式，形成對殖民話語的強烈嘲諷。因為這種做法動搖了殖民主義文學賴以建立權威的重要憑據：一種冷靜、抽離、客觀的觀看位置和敘事意識。劉吶鷗的「模擬」還原了男性觀察者在觀看時的形象——色情的、窺淫癖的——這幅面貌本來在殖民主義文學中是被隱藏的，觀看的焦點只在於對象之上。現在，觀看者的形象在「過度」的觀看中流露出蛛絲馬跡，其權威形象不能再得到全面保存。例如在〈禮儀與衛生〉中，男性人物以一種旅遊的視線對女體做出「風景化」的觀看：

> 但是為看裸像而看裸像，這卻是頭一次。他拿著觸角似的視線在裸像的處處遊玩起來了。他好像親踏入了大自然的懷裡，觀著山，玩著水一般地，碰到風景特別秀麗的地方便停著又停著，止步去仔細鑒賞。山岡上也去眺望眺望，山腰下也去走走，叢林裡也去穿穿，溪流邊也去停停。他的視線差不多把盡有的景色全包盡了的時候，他竟像被無上的歡喜支配了一般地興奮著。他覺得這立像的無論那一個地方都是美麗的。特別是那從腋下發源，在胸膛的近邊稍含著豐富味，而在腰邊收束得很緊，更在臀上表示著極大的發展，而一直抽著柔滑的曲線伸延到足盤上去的兩條基本線覺得是無雙的極品。[87]

這裡劉吶鷗以一種觀光的態度、遊歷的眼光，把女性的身體當作一種「物」來欣賞，這種視線具

---

85 彭小妍，《浪蕩子美學與跨文化現代性》，頁六〇—六八。

86 Homi K. Bhabha, *The Location of Culture* (New York: Routledge, 1994), 114.「幾乎相同但又不太一樣」一句為筆者翻譯。

87 劉吶鷗，〈禮儀與衛生〉，收於劉吶鷗著，康來新、許秦蓁合編，《劉吶鷗全集：文學集》，頁一二七—一二八。

有一種看似天賦的權力，可以對女體的任何地方無限制地進行觀看，這種觀看等同侵略、掠奪，就好像殖民者初次踏足殖民地時躊躇滿志地四處遊歷。男性人物的視線所及之處，就等同某程度的占領。上文「他竟像被無上的歡喜支配了一般地興奮著」更顯出男性觀察者的「過度」觀看，其興奮之情明顯流露，迥異於西方殖民主義文學中隱藏男性觀看面貌的做法，破壞了當中神聖不可侵犯的男性地位。正是這種「過度」，反過來製造了一種在殖民主義文學中所沒有的「混雜性」。

除了這篇小說作為例子以外，劉吶鷗在〈赤道下〉（一九三二）這篇小說中亦顯露迥異於殖民主義文學的男性色情觀看。作為丈夫的「我」，帶著平日難以駕馭的妻子珍到熱帶島嶼（夏威夷）度假。小說跟其他西方或日本的殖民主義小說一樣，把熱帶南方描寫成一個熱情、性慾高漲和開放的地方，充滿殖民主義文學中的異國風情，例如描寫當地晚上傳來的部落鼓聲像「Voodoo」（巫毒教）的聲音；又例如「我」向朋友陳先生詢問當地風情：「我問陳先生他們的戀愛到底怎樣。他卻說他們那裡有甚麼戀愛不戀愛，祇不過是性慾而已。」[88]在島上，來自城市的「我」和珍也受到這種野性熱情的影響重拾恩愛，小說把珍這個西化的都會女性描寫得充滿性慾，其慾望就跟食慾一般常見：

> 我覺得我從來未曾這麼熱勃勃地愛過她，而她也似乎對於我的全身感覺了什麼新鮮的食慾似的在她底眼睛裡，她的肢腿和一切的動作上表明飽喫著我底愛情。[89]

珍對性隨便開放，同時卻又天真無邪，小說描寫她「是隻不聽話的小熊，常常要從我的懷中溜出去」。[90]這些都是殖民主義文學描寫女性的典型手法：既神祕又天真；既純潔又放蕩。在這個島上，「我」可以對珍做出「凝視」，以此體現其作為男性的權力：

珍在熱砂上仰臥著，而我接近地仔細地玩味那兩年來看慣了的她。我底掌中是一掬黛綠的卷髮，我的身邊是一條柔軟的肢體。這一幅整齊的小臉和兩個圓圓的肩膀，明明在證著都會產，然而發見了沒畫著眉墨的長在毛孔上一葉柳眉的我，卻樂得要死了。我底手也自然地在那浴衣吃緊著的小峰上戲遊。

我想，我現在確實是一個人佔有著她。我得自己地領略她的一切——這細長的腰，這圓美的踝，這柔肥的手指，和封在這一對活勃勃地閃爍著的瞳子裡的她全副精神。我得命令她，使她笑，使她哭。有必要時也得打她。[91]

「我」的這種色情觀看，顯露了「土著男性」憑著占有、控制西化女性而得到的權力感覺。這種

---

88 同前引，〈赤道下〉，頁一八二。
89 同前引，頁一七五。
90 同前引，頁一七八。
91 同前引，頁一七七。

占領只能屬於個人的：「我得自己地領略她的一切」，並且要得到全部，包括女性的身體和精神。在占有以後，男性人物就可以「命令」這個平日不受控制的她，「使她笑，使她哭」。珍在平日是「西化」的，小說明言她是「都會產」的。到這裡為止，〈赤道下〉仍然具有典型的殖民主義文學特質。但是，後來珍在夏威夷竟然背著「我」跟棕赤色的土著僕人非路偷情，使「我」大受打擊。由這時開始，〈赤道下〉逐漸顯出由於作者跟殖民者具有不同位置而造成的「混雜性」。小說逐步寫珍如何受到野性的誘惑，起初珍並不喜歡非路，因為「珍的意見是他們底眼睛怪可怕地靈敏，不像文化人那麼地鎮靜。」[92]後來他們觀看了部落充滿慾望生機的舞蹈，珍在非路跳完後很生氣，「問他是不是發狂了，莫名其妙地罵了他一頓。」[93]這時，「我」逐漸感到擔心，「我雖覺得她可愛，但一方面怕她心裡離開了我」、「我很願那部落裡的鼓聲使她駭怕，使她需用著我的保護」。[94]這些段落明顯流露出「我」身處一種介乎「殖民者」與「被殖民者」之間的尷尬位置。在小說中，「我」處於殖民者的地位，比被殖民的棕色皮膚的土著地位優越。但是，「西化」的「土著女子」竟然選擇委身於地位低微的被殖民者，這就突顯了「我」處於西方殖民者與南方被殖民者中間的曖昧狀態，甚至令「我」開始質疑自己的優越位置：「堇色的魅力在那裡。光滑的肌？強大的肢？體臭？眸子？或他的原始性？」[95]這個位置跟日本現代小說中日本作家的情況既相近又有不同：一方面「我」作為高級的「殖民者」竟然被「被殖民者」男性占有了自己種族的「殖民者女性」。在日本小說中，日本女性極少會對棕色的南方被殖民者委身，但在〈赤道下〉與男主人公同種同族的妻子竟與被殖民者私通，這顯示「我」這個男性跟日本小說的男性人物不同；另一方面，「我」最後在絕望之中汙辱了非路的妹妹萊茄，一個同樣有著棕色皮膚的土著女性，這一通過占有女體維繫男性自尊的做法，隱喻著地位較高的殖民者對被殖民地的占有，這種做法跟日本三〇年代的南方小說又非常相近。〈赤道下〉具有劉吶鷗同期小說沒有的特徵，當中濃厚的南洋氣息不單源於故事發生於南洋小島，更體現在當中的觀看意識及對南洋作為世外桃源的意識都跟三〇年代的日本殖民主義文學非常接近，這當然是由於劉吶鷗與日本文化極為深厚的關係。〈赤道下〉跟三〇年代日本對南洋熱潮的再度興起有密切關係，如果把這篇作品跟同期的日本小說比較，當可更為清楚地看到處於曖昧位置的臺灣作家劉吶鷗跟處於殖民者位置的日本作家在男性觀看的系統中有何不同。以下將以大鹿卓（一八九八－一九五九）的〈野蠻人〉（一九三五）[96]與〈赤道下〉做對比。

〈野蠻人〉跟〈赤道下〉相似，都是「先進」、「文明」的「殖民者」到達南方與土著相處的故事，具有三〇年代日本掀起第二次南洋熱的文學特質。〈野蠻人〉以日本人田澤的眼光去看臺灣原住民，小說具有不少東方主義式的凝視，例如田澤初次遇見原住民少女泰伊茉莉卡露，小說強調「她們有著野獸光澤的肌膚」、「黑豔的眼珠子」。跟〈赤道下〉的男性人物不同，田澤

92 同前引，頁一八〇。
93 同前引，頁一八二。
94 同前引，頁一八三及一八五。
95 同前引，頁一八八。
96 大鹿卓，〈野蠻人〉，收入王德威、黃英哲主編，《華麗島的冒險：日治時期日本作家的臺灣故事》（臺北：麥田，二〇一〇），頁七五－一二二。

來到南方的臺灣，始終帶著一種洗去文明束縛的心態，渴望喚醒自己的野性，以反抗他在日本毫無前途的命運。起初他仍然帶有日本人與原住民階級不同的心態，例如當泰伊茉莉卡露伸手進去他洗臉的水中，田澤「以粗暴的聲音制止了她，但他自己馬上因為那種令人瞧不起的潔癖而感到羞恥。」[97]隨後小說強調田澤跟原住民接觸後才了解到什麼是「純潔無瑕的心靈」，而田澤則多次把自己脆弱的文明精神跟原住民剛毅的野性比較，使他感到自己跟原住民之間「清晰可見的隔閡」。田澤對多次向自己示好的泰伊茉莉卡露感到害怕，並自己告誡自己：「我會害怕她是因為自己的野蠻性還不夠成熟。」因此勉勵自己「變野蠻吧！」、「我要變野蠻啊！」自此田澤多次告訴自己要在這個南方的原始之地中鍛鍊自己。南方成為了日本人訓練自我、回歸自然的場所，同時亦反映出日本人對「原鄉」、「自然」、「本性」的追尋。在這篇小說中，田澤的願望其後通過占有原住民女性而實現：「他要讓泰伊茉莉卡露更進一步地恢復原來的野性，然後自己馳騁於一種願望裡，希望讓那種氣息吞沒。」最後，田澤「把自己逐漸不會將肉體和精神分開考量一事，當成是自己終於呼吸著真正的野蠻的證據而感到自豪。」[98]

從〈野蠻人〉中可以看到，田澤對原住民女性的占有是為了體驗野蠻性，為了擺脫由日本母國、來自城市的牽制，因而以原住民女性激起自己的野性作為抵抗。比較〈赤道下〉的「我」與〈野蠻人〉的田澤，兩者對待「南方」的不同態度反映出不同位置角色的心理狀態。日本人渴望從「南方」殖民地尋找的是「原鄉」、「自然」與「本性」，目的是要得到烏托邦式的慰藉，反映的是日本在接受現代性以後對傳統、原鄉的失去感到徬徨，表現日本在面對西方時的「被殖民」心態和面對南方時的「殖民」心態；而〈赤道下〉中「我」對「南方」土著女性的占有，則是在「本土女性」不受掌控（隱喻著國土的失去）之後的激化行動，反映臺灣人劉吶鷗尋找的是國族和身分的認同，這同時又顯示出他既恐懼於喪失主體性的被殖民者心態，另一方面卻又通過占有南方來維持自我的「模仿」殖民者心理。[99]由此看到，劉吶鷗的小說通過對女性過度的色情觀看以及對各種女性形象（西化本土女性、東方本土女性和南方的被殖民女性）的不同心理狀態等方面，顯露出臺灣被殖民「土著男性」的多重焦慮，反映其與西方和日本殖民者的不同位置，卻由於這種曖昧的狀態，創作出與西方和日本殖民主義文學不同的小說，為當時處於殖民狀態下的臺灣發出自身的聲音，並反過來暴露了殖民主義文學當中男性凝視的「高傲」、「色情」面貌，顯示出一種由「模擬」而來的「超越」。

本章論述了劉吶鷗怎樣運用他作為混種文化翻譯者的眼光，通過翻譯西方和日本的殖民主義文學作品，把一種新的小說表現模式引入了漢語語境之中。這種小說模式又隱含著東亞多重殖民凝視的特質，並因其獨特而複雜的發展路線，而具有混種文化的面貌。在劉吶鷗的翻譯和創作之中，經歷模擬、變化和發展的過程，表現出劉吶鷗對殖民主義、國族和性別敘事的態度。劉吶

---

97 同前引，頁八一。

98 同前引，頁一一九。

99 有論者從女性人物角度探討日本人面對西方殖民者與東方被殖民者時的中間角色，可參考阮斐娜著，陳美靜譯，〈性別與現代性：日本臺灣文學中的殖民身體〉，收入李奭學主編，《異地繁花：海外臺灣文論選譯》（臺北：臺大出版中心，二〇一二），頁一〇五。

鷗在創作中表現出殖民地關係中的性別化本質，反映他作為臺灣人的國族想像與認同，跟西方或日本殖民文學截然不同。他的小說裡具有跟殖民主義文學類似但又不同的凝視特徵，通過他那種多元身分的男性眼光所折射出來的各種女性形象，反映劉吶鷗作為被殖民「土著男性」的雙重焦慮：一種是來自面對西方／日本殖民者的焦慮，另一種則是來自「土著女性」「西化」後難以被控制的焦慮。在「土著男性」的意識中，殖民者對「土著女性」的占有等同對領土的占據。劉吶鷗小說中著力描寫「摩登女郎」的西化行為，表現出他對「土著女性」脫離「土著男性」控制的擔憂。這些小說對女性人物做出重複的戀物化觀看，這種觀看行為流露出男性作家對性差異的焦慮，這種焦慮跟殖民主義對種族差異的恐懼如出一轍。同時，小說中「土著男性」的形象往往跟殖民者把「土著男性」做女性化刻劃的形象相同，顯示出劉吶鷗作為「被殖民的男性」是怎樣受到殖民行為的影響去看待自我形象。

從上文的討論可以見到，劉吶鷗作為文化中間人的角色，讓我們得以了解經歷多重殖民凝視的文學面貌。他所經歷的多元被殖民經驗，使他得以致力於融合、吸收不同的表達方式，混合西方和日本殖民文學與漢語的書寫表現手段，造成一種新的混種文化表述模式。這種情況反映當時被殖民的「臺灣經驗」對國家、族群認同的模糊界線，反而為文學創作帶來更大空間。在殖民與被殖民的二元劃分以外，我們可以看到劉吶鷗的翻譯和創作如何在「抵抗」的思維以外，有效利用、吸納以致演化殖民主義文學特質以合乎己用。劉吶鷗通過翻譯而來的小說創作風格，使現代漢語語境之中的小說在思維或表現模式方面更為豐富多元，啟發其後的中國新感覺派，特別是穆時英的小說，就具有不少這種混雜的凝視特質在內。

第三章

由翻譯到「模擬」

——劉吶鷗、穆時英和張愛玲小說的「視覺性」

由晚清的小說界革命開始，著力於救亡啟蒙的「新小說」地位大為提升，小說不僅成為想像中國、構建藍圖的方式，小說本身就已經被想像成為「國民之魂」，成為救國濟民的神話。[1]然而小說作為民族想像的方法在中國和西方有截然不同的發展脈絡。按照安德森的說法，「民族」在本質上是一種屬於現代想像的觀念，是經過世界性宗教共同體、王朝和神諭式的時間觀念的沒落，人們才開始想像「民族」這種「世俗的、水平的、橫向的」共同體。他借用本雅明的「同質的、空洞的時間」這個概念來表示現代人新的共時性的時間觀，並指出在十八世紀初興起的兩種想像方法——小說和報刊——為構建「民族想像共同體」提供了技術的手段。[2]安德森的看法提醒我們，小說成為西方「民族想像」的方法是經過自然的社會演化而來。

在第一章我們已經提及，小說作為民族想像方法在中國的發展與西方不盡相同，除了它並沒有經過歷史的自然進程去發展成共同的民族想像技術手段，同時亦面對著中國近代歷史的多線發展，例如臺灣在一八九五年被日本殖民後，就發展出跟中國大陸截然不同的想像方法，例如從多方面引進中國新文學、日本和西方文學等。在這種情況下，臺灣的知識分子同時面對來自多方的殖民主義文學，[3]這就使臺灣出現了跟中國大陸在「想像中國」方面不同的發展面向。這種文學發展面向是以殖民主義文學為參照，並在不同程度上對其做出改寫和發展。本書認為，劉吶鷗、穆時英和張愛玲在不同程度上引入、轉化和「模擬」（mimicry）殖民主義文學中的「視覺化表述」。本書強調它是「另一種」想像中國的方法，目的是要跟三、四〇年代中國民族主義作家（包括左右翼的陣營）對中國的想像做出對比；同時亦要突顯在現實主義和浪漫主義思潮以後，現代主義的想像模式如何通過跟殖民生活關係密切的作家得到發展。這種想像起初表現的是作家心目中嚮往的「現代」中國；隨著視覺化表述引入並本土化以後，這種表述方法則被改變為表現本土的事物。這種具有「凝視」和陌生化本質的小說視覺化表述，改變了知識分子對中國現代和傳統的看法，帶來了有別於民族主義作家筆下的中國形象。本章題目中的「視覺性」一詞，就是指對這種包括著殖民者／被殖民者之間的權力和關係的研究。

---

1 梁啟超於〈譯印政治小說序〉內引述「英名士某君曰：小說為國民之魂」，並表示同意：「豈不然哉，豈不然哉。」見梁啟超，〈譯印政治小說序〉，原載於《清議報》第一冊，一八九八年，現收於梁啟超，《飲冰室文集》第二冊「飲冰室文集之三」（臺北：臺灣中華書局，一九六〇），頁三五。

2 班納迪克・安德森（Benedict Anderson）著，吳叡人譯，《想像的共同體：民族主義的起源與散布》（上海：上海人民出版社，二〇〇三），頁二五—二七。

3 本書關於「殖民文學」、「殖民主義文學」和「後殖民文學」這幾個關鍵詞的用法和定義如下。根據博埃默（Elleke Boehmer）的說法，「殖民文學」一詞是一個更寬泛普通的術語，指那些有關殖民的想法、看法和經驗的文字，那些主要由宗主國作家，但也包括西印度群島和美洲的歐洲人後裔以及當地人在殖民時期所寫的文字。「殖民主義文學」則指「它專門指與殖民擴張相關的文字。總的說來，它是由歐洲殖民者為他們自己所寫的、關於他們所占領的非歐洲領土上的事情。它含有一種帝國主義者的眼光……殖民主義的文學充滿了歐洲文化至上和帝國有理的觀念」。「後殖民文學」則「並不是僅僅指帝國『之後才來到』的文學，而是指對於殖民關係做批判性的考察的文學。它是以這樣或那樣的方式抵制殖民主義視角的文字……後殖民作家為表現殖民地一方對所受殖民統治的感受，便從主題到形式對所有支持殖民化的話語——關於權力的神話、種族的等級劃分、關於服從的意象等統統來一個釜底抽薪。因此，後殖民文學一個很突出的特徵，就是它對帝國統治下文化分治和文化排斥的經驗」。上述說法參見博埃默（Elleke Boehmer）著，盛寧譯，《殖民與後殖民文學》（香港：牛津大學出版社，一九九八），頁二—三。因此，本書以「殖民主義文學」一詞指稱西方或日本含有帝國主義眼光的文學作品。

小說視覺化表述的引入和移植：劉吶鷗的翻譯和小說創作

小說的視覺化表述作為一種「新」的想像中國的方法，在三〇年代中國興起於上海的新感覺派，當中劉吶鷗和穆時英的小說就最能表現這種特色。究其來源，小說視覺化表述並不是完全由中國本土文化場域所孕育，而是由西方／日本殖民主義文學所帶來。其中一條路線就是由劉吶鷗這位臺灣人經過迂迴的路線引入。這種新的小說表述方法經由帝國主義、殖民主義到本土化的複雜過程而生，為當時的中國大陸帶來了新的想像方法。[4]那麼，小說視覺化表述如何經由臺灣被殖民的歷史過程而被吸納到漢語的小說寫作？劉吶鷗為何會借鑑這種具有殖民色彩的表述方法？這牽涉到當時殖民地作家文化素養的形成過程，亦即在怎樣的教育和文化氛圍下，構成了劉吶鷗多元混雜的文化背景。這關係到一種新的想像方法的產生，了解這一問題將有助理解這種想像方法的本質，以及以這種具有殖民主義文學色彩的方式去想像中國的效果。

劉吶鷗在一九〇五年出生於臺南，正是臺灣於一八九五年割讓予日本後的第十年。作為日治時期的臺灣人，劉吶鷗累積的文化素養必然與殖民地的教育息息相關。如果我們歸納劉吶鷗在踏入文壇前的經歷，可以見到他作為一個日治時期的臺灣知識分子，從小受到殖民地教育，在各種日本「同化」的教育政策之下，形成了一種非常接近日本文學的文學趣味。除了關注日本現代文學以外，他接觸西方現代小說的方法主要亦是透過日語的譯介。這種長時期的浸淫使劉吶鷗的創作跟殖民主義文學有密切的關係。另一方面，劉吶鷗身處的東亞文化場域在一九三〇年前後面對著一股國際性的現代主義思潮，這一思潮影響了場域內的知識分子對世界、國族的想像。對於這一現代主義思潮，施蟄存曾經概括形容為：西方現代主義思潮是「東方化」了的，而中國的現代主義思潮則是「西方化」了的。[5]當西方現代主義思潮進入臺灣時，臺灣知識分子關注的是怎樣利用這種外來文化資源，令臺灣能夠進入現代世界之列。他們希望通過這種超越民族和國家分界的「世界國家」概念，使臺灣能夠「合法地」加入世界國家的陣營，從而達到改善殖民地狀況的意願。[6]大正時期大規模於日本留學的臺灣留學生，很多都接受了這種世界主義。劉吶鷗的朋友、曾與他在中央電影攝影場共事的黃天佐就曾這樣形容劉吶鷗「世界人」的氣質：

> 他（劉吶鷗）對我說，中國人的長處和短處，以及日本人的長處和短處我都知道得很清楚。我們要由中日文化界澈底合作，探求一種新的文化，一種能夠使中日兩國共同努力的新文化，纔足以領導民眾，消弭戰爭（……）吶鷗不是一個中國人，或是一個日本人，而是一個世界人。[7]

4　小說中出現視覺表現的情況在中國古典小說和現代小說的例子有很多，例如《紅樓夢》中已有不少視覺觀察的描述，另周蕾亦提出相關看法，詳參第一章注5。唯這些視覺表現跟本書所論源於殖民文學的「視覺化表述」不同，亦是在這一點分別上，顯出劉吶鷗、穆時英和張愛玲有別於五四主流「想像中國」模式的特點。

5　轉引自史書美於一九九〇年對施蟄存的訪問。見史書美著，何恬譯，《現代的誘惑：書寫半殖民地中國的現代主義（1917-1937）》（南京：江蘇人民出版社，二〇〇七），頁二六二。

6　朱惠足，《「現代」的移植與翻譯：日治時期台灣小說的後殖民思考》（臺北：麥田，二〇〇九），頁三〇—四〇。

在這種世界主義的潮流下，劉吶鷗想像中國的方法具有現代主義和世界主義的特徵。這種種因素，影響到他對外國文學資源的接受態度，令他大量接觸日本和西方各種文學流派的作品。

在中國新感覺派當中，劉吶鷗是最先把日本現代派小說譯介到中國的人。據施蟄存的回憶，劉吶鷗當時帶來了很多日本出版的文藝新書，例如橫光利一、川端康成、谷崎潤一郎等作家的作品。[8]但是劉吶鷗轉化外國文學資源重要的第一步是翻譯和出版日本和法國的現代派小說（詳參附錄二）。由於劉吶鷗成長於殖民地臺灣，又接受了多年的殖民地教育，因此當他在上海開始進行各種翻譯和創作時，對運用漢語白話文寫作感到十分困難，他以臺語作為母語的背景亦造成了他寫作白話文時的障礙。加上他熟悉多種語言，都使他的翻譯和創作具有強烈的殖民地語言特色。本章認為，這種獨特的情況反而造就了劉吶鷗對不同外來文學元素的吸納與轉化，甚至方便他創造出一種新的小說語言風格，為小說視覺化表述建立了發展基礎。例如劉吶鷗在一九二八年翻譯了七篇日本現代小說，收入《色情文化——日本小說集》一書。當中運用了日本現代小說大量使用「擬人」和「抽象物具體化」的比喻表現方式，以下只略舉幾個例子：

1. 她的言語，像初下的雪一樣，翩翩地，一片片，浸入稍微興奮了的他的心胸。[9]
2. 一瞬間，剛才的「哇——啊」的叫聲停止了。春霞飄動的山野和這兒的世界的一切都在靜寂中，好像那被切斷的心臟的鼓動一樣。他和她接吻著。[10]
3. 在他的頭裡，疑心和憂鬱和焦慮和熱情，好像混合酒一樣被人擾亂了。[11]

這些日本小說中廣泛使用比喻手法，除了具有表現新感覺的修辭作用外，亦由於其重點運用具象的緣故，使小說具備一些基本的視覺特徵。如果借用許子東的分析，這種手法可稱為「以實寫虛」的逆向意象效果。[12]這種手法跟一般的比喻構成相反，喻體／意象多用實體，而本體／被象徵物則是描寫的事物、感受、情緒。就是這種逆向的做法，令日本新感覺派小說常常為讀者帶來陌生化的感覺，並具有明顯的視覺特徵。這些新的表現手法，經過劉吶鷗在中國語境推廣以後，逐漸成為了一種新的「想像中國」的方式。

那麼劉吶鷗認為這種陌生化的表現手法可以表現出怎樣的「民族」構成？或換一個角度來說，這種表現手法透露出劉吶鷗本人怎樣的「民族」想像？劉吶鷗寫於一九二八年七月十二日的

---

7 隨初（黃天佐），〈我所認識的劉吶鷗先生〉，《華文大阪每日》第五卷第九期，一九四〇年十一月一日，頁六九。

8 施蟄存，〈最後一個老朋友——馮雪峰〉，《新文學史料》第二期，一九八三年，頁二〇二。

9 川崎長太郎著，劉吶鷗譯，〈以後的女人〉，康來新、許秦蓁合編，《劉吶鷗全集：文學集》（臺南：臺南縣文化局，二〇〇一），頁三四五。

10 片岡鐵兵著，劉吶鷗譯，〈色情文化〉，康來新、許秦蓁合編，《劉吶鷗全集：文學集》，頁二四八。

11 池谷信三郎著，劉吶鷗譯，〈橋〉，康來新、許秦蓁合編，《劉吶鷗全集：文學集》，頁三〇三。

12 許子東曾以「以實寫虛」的逆向意象討論張愛玲的意象運用與錢鍾書的分別，參見許子東，〈張愛玲意象技巧初探〉，劉紹銘等編，《再讀張愛玲》（香港：牛津大學出版社，二〇〇二），頁一四九—一六二。這裡亦可以解釋張愛玲這種獨特的意象運用手法，跟中日新感覺派小說的關係十分密切。

〈《色情文化》譯者題記〉曾說：

現代的日本文壇是在一個從個人主義文藝趨向於集團主義文藝的轉換時期內（……）在這時期裡能夠把現在日本的時代色彩描給我們看的也只有新感覺派一派的作品。這兒所選的片岡、橫光、池谷等三人都是這一派的健將。他們都是描寫著現代日本資本主義社會的腐爛期的不健全的生活，而在作品中露著這些對於明日的社會，將來的新途徑的暗示。[13]

從這段題記中可以看到，劉吶鷗非常清楚三〇年代正是一個由個人主義邁向集體主義的時代，並且是混雜不清的時代。在各種混亂的派別中，劉吶鷗特別強調新感覺派這一脈的重要性，在於它能表現資本主義社會晚期的糜爛的生活，是真正能表現現在日本時代色彩的作品。這就是說，劉吶鷗對「現代」生活的想像是以日本的先進生活作為標準的，他對「現代」中國民族的「想像」有別於新文學的傳統。通過這種「想像」的建立，劉吶鷗心目中的中國現代小說得以與東京的「現代」連結，表現出這一代不同於五四時期知識分子的想像。更重要的是，劉吶鷗認為在這些「糜爛」的作品中，透露著「明日的社會」、「將來新途徑」的暗示，因此，透過這種與「糜爛」和「頹廢」關聯的小說視覺化表述，「新一代」對於未來中國的構想就開始成形。

除了日本的文學資源以外，法國現代文學亦是劉吶鷗建立「想像」的重要資源。以下將以法國作家保爾．穆杭的小說為例，說明劉吶鷗如何從殖民文學中吸收了小說的視覺化表述方法。[14]本書曾於第二章說明保爾．穆杭曾遊歷多國，並曾開始遠東旅行，到訪日本、中國和越南。他的經歷致使他的作品常常出現一種東方主義的視角。保爾．穆杭這種東方主義的觀看與十九世紀時大量西方作家——特別是來自英國和法國——開展其遠東旅行，並且撰寫大量小說和旅遊紀錄的傳統一脈相承。薩依德在《東方主義》（*Orientalism*, 1978）中提及，在整個十九世紀，東方成為了歐洲人最愛旅遊和書寫的地方，並且出現了數量非常龐大的關於東方經驗和風格的文學作品群。根據薩依德的研究，這些文學作品群具有一種共同的特徵，就是當中「東方」的形象只是歐洲觀察者眼中的東方，而不是它的真貌。東方是一個被瞻望的聖地、是一個場景或是活的靜態畫面。這些作品中西方敘述者所說的，是一種單向交流過程中的描述：**他們**在說在做，而**他**則在觀察和記錄。[15]這種本身由殖民者建立的觀看意識，在殖民主義文學中得到確立，而保爾．穆杭的作品正屬於這一個由福樓拜至羅蒂的西方殖民主義文學傳統。[16]

---

13 劉吶鷗，〈《色情文化》譯者題記〉，康來新、許秦蓁合編，《劉吶鷗全集：文學集》，頁二二九—二三〇。

14 除了劉吶鷗以外，穆時英亦深受保爾．穆杭的影響。穆時英在〈電影批評底基礎問題〉中曾提及保爾．穆杭：「把一個歷史上的客觀現實，歐戰來做一個例子。歷時四年，動員數萬萬人的歐戰是不是正確的，忠實地，照它原來的樣子反映在人類底藝術作品裡邊呢？沒有，我們有《西線無戰事》那樣的非戰作品，有充滿了愛國思想的作品，有寫這個混亂時代的夜開著，夜閉的保爾穆朗……」，嚴家炎、李今編，《穆時英全集》第三卷（北京：北京十月文藝出版社，二〇〇五），頁一七一。

15 薩義德著，王宇根譯，《東方學》（北京：三聯書店，一九九九年初版，二〇〇七年重印），頁二〇四—二〇七。強調標示為作者所加。

薩依德提及的這種西方殖民者的觀看意識，構成了本章所論及的小說視覺化表述，同時亦使這種表述具有不平等的觀看權力架構以及強烈的陌生化特質。殖民者最初對東方的觀看建立了小說的「觀看意識」，由保爾．穆杭承襲這種東方主義的觀看開始，到日本新感覺派作家的模仿，至劉吶鷗的引介和翻譯，都逐漸為小說的視覺化表述建立起越來越明確的文本特徵。英國批評家艾勒克．博埃默（Elleke Boehmer, 1961-）曾提出殖民主義的敘事文本中存在著一種「殖民者凝視」（colonial gaze），這種凝視由一系列觀察的活動（例如調查、檢查、窺視、注視）組成。這些文本採取了一種統攝俯瞰的觀察角度，反映殖民者在文化上的優越感。西方人讓自己扮演高高在上的位置，整個世界在他們眼中只是一個對象。「殖民者凝視」表現出的是觀察者的天真，以及其窺淫癖一般的嘴臉。[17]因此可以說，小說的觀看意識，起先與西方殖民者對東方的觀看，或是與這種「殖民者的凝視」有直接的血緣關係。隨著大量西方作家到東方旅行而建立起「看與被看」的權力關係，小說中的「觀看」得到了強化。

在保爾．穆杭的小說中，我們可以找到這種西方殖民者觀看意識，顯示出強烈的東方主義色彩。例如在劉吶鷗出版、戴望舒翻譯的〈六日之夜〉中，可見到西方白人男性對東方女子身體的凝視，這種觀看帶有強烈的異國情調：

> 三晚以來人們常看見她在那兒。除為了那她從來不缺的，但只和舞師或女伴舞著的跳舞以外，她老是獨自個的。當人們邀請她的時候，她辭絕了；我也正和別人一樣，雖然我是為她而來，而她又知道的。這並不是為她的乳白的背，她的黑玉的衫子，戰顫著的黑雨，無數的

> 縞瑪瑙的珍飾，從這些珍飾間是可以辨出細長的，和耳邊鬢髮相接的眼睛來的；卻可說是為她的扁平的鼻子，她的突起的胸膛，她的灑過硫酸鹽的葡萄葉的美麗的猶太風的顏色，她那個有些蹊蹺的孤獨癖而來的。[18]

引文中那些關於東方人的輪廓特色、異國風情的裝飾打扮、經過渲染的神祕色彩，都是透過這殖民者的目光而來。他的觀看意識重點表現這位觀察者對東方的想像，以陌生化的眼光去建構東方的形象。我們可以戴望舒在一九二九年翻譯保爾・穆杭的《天女玉麗》作為例子，更深入觀察保爾・穆杭小說中的東方主義觀看。[19] 例如〈懶惰病〉同樣顯出保爾・穆杭對東方色彩的幻想：

> 在一九一五年，我在倫敦認識了一個不知道在爪哇一個什麼地方生的荷蘭女子。她是燦爛的，她的黑色的辮髮捲在耳朵上，好像澳洲產的Mérinos羊底角一樣。她使我想起了那些市場上的招牌
>
> **原產的女子**

16 史書美早已提出保爾・穆杭小說中東方女郎形象的塑造可以追溯到福樓拜（Flaubert, 1821-1880）到羅蒂（Pierre Loti, 1850-1923）的異域情調（exoticism）文學傳統。參見史書美著，何恬譯，《現代的誘惑：書寫半殖民地中國的現代主義（1917-1937）》，頁三二九—三三七。

17 Elleke Boehmer, *Colonial and Postcolonial Literature: Migrant Metaphors* (New York: Oxford University Press, 1995), 71.

18 穆杭著，〈六日之夜〉，收入水沫社編譯，《法蘭西短篇傑作集》第一冊（〔上海？〕：現代書局，一九二八），頁一—二。

東方的尤物

美—陶醉—仙境—光明[20]

文中強調不知身世的女子的出生自東方，並重點描寫她的黑髮以及獨特的髮型。值得注意的是她使男主人公聯想起市場上待價而沽的女子，強調的是「原產」、「東方」，帶來的感覺是「美」、「陶醉」、「仙境」、「光明」，這正顯露出小說中的觀察者站在殖民者的位置去欣賞他的東方「獵物」。我們可以從這些例子看見保爾．穆杭的東方主義心態：東方形象的建立目的在於成為西方觀看的參照；東方的旅行，成為了西方人為了看清自我而建構出來的距離；東方的真貌變成了異域情調。保爾．穆杭的這些小說建立起一種以觀看為主的小說想像，在殖民者的「敘述」之中，加入「殖民者凝視」作為表現東方異國民族的方法。

由上述的討論我們可以看到，小說的視覺化表述怎樣由西方殖民者對東方的凝視而形成觀看的意識。透過劉吶鷗及相關人士的翻譯和引入，小說視覺化表述得以進入了中國語境。並且，劉吶鷗在一九二八年開始寫作的一系列小說，更借用和內化了這種「殖民者凝視」。例如在保爾．穆杭的〈懶惰病〉及〈新朋友們〉這兩篇小說中可以找到劉吶鷗小說中某些角色的原型。〈新朋友們〉這篇小說寫一位名叫保爾的男子跟一位名叫保勒的女子，同時愛上一個叫阿湼思的女子，但是阿湼思卻對他們愛理不理。有一天，阿湼思同時約了保爾和保勒，自己卻沒有出現，結果保爾和保勒在餐廳被迫共餐，卻成為了彼此的「新朋友」。[21]這一類似的情節後來被劉吶鷗在〈兩個時間的不感症者〉中化用了。〈兩個時間的不感症者〉寫男主角H在馬場上邂逅了一位

「sportive的近代型的女性」。當他滿懷自豪地帶著這個女子在街上炫耀時，這個女子卻告訴他約了另一位男性T。於是兩男一女的約會開始了。二男在暗自較量，H在跟女子跳舞時問她：

T是你的什麼人？

你問他幹麼呢？

……

不是像你一樣是我的朋友嗎？

我說，可不可以留他在這兒，我們走了？

19 雖然這本小說集並不是由劉吶鷗翻譯，但考慮到在一九二八年起，劉吶鷗跟戴望舒和施蟄存的關係非常密切，因此，劉吶鷗應有很大機會閱讀過戴望舒翻譯的這本《天女玉麗》，並且這本《天女玉麗》跟後來穆時英的創作有密切關係，因而本章將把它納入討論範圍。關於劉吶鷗等人在這段時間的交往狀況，可參金理著，《從蘭社到〈現代〉：以施蟄存、戴望舒、杜衡及劉吶鷗為核心的社團研究》（上海：東方出版中心，二〇〇六），頁三九—四四。《天女玉麗》收了保爾．穆杭的七篇小說，包括〈新朋友們〉、〈天女玉麗〉、〈洛迦特金博物館〉、〈六日競走之夜〉、〈懶惰底波浪〉、〈茀萊達夫人〉、〈匈牙利之夜〉，由戴望舒翻譯，附有Benjamin Crémieux著，劉吶鷗翻譯的〈保爾．穆杭論〉，由上海尚志書屋於一九二九年出版。資料參自鄺可怡，〈論戴望舒香港時期的法文小說翻譯（1938-1949）〉附錄，載《現代中文文學學報》第八．二—九．一期，二〇〇八年，頁三四三。

20 保爾．穆杭著，戴望舒譯，〈懶惰病〉，《無軌列車》第四期，一九二八年十月，頁一六〇—一六一。

21 這裡的角色名字根據戴望舒後來的翻譯版本，見保爾．穆杭著，戴望舒譯，〈新朋友們〉，《天女玉麗》（上海：尚志書屋，一九二九），頁一九—三四。文中又譯為〈新的朋友〉。其餘情節則按《無軌列車》第四期，一九二八年十月的版本。

你沒有權利說這話呵。我和他是先約。我應許你時間早已過了呢？

那麼，你說我的眼睛好有什麼用？

啊，真是小孩。誰叫你這樣手足魯鈍。什麼吃冰淇淋啦散步啦，一大堆嘮嗦。你知道love-making是應該在汽車上風裏幹的嗎？郊外有綠蔭的呵。我還未曾跟一個gentleman一塊兒過過三個鐘頭以上呢。這是破例呵。[22]

這位從不與任何男子約會超過三小時的女子的原型就是〈新朋友們〉中那位「她的生活，就是十二小時的遊蕩和十二小時的遺忘」的阿涅思。[23]而劉吶鷗小說中那「兩個時間的不感症者」，最後同樣跟〈新朋友們〉的保爾和保勒一樣被心儀對象拋棄。劉吶鷗的小說跟保爾·穆杭的同樣描寫放蕩的、不受控制的女子，這種題材源自殖民主義文學作品中西方男子對神祕的東方女子的觀看。劉吶鷗在〈兩個時間的不感症者〉中通過H對那位女子的觀看，發揮了類似西方殖民者的凝視：

透亮的法國綢下，有彈力的肌肉好像跟著輕微運動一塊兒顫動著。視線容易地接觸了。小的櫻桃兒一綻裂，微笑便從碧湖裏射過來。H只覺眼睛有點不能從那被opera bag稍為遮著的，從灰黑色的襪子透出來的兩隻白膝頭離開，但是另外一個強烈的意識卻還占住在他的腦裏。[24]

這段觀看描寫帶有色情的成分，表現的是一種觀察者對被觀察者的進占。當中的女性角色處於靜態的被觀看位置，本身並不能發聲；而男性觀察者則占據了評價和形塑的位置。這種小說的觀看意識明顯是由模仿殖民主義文學中的「殖民者凝視」而來。

除此以外，劉吶鷗的小說對環境的處理亦充滿了殖民主義文學的陌生化視覺表述。我們可以先看看保爾・穆杭怎樣描寫異國的舞廳：

> 半身倚在露台的欄上眺望過去，人們可以看見那些穿著海邊的衣服的黑人樂隊在空空的咀嚼著，像一種瘧疾的患者一樣地戰慄著，在伸縮著頰兒吹著樂器扭曲的澤蘭形的銅腳燈，燦照出賽納河的風景（……）身體和身體緊擠在旋迴跳舞場裏，那些舞人接踵著跳。廳中有肉汁的氣味，孵退蛋的氣味，腋下的氣味，和 Un Jour viendra 香水的氣味。[25]

在這段〈六日競走之夜〉的引文中，保爾・穆杭以視覺的細節配合東方色彩或異國情調的詞彙，例如「瘧疾的」、「戰慄著」和一系列對原始氣味的描寫，塑造出一個異於西方的冷靜、清潔、規律的東方世界。這種強調環境的奇詭和陌生感覺的描寫，常常在殖民主義文學中出現。劉吶鷗

22 劉吶鷗，〈兩個時間的不感症者〉，康來新、許秦蓁合編，《劉吶鷗全集：文學集》，頁一〇九—一一〇。

23 保爾・穆杭著，江思（戴望舒）譯，〈新朋友們〉，《無軌列車》第四期，一九二八年十月，頁一六五。

24 劉吶鷗，〈兩個時間的不感症者〉，康來新、許秦蓁合編，《劉吶鷗全集：文學集》，頁一〇〇—一〇一。

25 保爾・穆杭著，戴望舒譯，〈六日競走之夜〉，《天女玉麗》，頁五五—五六。

吸收了這種手法去描寫小說場景，例如〈遊戲〉模仿了殖民主義文學中以陌生化的視覺形式去刻劃環境的做法：

> 在這「探戈宮」裡的一切都在一種旋律的動搖中——男女的肢體，五彩的燈光，和光亮的酒杯，紅綠的液體以及纖細的指頭，石榴色的嘴唇，發焰的眼光。中央一片光滑的地板反映著四周的椅桌和人們的錯雜的光景，使人覺得，好像入了魔宮一樣，心神都在一種魔力的勢力下。[26]

這種充斥著視覺細節、努力營造陌生化的異域氣氛的手法，跟殖民主義文學中以陌生化的眼光觀察東方、以異域情調和色情化的描寫形容環境十分相似。由這些例子可以見到，殖民主義文學建構的視覺化表述，被劉吶鷗引入、借用，在「西方／殖民者／看」與「東方／被殖民者／被看」的框架之下，小說的視覺性表述在中國語境中逐漸成形。

作為新一代於日本留學的中國知識分子，劉吶鷗耳聞目睹的日本文化狀態跟魯迅、周作人、郁達夫一輩有所不同。生於臺灣日治時期，劉吶鷗比起當時中國大陸上的作家更為深切感受到全面被殖民的狀態。為了調整殖民主義帶來的焦慮，劉吶鷗於是模仿這種殖民主義文學的小說視覺化表述；另一方面，他又感受到這種由觀看帶來的「優越感」跟殖民現代性有著直接的關係，因此急切地希望通過引入這種殖民主義文學的觀看模式，以新的方式去構想「現代」中國。後殖民評論家霍米．巴巴曾經提出，被殖民者會模仿殖民者以縮減兩者之間的差異。[27]以這一觀點來看，劉吶鷗引入「殖民者凝視」於小說之中，帶有希望通過模仿殖民者來縮減西方與東方差異的意味，目的是要建立他心目中的「現代」中國。本章認為，劉吶鷗引入小說的視覺化表述，令中國現代小說出現了新的表述方式。他的這種做法令外國的文學資源得以加入中國現代文學語境，並形塑出新的「想像中國」的方式，使中國現代文學在現實主義和浪漫主義以外，建立起現代主義的第三條路線。本章認為這都是劉吶鷗的翻譯和創作所具有的意義。

小說視覺化表述的「模擬」：穆時英和張愛玲的小說創作

上文我們探討了殖民主義和帝國主義對小說文體的影響，乃是由西方對東方的觀看、殖民者對被殖民者的注視而建構起來的小說觀看意識。但是，被殖民者並不會長期照本宣科模仿殖民主義文學。霍米．巴巴認為，殖民者和被殖民者的關係是一種既吸引又排斥的矛盾（ambivalence）狀態，被殖民者並不是完全地與殖民者對立，在殖民主體內同時存有共謀和抵抗的關係。這種矛盾的狀態減弱了殖民者的權威，令他們不能占據那種看似與生俱來的種族優勢，因而產生身分的

26 劉吶鷗，〈遊戲〉，康來新、許秦蓁合編，《劉吶鷗全集：文學集》，頁三一。

27 Homi K. Bhabha, *The Location of Culture* (New York: Routledge, 1994), 85-92.

認同混亂。被殖民者會以一種「幾乎相同但又不太一樣」（almost the same but not quite）的方式去「模擬」殖民者的行為。這種「模擬」最終會導致「混雜性」（hybridity）的出現，亦即被殖民者透過尋找殖民話語本身的矛盾做出顛覆，以此來瓦解帝國主義和殖民主義宣稱其自身的優越性。[28]以下將以霍米・巴巴這種後殖民理念出發，思考穆時英如何在劉吶鷗引入殖民主義文學的視覺化表述以後，借用這種模式去表現上海半殖民地的混雜性，重新審視穆時英那種與殖民文化相近的想像新方法。

穆時英（一九一二—一九四〇）是中國新感覺派作家中少數在上海土生土長的人，[29]由於跟劉吶鷗的成長背景有所不同，他對中國的「想像」亦跟劉吶鷗不盡相同。穆時英最早對中國的「想像」是現實主義模式的，例如《南北極》關注的是普羅階層、社會貧富懸殊的問題。這些小說以第一人稱的敘事為主，因此強調的是敘述語調、用詞的精準貼切，非常貼近當時左翼文壇對普羅文藝的追求。[30]其後，穆時英接觸了劉吶鷗和戴望舒等人的翻譯和創作，對中國的「想像」開始出現轉變，開始寫作新感覺派風格的小說，描寫的是都市中聲色犬馬的生活。跟他早前的小說不同，這些小說的想像方法迥異於現實主義和浪漫主義等主流方法，它們以現代主義的表達方式為主，強調形象和片斷的描畫與組接。要注意的是，穆時英是在同一時間寫作兩種截然不同、甚至在意識型態上相反的作品，出現了杜衡所謂的「二重人格」的表現。[31]這表示穆時英具有兩種「想像中國」的方向，一種是暴露社會黑暗的現實主義「想像」，另一種則是描繪都市生活的新感覺「想像」。

穆時英跟劉吶鷗不同，他不諳日語和法語，亦未曾到外地留學。[32]在他那些具有普羅文藝特色的作品中，我們找不到穆時英參考轉化外國文學資源的例子，當中的市井用語、普羅語言顯然

28 Homi K. Bhabha, *The Location of Culture*, 114.

29 劉吶鷗為臺南人，施蟄存與戴望舒同為浙江人，葉靈鳳為南京人，新感覺派的後起之秀黑嬰祖籍廣東，於印尼出生。郭建英生於一九〇七年，根據上海聖約翰大學（今聖約翰科技大學）校史所記，他祖籍福建，生於上海。穆時英的出生資料和生平參李今的研究考證，李今的考證乃按穆時英的妹妹穆麗娟的說法，過去認為穆時英出生於浙江的看法當為誤傳。詳見李今，〈穆時英年譜簡編〉，嚴家炎、李今編，《穆時英全集》第三卷，頁五四三。

30 例如錢杏邨的〈一九三一年中國文壇的回顧〉亦讚揚穆時英的語言技巧：「文字技術方面，作者是已經有了很好的基礎，不僅從舊的小說中探求了新的比較大眾化的簡潔，明快，有力的形式，也熟習了無產者大眾的獨特的為一般智識分子所不熟習的語彙。」錢杏邨，〈一九三一年中國文壇的回顧〉，《阿英全集》第一卷（合肥：安徽教育出版社，二〇〇三），頁五八八。王哲甫於一九三三年北京傑成印書局出版的《中國新文學運動史》中亦說：「穆時英——穆氏是文壇上新起的青年作家，自從他的短篇小說集（南北極）發表以後，立刻引起千萬讀者的注意，表現了他的驚人的天才。他能運用一種日常應用的一種口語，寫出下流階級的生活，又逼真，又深刻……穆氏所以成功的原因，在於他脫去一切舊的窠臼，另創出一種特殊的風格，他能運動一枝通俗的筆，寫出大眾所要說，大眾所能了解的話。」現收於王哲甫，《中國新文學運動史》（香港：香港遠東圖書公司，一九六五），頁二三五—二三六。

31 杜衡在一九三三年二月一日出版的〈關於穆時英的創作〉中，提到「時英在創作上是沿著兩條絕不相同的路徑走……這種二重人格的表現就成為對時英的一切非難的總因。」杜衡，〈關於穆時英的創作〉，《現代出版界》第九期，一九三三年二月一日，現收於嚴家炎、李今編，《穆時英全集》第三卷，頁四二三。

32 從不少曾經跟穆時英交往的日本人的紀錄中，記載穆時英由於不懂日語，通常只用不太流利的英語跟他們交談。詳見嚴家炎、李今編，《穆時英全集》第三卷。

直接取自本土文學語境。然而，當他創作新感覺派這一類型的小說時，常常都會「轉借」劉吶鷗翻譯的《色情文化》和戴望舒翻譯保爾．穆杭的作品。[33]同時，本章從保爾．穆杭的作品出發，也發現一些與穆時英小說相似的片段，例如在戴望舒於一九二九年翻譯的〈匈牙利之夜〉，一開篇就以對女性外貌形態的評論和觀看開始：

——我是歡喜那個最高大的，那個有寬闊的腰的女子的，約翰帶著一種酒的執拗說著。另一個女子是穿著瘦的筋肉，科的靜脈，手鐲的緊合，骨的影和一個神聖的獸的臉兒的。在選中這一個的時候，我感到這種夢的容易的優越……[34]

而穆時英在〈黑牡丹〉的開篇亦模仿了這種小說的氣氛：

「我愛那個穿黑的，細腰肢高個兒的。」話從我的嘴裡流出去，玫瑰色的混合酒從麥稈裡流到我嘴裡來，可是我的眼光卻流向坐在我前面的那個舞娘了。[35]

這段文字是穆時英「轉借」劉吶鷗等人翻譯的作品的其中一個例子。[36]他這種「轉借」的舉動，顯示他在「想像」新的「中國」時，對殖民主義文學、特別是對「殖民者的凝視」做出了不少「模擬」。霍米．巴巴認為「模擬」具有顛覆殖民者權力的力量。起初，被殖民者對殖民文化帶來的現代化具有崇拜、渴望的心態，對本身的文化心存自卑和厭惡。但是通過「模擬」，被殖民者逐漸了解殖民者的權力並不是天然的，而是被建構的產物。被殖民者透過「模擬」看清殖民者本身的問題，使殖民者和被殖民者處於矛盾的狀態之中，並發展出相互依賴的關係。這種雙方之間既吸引又排斥的矛盾狀態擾亂了殖民地話語的權威性。[37]

那麼究竟穆時英的小說怎樣「模擬」了「殖民者的凝視」？它們又在什麼程度上擾亂殖民主

33 王國棟曾初步提出穆時英不少作品都參照或轉化自日本新感覺派作家的作品，例如《中國一九三一》得到橫光利一《上海》（一九三二年）的啟發；〈夜總會裡的五個人〉受中河與一的《冰上舞廳》（一九二五年）影響；〈街景〉從內容到形式都轉化自橫光利一的《蒼蠅》；〈父親〉取法自佐佐木茂索的《爺爺和奶奶》；〈白金的女體塑像〉則與川端康成的《溫泉旅館》有關；〈被當作消遣品的男子〉受孕於片岡鐵兵的《一個結局》（此篇小說在一九三二年二月的《小說月報》由章克標所譯）。參見王國棟，〈中國現代派小說對日本新感覺派的傾斜〉，《杭州師範學院學報》一九九二年第二期，一九九二年六月，頁三四—四一。史書美亦認為橫光利一小說〈點了火的煙〉的主題屢屢出現在穆時英的小說中。參見史書美著，何恬譯，《現代的誘惑：書寫半殖民地中國的現代主義（1917-1937）》，頁二九三。

34 保爾．穆杭著，戴望舒譯，〈匈牙利之夜〉，《天女玉麗》，頁九五。

35 穆時英，〈黑牡丹〉，嚴家炎、李今編，《穆時英全集》第一卷，（北京：北京十月文藝出版社，二〇〇五），頁三四二。

36 除此以外，保爾．穆杭的〈弗萊達夫人〉中描寫都市中男主人翁無端的豔遇、由都市摩登女郎主動結識勾搭的情節亦出現在穆時英的〈駱駝．尼采主義者與女人〉和〈紅色的女獵神〉等小說中；保爾．穆杭的〈懶惰病〉（後來戴望舒譯為〈懶惰底波浪〉）中關於男主角與女特務幽會的情節與穆時英的〈某夫人〉及〈紅色的女獵神〉十分相似。關於保爾．穆杭的〈匈牙利之夜〉、〈弗萊達夫人〉和〈懶惰底波浪〉等例子可參見保爾．穆杭著，戴望舒譯，《天女玉麗》，頁九五—一一〇；八五—九一；八一—八四。

37 Homi K. Bhabha, *The Location of Culture*, 85-92.

義話語的權威性？本章認為，穆時英在兩個層面上借用並轉化了「殖民者的凝視」。首先，穆時英的小說運用了殖民主義文學對東方的「凝視」去把上海做異域化、陌生化的描述，例如在〈上海的狐步舞〉中：

> 嘟的吼了一聲兒，一道弧燈的光從水平線底下伸了出來。鐵軌隆隆地響著，鐵軌上的枕木像蜈蚣似地在光線裡向前爬去，電桿木顯了出來，馬上又隱沒在黑暗裡邊，一列「上海特別快」突著肚子，達達達，用著狐步舞的拍，含著顆夜明珠，龍似地跑了過去，繞過那條弧線。又張著嘴吼了一聲兒，一道黑煙直拖到尾巴那兒，弧燈的光線鑽到地平線下，一回兒便不見了。[38]

這裡以怪異的擬物寫法，把上海都市「嚇人」的建設、交通描繪出來，突出的無非是「造在地獄上面的天堂」的上海異域風情。又例如在〈夜總會裡的五個人〉中：

> 「大晚夜報！」賣報的孩子張著藍嘴，嘴裡有藍的牙齒和藍的舌尖兒，他對面的那隻藍霓虹燈的高跟兒鞋鞋尖正衝著他的嘴。
>
> 「大晚夜報！」忽然他又有了紅嘴，從嘴裡伸出舌尖兒來，對面的那隻大酒瓶裡倒出葡萄酒來了。[39]

這段引文中的藍色的嘴、牙齒和舌尖兒等，再配上上海夜生活的燈紅酒綠，同樣把上海寫成地獄一般的異域。這種透過西方殖民主義文學的陌生化觀看呈現出來的上海，進一步成為了小說中主要的表現重心。

然而要留心的是，穆時英「借用」「殖民者凝視」的陌生化手法去書寫上海，觀察的重心在於中國現代化生活。他以「凝視」的方式來想像中國現代的一面，跟殖民者以居高臨下的目光觀看中國的貧窮與落後形成反差。亦即是說，穆時英借用了一種「先進」的眼光來表現對現代中國的想像。如果我們把同樣在「想像中國」方面受到日本影響的魯迅跟穆時英比較，可以看到兩代作家在小說的「視覺性」方面的異同。在「幻燈片事件」中，魯迅面對「殖民者的凝視」帶來的創傷時，他的對策是以作為知識分子的自我取代了殖民者的觀察位置，對中國民眾的「國民性」進行觀察，進而啟蒙和改造。可以說，魯迅在「幻燈片事件」中，部分地借用了殖民者對中國被殖民者的觀看，因而對中國的貧窮、落後和中國人的麻木感到震驚。在這一模式的影響下，中國現代小說在相當長的一段時間中，集中關注自身「被殖民」的形象，沿用的是殖民者的觀察目光，例如郁達夫在〈沉淪〉中同樣亦有關注在日本這一東方殖民者眼中的自我形象。[40]但是，經過一段曲折的歷史發展，三〇年代的穆時英借用了這種「殖民者的凝視」，看到的不再是中國民眾那種「愚昧」的、需要改造「國民性」的「被殖民」形象。他以這種眼光去觀看中國現代的、

38　穆時英，〈上海的狐步舞〉，嚴家炎、李今編，《穆時英全集》第一卷，頁三三二。
39　穆時英，〈夜總會裡的五個人〉，嚴家炎、李今編，《穆時英全集》第一卷，頁二七一。

都市的一面，展現的是現代上海生活對都市人心靈的異化感受。例如在〈上海的季節夢〉中，穆時英亦曾運用陌生化的目光去觀看上海：

第一節

街上泛濫著霓虹燈的幻異的光，七色的光；爵士樂隊不知在哪裡放送著，跑馬廳的黯黑的大草原上，Saxophone 的顫抖的韻律，一陣熱病的風似地吹著（……）都市是那樣閑暇，舒適，懶惰，而且燦爛的樣子。[41]

第二節

五百尺高樓，四千噸行人，一千三百輛來往的車，八百丈廣告旗，七百二十方尺金字招牌，五百磅都會人的利欲和卑鄙：在那麼窒息的重壓下，上海的大動脈，南京路，痛苦地扭歪了臉。[42]

第五節

蟹似地爬著的汽車向滬西住宅區流去（……）一回兒，三大怪物的屋尖出現了，太陽的觸

> 鬚在上面撫摸著，下面街上全是招牌和廣告旗。行人道上擁擠著數不清的行人，沒了腦袋的蒼蠅似的（……）[43]

第一節文字雖然跟西方殖民者眼中的東方相似，以舒適、懶惰等字眼形容上海景象，然而這種視覺的焦點在於都市的繁華，而並不是其貧窮和落後。第二節甚至以誇張的寫法加強了都會生活的特質帶來的重壓，以及第五節以「怪物」形容現代化的建築為現代人帶來的官能感覺，焦點都不在中國的貧弱。如果我們把日本新感覺派作家橫光利一寫於一九二八至一九三一年的小說〈上海〉，跟穆時英所寫的上海比較，就可以發覺穆時英利用了殖民者的眼光去想像中國現代化一面的獨特性。在〈上海〉中，橫光利一以一個日本男子參木的眼睛去觀察上海這一個半殖民地：

> 破敗坍塌的磚砌的街道。狹窄的馬路上擠滿了身穿長袖衣裳的中國人。他們就像海底的海

---

40 例如寫〈沉淪〉中的男主人公光顧酒家，非常在意侍女知道他是「支那人」，甚至在承認自己是中國人後，立即在內心發出「中國呀中國，你怎麼不強大起來！」的呼喚。後來當他聽到隔壁的日本客人高聲唱起日本歌，他亦大聲唱起中國古典詩歌來對抗，可見他非常關注自身被殖民的身分和形象。見郁達夫，〈沉淪〉，吳秀明主編，《郁達夫全集》（杭州：浙江大學出版社，二〇〇七），頁七〇—七二。

41 穆時英，〈上海的季節夢〉，嚴家炎、李今編，《穆時英全集》第二卷（北京：北京十月文藝出版社，二〇〇五），頁三五九。

42 穆時英，〈上海的季節夢〉，嚴家炎、李今編，《穆時英全集》第二卷，頁三六〇。

43 穆時英，〈上海的季節夢〉，嚴家炎、李今編，《穆時英全集》第二卷，頁三七一。

帶那樣沉積在那裡。乞丐們蹲在小石頭鋪就的路上。他們頭頂上是店家的屋檐，屋檐下掛著魚鰾、滴著血的鯉魚肉段（……）無數頭剝掉了皮的豬，蹄子耷拉著，形成肉色的洞穴，幽暗的凹陷。只有白色掛鐘的那個表盤像眼睛一樣，從密密匝匝地掛滿豬肉的牆壁縱深處閃出許光亮來。[44]

〈上海〉這篇小說並沒有見到好像穆時英所寫的都市面貌，有的只是一個破敗、狹窄、骯髒的都市。生存在這一個半殖民地中的日本人，他們的心態究竟是怎樣呢？橫光利一如此描寫參木的心情：

> 從明天起自己該如何維持生計，尚沒有著落。可是回日本那就更加沒有出路。從任何一個國家來到中國這塊殖民地的人，一回到本國都是無法維持生計的。因此，被本國奪走了生活門路的各國人一旦聚集一處陷在其中，那就只能變成一群失去性格的古怪的人物，在這裡建造起一個世界上沒有先例的獨立國家（……）因此，在這裡，一個人的肉體不論如何無為無職，只要他漫然地待著，只要其肉體佔據一個空間，那麼除了俄國人之外，都將是一種愛國心的表現。參木想及於此就要發笑。實際上，他一日待在日本，就肯定要消耗日本的一份食物。而他留在上海，他的肉體所佔用的那個空間便會變成日本的領土。[45]

從這裡可以看出，在殖民者的眼中，上海由於其低下的形象，會令外來的人種變得古怪。參木不回國，為的是要保存日本的資源，消耗中國的糧食。只要他自我犧牲留在這一貧窮古怪的異域，就能體現他的愛國心，以及把這一地方變成殖民者的領土。從橫光利一的這篇小說，我們可以看到當時的殖民者怎樣透過凝視去想像中國，突出的無非是殖民地落後的一面。這牽涉到殖民者對被殖民者的命名和賦予形象的權力問題，其目的在於為殖民行為合理化。與之相對的是穆時英同樣以具有異域化、陌生化的眼光觀察上海，表現的卻是中國新一代知識分子對「現代中國」的想像。值得留心的是，穆時英在這段時間內，既以《南北極》這本小說集內的作品表現上海貧苦大眾、市井的想像，另一方面則以《公墓》和《白金的女體塑像》等小說集內的作品表現上海腐朽、聲色的都市想像。這種同時以兩條想像線索進行對中國的想像的情況非常特殊，兩種作品之間的對照亦能反映當時的上海作家對民族想像的割裂。

在穆時英的創作中後期，出現了一些把上述兩種風格糅合在一起的小說，例如〈PIERROT——寄呈望舒〉和長篇連載小說〈中國一九三一〉。在這類型的小說中，穆時英既以凝視的眼光來觀看中國現代生活，同時又以《南北極》類型的對話和內心獨白表現人物與低下階層、大眾之間的關係。穆時英偏好表現的是上海都市中貧富對立的情況，而觀察者往往是身處其中的一員，跟西方或是日本殖民者以抽離的姿態、居高臨下的目光觀看中國的貧窮與落後形成反差。亦即是說，穆時英借用殖民者的觀看方式，重點突出的不是中國與西方的等級差別，而是上海社會

44 橫光利一，〈上海〉，收於橫光利一著，卞鐵堅譯，《寢園》（北京：作家出版社，二〇〇一），頁六。

45 橫光利一，〈上海〉，收於橫光利一著，卞鐵堅譯，《寢園》，頁三六。

不公平的貧富差別。這一種對「殖民者凝視」的「模擬」和轉化改變了文本中觀察者高高在上的姿態，顯出穆時英自《南北極》以來一直關注的社會議題，直到一九三六年穆時英構思的長篇小說《中國行進》仍然以貧富懸殊作為小說題材。這一題材在穆時英於一九三四年所寫的小說〈PIERROT——寄呈望舒〉中有很好的演示，他先寫出都市繁華熱鬧的一面：

> 街。
>
> 街有著無數都市的風魔的眼：舞場的色情的眼，百貨公司的饕餮的蠅眼，「啤酒園」的樂天的醉眼，美容室的欺詐的俗眼，旅邸的親昵的蕩眼，教堂的偽善的法眼，電影院的奸猾的三角眼，飯店的朦朧的睡眼……

這一段描寫通過對各式各樣的都市表徵——例如舞場、百貨公司等——進行觀看，與下文都市貧窮、低下的一面做出對比：

> 桃色的眼，湖色的眼，青色的眼，眼的光輪裡邊展開了都市的風土畫：直立在暗角裡的賣淫女，在街心用鼠眼注視每一個著窄袍的青年的，性欲錯亂狂的，棕櫚樹似的印度巡捕，逼緊了嗓子模仿著少女的聲唱十八摸的，披散著一頭白髮的老丐；有著銅色的肌膚的人力車夫；刺猬似地在街角等行人們嘴上的煙蒂兒，襤褸的煙鬼……擺著史太林那麼沉毅的臉色，用希特拉演說時那麼決死的神情向紳士們強求著的羅宋乞丐……[46]

這兩段文字並沒有集中表現西方殖民者眼中東方的慵懶、骯髒、落後，以顯示觀察者的崇高、冷靜和抽離，而是通過觀看的過程，把城市的兩面對比出來。因此，「殖民者的凝視」在穆時英筆下被轉化為對上海社會不公、人情冷暖的觀察。「殖民者的凝視」帶來的陌生化感受，由西方跟東方的等級差異轉變為社會階級差異。這些小說的例子，顯示了被殖民者的文學那種「混雜」的書寫。穆時英以殖民主義文學的形式書寫本土故事，利用並轉化了「殖民者的凝視」這種表述模式。以此來看，穆時英充分顯示了霍米．巴巴所言那種「幾乎相同但又不太一樣」的「模擬」方式，[47]並且逆轉了殖民者對被殖民者的凝視權力，動搖了這種觀看的權威。穆時英把具有殖民現代性特質的「殖民者凝視」應用到具有普羅思想的作品當中，帶來的效果是把這種想像方法「本土化」，改變早期由劉吶鷗引入時那種「舶來」的氣味，變得令中國讀者較為容易接受。穆時英繼續發展劉吶鷗在小說視覺化表述方面的開創，從語言和題材兩方面令這種「想像中國」的方法在中國本土得到接受，令這種新的「想像」方法能夠在中國本土的文學場域中占一位置。

小說視覺化表述經由劉吶鷗引入和穆時英的「模擬」以後，到張愛玲的出現得到了進一步的發展。過去學術界討論劉吶鷗、穆時英和張愛玲小說之間的關係，始於嚴家炎於一九八八年提出

46 穆時英，〈PIERROT——寄呈望舒〉，嚴家炎、李今編，《穆時英全集》第二卷，頁九五—九六。

47 Homi K. Bhabha, *The Location of Culture*, 89.

的觀點。他認為張愛玲的小說在造語方面具有新感覺派的色彩，而她在兩性心理的刻劃這一方面則比新感覺派更為深刻；[48]本章認為除了「上海」這一地理因素令劉吶鷗、穆時英和張愛玲三者連上關係以外，小說的視覺化表述亦是張愛玲跟前人連繫的重要文學因素。張愛玲採納「殖民者的凝視」方式，卻把殖民者的生活轉變為觀察對象，而把被殖民者放到觀察的位置。這種置換動搖了帝國主義和殖民主義，構成了霍米・巴巴提及的混雜性。張愛玲一方面延續了新感覺派那種源自「殖民者凝視」的陌生化觀看書寫，一方面又再次轉化了這種「凝視」，使她的作品跟劉吶鷗和穆時英有著迥異的風格。如果說，穆時英是把「殖民者凝視」的焦點由中國貧窮落後的一面轉到現代的一面，那麼張愛玲就是把這種焦點轉移到傳統中國、殖民地中國和殖民者上。

張愛玲出生於一九二〇年，在上海租界長大。她一部分的文學素養來自於在殖民地、西式教會學校等形成的氛圍，而另一部分則來自於家庭中傳統中國文學素養的培育。在這種中西交匯的環境下長大，張愛玲形成了一種以西方眼光觀察中國傳統的文學興趣，由早年的〈洋人看京戲及其他〉到晚年的〈談看書〉、〈談看書後記〉，以及寫於八〇年代的〈重訪邊城〉，張愛玲都以陌生化的眼光去觀察各地不同種族的人，除了中國人、臺灣人和香港人以外，她早年對殖民地的日本人、俄國人、印度人、帕西人，乃至晚年對夏威夷侏儒、非洲小黑人的觀察，都具有西方人種學的觀察眼光。她自己在〈談看書〉中亦解釋：

我大概嚮往「遙遠與久遠的東西」（the faraway and long ago），連「幽州」這樣的字眼看

了都森森然有神秘感，因為是古代地名，彷彿更遠，近北極圈（……）[49]

張愛玲最早期的散文已表現這種以陌生化眼光看待世界的文學趣味，例如在發表於一九四三年的〈洋人看京戲及其他〉中，她明言：

用洋人看京戲的眼光來看看中國的一切，也不失為一樁有意味的事。頭上搭了竹竿，晾著小孩的開襠袴；櫃台上的玻璃缸中盛著「參鬚露酒」；這一家的擴音機裏唱著梅蘭芳；那一家的無線電裏賣著癩疥瘡藥；去到「太白遺風」的招牌底下打點料酒（……）這都是中國，紛紜，刺眼，神祕，滑稽（……）用洋人看京戲的眼光來觀光一番罷。有了驚訝與眩異，才有明瞭，才有靠得住的愛。[50]

這些例子都說明，張愛玲的小說把「凝視」的焦點放到舊中國的傳統世界之中，張愛玲帶著一

48　嚴家炎，〈張愛玲和新感覺派小說〉，金宏達主編，《回望張愛玲・華麗影沉》（北京：文化藝術出版社，二〇〇三），頁四二八—四三五。嚴家炎提到，張愛玲的貢獻在於把現代主義與傳統相結合，並以施蟄存作為張愛玲這一方面的先行者。本書同意嚴家炎的觀點，並且認為張愛玲在心理分析方面的運用有類近施蟄存之處，她的少作〈霸王別姬〉就有歷史心理小說的內涵。唯本書主要探討張愛玲在視覺性上與新感覺派小說的關係，因此不會論及施蟄存的影響。

49　張愛玲，〈談看書〉，《張看》（香港：皇冠出版社，二〇〇〇），頁一七〇。

50　張愛玲，〈洋人看京戲及其他〉，《流言》（香港：皇冠出版社，一九九八），頁一〇七。

種「洋人」的、外來的、現代人的眼光去觀察，並不是由於她對殖民主義的認同，而是如她在這篇文章中所說，要以陌生化的眼光去了解自己，在重新觀看下有了驚訝與明白，才能對中國有著「靠得住的愛」。

要了解張愛玲對中國的想像，〈中國的日夜〉是一篇十分重要的文章。這一篇收入《傳奇》小說集中最後一篇作品，寫的是張愛玲對中國日常生活中的一天的觀察：

又一次我到小菜場去，已經是冬天了。太陽煌煌的，然而空氣裏有一種清濕的氣味，如同晾在竹竿上成陣的衣裳。地下搖搖擺擺走著的兩個小孩子，棉袍的花色相仿，一個像碎切醃菜，一個像醬菜，各人都是胸前自小而大一片深暗的油漬，像關公頷下盛囊鬚的錦囊（……）至於藍布的藍，那是中國的「國色」。不過街上一般人穿的藍衣衫大都經過補綴，深深淺淺，都像雨洗出來的，青翠醒目。我們中國本來是補釘的國家，連天都是女媧補過的。51

張愛玲此刻的觀看心態是抽離的，因此在這篇文章中她常常用一種陌生化的眼光去觀看中國的日常、普通的生活。張愛玲以陌生化的方法重新觀看中國的日常，把中國的日常重新塑造，賦予這種日常以價值。她的這種觀看焦點進一步改變了穆時英對殖民主義文學的改寫。如果說穆時英以觀看中國現代化的一面表現對殖民主義文學的逆寫，那麼張愛玲則回歸西方人對傳統中國的觀看興趣，但是她的突破在於改變了西方人觀看東方的權力位置，她把西方人眼中慵懶、頹廢、混雜的東方重新賦予現實的價值，以相同的觀看方法去表現日常的價值。

這種「觀看」的興趣在張愛玲早期的小說中得到充分的發揮，甚至構成了她不少小說的基本架構。張愛玲曾經解釋一九四六年《傳奇》增訂本的封面：

> （……）借用了晚清的一張時裝仕女圖，畫著個女人幽幽地在那裏弄骨牌，旁邊坐著奶媽，抱著孩子，彷彿是晚飯後家常的一幕。可是欄杆外，很突兀地，有個比例不對的人形，像鬼魂出現似的，那是現代人，非常好奇地孜孜往裏窺視。[52]

值得注意的是，這段文字中那種好奇的、窺視的眼光具有「殖民者凝視」的特質，而被觀察的對象則是傳統中國。被觀察的對象身處靜止的、固定的時間，而觀察者則存在於現時的、不定的時間之中。張愛玲在《傳奇》中的各篇作品，均有這種把傳統中國放回被觀察位置的情況，小說中的敘述者往往結合觀察者的位置，能夠站在抽離、客觀的位置觀察和評價。

在〈金鎖記〉中，張愛玲是以一種回顧過去的目光對姜家做出觀看，顯示一個現代人對中國傳統生活的想像：

> 姜家住的雖然是早期的最新式洋房，堆花紅磚大柱支著巍峨的拱門，樓上陽台卻是木板

---

51 張愛玲，〈中國的日夜〉，《第一爐香——張愛玲短篇小說集之二》（香港：皇冠出版社，一九九五），頁四六八。

52 張愛玲，〈有幾句話同讀者說〉，《沉香》（天津：天津人民出版社，二〇〇五），頁二三一。

> 鋪的地。黃楊木闌干裏面，放著一溜篾簍子，晾著筍乾。敝舊的太陽彌漫在空氣裏像金的灰塵，微微嗆人的金灰，揉進眼睛裏去，昏昏的。街上小販遙遙搖著博浪鼓，那懵懂的「不楞登……不楞登」裏面有著無數老去的孩子們的回憶。包車叮叮的跑過，偶爾也有一輛汽車叭叭叫兩聲。[53]

這段文字中充斥著舊日、回憶的描寫，例如「敝舊」、「灰塵」、「昏昏」、「老去的回憶」等等，都是刻意以迷濛、久遠的回想去描寫這一個過去了的世界。當中對傳統中國的把握是透過堆砌一件件細節和物件而成，例如「拱門」、「黃楊木闌干」、「篾簍子」、「博浪鼓」等，都可視作一個西方人眼裡具有中國特色的細節。同樣在〈連環套〉中，我們可以找到大量具有中國日常生活細節的描寫，例如寫光緒年間，印度男子雅赫雅在香港開設的綢緞店：

> 雅赫雅的綢緞店是兩上兩下的樓房，店面上的一間正房，雅赫雅做了臥室，後面的一間分租了出去。最下層的地窖子卻是兩家共用的，黑壓壓堆著些箱籠，自己熬製的成條的肥皂，南洋捎來的紅紙封著的榴槤糕。丈來長的麻繩上串著風乾的無花果，盤成老粗的一圈一圈，堆在洋油桶上。頭上吊著燻魚，臘肉，半乾的褂袴。影影綽綽的美孚油燈（……）[54]

張愛玲在這篇小說中多番重點描寫各種具有東方色彩的中國陳設，以及香港那種東西交雜的殖民地生活。她的方法是描寫種種的小物件，例如自製的肥皂、榴槤糕、無花果、燻魚、臘肉等，都是在西方人眼中具有東方特色的物件。

除了以陌生化的眼光看傳統中國以外，張愛玲的小說亦對新舊交替的中國，或殖民地中西交雜的生活做出觀察。她曾經明言《傳奇》乃是為上海人所寫的，並且是要用上海人的眼光來看香港。[55]張愛玲這種觀看可以看穿東方主義的「殖民者凝視」模式的漏洞與虛假。例如在〈第一爐香〉中，張愛玲以強烈的視覺化筆觸描畫梁太太在半山的房子：

山腰裏這座白房子是流線形的，幾何圖案式的構造，類似最摩登的電影院。然而屋頂上卻蓋了一層仿古的碧色琉璃瓦。玻璃窗也是綠的，配上雞油黃嵌一邊窄紅的邊框。窗上安著雕花鐵柵欄，噴上雞油黃的漆。屋子四周繞著寬闊的走廊，地下鋪著紅磚，支著巍峨的兩三丈高一排白石圓柱，那卻是美國南部早期建築的遺風。從走廊上的玻璃門裏進去是客室，裏面是立體化的西式佈置，但是也有幾件雅俗共賞的中國擺設。爐台上陳列著翡翠鼻煙壺與象牙觀音像，沙發前圍著斑竹小屏風（⋯⋯）[56]

53 張愛玲，〈金鎖記〉，《回顧展I——張愛玲短篇小說集之一》（香港：皇冠出版社，一九九一），頁一四六。
54 張愛玲，〈連環套〉，《張看》，頁二一。
55 張愛玲曾說：「我為上海人寫了一本香港傳奇⋯⋯寫它的時候，無時無刻不想到上海人，因為我是用上海人的觀點來察看香港的。」見張愛玲，〈到底是上海人〉，《流言》，頁五七。

這裡對梁太太房子的描寫是屬於以視覺對東方裝潢的細緻觀察，然而跟穆時英那種對上海現代化都市景象的觀看不同，張愛玲在這些視覺化書寫的背後，往往會加入她對這種東方主義表象的反思或批判。在描寫梁太太這座帶著豔異色彩的大宅以後，張愛玲立即加入了判斷：

> 可是這一點東方色彩的存在，顯然是看在外國朋友們的面上。英國人老遠的來看看中國，不能不給點中國給他們瞧瞧。但是這裏的中國，是西方人心目中的中國，荒誕、精巧、滑稽。57

這裡除了顯示出觀察者的意識獨立於視覺愉悅之外，更重要的是加入了對這種視覺化表述的反思：這一表象反映的不是真正的中國，而是被殖民的中國。小說的視覺化表述塑造出不真實的世界，目的在於指出視覺物質堆疊背後的現實——醜惡的、殘忍的真實與日常。這種揭露破壞了「殖民者凝視」對東方細節的注視而得到的快感，因為它直接指出這些細節背後醜陋的真相，張愛玲的做法甚至是要令人逼視這種醜陋的現實。於是，我們在當中找不到如殖民者在東方色彩中沉醉或流連的意圖，卻可以看到張愛玲不斷地揭破強烈的東方主義視覺世界背後那蒼涼的、灰撲撲的現實，這種情況在〈第一爐香〉最後一節可見到充分的示範。小說講述薇龍與喬琪在陰曆三十夜到灣仔看熱鬧，張愛玲以濃烈的視覺色彩去描寫灣仔：

> 她在人堆裏擠著，有一種奇異的感覺。頭上是紫黝黝的藍天，天盡頭是紫黝黝的冬天的

海，但是在海灣裏有這麼一個地方，有的是密密層層的人，密密層層的燈，密密層層的耀眼的貨品——藍磁雙耳小花瓶、一捲一捲蔥綠堆金絲絨、玻璃紙袋裝著「巴島蝦片」、琥珀色的熱帶產的榴槤糕、拖著大紅穗子的佛珠、鵝黃的香袋、烏銀小十字架、寶塔頂的涼帽；[58]

這裡灣仔被塑造成一個充滿琳瑯滿目商品的地方，小說中充滿強烈的視覺化描寫，焦點仍然在當中的殖民地異域情調，而這種情調毫不例外的又是靠東方的枝枝葉葉來建造：花瓶、金絲絨、「巴島蝦片」、榴槤糕、大紅穗子的佛珠等。但是讀者並不能如殖民者書寫般陶醉於東方主義之中，因為緊接著這種繁華，荒涼的現實就顯露出來了：

然而在這燈與人與貨之外，還有那淒清的天與海——無邊的荒涼，無邊的恐怖。她的未來，也是如此——不能想，想起來只有無邊的恐怖。她沒有天長地久的計畫。只有在這眼前的瑣碎的小東西裏，她的畏縮不安的心，能夠得到暫時的休息。[59]

56 張愛玲，〈第一爐香〉，《第一爐香——張愛玲短篇小說集之二》，頁二六〇。
57 張愛玲，〈第一爐香〉，《第一爐香——張愛玲短篇小說集之二》，頁二六一。
58 張愛玲，〈第一爐香〉，《第一爐香——張愛玲短篇小說集之二》，頁三一一。
59 張愛玲，〈第一爐香〉，《第一爐香——張愛玲短篇小說集之二》，頁三一一。

這裡明言殖民地都市繁華的物質世界只能成為現代人心靈暫時休息的地方，揭露出殖民地在東方主義模式的書寫下，那種充滿幻想、奇詭的東方形象，背後存在著荒涼、醜陋的真實，進一步顯示了「殖民者凝視」的虛假。本章認為，上述張愛玲以「洋人看京戲」的觀看方法，對中國的「傳統」和「現在」做出了不同於殖民者的觀看，把本來在西方論述中「頹廢」、「慵懶」、「色情」的中國還原，寫出在這些意象裡面的日常和真實。[60]然而，她最有力的解殖書寫卻在以「洋人看京戲」的眼光觀察「洋人」，表現她對殖民者觀看位置的質疑。

在《傳奇》中，〈第二爐香〉是一篇直接表現質疑殖民者位置的小說。當中一段描寫英國人羅傑及愫細的新婚之夜，愫細對性愛的恐懼令她離開宿舍狂奔，張愛玲同樣以視覺化的方式描述愫細身處的世界：

> 羅傑因為是華南大學男生宿舍的舍監，因此他的住宅與宿舍距離極近，便於照應一切。（……）那時候，夜深了，月光照得地上碧清，鐵欄干外，挨挨擠擠長著墨綠的木槿樹；地底下噴出來的熱氣，凝結成了一朵朵多大的緋紅的花。木槿花是南洋種，充滿了熱帶森林中的回憶——回憶裡有眼睛亮晶晶的黑色的怪獸，也有半開化的人們的愛。木槿樹上面，枝枝葉葉，不多的空隙裡，生著各種的草花，都是毒辣的黃色、紫色、深粉紅——火山的涎沫。還有一種背對背開的並蒂蓮花，白的，上面有老虎黃的斑紋。在這些花木之間，又有無數的昆蟲，蠕蠕地爬動。唧唧地叫喚著。再加上銀色的小四腳蛇，閣閣作聲的青蛙，造成一片怔忡不寧的龐大而不徹底的寂靜。[61]

這段文字除了充滿顏色的運用外，更為重要的是那種異域化的描述。除了強調激烈的色彩組合，如碧清、黑綠、緋紅、毒辣的黃、紫、深粉紅、白、銀等，更有大量極為縝密的細節描述，最後加上對環境的陌生感覺與恐怖聯想：熱帶森林、怪獸、半開化、火山，把愫細此刻身處的世界做出視覺化的處理。這段文字強調的南洋風情，有著原始人類「半開化」（亦即未受西方文明完全啟蒙）的記憶，跟殖民主義文學對東方的想像十分相近。但不同的是，在這種對東方原始性的想像中，作為殖民地的英國殖民者、具有英國文明修養的羅傑，面對的困境並不是由東方而來，而是他的同種——一個英國家庭蜜秋兒太太的女兒愫細。蜜秋兒太太是一個帶著三個女兒的寡婦，她們生活在香港殖民地，家教嚴明。在這個「文明的」、「高貴的」英國家庭長大，愫細是一位純潔美麗，但對情慾一竅不通的少女，張愛玲寫她「蜜合（褐）色的皮膚又是那麼澄淨，靜得像死」。[62]羅傑最後的自殺是來自作為「文明人」的壓力，殖民者維繫自身高尚地位的規條成為謀殺人性的手段，張愛玲如此描寫這些英國人：

60 關於張愛玲作品中的日常生活，李歐梵有詳細的解說。詳見李歐梵，〈張愛玲筆下的日常生活和「現時感」〉，《蒼涼與世故——張愛玲的啟示》（香港：牛津大學出版社，二〇〇六），頁一—三七。

61 張愛玲，〈第二爐香〉，《第一爐香——張愛玲短篇小說集之二》，頁三三八。

62 張愛玲，〈第二爐香〉，《第一爐香——張愛玲短篇小說集之二》，頁三二八。

那些人，男的像一隻一隻白鐵小鬧鐘，按著時候吃飯、喝茶、坐馬桶、坐公事房，腦筋裏除了鐘擺的滴答之外什麼都沒有……也許因為東方炎熱的氣候的影響，鐘不大準了，可是一架鐘還是一架鐘。女的，成天的結絨線，白茸茸的毛臉也像了拉毛的絨線衫……[63]

在這段文字中，殖民者的位置被倒轉過來，反被視覺化地描寫和形構。其本來看似與生俱來的高貴和文明現在反過來被塑造成呆板和因循。博埃默認為在殖民主義敘事文學中，凝視是一種征服行為，亦是一種研究的形式。[64]但在張愛玲筆下，凝視的權力可以由被殖民者來肩負，反過來對殖民者做出凝視和研究。在〈桂花蒸——阿小悲秋〉中，中國女傭對她的西方主人哥兒達先生，以及他的整個生活進行了多重的凝視和觀察，例如對哥兒達先生房間的觀看：

這時候出來一點太陽，照在房裏，像紙煙的煙迷迷的藍，榻床上有散亂的彩綢墊子，床頭有無線電，畫報雜誌，床前有拖鞋，北京紅藍小地毯，宮燈式的字紙簍。大小紅木雕花几，一個套著一個。牆角掛一隻京戲的鬼臉子。桌上一對錫蠟台。房間裏充塞著小趣味，有點像個上等白俄妓女的妝閣。把中國一些枝枝葉葉啣了來築成她的一個安樂窩（……）[65]

在張愛玲筆下，哥兒達先生的房間具有一種殖民者透過搜羅東方主義細節而來的優越感。各種東方的小物件就如同小說中他搜羅的各種女人，他對東方的征服透過性與物質的收集而來。因此，張愛玲緊接著這段描述，透過阿小的眼睛看穿哥兒達作為殖民者／男性對喪失權力的恐懼心理，這透過男子氣概與性能力的表現而來：

> 還有浴室裏整套的淡黃灰玻璃梳子，逐漸的由粗齒到細齒，七八隻一排平放著。看了使人心癢癢的難過，因為主人的頭髮已經開始脫落了，越是當心，越覺得那珍貴的頭髮像眼睫毛似的，梳一梳就要掉的。[66]

小說寫哥兒達晚上在女人走了後一個人到廚房裡吃生雞蛋補充體力，這時又寫他的頭髮有脫落的危機。配合著前一段對「東方」的征服與搜括，這裡包含著的是對殖民者權力喪失和力量衰竭的暗示。〈桂花蒸──阿小悲秋〉中的觀看逆轉了較早前保爾・穆杭等書寫系統下對東方的觀看，現在，是通過一位中國女傭的眼睛對西方殖民者的日常生活做出觀看、詮釋與感想。張愛玲在這篇小說中安排中國角色對環繞身邊的生活重新了解：在〈桂花蒸──阿小悲秋〉結尾，阿小看見樓下陽臺一地菱角花生殼，漠然想道，好在不是在她的範圍內；[67]這種對東西方世界的重新認識，是張愛玲透過各種各樣的視覺化表述帶來的新的想像。如果對照張愛玲於一九六二年自譯的

---

63 張愛玲，〈第二爐香〉，《第一爐香──張愛玲短篇小說集之二》，頁三四二。
64 Elleke Boehmer, *Colonial and Postcolonial Literature: Migrant Metaphors*, 72.
65 張愛玲，〈桂花蒸──阿小悲秋〉，《回顧展Ⅰ──張愛玲短篇小說集之一》，頁一二三。
66 張愛玲，〈桂花蒸──阿小悲秋〉，《回顧展Ⅰ──張愛玲短篇小說集之一》，頁一二三。
67 張愛玲，〈桂花蒸──阿小悲秋〉，《回顧展Ⅰ──張愛玲短篇小說集之一》，頁一三七。

〈桂花蒸——阿小悲秋〉英文版 "Shame, Amah!"，可以看到張愛玲針對不同讀者設置了不同的觀看方法。比照上述〈桂花蒸——阿小悲秋〉中對哥兒達先生房間的觀看，在 "Shame, Amah!" 的同一段落中明顯刪減了這種逆轉的東方主義觀看：

> There were Peking opera masks on the wall and a framed nude painting which had been a whisky advertisement, Peking rugs, a waste-basket made out of a lantern, a nest of carved rosewood tables.[68]

這裡約三行的文字，在〈桂花蒸——阿小悲秋〉中本為四個段落，結合了中文版中「把中國一些枝枝葉葉啣了來築成她的一個安樂窩」和洋酒廣告裸體美人的描寫，扣除兩個版本中都有共同描寫的「梳子」部分，中文版中約七百多字的描寫簡約成英文譯本中的三十多字。這裡可見張愛玲在面對中國讀者和西方讀者時，對揭露東方主義觀看上的差異。[69]

本章以「視覺性」的角度，討論了劉吶鷗、穆時英和張愛玲的小說中一項重要的特徵，這種特徵跟殖民主義文學有密切的關係，當中包括了各種各樣的權力問題。由於篇幅的關係，本章未能就性別和電影的角度討論三位作家的小說中「視覺性」的問題。但是由上述的討論我們已經可以初步看到，劉吶鷗、穆時英和張愛玲三位作家採用了一種不同於當時左翼文學反帝反殖的方法，而是對殖民主義文學進行改寫和「模擬」。他們三位由於具有長年於殖民地／半殖民地生活的經驗，因此他們並不單純以民族主義文學形式做對抗，而是去占有殖民者表述的語言，以重複、複製的辦法去取代殖民文學的權力。在這個重複、複製的過程當中，劉吶鷗、穆時英、張愛玲是在一個「他者」的位置，對由殖民主義建立起來的世界進行逆向的觀看，這種觀看既類似於殖民者的觀看，卻又由於彼此的立場不同而做成對殖民主義文學慣例的嘲諷。他們的「模擬」策略由於時代和位置的不同而顯出差異，但是這種「模擬」並不是純粹的複製，而是一種再創造。從三位作家的小說中，可以見到他們怎樣借用殖民者的文學形式來進行自我表達，同時又能在殖民觀看的文學模式中，把本來作為「無言的客體」的東方形象改造，並賦予其觀看的權力。更重

---

68 Eileen Chang, "Shame, Amah!" in *Bamboo Shoots After the Rain: Contemporary Stories by Women Writers of Taiwan*, ed. Ann C. Carver and Sung-sheng Yvonne Chang. (New York: Feminist Press at CUNY, 1990), 9.

69 過去有不少研究都討論到張愛玲在自譯"Shame, Amah!"時，較為顧及西方讀者的看法，因此阿小的主體性在"Shame, Amah!"中不及〈桂花蒸——阿小悲秋〉。詳參Qiao Meng and Noritah Omar, "Resistance Against and Collusion with Colonialism: Eileen Chang's Writing and Translation of 'Steamed Osmanthus Flower Ah Xiao's Unhappy Autumn'," *Pertanika Journal Social Sciences and Humanities* 20.2 (2012), 563-576. 其他相關論文可參Li Changbao and Huang Jinzhu, "A Comparative Study Between Self-Translation and Conventional Translation of Eileen Chang's *Gui Hua Zheng Ah Xiao Bei Qiu*: from the Perspective of Translator's Subjectivity," *Studies in Literature and Language* 10.4 (2015), 15-23; Hao He and Xiaoli Liu, "Analysis of Constructive Effect That Amplification and Omission Have on the Power Differentials—Taking Eileen Chang's Chinese-English Self-translated Novels as Example," *Theory and Practice in Languages Studies* 4.3 (2014 March), 588-592; 王曉鶯，〈張愛玲的中英自譯：一個後殖民理論觀點〉，《外國語文》第二十五卷第二期，二〇〇九年四月，頁一二五—一二九；喬幪，〈話語的力量——析張愛玲小說《桂花蒸　阿小悲秋》譯文對原文的顛覆〉，《天津外國語大學學報》第十九卷第一期，二〇一二年一月，頁六三—六八。

要的是，在經過一段時間的發展以後，張愛玲的小說成功地做到「把殖民者眼中的世界形象扭曲後再返映給他」的狀況，[70]上述多篇張愛玲的小說（例如〈桂花蒸——阿小悲秋〉中通篇都由阿小帶著女傭的眼光做觀察，亦即「野蠻人」用他們的眼睛對殖民者做出回看），都是通過對殖民者做出「凝視」，或是揭露「殖民者凝視」本身的虛偽，達到對西方殖民主義的質疑和反思。

過去，劉吶鷗、穆時英和張愛玲三位作家均曾因為書寫與民族主義文學相悖的題材而被批評；[71]這些批評可以讓我們看到，過去不少論者由於沒有考慮三位作家寫作題材的來源，而單從他們跟民族主義立場迥異而出發。如果從後殖民文學的角度來看，這些有別於民族主義的殖民地本土作家往往由於借用了殖民者的聲音和眼光，並在一定程度上看似認同這種殖民者話語，因此在本土的民族主義越演越烈之際，他們這種在文學上吸納轉化的行為很容易被認為是一種與殖民者的共謀。當文學場域中越來越激烈的民族主義文學慢慢占據上風，這些作家會被看成「土著奸細」，他們的「妥協」態度亦會大受抨擊。[72]但是，從本章的討論可以見到，劉吶鷗、穆時英和張愛玲在引進殖民者的想像方法時，並不是單純的襲用，而是以「模擬」的角度進行改寫。從這一點來看，三位作家跟殖民主義文學並不相同，他們並不是充當殖民者的身分，以殖民者的位置對被殖民者做出侵略性或東方主義的觀看，而是以一個「他者」的身分對殖民者和被殖民者的生存狀況重新觀察。因此，劉吶鷗、穆時英和張愛玲的小說視覺化表述並不是對殖民主義文學的認同，而是一代生活於殖民／半殖民社會的中國作家想像「現代」中國的「新」方法。

70 博埃默（Elleke Boehmer）著，盛寧譯，《殖民與後殖民文學》，頁一八八。

71 例如穆時英的〈被當作消遣品的男子〉就曾在一九三二年被瞿秋白批評在需要文化革命的年代，卻創作男女追逐、男性被當作消遣品的題材：「最近我才發見了一本小小說，題目是『被當作消遣品的男子』。單是這個題目就夠了！十二年前的五四運動後，反對宗法社會的運動還是大逆不道的。不論當時的運動是多麼混沌，多麼幼稚，可是，戰鬥的激烈的對於一切腐敗齷齪東西的痛恨，始終是值得敬重的。當時是女子要求解放。而現在？是男子甘心做消遣品了……對於這些『消遣品』，以及一切封建餘孽和布爾階級的意識，應當要暴露，攻擊……」參見司馬今（瞿秋白），〈財神還是反財神〉，《北斗》第二卷第三、四期合刊，一九三二年七月二十日，頁五〇九—五一〇。又例如唐文標對張愛玲書寫的殖民地世界的批評：「但是對上海來說，這個她（張愛玲）最太熟悉的城市，不好好利用真使人失望。在故事演變過程中（作者成長過程中），上海也起了最大的變動，與舊人物進入上海『逃反』的同時，更是革命黨大肆活動，以及中國民族工商業抬頭，與西方資本冒險家抗衡的時期。上海正是主力搏鬥的戰場。還有青年學生，還有新文化運動，還有更多熱血的中國人，作者幾乎不提及……」唐文標，〈一級一級走進沒有光的所在——張愛玲早期小說長論〉，《張愛玲研究》（臺北：聯經，一九八六年增訂新二版），頁五八。

72 當然上述三位作家的個人經歷，例如劉吶鷗於一九三九年聯合日本「東寶映畫株式會社」、南京維新政府等創辦「中華電影股份有限公司」、於一九四〇年八月接任《國民新聞》社長；穆時英於一九四〇年三月任具有汪偽政府背景的《國民新聞》社長；張愛玲則因與具有汪偽政府背景的胡蘭成結婚，加上曾於具有日偽背景的《雜誌》上發表文章等，都加強了批評者對他們創作的偏見。

第四章

劉吶鷗、穆時英和張愛玲小說「電影視覺化表述」的確立、本土化與改造

在第一章我們曾經討論，小說在十九世紀末並不是唯一一種從西方引入的想像中國的方法，電影在差不多的時間中亦參與了想像中國民族的工作。但是，本章要討論的其中一個重點是，小說和電影兩者並不是割裂分開地進行想像中國的工作，兩者之間的互相滲透，甚至影響兩者本質上的特徵，都是我們值得重視的現象。當兩種想像方法碰撞後，中國的小說發展或多或少受到了電影視覺的衝擊，影響到當中的思維方法。儘管如此，不少具有較少視覺化元素的作品仍然以講述傾向為主導，視覺的表現模式始終只是零碎存在。[1]本章選擇的討論對象劉吶鷗、穆時英和張愛玲，則是在「視覺化表述」上比前輩作家有進一步發展，這包括由殖民主義文學而來的凝視、異國情調視覺表現，或是本章集中討論的電影視覺表現。[2]因此本章以「電影視覺化表述」一詞，來強調這種跟現實主義講述傾向不同的小說表現模式，是怎樣在這三位作家之間連繫、承接和轉化。同時，過往關於新感覺派與張愛玲的研究，除了他們同樣以上海為書寫對象以外，並未能在文學內部研究中找尋到他們之間的連繫，本章亦希望梳理劉吶鷗、穆時英和張愛玲在「電影視覺化表述」方面的表現，側面佐證由新感覺派到張愛玲小說的發展脈絡。

本章將以劉吶鷗作為論述的起點，討論在三〇年代左翼思潮逐漸興起的情況下，他的小說怎樣吸納電影視覺的表現方法，正式確立「電影視覺化表述」，發展成一種迥異於現實主義的「想像中國」的力量。其後穆時英和張愛玲又如何在不同程度上承接和開拓這種「電影視覺化表述」的想像方式，使之配合上海本土的文學場域。最後會探討三位作家跟場域內的其他文學勢力關係如何，以顯示這種有別於現實主義的「電影視覺化表述」具有怎樣的意義。

1 關於中國現代小說以「講述」、「說教」等權威敘事為標誌的「講述傾向」，楊小濱曾有相關的討論。見楊小濱著，愚人譯，《中國後現代：先鋒小說中的精神創傷與反諷》（臺北：中央研究院中國文哲研究所，二〇〇九），頁一三—二〇。有關其他零星受到視覺化影響的作家，可參見第一章注5周蕾的說法。

2 不少研究都曾關注新感覺派作家陣營中施蟄存的小說與電影的關係，但是如果把施蟄存跟劉吶鷗及穆時英比較，施的小說中敘述的成分依然遠遠多於觀看的成分，並沒有劉吶鷗和穆時英小說那種以視覺為主的表述方式。郭詩詠曾論及施蟄存小說跟電影的關係，以她在文中所舉的小說〈鷗〉為例：

> 但使小陸吃驚的是現在那平鋪在賬簿上的陽光忽然呈現異樣的明亮，連續地顫動起來了。他禁不住抬起頭來，他看見在窗外有四五個一隊的修道女的白帽子正在行過，倘若把他窗上塗著黑漆的一部分比之為深藍的海水，那麼這一隊白帽子就宛然是振翅飛翔著的鷗鳥了。
>
> 是的，這就是小陸所感覺到的，一群白翅的鷗鳥從一望無涯的海面上飛過了。
>
> 小陸已經有兩年沒回家了。那個村莊，那個村前的海，那個與他一同站在夕暮的海邊看白鷗展翅的女孩子，一時都呈顯在他眼前。銀行職員的小陸就這樣地伏在他的大賬簿上害著沉重的懷鄉病。

雖然這段文字顯示了郭詩詠提及的人物的潛意識的一面，然而在文字的表現方法來說，這段文字仍然貼近敘述而非電影的蒙太奇效果。原因在於文字間的「倘若……那麼」、「就宛然是」、「是的」等敘述語的影響，令敘述的意識控制了視覺意識，與電影中「看似客觀」的攝影機視覺不能吻合。因此本章以劉吶鷗、穆時英和張愛玲為研究對象，標準在於他們的作品中有較多以視覺為主要表述手法的篇幅，而不是個別地方運用了視覺表述手法。相關資料可參郭詩詠，〈論施蟄存小說「技術化視覺性」與心理分析之關係〉，《電影欣賞》第二十卷第四期，二〇〇二年九月，頁一八—二九；施蟄存，〈鷗〉，《十年創作集下：霧．鷗．流星》（北京：人民文學出版社，一九九一），頁一七五—一七六。

劉吶鷗與小說「電影視覺化表述」的引入和確立

一九三一年，劉吶鷗的印刷出版事業受到國民政府的阻撓，及後淞滬戰爭爆發，迫使他在出版界之外另起爐灶，在電影這種仍未被官方和左翼知識分子充分控制的公共領域繼續發展。劉吶鷗創辦及出版電影雜誌《現代電影》、《六藝》和《文藝畫報》等，又在雜誌和報刊大量發表電影理論文章，更拍攝和製作電影《猺山艷史》、《民族兒女》（未上映）、《永遠的微笑》和《初戀》等，顯示出他對電影理論和實際編導製作各方面的熟稔。加上劉吶鷗在較早之前曾經翻譯了日本新感覺派小說和法國現代派作家保爾・穆杭的作品，並且創造了一種帶有殖民主義文學特色、異於傳統中文的表現手法，這些因素都成為了他後來結合「電影視覺化表述」於小說之內的基礎。本章強調這種表述方法具有流動、多變的特質，並且能夠因應文化、政治場域轉變而發展，跟以往只強調他新感覺一面的研究不同。[3]

在討論劉吶鷗怎樣把電影的觀看方式融入小說當中，並造成新的想像方法以前，本節將首先簡單說明他的電影理念，以及這一理念在電影場域的位置。[4]電影由最初輸入中國開始，已經跟西方帝國主義和殖民主義有著強烈的關係。當時的中國電影市場除了被歐美電影所壟斷，中國本身亦成為西方電影中「殖民者凝視」下的對象。據一九三六年出版的《近代中國藝術發展史》中鄭君里所記，一九二〇年美國影片《紅燈籠》和《初生》就曾集中誇大中國婦女纏足、街頭賭博、遊蕩妓院的醜態，並引起紐約的華人抗議交涉。鄭君里並定言歐美電影流入中國，「是和資本主義國家對半殖民地之一般的商品與資本的輸出，並沒有兩樣」。[5]在種種東方主義式的注視下，中國影人對這個問題有深切的反思。從中國最早的電影雜誌《影戲雜誌》的發刊詞，我們可以看到二〇年代中國影人的心情：

> 中國人在影戲界裏的地位，說來真是可恥。從前外國人到中國來攝劇，都喜歡把中國的不良風俗攝去，裹足呀，吸雅（鴉）片呀，都是他們的絕好資料，否則就把我們中國下流社會的情形攝了去（……）我們中國人在影戲界上的人格，真可稱「人格破產」的了！[6]

3　這種由劉吶鷗創造出來的新的表現手法，迥異於學術界一直沿用的「新感覺」概念。中日新感覺派作家對以「新感覺」一詞來命名他們普遍都不以為然，特別是首先以「新感覺派」命名劉吶鷗、穆時英和施蟄存一派的樓適夷，對「新感覺」的內涵和定義都不甚了解，相關討論可參王向遠，《中日現代文學比較論》（銀川：寧夏人民出版社，二〇〇七），頁一二〇—一三五。本文認為過往關於新感覺派的研究一直被「新感覺」一詞所局限，首先是因為對該詞的理解不同，從而令使用該詞不能在中國與其他國家，或中國以內各時段作家之間比較；以「新感覺」一詞亦不能表現由劉吶鷗、穆時英到張愛玲小說中在視覺表現上牽涉的殖民與後殖民主義、女性主義、小說和電影競爭等問題，因此本章以「視覺化表述」一詞取代「新感覺」的分析角度。相較之下，由施蟄存開拓的小說心理分析風格則更適宜以「新感覺」的角度研究，唯這並不在本書的討論範圍之內。

4　有關劉吶鷗的電影活動與文學場域的關係，可參考三澤真美惠，《在「帝國」與「祖國」的夾縫間：日治時期台灣電影人的交涉與跨境》第二章（臺北：臺大出版中心，二〇一二），頁一四一—二四三。

5　鄭君里，《現代中國電影史略》，現收於李樸園等著，《近代中國藝術發展史》（上海：上海書店，一九八九），頁三。

這段文字充分反映了當時的中國人對殖民者塑造的中國人形象十分不滿，同時亦可以見到，這時的知識分子仍然未有意識到殖民者本身注視的權力問題，而是集中對被殖民者被觀看的形象不滿。由於關注自身「被觀看的形象」而發展起來的左翼民族電影，因為這些原因而集中關注影片中「舊道德」、「國民性」、「民族性」等議題，希望通過鞭撻舊文化和改善國民性，重新尋求民族的自尊和地位，這就造成左翼電影在「想像中國」方面對影片內容相當重視，相比之下，對電影想像的方法，以及形式和表現方面則較不重視；而劉吶鷗的電影理論和美學觀念，受到當時的日本「Montage 理論」及谷崎潤一郎與橫光利一的影響，這就與左翼的電影觀念格格不入。[7]在這一背景下，就出現了一九三三年左翼影人對劉吶鷗、黃嘉謨、黃天始等「軟性電影」代表人物的批評。

關於「軟性電影」論爭中劉吶鷗等人的觀點，可以從劉吶鷗於一九三三年創辦的《現代電影》（*Modern Screen*）上的電影評論文章看到。第一個觀點是重形式而輕內容。在〈中國電影描寫的深度問題〉（一九三三年）中，劉吶鷗提到：「在一個藝術作品裡，它的『怎麼樣地描寫著』的問題常常是比它的『描寫著什麼』的問題更重要的。」[8]他認為當時的國產電影最大的毛病是「內容偏重主義」，影人由於對電影的本質了解不深，使中國電影普遍「內容重，描寫過淺，於是形式便全部被壓倒」。[9]因此，劉吶鷗強調形式對電影藝術的構成占主導作用，認為形式和技術的運用直接影響著內容的表現，這種重視電影形式的立場其實跟他寫作小說時的理念相同，並且影響了他在小說中的表現方法。

劉吶鷗第二個電影理念是建立電影的內外層次。在〈ECRANESQUE〉（一九三五年）中，劉吶鷗以「說明」和「表現」這兩個概念解釋藝術作品的高下：「說明是一種教育的態度而表現是純粹藝術的態度……從表現可以產生藝術作品，但說明卻並不能產生什麼，頂多不過使人完成『理解』而已。」[10]這已經表明劉吶鷗反對左翼電影重視「說明」並忽略「表現」的態度。在〈電影節奏簡論〉（一九三三年）中，劉吶鷗從電影節奏的角度談論了電影存在的兩種層次。他根據法國電影理論家何內．克萊爾（René Clair, 1898-1981）及列翁．姆西那克（Léon Moussinac, 1890-1964）的意見，提出電影中的節奏可分為「內的節奏」與「外的節奏」兩大類型，而「外的節奏」比「內的節奏」更為重要：

> 內的節奏是一般人比較容易察覺的，因為舞跳的（演技動作）要素的輕重，長短，在視覺

---

6 顧肯夫，〈《影戲雜誌》發刊詞〉，《影戲雜誌》第一卷第一期，一九二一年，頁一〇。

7 有關劉吶鷗電影觀念與日本的關係，可參考三澤真美惠著，王志文譯，〈電影理論的「織接＝Montage」——劉吶鷗電影論的特徵及其背景〉，康來新、許秦蓁編選，《臺灣現當代作家研究資料彙編53：劉吶鷗》（臺南：國立臺灣文學館，二〇一四），頁二三九—二六八。

8 劉吶鷗，〈中國電影描寫的深度問題〉，康來新、許秦蓁合編，《劉吶鷗全集：電影集》（臺南：臺南縣文化局，二〇〇一），頁二八五。

9 劉吶鷗，〈中國電影描寫的深度問題〉，康來新、許秦蓁合編，《劉吶鷗全集：電影集》，頁二九〇及二九二。

10 劉吶鷗，〈ECRANESQUE〉，康來新、許秦蓁合編，《劉吶鷗全集：增補集》（臺南：國立臺灣文學館，二〇一〇），頁二二七。

的電影只看到演員的運動量便可知道。但外的節奏那樣感覺的側面的形式美是一般難於領略的（……）可是在電影節奏裏頭這外的形式美是比內的節奏更要緊，更有力量的。外的節奏的結構概用兩種方法。一是用影像的長度即畫面的持續時間的長短變化。另一個是用攝影角度，位置，距離及前後畫面內的運動量，光量的強弱等的變轉。[11]

從這個例子可以見到劉吶鷗已經初步確立了電影內外兩個視覺層次，而外部視覺層次比內部視覺層次更為重要。這種對電影視覺層次的區分令他的小說建立起一種在敘述者視覺以外的「攝影機視覺」。

劉吶鷗第三個電影理念是要進一步提升「攝影機視覺」的地位。他認為「攝影機之眼」不單是原作和劇本的解說者，更是一個創造者。[12]在〈開麥拉機構——位置角度機能論〉（一九三四年）中他亦提出：

普通所謂位置（position）便是指當攝影的時候從一個方向對著攝影對象而停立的攝影的一個位置而言。這個開麥拉的位置是代表一種觀點，而這個觀點是時常可以變換的。這是個革命，是一件非常重要的事（……）但在電影，觀眾卻可以跳上劇中人的地位而目驗他所看到的一切。這是由客觀到主觀的飛躍，在這裏電影已經跨入心理分析的文學範圍了。因此位置的轉變在視覺電影裏頭決不是一回尋常事。[13]

劉吶鷗對攝影機視覺十分重視，跟他在寫作小說時把攝影機視覺放到駕馭小說意識的位置的做法十分相似，可視為這方面的延伸。在劉吶鷗的小說中，我們可以看到在人物的觀看之上，具有一種類似攝影機觀看的層次。這種做法令他能夠超越原本模仿的殖民主義文學模式，創造出一種獨特的小說類型。以下將會關注劉吶鷗如何在小說中加入上述三種電影的思維與意識，趨生了小說「電影視覺化表述」的誕生。

劉吶鷗的小說明顯流露出重形式輕內容的趨向，他所重的形式是要能夠表現「新」的、「現代」的、「都市」的生活的形式，因此他早期的小說可以見到不少模仿日本新感覺派小說的痕跡，例如〈風景〉（一九二八年）一開首就模仿片岡鐵兵〈色情文化〉的視覺描寫，以電影視覺來表現：「人們是坐在速度的上面的。原野飛過了。小河飛過了。茅舍，石橋，柳樹，一切的風景都只在眼膜中占了片刻的存在就消滅了。」[14]這段引文除了有明確的觀察路線以外，更是模仿乘客在高速行駛的火車上，物件的印象只能在意識中存在片刻的視覺效果，這種視覺效果初步具

11 劉吶鷗，〈電影節奏簡論〉，康來新、許秦蓁合編，《劉吶鷗全集：電影集》，頁三〇九。

12 劉吶鷗，〈影片藝術論〉，康來新、許秦蓁合編，《劉吶鷗全集：電影集》，頁二五九。

13 劉吶鷗，〈開麥拉機構——位置角度機能論〉，康來新、許秦蓁合編，《劉吶鷗全集：電影集》，頁三一三—三一四。

14 劉吶鷗，〈風景〉，康來新、許秦蓁合編，《劉吶鷗全集：文學集》（臺南：臺南縣文化局，二〇〇一），頁四五。片岡鐵兵〈色情文化〉的原文是：「山動了。原野動了。森林動了。屋子動了。電杆動了。一切的風景動了。」見片岡鐵兵著，劉吶鷗譯，〈色情文化〉，康來新、許秦蓁合編，《劉吶鷗全集：文學集》，頁二三一。

有電影的視覺特質，類似一個個鏡頭組接，與傳統肉眼的整體而連貫的視覺不同。在劉吶鷗的小說中，這種「電影視覺化表述」常常被引用到描寫現代化的都市生活中，表現出一種對社會的新的想像。我們可以對比同一篇小說內人物的其他視覺表現。當男主角燃青離開都市，去到野外自然的環境下，他的視覺活動就不再顯得跟電影的視覺相似：

傍路開著一朵向日葵。秋初的陽光是帶黃的。跨在驢上的鄉下的姑娘，順著那驢子的小步的反動，把身腰向前舒服地搖動著，走了過去。雜草裡的成對的兩隻白羊，舉著怪異的眼睛來望這兩個不意的訪客。下了斜坡，郊外的路就被一所錯雜的綠林遮斷了。[15]

與上文對比，可發現這段表現田野自然的文字較為完整，句子較長，顯示人物正常的觀察狀態，自然、連貫，並且有清楚連續的觀看步驟和合乎邏輯的觀看路線。

劉吶鷗心目中的電影視覺是由人為的選擇剪接、強調影戲眼的機械作用組成，這種強調機械的、非自然的、主觀的視覺思維在劉吶鷗的小說中有顯著的表現，令他的小說存有明顯的「攝影機視覺」。例如在〈遊戲〉（一九二八年）的一開首就以攝影機視覺的形式去刻劃舞廳中的環境：

在這「探戈宮」裡的一切都在一種旋律的動搖中——男女的肢體，五彩的燈光，和光亮的酒杯，紅綠的液體以及纖細的指頭，石榴色的嘴唇，發焰的眼光。中央一片光滑的地板反映著四周的椅桌和人們的錯雜的光景，使人覺得，好像入了魔宮一樣，心神都在一種魔力的勢力下。在這中間最精細又最敏捷的可算是那白衣的僕歐的動作，他們活潑潑地，正像穿花的蛺蝶一樣，由這一邊飛到那一邊，由那一邊又飛到別的一邊，而且一點也不露著粗魯的樣子。[16]

有別於五四以來中國現代小說那種對現實主義講述模式的重視，這段文字在較長的篇幅中並沒有重要的情節發展，而是著重對場景的細緻觀看，呈現出來的是一系列的形象，以及由這些形象組接而成的都會氣氛。對舞廳中各種細節盡情刻劃的文字，在長度和密度上都超過了日本新感覺派和保爾．穆杭的小說。當中各個對細部觀看的「鏡頭」是斷裂而獨立的，每一項被觀看的細節都可以獨立存在，而不一定要依賴上下文組織成「有意義」的文字。同時，這段文字明確具有呈現場景和人物的角度與距離，並且出現十分明顯的攝影機視覺軌跡。這種攝影機視覺由一組晃動的鏡頭所組成，包含了對男女肢體、燈光、酒杯等的逐一觀看，然後集中在白衣僕歐走來走去的活動。這就跟以往中國現代小說中多只有敘事者一種的敘述角度不同。這段文字中的「攝影機」呈現的都不是物件本來的全貌，例如並不觀看男女跳舞的整體動作，而只局部觀看他們的肢體、指頭、嘴脣和眼光；並不觀看舞場內整體的陳設，而只局部觀看燈光和酒杯。在經過「攝影機」的組接之後，本來獨立而無關聯的肢體、燈光、酒杯、嘴脣等鏡頭，現在都被連接在一起，目的是

15　劉吶鷗，〈風景〉，康來新、許秦蓁合編，《劉吶鷗全集：文學集》，頁五二。
16　劉吶鷗，〈遊戲〉，康來新、許秦蓁合編，《劉吶鷗全集：文學集》，頁三一。

要表現「探戈宮」燈紅酒綠的氣氛。

相似的「電影視覺化表述」亦出現在〈兩個時間的不感症者〉的開首。在這篇小說中同樣可以見到明確的攝影機視覺：

> 晴朗的午後。
>
> 游倦了的白雲兩大片，流著光閃閃的汗珠，停留在對面高層建築物造成的連山的頭上。遠遠地眺望著這些都市的牆圍，而在眼下俯瞰著一片曠大的青草原的一座高架台，這會早已被為賭心熱狂了的人們滾成為蟻巢一般了。緊張變為失望的紙片，被人撕碎滿散在水門汀上。一面歡喜便變了多情的微風，把緊密地依貼著愛人身邊的女兒的綠裙翻開了（……）塵埃，嘴沫，暗淚和馬糞的臭氣發散在鬱悴的天空裡，而跟人們的決意，緊張，失望，落膽，意外，歡喜造成一個飽和狀態的氛圍氣。[17]

透過這段文字，可以想像攝影機的鏡頭正在拍攝著兩片白雲，然後停留在對面連接的高層建築群上，成為一個全景鏡頭。然後鏡頭逐漸收近，俯視著那座高架臺，遙看像一個蟻巢。鏡頭逐漸推近高架臺上的人們，並且集中在那些被撕碎了的紙片上，隨著微風而轉移到女子翻開了的綠裙。然後一組由塵埃、嘴沫、暗淚和馬糞組成的鏡頭，配合四周人們帶著各種情緒的臉，逐漸拉遠至天空，組成了在馬場的氛圍。這時，攝影機鏡頭突然推近，並聚焦到參與賽事的馬匹上，隨後鏡頭的視覺焦點由參賽的馬匹再轉移男主人翁H身上：

可是太得意的Union Jack卻依然在美麗的青空中隨風飄漾著朱紅的微笑。There, they are off! 八匹特選的名馬向前一趨，於是一哩一掛得的今天的最終賽便開始了。這時極度的緊張已經旋風一般地捉住了站在台階上人堆裡的H的全身了。[18]

這段文字中保留了明顯的攝影機視覺指示，例如當中的「停留」、「眺望」、「在眼下俯瞰」、「There」等都顯示攝影機的活動痕跡。這些小說的「電影視覺化表述」不論在視覺意識和篇幅比例上，都比劉吶鷗所模仿的日本和法國小說有更強的現代特質，亦比魯迅以後的五四小說那種零碎和短小的視覺表述更為強烈。

在〈流〉（一九二八年）這篇小說中，更出現了類似蒙太奇效果的「電影視覺化表述」：

街上剛是rush hour。電車，汽車，黃包車的奔流沖洗著街道。鏡秋在許多人頭和肩膀的中間游泳著走去。兩匹黃狐跳過了，蹲在碧眼女兒女肩上。然而鏡秋卻忽然走入神仙故事的國裏去了。玻璃櫥的裏面，洋囡囡正與老虎，大象，獅子和這些猢猻，大耳狗，黑貓，耗子的小動物嬉嬉地遊戲著。[19]

17　劉吶鷗，〈兩個時間的不感症者〉，康來新、許秦蓁合編，《劉吶鷗全集：文學集》，頁九九。
18　劉吶鷗，〈兩個時間的不感症者〉，康來新、許秦蓁合編，《劉吶鷗全集：文學集》，頁九九－一〇〇。

這裡先以短句表現視覺的鏡頭，描繪著繁忙時間上的街道。然後又以一系列的動物形象表示女人身上的皮大衣和商店裡的大衣商品，仿如各種動物在當中穿插一樣。另外在這篇小說中，有一段描寫主角鏡秋跟雇主的兒子堂文去看色情電影的片段，劉吶鷗以電影化鏡頭的方法去寫鏡秋看見的影像：

> 然而銀幕上的風景又換了。這回是兩隻螳螂相鬥之圖。打了敗仗的雄的螳螂昏醉地，但是很滿足地一直等著雌的來把他漸漸地吞下去。誰說雌的是弱者呢？忽然 Close-up 來了。蓬亂的黃金絹絲，死去了而活著的眼睛，裂開的石榴，行空的足。又是 long-shot。激情泛濫了。筋肉的吸引，反抗，骨節鳴動的聲音（……）眼都花了。[20]

從這段劉吶鷗對「電影」的描寫，可以更為清楚地看到，當他使用電影視覺的想像思維寫作小說時，就會出現一些如鏡頭運作的名詞短句，這段文字中的例子就是代表頭髮的「黃金絹絲」、「眼睛」、具象徵性的「石榴」、「行空的足」，再加上劉吶鷗明確地表示電影的鏡頭活動，如 Close-up 和 long-shot 等，就更加清楚地令這段文字具有電影的視覺活動。其他的例子還有〈禮儀與衛生〉（一九二九年）中的電影鏡頭描寫：

> 兩分鐘之後，借著電梯由七樓到底下做了一個垂直運動的啟明便變為街上的人了。門口是這些甲蟲似的汽車塞滿著街道。啟明拖著手杖往南便走。[21]

這段文字不直接描寫啟明的動作，而以一個帶有距離的角度去觀察人物。每一個句號前的句子都是一個獨立鏡頭，鏡頭之間沒有明確的連接關係。它們依靠好像電影剪接的視覺慣性，即前一個鏡頭是下一個鏡頭動作的原因，後一個鏡頭是前一個鏡頭的結果，兩者之間無須任何連接。這種通過鏡頭組接的「蒙太奇思維」，在表現時空的轉換時，以一種整體的、遠距離的角度去觀察人物，人物與整個世界都是被觀察的對象，小說中的觀看不以人物本身的視覺和感知為主導。劉吶鷗這種小說的「蒙太奇思維」在後來穆時英的小說中有更深入的發展。

至此我們可以看到，劉吶鷗小說已經發展出比五四小說更為成熟的視覺表現方法，除了更多運用「電影視覺化表述」的篇幅之外，最重要的是他在小說中建立了電影視覺意識，在段落間取代了小說一向運用的現實主義講述模式。劉吶鷗在小說中確立「電影視覺」的位置，具有開創先河的貢獻，使一種新的「想像中國」的方法得以在中國本土轉化及發展。

19 劉吶鷗，〈流〉，原刊於《無軌列車》第七期，一九二八年十二月十日，現收於康來新、許秦蓁合編，《劉吶鷗全集：文學集》，頁七二—七三。

20 劉吶鷗，〈流〉，原刊於《無軌列車》第七期，一九二八年十二月十日，現收於康來新、許秦蓁合編，《劉吶鷗全集：文學集》，頁六〇。

21 劉吶鷗，〈禮儀與衛生〉，原刊於《新文藝》第一卷第一期，一九二九年九月十五日，現收於康來新、許秦蓁合編，《劉吶鷗全集：文學集》，頁一一五。

穆時英與小說「電影視覺化表述」的本土化歷程

穆時英早期收入《南北極》的小說具有強烈的現實主義風格，由一九三一年寫作〈被當作消遣品的男子〉開始直至以後的作品，多具有新感覺派的寫作風格，不少都是參考自劉吶鷗翻譯的《色情文化》和小說集《都市風景線》，他對電影的興趣亦明顯承襲於劉吶鷗。由一九三五年二月開始，穆時英在《晨報》上連載了〈電影批評底基礎問題〉，加入了劉吶鷗、黃嘉謨跟左翼影人的「軟性電影」論爭。一九三七年，穆時英發表了長達一萬八千多字的電影理論文章〈MONTAGE論〉，全文計畫分為「電影藝術底基礎」、「分解與再建」、「細部底強調」、「時間與空間底集中」、「畫面：Camera底位置與角度」、「畫面至畫面之編織」、「節奏」、「音響與畫面底對位法」等八個關於電影蒙太奇藝術的問題。雖然最後只有前六個部分得以完成，但已經可以看到穆時英對電影蒙太奇問題的關注。[22]李今認為，穆時英的小說創作本身是對電影藝術技巧的「刻意模仿，自覺追求和實驗（……）在電影藝術和小說藝術之間建立起一種類比性」。[23]本章在贊同這一觀點之外，繼續提出延續的問題：穆時英的小說如何在小說和電影之間建立起類比性？他這種做法來源和發展如何？為何同樣在小說引入「電影視覺化表述」，卻能造出跟劉吶鷗不同的效果？本章認為，穆時英的這種做法既明顯受劉吶鷗的翻譯和創作影響，同時亦跟三〇年代上海電影場域的勢力消長有密切關係。當時上海的局勢、文學和電影場域的急劇變化為穆時英帶來不同的資源，這一點令穆時英能夠在繼承劉吶鷗之餘，更超越了他的創作，下文將會更深入討論這些問題。

由三〇年代開始，蘇聯的蒙太奇理論開始在中國的電影場域中流行，越來越多的中國電影以蒙太奇的影像剪接組合上海社會中貧富懸殊的衝突，例如《上海二十四小時》（一九三三年）、《神女》（一九三四年）、《大路》（一九三四年）、《桃李劫》（一九三四年）、《十字街頭》（一九三七年）等電影都受到「蒙太奇思維」的影響。[24]在運用蒙太奇上，新感覺派作家跟左翼影人的立場並不相左。穆時英早於一九三二年所寫的一批小說比上述影片更早運用「蒙太奇思維」，當中已經可以見到以蒙太奇手法表現階級對立的情況。我們可以先從穆時英在一九三五年開始發表的電影評論文章了解他對蒙太奇的看法。

穆時英曾撰寫了大量關於電影的評論文章，但有關電影理論最重要的一篇是一九三七年的〈MONTAGE論〉。跟穆時英其他針對電影評論意識型態問題的文章不同，此文顯出他對電影本質及技術的關注。穆時英在當中對蒙太奇有重要的評價：

---

22 穆時英，〈MONTAGE論〉，連載於香港《朝野公論》第二卷第四—六期，一九三七年二月二十日、三月五日及三月二十日，現收於嚴家炎、李今編，《穆時英全集》第三卷（北京：北京十月文藝出版社，二〇〇五），頁二五六—二七六。

23 李今，〈穆時英年譜簡編〉，嚴家炎、李今編，《穆時英全集》第三卷，頁五六五—五六六。

24 孫紹誼，《想像的城市：文學、電影和視覺上海（1927-1937）》（上海：復旦大學出版社，二〇〇九），頁一一六。

> 電影的感動力是無比的（……）可是那力量究竟是從哪裡產生的？演員的演技嗎？（……）是真實本身的內容嗎？（……）這力量是產生在Montage上面的。[25]

穆時英形容蒙太奇是使膠片成為電影藝術作品的關鍵，是作為電影藝術的基礎。他以文章的「字」跟電影的「膠片」做類比，指出「一個個字必須被連接起來才能獲得意義；同樣，一段段的膠片必須被編織起來才能獲得內容。」[26]但是，電影膠片的連續並不是任意的，而需要按著嚴密的計算，按照規律去編排。他提出蒙太奇具有三重意義：「首先是電影底文法；其次是電影底修辭學（……）再其次，Montage是電影底韻律學。」[27]因此，畫面與畫面的連接就必須配合著電影的節奏。這裡可以看見穆時英對蒙太奇的認識比劉吶鷗更進一步。

穆時英非常重視電影蒙太奇，這影響到他的小說創作，例如在〈上海的狐步舞〉（一九三二年）中：

> 蔚藍的黃昏籠罩著全場，一隻Saxophone正伸長了脖子，張著大嘴，嗚嗚地衝著他們嚷。當中那片光滑的地板上，飄動的裙子，飄動的袍角，精緻的鞋跟，鞋跟，鞋跟，鞋跟，鞋跟。蓬鬆的頭髮和男子的臉。男子的襯衫的白領和女子的笑臉。伸著的胳膊，翡翠墜子拖到肩上。整齊的圓桌的隊伍，椅子卻是零亂的。暗角上站著白衣侍者。酒味，香水味，火腿蛋的氣味，煙味（……）獨身者坐在角隅裏拿黑咖啡刺激著自家兒的神經。[28]

這裡的描寫明顯受到電影的視覺思維所影響，攝影機的視覺占據著主導的地位，它的目光逐一捕捉著舞廳內各項事物的形象。由全景式的觀看開始，然後集中在薩克斯風擬人化了的形象上。接著，鏡頭並不集中在舞廳的全景，或是對場內眾人做整體性的觀看，而是把焦點放在一些零碎的細節上，如裙子、袍角。這些細節的組織方法是蒙太奇式的，以一個個不同的鏡頭組接起來，表現上海舞場中的夜生活氣氛，這裡的蒙太奇描寫比劉吶鷗的小說更深入，篇幅也更長。

穆時英在〈街景〉（一九三三年）這篇小說中同樣以蒙太奇的手法展現都市男女的日常生活：

> 一輛又矮又長的，蘋果綠的跑車，一點聲息也沒地貼地滑了過去。一籃果子，兩隻水壺，牛脯，麵包，玻璃杯，汽水，葡萄汁，淺灰的流行色，爽直的燙紋，快鏡，手杖，Cap，白絨的法蘭西帽和兩對男女一同地塞在車裡。[29]

這段文字中的視覺與一般的觀看有所分別，它並不是一種廣泛的無角度的觀看，而是帶有選擇性

---

25 穆時英，〈MONTAGE論〉，嚴家炎、李今編，《穆時英全集》第三卷，頁二五七。
26 穆時英，〈MONTAGE論〉，嚴家炎、李今編，《穆時英全集》第三卷，頁二五七。
27 穆時英，〈MONTAGE論〉，嚴家炎、李今編，《穆時英全集》第三卷，頁二五八。
28 穆時英，〈上海的狐步舞〉，嚴家炎、李今編，《穆時英全集》第一卷（北京：北京十月文藝出版社，二〇〇五），頁三三四—三三五。
29 穆時英，〈街景〉，嚴家炎、李今編，《穆時英全集》第二卷（北京：北京十月文藝出版社，二〇〇五），頁六四。

質的觀看。它挑選了對跑車外型的視覺展現，並且對在跑車內的各樣物件進行觀察，仔細無遺地顯露細節，並把車內的人物放到與物件相同的地位上，因此，跑車、人物與各種細節事物均成為一種景觀。以上不連貫的句法、省略主體、名詞疊句的語法可以做成類近電影的蒙太奇、短鏡頭組接、突切、疊印及交叉剪接的效果。這些例子都顯示，穆時英運用「電影視覺化表述」的程度比起劉吶鷗的小說更為加強。

跟劉吶鷗相比，穆時英在運用蒙太奇思維方面有一個更重要的貢獻，就是在小說中以蒙太奇的手法突出上海社會貧富不均的生活情況。這種做法不僅大幅提升了小說中運用「電影視覺化表述」的比例，更把「電影視覺化表述」融入到本土文化之中，由過往劉吶鷗只集中表現現代中國都市的情況，改變為以蒙太奇的方法突顯社會各階層的對立和衝突。在〈上海的狐步舞〉中，穆時英寫一個作家為了尋找寫作貧民生活的題材而走到貧民區，卻遇上貧家婦女為求生活被迫為娼：

> 「先生，可憐兒的，你給幾個錢，我叫媳婦陪你一晚上，救救咱們兩條命！」
>
> 作家愣住了。那女人抬起腦袋來，兩條影子拖在瘦腮幫兒上，嘴角浮出笑勁兒來。
>
> 嘴角浮出笑勁兒來。冒充法國紳士的比利士珠寶掮客湊在劉顏容珠的耳朵旁，悄悄的說：
>
> 「你嘴上的笑是會使天下的女子妒忌的——喝一杯吧。」[30]

這裡穆時英以「嘴角浮出笑勁兒來」一句把貧民區跟上流社會調笑風流的夜生活連結起來，以蒙太奇的手法把兩個場景自然地連合，製造出強烈的諷刺效果。同樣是「嘴角浮出笑勁兒來」，一邊是貧民區女子被迫賣身的笑，一邊是上流社會女子調情的笑，穆時英在這段文字中明顯受到電影蒙太奇的影響，使文字能在時空的跳接上有更大的自由度，並能製造出情節上共時的表現效果。

在〈中國一九三一〉（一九三一年）這一長篇小說中，不論是在個別的段落或是整體的布局上，都可以看到穆時英那種電影蒙太奇的視覺表現，例如在第一節「劉有德先生」中，穆時英以模仿蒙太奇的組織方法，描寫上海晚上繁華而混亂的生活：

> 蟹似地爬著的汽車向滬西住宅區流去。黃包車夫蹣跚地跑，上面坐著水兵，歪著眼瞧準了他的屁股踹了一腳便哈哈地笑開啦。腳踏車擠在電車旁邊瞧著也可憐。紅的交通燈，綠的交通燈，燈柱和印度巡捕一同地垂直在地上。一個fashion model穿了鋪子裡的衣服到外面來冒充貴婦人。女秘書站在珠寶鋪的櫥窗外面瞧著珠項圈，想起了經理的刮得刀痕蒼然的嘴上的笑勁兒。藍眼珠的姑娘穿了窄裙，黑眼珠的姑娘穿了長旗袍兒，腿股間有相同的媚態。賣晚郵報的站在街頭用賣大餅油條的聲調嚷：
>
> "Evening Post!"[31]

30 穆時英，〈上海的狐步舞〉，嚴家炎、李今編，《穆時英全集》第一卷，頁三三九。

31 穆時英，〈中國一九三一〉，嚴家炎、李今編，《穆時英全集》第二卷，頁四〇八。

這段文字中包含了多個類似電影剪接的獨立鏡頭，鏡頭與鏡頭之間沒有明顯的連接脈絡，而是由上海街頭不同的事物一個接一個的組接起來，表現了上海街頭的人生百態。這裡改變了以往小說多以「一場景一鏡頭」的觀察角度去描寫的情況，改為把一個場面細分為不同「鏡頭」的蒙太奇手法，使時空之間的變化更富層次。如果沒有這種蒙太奇使空間時間扭曲變異的手法，就不能突顯上海社會變化多異、各色人等共時生活的繁華熱鬧。穆時英運用蒙太奇的手法比劉吶鷗更顯成熟。

除了這些局部對蒙太奇的運用以外，這篇小說本身由十四個斷片組成，把上海上流社會中富裕而奢靡的生活跟低下階層三餐不繼、吃著蠶豆、參與請願和暴動的生活做蒙太奇式的表現。例如第十三節「吃著蠶豆的人們（四）」中，穆時英一反以往在《南北極》中多用直抒胸臆為低下階層吶喊的方式，清楚標明以五個鏡頭表現平民的暴動事件。[32]這種運用短鏡頭的地方在全篇小說中共有六個，分散在第十四節和第十五節之中，中間間雜著不同的情節發展，忽然又會加入這些鏡頭，表示不同的場景在共時的情況下各自的發展。在這些蒙太奇式的鏡頭自由組接之下，不同的平行事件可以並列出來，把社會上不同階級的人在同一時段下的反應平行表現，這種時空的跳接改變了小說以時間順序表現情節的傳統，「蒙太奇思維」讓貧窮和富裕的人在共時下得以比較，使穆時英的控訴化為視覺的表現，達到了以蒙太奇表現社會不公的諷刺效果，一改以講述的方式來訴說不公的效果。這可以看到，穆時英的嘗試使小說由講述的模式轉變成視覺的模式。

配合電影場域重視蒙太奇運用的風氣，穆時英靈活地把電影的視覺想像運用到小說之中。穆時英不但在小說中加入蒙太奇，更刻意運用這些技巧去表現他一直強烈關注的社會議題——貧富不均、階級對立，甚至構思以長篇小說的形式（例如〈中國一九三二〉和〈中國行進〉）把上海這一方面的面貌表現出來，使小說的「電影視覺化表述」能夠融合到上海的本土語境之中。

在三〇年代的上海，除了蘇聯電影的蒙太奇理論以外，美國好萊塢電影對國產電影的影響亦十分強大。李歐梵在《上海摩登：一種新都市文化在中國1930-1945》中曾討論好萊塢電影在敘事傳統和題材上都跟傳統中國流行小說有美學上的暗合，就算是左翼電影其實都在吸收好萊塢的「通俗劇」模式去宣傳他們的政治意識。他援引了畢克偉（Paul Pickowicz, 1945-）以及馬寧（Ning Ma）的說法，認為左翼電影的模式深受好萊塢通俗劇的影響，甚至比它們走得更遠，他們不滿的只是電影中意識上的落後，對通俗劇的形式卻沒有大加鞭撻。[33]三〇年代上海的電影場域主要由好萊塢電影占據，好萊塢的電影視覺模式成為影響大眾和知識分子想像的一種主要模式。那麼，究竟好萊塢電影本身具有怎樣的敘事特質？這種敘事特質又帶來怎樣的視覺效果？當中又有哪些特徵對穆時英的小說創作構成影響？

影響三〇年代中國電影場域的好萊塢電影屬於古典好萊塢電影，即是在三〇年代至六〇年代主宰好萊塢乃至西方電影的一種電影傳統。[34]美國電影學者大衛・鮑德威爾（David Bordwell,

---

32 穆時英，〈中國一九三二〉，嚴家炎、李今編，《穆時英全集》第二卷，頁四六一—四七一。

33 李歐梵著，毛尖譯，《上海摩登：一種新都市文化在中國1930-1945》（香港：牛津大學出版社，二〇〇〇），頁一〇三。

34 Susan Hayward, *Key Concepts in Cinema Studies* (London, New York: Routledge, 1996), 45.

1947-）認為，在電影的歷史中，電影已被一種敘述形式所主宰，他稱這種強勢的形式為「古典好萊塢電影」，表示它源遠流長的歷史，這種形式直至現在仍然主宰著許多其他國家的敘事電影。[35]古典好萊塢電影多用古典敘事結構，這種結構上承十八世紀寫實主義小說的技巧，最重要就是隱藏所有敘述的痕跡，使整個故事聽起來只有一種可能性，鮑德威爾形容這種敘事結構是「看不見的」（invisible）。[36]要做到這種效果，古典好萊塢電影用的方法是隱藏敘述的痕跡，製造讓觀眾看來是「自然」、「寫實」的假象。英國學者穆爾維（Laura Mulvey, 1941-）認為，好萊塢電影敘事其實包含了三種不同的觀看：第一種是攝影機記錄事件的觀看，第二種是觀眾欣賞完成了的作品的觀看，第三種是人物在銀幕幻覺內相互之間的觀看。她認為好萊塢電影竭力隱藏前兩種觀看，其目的是消除攝影機明顯的介入，並防止觀眾產生間離的意識。必須要隱藏前兩種觀看，敘事電影才能製造出真實感。[37]

本章認為穆爾維提出的這種古典好萊塢電影的視覺效果亦常常出現在穆時英的小說當中。但是好萊塢電影跟穆時英小說是兩種不同範疇的藝術類型，它們在怎樣的層面上具有互通性質？或是在哪一點上可以進行類比？本章認為，穆時英小說文本中的觀察者往往跟被觀察者處於同一層次，而讀者由於代入了文本觀察者的眼睛，於是亦同樣與文本觀察者和被觀察者處於同一層次。這種情況就好像好萊塢電影的攝影機觀看層次及觀眾觀看層次被隱藏取消，觀眾代入了人物視覺的情況。這從穆時英的電影評論文章和小說可以找到證據。

跟劉吶鷗夾雜有蘇聯電影理論的背景不同，穆時英對電影理論的理解接近美國好萊塢電影，兩者的相似性在於同樣善於隱匿敘述的痕跡，亦即隱藏攝影機的痕跡，以達致對觀眾的控制。在

〈MONTAGE論〉中，穆時英強調「電影視覺」與「現實視覺」是不同的，因為在電影中可以隨時變換觀點，割棄不必要的運動。同時，穆時英亦了解到電影的視覺幻象能令觀眾的視覺意識直接代入文本人物的視覺意識：

> 觀眾雖然站在第三者底地位，其實卻是站在作者底地位。作者把自己底觀察方法，觀點，和所看到的東西強迫地使觀眾接受，作者把跳樓底運動看成喜劇底時候，觀眾不能覺得是悲劇，觀眾在電影藝術作品裡邊所看到的現實不是它底原生的客觀形態，而是添造了作者底思想與情感的，與原生的形態不動的主觀形態。[38]

這裡可以看到穆時英對攝影機視覺、人物視覺和觀眾視覺之間的透明性是十分了解的，他並且提出攝影機視覺如何達到這種對觀眾視覺的控制：

---

35 大衛・鮑德威爾（David Bordwell）著，曾偉禎譯，《電影藝術——形式與風格》（臺北：麥格羅希爾，一九九六），頁九三。

36 David Bordwell, Janet Staiger and Kristin Thompson, *The Classical Hollywood Cinema: Film Style and Mode of Production to 1960* (London: Routledge, 1985), 24.

37 Laura Mulvey, "Visual Pleasure and Narrative Cinema," in Laura Mulvey, *Visual and Other Pleasures* (Basingstoke: Macmillan, 1989), 25.

38 穆時英，〈MONTAGE論〉，嚴家炎、李今編，《穆時英全集》第三卷，頁二六〇。

> 由於時間與空間底集中，觀眾可以自由變換觀點，而不受時間與空間底限制（……）只要變換Camera底位置，方向，角度與距離，觀眾便可以不絕地變換他底觀點，在最短的時間裡邊把當前的事物非常清楚地觀察了。時間與空間底集中使電影裡的現實底運動集中，同時使觀眾底注意力集中，使電影獲得最大的效果（……）畫面構圖底形態底決定者是Camera底位置與角度，即作者底主觀，主觀變換時常變換了畫面構圖底意義，所謂Camera底位置實際上就是Camera與對象中間底距離與方向，前者是跟隨後者而變化的。[39]

這段文字顯示穆時英意識到攝影機與作者視覺處於同一位置，這跟好萊塢電影的敘事模式相同。由此可以看到，他對好萊塢電影的隱形視覺模式非常熟稔。

在穆時英的小說中我們可以找到這種好萊塢電影視覺模式的展現，例如在〈白金的女體塑像〉中他運用了一種古典好萊塢電影敘事手法——視線連戲剪接（eyeline match editing）。[40]依靠這個方法，讀者可以意識到文本內的景象是由誰在觀察，以及他看到了什麼。最重要的是，讀者不知不覺間會代入了這個觀察者，以電影研究的術語來說即是被縫合（suturing）到故事之中：[41]

> 「七！第七位女客……謎……？」
>
> 那麼地聯想著，從洗手盆旁邊，謝醫師回過身子來。
>
> 窄肩膀，豐滿的胸脯，脆弱的腰肢，纖細的手腕和腳踝，高度在五尺七寸左右，裸著的手臂有著貧血症患者的膚色，荔枝似的眼珠子詭秘地放射著淡淡的光輝，冷靜地，沒有感覺似

地。[42]

這段文字的第二段先交代謝醫師回過身子來的鏡頭，暗示下一段的視覺觀察是由他的目光而來。這時，讀者的意識會自動把被觀察的事物連接到前文的觀察者上，而讀者自己的意識亦不知不覺地跟隨著謝醫師帶有色情意味的目光去觀察這位女病人，由此亦形成了一種帶有偷窺意味的觀看角度。這種由文本的觀看位置造成的隱閉觀看空間，是一種含有電影剪接的觀看幻覺，於是閱讀穆時英的小說就好像觀看好萊塢電影，讀者／觀眾會完全投入到文本世界之中，不能清醒地意識到現實與文本之間的分界。

另一例子是〈駱駝・尼采主義者與女人〉（一九三四年）中對攝影機視覺的隱藏：

> 商店有著咖啡座的焦香，插在天空的霓虹燈也溫柔得像詩。樹蔭下滿是煊亮的初夏流行

---

39 穆時英，〈MONTAGE論〉，嚴家炎、李今編，《穆時英全集》第三卷，頁二六五及二六八。

40 視線連戲剪接是指以連接劇中人物注視事物的視線方向及邏輯來剪接畫面。可用的方法例如先拍攝觀察者的樣子，然後下一個鏡頭拍攝他看到的事物。只要把這兩個鏡頭剪接在一起，觀眾就會自然意識到第二個鏡頭是觀察者看見的事物，中間不需任何串連交代。

41 "suture" 一詞於電影研究的用法可參考廖炳惠編著，《關鍵詞200：文學與批評研究的通用詞匯編》（南京：江蘇教育出版社，二〇〇六），頁二四三。

42 穆時英，〈白金的女體塑像〉，嚴家炎、李今編，《穆時英全集》第二卷，頁六。

> 色，飄蕩的裙角，閑暇的微塵，和戀人們臉上葡萄的芳息。
>
> 就在這麼雅致的，沉澱了商業味的街上，他穿了灰色的衣服，噓噓地吹著沉重的駱駝。
>
> 走過Café Napoli的時候，在那塊大玻璃後面，透過那重朦朧的黃沙緯，綠桌布上的白磁杯裡面，茫然地冒著太息似的霧氣，和一些雋永的談笑，一些歡然的臉。桌子底下，在桌腳的錯雜中寂然地擺列著溫文的紳士的腳，夢幻的少女的腳，常青樹似的，穿了深棕色的鞋的，獨身漢的腳，風情的，少婦的腳……可是在那邊角上，在一條嫩黃的裙子下交叉著一雙在墨綠的鞋上織著纖麗的絲的夢的腳，以為人生就是一條朱古律砌成的，平坦的大道似地擺在那兒。[43]

在這段引文的第二段，提及小說人物「他」在吸「駱駝牌」的香菸。到第三段時，穆時英省略了句子的主語，由於不知道是「誰」在活動及觀看，因此這段營造了一種視覺效果，即讀者好像可以透過攝影機的視覺進入人物視覺，並且參與人物的觀看。這時，人物秉持何種態度、角度，選擇觀察哪個對象都已經被設定，讀者無可選擇地只有跟隨著這種目光而看。就好像好萊塢電影一樣，作者的視覺控制著攝影機的視覺，隨之又控制著人物的視覺與讀者的視覺。讀者在此並無其他思考的空間，必須跟著頻繁的形象轉換移動焦點。

穆時英有不少的小說會同時運用蒙太奇和古典好萊塢隱藏攝影機觀看的手法。例如在〈街景〉中，穆時英以「電影視覺化表述」表現老乞丐臨死前的所見：

他慢慢兒的站起來，兩條腿哆嗦著，扶著牆壁，馬上就要倒下去似地往前走著，一步一步地。喃喃地說著：

「真想回去啊！真想回去啊！」

嘟！一隻輪子滾過去。

（火車！火車！回去啊！）

猛的跳了出去。轉著，轉著，轟轟地，那永遠地轉著的輪子。輪子壓上他的身子。從輪子裡轉出來他的爸的臉，媽的臉，媳婦的臉，哥的臉……

（女子的叫聲，巡捕，輪子，跑著的人，天，火車，媳婦的臉，家……）[44]

穆時英在這裡以短句或名詞疊句的方法，透過一個又一個的蒙太奇鏡頭去敘事。特別是最後一句括號內的名詞短句，包含了現實場景事物和人物回憶意識的交錯呈現。但同時，在形象與形象之間的轉折位，穆時英用了兩個方法去隱藏攝影機觀看的痕跡。第一種方法是以斷裂或短促的詞句避免長時間的敘述，以及省略透露出攝影機位置的標示句。我們可以上文劉吶鷗的〈兩個時間的不感症者〉作為對比。劉吶鷗這篇小說由於敘述較為完整，構成視覺觀看軌跡的句子較為緊密，

43 穆時英，〈駱駝．尼采主義者與女人〉，嚴家炎、李今編，《穆時英全集》第二卷，頁一四六—一四七。

44 穆時英，〈街景〉，嚴家炎、李今編，《穆時英全集》第二卷，頁六八。

因此常常需要在敘述中透露攝影機的位置，例如「停留」、「眺望」、「在眼下俯瞰」、「There」等，這就不經意地流露出觀看景物的位置，讀者較容易意識到攝影機的存在。而穆時英的做法，則以斷裂的敘述句子模仿電影鏡頭，在這些鏡頭之間的自由組接不僅製造出蒙太奇的效果，更可模糊了攝影機觀看的痕跡。

穆時英運用的第二種方法是盡可能省略了句子中的主語。在〈街景〉這個例子中，「猛的跳了出去」以前省略了主語「他」（句子中的「他的」是作為指示代名詞，並不是主語）。由於沒有使用「他」作為主語代詞，因此能夠製造出一種現場的效果，而無須經過敘述者／觀察者作為中介。

又例如〈夜總會裡的五個人〉（一九三三年）：

> 「大晚夜報！」賣報的孩子張著藍嘴，嘴裡有藍的牙齒和藍的舌尖兒，他對面的那隻藍霓虹燈的高跟兒鞋鞋尖正衝著他的嘴。
>
> 「大晚夜報！」忽然他又有了紅嘴，從嘴裡伸出舌尖兒來，對面的那隻大酒瓶裡倒出葡萄酒來了。
>
> 紅的街，綠的街，藍的街，紫的街……強烈的色調化妝著的都市啊！[45]

這段文字中沒有明確的觀察者，但其觀察路線及焦點卻非常明確，當中帶有一種攝影機觀看的「非人化」特質。穆時英在這裡的描寫正好向我們顯示了攝影機鏡頭與鏡頭之間的組接那種機械性。

在這段引文中，唯一具有觀察者的感覺流露的地方是「強烈的色調化妝著的都市啊！」這一句，在其他的地方都顯示著攝影機視覺的「不連貫」與「非人化」的特色。它的觀看沒有流露感情色彩，但其意向卻由形象之間的組接造成強烈的都市氛圍。句式斷裂且不完整，主語不定或缺席，又缺少表露攝影機觀看軌跡的標示語句，這些因素都令小說充滿了電影視覺的特色，亦使小說「電影視覺化表述」在劉吶鷗引入並確立以後達到新的發展階段。這種隱藏主語的表達手法得益於漢語主語省略、敘述無分時態的語法特徵，既是穆時英在「電影視覺化表述」方面超越劉吶鷗的地方，也是後來為張愛玲帶來啟發的重要手法。關於這方面的分析將會在下文有更深入的討論。

張愛玲與小說「電影視覺化表述」的轉化和改造

「電影視覺化表述」由劉吶鷗引入並確立到小說之中；再到穆時英把蒙太奇和古典好萊塢的視覺技巧運用到小說之中，表現上層社會和低下階層的對立衝突。在前人的創作經驗之上，張愛玲繼續把電影的思維運用到小說之中。關於張愛玲小說跟電影的關係，歷來已有不少學者討論過。不同的是，本章關注張愛玲「電影視覺化表述」怎樣跟劉吶鷗和穆時英連繫，她又如何在前人的基礎上創新。[46]

45 穆時英，〈夜總會裡的五個人〉，嚴家炎、李今編，《穆時英全集》第一卷，頁二七一—二七二。

本章認為，張愛玲的小說重新調和「電影視覺化表述」和現實主義講述的模式之間的關係，使「電影視覺化表述」能補充現實主義講述模式在想像力和形象性表達方面的不足，同時又以現實主義講述模式改善「電影視覺化表述」在心理描寫或意義傳遞方面的限制。下文將會圍繞這個論點展開討論。本節將從漢語語法特徵，例如省略主語和自由直接／間接引語的特色等，觀察三位作家在這一方面的處理如何。

首先，劉吶鷗由於受到日語的影響，他的翻譯和創作運用了不少的自由直接引語。王志松曾經提出「這種自由直接引語在小說裡的大量使用始於劉吶鷗的小說」[47]，這在二〇年代是比較少的現象。他以劉吶鷗的小說〈禮儀與衛生〉作為例子：

> 暖氣管雖早就關了，但是室裏的溫度仍是要蒸殺人一般地溫暖。就是那從街上遙遙地傳上來的軌道的響聲也好像催促著人們的睡氣一般地無氣力。是的，春了，啟明一瞬間好像理解了今天一天從早晨就胡亂地跳重著的神經的理由，同時覺得一陣粘液質的憂鬱從身體的下腰部一直伸將上來。不好，又是春的Melanc Holia在作祟哩！陽氣的悶惱，慾望在皮膚的層下爬行了。啊，都是那個笑渦不好，啟明真覺得連坐都坐不下去了。[48]

根據王志松的分析，上文加了著重號的句子，前部分是主人公的內心獨白，後部分是敘述人的敘述，中間運用了自由間接引語，亦沒有加入「他想」這樣的引導語。王志松認為這一現象由劉吶鷗開始，他「成功地將日語中的自由直接引語翻譯了出來……為豐富中國現代小說的技法做出了貢獻。」[49]劉吶鷗這種翻譯和創作，確實帶來了他自己可能也沒有預計的影響。

隨後穆時英就把這種手法逐漸轉用到「電影視覺化表述」之上，並且把自由直接引語改為自由間接引語，以適合攝影機視覺的「旁觀」特質。我們可以從上一節穆時英的例子中看到他怎樣以自由間接引語表現小說的視覺，例如〈夜總會裡的五個人〉：「紅的街，綠的街，藍的街，紫的街……強烈的色調化妝著的都市啊！」及〈白金的女體塑像〉：「那麼地聯想著，從洗手盆旁邊，謝醫師回過身子來。窄肩膀，豐滿的胸脯，脆弱的腰肢，纖細的手腕和腳踝，高度在五尺七寸左右……」等句，都是以自由間接引語的形式，把觀看的事物例如「紅的街」、「窄肩膀」等模糊了敘述者、人物和讀者的視覺界線，使三者能夠自由連結。

本章認為，張愛玲比劉吶鷗和穆時英更進一步，加強了敘述者跟人物在敘述和視覺上互相融合，達到了小說「視覺化表述」跟現實主義講述模式兩者之間的調和。她的方法是把人物的視覺

---

46 雖然張愛玲曾發表不少電影評論文章，亦創作了不少電影劇作，但是她在電影理論方面的文章不多，無法讓我們從中參考她對電影視覺的看法。由於本章集中強調張愛玲跟劉吶鷗和穆時英在「電影視覺化表述」方面的連繫，以往研究曾經討論過張愛玲小說運用電影技巧的地方，本章將不再贅述。

47 王志松，〈新感覺文學在中國二、三十年代的翻譯與接受——文體與思想〉，《日語學習與研究》第二期，二〇〇二年，頁七二。

48 劉吶鷗，〈禮儀與衛生〉，現收於康來新、許秦蓁合編，《劉吶鷗全集：文學集》，頁一一四。強調標示為筆者所加。

49 王志松，〈新感覺文學在中國二、三十年代的翻譯與接受——文體與思想〉，《日語學習與研究》第二期，二〇〇二年，頁七三。

轉換成觀察者的視覺，由此就可以自由滲入觀察者的意識。能夠達到這種效果，主要是由於漢語的非屈折語形態跟印歐語系的屈折語形態並不相同。[50]漢語在表述過程中可以省略某些句子的主語，亦無須變換時態、語態，這些特徵有利於名詞疊句或不連貫語句的構成，令漢語更貼近電影視覺意識的表述。亦即是說，由於漢語的語法特色，令張愛玲小說中觀察者與人物之間的觀看界線變得透明，讀者的視覺能夠自由代入觀察者的視覺再進入人物的視覺。儘管穆時英初步運用過這種方法，但是他沒有把「講述」的部分與視覺配合，而張愛玲則把握這個空間去發揮她的反思和抒情，這是她對前人的繼承和超越。

張愛玲善用這種漢語語法特徵去維持一種講故事的「同時感」，通過這種「同時感」，小說中的反思和啟悟才有一個可供發放與接收的時空，敘述者才能自由出入於文本的各個層次。〈傾城之戀〉是表現這種效果的適當例子。這篇小說的開首和結尾先以講故事人的方式展開敘述，製造了一種與聽故事的人同場的「同時感」：

> 胡琴咿咿啞啞拉著，在萬盞燈的夜晚，拉過來又拉過去，說不盡的蒼涼的故事——不問也罷！（……）然而這裏只有白四爺單身坐在黑沉沉的破陽台上，拉著胡琴。
>
> （……）
>
> 到處都是傳奇，可不見得有這麼圓滿的收場。胡琴咿咿啞啞拉著，在萬盞燈的夜晚，拉過來又拉過去，說不盡的蒼涼的故事——不問也罷！[51]

上文以拉胡琴來製造講故事人跟聽故事人的「同時感」，特別是兩段中的「不問也罷」，明顯是講故事人跟聽故事人的交流。這種「同時感」如果以英語表示的話，則需要更動時態。如果以這篇小說的原文與英譯做對比，當可更為明確。這兩段開首和結尾的文字都是運用現在時態去表述：

The *huqin* wails in the night of a thousand burning lamps; the bow slides back and forth, pouring out a tale desolate beyond words—Oh, what's the point of asking?![…]But here it was just Fourth Master Bai sitting by himself on a run-down balcony sunk in darkness, playing the *huqin*.

[…]

There are legends everywhere, but they do not necessarily have such a happy ending. The *huqin* wails in the night of a thousand burning lamps; the bow slides back and forth, pouring out a tale desolate beyond words—oh! What's the point of asking?[52]

---

50 這裡指的是人類的語言形態主要分為「形態語」和「孤立語」，「形態語」包括「屈折語、黏著語、多式綜合語」等，當中屈折語指句子中某些詞有豐富的形態變化，印歐語系就有這一特點；漢語則是沒有形態變化的「孤立語」類，不會通過謂詞詞形變化來表示「時、體、態」等，也不會通過名詞詞形變化來表示「性、數、格」的語法意義。關於這一問題，可參考沈陽，《語言學常識十五講》（北京：北京大學出版社，二〇〇五），頁六—七。

51 張愛玲，〈傾城之戀〉，《回顧展 I——張愛玲短篇小說集之一》（香港：皇冠出版社，一九九一），頁一八八及二三一。

52 Eileen Chang, "Love in a Fallen City," trans. Karen Kingsbury, *Renditions: A Chinese English Translation Magazine*, no. 45 (Spring 1996), 61 and 92.

這兩段文字是在小說的開首和結尾，使用了現在時態來表現敘述者／觀察者與讀者身處同一時空的效果，但是，當敘述到白四爺拉胡琴的情節時，譯者不得不轉回使用過去時態，而在漢語的版本中則無須這種改變。這種「同時感」對〈傾城之戀〉，乃至大多數張愛玲早期小說的表現手法至關重要，因為缺少了這種「同時感」，張愛玲就無法在小說中向讀者交流她自己的看法與反思，而這正是她早期小說的價值所在。

這種「同時感」並不只在小說的開首與結尾出現，張愛玲利用了上述的漢語語法特徵，在小說的各個部分自由滲透敘述者的看法。〈傾城之戀〉中有一段描寫流蘇對自己容貌的觀看：

> 流蘇突然叫了一聲，掩住自己的眼睛，跌跌衝衝往樓上爬，往樓上爬……上了樓，到了她自己的屋子裏，她開了燈，撲在穿衣鏡上，端詳她自己。還好，她還不怎麼老。她那一類嬌小的身軀是最不顯老的一種，永遠是纖細的腰，孩子似的萌芽的乳。她的臉，從前是白得像磁，現在由磁變玉——半透明的輕青的玉。上頷起初是圓的，近年來漸漸的尖了，越顯得那小小的臉，小得可愛。臉龐原是相當的窄，可是眉心很寬。一雙嬌滴滴，滴滴嬌的清水眼。[53]

這段文字中出現了觀察者意識與人物意識的交疊的現象。本來流蘇在撲到穿衣鏡上端詳自己的時候，她所看到的形象或內心所想，讀者應該是不知道的。但是，張愛玲在這裡通過「還好，她還不怎麼老」這一心理敘事，暗暗地把人物、敘述者和讀者的意識融合，這裡所用的手法就是自由間接引語。如果這裡以直接引語表達，就會變成「流蘇心想：『還好，我還不怎麼老。』」這樣，讀者就無法透過敘述者／觀察者的目光代入人物，觀看的層次就變成不透明了。但是，在運用這種透明觀看層次的同時，張愛玲又加入了敘述者的看法和反思，這就改變了劉吶鷗和穆時英小說那種電影式的客觀視覺，而賦予了這些視覺思考的深度與空間。如果我們把這一段小說與它的英譯版本對比，當可再次發現漢語有利於透明視覺化表述的情況：

Liusu cried out, covered her eyes, and fled, her feet beating a rapid retreat all the way up, up the stairs, to her own room. She turned on the lamp, set it next to the dressing-mirror, and studied her reflection. Good enough: she wasn't too old yet. She had the kind of slender figure that doesn't show age—a waist forever thin, and a budding, girlish bosom. Her face had always been as white as fine porcelain, but now had changed from porcelain to jade—semi-translucent jade with a tinge of pale green. Her cheeks had been round, but now had grown thinner, making her small face even smaller and more attractive. She had a fairly narrow face, but her eyes—clear and lively, slightly coquettish eyes—were set well apart.[54]

---

53 張愛玲，〈傾城之戀〉，《回顧展I——張愛玲短篇小說集之一》，頁一九五。

54 Eileen Chang, "Love in a Fallen City," Karen Kingsbury trans., *Renditions: A Chinese English Translation Magazine*, no. 45 (Spring 1996), 66-67.

這一段文字的原文由於使用漢語，可以省略若干句子的主語，因而接近電影的視覺模式——由不同斷裂的鏡頭組接而成。但在英譯的版本中，由於需要保留主語“She”，以及與此相關的時態轉變，因此仍然形成觀察者／敘述者與讀者之間的視覺間隔，觀看的層次未能變得透明。‘she wasn’t too old yet’等句由於跟小說開首及結尾不同，處於被敘述的層次內，因此在翻譯時必須使用過去時態，這一限制令英譯無法達至「同時感」，於是就無法好像漢語版本一樣塑造出類似電影視覺的「現時」效果，亦無法把人物的視覺轉換成敘述者／觀察者的視覺。

張愛玲與穆時英的不同之處，在於她運用穆時英那種隱形的觀看手法，卻以敘述者／觀察者具有人性的視覺取代攝影機視覺，並且透過漢語可自由省略主語的模式，不知不覺之間轉換了觀察主體。例如〈桂花蒸——阿小悲秋〉中：

> 丁阿小手牽著兒子百順，一層一層樓爬上來。高樓的後陽台上望出去，城市成了曠野，蒼蒼的無數的紅的灰的屋脊，都是些後院子、後窗、後衖堂，連天也背過臉去了，無面目的陰陰的一片，過了八月節還這麼熱，也不知它是什麼心思。[55]

張愛玲在這段文字中運用了劉吶鷗和穆時英小說那種攝影機的視覺，但是她卻為這種攝影機視覺添加了強烈的意識與感情。劉吶鷗和穆時英的小說中那種攝影機的視覺，雖然暗含著人為的剪輯選擇，但仍然在表面上維持一種客觀、不加感情的視覺表述，令人感到一種看似客觀自然的效果。而在〈桂花蒸——阿小悲秋〉這段文字中，觀看的目光帶有感受與判斷，張愛玲用的方法就是上述那種省略主語的方法，由「高樓的後陽台上望出去」開始，我們已不能分辨這是人物、敘述者／觀察者還是攝影機的目光，因此，透過這種模糊性，張愛玲可以把一些未必屬於人物的感受與判斷加入，令這段文字充斥著文本世界以外的感情色彩。

穆時英小說中的「電影視覺化表述」，隱藏了攝影機的視覺，製造出一個看似客觀自然、未經任何人為處理的機械視覺。這種機械的視覺效果，具有如本雅明所言那種近似攝影的客觀性。本雅明認為，肖像攝影排除了對人物表情的尊重和美化，令攝影的技術性視覺仿如對「犯罪現場」的真實記錄，以一種不帶有主觀意識，不以人類感情做緩衝的方法，逼使人直面事物的真實面貌。簡而言之，技術性的視覺由於不帶「人情」而顯得冷酷、無情，使人在觀看之時產生強烈的震驚。[56]魯迅面對的就是這種由技術性視覺帶來的震驚，穆時英表現階級對立的電影視覺表述同樣也是以一種客觀的視覺來使人直面真實，兩人的小說都較少具有敘述者的中介和緩衝。在這一點上，張愛玲的小說由於加入了敘述者／講故事的層次，往往在「視覺化表述」以後加入反思和抒情，使讀者在「觀看」之後得到意識上的緩衝，中和直面現實後的情感波動，情緒得到舒緩。穆時英小說儘管有視覺化表述，但指向的是對象本身，但張愛玲則改變了這種狀況，其視覺

55　張愛玲，〈桂花蒸——阿小悲秋〉，《回顧展I——張愛玲短篇小說集之一》，頁一一六。

56　華特・本雅明（Walter Benjamin），〈機械複製時代的藝術作品〉，漢娜・阿倫特（Hannah Arendt）編，張旭東、王斑譯，《啟迪：本雅明文選》（香港：牛津大學出版社，一九九八），頁二二六—二二七。

化表述往往指向敘述者／觀察者本身。

在〈傾城之戀〉的中段，張愛玲多次以「電影視覺化表述」來塑造情節，其中關於淺水灣的一堵灰牆，小說的視覺抽離了人物的眼睛，沿用了類似劉吶鷗和穆時英的攝影機視覺，並且使攝影機具有明確的位置：

> 從淺水灣飯店過去一截子路，空中飛跨著一座橋樑，橋那邊是山，橋這邊是一堵灰磚砌成的牆壁，攔住了這邊的山。柳原靠在牆上，流蘇也就靠在牆上，一眼看上去，那堵牆極高極高，望不見邊。牆是冷而粗糙，死的顏色。她的臉，托在牆上，反襯著，也變了樣——紅嘴唇、水眼睛、有血、有肉、有思想的一張臉。[57]

在這段文字中，並不是先透過人物的眼睛去看，而是以攝影機的目光，把兩個人物都放置在觀看的範圍內。然而跟劉吶鷗及穆時英小說不同的是，這裡的攝影機明顯被張愛玲賦予了思想與判斷：究竟是誰覺得牆是「冷而粗糙」，是「死的顏色」？又是誰認為流蘇的臉此刻成為了「有血有肉有思想的一張臉」？造成這種效果的是上文提及那種漢語的非屈折語獨特語法。由「一眼看上去」這句開始，究竟是柳原或是流蘇，又或是攝影機的目光？這種主體的模糊性令讀者的目光可以透過觀察者與人物之間的不具間隔而自由出入，並且能夠達到高一層次的反思境界。更重要的是，張愛玲的小說比劉吶鷗和穆時英的更充分利用了漢語這種特徵，透過漢語模糊化主語的特色，在不知不覺間融入了超越文本人物層次的思考與感受。這在英譯版本中並不能做到：

Liuyuan leaned against the wall, and Liusu leaned too, looking up along the great height, a wall so high that its upper edge could not be seen. The wall was cool and rough, the colour of death. Against it her face looked different: red mouth, shining eyes, a face of flesh and blood and feeling.[58]

譯文由於需要照顧時態及主語的問題，因此「looking up」一句必須與前句的Liuyuan與Liusu連合，表示以下的是他們二人的視覺。由於敘述時態限定了使用過去式，因此不能達到漢語那種自由度，無法產生漢語原文那種「同時感」。這就令當下的視覺感受被限定在人物之中，不能提升至敘述者／觀察者或讀者的層次。「同時感」的作用在於製造空間去加入了「講故事」的人性特質，就是這種超越敘述的層次的存在，令張愛玲能夠融合本來被視為排斥對立的電影視覺和現實主義講述模式。

這種在〈傾城之戀〉中的視覺特色並不是孤例，而是在很多張愛玲早期的小說中都能找到的例證，例如〈紅玫瑰與白玫瑰〉中有以下一段描寫：

57 張愛玲，〈傾城之戀〉，《回顧展I——張愛玲短篇小說集之一》，頁二〇八。

58 Eileen Chang, "Love in a Fallen City," Karen Kingsbury trans., *Renditions: A Chinese English Translation Magazine*, no. 45 (Spring 1996), 76-77.

> 振保抱著胳膊伏在闌干上，樓下一輛煌煌點著燈的電車停在門首，許多人上去下來，一車的燈，又開走了。街上靜蕩蕩只剩下公寓下層牛肉莊的燈光。風吹著的兩片落葉踏啦踏啦彷彿沒人穿的破鞋，自己走上一程子。……這個世界上有那麼許多人，可是他們不能陪著你回家。到了夜深人靜，還有無論何時，只要生死關頭，深的暗的所在，那時候只能有一個真心愛的妻，或者就是寂寞的。振保並沒有分明地這樣想著，只覺得一陣悽惶。[59]

在這段文字中，作者並沒有明寫這些觀看的景象是由振保所看，由於漢語的特殊語法，令這些景象既可以是振保所看；又可以是敘述者，因此令讀者代入而直接觀看。接著「這個世界上」的感悟，因此既可以是振保所想，亦可以是敘述者大發議論。要直到最後，讀者才知道這些觀看及感想並不是由振保而發，振保當下的感覺只是「一陣悽惶」而已。在這裡，讀者閱讀的愉悅並不是來自振保本身，而是得之於張愛玲由主觀觀察而來的所思所想，或是她的抒情部分，這亦正是張愛玲小說最受注目的地方。

在〈留情〉的開首張愛玲以一種好像攝影機的視覺軌跡去觀察女主角敦鳳的家：「他們家十一月裏就生了火。」[60]然後「攝影機」聚焦到火盆：「小小的一個火盆，雪白的灰裏窩著紅炭。」接著，小說由「電影視覺化表述」轉為現實主義講述模式：「炭起初是樹木，後來死了，」這是小說敘述者的所思所想。這時，小說的「視覺化表述」又再突然插入：「現在，身子裏通過紅隱隱的火，又活過來，然而，活著，就快成灰了。」這裡「觀看」的視覺是現場性的，讀者通過敘述者與攝影機的合而為一，三者的「觀看」間隔被取消了，同樣由於上述漢語無須轉換時態，迴避了由於時態的不同造成讀者世界與文本世界的分隔。接著敘述者又再發揮議論：「它第一個生命是青綠色的，第二個是暗紅的。」然後現場的視覺又再發揮效果：「火盆有炭氣，丟了一隻紅棗到裏面，紅棗燃燒起來，發出臘八粥的甜香。炭的輕微的爆炸，淅瀝淅瀝，如同冰屑。」〈留情〉的這個例子，顯示了張愛玲密集地交錯運用小說「視覺化表述」與現實主義講述模式的情況。這種情況仿似電影裡的旁白，把視覺與講述結合起來，互相補充兩者的局限。如果對比〈留情〉的英譯，更可發現當中明顯的差異，因為英語無法做到文中「現在，身子裏通過紅隱隱的火，又活過來，然而，活著，就快成灰了」的視覺現場感，而只能仍然以過去時態表現區隔，無法達致「電影視覺化表述」的功用：時間的立即性和視覺的現實性；更不用說是把敘述者／觀察者、攝影機和讀者三者之間的視覺融合。[61]

又例如在〈連環套〉中，當霓喜與雅赫雅鬧翻以後，帶著孩子走到陽臺上：

59 張愛玲，〈紅玫瑰與白玫瑰〉，《回顧展 I——張愛玲短篇小說集之一》，頁六三—六四。

60 張愛玲，〈留情〉，《回顧展 I——張愛玲短篇小說集之一》，頁一〇。本段以下例子均出自此頁。

61 英文翻譯原文如下："Although it was only November, they had lighted a fire at home, just a small brazier with red-hot charcoal ensconced in snow-white ashes. The coal had been a tree. Then the tree died, yet now, because of the glowing fire, its body had come alive again—alive, but soon to turn into ashes. The first time life was green, the second time, a dark red. The brazier smelled of coal. A red date fell into it and started burning, giving out the fragrance of the sweet congee served every year on the eighth of the twelfth month. The coal's minute explosions made a sizzling noise, like grated ice." Eileen Chang, "Traces of Love," trans. Eva Hung, *Renditions: A Chinese English Translation Magazine*, no. 45 (Spring 1996), 112.

> 霓喜就著陽臺上的陰溝，彎腰為孩子把尿，一抬頭看見欄杆上也擱著兩盆枯了的小紅花，花背後襯著遼闊的海，正午的陽光曬著，海的顏色是混沌的鴨蛋青。一樣的一個海，從米耳先生家望出去，就大大的不同。樓下的鑼鼓「親狂親狂」敲個不了，把街上的人聲都壓下去了。晾著的一條烤綢袴子上滴下一搭水在她臉上。她聳起肩膀用衫子來揩，揩了又揩，揩的卻是她自己的兩行眼淚。憑什麼她要把她最熱鬧的幾年糟蹋在這爿店裡？一個女人，就活到八十歲，也只有這幾年是真正活著的。[62]

這段文字中首先明寫景物是由霓喜「一抬頭看見」的，但緊接著，由「一樣的一個海」一句的想法，則沒有明言是霓喜心想，還是敘述者的看法。由於這一個內心想法的間隔，使下一句關於鑼鼓的感覺又變成了既可是霓喜，也可以是敘述者感受的效果。接著「攝影機」的客觀角度特寫晾衣的水滴到霓喜的臉、她如何拭淚。緊接著這些視覺描寫，立即又以自由間接引語的方式表達霓喜的內心所想，造成了看似敘述者說話的效果。

由上述的討論我們可以看到，張愛玲跟劉吶鷗和穆時英等「海派」作家的連繫並不單單因為他們都以上海、城市作為書寫對象，而是他們在文學技巧上、在對「現代中國」的想像上同樣具有真正的發展和連結，並且因應上海社會各方面的變化而有所演化和調整。要從這一點上，我們才可以真切了解小說「電影視覺化表述」是一種活的、流動的和多變的文學生產技術。下文將會看看當時文化場域怎樣看待這種文學生產技術，討論這種技術具有怎樣的意義。

從文化場域的角度看小說「電影視覺化表述」

上文我們討論過劉吶鷗、穆時英和張愛玲引入和發展「電影視覺化表述」的情況，那麼他們這種表述方法具有怎樣的意義？本章認為，小說的「電影視覺化表述」改變了現代小說以現實主義講述模式為正統的傳統，使小說的表現手法更為多樣。從三者相關而又不同的表現來看，「電影視覺化表述」並不是一種停滯、固定的表述模式，它跟場域內各種勢力互相對話，互相調適；另一方面，它還代表著在各種中國本土想像方式之外，一批在殖民地或半殖民地長大的人對國家和民族別樣的立場和看法。因此，考察「電影視覺化表述」身處怎樣的文化場域，當可有助了解三位作家的這種文學生產具有怎樣的意義。

考察一九二七至一九三七年的文學場域，其主要的思潮是關於民族矛盾和階級對立等議題，約分為以下幾類。首先是國民黨推出的「民族主義文藝運動」。這一類文學以煽動民族情緒，歌頌戰鬥精神為主，作品有黃震遐的《隴海線上》和《黃人之血》等，都以忠心、報國等構成小說對中國的想像，務求達到統一於國民黨文藝意識的效果。第二類的思潮是左翼的革命文學運動和文藝大眾化運動，牽涉到的文學團體有太陽社和轉向後的創造社，它們以「革命文學」、「唯物

62 張愛玲，〈連環套〉，《張看》（香港：皇冠出版社，二〇〇〇），頁三七。

辯證法的創作方法」和「社會主義的現實主義創作方法」等作為主導這類小說想像的方法。第三類的小說想像是浪漫抒情想像下的小說，例如沈從文的田園風味小說。他的小說並不像左右翼文學具有明顯的政治意識，而是流露對中國鄉土理想化的想像，以及對都市現代文明的厭惡。在這三類思潮以外，其餘還有京派小說對民族精神、中國傳統的著重，在借用西方現代精神時，注意與中國文學傳統配合發展。以上這幾類的小說想像手法，大致形成了三〇年代跟劉吶鷗他們共時的文學場域。

劉吶鷗首先引入並確立「電影視覺化表述」，影響他的作品在場域中位置的因素，在於它跟當時想像中國的主流意識型態——民族主義，以及想像中國的主流方法——現實主義有深刻的矛盾。劉吶鷗的電影理念在當時被認定為阻礙中國電影民族性的發展，跟他有關的「軟性電影」論爭甚至被左翼文化界認定為一場「反動」的活動，阻礙「反帝反封建」的運動。[63]但是，他的小說除了得到新感覺派作家的欣賞以外，未有受到廣泛的注視和攻擊。相反，穆時英在文學場域中得到的回響，不論是批評或讚譽都比劉吶鷗為多。劉吶鷗在一九三〇年四月由水沫書店出版小說集《都市風景線》以後，在小說創作和投入電影界之間約有一年的真空期，期間他把焦點放到翻譯一系列具有無產階級文藝理論特色的俄國文章之中。由一九三〇年三月開始，劉吶鷗於《新文藝》中發表了一系列俄國共產主義文學理論家弗理契（Vladimir Maksimovich Friche, 1870-1929）的文章，顯示劉吶鷗在這一年對無產階級文藝理論的關注。他更於同年的十月，經由水沫書店出版弗理契的《藝術社會學》。但是劉吶鷗這種對無產階級文藝理論的熱情，在一九三〇年以後很快就消失。一九三一年，劉吶鷗遷居到法租界，並開始投入電影的製作之中。上文曾經提及小說與電影爭奪「想像中國」的資本，如果從這一角度出發，上述的事件可以說明，劉吶鷗在接觸無產階級文藝的想像方式以後，並不認為這種想像方式適合自己，他的選擇是重回那種接近他心目中「現代中國」的想像模式，而且必須是「視覺化」的。因此，他跟黃天始等人合組「藝聯影業公司」拍攝電影，並於一九三三年創立《現代電影》這本雜誌。其小說的貢獻在於為後來的穆時英帶來參照和基礎。

跟很多當時的作家一樣，穆時英早年曾經使用現實主義的「講述」模式去表現他心目中的「中國」，他起初是以寫作左翼文學進入文壇。他在一九三〇年二月十五日的《新文藝》發表第一篇小說〈咱們的世界〉後，即引起文壇注意。對穆時英的小說批評主要由一九三一年開始發生，當時穆時英剛由施蟄存推薦，在《小說月報》上發表〈南北極〉。這篇小說一下子令穆時英備受左翼文壇注視，並得到左翼文人陽翰笙的稱讚。陽翰笙除了稱讚穆時英這篇小說的內容和技巧外，亦提出穆時英在意識上有需要修正的地方。[64] 錢杏邨雖然認為這篇小說有著「非常濃重的流氓無產階級的意識」，但也承認穆時英的小說貼近大眾的語言，[65] 這種特色與當時左翼文壇正在討論的文藝大眾化運動非常配合。穆時英使用貼近低下階層民眾的語言，使他的小說起初受到

63 程季華主編，《中國電影發展史》第一卷（北京：中國電影出版社，一九六三），頁四〇一。

64 陽翰笙，〈南北極〉，《北斗》創刊號，一九三一年九月二十日。現收於嚴家炎、李今編，《穆時英全集》第三卷，頁三六三—三六五。

65 錢杏邨，〈一九三一年中國文壇的回顧〉，《阿英全集》第一卷（合肥：安徽教育出版社，二〇〇三），頁五八八。

左翼文壇的接納。但在這時，新感覺派的小說風格已經開始受到抨擊，沈起予在〈所謂新感覺派者〉（一九三一年）中，把新感覺派定為舶來品，與「武器、鴉片和嗎啡」一樣成為有害物質，並對讀者被這些日本舶來品麻痺而感到痛惜。[66]這種把新感覺派小說跟殖民主義和帝國主義連結起來的看法開始使這些小說受到民族主義作家的排斥。到一九三一年十月二日，穆時英發表一篇與過去風格截然不同的作品〈被當作消遣品的男子〉，這篇具有新感覺風格的小說立即受到左翼文壇的批判，例如舒月在〈社會渣滓堆的流氓無產者與穆時英君的創作〉（一九三二年）中批評〈被當作消遣品的男子〉：

〈被當作消遣品的男子〉（……）連社會問題的初步都沒有觸到，真只是大學生拖著廣東式的木屐彳亍人生，新的說部而已。[67]

舒月這種批評方向表現了左翼文人當時中國問題的想像方式：必須表現階級之間的對立，或是下層階級如何被上層階級所壓迫。要表現這種想像，左翼文學推崇的是現實主義的想像方法，穆時英小說的想像方法明顯違背現實主義，其「電影視覺化」的特質更加強了其殖民主義和帝國主義的氣息。司馬今（瞿秋白）同時亦在〈財神還是反財神．紅蘿蔔〉（一九三二年）以反諷的語氣批評穆時英的〈被當作消遣品的男子〉：

最近我方才發見了一本小小說，題目是〈被當作消遣品的男子〉。單是這個題目就夠了

> （……）一切頹廢感傷，歇死替痢的摩登態度，尤其是性神經衰弱等類的時髦病，應當「發揚而廣大之」（……）對於這些「消遣品」，以及一切封建餘孽和資產階級的意識，應當要暴露，攻擊（……）這是文化革命的許多重要任務之中的一個（……）（智識階級或小資產階級）表面做你的朋友，實際是你的敵人，這種敵人自然更加危險。[68]

按照瞿秋白的看法，穆時英的〈被當作消遣品的男子〉代表著一種對左翼文藝革命意識的阻礙，甚至可能比敵人更危險，因為這些作品表面上是左翼的朋友，其實卻是削弱階級鬥爭的力量。

這種批評的情況到了一九三四年有越演越烈的趨勢，例如江沖在〈白金的女體塑像〉（一九三四年）中批評穆時英的〈PIERROT——寄呈望舒〉：「我們只能看見一個屍骸被華美的外衣包攏著。它沒有內質，只是被空虛和不真實充塞著而已。」[69]小說的「電影視覺化表述」往往被認定為「華美」而欠缺內涵，江沖的批評就是針對這種小說那種非常容易被認為是腐敗的特質，

---

66 沈起予，〈所謂新感覺派者〉，《北斗》第一卷第四期，一九三一年，頁六五—七〇。

67 舒月，〈社會渣滓堆的流氓無產者與穆時英君的創作〉，原載於《現代出版界》第二期，一九三二年，現收於嚴家炎、李今編，《穆時英全集》第三卷，頁四〇二—四〇三。

68 瞿秋白，〈財神還是反財神·紅蘿蔔〉，原載《北斗》第二卷第三—四期，一九三二年七月二十日，現收於嚴家炎、李今編，《穆時英全集》第三卷，頁四一三—四一四。

69 江沖，〈白金的女體塑像〉，原載《當代文學》第一卷第五期，一九三四年十一月，現收於嚴家炎、李今編，《穆時英全集》第三卷，頁四三一—四三二。

這種特質往往會被認定是阻礙民族主義運動對抗帝國主義和殖民主義的幫凶，為黑暗的社會現實製造歌舞昇平的假象。在這種環境下，就連政治立場並不激進的沈從文亦在一九三五年撰文批評穆時英的小說。他在〈論穆時英〉一文中，以「揮霍文字」、「技巧過量，自然入邪僻」、「假」、「空洞」、「浮薄」等字眼批評穆時英的小說。他認為「穆時英大部分作品，近於邪僻文字（……）屬都市趣味，無節制的浪費文字」、「作者所長，是能使用那麼一套輕飄飄浮而不實文字任意塗抹」，並提出穆氏適宜寫「畫報上作品，寫裝飾雜誌作品，寫婦女、電影、遊戲刊物作品」。[70]沈從文的觀點強調了穆時英的作品跟畫報及電影這些強調視覺的文藝範疇的關係，但是這些具有視覺特質的想像方法，並不能得到文學場域內幾股勢力的認同，並且認為這種方法是屬於都市趣味的表現，沒有對中國普遍的農村／低下階層的生活表現關心。從以上的資料可以看到，儘管劉吶鷗和穆時英認為把電影的視覺表述方法加入小說之中，可以表現他們心目中對「現代中國」的想像，但是他們這種「想像中國」的方法代表的是在殖民地或租界長大的一群，他們以「殖民現代性」帶來的現代想像來建構心目中的理想中國，這往往不能得到場域內的民族主義作家的認同。

隨著施蟄存與杜衡在一九三四年放棄《現代》雜誌的編務、《現代》於一九三五年停止出版，以及穆時英和劉吶鷗於一九四〇年先後被暗殺身亡，新感覺派這一中國最早的現代主義文學團體就衰落下來，連帶小說的「視覺化表述」亦逐漸消失。加上自一九三七年十一月十二日日軍進駐上海，上海文壇的氣氛轉趨消沉，特別是在上海的日軍占領區中，文壇的氣氛較「孤島」上海更為黯淡。[71]直至一九四一年太平洋戰爭爆發，上海全面進入淪陷時期，出現了抗日文化人士遭拘捕、書刊遭禁止出版、報店書店被查抄等情況。但到了一九四三年，上海文壇又慢慢復甦，出現了較為繁榮的局面。概括而言，本章所關注的小說「視覺化表述」由新感覺派的衰落起經歷一段沉寂期，直至上海淪陷後，本來互相競爭的各種文學思潮，這時在日本的占領下被迫偃旗息鼓，小說「視覺化表述」又重新得到發展的空間。

胡蘭成在一九四四年寫的一篇文章中首先把新感覺派與張愛玲連上關係，他的論點牽涉著這兩個時代的文學場域問題：

> 一九二五年至二七年中國革命的失敗，使得許多青年作家的創作力都毀滅了，現代雜誌社的那些人，有的是從明麗的南歐留學回來的，帶來一些鮮潔的空氣，如同沾著露水的花朵，剛剛使人眼目一亮，很快就枯萎了。時代的陰暗給予文學的摧折真是可驚的。沒有摧折的是魯迅，但也是靠的尼采式的憤怒才支持了他自己。
>
> 到得近幾年來，一派兵荒馬亂，日子是更難過了，但時代的陰暗也正在漸漸祛除，兵荒馬亂是終有一天要過去的，而傳統的嚇人的生活方式也到底被打碎了，不能再恢復。這之際，

---

70 沈從文，〈論穆時英〉，原刊於天津《大公報》一九三五年九月九日，現收於嚴家炎、李今編，《穆時英全集》第三卷，頁四三三—四三五。

71 錢理群主編，《中國淪陷區文學大系・史料篇》（南寧：廣西教育出版社，二〇〇〇），頁六六二。

人們有著過了危險期的病後那種平靜的喜悅，雖然還是軟綿綿的沒有氣力，卻想要重新看看自己，看看周圍。而張愛玲正是代表這時代的新生的。[72]

他的話顯示出張愛玲身處的文學場域跟劉吶鷗和穆時英的既有連繫又有不同，當中他突出了張愛玲作為上海文學場域「新生代」的觀點。劉吶鷗和穆時英身處「孤島」時期前的文學場域，受到各方的壓力，構成了在創作方面的壓抑，影響著他們的小說中「視覺化表述」的表現。張愛玲身處的文學場域則經歷因戰爭而來的短暫而「自由」的空間，這種「自由」是指遠離五四新文學及左翼文學路線的創作意識型態，亦即以鴛鴦蝴蝶派為代表的「舊」文學的回歸及重生。

在上海由孤島時期進入淪陷時期後，新文學陣營的大量文人避免在日本人占領的地方發表作品而遷到內地，上海內鴛鴦蝴蝶派文人的勢力遂更為壯大。根據古蒼梧及耿德華（Edward M. Gunn, 1946-）的研究，這一時期上海文壇的主要特色是意識型態上的淡化，不論是抗日反日，或是汪偽政權推行的「和平運動」，都未能成為文學場域中的主流。就算是像《古今》那樣具有汪偽政權背景的刊物，都只刊有汪精衛或周佛海等人自傳性或抒情性的作品，未有高調宣傳「和平運動」。[73]在這樣一個政治敏感的時期，反而打破了以往上海文學場域內的既有秩序，意識型態的淡化反造就了以往勢力薄弱的文學團體的冒起。在這段時間內出版的文學雜誌，約三分之一具有汪精衛集團的背景，或是由鴛鴦蝴蝶派文人主導。不少文學雜誌亦出現鴛鴦蝴蝶派與新文學各流派作家在同一刊物發表作品的情況。在這一時期，過去壁壘分明的文學場域出現了新文學與鴛鴦蝴蝶派文學融和的情況，以往被新文學陣營批判的鴛鴦蝴蝶派在這一機緣下重整旗鼓，並進行改革。例如鴛鴦蝴蝶派文人陳蝶衣在一九四二年《萬象》中提出「通俗文學運動」的口號，高度評價一向被新文學陣營批評的通俗文學。[74]陳青生亦認為在這一時期，上海的通俗文學作家與新文學作家的聯繫進一步增強，不少通俗作家開始運用新文學筆法與觀念改寫舊作。[75]「通俗文學運動」這一溝通新舊文學的文學活動在這一時期的文學場域中具有重要的意義，亦直接影響著張愛玲早期小說「視覺化表述」的問題。張愛玲就是在這樣的一個文學場域中發表她的第一部小說，並且選擇了在《紫羅蘭》這一具有鴛鴦蝴蝶派色彩的刊物發表，而《萬象》亦於一九四三年開始刊登了她的〈心經〉及〈連環套〉等小說。在這個文學的真空時期，各種文學意識型態的淡化，加上傳統「舊」文學的回歸，一邊為小說的「視覺化表述」提供發展空間，一方則為傳統小說的敘述模式帶來復歸的機會，這些情況帶來了兩者調和的條件。

這個時期戰爭的出現亦帶來了小說在「視覺」和「講述」之間調和的需要，只是這時的「講述」模式不再是左翼文學的現實主義表現方法，而是舊文學的「說故事」的敘述模式。由於戰爭

72 胡蘭成，〈論張愛玲〉，陳子善編，《張愛玲的風氣——一九四九年前張愛玲評說》（濟南：山東畫報出版社，二〇〇四），頁三〇。原文題為〈評張愛玲〉，原載於《雜誌》第十三卷第二—三期，一九四四年五月和六月。

73 古蒼梧，《今生此時今世此地：張愛玲、蘇青、胡蘭成的上海》第一章（香港：牛津大學出版社，二〇〇二），頁九—一四；耿德華（Edward M. Gunn）著，張泉譯，《被冷落的繆斯：中國淪陷區文學史（1937-1945）》（北京：新星出版社，二〇〇六）。

74 這些論文刊於一九四二年秋冬出版的《萬象》第二卷第四及五期的「通俗文學運動」專號中。

75 陳青生，《抗戰時期的上海文學》（上海：上海人民出版社，一九九五），頁二一〇。

的關係，人們的生活由昔日都市式的喧鬧繁華轉變為追求日常生活的平靜安穩。張愛玲的小說把穆時英那種表現都市聲色的小說「視覺化表述」放回中國傳統日常的市民生活之上，她的小說中那種鴛鴦蝴蝶派、小市民式的底色通過一種現代的視覺化表述方式而得到提升。這種情況跟淪陷時期上海文學場域的情況息息相關：經歷了二、三〇年代各種的革命運動，加上經歷了六、七年慘烈的抗戰，人們普遍出現對理想幻滅、對革命反思、厭倦戰爭、渴望回歸日常的情緒，這些都影響著文學的內涵。跟穆時英那種透過「視覺化表述」表現都市繁華的做法不同，張愛玲小說「視覺化表述」的目的在於指出繁華背後的蒼涼。在經歷過上海多年的浮華喧囂以後，戰爭所帶來的摧殘改變了穆時英這一時期對「現代生活」的渴求、體驗和想像。在剝去對「現代」浮華的想像以後，顯露的是張愛玲對人類真實本相與感情的關注。透過羅列日常生活細節及瑣碎事物，這一代人才能抓著一點存活的真實感，因此，張愛玲這個時期的小說「視覺化表述」重在指出物質繁華表象的虛幻，以及人在去除浮華後的樸素底子。

張愛玲在一九四四年寫的《傳奇．再版自序》中談及觀看蹦蹦戲，強調去除浮華後原始的人性。文中「蹦蹦戲花旦」的象徵，呼應著張愛玲自身香港之戰和上海被占領的經歷，表現出上海人經歷過三〇年代高度現代化的「摩登」生活以後，赫然發現這種「現代」文明是如此容易被破壞，突顯出「現代」中國的想像是如何地不堪一擊。[76]在〈我看蘇青〉中，張愛玲更為清楚表現聲色犬馬在亂世之中的意義：

我對於聲色犬馬最初的一個印象，是小時候有一次，在姑姑家裏借宿，她晚上有宴會，出去了，剩我一個人在公寓裏，對門的逸園跑狗場，紅燈綠燈，數不盡的一點一點，黑夜裏，狗的吠聲似沸，聽得人心裏亂亂地。街上過去一輛汽車，雪亮的車燈照到樓窗裏來，黑房裏家具的影子滿房跳舞，直飛到屋頂上。[77]

這一幕聲色犬馬的印象，與上海繁華璀璨的夜生活有密切的關係。但在上海遭空襲的某一夜：

我忽然記起了那紅燈綠燈的繁華，雲裏霧裏的狗的狂吠。我又是一個人坐在黑房裏，沒有電，磁缸裏點了一支白蠟燭，黃磁缸上凸出綠的小雲龍，靜靜含著圓光不吐。全上海死寂，只聽見房間裏一隻鐘滴答滴答走。[78]

由戰爭空襲而回憶起的聲色犬馬由一系列的「視覺化表述」組成，迥異於穆時英以類似的表述來突顯上海的貧富懸殊，張愛玲這裡的表述卻是代表著將被摧毀的文明。只有在經歷過戰爭以後，才有關於文明有可能被摧毀的末世思考。這種生活在亂世的經驗影響著這一代人的意識型態和感受，因此而影響張愛玲那種隨著「惘惘的威脅」而來的小說「視覺化表述」。

76　張愛玲，〈再版自序〉，《回顧展I——張愛玲短篇小說集之一》，頁八。
77　張愛玲，〈我看蘇青〉，《餘韻》（香港：皇冠出版社，一九九六），頁八二。
78　張愛玲，〈我看蘇青〉，《餘韻》，頁八二—八三。

本章討論了「電影視覺化表述」由劉吶鷗、穆時英到張愛玲早期小說的發展，強調這個由魯迅開始已經表現出來的小說「講述」和電影「視覺」的競爭在三〇年代的發展情況，以及他們在這一問題上的關聯。由於劉吶鷗對電影的濃厚興趣，影響他的小說在「電影視覺化表述」上有長足的發展。隨後穆時英更把這種方法大加發揚，結合了蒙太奇和古典好萊塢的視覺方式，表現上海本土的貧富懸殊和社會不公。他並把劉吶鷗由日語翻譯而來的自由直接引語改造，改為以自由間接引語的方式融合視覺和敘述的界線。其後張愛玲則更為把握這種漢語語法的特色，配合主語和時態上的彈性，充分調和了「講述」和「視覺」之間矛盾，使「講故事」和「電影視覺」兩者互相補充。

這種「電影視覺化表述」的發展跟文化場域內的變化息息相關。在三〇年代種種小說想像模式之中，劉吶鷗和穆時英並不能配合主流的想像方式，因為他們所選擇的文學資源看起來都跟帝國主義和殖民主義有直接的關係。劉吶鷗和穆時英都是在殖民地或租界中成長的一群，他們對殖民地／半殖民地生活的觀察和體驗，令他們對中國的想像與上述文學流派的作家都不盡相同。他們的小說既參照了日本新感覺派小說和法國保爾．穆杭小說等殖民主義文學，再加入了電影的視覺表述方法，兩者都是「殖民現代性」下的產物。對比以上幾種小說流派的想像方法，不論其文學手法或政治意圖如何，其最終指向都是反帝國主義和反殖民主義。這就使劉吶鷗這一類小說顯得跟帝國主義和殖民主義有最直接的關係，並且很容易被認定兩者之間存有共謀的關係，就算穆時英有不少作品是以電影視覺手法表現左翼文學關心的議題，例如階級鬥爭和貧富懸殊等，都不能改變文學場域對他們的標籤，因為他們關注的是「觀看方法」的「現代化」，這跟其他民族主義文學推崇的現實主義「想像」方法有所扞格。劉吶鷗和穆時英所「想像」的「現代中國」，看來並不是當時人普遍渴慕的中國形象。

小說的「視覺化表述」在穆時英時期，流露出現代人流竄於物質文明的徬徨；但是隨著戰爭的出現，這些文明出現了被毀滅的可能，生活在這時候的張愛玲，除了上述以眼前的、日常的生活「視覺化表述」作為對短暫且浮華的文明的暫時回應之外，更進一步配合傳統的講述模式作為最終的出路。本章認為，穆時英所代表的現代「視覺化表述」重在表現現代人的感知，卻未能為現代人帶來出路；而張愛玲曾說過她寫作的目的是為現代人帶來啟示，[79]她的方法則是以傳統的「講故事」講述模式配合現代「電影視覺化表述」，從而走出了新路。

79 張愛玲，〈自己的文章〉，《流言》（香港：皇冠出版社，一九九八），頁二〇。

第五章

性別觀看與殖民觀看

——從穆時英到張愛玲小說的「視覺性」變化

中國三、四〇年代興起的現代主義思潮，對小說的發展帶來莫大影響。當中包含的西方殖民主義文學特質令小說在視覺意識上有長足發展。這些小說把「殖民者對被殖民者」或「男性對女性」的凝視引入到中國的語境之中，隨後更發展出不同類型的「視覺化表述」。本章討論的兩位作家穆時英和張愛玲，都在不同程度上「模擬」並發展了這種「視覺化表述」。本章從這一條線索出發，討論中國現代作家如何因應自身的位置與殖民主義文學互相對話，並發展出屬於中國本土的新的小說表述形式。

本章論述的小說「視覺化表述」跟「視覺性」（visuality）相關，與分析小說的敘事觀點有所不同，強調的是其源於殖民主義文學的本質，以及背後的國族和性別權力機制。因此，以視覺性的角度思考穆時英和張愛玲小說，將可憑藉研究當中的觀看權力和女性形象等，探討小說反映的種種相關問題。這一點是以敘事觀點不能得到的研究結果。過往學術界對於兩位作家的研究角度廣泛，例如從都市、電影、殖民主義的角度入手，成果豐碩。[1]但本章認為，在上述的研究論述逐漸成為定論之際，尚有以下的問題仍未解答。首先，如果兩位作家的小說作品同樣具有類似的視覺化表現，那麼它的來源於何處？它是經由哪種渠道、以怎樣的形式進入中國現代小說的表現範圍內？第二，兩位作家類似的視覺化表述彼此有沒有連繫？兩者之間是否具有同樣的意義？第三，學術界目前對上述現象的解釋是否足夠？背後所隱藏的後殖民和性別問題又是否得到充足討論？這些都是本章希望能夠解答的問題。

早於穆時英和張愛玲以前，劉吶鷗已經於其小說中表現視覺性。他曾於一九二八年發表〈保爾・穆杭論〉，並於《無軌列車》中介紹過保爾・穆杭的作品，隨後其文化圈子中例如戴望舒等更翻譯了多篇保爾・穆杭的小說，保爾・穆杭隨即被認定為中國新感覺派的源起。同時，劉吶鷗在一九二八年亦翻譯了七篇日本現代小說，並編成《色情文化》小說集。這兩種具有殖民主義文學特色的小說，為中國現代小說在「視覺性」的發展上帶來重大影響，劉吶鷗及隨後不少作家都在不同程度上受到這種視覺性的影響。這種具有殖民主義文學特質的小說表現模式，透過對女性人物做東方主義式的觀看而成為「殖民者凝視」，由此，西方殖民者可以於文本中表現其居高臨下的位置。有關這一問題，霍米・巴巴曾經分析過，殖民主義文學通過不斷為被殖民者／女性塑造「刻板印象」（stereotype），造成讀者的「固化」（fixity）概念。[2]透過把被殖民者「女性化」，或是把國家領土想像成女體，殖民主義文學只要占有或控制女性人物，就能潛移默化的表現殖民者與被殖民者的關係。

這種殖民主義文學本質上具有矛盾性，反映出殖民者的潛在心理：一方面嚮往差異性，另一方面則依賴相同性和熟悉性，這造成了他們必須對殖民地做公式化處理。這種心理在殖民主義

1 例如李歐梵以都會和城市的角度討論穆時英筆下的摩登女性形象，參見李歐梵著，毛尖譯，《上海摩登：一種新都市文化在中國1930-1945》（香港：牛津大學出版社，二〇〇〇），頁一七七—二一七；李今則以海派與電影的角度，討論穆時英筆下的女性具有的好萊塢電影女明星的形象，參見李今，《海派小說論》（臺北：秀威資訊，二〇〇四），頁五九—七七；彭小妍亦曾討論穆時英筆下的摩登女郎與浪蕩子的關係，參見彭小妍，《浪蕩子美學與跨文化現代性》（臺北：聯經，二〇一二），頁七二—八一。

2 霍米・巴巴著，張萍譯，〈他者的問題：刻板印象和殖民話語〉，羅崗、顧錚主編，《視覺文化讀本》（桂林：廣西師範大學出版社，二〇〇三），頁二一八。

文學中則表現為：沉醉於在殖民地歷險遊歷題材帶來的刺激，同時又以霍米・巴巴所言的「刻板印象」手法再現殖民地，以一再反覆使用某種了解殖民地的既定程式來表述。這種矛盾的心理在文學中又會轉化成性別的表述，因此在殖民主義文學中，殖民者往往強調自身的「男性氣質」。博埃默在討論帝國主義的面貌時，就強調它們是以「男人」的面貌出現，例如在殖民主義文學的冒險小說中，英國的雄性剛健和統治才幹成為合理化殖民侵略的理由。當描述殖民地的女性時，殖民話語往往把她們描寫成「渙散精力的誘惑」，或是「邪惡不幸的所在」，因為「她抽去受她魅惑的男子的精銳之氣，將他們拖下水。」[3]這種女性形象被認定為阻礙男性殖民者成就大業的邪惡化身。當劉吶鷗把這種殖民主義文學的基本模式引入本土文學之後，小說的模式就開始出現因模仿而來的變化，按博埃默的說法，這種「被殖民者」的模仿成為了對殖民者的反抗策略，其成功祕訣在於偽裝和託辭。殖民地作家占據「他者」的立場，對殖民主義觀察世界的視角進行顛覆。以往在殖民主義文學中，只有男性殖民者對土著女性做出觀察，土著男性在當中（例如法國作家保爾・穆杭小說）很少被觀察。這些被西方殖民者刻劃成沉默、無言的土著男性，在殖民主義文學中甚至沒有存在的位置；而劉吶鷗的小說則開始亦步亦趨地模仿男性殖民者的觀看方法，占領這種觀看的位置，並且表達他的評頭品足。更甚的是，這位「模仿者」以比殖民者更為色情、更為刻板的態度去觀看，扭曲了觀察者一直以來看似莊嚴的面貌，暴露了本來躲藏背後的偷窺者的形象。當這種手法被穆時英運用之後，更加出現了本土化的處理。以下將從這一線索出發，討論穆時英小說的男性視覺。

穆時英對殖民主義文學男性「視覺化表述」的轉化

討論穆時英小說時不能忽視的一點是，他對劉吶鷗翻譯和創作的潛移默化，影響到他雖然身處於上海半殖民地的語境，但作品中仍然充滿一種與「殖民者凝視」相關的觀看角度。過去對穆時英小說的研究主要集中在女性形象的分析，較少關注背後的觀看權力機制；同時，對這些女性形象的分析主要集中在摩登女郎這種「西化」的女性之上，研究者較少處理與這些摩登女郎同期出現且為數不少的「傳統女性」形象。這可能是由於未有留意穆時英小說參照並轉化劉吶鷗所引入的殖民主義文學「男性視覺」所致。因此，本章將先討論穆時英如何參照這種殖民主義文學模式，再說明他的小說怎樣做出改造和轉化。

穆時英雖不像劉吶鷗般成長於多元的文化環境，然而受到劉吶鷗及其文化圈子的影響，其小說具有不少受西方和日本現代主義作品影響的痕跡。在《現代》第三卷第二期（一九三三年六月）的「社中談座」專欄中，有讀者致函揭發穆時英的〈街景〉抄襲劉吶鷗翻譯的池谷信三郎的〈橋〉。比對二文，的確有明顯雷同之處，我們先看看穆時英〈街景〉首段：

3 博埃默（Elleke Boehmer）著，盛寧譯，《殖民與後殖民文學》（香港：牛津大學出版社，一九九八），頁八四。

明朗的太陽光浸透了這靜寂的，秋天的街。

浮著輕快的秋意的，這天下午的街上：——

三個修道院的童貞女，在金黃色的頭髮上面，壓著雪白的帽子，拖著黑色的法衣，慢慢地走著。風吹著的時候，一陣太陽光的雨從樹葉裡灑下來，滴了她們一帽。溫柔的會話，微風似地從她們的嘴唇裡漏出來：

「又是秋天了。」

「可不是嗎！一到秋天，我就想起故國的風光。地中海旁邊有那麼暖和的太陽啊！到這北極似的，古銅色的冷中國來，已經度過七個秋天了。」

「我的弟弟大概還穿著單衣吧。」

「希望你的弟弟是我的妹妹的戀人。」

「阿門！」

「阿門！」[4]

由劉吶鷗翻譯的池谷信三郎作品〈橋〉的最末一段則是：

晴朗的街上，三個碧眼的尼姑，戴著雪白的帽子，攜起黑色法衣的裙裾，遮著黑色的洋傘代用陽傘，慢慢走過。溫柔的會話，似微風一樣地從她們的唇間漏將出來。

——春天到了。

——可不是嗎。春天一到我就想起故國的風光。我自從來到這異國，已經度過七度的春天了。

——世界中，無論那一國都是一樣的哪。

——我的妹子，一定穿起長的衣服來了吧。

——我常常同母親在喀斯達尼的那林蔭路上漫步。

——望上帝，賜給我的妹子，一個好的情人。

——Amen！

——Amen！[5]

比照二文，可以發現穆時英「轉借」〈橋〉的地方，除了對白外，還有對具「異國情調」的外國修女（二文都強調她們的金髮和碧眼）的外貌之上。小說對這些外國女子的觀看非常細緻，重點描述了她們的外貌特徵、衣服細節和說話神情等。這種對人物的「觀看」跟西方殖民主義小說中男性人物對東方女子的注視，以及他們的東方主義觀看成了強烈的對比或參照：這其實是一種把東方主義觀看投放到西方女性上的反向處理。

---

4 穆時英，〈街景〉，嚴家炎、李今編，《穆時英全集》第二卷（北京：北京十月文藝出版社，二〇〇五），頁六四。

5 池谷信三郎著，劉吶鷗譯，〈橋〉，康來新、許秦蓁合編，《劉吶鷗全集：文學集》（臺南：臺南縣文化局，二〇〇一），頁三二〇—三二一。

但是，穆時英在〈街景〉中對〈橋〉的借用主要還是在塑造氣氛上，並不是全篇的抄襲。[6]如果我們把整篇〈街景〉與〈橋〉做比對，可發現〈街景〉的重心在於以視覺斷片的形式表現老乞丐在垂死時的意識及回憶，這段「轉借」的文字在整篇小說中具有製造氣氛與構成對比的作用：以這些在街上過著愜意生活的人與其後老乞丐的悲慘生活做對比，突顯在共時的敘述時間之內，同時發生著的兩種迥異不同的命運。通過上述的比對，我們可以側面看到他對劉吶鷗翻譯的日本現代主義小說集《色情文化》非常熟悉，以及這些小說如何令他留下深刻的印象。[7]除了這個例子，有學者亦曾初步提出穆時英不少作品都參照或轉化自日本新感覺派作家的作品，例如《中國一九三一》受到橫光利一《上海》（一九三一）的啟發；〈夜總會裡的五個人〉受中河與一的《冰上舞廳》（一九二五）影響；〈街景〉從內容到形式都轉化自橫光利一的《蒼蠅》；〈父親〉取法自佐佐木茂索的《爺爺和奶奶》；〈白金的女體塑像〉則與川端康成的《溫泉旅館》有關；〈被當作消遣品的男子〉受孕於片岡鐵兵的《一個結局》（此篇小說在一九三二年二月的《小說月報》由章克標所譯）。[8]史書美亦認為橫光利一小說〈點了火的煙〉的主題屢屢出現在穆時英的小說中。[9]除此以外，本章亦發現穆時英某些小說與保爾．穆杭的作品十分相似，例如保爾．穆杭的〈匈牙利之夜〉（戴望舒於一九二九年翻譯）以對女性外貌形態的評論和觀看就與〈黑牡丹〉的開篇十分相似；保爾．穆杭的〈茀萊達夫人〉描寫都市中男主人翁無端的豔遇、由都市摩登女郎主動結識勾搭的情節亦出現在穆時英的〈駱駝．尼采主義者與女人〉和〈紅色的女獵神〉等小說中；保爾．穆杭的〈懶惰病〉（後來戴望舒譯為〈懶惰底波浪〉）中關於男主角與女特務幽會的情節與穆時英的〈某夫人〉及〈紅色的女獵神〉亦十分相似。[10]這些資料均顯示了穆時英十分喜愛「轉借」劉吶鷗等人翻譯的法國和日本現代主義小說，特別是借用當中的氣氛以協助他對小說情節的鋪墊。

穆時英這種「轉借」的舉動，除了顯示他對這些具有殖民主義文學特質的法國和日本現代主義小說十分熟悉外，亦可說明他在「轉借」的同時轉化了當中隱含的殖民主義男性視覺的情況。但是，由於穆時英跟劉吶鷗、法國和日本現代主義小說作家具有不同的位置，即殖民者與殖民地

---

6 穆時英曾對被指抄襲做出回應：「我的確曾看過了吶鷗兄譯的那篇『橋』，那是兩年前的事了。我對於那結尾一節實在留下了很深的印象。我預備寫『街景』的時候，我就心裏把不定怎樣開場。一天下午，從大西路順著靜安寺路走，在中華書局總廠前邊看見兩個聖心庵裡的修道女，我就猛的想起了這一節文章，我覺得這情調很配做『街景』的Prelude，所以，晚上就那麼樣的動手寫了。因為那本《色情文化》不在手邊，所以沒有直抄，（否則我想索性引用了，給加一個引號的）就憑著我的筆寫成了那段似是而非的文章……」參見〈讀者的告發與作者的表白〉，《現代》第三卷第二期，一九三三年六月，頁三一一—三一三。

7 一年後，《現代》一九三四年五月號刊登了桀犬的一篇文章〈文人對自己的認識〉，文中譴責一位小說家冒竊文稿，內容與穆時英的情況十分相似。

8 王國棟，〈中國現代派小說對日本新感覺派的傾斜〉，《杭州師範學院學報》一九九二年第二期，一九九二年六月，頁三四—四一。

9 史書美著，何恬譯，《現代的誘惑：書寫半殖民地中國的現代主義（1917-1937）》（南京：江蘇人民出版社，二〇〇七），頁二九三。

10 關於保爾・穆杭的〈匈牙利之夜〉、〈弗萊達夫人〉和〈懶惰底波浪〉等可參見保爾・穆杭著，戴望舒譯，《天女玉麗》（上海：尚志書屋，一九二九），頁九五—一一〇；八五—九一；八一—八四。

作家這兩種不同身分，他對這些文學的轉化就造成了不同的「模擬」（mimic）效果。如果我們對這種小說「視覺化表述」的「模擬」做歷史性的脈絡整理，可以發現在「保爾・穆杭→日本新感覺派→劉吶鷗→穆時英」這一發展脈絡中，小說文本中觀察的模式、位置、視野、主體心理等都在一步一步的「模擬」之中出現了轉變。這種轉變的情況是由保爾・穆杭小說中「觀察主體」具有殖民者的優越心態，到日本新感覺派小說中「觀察主體」的動搖，再到劉吶鷗小說中「被觀察者」的主體性逐漸提高，最後轉變為穆時英小說中的「觀察者」再也不能確保百分百的控制權。法農曾以精神分析的角度討論這種男性主體的心理。他以「土著男性」、「西化的土著女性」及「傳統的土著女性」三者說明面對殖民者征服時土著的性別權力關係。他認為，殖民地土著男性視西化的土著女性為殖民者的幫凶，因為她們會把傳統土著女性變為「白人」，改變了一直以來的社會秩序。同時，土著男性亦會透過跟白人女性結合來幻想重獲領土。史碧華克認為這種民族主義的觀點暴露了土著男性對婦女解放的恐懼，因此他們往往會要求土著女性堅守民族性，通過強調「母性」和「土地」等話語來控制傳統土著女性。因此，土著男性與殖民者一樣，都是通過對女性的命名和想像來表現對領土的控制。[11]以下將借助這一論述來說明穆時英小說的視覺性特質。

穆時英的小說承襲並發揮了劉吶鷗小說中那種男性視覺，最明顯的是對西化的土著女性（過去的研究多以「摩登女性」統稱）刻板而物化的觀看。例如在〈黑牡丹〉（一九三三）中，被男性人物觀察著的「土著女性」「黑牡丹」具有濃厚的西方風情：

> 她鬢角上有一朵白的康納馨，回過腦袋來時，我看見一張高鼻子的長臉，大眼珠子，斜眉毛，眉尖躲在康納馨底下，長睫毛，嘴唇軟得發膩，耳朵下掛著兩串寶塔形的耳墜子，直垂到肩上——西班牙風呢！[12]

這樣的「土著女性」有著「高鼻子」和「長臉」，「斜眉毛」跟「長睫毛」等都不是傳統東方女子面貌，文中甚至強調這樣的「土著女性」的打扮帶有「西班牙風」。另一個例子是〈Craven “A”〉（一九三三）中的Craven “A”小姐，她在小說起首就已經被男性人物觀察著：

> 從第一次看到她就注意著她了，她有兩種眼珠子：抽著Craven “A”的時候，那眼珠子是淺灰色的維也勒絨似的，從淡淡的煙霧裡，眼光淡到望不見人似地，不經意地，看著前面；照著手提袋上的鏡子搽粉的時候，舞著的時候，笑著的時候，說話的時候，她有一對狡黠的，耗子似的深黑眼珠子，從鏡子邊上，從舞伴的肩上，從酒杯上，靈活地瞧著人，想把每個男子的靈魂全偷了去似地。[13]

---

11 詳情可參考Frantz Fanon, *A Dying Colonialism*, trans. Haakon Chevalier (New York: Grove Press, 1965), 57-59; Frantz Fanon, *Black Skin, White Masks*, trans. Charles Lam Markmann (New York: Grove Press, 1967), 63; Gayatri Chakravorty Spivak, “Can the Subaltern Speak?” in Cary Nelson and Lawrence Grossberg, eds., *Marxism and the Interpretation of Culture* (Urbana/Chicago: University of Illinois Press, 1988), 297.

12 穆時英，〈黑牡丹〉，嚴家炎、李今編，《穆時英全集》第一卷（北京：北京十月文藝出版社，二〇〇五），頁三四二。

這篇小說描述的是殖民主義文學中常見的女性形象：神祕的、具誘惑性的、難以掌握的。在〈被當作消遣品的男子〉（一九三一）中，男性人物對女性人物的觀察具有濃烈的劉吶鷗風格，焦點同樣是在對西化土著女性的觀看之上：

> 第一次瞧見她，我就覺得：「可真是危險的動物哪！」她有著一個蛇的身子，貓的腦袋，溫柔和危險的混合物。穿著紅綢的長旗袍兒，站在輕風上似的，飄蕩著袍角。這腳一上眼就知道是一雙跳舞的腳，踐在海棠那麼可愛的紅緞的高跟兒鞋上。把腰肢當作花瓶的瓶頸，從這上面便開著一枝燦爛的牡丹花（……）一張會說謊的嘴，一雙會騙人的眼——貴品哪！[14]

這段文字中的西方土著女性形象具有典型的刻板印象——「只有外表，沒有內涵」——在小說中，我們對女性人物蓉子的內心所知不多，蓉子的形象是經由男性人物的目光塑造而成。這段文字同時又顯示穆時英對「西化」女性既愛慕又恐懼的心態，這種心態跟劉吶鷗的小說如出一轍。

但是細心比對的話可以發現，穆時英小說中關於女性的表述重心與劉吶鷗小說相比逐漸出現了變化。有別於西方殖民主義文學和劉吶鷗的小說，穆時英小說中的男性人物常常對這些生活於高壓的都市中的女性表現同情的態度。例如〈黑牡丹〉中的男性人物「我」直言愛上了「黑牡丹」「疲倦的眼光」，在跟她約會以後，「我」感到「壓在脊梁上的生活的重量減了許多，因為我發覺了一個和我同樣地叫生活給壓扁了的人。」[15]而「我」亦因為對「黑牡丹」的情誼而沒有向自己的朋友揭穿她舞娘的身分，讓她可以有著暫時安穩的生活。在〈Craven "A"〉中，男性人物「我」在聽到友人們對Craven "A"小姐的議論後，有以下的感想：

我點了點腦袋。

（一個被人家輕視著的女子短期旅行的佳地明媚的風景在舞場海水浴場電影院郊外花園公園裡生長著的香港被玩弄的玩弄著別人的被輕視的被輕視的給社會擠出來的不幸的人啊）[16]

這種同情持續到小說的結尾，穆時英藉著這些西化的「土著女性」的經歷，表達了他對上海都市生活貧富懸殊的現實的感慨。這種態度構成了穆時英小說與劉吶鷗在觀看女性的心態上的不同：劉吶鷗筆下強調東西方女性形象的差異，表現「土著男性」對西方女性、西化的「土著女性」和傳統的「土著女性」三者的看法，流露的是「土著男性」面對東西方差異的焦慮；而穆時英則把觀看的焦點集中在兩種「土著女性」身上，關注的是上海本土社會在面對殖民主義和軍閥政治下的階級問題，流露的是對本土的關切，對東西方的差異帶來的焦慮表現較少。這些都表現在他的

13　穆時英，〈Craven "A"〉，嚴家炎、李今編，《穆時英全集》第一卷，頁二八八。
14　穆時英，〈被當作消遣品的男子〉，嚴家炎、李今編，《穆時英全集》第一卷，頁二三七。
15　穆時英，〈黑牡丹〉，嚴家炎、李今編，《穆時英全集》第一卷，頁三四三—三四四。
16　穆時英，〈Craven "A"〉，嚴家炎、李今編，《穆時英全集》第一卷，頁二九一。

小說中「土著男性」對西化的「土著女性」和傳統的「土著女性」的不同態度之上。

儘管態度有所不同，但是在觀看的方法上，穆時英的小說仍然是男性本位的。小說中對女性的觀看帶有強烈的男性慾望，這種觀看的慾望成為了小說的敘事重心。值得注意的是，這種男性的注視方式雖然大量出現在穆時英的作品之中，但是並不是他所有的小說都只有這一種被色情注視觀察著的西化「土著女性」。大體來說，在穆時英的小說中被觀看的女性可以分為兩類，一類是上述〈Craven “A”〉、〈紅色的女獵神〉、〈墨綠衫的小姐〉、〈白金的女體塑像〉等小說中的「尤物」型女子，這一類女子在小說中的作用是被注視，讓男主人公在觀察當中得以流露情緒和感覺，以一種客體的形式存在；另一種則是〈聖處女的感情〉、〈玲子〉、〈公墓〉、〈第二戀〉等小說中代表穆時英心目中理想的女子形象，她們的形象多是聖潔純情，穆時英在當中流露出他對純真愛情的渴求。在這些小說中，這種純潔的女性並不會被男性角色所凝視，關於她們的「視覺化表述」大大減少。這一種女性即法農所稱的「傳統土著女性」。

關於「傳統土著女性」，我們可以〈玲子〉為例做更深入的思考。在這篇小說中，穆時英流露了「土著男性」對「傳統土著女性」的嚮往，作者對這種女性的處理跟上文提及的「西化土著女性」有明顯不同。在小說中，男性人物甚少對這些女性進行色情的觀看，關於她們外表的描述多以抽象的方式表現，例如穆時英以「純潔的聖處女」去形容小說中的「傳統土著女性」玲子，對於她的描述亦不做細緻的觀看：「在英美詩的課堂上有一個年紀很小，時常穿一件蔚藍的布旗袍的，娟麗的女生，看起來很天真，對於世事像不知道什麼似的……」[17]這種描寫跟對「西化土著女性」的色情觀看有著明顯的不同。另一方面，迥異於男性人物無法駕馭「摩登女郎」的公式，在這一類型的小說中，穆時英顯示了「土著男性」對「傳統土著女性」全面控制的慾望，例如〈玲子〉中「我」對玲子的教導、在文學方面對她的啟蒙，造成了這位男性如下的內心獨白：「我是她思想上和行動上的主宰，我是以她的保護人的態度和威嚴去統治了她」。[18]在小說的結尾，穆時英安排了男性角色對玲子的遺棄：「第二天，我不等行畢業禮，便拿著鋪蓋，行李，扔下了這朵在我的心血的溫室裡培養起來的名貴的瓊花，為著衣食，奔波到千里外的新加坡去了。」[19]這裡作者強調的是「土著女性」那種傳統的位置，這一位置需要等待「土著男性」來啟導、栽培，這種「土著男性」的心態跟穆時英第一類型的小說有著強烈反差。除了〈玲子〉以外，〈公墓〉裡那位身體羸弱、需要保護的純真少女「玲姑娘」，同樣被塑造成需要保護照料的女性。對於這一類型的「土著女性」，男性人物「我」不僅沒有以色情的視覺去「侵占」她，甚至認為對她的「戀愛」也是一種犯罪：「可是把這麼在天真的年齡上的純潔的姑娘當作戀的對象，真是犯罪的行為呢。她是應該瑪利亞似地供奉著的，用殉教者的熱誠，每晚上為她的康健祈禱著。」[20]更甚的是，這種「傳統土著女性」沒有「發聲」的必要，她是以一種依存、靜止的態

17 穆時英，〈玲子〉，嚴家炎、李今編，《穆時英全集》第二卷，頁一三三。
18 穆時英，〈玲子〉，嚴家炎、李今編，《穆時英全集》第二卷，頁一三五—一三六。
19 穆時英，〈玲子〉，嚴家炎、李今編，《穆時英全集》第二卷，頁一三七。
20 穆時英，〈公墓〉，嚴家炎、李今編，《穆時英全集》第一卷，頁三一三。

度存在，她的「靜默」成為了「土著男性」權力的象徵：

> 再說，她講多了話就喘氣，這對於她的康健有妨礙。我情願她默著。她默著時，她的髮，她的閉著的嘴，她的精緻的鞋跟會說著比說話時更有意思的悄語，一種新鮮的，得用第六覺去諦聽的言語。[21]

「傳統土著女性」的這種「靜默」被視為溫柔和嫻靜的表現，她的「靜默」比「發聲」更有意思，而「土著男性」的態度是以為「傳統土著女性」著想、考慮的角度出發：「發聲」對健康有所妨礙。

由以上可見，穆時英模擬西方和日本現代主義及劉吶鷗小說的觀看方法，並轉化為對上海本土女性的觀看，反映的是他不同於三者的心理，表現的是他對上海的關注和想像。更重要的是，穆時英在不同的小說中以女性比喻上海都市，用「色情」的眼光去觀看城市，沿襲但轉化了殖民主義文學以「占有女性」隱喻「占領殖民地」的習慣模式，通過表現占有女體的合理性傳達占據殖民地的合法性，這一點亦是他轉化發揮劉吶鷗「男性視覺」的一大重心。憑藉著這種觀看，「現代」中國的都市特質就得到表達，城市以女性身體的模式被形塑和表現，同時亦像女性身體般被男性所窺視。例如在〈上海的狐步舞（一個斷片）〉中穆時英所描繪的上海就以女性身體的形象出現：

上了白漆的街樹的腿，電杆木的腿，一切靜物的腿（……）revue似地，把擦滿了粉的大腿交叉地伸出來的姑娘們（……）白漆的腿的行列。沿著那條靜悄的大路，從住宅的窗裡，都會的眼珠子似地，透過了窗紗，偷溜了出來的淡紅的，紫的，綠的，處女的燈光。[22]

穆時英在這段文字中以女性的腿來塑造他心目中的上海，視覺的焦點在「白的腿」的意象上。這裡對「腿」的觀看具有色情意味，把城市跟女性和性慾連結起來。穆時英這種做法跟他對上海都市的理解有密切關係。在他一系列的小說中，上海都市的形象都是難以被掌控的，生活在這裡的人面臨著的是瞬息萬變、朝不保夕的生活，每個人為著生存都在不同程度上販賣自身。因此，穆時英採用了殖民主義文學的表述模式——殖民者為求熟悉陌生的事物而把領土做刻板的描寫，或把領土加以「女性化」的處理——穆時英同樣以這種手法來掌握日益難以控制的上海現代生活。[23]當中「土著男性」把城市／領土以「女性」作為隱喻來占領，通過對女性形象的刻板處理達到對城市的掌握和熟習，女性的形象如此被運用到對國家的想像之中，這種情況在〈Craven "A"〉中可以得到證明。這篇小說以大量的篇幅，把女角的身體比喻成地圖，而男性人物則以視覺在其中

---

21 穆時英，〈公墓〉，嚴家炎、李今編，《穆時英全集》第一卷，頁二一三。

22 穆時英，〈上海的狐步舞（一個斷片）〉，嚴家炎、李今編，《穆時英全集》第一卷，頁三三二。

23 博埃默認為，殖民的旅行者只有置身於一個熟悉的語法結構和象徵結構之中，他的想像才能由此及彼地運作起來。刻板的描寫其實是為了使陌生化的事物變得可以掌控的心理策略。參見博埃默（Elleke Boehmer）著，盛寧譯，《殖民與後殖民文學》，頁一六—一七。

遊歷玩味。穆時英先寫女角的面貌：

> 仔仔細細地瞧著她——這是我的一種嗜好，人的臉是地圖；研究了地圖上的地形山脈，河流，氣候，雨量，對於那地方的民俗習慣思想特性是馬上可以了解的。放在前面的是一張優秀的國家的地圖：
>
> 北方的邊界上是一片黑松林地帶，那界石是一條白絹帶，像煤煙遮滿著的天空中的一縷白雲。那黑松林地帶是香料的出產地。往南是一片平原，白大理石的平原，——靈敏和機智的民族的發源地。下來便是一條葱秀的高嶺，嶺的東西是兩條狹長的纖細的草原地帶。據傳說，這兒是古時巫女的巢穴。草原的邊上是兩個湖泊。這兒的居民有著雙重的民族性：典型的北方人的悲觀性和南方人的明朗味；氣候不定，有時在冰點以下，有時超越沸點；有猛烈的季節風，雨量極少。[24]

然後寫她的上半身：

> 下面的地圖給遮在黑白圖案的橫盤紋的，素樸的薄雲下面！可是地形還是可以看出來的（……）兩座孿生的小山倔強地在平原上對峙著，紫色的峰在隱隱地，要冒出到雲外來似地。這兒該是名勝了吧。便玩想著峰石上的題字和詩句，一面安排著將來去遊玩時的秩序。[25]

然後寫她的下半身：

> 在桌子下面的是兩條海堤，透過了那網襪。我看見了白汁桂魚似的泥土。海堤的末端，睡著兩隻纖細的，黑嘴的白海鷗（……）在那兩條海堤的中間的，照地勢推測起來，應該是一個三角形的沖積平原，近海的地方一定是個重要的港口，一個大商埠（……）大都市的夜景是可愛的——想一想那堤上的晚霞，碼頭上的波聲，大汽船入港時的雄姿，船頭上的浪花，夾岸的高建築物吧！[26]

這種觀看的方式明顯取材自劉吶鷗〈禮儀與衛生〉中啟明觀看繪畫室中裸體女模特兒的一段。劉吶鷗在小說中大約用了三百字的篇幅去觀看女體，而穆時英的〈Craven “A”〉則把這一觀看方法肆意發揮，以超過一千字的篇幅，帶著更廣闊的聯想去觀看眼前並不全裸的女子，在觀看的過程中表現了對殖民者男性的模仿，以極具侵略性的眼光，對作為國家領土隱喻的女性身體做出觀看／占領。這種眼光又是色情的，大肆發揮了比保爾．穆杭和劉吶鷗更具侵略性的觀察。這種占用殖民話語，並且以過度和重複的偽裝作為策略的表述方法，比起劉吶鷗發揮了更強的「模擬」效

---

24 穆時英，〈Craven “A”〉，嚴家炎、李今編，《穆時英全集》第一卷，頁二八八—二八九。

25 穆時英，〈Craven “A”〉，嚴家炎、李今編，《穆時英全集》第一卷，頁二八九。

26 穆時英，〈Craven “A”〉，嚴家炎、李今編，《穆時英全集》第一卷，頁二八九—二九〇。

果，帶來了霍米．巴巴所言的「混雜」效果。更重要的是，與劉吶鷗在〈禮儀與衛生〉以山水比喻女體來比較，穆時英在這裡則明顯把女體比喻為上海，當中「三角形的沖積平原」、「近海的地方一定是個重要的港口」、「大商埠」、「大都市的夜景」、「大汽船入港」不僅具有上海地理上的特徵，更把「人盡可夫」的女角Craven "A"的身體狀態比喻成上海三〇年代租界隨列強進出的現實環境。這種做法明顯把女性與半殖民地狀態連結，使穆時英小說中多了一層以後殖民角度解讀的可能性。

史書美曾以「用性別取代民族國家」的角度論述穆時英筆下的摩登女郎形象。她把這種摩登女郎形象與印度殖民地民族主義文學筆下的「拜金女性」（woman-and-gold）比較（兩者同樣是西化的土著女性）。她引述印度裔學者查特吉（Partha Chatterjee, 1947-）的分析，指出在印度殖民地語境中，「拜金女性」是傳統印度性的反面，是造成印度土著男性屈辱和恐懼的原因，印度男性因此提倡母性和具印度性的理想女性標準。史書美以此為據，說明在印度殖民地民族主義文學中，對「拜金女性」的否定明顯具有「反殖民」的立場。史書美同時認為：

> 但在穆時英的小說中，摩登女郎卻從未因為道德、反殖民或是精神性的原因而遭到否定；相反，她是男主人公的同胞，他們共同分享著在瞬息萬變且無生命的大都市中生活的疏離感。如果說民族主義在反殖民和長道德的基礎上對拜金女性作出了否定性的評論，那麼這些基礎在穆時英摩登女郎敘述中的缺席則暗示了作者在面對民族主義和家長制問題時所持有的矛盾立場。[27]

史書美這裡的立論是因為穆時英並未如印度殖民地民族主義般對筆下的摩登女郎進行否定，因此斷定她們並不具備典型「反殖民」作用。有別於史書美的論述焦點，本章關注的不是穆時英是否具備如印度殖民地作家般明確的反殖立場。本章更為關注的是穆時英為何流露出與殖民地民族主義作家對西化土著女性的不同態度。本章認為，由於穆時英身處的上海半殖民地狀態與印度等全面被殖民的國家不同，其出身亦與劉吶鷗成長於日本殖民地臺灣的背景相異，因此他在借用和轉化各種在程度上有差異的殖民主義文學作品的時候，並不會塑造出如同傳統殖民地民族主義作家般的女性形象。反之，穆時英對筆下西化土著女性的態度與各種殖民地民族主義作家不同，除了表現他因應自身的需要和身處的語境去創作出既同且異的女性形象外，亦反映出他這種本土化改寫策略的價值。

張愛玲對男性「視覺化表述」的轉化和發展

穆時英的小說在觀看的性別意識上「模擬」及轉化了殖民主義文學的男性視覺，在他的小說中，讀者的閱讀「目光」跟隨著男性人物的注視去觀察女性，在觀察完畢以後，敘事的重心則

27 史書美著，何恬譯，《現代的誘惑：書寫半殖民地中國的現代主義（1917-1937）》，頁三六四—三六五。

移到男性觀看後的感受，女性作為被觀察的對象只是一件幫助男性消解鬱悶的「物」，這個被觀察的過程對女性角色本身並無任何了解，女性人物亦沒有陳述自身的權力。在經過穆時英對殖民話語做出本土化的處理以後，張愛玲的小說在性別的觀看問題上有更深入的發展。她繼續運用這種由殖民主義文學、劉吶鷗和穆時英小說發展而來的「視覺化表述」，然而，類似劉吶鷗和穆時英對殖民主義文學的「模擬」，張愛玲亦以相似的手法對這三種男性「視覺化表述」做出「模擬」、轉化和反思，改變了小說中兩性的權力位置。如果說，劉吶鷗和穆時英通過「模擬」殖民主義文學中的男性視覺來表現「土著男性」在殖民現代性下的雙重焦慮，那麼，張愛玲則藉著對男性視覺的「模擬」去表現她對「本土女性」生存狀況的關注。本節將會以張愛玲的小說為例，說明這種「模擬」的效果和意義。

張愛玲對男性觀看的反抗並不是簡單地把女性跟男性的位置轉換，即不是把男性放到被觀看的位置上，再安排女性作為觀察者來取代。她的反抗是對這種觀看的權力系統做出根本性的諷刺。因此，初看起來，張愛玲確實沿用了很多劉吶鷗和穆時英式的觀看方法，但是經過深入研究後就可看到，張愛玲的小說出現了一種迥異於男性的女性觀看。英國批評家約翰・伯格（John Berger, 1926-2017）在《觀看的方式》（*Ways of Seeing*）中曾經分析女性觀看的自我意識：女性的身分由審視者和被審視者這兩個對立的自我造成。她們需要把自己一分為二做出觀看，並且時時關注自己，因此她們的自我意識常常跟別人眼中的自我形象連合在一起。這些女性人物常常出現一種審視自己的一舉一動的情況，因為她在別人眼中的形象，特別是在男人眼中的形象，將決定她是否成功。於是，別人眼中的她，取代了她對自己的感覺。[28]

我們可以〈傾城之戀〉為例說明這種現象，當中流蘇最能表現這種女性觀看的心理。流蘇在柳原的眼中是一個善於「低頭」的女子，慣於想像自己在別人眼中的形象，且看以下例子：

> 他思索了一會，又煩躁起來，向她說道：「我自己也不懂得我自己——可是我要你懂得我！我要你懂得我！」（……）流蘇願意試試看。在某種範圍內，**她什麼都願意。她側過臉去向著他，小聲答應著：「我懂得，我懂得。」她安慰著他，然而她不由得想到了她自己的月光中的臉，那嬌脆的輪廓，眉與眼，美得不近情理，美得渺茫，她緩緩垂下頭去。**柳原格格的笑了起來，他換了一副聲調，笑道：「是的，別忘了，你的特長是低頭（……）」[29]

上文加了著重號的地方，顯示出流蘇此刻把自己一分為二的觀察方式，這種被觀察的狀況成為了她對自己的感覺。這裡張愛玲沒有像穆時英般把美麗的女性人物安放在純粹被觀看的位置，她賦予這些女性人物心理的表現、主體性的展現以及自陳的機會。因此這段文字中關於流蘇的觀看並不具備色情的意味，對於她的美的描寫甚至因為張愛玲揭穿了這種兩性之間觀看的權力機制而顯得諷刺：儘管女性在觀看系統中處於被壓抑的一方，然而她們同時亦在利用這種機制去得到好

---

28 約翰．伯格（John Berger）著，吳莉君譯，《觀看的方式》（*Ways of Seeing*）第三章（臺北：麥田，二〇〇五），頁五七。

29 張愛玲，〈傾城之戀〉，《回顧展I——張愛玲短篇小說集之一》（香港：皇冠出版社，一九九一），頁二〇九—二一〇。強調標示為筆者所加。

處，她們在被觀看時是在假裝，並不是自然流露。

因此在小說中柳原透露了他對流蘇的觀感：「你看上去不像這世界上的人。你有許多小動作，有一種羅曼蒂克的氣氛，很像唱京戲。」[30]這裡「唱京戲」的評價暗示著男性人物知道女性人物在被觀看的時候是做作的、不自然的：她知道自己在被觀看。流蘇在舊式家庭的人群中長大，她的「女性本能」令她習慣以別人眼中的模樣生活，因此後來當她成為了柳原的情婦，沒有一個讓她「演出」的家庭舞臺，對她來說是一個難以忍受的狀況：

現在她什麼人都不要——可憎的人，可愛的人，她一概都不要。從小時候起，她的世界就嫌過於擁擠。推著、擠著、踩著、抱著、馱著、老的小的、全是人。一家二十來口，合住一幢房子，你在屋子裡剪個指甲也有人在窗戶眼裡看著……現在她不過是范柳原的情婦，不露面的，她份該躲著人，人也該躲著她。清靜是清靜了，可惜除了人之外，她沒有旁的興趣。她所僅有的一點學識，憑著這點本領，她能夠做一個賢慧的媳婦，一個細心的母親；在這裡她可是英雄無用武之地。[31]

這段文字把流蘇作為女性對於觀看和被觀看的態度，結合著流蘇自身生存狀態的自陳。張愛玲在〈傾城之戀〉中關注的是被觀察的女性的感受，她自己就曾經說過，她是從流蘇的觀點寫這篇小說，「而她（流蘇）始終沒有徹底懂得柳原的為人，因此我也用不著十分懂得他。」[32]這種重視被觀察的女性人物的心理的取向跟穆時英小說的處理方法截然相反。由於觀察者的感覺不再是首要被考慮的因素，因此男性模式的觀察愉悅就可以被取消，女性人物無須再肩負提供快感、安撫差異帶來的焦慮等責任，隨即就可以擺脫刻板形象的描寫。張愛玲曾經這樣解說〈傾城之戀〉：

> 流蘇與流蘇的家，那樣的古中國的碎片，現社會裡還是到處有的。就像現在，常常沒有自來水，要到水缸裡去舀水，凸出小黃龍的深黃水缸裡靜靜映出自己的臉，使你想起多少年來井邊打水的女人，打水兼照鏡子的情調。我希望〈傾城之戀〉的觀眾不拿它當個遙遠的傳奇，它是你貼身的人與事。[33]

張愛玲在這裡以一個對水自照的女性形象去表達〈傾城之戀〉的情調。這樣的一個女性形象符合上文所說的女性觀看：女性是通過一個想像中的第三者、一個中介，在抽離的位置去觀察自己的形象。重要的是，這種女性形象是千百年來的女性的總體形象，包含著古中國的重量在內，然而這樣的古中國的想像是碎片式的，散落在現代的中國之中，由此亦讓我們看到張愛玲筆下的女性怎樣跟古代中國和現代中國的想像連結起來。

---

30 張愛玲，〈傾城之戀〉，《回顧展I——張愛玲短篇小說集之一》，頁二一二。
31 張愛玲，〈傾城之戀〉，《回顧展I——張愛玲短篇小說集之一》，頁二二二。
32 張愛玲，〈關於《傾城之戀》的老實話〉，《對照記—看老照相簿》（香港：皇冠出版社，二〇〇〇），頁一〇三。
33 張愛玲，〈羅蘭觀感〉，《對照記——看老照相簿》，頁九六。

在張愛玲的早期小說中，女性在被觀看之餘，會對這種被觀看有所反應或反思，顯示其主體性。女性人物把自我形象一分為二後，讀者的目光就會由外在的注視模式轉換至女性人物意識分裂後的目光，亦即由一種外在的觀察轉而深入女性意識內，想像別人觀看自己時的形象及反應，這是一種無意識的代入過程。通過這種過程，女性由被觀賞之物轉變成需要被深入了解的主體，形成一種比穆時英式的男性注視更深入的觀看。例如在〈第一爐香〉中，原本抽離於文本的觀察主體在一連串對女性人物薇龍的觀看後，並沒有停留在外在的觀察上，而是轉入觀察對象的意識：

> 薇龍對著玻璃門扯扯衣襟，理理頭髮。她的臉是平淡而美麗的小凸臉，現在，這一類「粉撲子臉」是過了時了（……）她對於她那白淨的皮膚，原是引為憾事的，一心想曬黑它，使它合於新時代的健康美的標準。但是她來到香港之後，眼中的粵東佳麗大都是橄欖色的皮膚。她在南英中學讀書，物以稀為貴，傾倒於她的白的，大不乏人；曾經有人下過這樣的考語：如果湘粵一帶深目削頰的美人是糖醋排骨，上海女人就是粉蒸肉。薇龍端相著自己，這句「非禮之言」驀地兜上心來。她把眉毛一皺，掉過身子去，將背倚在玻璃門上。[34]

這裡以「她對於她」為觀察轉折點，顯示被觀察的對象的意識一分為二，開始以一種外在的目光去觀察自己，而且更進一步，流露出對這種外來的目光的反應。讀者的目光由男性的外在觀察轉變成代入女性自我觀察的意識，這種代入令張愛玲有更多表現被觀察女性內心的機會。這情況就令小說敘事的重心不在觀看者的感覺，而在被觀察者的內心世界。這一點可以顯示出張愛玲怎樣透過加強女性的主體性，改變穆時英小說中純男性的觀看意識問題。

更重要的是，張愛玲把這種性別的觀看跟殖民的觀看連上關係。在〈第一爐香〉的開首，讀者的目光一開始是採用男性的外在模式去觀察女性人物葛薇龍的，然而隨著薇龍開始發揮女性的分裂意識去觀看自己時，情況就有所轉變：

> 葛薇龍在玻璃門裡瞥見她自己的影子——她自身也是殖民地所特有的東方色彩的一部份，她穿著南英中學的別致的制服，翠藍竹布衫，長齊膝蓋，下面是窄窄褲腳管，還是滿清末年的款式；把女學生打扮得像賽金花模樣，那也是香港當局取悅於歐美遊客的種種設施之一。[35]

在這段引文中，薇龍本身亦出現觀察主體分裂的情況，她觀察自己的意識是獨立於自身之外的，並且嘗試用一種外來的目光去觀看自己。她不單以男性的角度去想像自我形象，並且多了一層殖民者的目光，出現了在兩種權力之下的自我觀察。從中我們看到，殖民者凝視／男性凝視兩者是在怎樣的情況下具有相同的類比性，它們怎樣在同一的權力平臺上運作。這裡，薇龍作為被殖民

34 張愛玲，〈第一爐香〉，《第一爐香——張愛玲短篇小說集之二》（香港：皇冠出版社，一九九五），頁二六一—二六二。
35 張愛玲，〈第一爐香〉，《第一爐香——張愛玲短篇小說集之二》，頁二六一。

者／女性的位置得到全面融合，讀者之所以能夠感受到這兩種觀看的權力在運行，就是由於薇龍分裂的女性意識，通過「模擬」、借用這兩重的權力目光去觀看自身，張愛玲暴露了這種觀看權力的運作過程；亦由於這種分裂的意識，使張愛玲小說中的女性在被觀察之餘仍能保持相當的主體性。而女性在這段文字中並不是毫無知覺，或是對被觀看的機制並不知情。相反，張愛玲筆下往往揭露女性對這種「凝視」的利用和共謀。在上述的引文中，薇龍對自身作為東方和女性的位置非常自覺，她的作用同時是被殖民者和男性做出雙重的凝視。然而，這種本來被注視的弱勢原來連繫著作為取悅歐美遊客的手段。這種利用和共謀揭示了薇龍作為被殖民者和女性對自身位置的自覺意識。本來在殖民主義文學、劉吶鷗或穆時英小說中被置於無聲位置的女性人物，現在反過來占據了更多的發聲機會。原本在殖民主義文學或「土著男性」的筆下被描寫成需要被照顧、被爭奪、被保護的「土著女性」，現在由於被賦予發聲的機會，而揭露出女性在被看的機制之下局部的反抗：以共謀和自覺的態度，揭示這種以對女性的占有來象徵對領土的控制的男性心理霸權。

〈連環套〉中的霓喜同樣也有對自己被看的想像，小說中也有探討女性怎樣利用這種被看。小說寫霓喜是一個靠姘居生活的女人，她的第二個男人竇堯芳是一個藥材店主，鄉間有妻兒。當他故世後，妻兒家人到城裡處理家產，霓喜爭不到任何財產，更被捆了起來：

> 將霓喜從床沿上拉了起來，她兩條胳膊給扭到背後去，緊緊縛住了，麻繩咬嚙著手腕的傷口。她低頭看著自己突出的胸膛，覺得她整個的女性都被屈辱了（……）竇家幾個男人一捉

堆站著，交叉著胳膊，全都斜著眼朝她看來。霓喜見了，心中不由得一動。在這個破裂的，痛楚的清晨，一切都是生疏異樣的，惟有男人眼裡這種神情是熟悉的，倉皇中她就抓住了這一點（……）等她在鄉下站住了腳，先把那幾個男的收伏了，再收拾那些女人。她可以想像她自己，渾身重孝，她那紅噴噴的臉上可戴不了孝……[36]

這段文字中霓喜感受到被屈辱，是通過她想像自身被觀看的形象——突出的胸膛——而來的。她在這個關鍵的剎那，看到男性在對她的觀看中那種熟悉的神情，這種神情對霓喜來說不再代表屈辱，而是一種生機，可以讓她重新站住腳、爭回地位的機會。在霓喜的想像中，她又是通過對自身被看的想像，或是站在男性觀看的位置想觀看作為女性的自己：在雪白的、無慾的孝服之下，藏不住她那象徵著強烈生命力和原始性的「紅噴噴」的臉。因此在霓喜心目中，能夠決定她的生存狀況的就是她那種原始的性的誘惑力，她是通過男人的眼睛對自己重新塑形。這種情況在小說的後部又再出現。當霓喜爭產失敗後，她跟殖民地香港的英國官吏湯姆生姘居。在過了幾年安穩的生活後，湯姆生偷偷回英國結婚。霓喜等他回香港以後，到辦公處去找他：

隔著寫字檯，她探身到他跟前（……）霓喜忽然覺得自己的大腿肥唧唧地抵著寫字檯，覺得她自己一身肥肉，覺得她自己衣服穿得過於花俏，再打扮些也是個下等女人；湯姆生的世

36 張愛玲，〈連環套〉，《張看》（香港：皇冠出版社，二〇〇〇），頁六二—六四。

界是淺灰色的浮雕，在清平的圖案上她是突兀地凸出的一大塊，浮雕變了石像，高高突出雙乳與下身。她嫌她自己整個地太大，太觸目。湯姆生即刻意會到她這種感覺，她在他前面驀地萎縮下去，失去了從前吸引過他的那種悍然的美。[37]

這段重要的文字再次表露霓喜那種以內在的「男性審視者」觀看和評價「女性被審視者」的心理。霓喜深明她在別人眼中的形象，尤其是男性眼中的形象是決定她的社會地位的關鍵。現在霓喜年老色衰、滿身肥肉、打扮庸俗，這種下等女人的形象本來並未被霓喜自己注意得到，要到她跟像「灰色的浮雕」的湯姆生對照之後，這種感覺才突然被霓喜意識到。這種形象的對比是通過強化霓喜自身的性徵——雙乳和下身——而來的，在原始性的性慾跟冷靜的理性比較之下，霓喜的自我形象迅速凋謝，失去了那種象徵著強烈生命力的「悍然之美」，霓喜就再也不能維持她對被看的利用。

通過〈第一爐香〉和〈連環套〉的例子，讓我們可以看到在「殖民男性」和「土著男性」的雙重凝視下，「土著女性」所受到的雙重壓力。無獨有偶，〈第一爐香〉的薇龍和〈連環套〉的霓喜同樣都受到西方殖民者（或混血兒、外籍男性，如喬琪喬、雅赫雅、米耳、湯姆生）和「土著男性」（如司徒協、竇堯芳）的多重凝視，張愛玲由於把書寫的重點放到這些女性身上，因此改變了穆時英在小說中重點關注的「土著男性」的心態，把在劉吶鷗和穆時英小說中沒有提及的「土著女性」的生存狀態細緻地表現出來。然而，張愛玲並沒有把這些女性的困難狀態全部歸為男性的責任，張愛玲在這些小說中強調女性亦要負上責任。在〈第一爐香〉中，張愛玲透過薇龍的自白表達這種想法。在陰曆三十夜，薇龍跟喬琪到灣仔去新春市場，那裡有一些水兵在光顧妓女。其中一些人誤把薇龍當成妓女：

喬琪笑道：「那些醉泥鰍，把你當做什麼人了？」薇龍道：「本來嘛，我跟她們有什麼分別？」喬琪一隻手管住輪盤，一隻手掩住她的嘴道：「你再胡說——」薇龍笑著告饒道：「好了好了好了！我承認我說錯了話。怎麼沒有分別呢？她們是不得已的，我是自願的！」[38]

在〈自己的文章〉中，張愛玲則對霓喜如此分析：

『連環套』裡的雅赫雅不過是中等的綢緞店主，得自己上櫃台去的。如果霓喜能夠同他相安無事，不難一直相安下去，白頭偕老也無不可。他們同居生活的失敗是由於霓喜本身的性格上的缺陷。[39]

這些說法直接指明了「土著女性」在艱難的生活中受到壓迫而墮落，自身也要負上責任。在這些

---

37 張愛玲，〈連環套〉，《張看》，頁七七。
38 張愛玲，〈第一爐香〉，《第一爐香—張愛玲短篇小說集之二》，頁三一三。
39 張愛玲，〈自己的文章〉，《流言》（香港：皇冠出版社，一九九八），頁二一三。

小說中，張愛玲一邊解放出原本不能言說自己的女性，另一方面亦對這些女性的選擇有著清楚的批評。張愛玲這種取向因此改變了男性跟女性的二元對立，而且對這種觀看背後的機制做出反思。

張愛玲對觀看的權力系統的反抗，不單在展示被觀察者的內心世界和賦予女性被觀看的主體性，她同時亦對男性觀察者自身的生存狀況做出反省。〈紅玫瑰與白玫瑰〉是張愛玲早期小說中最貼近穆時英男性觀看形式的一篇作品，當中關於男性人物的觀看過程描述得十分詳盡，然而觀看的效果卻跟穆時英的小說迥然不同。這裡我們將會以〈紅玫瑰與白玫瑰〉及〈Craven “A”〉的觀察者作為討論例子，說明兩篇小說怎樣同樣由男性作為觀察者，卻出現不同的觀看效果。

在穆時英的〈Craven “A”〉中，男性觀察者以色情的目光觀看女體以後，他的朋友告訴他這是一個人盡可夫的女子，隨時可讓男性做「短期旅行」，對她的評價是「那麼Cheap的！」。這時男主人公生起對Craven “A”小姐的同情：「忽然，對於她，我發生了一種同情，一種懷念……」[40]在這篇小說中，我們可以得知關於觀察者的內心世界，但是小說要反思的並不是觀察者的生存狀況，觀察者的位置就好像一部攝影機般，控制著讀者的觀看，思考的目標在被觀察者，而不在觀察者。觀察者的位置及看法就好像與生俱來的、唯一的、自然的角度，讀者並不會質疑觀察者產生同情的憑藉。

相反，張愛玲的〈紅玫瑰與白玫瑰〉以男性人物振保的視角做出觀察，觀看他生命中四個重要的女子。小說中出現四次重要的觀看，但每一次的觀看最後指向的都是男性主人公的生存狀態，表現張愛玲對觀察者那種看似與生俱來的權威位置的質疑。小說中第一次的觀看是寫振保對巴黎妓女的觀看，他在嫖妓後感到羞辱與打擊，小說把他的感受跟觀看妓女的臉連繫起來：

> 還有一點細節是他不能忘記的。她重新穿上衣服的時候，從頭上套下去，套了一半，衣裳散亂地堆在兩肩，彷彿想起了什麼似的，她稍微停了一停。這一剎那之間他在鏡子裡看到她。她有很多的蓬鬆的黃頭髮，頭髮緊緊繃在衣裳裡面，單露出一張瘦長的臉，眼睛是藍的罷，但那點藍都藍到眼下的青暈裡去了，眼珠子本身變了透明的玻璃球。那是個森冷的，男人的臉，古代的兵士的臉。振保的神經上受了很大的震動。[41]

儘管觀察對象是一名妓女，但是在張愛玲筆下，振保的男性觀看顯出跟穆時英筆下的不同，他的注視不帶色情，通過鏡子的反映，振保甚至發現這名妓女有著的是一個古代士兵的臉。這一觀看破壞了原本男性對女性做戀物癖觀看的心理。本來男性是透過對女性做出色情的、戀物的觀看，去化解由性差異帶來的焦慮，例如通過對女性的長髮、鞋子的渴慕，來代替對女性缺乏陽具的焦慮。這種觀看常常在劉吶鷗和穆時英的小說中出現。但是，在〈紅玫瑰與白玫瑰〉中，張愛玲透過妓女那張森冷的「男人的臉」震動了振保的神經，令他感到「不對」，甚至是「不對到恐怖的程度」，動搖了男性一直以來對女性做出戀物化觀看的根基。從那天以後，振保就下定決心要創造一個「對」的世界，要成為自己的世界中「絕對的主人」。這裡張愛玲把男性的觀看跟振保第

40 穆時英，〈Craven "A"〉，嚴家炎、李今編，《穆時英全集》第一卷，頁二九一。

41 張愛玲，〈紅玫瑰與白玫瑰〉，《回顧展I——張愛玲短篇小說集之一》，頁五五。

一次嫖妓的心理創傷連上關係，在這段文字中，男性觀察者不再能夠躲在文本之後「莊嚴」地偷窺著，觀察者的男性心理現在被挖掘出來，成為了被解剖的對象。

小說第二次的觀看出現在振保對英國留學生情人玫瑰的注視上：

> 她的短裙子在膝蓋上面就完了，露出一雙輕巧的腿，精緻得像櫥窗裡的木腿，皮色也像刨光油過的木頭。頭髮剪得極短，腦後剃出一個小小的尖子。沒有頭髮護著脖子，沒有袖子護著手臂，她是個口沒遮攔的人，誰都可以在她身上撈一把。她和振保隨隨便便，振保認為她是天真。她和誰都隨便，振保就覺得她有點瘋瘋傻傻的，這樣的女人之在外國或是很普通，到中國來就行不通了。[42]

這次的觀看是對一個看似天真的女子玫瑰的注視，觀看的焦點在於她易於讓人一覽無遺的外在，玫瑰這種特質令振保想到絕不能把她娶到中國，因為那是「勞神傷財、不上算的事」。後來振保快要回國，在這最後的一夜，二人將要分開，這個天真的姑娘緊緊地吊在他的頸項上，隨便振保要怎樣就怎樣。振保用強烈的意志控制了自己，「他是他自己的主人」。但是小說中寫他的內心：「他對自己那晚上的操行充滿了驚奇讚嘆，但是他心裡是懊悔。背著他自己，他未嘗不懊悔。」[43]在對玫瑰的觀看中振保具有一種觀看及評價的權力，但是小說質疑的是這個觀察者自處於更高、可以對觀看對象下判斷的位置，這個位置看似是振保在自己的世界中做了「絕對的主人」，但又違背了自己真實的感情，背地裡在後悔，因此這段觀看最終指向的是反思男性觀察者的位置，以及對男性虛偽的諷刺。

相似的情形出現在第三及第四個觀看對象之上。第三個被觀看的女性是振保朋友的妻子嬌蕊，小說中振保對嬌蕊的觀看帶有電影式的色情意味，例如：

> 想到王士洪這太太，聽說是新加坡的華僑，在倫敦讀書的時候也是個交際花（……）聞名不如見面，她那肥皂塑就的白頭髮底下的臉是金棕色的，皮肉緊緻，繃得油光水滑，把眼睛像伶人似的吊了起來。一件紋布浴衣，不曾繫帶，鬆鬆合在身上，從那淡墨條子上可以約略猜出身體的輪廓，一條一條，一寸一寸都是活的。[44]

這裡振保對嬌蕊的觀看帶著性的聯想，嬌蕊那種熱的、流動的、活的美具有強烈的女性氣質，跟上文那個有著古代士兵的臉的妓女和小孩子式的玫瑰都不同。其後張愛玲這樣解剖著振保因觀看而來的心理：

> 振保抱著毛巾立在門外，看著浴室裡強烈的燈光照耀下，滿地滾的亂頭髮，心裡煩惱著。他喜歡的是熱的女人，放浪一點的，娶不得的女人。這裡的一個已經做了太太，而且是朋友

42 張愛玲，〈紅玫瑰與白玫瑰〉，《回顧展I——張愛玲短篇小說集之一》，頁五七。
43 張愛玲，〈紅玫瑰與白玫瑰〉，《回顧展I——張愛玲短篇小說集之一》，頁五八。
44 張愛玲，〈紅玫瑰與白玫瑰〉，《回顧展I——張愛玲短篇小說集之一》，頁五九。

的太太，至少沒有危險了，然而……看她的頭髮！到處都是——到處都是她，牽牽絆絆的。[45]

張愛玲把振保那種在觀看背後的心理透露出來，展示了男性觀察者的內心矛盾，把觀察者本來被隱藏的一面表露出來，在觀看的背後，是道德、誘惑、性慾、情感的相互交戰。這種男性心理在劉吶鷗和穆時英的小說中都不曾表露，讀者在閱讀時的焦點因此不在觀看女體的愉悅，而是在了解男性背後的心理。

在小說的後部分，振保跟嬌蕊戀愛，卻由於懼怕社會的壓力而捨棄了她，娶了一個看似冰清玉潔的女學生做太太。振保對於他的太太烟鸝的觀看是這樣的：

初見面，在人家的客廳裡，她立在玻璃門邊，穿著灰地橙紅條子的綢衫，可是給人的第一個印象是籠統的白。她是細高身量，一直線下去，僅在有無間的一點波折是在那幼小的乳的尖端，和那突出的胯骨上。風迎面吹來，衣裳朝後飛著，越顯得人的單薄。臉生得寬柔秀麗，可是，還是單只覺得白。[46]

張愛玲在這裡通過振保的眼睛，刻劃了烟鸝的純潔和乏味，焦點在於烟鸝身體上不明顯的性徵：幼小的乳、平板的身材。然而對烟鸝的觀看最終的指向並不在她沉悶乏味的性格，而是指出振保的自欺欺人。諷刺的是，引起他色情觀看的嬌蕊最後嫁了另一個男人，生了一個孩子，過著平凡安靜的主婦生活；但振保眼中「潔白」的烟鸝最終卻與裁縫有染，這些結果破壞了振保建立的

「對」的世界。從另一個角度看，這同時亦質疑了男性觀看的可信性，這裡的男性觀察者由判決的位置變成被審視的對象，本來通過觀看對女性做出判斷，現在卻反過來被質疑這個具判決性質的觀看位置的合法性。

跟〈Craven “A”〉構成對比的是，在〈紅玫瑰與白玫瑰〉中，振保跟劉吶鷗和穆時英筆下的男性人物一樣，需要同時面對西方白人女性（巴黎妓女）、西化的「土著女性」（玫瑰和嬌蕊）和傳統的「土著女性」（烟鸝）三者，但是小說對男性人物的處理卻截然不同。如果我們回顧一下振保的出身，可以發覺他跟劉吶鷗和穆時英筆下的西化的「土著男性」十分相似：振保曾經出洋留學，在一間外商公司擔任要職，人雖俗氣，卻是具有外國式的俗氣。張愛玲如此形容他：「照現在，他從外國回來做事的時候，是站在世界窗的窗口，實在是很難得的一個自由的人，不論在環境上、思想上。」[47]這種具有西化背景的男性人物多次在劉吶鷗和穆時英的小說中出現，他們藉著對不同的女性的觀看和占有來表現被殖民男性的心態，但是他們確實的生存狀態卻被省略不提。張愛玲在小說中則直指振保在巴黎嫖妓時，「就連這樣的一個女人，他在她身上花了錢，也還做不了她的主人。和她在一起的三十分鐘是最羞恥的經驗。」[48]這種對西方女性做出控

45 張愛玲，〈紅玫瑰與白玫瑰〉，《回顧展I——張愛玲短篇小說集之一》，頁六〇。
46 張愛玲，〈紅玫瑰與白玫瑰〉，《回顧展I——張愛玲短篇小說集之一》，頁八三。
47 張愛玲，〈紅玫瑰與白玫瑰〉，《回顧展I——張愛玲短篇小說集之一》，頁五三。
48 張愛玲，〈紅玫瑰與白玫瑰〉，《回顧展I——張愛玲短篇小說集之一》，頁五四。

制的失敗，刺激到振保日後要「創造一個『對』的世界」，要「在那袖珍世界裡」，做「絕對的主人」的心態。這種關於「土著男性」由殖民者女性而來的性的挫敗和創傷，在張愛玲的小說中得到充分的展示和解說，而過往在劉吶鷗和穆時英的小說中則被含糊處理。

由上述的討論可以看到，張愛玲不僅關注被觀看的女性背後的心理，同時亦對作為觀察者的男性心理有著深刻的剖析。在劉吶鷗和穆時英的小說中，女性作為被觀看的物件，並沒有任何機會展示她的主體性，她的心理、她的背景並不是小說要關心的問題。女性的作用在這些小說中一方面是為男性人物提供觀賞的愉悅，一方面是建立男性高一層的觀賞位置不可缺少的對象。但是在張愛玲的小說中，她對男性觀察者和女性被觀察者同時做出反思和評價，並在更高的層次上提出對這些觀看位置的合法性的疑問，例如上述〈紅玫瑰與白玫瑰〉中的各段觀看重點都不在提供視覺愉悅，而在於對這種觀看的超越與體悟。透過這種反思，讀者可以逃離男性／殖民者視覺的局限，進一步揭示這種注視背後的蒼白。

本章以性別的角度，討論了由穆時英到張愛玲的小說在視覺性方面的演變。本章論證了穆時英如何接續劉吶鷗引入殖民主義文學中對女性的觀看，並把這種觀看本土化，其關注點由西方女性、「西化土著女性」和「傳統土著女性」三者轉為集中到兩種「土著女性」身上。他以女性隱喻都市，以色情的眼光去觀看城市，沿襲了殖民主義文學以「占有女性」隱喻「占領殖民地」的習慣模式。小說中的觀察者對「摩登女郎」做出色情的觀看，表現的是穆時英對上海貧富懸殊、朝不保夕的動盪生活的感想。穆時英在小說中更以傳統的「土著女性」跟西化的「土著女性」做對比，他不以色情的眼光觀看傳統「土著女性」，卻仍然流露出「土著男性」對傳統「土著女性」全面控制的慾望。

穆時英這種轉化跟劉吶鷗的不同之處在於，他把殖民主義文學公式化、刻板的表述應用到本土語境之中，用以表現上海社會的人和事，並且因應本土文學場域的批評、反應做出調整和回應。這就使原本處於被殖民位置的作家能夠占用了殖民者的話語，並且轉化利用這種話語作為本土資源。但是，這種對殖民話語做出轉化的情況由一九三七年日軍進占上海、上海進入孤島時期開始改變。由於租界地區暫時不受日軍控制，抗日的國家意識仍可在這些地區活躍，跟殖民主義文學關係密切的小說「視覺化表述」由於違背國家救亡的主題而一度消失。直至一九四一年日本全面進占上海，上海進入淪陷時期，抗日的國家論述話語被迫暫時偃旗息鼓，這反而令小說「視覺化表述」重新得到發展的空間。

由上述因政治因素而來的發展空間，使張愛玲作為女性作家能在當中表現跟男性作家不同的小說「視覺化表述」。她的小說在「模擬」這些男性視覺時，同時又有改造和發展，改變了小說中兩性的權力位置。她把在小說中被觀看的女性放到能夠自陳生存狀況的位置上，改變了女性人物身處的客體位置，而賦予她們以主體性。張愛玲對這種觀看的權力二分系統做出根本性的質疑，其方法是引入女性的觀看模式，亦即模仿女性把自己一分為二的觀察方式，在小說中把女性人物被觀察的狀況這一焦點轉化成表現女性對自己的感覺。這種女性的觀看模式過往不論在殖民主義文學或劉吶鷗和穆時英的小說中都不曾被述及，張愛玲這種重視女性觀看心理的做法，把女性的位置由為男性提供視覺愉悅，改變為集中表現自身。而且，張愛玲把這種性別的觀看跟殖民的觀看連上關係，通過女性對自身被觀看的感受和反思，表現了殖民者凝視／男性凝視兩者在觀看問題上的不公平，並且暴露了這種觀看權力的運作過程，更透過表現男性觀察者自身的生存狀況來表達她對男性視覺的質疑。她「模擬」小說中男性人物的觀看，但觀看的最終指向卻是指出男性人物的虛偽。她的小說不僅關注被觀看的女性背後的心理，同時亦對作為觀察者的男性心理有著深刻的剖析。

張愛玲所以能夠在小說中對男性視覺做出反思和改寫，又能夠給予女性人物發聲、回應自己被觀看的感覺，這都是因為淪陷區獨特的文學場域狀況，帶來了「視覺化表述」在性別主體方面的轉移。[49]通過了解上述的小說視覺性變化，可以讓我們看到在三〇至四〇年代動盪變化的上海文學場域之中，女性作家因應政治和文化環境的變化，於各種空間中改變小說「視覺化表述」的性別權力分配，反映出時人在中國現代歷史場境中新的想像。

49 有關女性作家在上海文化場域中的文化活動和創作情況，可參李曉紅，《女性的聲音：民國時期上海知識女性與大眾傳媒》（上海：學林出版社，二〇〇八），頁一八八—二四〇；Nicole Huang, "Fashioning Public Intellectuals: Women's Print Culture in Occupied Shanghai (1941-1945)," in Wen-hsin Yeh and Christian Henriot, eds., *In the Shadow of the Rising Sun: Shanghai under Japanese Occupation* (Cambridge: Cambridge University Press, 2003), 325-45; Nicole Huang, *Women, War, Domesticity: Shanghai Literature and Popular Culture of the 1940s* (Leiden, Boston: Brill, 2005), 50.

輯二

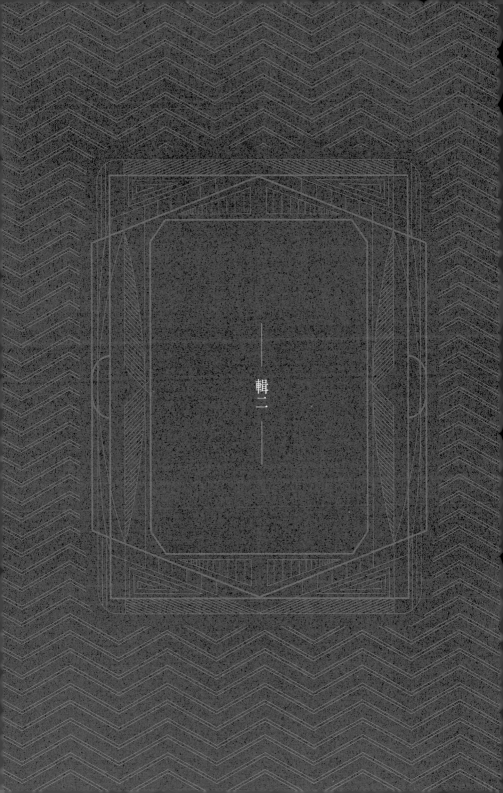

第六章

從「講故事」到「小說」

——張愛玲小說中的記憶轉化

張愛玲的創作高峰期正值中國歷史的一段夾縫之中，由十九世紀末起不斷發展的啟蒙與革命的大敘述路線，在這段期間進占主流地位。代表著中國傳統社會的社群記憶，被來勢洶洶的歷史進程猛烈衝擊，中國傳統的「記憶的氛圍」不斷被稀釋，現代人日益與傳統社群脫離，傳統文化的延續性受到摧毀，這種情況於文學的表現上尤為明顯。與這種文學主流不同，張愛玲十分重視傳統記憶的承傳，並對這種記憶的失落深有體會：

> 個人即使等得及，時代是倉促的，已經在破壞中，還有更大的破壞要來。有一天我們的文明，不論是昇華還是浮華，都要成為過去。如果我最常用的字是「荒涼」，那是因為思想背景裏有這惘惘的威脅。[1]

這段文字中提及的「文明」，指千百年來人類經驗的累積，以往的生活智慧與感情成為現代人的記憶，讓人以此繼續生活下去。張愛玲所言的「破壞」，可以理解為這種經驗的迅速貶值——過往的人以血汗累積的生活經驗，本來是一代傳一代、極富價值的遺產，現在卻因時代迅速改變而變得毫無價值——這就造成現代人生活中記憶的氛圍越趨淡薄，亦出現與傳統以至世界分裂的意識。張愛玲當時身處於戰亂的時代，而經驗在戰爭中更是一無是處——在戰爭的破壞下，任何「文明」都有可能被摧毀至滅絕，故此張愛玲對人類將要失去「文明」感到有「惘惘的威脅」。面對這種情況，張愛玲選擇在小說中保留傳統敘述的方式——「講故事」，讓傳統記憶可以在這種敘述方式得到保留之後，得以繼續存在。

綜觀張愛玲整個的創作生涯，她對傳統及現代性的看法並不是固定的，而是隨著她的個人經歷、創作生命的成長以及思考而不斷轉變，這就造成她前後期的文學創作風格迥然不同。本章希望借用本雅明有關傳統與記憶的思考，特別是他對於「講故事」與「小說」兩種敘述形式與現代性關係的評論，來梳理張愛玲小說創作風格演變的情況，並探討這種情況對我們的意義。本章認為，在張愛玲早期的小說中，她較為側重於傳統記憶的表述，其思想上的荒涼感正是出於現代性歷史對傳統記憶的破壞而來。這些經過多年積聚的文化記憶，仿如無形的纖維，用以維繫中國人之間的集體記憶，以及界定民族自我身分。然而這種記憶隨著現代性歷史進程而有湮沒的危機，故此張愛玲才自言有「荒涼」的思想背景。[2]越至後期，張愛玲小說中的記憶就越趨淡薄，表現出現代人在意識上與傳統的斷層。

本章以記憶為題，探討在張愛玲整個的小說創作生涯中，具有傳承經驗作用的「講故事」敘述模式的衰亡過程，以及這種模式衰落以後張愛玲的小說如何轉化成「小說」模式的經過，從而思考當中記憶與歷史的關係。本章的研究脈絡建基於張愛玲小說的不同階段分期，根據創作時間、地域做出分期，同時經本章關於小說內部風格轉變的研究以後，反過來亦能佐證相關的分期研究；亦希望在時間及空間這兩個要素以外，發掘另一個劃分張愛玲各個小說創作時期的判斷點，以突顯張愛玲不同時期的小說風格特色。

1 張愛玲，〈《傳奇》再版的話〉，《回顧展——張愛玲短篇小說集之一》（香港：皇冠出版社，一九九一），頁六。

2 張愛玲，〈《傳奇》再版的話〉，《回顧展——張愛玲短篇小說集之一》，頁六。

本章首先以張愛玲的早期小說為重心，梳理出由〈第一爐香〉到〈紅玫瑰與白玫瑰〉中記憶的突然轉化，以及「講故事的人」由主導故事的位置逐漸退隱的情況，印證著本雅明所言「講故事」傳統的消散標誌著現代人「經驗」衰亡的狀況。本章接著討論張愛玲的中期小說，分析由〈十八春〉到《赤地之戀》「記憶」的轉變情況，特別是〈十八春〉與〈小艾〉作為無產階級文學實驗，與《秧歌》「平淡而近自然」的美學特色的關係。最後本章將引用本雅明有關普魯斯特的「非意願記憶」與「意願記憶」的論述，觀察張愛玲後期小說中表現的「震驚」，以此突顯出張愛玲這一階段的小說創作在風格上的強烈轉變與記憶的密切關係。

「講故事的人」的出場與消隱——張愛玲早期小說的記憶轉化

張愛玲在踏入文壇時即以「講故事的人」的姿態出現，這一點最能體現她與中國傳統小說之間的傳承關係。在她早期的散文〈到底是上海人〉中，已表明了作為一個「講故事的人」的自覺：「我為上海人寫了一本香港傳奇……寫它的時候，無時無刻不想到上海人，因為我是試著用上海人的觀點來察看香港的。只有上海人能夠懂得我的文不達意的地方。」[3]在張愛玲早期發表的一系列小說中，她自己作為「講故事的人」的聲音較為明顯，她自覺地擔當有如中國傳統說書人般的身分，在小說中常常可找到她的看法及感慨，這與中國傳統說書人常常把自身凌駕於故事之上的敘述方式非常相似。本雅明認為，「故事」這種傳統的敘事模式有其特別之處，就是它在敘事中會蘊含某些「實用」的東西，講故事者是一個對讀者有所指教的人，因為故事包含著講者所分享的經驗與教訓。但是「小說」這種現代敘事模式卻對人缺乏指教，讀者無法得到作者的「教誨」。[4]因此要判別張愛玲早期小說是否具有講故事式的傳統敘事特質，除了要找出「講故事的人」這個敘述者有否出場以外，亦可憑著文本中「講故事的人」的聲音是否明顯去決定。

本章借用本雅明對「講故事的人」的兩種分類方法——一種是來自遠方的來客，另一種是蟄居某地、對本土本鄉的掌故與傳統非常熟稔的原住民——分析張愛玲早期小說中「講故事的人」的獨特位置。[5]在這些小說中，張愛玲重疊了兩種「講故事的人」的形象：既是從香港回來，向聽眾「上海人」述說香港傳奇；另一方面又熟悉上海本土傳統掌故，於是擔當著一個向土著傳授本土經驗的角色。這個「講故事」的位置直接決定了張愛玲早期小說創作的成就。下文將根據本雅明相關的討論，把張愛玲早期的小說創作歸納為遠方傳奇與本土經驗兩大類型，並整理出各篇小說中的講故事特質。

在第一種遠方傳奇類型中，張愛玲以香港作為遠方傳奇的舞臺，講故事的對象是上海人。她於一九四三年首次發表的小說〈沉香屑——第一爐香〉及〈沉香屑——第二爐香〉，就是以上海

---

3 張愛玲，〈到底是上海人〉，《流言》（香港：皇冠出版社，一九九八），頁五七。

4 參考本雅明，〈講故事的人〉，漢娜·阿倫特（Hannah Arendt）編，張旭東、王斑譯，《啟迪：本雅明文選》（香港：牛津大學出版社，一九九八），頁八〇—八一。

5 本雅明，〈講故事的人〉，漢娜·阿倫特（Hannah Arendt）編，張旭東、王斑譯，《啟迪：本雅明文選》，頁七八。

人為講故事的對象，為他們介紹香港傳奇。在這一類型的作品中，多以空間上的遠距離故事作為題材，以加強故事中「傳奇」的意味。除此以外，這一類型的小說也會以時間上的距離增添作品的「傳奇」意味，例如〈金鎖記〉就是發生在年代久遠的上海的傳奇故事。為了配合這種遠距離故事的傳奇色彩，張愛玲多用上中國古典小說中常見的說書口吻及用語，以講故事的形式去書寫作品。屬於這一類作品的包括〈第一爐香〉、〈第二爐香〉、〈茉莉香片〉、〈傾城之戀〉、〈金鎖記〉以及〈連環套〉，以下將從三方面分析這一類作品中不同的「講故事」元素。

首先，「講故事的人」在這些作品中位置明顯，常常會流露作者的個人觀感及評論。例如在〈第一爐香〉開首即明言「我」作為一個講故事的人的身分：「聽我說一支戰前香港的故事……」[6]然後「講故事者」開始述說故事：「在故事的開端，葛薇龍，一個極普通的上海女孩子，站在半山裡一座大住宅的走廊上……」[7]「講故事者」先提出「葛薇龍是一個極普通的上海女孩子」的觀點，然後才述說她以後「不普通」的經歷。

在〈第二爐香〉中，張愛玲以三段的篇幅交代講故事者「我」得知這個故事的途徑：「克荔門婷興奮地告訴我這一段故事的時候……」當中又加插「講故事者」個人的感慨：「說到穢褻的故事，克荔門婷似乎正有一個要告訴我，但是我知道結果那一定不是穢褻的，而是一個悲哀的故事。人生往往是如此——不徹底……一個髒的故事，可是人總是髒的；沾著人就沾著髒。」[8]故事的性質不是「穢褻」而是「悲哀」的，這不是故事中的人物的看法，與接下來的感慨相同，都是來自「講故事者」的看法。

在〈茉莉香片〉中明顯可見「講故事的人」的存在：「我將要說給您聽的一段香港傳奇，恐怕也是一樣的苦——香港是一個華美的但是悲哀的城。」[9]這裡張愛玲不但明言自己「講故事的人」的身分，更加插了自己個人的觀感：香港是一個華美的但是悲哀的城。

〈傾城之戀〉的開首亦仿如說書人的獨白：「胡琴咿咿啞啞拉著，在萬盞燈的夜晚，拉過來又拉過去，說不盡的蒼涼的故事——不問也罷！」[10]這一句並不是故事的情節，而是用以營造說故事的氣氛，再配合胡琴，故事才得以開展，當中的「不問也罷！」更是一個講故事者的感嘆。在故事的結尾，「講故事者」又抒發了她個人的感慨：「傳奇裏的傾國傾城的人大抵如此」[11]，顛覆了傳統對傾國傾城的女子的觀念。

同樣，〈金鎖記〉中首段亦著力以描寫月光來營造說故事的氣氛：

> 三十年前的上海，一個有月亮的晚上……我們也許沒趕上看見三十年前的月亮。年輕的人想著三十年前的月亮該是銅錢大的一個紅黃的濕暈，像朵雲軒信箋上落了一滴淚珠，陳舊而迷糊。老年人回憶中的三十年前的月亮是歡愉的，比眼前的月亮大、圓、白；然而隔著三十

6　張愛玲，〈第一爐香〉，《第一爐香——張愛玲短篇小說集之二》（香港：皇冠出版社，一九九五），頁二六〇。

7　張愛玲，〈第一爐香〉，《第一爐香——張愛玲短篇小說集之二》，頁二六〇。

8　張愛玲，〈第二爐香〉，《第一爐香——張愛玲短篇小說集之二》，頁三一七。強調標示為筆者所加。

9　張愛玲，〈茉莉香片〉，《第一爐香——張愛玲短篇小說集之二》，頁二三四。

10　張愛玲，〈傾城之戀〉，《回顧展——張愛玲短篇小說集之一》，頁一八八。強調標示為筆者所加。

11　張愛玲，〈傾城之戀〉，《回顧展——張愛玲短篇小說集之一》，頁二三一。

年的辛苦路望回看，再好的月色也不免帶點淒涼。[12]

這一段中明顯貫徹著講故事者的口吻，可以想像「講故事者」帶領著不同年紀的聽眾回望月色，特別是末二句的結論並不屬於故事人物，而是屬於這位「講故事者」，更能顯出「講故事者」凌駕於故事之上的地位。另外，這段文字中的「我們」表達出「講故事的人」與聽眾之間的關係——「我們」都共同觀看著這場「戲」——一種平等、共同分享經驗的關係。故事的結尾首尾呼應，這種講故事的技巧上承中國傳統小說封閉而圓滿的故事結構，作用是在帶領聽眾經歷一段悲歡離合之後為他們提供安慰，帶有濃厚的說書特色。

至於〈連環套〉更是一個講述廣東養女如何靠婚姻掙扎上游的「歷險故事」。小說開始先交代作者從哪裡得知這個故事——於戲院遇見女主角賽姆生太太。之後作者運用「講故事的人」的口吻開展故事：「賽姆生太太小名霓喜。她不大喜歡提起她幼年的遭際，因此我們只能從她常說的故事裏尋得一點線索。」[13]這裡顯示〈連環套〉這個故事的調侃語調是來自於「講故事者」，顯然與女主角賽姆生太太本人的自述有相當的距離。在〈連環套〉中作者常常向聽眾表露自己的看法：

先後曾經領了好幾個姑娘去，那印度人都瞧不中，她是第七個，一見她便把她留下了，這是她生平的一件得意的事。她還有一些傳奇性的穿插，說她和她第一個丈夫早就見過面。……這一層多半是她杜撰的。[14]

這種向聽眾交代個人看法的模式，是本雅明認為「講故事」這種傳統敘事模式有價值的地方。這不僅是因為故事可以把經驗傳遞給下一代，使這個故事可以繼續傳承下去，亦由於在敘述與接收的過程中，人得以與過去的世界連繫，令人的意識能植根於傳統，成為「記憶」。本雅明認為，「講故事」的價值在於經「講故事者」在敘述中令故事得到添加於重組，以配合新的環境，這正是故事與「小說」的一項重要區別。[15]在上述的例子中，原始文本經過張愛玲這位「講故事者」的更新，添加了個人見解及經驗，令文本具備了本雅明所說的更新的價值，這亦是張愛玲早期作品的價值之一。

第二方面，張愛玲的早期小說常常會著力營造「聽故事」的氣氛。本雅明認為只有在閒散的狀態中，聽者才能不知不覺地進入忘我狀態，這樣故事才能深深地在聽者的記憶中占據位置：

> 使一個故事能深刻嵌入記憶的，莫過於拒斥心理分析的簡潔凝煉。講故事者越是自然地放棄心理層面的幽冥，故事就越能佔據聽者的記憶、越能充分與聽者的經驗溶為一體，聽者

---

12 張愛玲，〈金鎖記〉，《回顧展——張愛玲短篇小說集之一》，頁一四〇。

13 張愛玲，〈連環套〉，《張看》（香港：皇冠出版社，二〇〇〇），頁一七。強調標示為筆者所加。

14 張愛玲，〈連環套〉，《張看》，頁一七—一八。強調標示為筆者所加。

15 Walter Benjamin, "The Storyteller: Observations on the Works of Nikolai Leskov," in *Selected Writings* Vol. 3, ed. Marcus Bullock and Michael W. Jennings (Cambridge, Mass.: Belknap Press, 1996), 150.

> 也越是願意日後某時向別人重述這故事。這個溶合過程在深層發生，要求有鬆散無慮的狀況……[16]

在這種閒散的狀態中，傳統經驗得以在不知不覺間深入聽者的記憶。故此「講故事的人」多在故事開始以前，以不同的方法去營造氣氛，或長篇鋪述得知故事的途徑，以達到舒緩的效果。在張愛玲早期作品中可找到很多運用這種手法的地方，例如在〈第一爐香〉中的開首：

> 請你尋出家傳的霉綠斑斕的銅香爐，點上一爐沉香屑，聽我說一支戰前香港的故事，您這一爐沉香屑點完了，我的故事也該完了。在故事的開端……[17]

這裡模仿傳統說書的環境，讓本來身在不同空間的讀者憑著想像，猶如置身其中般聽著一個故事緩緩開始。而在故事結束時，作者以「這一段香港故事，就在這裏結束……薇龍的一爐香，也就快燒完了」收結，[18]這種首尾呼應、結構完整而封閉的講故事方法，明顯秉承著中國說書的傳統，是中國讀者一貫閱讀小說的習慣，帶有濃烈的文化記憶。

其他作品如〈第二爐香〉：「請你點上你的香，少少的撮上一點沉香屑；因為克荔門婷的故事是比較短的。」[19]；〈茉莉香片〉中：「我給您沏的這一壺茉莉香片，也許是太苦了一點……您先倒上一杯茶——當心燙！您尖著嘴輕輕吹著它。在茶烟繚繞中，您可以看見香港的公共汽車……」[20]；〈連環套〉開首以多達十五段的篇幅交代故事的來源以增加可信性等，都可見張愛玲早期的作品非常著重在故事開始以前先營造講故事的氣氛。本雅明認為，故事不是外在經歷的客觀敘述，而是由個人至集體的活生生的經驗。故事在集體生活之中具有一種凝聚力，融合於講故事者與聽故事者之間的生活經歷之中。故此張愛玲早期的小說，營造出一種與古代說書環境相近的氛圍，使讀者好像回到以往說書的環境一般，較之於她後期的作品，這方面的記憶元素顯得非常明顯。

除了上述有關遠方傳奇的作品以外，張愛玲的早期小說亦有一些取材於上海本土的小說，本章把這些小說劃分為本土經驗小說。這些小說不論在空間或時間上都較接近當時的上海讀者，因此對比上述的遠方傳奇作品，當中的說書用語較少，而講故事者的身分亦較為隱藏。越到後期，「講故事」的元素就更為減少。

與上述類型的作品同樣寫於一九四三年，但由於〈心經〉、〈封鎖〉及〈琉璃瓦〉的故事都發生於當時的上海，遠距離的傳奇意味較為薄弱，因此，在這些作品中較難找到同期作品中「講故事」的元素。其他的作品間歇可見「講故事」元素的出現，但是密度比上述類型大為減少，例如〈花凋〉中對於川嫦的墓碑上所寫的美化了的人生，「講故事者」對此不以為然：「全然不是

---

16 參見本雅明，〈講故事的人〉，漢娜．阿倫特（Hannah Arendt）編，張旭東、王斑譯，《啟迪：本雅明文選》，頁八四。

17 張愛玲，〈第一爐香〉，《第一爐香——張愛玲短篇小說集之二》，頁二六〇。

18 張愛玲，〈第一爐香〉，《第一爐香——張愛玲短篇小說集之二》，頁三一三。

19 張愛玲，〈第二爐香〉，《第一爐香——張愛玲短篇小說集之二》，頁三一七。

20 張愛玲，〈茉莉香片〉，《第一爐香——張愛玲短篇小說集之二》，頁二三四。

這回事。的確，她是美麗的，她喜歡靜，她是生肺病死的，她的死是大家同聲惋惜的，可是……全然不是那回事。」[21]除此以外，在文中仍能看見殘留著的「講故事的人」的見解及觀點，例如批評鄭先生是「連演四十年的一齣鬧劇」，而他的夫人則是「一齣冗長單調的悲劇」。[22]在〈鴻鸞禧〉中，作者雖然沒有明顯地站出來發表意見，但她的見解及觀點仍然若隱若現於故事之中。例如對新娘的兩個表妹的描述就帶有一種諷刺的評價。[23]〈殷寶灩送花樓會〉則明寫得到這個故事的來源：女主角殷寶灩上門探望作者，向她哭訴的經過。張愛玲對這個故事的處理極少，彷彿向朋友複述一般，甚至複述她與殷寶灩談論事情的經過，最後又有自己的評價：「我也覺得這是無可挽回的悲劇了。」[24]而在四十年後（一九八三年）張愛玲又為這篇小說補寫了尾聲，當中「講故事者」的態度立場仍然沒變，甚至加插分析殷寶灩與羅潛之愛情悲劇的原因，仿似向聽眾品評小說人物。[25]加添了作者對故事的個人評價，令人感到張愛玲最想表達的就是對〈殷寶灩送花樓會〉中的愛情病症的看法，小說本身反而變得次要，變成了人們之間的談資。甚至在最後，作者自己個人的情緒反客為主：「在這思想感覺的窮冬裡，百無聊賴中才被迫正視〈殷寶灩送花樓會〉的後果。『是我錯』，像那齣流行的申曲劇名。」整篇小說成為了作者自我反思的鋪墊，〈殷寶灩送花樓會〉變成明顯的「張看」之下的故事。

分析張愛玲整個早期小說創作的脈絡，可發現作為記憶的「講故事」元素逐漸減少，與歷史發展的影響有密切關係。當中關鍵的因素大約可以從〈紅玫瑰與白玫瑰〉這篇小說發表後算起。〈紅玫瑰與白玫瑰〉在《雜誌》月刊中連載時，小說開首以「我」作為「講故事者」，後來在一九四六年出版的《傳奇》增訂本中，這個「講故事者」被刪去了，小說中並有不少的改動。[26]最明顯的是小說的開首，《雜誌》月刊中的原文本為：

> 振保叔叔沉著地說道：「我一生愛過兩個女人，一個是我的紅玫瑰，一個是我的白玫瑰。」聽到這話的時候，我忍不住要笑，因為振保叔叔絕對不是一個浪漫色彩的人。我那時候還小，以為他年紀很大很大……[27]

然後是「講故事者」交代自己聽到這個故事的經過：

> 他先向屋子裏望了一眼，我弟弟已經睡去了，我坐在燈底下看小說。我嬸娘便道：「不要緊的，這孩子只要捧著一本書，什麼都聽不見。」於是他繼續說下去……振保叔叔的話，前

---

21 張愛玲，〈花凋〉，《第一爐香——張愛玲短篇小說集之二》，頁四三〇。
22 張愛玲，〈花凋〉，《第一爐香——張愛玲短篇小說集之二》，頁四三二。
23 張愛玲，〈鴻鸞禧〉，《回顧展——張愛玲短篇小說集之一》，頁四五。
24 張愛玲，〈殷寶灩送花樓會〉，《惘然記》（香港：皇冠出版社，一九九九），頁一六六。
25 張愛玲，〈殷寶灩送花樓會〉，《惘然記》，頁一六九。
26 唐文標主編，《張愛玲資料大全集》（臺北：時報文化，一九八四），頁八四—八五。
27 唐文標主編，《張愛玲資料大全集》，頁八四。

半截我只聽見了一部份。漸漸更深夜靜，那小洋台輕輕往上浮了起來，離衖堂遠了，離星月近了。振保叔叔的話我句句聽明白了，便是他所沒有說的，我也彷彿是聽見了。[28]

而《傳奇》增訂本的版本則是：

振保的生命裏有兩個女人，他說的一個是他的白玫瑰，一個是他的紅玫瑰。一個是聖潔的妻，一個是熱烈的情婦——普通人向來是這樣把節烈兩個字分開來講的。[29]

這裡可見張愛玲後來的創作趨向把「講故事者」隱藏起來，不單把故事的來源刪去，同時亦逐漸把「講故事者」的看法減少。

萬燕把張愛玲後來放棄這種講故事式的寫法視為她成長的標記：

〈紅玫瑰與白玫瑰〉在張愛玲小說創作史上的意義，確實是非比尋常的。這才是屬於她自創的小說形式，從這以後，我們也就再沒有看到她用講故事的方式來寫小說的開場白，如〈桂花蒸 阿小悲秋〉、《十八春》等都是現代小說的面目。成績都應歸功於她這一段的「廢套期」，然而和她小說形式現代化相反的是，讀者相比之下更愛看的是她「廢套期」前的小說，這也真是個二律背反現象。[30]

萬燕的觀察十分細緻，看到〈紅玫瑰與白玫瑰〉是張愛玲小說創作風格轉變的轉捩點，並且顯示這是張愛玲的小說由傳統敘事過渡到現代小說模式的關鍵時間。但本章不同意萬燕視張愛玲選擇放棄傳統敘事為進步的觀點，而希望從歷史的角度做觀察——這個「廢套期」未必由文學內在發展規律而來，更多是一種傳統記憶面對歷史進程的無奈撤出。〈紅玫瑰與白玫瑰〉發表以後，一連串的評論相應適時發表，既對〈紅玫瑰與白玫瑰〉以前的小說做出評價，也對當時張愛玲的寫作做一階段性評議。由〈紅玫瑰與白玫瑰〉於一九四四年五月至七月於《雜誌》月刊中連載算起，直至一九四四年十一月才又有〈殷寶灩送花樓會〉一篇小說發表，當中出現了約五個月的真空期，與〈紅玫瑰與白玫瑰〉發表之前張愛玲每月都有新作發表，甚至一個月內發表多於一篇小說及散文的情況不同。這段期間前後出現了多篇評論文章，例如載於三月的胡蘭成〈皂隸．清客與來者〉[31]、四月的傅雷〈論張愛玲的小說〉[32]、五月及六月的胡蘭成〈評張愛玲〉[33]、九月顧樂水的〈《傳奇》的印象〉[34]、十月柳雨生的〈說張愛玲〉[35]、十二月譚正璧的〈論蘇青及張愛

28 唐文標主編，《張愛玲資料大全集》，頁八四。

29 張愛玲，〈紅玫瑰與白玫瑰〉，《回顧展——張愛玲短篇小說集之一》，頁五二。

30 萬燕，〈小說藝術的延續、融合和創造——張愛玲小說藝術論〉，收於金宏達主編，《回望張愛玲．鏡像繽紛》（北京：文化藝術出版社，二〇〇三），頁二七六。

31 載於上海《新東方》一九四四年三月，頁三三—三四。

32 載於上海《萬象》第三卷第十一期，一九四四年五月號，現收於陳子善編，《張愛玲的風氣——一九四九年前張愛玲評說》（濟南：山東畫報出版社，二〇〇四），頁三—十八。

玲〉等。[36]這些寫於圍繞〈紅玫瑰與白玫瑰〉前後的評論，不少都集中批評張愛玲偏於絢麗的文字技巧，以及小說中「平凡的意識」。[37]例如顧樂水讚賞過張愛玲的文字為讀者帶來感官的享受後，曲折地贊成迅雨的批評；譚正璧亦認為張愛玲的小說雖然是新舊文學的糅合、新舊意境的交錯，但「無限量的運用便要成為濫調與俗套，本是賴以成功的因素，往往就會是招致失敗的絆腳石。」[38]就連胡蘭成寫於三月的評論也曾批評《封鎖》過分精緻：

> 我喜愛這作品的精緻如同一串珠鏈，但也為它的太精緻而顧慮，以為，倘若寫更巨幅的作品，像時代的紀念碑式的工程那樣，或者還需要加上笨重的鋼骨與粗糙的水泥的。[39]

至於傅雷那篇著名的〈論張愛玲的小說〉更重點批評〈連環套〉的措詞用語：

> 處處顯出「信筆所之」的神氣，甚至往腐化的路上走……但到了〈連環套〉，這小疵竟越來越多，像流行病的細菌一樣了：「兩個嘲戲做一堆」……這樣的濫調，舊小說的渣滓，連現在的鴛鴦蝴蝶派和黑幕小說家也覺得惡俗而不用了，而居然在這裏出現。[40]

張愛玲於一九四四年五月即發表〈自己的文章〉回應胡蘭成及傅雷的文章。她在文章中解釋維護自己的創作理念，聲稱自己並不寫「時代的紀念碑式」的文章，但對於有關措詞用語的批評卻是接納的：

至於〈連環套〉裏有許多地方襲用舊小說的詞句——五十年前廣東人與外國人，語氣像《金瓶梅》中的人物……我當初的用意是這樣：寫上海人心目中的浪漫氣氛的香港，已經隔有相當的距離；五十年前的香港，更多了一種時間上的距離，因此特地採用一種過了時的辭彙來代表這雙重距離。有時候未免刻意做作，所以有些過份了。我想將來是可以改掉一點的。41

33 載於上海《雜誌》，一九四四年五月及六月號，現收於陳子善所編之《張愛玲的風氣——一九四九年前張愛玲評說》頁十九—三二，書中所記之題目〈論張愛玲〉應為誤記。
34 載於一九四四年九月南通《北極》第五卷第一期，現收於陳子善編，《張愛玲的風氣——一九四九年前張愛玲評說》，頁三三—三八。
35 載於上海《風雨談》一九四四年十月號第十五期，現收於陳子善編，《張愛玲的風氣——一九四九年前張愛玲評說》，頁三九—四〇。
36 載於一九四四年十二月上海《風雨談》第十六期，現收於陳子善編，《張愛玲的風氣——一九四九年前張愛玲評說》，頁四一—四七。
37 語出譚正璧，〈論蘇青及張愛玲〉，陳子善編，《張愛玲的風氣——一九四九年前張愛玲評說》，頁四三。
38 譚正璧，〈論蘇青及張愛玲〉，陳子善編，《張愛玲的風氣——一九四九年前張愛玲評說》，頁四四。
39 胡蘭成，〈皀隸．清客與來者〉，載於上海《新東方》，一九四四年三月，頁三四。
40 傅雷（迅雨），〈論張愛玲的小說〉，陳子善編，《張愛玲的風氣——一九四九年前張愛玲評說》，頁一五。
41 張愛玲，〈自己的文章〉，《流言》，頁二六。

面對各方批評，張愛玲自此刻意改變文字運用的風格，連隨減淡了作品中「講故事者」的形象，使「講故事者」的觀點變得更為內歛，亦取消了舊小說中的「講故事」口吻。[42]

這種「講故事」模式的衰落，本雅明認為是現代性歷史的步伐在文學這個範疇留下痕跡的一個例子。他認為「講故事」本身是一門「重述」的工藝，故事的價值由「講故事者」而來，因為「講故事者」不會只著眼於敘述事情的精華，而是把世態人情沉浸出來，「講故事者」把自身或道聽途說的經歷化為自身的經驗，然後再轉化為聽者的經驗，因此故事中必定包含著「講故事者」的感慨、評論與教訓，「講故事者」是一個對讀者有所教導的人。[43]但歷史進程破壞了這種傳統敘事的生存環境，現代人的感知與意識與傳統發生崩裂，出現了一種新興的現代敘事模式：「小說」。「小說」誕生於離群索居的個人，特別是短篇小說的出現，把口頭敘述從傳統中剝離出來，不再容許說故事的人一代一代地把自身的經驗疊加於故事之中。因此，經驗變得無可交流，「小說」已不能再對人有教誨作用，而且也限制了傳統或舊的事物於新時代的轉化。[44]張愛玲的最早期小說創作，雖然在形式上並不是口述的「講故事」敘述模式，但當中仍然保留了不少「講故事」的元素，可算是對傳統的一種回歸。後來不論張愛玲是自發還是受到外來文學環境的影響，她的創作確是由「講故事」演變為「小說」的模式。這種「講故事」衰亡的趨勢到張愛玲創作的後期更見明顯。她晚年的作品普遍被認為是艱澀難讀，有論者認為這是由於她去國後遠離創作的根源，亦有人認為她的創作才華已經用盡，其實均可以「講故事」的集體記憶衰亡去做出解釋。以後來出版的張愛玲小說〈鬱金香〉為例，就見證著「講故事」元素的褪色是她「枯萎」的一個重要因素。李歐梵在閱讀過這篇張愛玲離開上海前最後的小說〈鬱金香〉以後，有以下的評論：

> 可惜的是，張愛玲的佚文中「舊」的故事愈來愈多，而新的視角和視野卻愈來愈少。在〈鬱金香〉中幾乎感覺不到敘事者的涵養和看法，敘事語言中多的是交代人物關係，卻少了一份反諷……張愛玲寫舊社會，自從〈金鎖記〉之後，再也表現不出那麼撼人的「張力」。[45]

同樣是寫舊社會的故事，〈鬱金香〉的題材與〈金鎖記〉的同屬一個類型，「張力」效果卻有天淵之別。李歐梵認為這是由於「感覺不到敘事者的涵養和看法」，正正佐證上文對張愛玲的早期寫作生命從一開始的「高峰」轉入以後「低潮」的分析。「講故事」的衰亡不但導致現代人無法交流經驗，亦直接連繫著這一時期張愛玲小說創作的完結。她的創作將逐漸遠離早期的傳統「講故事」模式，經歷與歷史進程更多的對話，與現代敘事模式——「小說」——越走越近。

---

42 例子如〈連環套〉連載腰斬、〈紅玫瑰與白玫瑰〉在結集時刪去「講故事者」等，都可見張愛玲的傳統敘述模式逐漸改變。

43 本雅明，〈講故事的人〉，漢娜．阿倫特（Hannah Arendt）編，張旭東、王斑譯，《啟迪：本雅明文選》，頁八五。

44 本雅明，〈講故事的人〉，漢娜．阿倫特（Hannah Arendt）編，張旭東、王斑譯，《啟迪：本雅明文選》，頁八一。

45 李歐梵，《蒼涼與世故：張愛玲的啟示》（香港：牛津大學出版社，二〇〇六），頁x至xi。強調標示為筆者所加。

從「無產階級文學實驗」到「平淡而近自然」境界——張愛玲中期小說的記憶掙扎

張愛玲早期小說中以傳統敘事模式為依附的記憶逐漸衰落，當中的「講故事者」由明顯的主導位置變為退隱的角色，當中的教誨及經驗傳遞亦變得內化。我們可以看到由〈十八春〉開始，張愛玲這一時期的小說創作中，以「講故事」敘述為特徵的記憶與歷史話語之間的角力更趨熱切，外在的歷史因素不斷影響她的創作。以下將探討在這一背景下，張愛玲怎樣在小說創作方面做出嘗試與堅持。

一九五〇年，張愛玲在銷聲匿跡兩年多後，以筆名梁京再次寫作，於上海《亦報》連載長篇小說〈十八春〉，大受讀者歡迎。廣大讀者紛紛猜測梁京的真實身分，又強烈要求梁京繼續於《亦報》發表新作。然而在〈十八春〉連載完畢八個月後，張愛玲才於《亦報》連載〈小艾〉。在連載的兩個多月中，《亦報》沒有任何有關〈小艾〉的評論，與〈十八春〉引起廣泛注意的情況迥然不同。這種情況隱含著創作與歷史進程相互糾纏的情況，政治環境的轉變直接影響文藝創作方向的改變。

歷來有關張愛玲中期小說的評論，都著眼於作者對共產黨的立場之上。如果把當時的文壇環境與張愛玲的創作情況做一對應，當可更確切整理出這些小說風格轉變的情況。從目前的資料顯示，張愛玲在一九四七年連載〈鬱金香〉之後，整整三年沒有發表小說或散文作品，當中只有

《太太萬歲》一劇曾經上演。我們可以從張愛玲寫於一九四六年十一月的〈有幾句話同讀者說〉中看出端倪：

> 我自己從來沒想到需要辯白，但最近一年來常常被人議論到，似乎被列為文化漢奸之一，自己也弄得莫名其妙。[46]

這顯示當時的輿論因張愛玲與胡蘭成的關係，對她發表作品做出了限制，在這一背景之下，三年後發表的〈十八春〉顯示出張愛玲帶著妥協與嘗試來適應新社會。

這個時期的張愛玲對共產黨的立場仍然是開放的。〈十八春〉於一九五〇年三月二十五日至一九五一年二月十一日在《亦報》連載。一九五〇年七月，在夏衍的安排下，張愛玲出席共產黨主辦的第一次文學藝術界代表大會，[47]然後〈小艾〉在一九五一年十一月四日至一九五二年一月二十四日於上海《亦報》連載。從這些背景資料看來，〈十八春〉於連載時大獲好評，加上獲得夏衍賞識，張愛玲於一九五〇年時確是嘗試寫作無產階級文學來測試讀者反應，也測試自己轉變

46 張愛玲，〈有幾句話同讀者說〉，原載於一九四六年十一月上海山河圖書公司初版《傳奇》增訂本。現收於陳子善主編，《沉香》（天津：天津人民出版社，二〇〇五），頁二一—二二。

47 參考龔之方，〈離滬之前〉及魏紹昌，〈在上海的最後幾年〉，收於金宏達主編，《回望張愛玲・昨夜月色》（北京：文化藝術出版社，二〇〇三），頁二二七—二三二及頁二二一—二二六。

寫作風格的效果如何，因為對她來說，「文藝沒什麼不應當寫那一個階級」。[48]然而〈小艾〉連載完結後，張愛玲於一九五二年七月離開大陸遠赴香港，這就可以看出張愛玲最後還是放棄寫作無產階級文學了。初步掌握這一階段的小說創作背景以後，下文將以〈十八春〉及〈小艾〉為線索，以「講故事」的角度去整理這個時期張愛玲的小說與歷史的糾纏對話，以探尋當中記憶的變化情況。

與張愛玲的早期小說相比，〈十八春〉與〈小艾〉向讀者詮釋的地方較多，令這兩篇小說距離「講故事」的性質較遠，這亦與歷史因素有密切關係。詮釋與「講故事」這種傳統敘事模式有本質上的區別，本雅明提出「講故事」的奧妙之處在於講述時不做詮釋，不會出現教條式的訊息灌輸。他對比了「講故事」與「消息」的分別，認為前者不會把故事的前因後果或心理上的連繫強加於讀者，而後者則相反，故此「講故事」比「消息」更具血肉。[49]在〈十八春〉中可找到不少類似「消息」的詮釋例子，例如第十五節中就有責備國民黨的描寫：

她是在國民黨的統治下長大的，那一重重的壓迫與剝削，她都很習慣了，在她看來，善良的人永遠是受苦的，那憂苦的重擔似乎是與人生俱來的，因此只有忍耐。她這還是第一次覺得冤有頭，債有主，她胸中充滿了悲憤。她不由得想起叔惠。叔惠走得真好。

但是她總是這種黯淡的看法，正因為共產黨是好的，她不相信他們會戰勝。正義是不會征服世界的，過去是如此，將來也是如此。[50]

第十六節則讚揚解放後的社會：

> 這已經是解放後了，叔惠要回上海來了，世鈞得到了信息，就到車站上去接他，翠芝也一同去了。解放後的車站上也換了一種新氣象，不像從前那種混亂的情形。……[51]

這種帶有明顯政治立場的描寫過去不曾在張愛玲的小說中出現，而且越近小說連載的尾聲，這種描寫出現的次數就越多。把〈十八春〉與早期小說〈傾城之戀〉相比，可發現兩者的「歷史」被放置於不同的位置。〈傾城之戀〉中關於戰爭的歷史敘述非常少，「歷史」被安排置放於小說的背景，小說中重要的是從「講故事」中自然流露出來的人性。這種特色亦是張愛玲早期小說中普遍存在的特質。但是〈十八春〉中的「歷史」處於小說前景，「歷史」的重要性與早年相比得到大大加強，而且亦多番出現關於「歷史」的詮釋。這種寫法顯示張愛玲受到參與第一次文學藝術界代表大會及土改的影響，從中得以看見張愛玲當時嘗試配合無產階級文學的創作之外，亦可見

---

48 張愛玲，〈國語本《海上花》譯後記〉，《續集》（香港：皇冠出版社，二〇〇〇），頁六六。

49 Walter Benjamin, "The Storyteller: Observations on the Works of Nikolai Leskov," in *Selected Writings* Vol. 3, 148.

50 張愛玲著，子通點評，《十八春點評本》（北京：中國華僑出版社，二〇〇三），頁三三四。

51 張愛玲著，子通點評，《十八春點評本》，頁三五〇。

張愛玲小說中「講故事」的特質怎樣受到「歷史」敘述的影響，例如上述〈十八春〉的例子就把曼楨的遭遇連上政治的因素強加於讀者，抹殺了其他的可能因素。[52]〈小艾〉亦有相似的情況，這篇小說把政治與故事的前因後果連繫，明確向讀者做出詮釋。例如：

> 那是蔣匪幫在上海的最後一個春天，五月裏就解放了。樓底下孫家上了國民黨的當，以為他們在上海可以守三個月，買了許多鹹魚來囤著。在解放後，孫家連吃了幾個月的鹹魚，吃得怨極了。[53]

這段文字中的「蔣匪幫」含有當時張愛玲在〈小艾〉中表示的意識型態，儘管〈小艾〉的開首部分仍然具備「講故事」敘述的特質，但後半部卻開始出現了無產階級文學的詮釋特質，即明顯表達作品的要旨及主題，令讀者清楚得知文藝要傳達的訊息。結果就犧牲了有血有肉的自然敘述，「講故事」所營造的氛圍在面對歷史進程時再一次被逐步消滅。

本雅明強調「講故事」避免向讀者詮釋，就是說這種表述方式不會把因果善惡上的判斷直白地向聽眾或讀者流露，講故事者分享的只是自身的感慨，而不具有左右讀者判斷的傾向。「消息」等敘述方式只著重表現事件的精華或要旨，越能簡單精要地傳達事件的要旨給讀者就越好，因此這種形式的敘述往往需要把人物或事件處理得忠奸分明，向讀者詮釋得越清楚越好。[54]而「講故事」則避免以忠奸分明的方法去塑造故事人物，以免局限了聽眾或讀者的思考判斷。但是〈小艾〉對於人物的塑造卻有強烈善惡分明的傾向，與張愛玲早期力避刻劃「徹底」的人物不同。例如〈小艾〉集中以負面的寫法刻劃老爺席景藩這個角色，令這個人物顯得較為單薄。在第十六及十七節中，張愛玲寫席景藩對小艾起了歪心：

> 景藩抬起胳膊來半伸了個懶腰，人向後一仰，便倒在床上，道：「來給我把鞋脫了。」他橫躺在那燈影裏，青白色的臉上微微浮著一層油光，像蠟似的。嘴黑洞洞的張著，在那裏剔牙……她在驚惶和混亂中仍舊不能忘記這是專門給老爺喝茶的一隻外國磁茶杯，砸了簡直不得了，她兩隻手都去護著那茶杯，一面和他掙扎著。景藩氣咻咻的吃吃笑了起來。[55]

在這段文字以前，張愛玲並沒有對席景藩做深入的描繪。這段引文的末句是典型描寫壞人的手法，令席景藩這個人物顯得平板單調。往後事情鬧穿，張愛玲如此描寫席景藩：

> 憶妃跟他鬧，他只是微笑著說：「誰當真要她。你何必這樣認真。」又瞅著她笑了笑，道：

---

52 後來張愛玲根據〈十八春〉改寫的《半生緣》就放棄了這種故事上的政治詮釋，而把故事從詮釋中還原。

53 張愛玲，〈小艾〉，《鬱金香》（北京：北京十月文藝出版社，二〇〇六），頁三一八。

54 Walter Benjamin, "The Storyteller: Observations on the Works of Nikolai Leskov," in *Selected Writings* Vol.3, 149.

55 張愛玲，〈小艾〉，《鬱金香》，頁二五一—二五二。

「誰叫你那天也不在家。」[56]

自此以後，席景藩這個人物的作用就完結，沒有再正式出場。可見這個人物純粹擔當壞人的功用，令小艾的遭遇顯得無辜可憐。這是一種典型通俗劇塑造人物的手法，即以黑白分明的態度去描寫人物，把負面人物寫得大奸大惡，突顯正面角色的無辜與可憐，省略了人物內心的複雜性，而這卻是張愛玲早期創作時竭力避免的情況。

除此以外，〈小艾〉中亦有塑造純粹正面角色的地方。小艾的丈夫馮金槐是張愛玲作品中罕見的完人，小說在寫金槐的地方多強調他的愛國行為，把他塑造成一個毫無缺點的「無產階級樣板」。例如在上海打仗的時候，他冒險替各種愛國團體送慰勞品到前線去。[57]解放後又熱心學習，常常以新民主主義、社會發展史等教育家人。[58]但作品中有關他的性格描述卻很少，讀者對於他本來的為人也所知不多。這種以人物善惡對立去突出階級的衝突是典型的無產階級文學手法。無產階級文學為求突顯善惡，往往要求把代表無產階級的人物描寫得理想完美，這些人物的悲慘遭遇並不是由於自身的弱點或性格缺憾，而是因為無產階級敵人的陷害及壓迫。善的代表越顯得無辜，越顯出敵人壓迫之惡。以上可見，由於受到特定歷史狀態的影響，〈小艾〉做出了符合無產階級文學的嘗試，卻犧牲了不少「講故事」的特質。

「講故事」特質的減少，同時亦影響了〈小艾〉的整體結構。陳子善評〈小艾〉「前半部寫得得心應手，從容不迫，後半部分就顯得較為薄弱，結尾也略嫌倉促」，[59]如以張愛玲在一九五一年於《亦報》連載的版本做分析，當可有更清楚的了解。[60]〈小艾〉前段仍然有若隱若現的講故事細節鋪排，如第一節至第八節情節進展較慢，張愛玲這時仍然願意用較多的篇幅去描寫細節，如第一節有關五太太對前瀏海的看法、第七節寫五太太見五老爺的侷促不安等等，都是描寫成分居多而情節舒緩，並不急著以情節打動讀者。然而越至後段，劇情越寫越快，讀者看著小艾被侵犯、被虐打至流產等經過，儼如閱讀「消息」的報導，對人物內心的了解很少。缺少對人物內心、環境氛圍的「講故事」式塑造，〈小艾〉就不能散發一種在不知不覺中影響讀者的舒緩特質，反而近似本雅明提出的「消息」報導，這種敘事方式具有「新鮮、簡潔、易懂」的特質，但卻會出現「把發生的事情從能夠影響讀者經驗的範圍裏分離並孤立起來」的現象，〈小艾〉只能把訊息傳遞給讀者，卻未能把經驗傳遞予讀者，讀者不能從故事中得到任何教誨，亦無法把這些信息吸收成為自身的經驗。[61]特別是〈小艾〉的最後一節，予人快速收結之感：

56 張愛玲，〈小艾〉，《鬱金香》，頁二五七—二五八。
57 張愛玲，〈小艾〉，《鬱金香》，頁二八一。
58 張愛玲，〈小艾〉，《鬱金香》，頁三一八。
59 陳子善，〈張愛玲創作中篇小說《小艾》的背景〉，《說不盡的張愛玲》（臺北：遠景，二〇〇一），頁一一七。
60 〈小艾〉原來版本參見《鬱金香》，頁二三四—三二四。
61 本雅明，〈論波特萊爾的幾個主題〉，漢娜・阿倫特（Hannah Arendt）編，張旭東、王斑譯，《啟迪：本雅明文選》，頁一五三。

> 小艾起初只是覺得那程醫生人真好，三等病房那兩個看護也特別好，後來才發現那原來是個普遍的現象。她出院以後，天天去打營養針，不由得感到醫院裡的空氣真是和從前不同了，現在是真的為人民服務了。……
>
> 小艾現在摺紙也是個熟手了，不過這一向特別覺得吃力些，摺起來不大順手，因為她坐得離桌子比較遠。因為——引弟引來的弟弟已經在途中，就快要到了。不知道是弟弟還是妹妹小艾有時候想著，現在什麼事情都變得這樣快，將來他長大的時候，不知道是怎樣一個幸福的世界，要是聽見他母親從前悲慘的遭遇，簡直不大能想像了吧？[62]

在短短一節內張愛玲交代了小艾病癒，以及本來難以生育的她無端成功懷孕等，目的是突顯解放後的社會進步與前途光明，這裡的敘述節奏比起小說第一至七節明顯加快，其結果是省略人物及環境的細節描述，小說變成只為情節服務。這可見到歷史現實環境怎樣影響張愛玲的小說創作美學。

對於〈小艾〉多年後重新出土，張愛玲顯得甚為無奈，甚至直言自己非常不喜歡〈小艾〉。對於這篇小說，她有以下的意見：

> 我非常不喜歡《小艾》。友人說缺少故事性，說得很對。原來的故事是另一婢女（寵妾的）被姦污懷孕，被妾發現後毒打囚禁，生下孩子撫為己出，將她賣到妓院，不知所終。妾

> 失寵後，兒子歸五太太帶大，但他憎恨她，因為她對妾不記仇，還對她很好。五太太的婢女小艾比他小七八歲，同是苦悶鬱結的青少年，她一度向他挑逗，但是兩人也止於繞室追逐。她婚後像美國暢銷小說中的新移民一樣努力想發財，共黨來後悵然笑著說：「現在沒指望了」。[63]

通過這段文字，可以看見〈小艾〉原來對共產黨的態度與後來的版本不同，顯示原來的故事情節並不以讚揚共產黨為目標，情節發展也較為自然，看不出需要詮釋的地方。〈小艾〉原來的構思與張愛玲早期小說中的最後一篇小說〈鬱金香〉非常接近，女主角小艾與妾的兒子「止於繞室追逐」的設想，儼如〈鬱金香〉中金香與寶初相處的情況。這樣的情節明顯與後來的版本相異，連載越後期，劇情越離開原本的構想，甚至有「順應外在的嚴格的無產階段文學綱領」的趨向。[64]這顯示出「講故事」的記憶在面對統一歷史意識的單向發展時，如何逐漸失守退避。

〈小艾〉在《亦報》上刊登了兩個月，卻沒有像〈十八春〉連載時掀起讀者廣泛的討論，這可能與當時的共產黨做出了更多文藝上的干預有關。張愛玲在寫於〈小艾〉後的作品《秧歌》中，借顧岡的口說明了當時共產黨對文藝創作的指示：

62 張愛玲，〈小艾〉，《鬱金香》，頁三二三—三二四。
63 張愛玲，《餘韻》（香港：皇冠出版社，一九九六），頁五。強調標示為筆者所加。
64 高全之，〈《小艾》的無產階級文學實驗〉，《張愛玲學：批評・考證・鉤沉》（臺北：一方出版社，二〇〇三），頁一一〇。

> 《文藝報》與《人民文學》上對於文藝作品的取材曾經有過極明確的指示。作家們不應當老是逗留在醜惡的過去上，把舊社會的黑暗面暴露得淋漓盡致，非常賣力，然後拖上一個短短的光明的尾巴。這其實是對於過去還是有一種留戀的心情。應當拋開過去，致力於描寫新的建設性的一面。現在不必再詛咒黑暗了，應當歌頌光明了！[65]

這段引文直接說明了〈小艾〉為何得不到當時輿論的支持，而且在連載後張愛玲就離開大陸，顯示她在對無產階級文學的初步嘗試後，未能同意這種創作美學，〈小艾〉亦未能全面符合這種指示的要求，從此以後，張愛玲亦未曾於這一方面再做嘗試。

緊接著〈小艾〉連載完畢，張愛玲於同年七月經廣州抵達香港。起初她寄居於女青年會，以翻譯工作維持生活，另一方面亦開始寫作《秧歌》及《赤地之戀》。在離開當時大陸的文藝意識型態後，張愛玲選擇放棄無產階級文學的寫法，重投她自己喜愛的寫作美學之中。《秧歌》與〈小艾〉寫於相近年代，題材亦同樣關於階級鬥爭，但作者自己對它們的評價卻差天共地。[66]本部分將重點分析《秧歌》及《赤地之戀》兩篇小說，探討《秧歌》怎樣透過細節來重回「講故事」敘事形式的軌道，以及《赤地之戀》又如何搖擺於詮釋與「講故事」之間。

張愛玲曾經在致胡適的信中，說希望《秧歌》有點像他評《海上花》「平淡而近自然」的境界，而胡適認為她在這方面做得很成功。[67]從胡適給張愛玲的回信可以讓我們在這個問題上找到不少線索。觀察胡適對《秧歌》的讚賞，全部都是集中於小說當中的細節描寫及人情的經營之上。例如他讚賞張愛玲寫月香回家後的第一頓「稠粥」、顧岡偷吃、阿招挨打等細節，又欣賞張愛玲從棉被及棉襖等細節所寫出的人情。[68]這種由細節而來的人情味，來自於對生活的自然滲透與流露，與〈小艾〉中較強烈的詮釋意味截然不同。所謂的「平淡而近自然」的境界，要由生活細節的自然鋪排而來，敘述是由真實、自然的細節推進，而不是由起伏跌宕、是非分明的情節組成，因而就具有「講故事」敘述那種讓讀者有空間仔細感受及思考，而不是急於追看情節發展的特徵。這種敘述美學上重回一九四四年張愛玲寫〈自己的文章〉時的理念，亦是針對〈十八春〉與〈小艾〉這兩次無產階級文學實驗的回應——她無法背離自己的文學理念。

張愛玲自己亦在《海上花》的譯後記中提及「平淡而近自然」的特徵：

（《海上花》是）舊小說發展到極端，最典型的一部……特點是極度經濟，讀著像劇本，只有對白與少量動作。暗寫、白描，又都是輕描淡寫不落痕跡，織成一般人的生活的質地，粗疏、灰撲撲的，許多事「當時渾不覺。」所以題材雖然是八十年前的上海妓家，並無艷異之感，在我所有看過的書裏最有日常生活況味。[69]

---

65 張愛玲，《秧歌》（香港：皇冠出版社，二〇〇四），頁一八七。

66 張愛玲自言不喜歡〈小艾〉，甚至對〈小艾〉的出土顯得不以為然，見張愛玲，《餘韻》，頁五。另對《秧歌》的重視及評價可見張愛玲，〈憶胡適之〉，《張看》，頁一四一—一五四。

67 張愛玲，〈憶胡適之〉，《張看》，頁一四二。

68 張愛玲，〈憶胡適之〉，《張看》，頁一四三。

「不落痕跡」、令人「渾不覺」，近似本雅明關於「講故事」要避免詮釋的看法。〈小艾〉的後半部分就是像消息和報導一般著重於事情的精華，以致情節急速發展而欠缺沉浸，後來的《秧歌》則力避這種情況。《秧歌》中有不少地方批評土改令農民生活艱苦，農村發生嚴重的饑饉，消息卻被重重封鎖。但這篇小說沒有像〈十八春〉或〈小艾〉般以教條的形式宣揚作者的看法，卻是以純粹的白描，讓讀者自行判斷。例如寫知識分子顧岡抵受不住農村的饑荒，偷偷到鎮上買食物。張愛玲如此描寫：

> 那天晚上他吃了茶葉蛋和紅棗之後，很小心的用一張紙把蛋殼和棗核包了起來。到了早晨，他口袋裏揣著那包東西出去散步。也真是奇怪，鄉村的地方那樣大，又那樣不整潔，然而像這一類的垃圾簡直就沒處丟。他不得不走到很遠的地方去，到山崗上去，把蛋殼和棗核分散在長草叢裏。[70]

這裡不動聲息地以白描的手法去敘述，顧岡迫切的飢餓，以及在重大壓力下「吃」這種最基本的人的本能需求卻被塑造成汙衊的行為等情況，在這裡都看不到作者明顯的詮釋及立場，反透過細緻的細節描述，塑造一種自然的生活氛圍，從中讓讀者自行感受。又例如寫妹妹金花回家向金根借款，但金根一家同樣窮得過不了日子。這時金根回憶起童年的細節：

> 他們一直是窮困的。他記得早上躺在床上，聽見他母親在米缸裏舀米出來，那勺子刮著缸

底，發出小小的刺耳的聲音，可以知道米已經快完了。一聽見那聲音，就感到一種澈骨的辛酸。[71]

在這裡仍然沒有直接明寫當時導致農民挨餓的元凶，描寫的重點是回憶中的生活細節，所有描寫目的都是讓讀者自行思考聯想，力求做到讓世態人情從故事自身中滲透出來的效果。《秧歌》最後一章寫農民暴亂後，糧倉被燒，本來預定給軍屬拜年而籌備的秧歌隊，因為村裡被打死的人太多，因而不成樣子：

王同志注意到兩排扭秧歌的非常參差不齊，因為年底搶糧，打死了許多人。他向小張同志做了個手勢，小張同志就走上前去，和四周站著的老年人不知說了些什麼。那些老頭子老太婆隨即無可奈何地微笑著，大家推推搡搡，挨挨蹭蹭地也都擠到秧歌隊裏去。譚老大與譚大娘也在內。他們衰老的臉龐整個地皺了起來，帶著他們習慣的那種半皺眉半微笑的神情，也來嘗試著扭秧歌，把手臂前後甩動，骨節格格地響著。[72]

69　張愛玲，〈憶胡適之〉，《張看》，頁一五二。括號字為筆者所加。

70　張愛玲，《秧歌》，頁一〇七—一〇八。

71　張愛玲，《秧歌》，頁一一九。

72　張愛玲，《秧歌》，頁一九一。

張愛玲在這段文字中的敘述不帶批判詮釋，而是把立場溶化於自然的情節細節當中，具有一種怨而不怒的效果。她通過這種細節表現農民在土改之下所受到的壓迫，不單在肉體上令人民飽受飢餓的苦楚，亦摧殘人的精神意志。張愛玲本人對這種情況是有深刻感受的，她在《秧歌》的跋中說：「這些片段的故事，都是使我無法忘記的，放在心裏帶東帶西，已經有好幾年了。現在總算寫了出來，或者可以讓許多人來分擔這沉重的心情。」[73]儘管如此，《秧歌》中仍然沒有直接的控訴，也沒有對造成悲劇的政權做出詮釋性質的譴責，而是通過把事件娓娓道來，讓讀者在「聽故事」之中，自然地獲得不同感受。

相比之下，《赤地之戀》顯露出明顯的憤懣，小說中對政權的譴責亦直接得多，較少留有讀者想像的空間。例如唐占魁含冤而死時，劉荃心裡感到極為不忿，卻苦不能言：

> 唐占魁到哪裏去了？他的缸現在也被人搬走了。想到這裏，劉荃突然覺得一切的理論都變成了空言，眼前明擺著的事實，這只是殺人越貨。[74]

這裡透過劉荃的內心，流露出作者對土改帶來的問題的反思。又例如：

> 其實毛主席的愛人在杭州定織幾件衣料，又算得了什麼，究竟他們並沒有像滿清的皇帝制定一個「江南織造」的官銜，專司供應御用衣料。他們這並不算怎樣豪奢的享受，不過他想到他們這一點享受是無數中國青年的血換來的，他不由得痛心。[75]

這裡張愛玲把事件的前因後果清楚說明，劉荃的感慨亦具有詮釋的意味，直接道出共產黨當權者的享受同樣由剝削人民而來，對毛主席做出了直接的譴責。小說的最後部分，講述劉荃由於對共產黨失望，選擇「抗美援朝」自願參軍：

> 他僅只是覺得他在中國大陸上實在活不下去了，氣都透不過來。他只想走得越遠越好。他也不怕在戰場上吃苦，或是受傷、殘廢、死亡。他心裏的痛苦似乎只有一種更大的痛苦才能淹沒它。[76]

後來他成為了聯軍的俘虜，在漢城得到良好的治療，這時劉荃的心理是這樣的：

> 劉荃自以為決無生望，在共方看見傷勢比他輕得多的，也都被認為無法治療，不給醫治。[77]

---

73 張愛玲，《秧歌·跋》，頁一九五。
74 張愛玲，《赤地之戀》（香港：皇冠出版社，一九九四），頁七六。
75 張愛玲，《赤地之戀》，頁一四七。
76 張愛玲，《赤地之戀》，頁二二二。
77 張愛玲，《赤地之戀》，頁二三五。

張愛玲後來藉著劉荃流露出更多的政治表態。在病房中，劉荃面對另一個戰俘的質問，他這樣回答：

「我是中國人，」劉荃安靜地說：「可是我不是共產黨。」[78]

劉荃被這個戰俘出言恐嚇，他心裡想：

用不著他恫嚇，劉荃本來也就覺得共產黨的眼睛永遠在暗中監視他。只要是在共區生活過的人，大概都永遠無法擺脫這被窺伺的感覺。[79]

以上的例子，都具有《秧歌》中罕見的詮釋敘述，其他例如葉景奎交代自己以往的經歷、他對共產黨的指責等同樣具有強烈的詮釋意味，這裡不多贅言。儘管政治立場已經轉變，但這種遠離「講故事」自然敘述的特質，令《赤地之戀》重新回到〈十八春〉及〈小艾〉的敘述模式。高全之就曾概括《赤地之戀》中對黨機器的控訴範圍廣闊，包括個人基本生存權利遭受剝奪、是非顛倒、只有人治沒有法治等，[80]但這些控訴在《秧歌》中同樣存在，只是敘述的方式不同，一般評論認為《赤地之戀》的藝術成就不及《秧歌》，這當是一個重要因素。

從〈十八春〉到《赤地之戀》，可以看出一個處於歷史大變動之中的作家對創作的嘗試與堅持，亦可見到記憶與歷史對話的情況。從〈十八春〉起，記憶確實在極端的歷史道路之上被逐步排除，但進步的歷史話語並不能完全擺脫記憶，就算是較具無產階級文學實驗性質的〈小艾〉，亦不是全然與記憶脫鉤，在某些地方仍然保留記憶的殘留痕跡，「講故事」式的傳統敘述模式仍然若隱若現。直至《秧歌》以後，張愛玲重新得到較大的寫作自由，作品具有一種重新向傳統記憶靠攏的趨勢，但當中的「講故事」記憶與早期小說已經不同，沒有使用「講故事」的外在形式，如章回小說套語，或是「講故事者」的出場等等，而是把細節配合於「講故事」的自然敘述之中。這種「講故事」形式表現出「平淡而近自然」的風格，具有記憶回歸的意味。不過，之後的《赤地之戀》呈現出重回〈十八春〉及〈小艾〉詮釋路線的現象，要到後來張愛玲移居美國後把〈十八春〉改寫成《半生緣》，才顯出張愛玲真正脫離歷史敘述的影響。

「非意願記憶」與「意願記憶」的對立——張愛玲後期小說中的「震驚」

經歷過劇烈的政治環境轉變，可供張愛玲發揮記憶書寫的外在條件逐漸消失。社會的急促改

78 張愛玲，《赤地之戀》，頁二三七。
79 張愛玲，《赤地之戀》，頁二三八。
80 高全之，〈《赤地之戀》的外緣困擾與女性論述〉第四節，收於《張愛玲學：批評・考證・鉤沉》，頁二一一。

變加深了傳統與現代生活的割裂，傳統文化經驗面臨承傳的危機。張愛玲以往在中國生活的「經驗」迅速貶值，於是她在完成《秧歌》及《赤地之戀》後，於一九五五年毅然離開香港遠赴美國。張愛玲無法與歷史進程融合，這種情況在她去國以後更顯嚴重，傳統經驗在現代生活中猶如無用之物。在張愛玲這個時期的小說中，傳統記憶的特質更為淡薄，作品中充滿了在現代社會生活的「震驚」，再也無法以早期的「講故事」傳統敘述模式去表達生活體驗，造成與她早期的小說迥然不同的風格。

這種表述的困境，可以用本雅明有關「經驗」（Erfahrung）與「體驗」（Erlebnis）的理論去分析。在現代社會中，技術一方面高速發展，社會體制卻沒有相應的進步，人們生活在兩者產生的震盪中，再也不能依靠交換人生經驗去獲得安慰。在本雅明看來，這是由於現代社會喪失「經驗」而帶來的問題，且牽涉到敘事形式連帶消失。由於人生經驗是敘事的實體，沒有可用以交換的人生經驗，敘事的能力就隨之喪失，建基於傳遞「經驗」的「講故事」敘述亦因此失去存在條件。本雅明認為，「經驗」是前工業時代人們的感知模式，而「體驗」則屬現代工業社會的產物。現代社會在時空上的巨大變遷為人們帶來強烈的外部刺激，這就給人一種「震驚」的感受。本雅明引用佛洛伊德的理論說明，人在面對「震驚」的時候，如果意識越早把這種「震驚」能量吸納收編，這種「震驚」對人造成的傷害就越小。如果外部「震驚」能量越強，意識就越有意地成為反抗這種能量的敏感屏障以保護主體。於是「震驚」就被意識緩衝及迴避了，但這種創傷或衝擊其實並沒有經過有效的疏導解決，這就造成了「體驗」的特徵，變成人對現代社會的一種破碎的、零散的反應。現代人無法像前人一般在「經驗」上使事件與意識融合，既有的「經驗」

亦無法同化「震驚」體驗，因此他們對世界的感知變成以「體驗」為主，與外部世界產生強烈的疏離。[81]本雅明把這種「經驗」與「體驗」的分別與普魯斯特提出的「非意願記憶」（mémoire involontaire）與「意願記憶」（mémoire volontaire）連上關係。他認為只有那種能與外部世界融合的「經驗」式的感知，才能成為「非意願記憶」的組成部分，[82]亦即「非意願記憶」並未經過意識的刻意處理。而「意願記憶」則是經過理性的意識規劃，屬於「體驗」的範疇。以下將以這方面的分析作背景，細察張愛玲後期小說中「非意願記憶」與「意願記憶」相互對立而造成「震驚」的情況。

普魯斯特在《追憶逝水年華》中是因為一件點心而勾起他連串的童年回憶，在這之前，他一直刻意聽從具有注意力的記憶的提示，努力回想，這即是「意願記憶」。普魯斯特認為這種「意願記憶」並非真正的過去，因為它是經過意識的處理的。本雅明認為這是由於現代人無法以「經驗」的感知方式去使自身與外部世界同化，人的內在就出現「意願記憶」與「非意願記憶」排斥的情況，因而造成「震驚」。[83]這種觀點與張愛玲早年描述現代人面對現代歷史進程帶來的恐怖感非常相似：

81　相關論述請參考本雅明，〈講故事的人〉及〈論波特萊爾的幾個主題〉，收於漢娜・阿倫特（Hannah Arendt）編，張旭東、王斑譯，《啟迪：本雅明文選》。

82　本雅明，〈論波特萊爾的幾個主題〉，漢娜・阿倫特（Hannah Arendt）編，張旭東、王斑譯，《啟迪：本雅明文選》，頁一五五。

83　本雅明，〈論波特萊爾的幾個主題〉，漢娜・阿倫特（Hannah Arendt）編，張旭東、王斑譯，《啟迪：本雅明文選》，頁一五二—一五三。

這時代，舊的東西在崩壞，新的在滋長中。但在時代的高潮來到之前，斬釘截鐵的事物不過是例外。人們只是感覺日常的一切都有點兒不對，不對到恐怖的程度。人是生活於一個時代裏的，可是這時代卻在影子似地沉沒下去，人覺得自己是被拋棄了。為要證實自己的存在，抓著一點真實的，最基本的東西，不能不求助於古老的記憶，人類在一切時代之中生活過的記憶，這比瞭望將來要更明晰、親切。[84]

在這段文字可見，張愛玲認為現代人在面對「舊的東西在崩壞，新的在滋長」的情況，「人覺得自己是被拋棄了」即人無法與外部世界連上關係，因而產生「不對到恐怖的程度」的感覺，亦即上文本雅明所言的「震驚」。現代社會中傳統記憶的喪失，令現代人無法與外部世界融合，令人類生活也失去集體的意義，取而代之的是個人化的生活體驗。但這種體驗不能轉化成可以隨意交換、遺忘、回想的人生經驗。本雅明認為，只有依靠「個人過去的某些內容」與「集體的過去的材料」結合，例如慶典、儀式及節日等傳統，才能使「意願記憶」與「非意願記憶」不再互相排斥，不再產生「震驚」。[85]這與上述引文中，張愛玲認為「現代人只有求助於古老的記憶，才能證實自己的存在」的看法相同。張愛玲晚年由於離開祖國，與傳統的集體過去的連繫斷裂，這表現在文學創作之中，就是「意願記憶」壓倒「非意願記憶」，因而產生的「震驚」。

張愛玲在寫作《秧歌》時自覺於營造「平淡而近自然」的氛圍，力求表現一種外部世界與人的內心所在的平衡敘述。儘管晚年張愛玲仍然努力於注譯《海上花列傳》及考證《紅樓夢》的工作，意圖重新建立傳統敘述規模，但是在小說創作上，張愛玲並未有把這一小說美學落實，相反，這一時期的小說，出現比前期小說更為內化，與外部世界疏離的特質，至此，張愛玲的小說真正由「講故事」傳統敘述轉化為「小說」現代敘述模式。

有關這種情況，在〈色，戒〉中已初步浮現，小說表現出與前不同的壓抑的情緒，這種壓抑表現在小說人物「意願記憶」與「非意願記憶」的相互掙扎之中。〈色，戒〉中有一種獨有的現象，與張愛玲早期的小說不同，就是小說中出現「非意願記憶」突襲而來的敘述，這個記憶在敘述進行中突然插入，造成一種意識流的效果。小說中寫王佳芝在咖啡館等易先生的時候，心想：

> 他是實在誘惑太多，顧不過來，一個眼不見，就會丟在腦後。還非得釘著他，簡直需要提溜著兩隻乳房在他跟前晃。
>
> 「兩年前也還沒有這樣嚜，」他撳著吻著她的時候輕聲說。
>
> 他頭偎在她胸前，沒看見她臉上一紅。
>
> 就連現在想起來，也還像給針扎了一下，馬上看見那些人可憎的眼光打量著她，帶著點會心的微笑，連鄺裕民在內。只有梁閏生佯佯不睬，裝作沒注意她這兩年胸部越來越高。演過不止一回的一小場戲，一出現在眼前立刻被她趕走了。[86]

84 張愛玲，〈自己的文章〉，《流言》，頁一九—二〇。

85 本雅明，〈論波特萊爾的幾個主題〉，漢娜・阿倫特（Hannah Arendt）編，張旭東、王斑譯，《啟迪：本雅明文選》，頁一五四。

上文加了著重號的文字，都顯示出女主角「非意願記憶」的突然出現，而這些記憶都是她不願回想起，而且一出現就要「立刻被她趕走」。這個失去童貞，且被同伴以異樣眼光看待的經驗，是整篇小說中王佳芝意識上最在意的事情，也由於她無法在意識上把這個經驗融合疏導而出現「震驚」、「創傷」。

如果我們把張愛玲早年書寫回憶的手法與上例相比，當可發現更大的區別。在〈第一爐香〉中，張愛玲敘述薇龍的幾次回憶都不是採用突如其來的意識突襲，而是先以文字作為緩衝，顯出一種「講故事者」口述的特徵，例如：

> 薇龍這一開壁櫥，**不由得回憶到今年春天**，她初來的那天晚上，她背了人試穿新衣服……[87]

或

> **她發著燒，更是風急火急的想回家**。在老家生了病，房裏不會像這麼堆滿了朋友送的花，**可是在她的回憶中**，比花還美麗的，有一種玻璃球，是父親書桌上用來鎮紙的，家裏人給她捏著，冰那火燙的手。[88]

這些例子中有著重號的文字，都具有一種緩衝、說明的作用，解釋以下的片段是人物的回憶，令這些回憶的敘述不會顯得突然，與〈色，戒〉那種具有「小說」的現代敘述特徵截然不同。

這種關於「非意願記憶」的敘述在〈色，戒〉只是一個起點，在〈浮花浪蕊〉、〈相見歡〉及〈同學少年都不賤〉三篇小說中有更深入的發展，甚至可以說是張愛玲晚年小說創作的主要特色。這些小說的主題都是關於小說人物的「震驚」，所以通篇小說都以由此而來的「非意願記憶」配合此刻的生活所組成，它們都具有一種超然冷靜的語調，顯出「非意願記憶」帶來的影響。

〈浮花浪蕊〉中主要敘述洛貞在貨輪上十日的旅程，然而這十日的生活並不是小說的重點，重點是當中夾雜著的幾段回憶。對洛貞而言，這兩段回憶不約而同都是「震驚」，這主要可分為兩件事件。第一件事件是洛貞從大陸來香港時，穿過羅湖通道的遭遇，以及在生疏之地遭到釘梢輕薄的一段經歷，這段經歷很大可能是作者的親身體會，因為在〈相見歡〉以及〈對照記〉中，都出現了類似的情節紀錄。小說中有關這些「震驚」的回憶都不再具有早期小說的緩衝文字，而是與〈色，戒〉十分相似，屬於意識上突如其來的「非意願記憶」表述：

出了大陸，怎麼走進毛姆的領域？有怪異之感。恍惚通過一個旅館甬道，保養得很好的

86　張愛玲，〈色，戒〉，《惘然記》，頁一六。
87　張愛玲，〈第一爐香〉，《第一爐香——張愛玲短篇小說集之二》，頁二九四。
88　張愛玲，〈第一爐香〉，《第一爐香——張愛玲短篇小說集之二》，頁三〇六—三〇七。

舊樓，地毯吃沒了足音，靜悄悄的密不通風——時間旅行的圓筒形隧道，腳下滑溜溜的不好走，走著有些腳軟。羅湖的橋也有屋頂……[89]

這段文字中開首已表達出小說人物對外部環境的陌生與不安，末句的時空更在不知不覺中由現時的船上轉變為回憶中的羅湖，顯示出這段文字中「非意願記憶」的突襲。〈浮花浪蕊〉中一直以異常冷靜的語調記敘這段經歷，記敘中多寫外部環境的觀察，例如描述釘梢的人的行動、電影院中觀眾的反應及影片的內容，真正描寫她惶恐心情的地方，就只有一句側面描寫：「大概看見她陡然變色，出來的時候他在人叢中沒再出現。」[90]在這段回憶的最後，張愛玲才終於解說她內心的想法：

她想是世界末日前夕的感覺。共產黨剛來的時候，小市民不知厲害，兩三年下來，有點數了。這是自己的命運交到了別人手裏之後，給在腦後掐住了脖子，一種蠢動蠕動，乘還可以這樣，就這樣。

恐懼的面容也沒有定型的，可以是千面人。[91]

這段「震驚」經過一番處理，暫時被意識緩衝了，卻無法與傳統經驗融合，令這件事件具有「體驗」的特徵。「震驚」所帶來的後果，本雅明引用瓦雷里的話說明：「住在大城市中心的居民已經退化到野蠻的狀態中去了——這是說，他們都是孤零零的。那種由於生存需要保存著的賴依他人的感覺逐漸被社會機制磨平了。」[92]這顯示人們因「震驚」的頻繁刺激而變得麻木了，現代社會使人變得機械化、非人化。張愛玲在〈浮花浪蕊〉顯示的這段「意識記憶」帶有相同的特徵。根據宋淇的描述，張愛玲在一九五五年乘「克利夫蘭總統號」離開香港，船到日本，她就寄出一封六頁長信：「別後我一路哭回房中，和上次離開香港的快樂剛巧相反，現在寫到這裡也還是眼淚汪汪起來。」[93]可見她在這一段航程中情緒本來並不是如此冷靜，在小說裡為了處理「震驚」而以麻木冷靜的口吻敘述。

〈浮花浪蕊〉中第二件的「震驚」是關於洛貞間接害死姊姊的好友范妮。

同樣地，這次的「震驚」也是一種不由自主的回憶，小說明言洛貞「不禁想起鈕太太那回在船上……」[94]這段記憶同樣以冷靜的口吻敘述事件的經過：她因為一時妒忌而在范妮面前搬弄是非，以致范妮中風而死。對於范妮的死，作者亦只寫洛貞「她自己知道闖了禍，也只惘惘的」，作為她的心理交代。除了用這種方法面對「震驚」以外，張愛玲亦以刻意的遺忘去淡化這種「震

89 張愛玲，〈浮花浪蕊〉，《惘然記》，頁三九。
90 張愛玲，〈浮花浪蕊〉，《惘然記》，頁四三。
91 張愛玲，〈浮花浪蕊〉，《惘然記》，頁四三。
92 本雅明，〈論波特萊爾的幾個主題〉，漢娜・阿倫特（Hannah Arendt）編，張旭東、王斑譯，《啟迪：本雅明文選》，頁一七〇。
93 宋淇，〈私語張愛玲〉，收於金宏達主編，《回望張愛玲・鏡像繽紛》，頁二三九。
94 張愛玲，〈浮花浪蕊〉，《惘然記》，頁四五。

驚」。她在這段回憶的最後寫到：

> 她也是事後才想到，想必是一時天良發現，激動得輕性神經錯亂起來，以致舉止乖張。幸而此後不久就動身了。上了船，隔了海洋，有時候空間與時間一樣使人淡忘。怪不得外國小說上醫生動不動就開一張「旅行」的方子，海行更是外國人參，一劑昂貴的萬靈藥。[95]

藉著遠行，洛貞得以把「震驚」暫時淡忘，顯示這個「震驚」創傷並未得到解決，只是暫時懸置，〈浮花浪蕊〉中最後一段切切是現代人面對現代體驗的描述：

> 船小浪大，她倚著那小白銅臉盆站著，腳下地震似的傾斜拱動，一時竟不知身在何所。還在大吐——怕聽那種聲音。聽著痛苦，但是還好不大覺得。漂泊流落的恐怖關在門外了，咫尺天涯，很遠很渺茫。[96]

把「震驚」關在門外，聽著痛苦但好像不大覺得，這些都顯示現代人在社會中的自我調節，使自己變得機械化了，就不會再切實感到痛苦。這些描述在張愛玲以往的小說中都不曾出現過。

集體經驗的無可傳遞，個人的「震驚」只有通過「遺忘」才能擺脫記憶的纏繞。除了〈浮花浪蕊〉外，〈相見歡〉的主人公對自己的「震驚」都是以「遺忘」這種方式去面對。例如伍太太對荀太太被人釘梢搭訕的事潛意識地排斥在外，以致荀太太再次談及這個話題時，伍太太竟然忘記曾經聽過。伍太太的女兒苑梅心想：「不是實在憎惡這故事，媽也不會這麼快就忘了——排斥在意識之外——還又要去提它？」[97]

〈同學少年都不賤〉最後一節亦寫出了趙珏如何刻意以意識去排除「震驚」帶來的傷害。舊朋友來訪帶來的刺激無法排遣，張愛玲寫趙珏的一段突如其來的記憶：

> 趙珏不禁聯想到甘迺迪總統遇刺的消息那天。午後一時左右在無線電上聽到總統中彈，兩三點才又報導總統已死。她正在水槽上洗盤碗，腦子聽見自己的聲音在說：「甘迺迪死了。我還活著，即使不過在洗碗。」是最原始的安慰。是一隻粗糙的手的撫慰，有點隔靴搔癢，覺都不覺得。但還是到心裏去，因為是真話。[98]

這一段通過甘迺迪的死去安慰自己，是對〈同學少年都不賤〉整篇小說中「非意願記憶」與「意

95 張愛玲，〈浮花浪蕊〉，《惘然記》，頁六三。
96 張愛玲，〈浮花浪蕊〉，《惘然記》，頁六五—六六。
97 張愛玲，〈相見歡〉，《惘然記》，頁九三。
98 張愛玲，《同學少年都不賤》（香港：皇冠文化，二〇〇四），頁五九—六〇。

願記憶」衝突造成的「震驚」與創傷的最後回應。

張愛玲很早就感受到自己作為現代人與外部世界的疏離感覺。上述的「震驚」的表述在她早年書寫自身經驗的散文〈私語〉中亦有出現。這篇散文主要寫她幼年面對父母離異、被父親禁錮的經歷。文章最後寫她逃出父親的家以後，轉而與母親同住。母親對她的犧牲與懷疑令她感到「母親的家不復是柔和的了」。後來考上港大，三年後又因為戰事未能畢業回到上海。在文章的末段，張愛玲如此結束：

> 古代的夜裏有更鼓，現在有賣餛飩的梆子，千年來無人的夢的拍板：「托，托，托，托」——可愛又可哀的年月呵！[99]

這段文字顯示這個時期的張愛玲，仍然能以自身經歷連繫上傳統記憶，使現在的人與事連結過去，通過這種方法去排解創傷。這與上文提及〈浮花浪蕊〉、〈相見歡〉及〈同學少年都不賤〉對處理創傷的方法不同，這時張愛玲已經不能再以傳統記憶做出排解，只能以意識去刻意處理，她的「震驚」只能變成「體驗」，而不能成為「經驗」。

晚年張愛玲去國日久，出現了與傳統的斷裂，與集體之間的經驗交流活動亦近乎斷絕。在這種情況下，張愛玲的敘述開始轉為個人內心化的敘述。本雅明曾在〈小說的危機〉這篇文章中提及，小說的最危險之處在於它使人的內在存在陷於沉默。[100]「講故事的人」是從人對外部世界的敘述，亦即是從記憶中看到自己，這就是「經驗」。而由於「經驗」的貶值與喪失，人就趨向退到自己的內心世界。「小說」離開了記憶及外在世界，逃入內心世界之中，甚至把外在世界納入內部世界之中。「小說」作者於是既得不到別人的忠告，也不能向別人提出忠告，這就是本雅明認為寫「小說」是「在人生的呈現中把不可言詮和交流之事推向極致」的意思。[101]小說的這種困境表現為現代人對自己所生活的世界有所保留，他緊張地注視著自己與世界的不協調而不能放鬆。這種狀態就是張愛玲後期小說創作的狀態，特別是〈浮花浪蕊〉、〈相見歡〉及〈同學少年都不賤〉三篇，敘述的重心不約而同轉入作者的內心世界之中，這正正就是張愛玲晚年面對現代「震驚」的寫作狀況。

晚年的張愛玲，在小說創作方面無法重新與傳統記憶連上關係，於是她選擇了另一種方法。她致力發掘被埋在歷史廢堆中的傳統，因此她在晚年注譯了《海上花》及考證《紅樓夢》，重新尋求與傳統的連繫，找尋與外部世界連合的經驗，使過去與現在重新接軌，令記憶及過去的事物能因此而得到重生。這就為她打破了上述的精神困局，開出一條新路。

---

99 張愛玲，〈自己的文章〉，《流言》，頁一六八。

100 Walter Benjamin, "The Crisis of Novel," *Selected Writings* Vol.2, translated by Rodney Livingstone and others, edited by Michael W. Jennings (London: Harvard University Press, 1999), 300.

101 本雅明，〈講故事的人〉，漢娜．阿倫特（Hannah Arendt）編，張旭東、王斑譯，《啟迪：本雅明文選》，頁八一。

在現代社會中「經驗」日漸萎縮，以「講故事」的角度重新討論張愛玲的小說，意義在於關注現代人面對現代性歷史進程時的生存狀態，重新尋求人的內在關懷。本章以這個角度整理張愛玲小說創作的發展線索，突顯她的早期小說中「講故事」的元素怎樣逐漸淡化，以及在中後期的小說創作中如何逐漸轉化為本雅明所言的「小說」類型。在這個基礎下，本章以傳統記憶作為線索，探討張愛玲各個小說創作階段在風格上的轉變，在一般以時間及空間作為分期準則的研究以外，從文學內緣的角度加深這一方面的討論。

張愛玲早期的小說帶有傳統口述傳播的記憶，她這個時期的小說處處帶有「講故事者」的蹤跡。她把自己代入於「講故事者」的生活之中，與聽眾／讀者一同經歷，從而得到感情的淨化，於是，經驗就得以繼續傳達給其他人。最重要的是，在這些小說中常常可以找到張愛玲這個「講故事者」對世態人情的獨特看法及評價，傳統的故事通過這個現代「講故事者」的表述而得到新的生命，令這些作品廣受歡迎。但是，隨著時局的變化，張愛玲失去了「講故事」場域的安穩狀態，在她早期小說創作的末段開始，她這種帶有傳統記憶的表述手法受到歷史的干擾影響，「講故事」的元素開始淡化，延續至她下一個階段的小說創作。

在張愛玲的中期小說創作階段，外在歷史環境的變動令她開始嘗試寫作無產階級文學，但是經過〈十八春〉與〈小艾〉的嘗試後，她無法背離自己的寫作理念，於是在離開上海到達香港以後，重新以《秧歌》作為向傳統記憶的回歸，以「平淡而近自然」的手法寫作小說，重拾一部分傳統敘述的特質。這種手法雖然亦有傳統小說的記憶特質，但與早期小說中的「講故事」元素又有不同。後來的《赤地之戀》則出現與〈十八春〉及〈小艾〉相似的詮釋敘述，「講故事」的傳統再趨失落，可見歷史的轉變怎樣影響文學作品中記憶的特質及狀態。

張愛玲後期的小說出現了如本雅明所言，「講故事者」／作家與自身及世界分裂開來的情況，這表現在小說中出現「非意願記憶」的表述，如〈色，戒〉就出現「非意願記憶」的意識流敘述。在這些作品中，張愛玲常以一個旁觀者的態度去審視自身的「震驚」，使作品顯得冷靜而客觀。她早期的小說雖然同樣以旁觀者的角度去觀察小說人物，但由於她在作品當中不時流露自己的看法與評價，因此仍能讓讀者感受到她與小說世界有所連繫。但是，在這一個後期創作的階段，這一種情況改變了，張愛玲與小說人物，甚至是與創作主體自身都保持一種距離感。這種情況顯示張愛玲在離開中國以後，作品中的傳統記憶元素越趨減弱，她可供分享的「經驗」亦越來越少，她自己亦以一種帶有距離的態度與人或世界相處。這反映在小說作品之上尤其明顯，典型的例子是〈浮花浪蕊〉與〈同學少年都不賤〉兩篇小說。

在芸芸的張愛玲小說作品中，以她早期的作品最受歡迎，特別是最早發表的一系列小說，例如〈沉香屑——第一爐香〉、〈沉香屑——第二爐香〉、〈傾城之戀〉及〈金鎖記〉等。這批最受當時及今日讀者歡迎的作品，全都帶有明顯的「講故事」的傳統文學記憶，甚至學者的研究興趣大都集中於這批早年的作品，鮮有論及張愛玲晚年（其實更為「現代」及實驗性）的作品。這種情況就見證著「記憶」的工作如何在歷史主流敘述之中如鬼魂般揮之不去，且隨時在歷史進程稍緩之時，以各種形式重新出現。過去我們對於「張愛玲神話」的創造，其實只集中於對她早期小說創作及早年生活片段的「傳奇化」，我們同樣以「講故事」的模式講述張愛玲的「故事」，而這同樣包含著我們對記憶的渴求。張愛玲的成功在「講故事」，而我們亦將繼續口口相傳「張愛玲故事」。

第七章

「反媚俗」——張愛玲電影劇作對通俗劇模式的超越

現時學術界關於張愛玲與影視作品的研究，可分為三個類型：其一為關於張愛玲的小說改編成電影的研究，例如《傾城之戀》、《半生緣》、《紅玫瑰與白玫瑰》及《色，戒》等；[1]或是關於張愛玲編寫的電影劇作，如《太太萬歲》就是受到最多討論的作品（例子參見下文）；第三是研究張愛玲生平與影視作品的關係，或是反映張愛玲生平的影視作品，如《滾滾紅塵》、《她從海上來》等。[2]其中第二類研究是三個類型中最能直接得見張愛玲創作美學的類別，本章關注的就是這一類型的作品。

歷年有關張愛玲電影劇作的研究，多從女性主義或與好萊塢電影比較兩大方向入手。以女性主義角度做評論的文章，焦點多在探討電影如何反映女性在父權社會下受到的壓迫，例如關於《太太萬歲》的評論文章則多循此途。[3]另一種評論方向則集中討論張愛玲電影劇作與好萊塢電影，特別是與諧鬧喜劇（screwball comedy）及通俗劇（melodrama，或稱情節劇）的關係，例如鄭樹森及李歐梵兩位學者的研究。[4]這一方向開創性地探討了張愛玲與好萊塢電影及通俗文學的關係，亦打通了張愛玲與上海都市之關係的研究方向。[5]張愛玲曾提及自己對電影及通俗文學的看法，就是在採納通俗的手段之餘，以其他「技巧」去逐步改變觀眾／讀者對這一模式的渴求。[6]

在上述學者的研究基礎之上，本章繼續思考的問題是，究竟張愛玲在電影劇作中顯露出怎樣的美學取向？她對電影本質的態度如何？她的電影劇作在借鑑好萊塢電影之餘，在哪些地方做出了突破或超越？本章的主要論點是，張愛玲的電影劇作一方面採納通俗趣味去爭取觀眾，另一方面卻竭力突破當中的「媚俗」問題。因此本章的主要工作就是歸納整理這些電影劇作中突破「媚俗」美學的地方，以及討論這種取向在中國電影發展脈絡上的意義。

1 例如曾偉禎，〈如藕絲般相連——張愛玲小說與改編電影的距離〉，《聯合文學》期一三二〔no. 132〕，一九九五年十月，頁三四—三六。何杏楓，〈銀燈下，向張愛玲借來的「香港傳奇」——論許鞍華《傾城之戀》的電影改編〉，《再讀張愛玲》（香港：牛津大學出版社，二〇〇二），頁八九—一二六；何杏楓，〈華麗緣中的愛玲女神——《樸廉紳士》、《半生緣》和進念舞台改編探論〉，《張愛玲：文學・電影・舞台》（香港：牛津大學出版社，二〇〇七），頁一二八—一六一。李小良，〈歷史的消退——《十八春》與《半生緣》的小說和電影〉，《再讀張愛玲》，頁七一—八八。莊宜文，〈百年傳奇的現代演繹——《金鎖記》小說改寫與影劇改編的跨文本性〉，《張愛玲：文學・電影・舞台》，頁九七—一二七；鄭培凱主編：《〈色・戒〉的世界》（桂林：廣西師範大學出版社，二〇〇七）；李歐梵，《睇色，戒：文學・電影・歷史》（香港：牛津大學出版社，二〇〇八）；Eileen Zhang, James Schamus and Hui Ling Wang, *Lust, Caution: the Story, the Screenplay, and the making of the Film*, New York: Pantheon Books, 2007; Gina Marchetti, "Eileen Chang and Ang Lee at the Movies: the Cinematic Politics of *Lust, Caution*," in *Eileen Chang: Romancing Languages, Cultures and Genres*, edited by Kam Louie. (Hong Kong: Hong Kong University Press, 2012), 131-154; Hsiu-Chuang Deppman, "Seduction of a Filmic Romance: Eileen Chang and Ang Lee," in *Eileen Chang: Romancing Languages, Cultures and Genres*, edited by Kam Louie., 155-176; 辛金順，〈文本、影像與女性符號的再複製——論張愛玲的小說電影〉，《秘響交音：華語語系文學論集》（臺北：新銳文創，二〇一二），頁一—一三三及林幸謙主編，《張愛玲：傳奇・性別・系譜》（臺北：聯經，二〇一二）中相關論文多篇。

2 此類論文較少，例子如蘇偉貞，〈上海・一九四七・張愛玲電影緣起——兼談《不了情》、《太太萬歲》劇本的人生參照〉，《中外文學》第三十七卷第二期，二〇〇八年六月，頁一三九—一八〇；方愛武，〈紅塵中的愛情突圍——電影《滾滾紅塵》中的愛情敘事解讀〉，《電影文學》第二十三期，二〇〇八年，頁一〇九—一一〇。

3 相關研究包括焦雄屏，〈孤島以降的中產戲劇傳統——張愛玲和《太太萬歲》〉，《映像中國》（上海：復旦大學出版社，二〇〇五），頁五〇—五七；傅葆石，〈女人話語：張愛玲與《太太萬歲》〉，《超前與跨越：胡金銓與張愛玲》（香港：香港臨時市政局，一九九八），頁一二七—一二九；也斯，〈張愛玲與香港都市電影〉，《超前與跨越：胡金銓與張愛玲》，頁一四七—一四九。

中國早期電影的通俗劇傳統與「媚俗」問題

關於中國早期電影與通俗劇關係的問題，不少學者已有詳盡研究，因此本節在此將以歸納眾多研究資料為主，冀能整理出紛陳的電影史料中有關通俗劇元素的發展面貌，作為下一節討論張愛玲電影劇作特色的背景。本節將根據張愛玲編寫電影劇本時身處的時空作為選取電影資料背景的準則，因此，論及的將會是一九四九年或以前的上海影壇以及一九五〇年以後的香港影壇資料。[7]

中國早期電影在鴛鴦蝴蝶派文學及古典好萊塢電影的影響下，普遍帶有通俗劇的特徵。中國早期電影與現代文學發展的脈絡不同，最先是以大眾娛樂為基礎，而不是由知識分子做主導引入，因此當時的電影多以大眾趣味為審美標準，建立了一種通俗的電影美學取向。早期的中國電影由於必須依靠市民大眾的支持才得以生存，因此他們的口味成為主導電影市場的關鍵。故此可以說，中國電影的傳統主要是以市民大眾的審美標準為依歸，當中以鴛鴦蝴蝶派文學與古典好萊塢電影成為這種大眾審美標準的兩大主流。

中國早期電影最初主要由鴛鴦蝴蝶派的作家參與創作，例如明星電影公司就曾以包天笑、程小青、嚴獨鶴等鴛鴦蝴蝶派文人為編劇。加上當時的電影都是無聲電影，很多故事內容及演員的對白必須借助文字說明，這令鴛鴦蝴蝶派文人對電影創作的影響更大。[8]鴛蝴派文學其中一個特色就是以大眾的口味為主導，以大眾的審美標準為依歸，故出自鴛蝴派文人的電影亦無一例外地具有市民大眾的審美情趣。鴛蝴派電影之所以能得到中國群眾的支持，在於跟鴛蝴派文學一樣重視大眾的口味及需求，又考慮中國觀眾對電影的欣賞習慣，於是多會強調對倫理的訴求，多從人性的角度去表現生活的內部。

除了取法鴛鴦蝴蝶派文學以外，中國早期電影亦吸取外來的電影創作經驗。在眾多外國電影類型之中，中國觀眾對古典好萊塢電影特別喜愛，原因在於這種電影類型與上述鴛鴦蝴蝶派的美學，亦即與中國大眾歷來習慣的敘述模式十分相似。好萊塢電影本來就是為了大眾而製作，電影內暗含大眾的意識型態及價值觀，電影的受歡迎程度最能代表某種意識型態是否為大眾所承認、是否能代表某個時代。[9]

---

4 鄭樹森，〈張愛玲與《太太萬歲》〉、〈張愛玲與《哀樂中年》〉、〈關於《一曲難忘》〉，《私語張愛玲》（杭州：浙江文藝出版社，一九九五），頁二一八—二一九；二二〇—二二二；二二三—二二四。另有〈張愛玲與兩個片種〉，《從諾貝爾到張愛玲》（臺北：印刻，二〇〇七），頁二五一—二五三。以及李歐梵，〈不了情——張愛玲和電影〉，《閱讀張愛玲：張愛玲國際研討會論文集》（臺北：麥田，一九九九），頁三六一—三七四；〈張愛玲與好萊塢電影〉，《張愛玲：文學・電影・舞台》，頁四〇—四六。

5 李歐梵著，毛尖譯，《上海摩登》（香港：牛津大學出版社，二〇〇〇），第三章，頁八七—一一八。

6 張愛玲，〈《太太萬歲》題記〉，《沉香》（臺北：皇冠出版社，二〇〇五），頁一〇。

7 張愛玲由一九四七年至一九四九年於上海創作了四個電影劇本，並由一九五七年起寫了十一個於香港上映的電影劇本，詳參附錄三。

8 魏紹昌，《我看鴛鴦蝴蝶派》（臺北：臺灣商務印書館，一九九二），頁二三九。

9 有關中國早期電影與好萊塢電影的關係，可參李歐梵著，毛尖譯，《上海摩登》，第三章，頁八七—一一八。

在這兩股泉源的合流下，中國電影因此跟隨鴛蝴派文學和古典好萊塢電影的取向，喜愛採納通俗劇的表現模式，這種情況直至三〇年代左翼電影的出現亦未有改變。由一九三一年日本占領中國東北起，局勢急劇轉變，這時的中國影壇立即出現了具有五四愛國主義及進步社會觀的電影。左翼文人如錢杏邨、夏衍、鄭伯奇、田漢及洪深等開始加入影壇，從事電影劇本創作。他們面對的首要挑戰是要爭取那些已有固定口味及觀影習慣的觀眾，即一般習慣好萊塢電影及鴛蝴派文學模式的大眾。按畢克偉的說法，左翼影人對當時流行的電影美學，即「通俗劇」的觀念並沒有改良意識，甚至全盤採用，他們不滿的只是電影中意識上的落後，對通俗劇的形式卻沒有大加鞭撻。[10]於是「進步電影」不論在意識型態上如何進步，其表現手法卻與它所要批判的好萊塢電影及鴛蝴派文學模式大同小異。由此可見，左翼電影的出現並沒有改變中國電影的通俗劇模式。

及至四〇年代，這種情形依然存在。在孤島及淪陷時期的上海，好萊塢電影的通俗劇模式仍然被採用，並且具有強大的影響力，[11]黃心村（Nicole Huang）在她的論著中亦提及好萊塢電影對孤島及淪陷時期上海女性作家的影響。[12]根據傅葆石的研究，淪陷時期在日軍管治下的上海影壇，由於政治上的考慮，仍然大量仿照好萊塢電影的模式拍片，以「娛樂至上」的方針避開日治意識的輸入及宣傳。[13]抗戰勝利後，一九四六至一九四九年間的上海影壇仍然推出了不少以通俗劇模式製作的電影。這段期間的電影類型分為兩大類，一是描寫抗戰前後的中國，以表現中國人在抗戰期間的艱苦生活為主，例如《八千里路雲和月》、《一江春水向東流》及《松花江上》等；一是以家庭或婚姻為題材的電影，以愛情及人際關係為主要情節，如《終身大事》、《憶江南》、《天堂春夢》等。這兩大類型電影雖然題材迴異，但主要仍然是運用通俗劇的形式拍攝而成。[14]

上海這一綜合外來影響與傳統美學的電影傳統在一九四九年後，由於大量文化人士遷居香港而在此得到延續。早於一九四六年，中國當局公布了一份叛國和附逆分子的黑名單，當中受影響的文人影人，帶著資金與電影制度來到香港，拍攝了多部影片。[15]到一九四八年下半年起，更多上海電影工作者南下至香港，包括夏衍、葉以群、司馬文森、洪遒、陽翰笙、蔡楚生、歐陽予倩、于伶、史東山、張駿祥、柯靈等，他們舉行了一系列與電影有關的活動——發起組織專業工作者組織的活動「導演聯誼會」；蔡楚生等為了提高華南電影的質素又推行一個大規模的華南電影「清潔運動」，並於一九四九年發表了〈粵語電影清潔運動宣言〉——上海影人對香港影壇造成巨大的影響。林年同曾說：

---

10 畢克偉，〈「通俗劇」、五四傳統與中國電影〉，《文化批評與華語電影》（臺北：麥田，一九九五年），頁三五—六七。

11 李歐梵著，毛尖譯，《上海摩登》，第三章，頁八七—一一八。

12 Nicole Huang, *Women, War, Domesticity: Shanghai Literature and Popular Culture of the 1940s* (Leiden, Boston: Brill, 2005), 1-17. 她以好萊塢電影 *Gone with the Wind* 於一九三九年在上海上映造成轟動影響為例，說明好萊塢文化對上海社會的影響。

13 傅葆石，《娛樂至上：淪陷時期上海電影的文化政治》（抽印本）（臺北：中央研究院中國文哲研究所籌備處，一九九九），頁五七七—五九九。

14 畢克偉曾以湯曉丹的《天堂春夢》為例討論上海四〇年代通俗劇中的「施虐」與「受虐」問題。畢克偉，〈「通俗劇」、五四傳統與中國電影〉，《文化批評與華語電影》，頁四七—五〇。

15 鄭樹森、黃繼持、盧瑋鑾編，《香港新文學年表1950-1969》（香港：天地圖書有限公司，二〇〇〇），頁一〇—一四。

> 一九四八年以後的香港電影，無論是粵語電影還是國語電影，基本上和三十年代《馬路天使》、《斬經堂》的時期，四十年代《一江春水向東流》、《萬家燈火》時期的電影，在電影的特殊表現方面是一條路子走下來的，有共同的電影美學。這種美學是在外來電影思想的影響下，結合傳統文藝理論以及中國社會實際而發展出來的……[16]

大量文人影人南下，造成上海電影的傳統往後在香港影壇扎根下來，不少影片仍然喜愛運用通俗劇的模式，顯出與三、四〇年代上海電影一脈相承的情況。

從以上可見，中國電影的通俗劇傳統一直歷久不衰，不論是在哪一種政治陣營或意識型態之下，通俗劇模式都廣泛被採納。綜觀張愛玲寫作電影劇本的時間橫跨一九四七至一九六四年（見附錄三），這十七年間由上海到香港的影壇大都充斥著一股通俗劇的潮流。在這股強大的潮流之下，「媚俗」問題常常出現在中國電影之中。為了更清楚說明這一問題，以下將首先解說清楚「通俗」（popular）與「媚俗」（*kitsch*）兩種概念之間的分別，以及通俗劇與「媚俗」的關係。[17]

各種藝術中的通俗元素均來自民間，它們因此與日常生活息息相關。與高尚藝術相比，民間藝術顯得較為粗糙和欠精緻，但卻比高尚藝術有更強的生命力。「媚俗」藝術則源於大眾文化（Mass Culture），這種大眾文化往往是統治階級為了牟取利益（在資本主義社會）或是維持自身地位（在共產主義社會）而生產的。[18]按照卡林內斯庫（Matei Calinescu, 1934-2009）的說法，「媚俗」藝術具有審美上的惰性，它的整個概念與模仿、偽造、假冒、欺騙與自我欺騙有密切關係，其作用在於滿足大眾逃避日常生活沉悶的心理需求。它的美學公式是人們熟習，且已經被預先消化過的，故此它能提供一種廉價的愉悅，讓人單靠金錢買賣就可得到。[19]

中國早期電影雖然包含了不少具有中國民族特色的民間敘事元素，例如敘事的封閉性、強調倫理家庭的題材等，但這些元素卻顯得與通俗劇模式非常配合並因而具有更大的影響力。[20]這些電影採納通俗劇模式，並具有以下的特徵，例如：沉溺於強烈的情緒之中；兩極化、非黑即白且概括簡單的道德標準；極端的行為狀態；人物性格善惡分明，惡人公然犯罪，善人飽受迫害；誇張過度的表達方式；驚人的「突轉」（peripety）情節等等。[21]在通俗劇的世界中，由於其運作的機制近似夢的機制，因此能夠令觀眾輕易進入自戀的狀態，沉溺於自憐及極端的情緒狀態，這種

---

16 林年同，〈戰後香港電影發展的幾條線索〉，《戰後香港電影回顧（1946-1968）》（香港：市政局，一九七九），頁八。

17 *kitsch*一詞為德語，相等於英語 Mass Culture 的意思。關於其詞源與定義問題可參卡林內斯庫，《現代性的五副面孔——現代主義、先鋒派、頹廢、媚俗藝術、後現代主義》（北京：商務印書館，二〇〇四），頁二五〇—二五四。

18 Dwight Macdonald, "A Theory of Mass Culture," in *Mass Culture: The Popular Arts in America*, ed. Bernard Rosenberg and David Manning White (New York: The Free Press, 1965), 60.

19 卡林內斯庫，《現代性的五副面孔——現代主義、先鋒派、頹廢、媚俗藝術、後現代主義》，頁二四一—二八三。

20 中國通俗劇電影具備了中國傳統敘事的特質，參何春耕，《中國倫理情節劇電影傳統——從鄭正秋、蔡楚生到謝晉》（長沙：湖南大學出版社，二〇〇二）。

21 Peter Brooks, "The Melodrama Imagination," in *The Melodramatic Imagination: Balzac, Henry James, Melodrama, and the Mode of Excess* (New Haven and London: Yale University Press, 1976), 11-12.

力量源於通俗劇那種戲劇化或自我戲劇化的本質。[22]通俗劇的人物由於不具備心理演進的過程，因此是沒有深度的。在這類電影中，不論是劇情或人物性格都出現兩極化的表現，即大悲大喜或是善惡分明，以高度戲劇性及誇張的手法去推演劇情。這些特徵造成通俗劇具有強烈的「媚俗」特質，容易造成欣賞者的審美惰性，提供虛假的審美愉悅，並且掩蓋了通俗劇模式中的民間藝術特質。中國早期電影普遍具有上述的通俗劇特徵，當中的媚俗元素其實都暗含著為統治階級服務的傾向，因為它向觀眾提供一種如夢境的淨化幻覺，以煽情的手段釋放了觀眾的不滿情緒，不能提供觀眾反思及改變現狀的動力。在這種背景之下，張愛玲的電影劇作顯出與別不同的美學取向，本章將以「反媚俗」一詞表示張愛玲在電影劇作中改變、突破這種「媚俗」效果的取向，下文將繼續處理這一問題。

張愛玲電影劇作中的「反媚俗」美學

綜觀張愛玲自己談到的戲劇或電影美學，多以突破通俗劇模式為目的。本節將先以她在一九四三年發表的幾篇影評及散文作為切入點，觀察她在踏入文壇之初是怎樣看待電影中的通俗與「媚俗」問題，然後從三方面整理歸納她對中國電影通俗劇傳統的態度，並討論她的電影劇作如何實行這一「反媚俗」美學。

一、影評

張愛玲在一九四三年於《二十世紀》發表了六篇以英文撰寫的影評，她後來以中文重新撰寫了其中兩篇：〈借銀燈〉與〈銀宮就學記〉。在這些影評中，可初步得見張愛玲對於影片中由於因循而造成的「媚俗」問題的意見，例如在〈婆媳之間〉一文中，她不滿《自由鐘》這齣電影的情節安排不合理：「為了千千萬萬兒童對一個無私母親的需求，它剝奪了片中那個社會工作者的愛情、婚姻、和親子之愛」；[23]在〈鴉片戰爭〉一文中，她批評《萬世流芳》這一影片對林則徐這一角色「崇拜到近乎恐懼」，並且「同樣的恐懼使製片人對詮釋方面有所限制。他們走回愛情劇的老路，表示出他們認為觀眾不能明白複雜的政治和軍事的發展。」；[24]在〈「秋歌」和「烏雲蓋月」〉中，張愛玲批評現代中國人畏懼大團圓結局是不經思考的積習：「半個世紀前，幾乎所有通俗戲劇小說都是結婚收場的，很多時候還來好幾對……『打倒封建傳統』以來，中國終於連收場的小登科也打倒了。小說家和戲劇家陶醉在新進口的寫實主義，都小心翼翼，務必來個勞燕分飛。」[25]她的意思是中國人擺脫了一種大團圓的慣性後，又一窩蜂地投入了另一個「反大團圓」的習慣，顯示出一種不經思考的審美惰性，這引起了一種「媚俗」的效果。在〈「萬紫千

---

22 Michael R. Booth, *English Melodrama* (London: Herbert Jenkins, 1965), 14.

23 張愛玲，〈婆媳之間〉，《聯合文學》第三卷第五期，一九八七年三月，頁四七。這一版本為陳炳良對張愛玲英文原稿的翻譯。

24 張愛玲，〈鴉片戰爭〉，《聯合文學》第三卷第五期，一九八七年三月，頁四八。這一版本為陳炳良對張愛玲英文原稿的翻譯。

紅」和「燕迎春」〉中，張愛玲批評〈萬紫千紅〉一片「天真得令人有點奇怪」，而〈燕迎春〉「對外國愛情故事不經批判的接受，這種和現實雙倍地遠離的情況引起了不少問題」。[26]從這四篇影評來看，張愛玲早於一九四三年已初步對中國電影「不經批判」地沿用某些公式有所不滿。在餘下的兩篇影評中，將可見到她更明確的意見。

張愛玲在〈借銀燈〉中批評《桃李爭春》及《梅娘曲》這兩齣電影只沿襲固有的公式，未有深入的發揮：

> 有這麼一個動聽的故事，《桃李爭春》不難旁敲側擊地分析人生許多重大的問題，可是它把這機會輕輕放過了。《梅娘曲》也是一樣，很有向上的希望而渾然不覺，只顧駕輕車，就熟路，馳入我們百看不厭的被遺棄的女人的悲劇……合法的傳奇劇中一切百試百驗的催淚劑全在這裏了……[27]

同樣在〈銀宮就學記〉中，張愛玲亦有批評影片的通俗劇手法：

> 《新生》的目的在「發揚教育精神，指導青年迷津」（引用廣告）可是群眾對於這教育是否感到興趣，製片人似乎很抱懷疑，因此不得不妥協一下，將「迷津」誇張起來，將「指導」一節竭力的簡單化。這也不能怪他們——這種態度是有所本的。美國的教會有一支叫做「復興派」（Revivalists），做禮拜後每每舉行公開的懺悔，長篇大論敘述過往的罪惡。發起人把

自己描寫成凶徒與淫棍，越壞越動聽，烘雲托月，襯出今日的善良，得救後的快樂。在美國的窮鄉僻壤，沒有大腿戲可看的地方，村民唯一的娛樂便是這些有聲有色酣暢淋漓的懺悔。[28]

這裡批評影片把罪惡做誇張處理以煽動觀眾，並且強調這種手法是滿足低層大眾的最佳手段。張愛玲在這篇文章中最後亦有批評《漁家女》通俗劇式的「突變」而不合理的手法：

> 「漁家女」的戀人樂意教她書，所以「漁家女」之受教育完全是為了她的先生的享受。而美術專門生所受的教育又於他毫無好處。他同爸爸吵翻了，出來謀獨立，失敗了，幸而有一個鍾情於他的闊小姐加以援手，隨後這闊小姐就詭計多端破壞他同「漁家女」的感情。在最後的一剎那，收買靈魂的女魔終於天良發現，一對戀人遂得團圓，美術家用闊小姐贈他的錢僱了花馬車迎接他的新娘。悲劇變為喜劇，關鍵全在一個闊小姐的不甚可靠的良心——「漁

25 張愛玲，〈「秋歌」和「烏雲蓋月」〉，《聯合文學》第三卷第五期，一九八七年三月，頁五〇。這一版本為林淑意對張愛玲英文原稿的翻譯。

26 張愛玲，〈「萬紫千紅」和「燕迎春」〉，《聯合文學》第三卷第五期，一九八七年三月，頁五二—五三。這一版本為陳炳良對張愛玲英文原稿的翻譯。

27 張愛玲，〈借銀燈〉，《流言》（香港：皇冠出版社，一九九八），頁九六。

28 張愛玲，〈銀宮就學記〉，《流言》，頁一〇二。

> 家女」因而成為更深一層的悲劇了。[29]

《漁家女》這一情節安排，簡化了人物的性格與情節發展，以公式化的團圓結局、妖魔化負面角色、加入不合理的「突變」情節因素等等，使影片的發展自然流入通俗劇的老套。

張愛玲在〈洋人看京戲及其他〉中曾經反思過通俗元素與藝術價值的問題：「為什麼京戲在中國是這樣地根深蒂固與普及，雖然它的藝術價值並不是毫無問題的？」[30]她認為這是因為歷代傳下來的戲劇留給中國人許多感情的公式，這些公式由於帶有幾千年的經驗的份量，加上「個人與環境感到和諧，是最愉快的一件事」，因此受到大眾長年累月的喜愛。[31]這就造成群眾歷來都滿足於因循與習慣，這在藝術審美上亦有相同情況。

從這些張愛玲較早期發表的文章可見，她很早就思考關於通俗劇與「媚俗」的問題，這一思考到一九四七年她正式撰寫電影劇本的時候就得到確立。張愛玲曾於〈《太太萬歲》題記〉中提出她寫作電影劇本的美學理念：

> **中國觀眾最難應付的一點並不是低級趣味或是理解力差，而是他們太習慣於傳奇**。不幸，《太太萬歲》裏的太太沒有一個曲折離奇可歌可泣的身世。她的事蹟平淡得像木頭的心裏漣漪的花紋。**無論怎樣想方設法給添出戲來，恐怕也仍舊難於彌補這缺陷，在觀眾的眼光中**。但我總覺得，**冀圖用技巧來代替傳奇，逐漸沖淡觀眾對於傳奇戲的無魘的欲望**，這一點苦心，應當可以被諒解的罷？[32]

本文對這一段提及的「傳奇戲」一詞的理解，與張愛玲所說的「在傳奇裡面尋找普通人，在普通人裡尋找傳奇」，或是學者論述張愛玲把日常生活傳奇化的意思有所不同。本文認為這裡提及的「傳奇戲」類似通俗劇的模式，這一模式具有劇情發展高潮起伏、人物形象善惡分明等特徵。[33]要改變這種中國觀眾長期的審美積習，張愛玲選擇的方法並不是全盤反對通俗劇模式，而是尋找當中的縫隙，揭露通俗劇的矛盾與欺騙性，展示事情的別樣面貌。

張愛玲在晚年亦有提及過「媚俗」問題，顯示她對這一問題的思考維持了多年。在發表於一九七四年的〈談看書〉中，張愛玲就曾以「三底門答爾」（sentimental）一詞評論幾個關於相同題材的文本。認為 sentimental 這個字較難翻譯，譯為「感傷的」、「傷感的」、「溫情的」都不妥，如按照英文字典上的解釋，可解為「感情豐富到令人作嘔的程度」。本文認為，張愛玲對「三底門答爾」美學的反對，其實與下文提及的「媚俗」問題有密切關係。

29 張愛玲，〈銀宮就學記〉，《流言》，頁一〇四—一〇五。
30 張愛玲，〈洋人看京戲及其他〉，《流言》，頁一〇九。
31 張愛玲，〈洋人看京戲及其他〉，《流言》，頁一一三。
32 張愛玲，〈《太太萬歲》題記〉，《沉香》，頁一〇。強調標記為筆者所加。
33 張愛玲曾於〈借銀燈〉這篇影評中用過「傳奇劇」一詞，同樣有通俗劇的意思。張愛玲，〈借銀燈〉，《流言》，頁九六。

二、電影劇作

學者李今曾經就張愛玲在小說中對電影的反思做出研究：

> 電影的可視性、直觀性的確為普通人的幻想和回憶提供了最現成的範本，以致是電影在模仿生活，還是生活模仿電影都難以說清了。但張愛玲就是要讓這兩者之間涇渭分明……[34]

李今認為，張愛玲在小說中除了能揭露電影對日常生活進行包裝的虛幻本質，又能令觀眾從這一虛假幻象中醒來。她認為張愛玲「既能沉迷於電影，又能對電影保持著清醒的反省與批判能力，這是張愛玲與電影建立起的一種深刻的連繫。」[35]針對張愛玲對電影虛幻本質的警醒，香港學者郭詩詠亦以這一角度討論了《色，戒》中的真假問題。她認為，張愛玲深刻地體會到，電影製造出來的虛幻神話牽制著人們感受真實世界的方式，並同時模糊了真假的界線，而《色，戒》則是「一次思考真實和假象關係的過程」。[36]本章贊同兩位學者的看法之餘，並在她們的研究基礎上提出另一觀點，即造成這一電影的幻象與迷思的，正正是與通俗劇模式有關的「媚俗」問題。依循這一思路，回過來細看張愛玲的電影劇作，可發現當中不少地方都顯出她具有突破「媚俗」問題的企圖，並以不同的方法去揭穿電影帶給觀眾的幻覺與迷思。以下三個方面都是張愛玲在電影劇作中針對這一問題的嘗試，它們朝著「把真實生活的本質加入電影之中」，或是「提醒觀眾身處現實世界」，或是「向觀眾提供看穿電影虛假世界的方法」這幾方面出發，目的均是要突破電影中的「媚俗」問題。

（一）日常生活情節

要改變上述電影製造出來的通俗劇迷思，張愛玲的其中一個方向是反對高潮迭起的催淚情節，於是她以平淡的、節奏緩和的情節取代激昂煽情的情節。我們可先從她在〈《太太萬歲》題記〉中提及的美學理念做切入。在這篇文章中，張愛玲提及自己嚮往的戲劇美學是「靜的戲劇」，並認為在電影中最有可能實現，而這一美學正正與通俗劇美學相反：

> John Gassner批評「Our Town」那齣戲，說它「將人性加以肯定——一種簡單的人性，只求安靜地完成它的生命與戀愛與死亡的循環。」《太太萬歲》的題材也屬於這一類。戲的進行也應當像日光的移動，濛濛地從房間的這一個角落照到那一個角落，簡直看不見它動，卻又是倏忽的。梅特林克一度提倡過的「靜的戲劇」，幾乎使戲劇與圖畫的領域交疊，其實還是在銀幕上最有實現的可能。然而我們現在暫時對於這些只能止於嚮往。例如《太太萬歲》

34 李今，《海派小說論》（臺北：秀威資訊，二〇〇四），頁一〇一。

35 李今，《海派小說論》，頁九六。

36 郭詩詠，〈真假的界線：《色，戒》小說與電影對讀〉，《睇〈色，戒〉：文學．電影．歷史》（香港：牛津大學出版社，二〇〇八），頁一四一。

> 就必須弄上許多情節，把幾個演員忙得團團轉。嚴格地說來，這本來是不足為訓的。然而，正因為如此，我倒覺得它更是中國的。我喜歡它像我喜歡街頭賣的鞋樣，白紙剪出的鏤空花樣，托在玫瑰紅的紙上，那些淺顯的圖案。[37]

我們可以從這段文字中提及的「Our Town」及「梅特林克」一窺張愛玲對通俗劇模式的反思。*Our Town*是一齣由美國劇作家桑頓．懷爾德（Thornton Wilder, 1897-1975）所寫的戲劇，內容講述的是美國一個小鎮中兩個家庭的生活瑣事。在懷爾德自己所寫的序中，他提及對現代戲劇感到不滿足，當中的東西難以令他心服。他認為令人心服的創作應能引起人們這種反應：

> 世事本來如此。我早就知道，可是我沒有能夠說得出來。現在看了這個戲劇，這本小說，這首詩，這幅圖畫或是聽了這篇樂章，我就頓然醒悟了。[38]

他批評現代的戲劇目的只在「麻醉觀眾，使觀眾在情緒上能夠得到一點安慰」，這種戲劇的毛病源於十九世紀中產階級興起後審美趣味的墮落。[39] *Our Town*在一九三八年二月四日在紐約首次演出，轟動一時。它的成功與當時的政治氣氛有密切關係。其時第二次世界大戰即將爆發，美國人一向厭戰，追求恬靜和洽的生活，*Our Town*那種與世無爭的氣氛正配合美國人的心理狀態。加上當中的劇情主要描寫美國人的日常生活，由生至死的各個平凡過程，因此這齣劇能一舉成功。[40] 由此看來，張愛玲提及《太太萬歲》追求的日常生活氣氛與*Our Town*非常配合，其中可能與戰後小市民厭戰、追求安定生活的美學有關。至於梅特林克（Maurice Maeterlinck, 1862-1949），他在〈日常生活的悲劇性〉中提出「靜劇」理論，關注的是「沒有動作的生活」，這種生活指的是日常生活本身的樸素面貌，而不是某些狂烈或特殊的時刻，因此「靜劇」注重的是生命的啟示，這種啟示藏於日復一日的卑微存在之中，只有在靜默、謹慎以及移動緩慢的時刻才能顯示出來。[41]

由此可見，張愛玲提及的*Our Town*或「靜劇」，主張的都是通俗劇情節模式的反面。它們所針對的是那種經過提煉過濾的情節模式，這種高度集中的情節並不是生活的真實面，*Our Town*與「靜劇」均是對這種情節的反思。張愛玲提及在銀幕上實現「靜的戲劇」的嚮往，但是為了遷就中國觀眾，才令她最終必須為《太太萬歲》「弄上許多情節」，令《太太萬歲》顯得「更是

---

37 張愛玲，〈《太太萬歲》題記〉，《沉香》，頁一〇—一一。強調標記為筆者所加。

38 懷爾德（T. Wilder），〈小城風光・原序〉，《懷爾德戲劇選》（香港：今日世界社，一九六五），頁二。張愛玲後來在一九七四年所寫的〈談看書〉亦有提及這種文藝溝通心靈的兩種作用，看法與懷爾德接近：「好的文藝裡，是非黑白不是沒有，而是包含在整個的效果內，不可分的。讀者的感受中就有判斷。題材也有是很普通的事，而能道人所未道，看了使人想著：『是這樣的。』再不然是很少見的事，而使人看過之後會悄然說：『是有這樣的。』我覺得文藝溝通心靈的作用不外這兩種。」見〈談看書〉，《張看》，頁一八四。

39 懷爾德（T. Wilder），〈小城風光・原序〉，《懷爾德戲劇選》，頁二—三。

40 郭博信，〈韋爾德劇集序〉，《韋爾德戲劇選集》（臺北：驚聲文物供應公司，一九七〇），頁七。

41 梅特林克，〈日常生活的悲劇性〉，《西方文論選》卷下（上海：上海譯文出版社，一九七九），頁四八一—四八三。

中國的」。如果張愛玲於戲劇上的最終目標為實現類似「靜的戲劇」的美學觀念，那麼按她的說法，她本來的計畫就是逐步以好像「淺顯的圖案」的細節描述取代大起大落的傳奇情節。從張愛玲的電影劇作來看，她採用的是一種以表現日常生活況味為主的情節模式，本章稱之為「日常生活情節」，這與通俗劇的一個亞類型「母性情節劇」並不相同。在「母性情節劇」中，家庭或女性日常生活的題材常常出現，但情節的重心不在表現日常，而在圍繞女性角色的悲慘去賺人熱淚，以女性角色身處受虐的位置去煽動觀眾。[42]本章的「日常生活情節」雖然亦有包含日常生活題材，但它不以跌宕起伏的情節去煽動觀眾，而是以跟現實生活一般普通的、拉雜瑣碎的情節去表現真實。因此，「日常生活情節」可被視為日常的真實面貌，對立於具有欺騙及自我欺騙性的通俗劇模式。

在張愛玲的大部分電影劇作中，都不難找到上述的「日常生活情節」。特別是她在上海所寫的兩個劇本——《不了情》及《太太萬歲》——更能體現運用「日常生活情節」的理念。這是由於當時張愛玲尚未需要完全依靠撰寫劇本維生，故這個階段的劇作較具自主性，商業性考慮可以較少，因此較能實現自己這一美學理念。

在《不了情》中，張愛玲沒有像母性情節劇一般把女主角安放在一個受虐的位置，而是恰當地表現出這齣悲劇的成因與各人本身的性格缺憾有直接關係，她重點要達到的不是煽情的效果，而是製造一種抒情的氣氛。張愛玲不以呼天搶地的對白或曲折起伏的情節來表達男女主角夏宗豫及虞家茵的感情或遭遇，而是運用了一個簡單的小道具——香水瓶——去推進劇情。例如在第十二場中，兩人的感情正在醞釀之初，劇情卻已暗示二人的前景並不明朗：

夏：上次你說有本兒童故事要送給婷婷的，現在讓我帶去，好嗎？

虞：呃。（取書）

夏：我們中國好像沒有什麼書可以給小孩看的。

虞：嗯。咦，怎麼沒有了？噢，原來在這兒。（書墊在書架腳下）夏先生，請您幫我把這個架子抬一抬。

夏：噢。（抬書架時香水瓶打翻）

虞：噯呀，書都濕了。

夏：（用手絹擦書，聞手絹）好香。

虞：你手絹髒了，要不要洗一洗？

夏：我喜歡這個味，我一直不洗。這個瓶口破了倒可以做個花瓶。（插入一枝花）再見。[43]

在二人正培養感情之際，張愛玲以日常生活的瑣事，含蓄地表達二人的感情狀態。香水瓶這個道具再次出現見於電影的最後一場，這時家茵因為宗豫已有家室而不辭而別，當宗豫趕到她的

---

42 關於女性通俗劇的研究，可參考索海姆（S. Thornham）著，艾曉明等譯，《激情的疏離：女性主義電影理論導論》（桂林：廣西師範大學出版社，二〇〇七），第三章，頁八一—一一一。

43 張愛玲，〈不了情〉，《沉香》，頁九五。

家時，寓所內只有家茵的同學范秀娟（她是宗豫堂弟的妻子）：

范：大哥。

夏：家茵呢？

范：她走了。

夏：走了？（范遞上虞的信，夏閱）

夏：她沒有信留給我？（范已走出房門）

（夏凝視新購的碗具，無語。拿起香水瓶中插著的枯萎的花，走到窗前扔掉，回憶）

畫外音：

（夏）好香。

（虞）你手絹髒了，要不要洗一洗？

（夏）不，我喜歡這個味，我一直不洗。[44]

最初二人的感情正在發展的時候，香水瓶雖然破了，仍可以用來盛載鮮花。到最後二人再無發展機會，瓶中的花已經枯萎，所餘的只是由香水瓶這個道具而連結起的回憶。張愛玲在這齣戲中並沒有以激烈的方式表達男女主角的愛情悲劇，卻是平淡地讓劇情自然發展。除了上述的例子外，電影中亦多次暗示二人未來將會分離的悲劇。例如第十四場中二人以骨牌占卜感情，雙雙都求得下下籤；第十七場中，家茵不肯吃用刀切下的梨，暗示二人「分離」的情節等，這些「日常生活情節」，令影片充斥著一種淡淡的日常家庭生活況味，是張愛玲影片的一種獨特風格。

在《太太萬歲》中亦可見到相似的手法。張愛玲沒有把女主角陳思珍放到一個受虐的位置以突顯丈夫的惡行，相反，她有意顯示陳思珍的處境與她本人的選擇有密切關係。她在塑造陳思珍這一角色時，並沒有誇大她的品行，或是把這一角色「傳奇化」，而是還原她普通人的面貌。張愛玲在〈《太太萬歲》題記〉中就曾這樣形容陳思珍這個角色：

> 她的氣息是我們最熟悉的，如同樓下人家炊煙的氣味，淡淡的，午夢一般的，微微有一點窒息；從窗子裏一陣陣地透進來，隨即有炒菜下鍋的沙沙的清而急的流水似的聲音。主婦自己大概並不動手做飯，但有時候娘姨忙不過來，她也會坐在客堂裏的圓匾面前摘菜或剝辣椒。……[45]

這段文字顯示張愛玲在寫作《太太萬歲》時腦海內的前設：一個平凡的家庭主婦的一段日常經歷。故此在電影的第一場，張愛玲首先就安排女傭在老太太生日當天打破東西，女主角陳思珍作為媳婦如何為顧全大局而撒謊隱瞞。接下來的情節，例如思珍留心到老太太想吃菠蘿蜜，偷偷教弟弟買回來討好老太太；因為老太太擔心兒子乘飛機不安全，所以代丈夫隱瞞乘坐飛機去香港一

---

44 張愛玲，〈不了情〉，《沉香》，頁一二六—一二七。

45 張愛玲，〈《太太萬歲》題記〉，《沉香》，頁八。

事；代為撮合自己的弟弟與丈夫的妹妹等，都是一個上海太太普通的日常生活。

在情節安排方面，張愛玲善於使用小道具去推進劇情，避免使劇情陷入過分的高低起伏之中。在電影的結局，張愛玲以別針這一小道具去表現丈夫唐志遠如何挽回妻子的感情，而這種挽回卻是建築於對情婦咪咪的傷害之上，這種手法流露出一種深刻而委婉的諷刺。影片講述唐志遠原本購買了一個別針送給妻子，卻輾轉送了給情婦咪咪。後來志遠破產，決定離開咪咪，希望取回別針作為對妻子的補償。第六十四場中，當志遠嘗試取回別針時，卻被咪咪抓傷前額而趕出房子。正當志遠在門外不知所措之際，咪咪的丈夫卻回來了。志遠以手錶作為交換條件，咪咪的丈夫就走入屋內打咪咪，搶掉別針。志遠高興地以手錶去交換別針，然後歡天喜地地離去。[46]在這一段情節中，張愛玲善用一個小小的道具，去表達作為丈夫的唐志遠回心轉意，也在此順勢交代了咪咪作為情婦背後的生活狀況。

張愛玲在離港赴美後所寫的一系列電影劇本，雖然商業的意味比上海時期的作品較濃，但基本上亦離不開以「日常生活情節」為主的電影風格。例如《情場如戰場》這齣喜劇就是以三位男主角追求林黛飾演的葉緯芳為主線，並沒有什麼曲折離奇、可歌可泣的情節。在電影中，張愛玲借用了照片、郵票、化妝舞會等小題材，表達了三個不同性格的男子如何周旋於緯芳身邊，演出一幕幕喜劇。其中一幕描寫緯芳的姊姊緯苓喜歡妹妹的追求者之一陶文炳，因他曾說一枚巴西郵票很珍貴，她就把它贈與文炳：

第十六場

……

榕：不用客氣了，你那張巴西的紀念郵票還不算名貴？

苓：也就那麼一張。

文：是紀念第一次革命的，是不是？

榕：你有沒有？

文：（搖頭）這很少見的，聽說市面上一共沒有幾張。

……

第十七場

苓：下次你看見他（筆者按：指陶文炳），你把這張郵票交給他，跟他換一張澳洲的。

（遞一張郵票給榕）

榕：（詫）咦，這不是你那張巴西的紀念郵票？幹嗎不要了？多可惜。

苓：其實這種郵票也沒什麼稀奇，不過陶先生說他沒有，所以我想跟他換一張。（向內室嚷了一聲）舅母，我走了！（出）

（榕手裏拿著郵票，面現詫異之色，抓了抓頭髮。榕母自內室出。）[47]

---

46 張愛玲，〈太太萬歲〉，《沉香》，頁一八六—一八八。

47 張愛玲，〈情場如戰場〉，《惘然記》（香港：皇冠出版社，一九九九），頁一八七—一九〇。

除了以上交換郵票的情節外，同一場亦有寫緯苓執意要替表哥謄寫文稿，為的就是想在表哥家中碰見心上人陶文炳。這裡可看出張愛玲以日常生活的含蓄與細節，去表現葉緯苓這個對戀愛較保守的角色的心理。

在《小兒女》一劇中，這樣的「日常生活情節」顯得更為常見。張愛玲運用了很多小道具去推進劇情，當中較為特別的是以螃蟹及氣球去交代人物關係及心境的轉變。首先在第二場，景慧與孫川在公車上因為螃蟹而重遇。二人本是中學同學，這時孫川手拿一籃螃蟹，怎料螃蟹卻鉗著景慧的衣裳，景慧起初以為孫川對她輕薄，後來才發現是誤會，二人因此重遇。以後在第三至五場均有螃蟹的蹤影，孫川更以此得以結識景慧一家。到第三十一場，螃蟹又再出現，景慧的父親王鴻琛買了螃蟹回家，然而這時一家人的關係已開始改變，景慧與孫川的感情亦遭遇暗湧，景慧此時目睹螃蟹而觸動前情。

同樣，張愛玲於《小兒女》中亦多次運用氣球來推動情節。首先在第七場，景慧與孫川剛發展感情，帶同景慧的兩個弟弟到公園玩。兩個孩子千方百計阻礙二人約會。二孩拉著孫川買氣球，每當孫川欲接近景慧的時候，氣球就會自二人中間出現，顯示二孩之淘氣。到第十二場，孫川與景慧一家到郊外遊玩，二孩發現氣球癟了，要姊姊給他們吹，但景慧卻吹不脹。孫川接過氣球代吹，見氣球上有唇膏印，想起這是間接接觸慧唇，於是鄭重地把唇湊上吹氣球，以表達兩人在這一場中感情得到發展。然後到第二十三場，景慧姊弟為爸爸要娶後母一事擔憂不已，景慧為免拖累孫川，決定遠赴青洲島教書。這時劇情講述景慧為二孩蓋被，卻發現桌上沒有氣球，於是取起吹之。景慧見氣球上有唇膏印而感慨回想：

鳳後母：——叫你抱弟弟還擺架子。你沒有人家福氣好，人家有姊姊護著，早晚她姊姊一嫁人，還不跟你一樣……
（慧反應）
（手一鬆，氣球洩氣。）
（慧呆思）[48]

以一個小道具氣球貫串三個階段的變化，這類「日常生活情節」的例子在張愛玲的作品中俯拾皆是，例如《南北一家親》中有關蘿蔔糕引發的笑話等等，都使她的劇本充斥著一種日常生活況味，羅織著平凡生活的質地。

（二）間離手法

張愛玲另一個揭破電影虛幻本質的手法就是在電影劇本中運用間離的手法，這種手法的目的在於突破通俗劇公式化及封閉的劇情世界，具有阻礙觀眾過分沉醉於戲劇世界、令觀眾清醒地反思現實的效果。[49]布萊希特（Bertolt Brecht, 1898-1956）提出間離美學具有帶來陌生化效果的戲

48 張愛玲，〈小兒女〉，《續集》（香港：皇冠出版社，二〇〇〇），頁一二〇。
49 下文提及「間離」一詞為廣義用法，不限只用在戲劇上的間離手法。

劇效用，他重視的是揭示現實狀況，而不是再現現實：

> 間離效果是這樣一種技巧，它使所要表演的人與人之間的事件，具有令人詫異的、需要解釋的、而不是理所當然的、不是單純自然的事物的烙印。這種效果的目的是使觀眾能夠從社會角度做出有益的批判。[50]

本雅明十分認同布萊希特這種間離美學。他認為在一般情況下，人們看戲時的每一根神經都是綳緊的，並且深受其中的情節主宰情緒，情節中的每一個發展都深受觀眾期待。但在布萊希特的史詩劇中，觀眾無須重視結局，故此只需輕鬆地跟從著劇情。史詩劇的特點是觀眾不會與主人公發生共鳴，重點在於學會對主人公的活動環境表示驚愕，間離的目的在於阻止觀眾過於浸淫於角色的情緒之中而失去對環境獨立的反思。[51]由於在張愛玲於一九四三年發表的影評中未曾見到她對間離手法的思考，而發表於一九四七年四月的〈華麗緣〉則初步流露這一間離的意識，因此本章估計，張愛玲於一九四七年二月初次到溫州訪胡蘭成，途中曾觀看鄉下過年唱戲而寫成〈華麗緣〉一文，她的間離意識是在這時出現的，因此本章將先以〈華麗緣〉做引入，然後再討論電影劇本內的間離手法。[52]

〈華麗緣〉記敘了張愛玲一次到鄉下看戲的經驗，當中她因戲裡戲外的陌生化效果產生震動及反思，但並不是因為情節的激越令她有所反應，而是一種間離的美學效果，令作為觀眾的張愛玲產生反思。[53]在〈華麗緣〉中張愛玲第一次感受到間離效果是在開戲之前，她觀察到舞臺設計的特異之處：

> 這舞台不是完全露天的，只在舞台與客座之間有一小截地方是沒有屋頂……下午一兩點鐘起演。這是我第一次看見舞台上有真的太陽，奇異地覺得非常感動。綉著一行行湖色仙鶴的大紅平金帳幔，那上面斜照著的陽光，的確是另一個年代的陽光。[54]

現實世界的陽光存在於藝術世界的舞臺，引起了張愛玲的陌生化感受，並想像此刻的陽光是屬於「另一個年代的」。戲演下去，張愛玲第二次注意到這奇特的陽光：

> 我坐在前排，後面是長板凳，前面卻是一張張的太師椅與紅木匠床，坐在上面使人受寵

---

50 布萊希特，〈街景〉，轉引自林克歡，《戲劇表現論》（北京：中國社會科學出版社，一九九三），頁一八二。

51 本雅明，〈甚麼是史詩劇？〉，漢娜．阿倫特（Hannah Arendt）編，張旭東、王斑譯，《啟迪：本雅明文選》（香港：牛津大學出版社，一九九八），頁一四三。

52 根據胡蘭成於《今生今世》所記，以及張愛玲具有自傳性質的小說《小團圓》中一段與〈華麗緣〉極為相似的段落作參考。見胡蘭成，《今生今世》（北京：中國社會科學出版社，二〇〇三），頁二三九—二四七；張愛玲，《小團圓》（香港：皇冠出版社，二〇〇九），頁二六二—二六五。

53 張愛玲在文章中曾提及她聽不明白臺詞的意思，這證明了她的共鳴及感動並不由情節而來。

54 張愛玲，〈華麗緣〉，《餘韻》（香港：皇冠出版社，一九九六），頁一〇〇—一〇一。

若驚。我禁不住時時刻刻要注意到台上的陽光，那巨大的光筒，裏面一蓬蓬浮著淡藍的灰塵——是一種聽頭裝的日光，打開了放射下來，如夢如烟。……我再也說不清楚，戲台上照著點真的太陽，怎麼會有這樣的一種悽哀。藝術與現實之間有一塊地方疊印著，變得恍惚起來……[55]

屬於戲劇的舞臺與屬於現實的客座之間，有這麼一處交疊的地方，令張愛玲有著深切的感動。這種由矛盾而來的思考，正正是間離帶來的效果，處處提醒著觀眾處於真實世界之中。其後，張愛玲在看戲中途又因間離效果而產生了第二次感動。當時臺上的小生與小姐互相調情至相持不下，張愛玲的注意力卻被一件與劇情毫不協調的物件所分散，產生了「意想不到」的感覺：

我注意到那綉著「樂怡劇團」橫額的三幅大紅幔子，正中的一幅不知什麼時候已經撤掉了，露出祠堂裏原有的陳設；裏面黑洞洞的，卻供著孫中山遺像；兩邊掛著「革命尚未成功，同志仍須努力」的對聯。那兩句話在這意想不到的地方看到，分外眼明。我從來沒知道是這樣偉大的話。隔著台前的黃龍似的扭著的兩個人，我望著那副對聯，雖然我是連感慨的資格都沒有的，還是一陣心酸，眼淚都要掉下來了。[56]

舞臺上虛假的調情情節反襯著真實世界中的嚴肅政治用語，引起張愛玲強烈的情緒反應。她的情緒並不是跟隨著情節發展而有所變化，更加不是對劇情產生共鳴而來，而是源自一種突如其來的衝擊。舞臺世界中代表日常的調情情節，忽然被現實生活的非日常政治意識侵入，所產生的聯想引起觀者驚愕的反應，並開始做出思考。這時張愛玲由一個被動觀賞者，變成一個「思考著的觀眾」，在看戲時跟隨自身的經驗去做出反思。這種反思擺盪於現實與戲臺之間，並不是由沉浸於情節的共鳴而來，而是來自現實中「對聯」引起的間離，張愛玲是通過這種間離做出思考，最後才得到共鳴。

最特別的要算是張愛玲在看戲後的反應，她把間離的美學從戲臺上搬到觀察現實人生之上。引發她反思的間離元素是一個婦人：

> 劇場裏有個深目高鼻的黑瘦婦人，架著鋼絲眼鏡，剪髮，留得長長的擄到耳後，穿著深藍布罩袍——她是從什麼地方到這村莊裏來的呢？簡直不能想像！[57]

張愛玲在眾多觀眾中特別留意到這個婦人，是因為她的外貌特徵與鄉下環境並不相配，產生一種陌生化的效果。但是這個婦人卻與鄉下人相處得十分融洽：

---

55 張愛玲，〈華麗緣〉，《餘韻》，頁一〇四—一〇五。
56 張愛玲，〈華麗緣〉，《餘韻》，頁一〇六。強調標示為筆者所加。
57 張愛玲，〈華麗緣〉，《餘韻》，頁一一一。

她欠起身子，親熱而又大方地和許多男人打招呼，跟著她的兒女稱呼他們「林伯伯！」「三新哥！」笑吟吟趕著他們說玩話。[58]

這時張愛玲的內心反思深深表現了一個現代人於傳統及現實之間無處立足的情況：

男男女女都好得非凡。每人都是幾何學上的一個「點」——只有地位，沒有長度、寬度與厚度。整個的集會全是一點一點，虛線構成的圖畫；而我，雖然也和別人一樣的在厚棉袍外面罩著藍布長衫，卻是沒有地位，只有長度、闊度與厚度的一大塊，所以我非常窘，一路跌跌衝衝，踉踉蹌蹌的走了出去。[59]

張愛玲在一堆日常生活的「傀儡演員」當中，獨獨有一種現代人清醒的自覺。在這場普通的紹興戲之外，同樣上演著一套日常生活的戲劇，張愛玲如此感受著：

我看看這些觀眾——如此鮮明簡單的「淫戲」，而他們坐在那裏像個教會學校的懇親會……把顏色歸於小孩子，把故事歸於戲台上。我忍不住想問：你們自己呢？我曉得他們也常有偷情離異的事件，不見得有農村小說裏特別誇張用來調劑沉悶的原始的熱情，但也不見得規矩到這個地步。[60]

在既定社會的法規下，一大堆傀儡演員互相蔭蔽，人人都穿著相同的舊藍布罩袍，人人都避免自己獨立突出，而同時又是一個被動的觀眾。張愛玲在此則成為一個清醒的演員，又是一個具自發性及應變力的觀眾，在整個的觀劇過程中維持著清醒的判斷。觀眾避免了沉醉於劇情之中，就可以對產生這種劇情的客觀世界感到驚愕，這與布萊希特通過「間離」去使觀眾保持清醒的效果相似。

從〈華麗緣〉這篇文章可以看到，張愛玲不單對臺上虛假的戲劇做反思，更以臺上的戲與臺下現實生活的戲互相對照，重新審視著現實生活這場「戲」中的演員——那些「只有地位，沒有長度、寬度與厚度」的人——從而反思產生這些「演員」的環境與自身的矛盾關係，並把間離手法延伸至臺下。通過細察〈華麗緣〉，可以印證張愛玲的創作美學中具有間離的美學特質，這種美學更可在她的多部電影劇作中找到蹤跡。

電影《太太萬歲》的前半部分一直處於一個安全封閉的敘事系統之中，觀眾在這個敘事系統中安全地接收影片的訊息，對劇情非常信任。張愛玲以一個又一個的小故事，帶出作為太太的陳思珍如何靠說謊來周旋於日常生活的人事之中。各人全賴她而得以維持和平的生活，卻在揭破她

58　張愛玲，〈華麗緣〉，《餘韻》，頁一一一。

59　張愛玲，〈華麗緣〉，《餘韻》，頁一一一。

60　張愛玲，〈華麗緣〉，《餘韻》，頁一一〇—一一一。

的謊言之後都反過來埋怨她。張愛玲以多個日常生活的瑣碎事件，表達出當時作為一個太太的無奈與辛酸，因此贏得了當時眾多太太的「一把辛酸一把眼淚的感激不盡」[61]，顯示當時的觀眾是非常沉醉於劇情之中，並且得到強烈的共鳴。

然而此劇後半部分的表達手法卻與「得到觀眾共鳴」的目的有所違背。劇情的後部講述思珍揭破丈夫唐志遠與情婦施咪咪的事，她一面委屈地照應家中各人、為丈夫解決麻煩，一面卻暗自決定要與志遠離婚。在第六十四場中，志遠為了補償，到咪咪家中欲取回送給思珍的別針，但咪咪拒絕送還，更於糾纏中抓傷志遠的臉。當志遠走出門外，卻遇見咪咪的丈夫。這時影片突然轉為以啞劇的形式表現，這種不合情理的表現帶來了間離的效果，令原本投入劇情的觀眾突然驚醒，開始思考這種「不合理」的劇情處理。除了取消對白的「不合理」處理外，影片對於角色反應的處理亦在觀眾意料之外。當志遠被咪咪趕出門外而遇見咪咪的丈夫，按理咪咪的丈夫應不知剛才門內發生的事，但志遠只需做幾個手勢，咪咪的丈夫就已經明白他的要求，於是走進去搶了咪咪的別針。房內的戲仍然以啞劇的形式表達，卻不是全無聲音。電影以畫外音的方法傳來咪咪被打的聲音，但幾個角色的對白卻被省去，營造出一種既真實又虛幻的感覺，令觀眾既留心於劇情的推進，又保持警醒的狀態。[62]

除此以外，《太太萬歲》的結尾亦有帶領觀眾跳出劇情的做法。在電影發展的中段，志遠初識咪咪，咪咪用盡她的媚功勾引志遠，第三十六場如此交代二人的發展：

志遠：施小姐常看電影嗎？

咪咪：我最喜歡看，可是也最怕看。
志遠：為什麼？
咪咪：因為，有時候看見苦戲，就會想起我自己的身世。
志遠：噢！
咪咪：唐先生，我的一生真是太不幸了，要是拍成電影，誰看了都會哭的。
志遠：真想不到，你這麼年輕，已經遭遇過許多不幸的事情。
咪咪：嗯，你，你一定以為我是一個沒有靈魂的女人吧！
志遠：唉，不不不不，你太好啦，你能不能把你的身世講一點兒給我聽聽。
咪咪：你可不能講給別人聽呀！
志遠：那當然啦。
咪咪：你一定得給我守秘密，因為，我從來就沒有告訴過第二個人。
志遠：噢噢。[63]

---

61 徐曾，〈張愛玲和她的《太太萬歲》〉，上海《新民晚報》，一九四七年十二月十五日，「夜花園」版。

62 這一例子參考自李健文有關《太太萬歲》的電影虛擬理論的例證。李健文，《「電影虛擬」——早期中國電影美學（1931-1949）》（香港：匯智出版社，二〇〇五），頁一七二—一七七。

63 張愛玲，〈太太萬歲〉，《沉香》，頁一五九。

影片中二人在咖啡廳對坐，飾演咪咪的演員上官雲珠雙眼緊緊盯著對手，目光的焦點並無轉移。

但在最後一場中，劇情安排復合的志遠與思珍巧遇餐廳裡的咪咪，二人在旁偷看咪咪如何勾引另一個男人：

客：施小姐，你常常看電影？

咪咪：我最喜歡看，可是也最怕看。

客：為什麼呢？

咪咪：因為有時候看見苦片子，就會想起我自己的身世。我的一生真是太不幸了，要是拍成電影，誰看了都會哭的。（志遠和少奶奶一塊站在旁邊偷聽）

客：噢，那，那你能不能把你的身世講給我聽聽……

咪咪：我講給你聽，你可不能講給別人聽，你一定得給我守秘密，因為，我從來就沒有告訴過第二個人。[64]

此刻觀眾觀看著咪咪再次用同一手法去令男人上當，知道這一情節安排包含著一種諷刺。在這一場中，咪咪的眼神一直集中在目標獵物之上，觀眾憑記憶回想起咪咪勾引志遠時的情景，這時觀眾的目光與位置正與志遠及思珍相同，都是在偷窺咪咪的行為。但正當觀眾在回憶與感嘆之時，當咪咪說到「因為」的時候，她的目光就由對手轉移直視觀眾，然後就以一種共謀的語氣說出「我從來就沒有告訴過第二個人」這句對白。霎時間，這句極具諷刺性的對白變得不只是用來勾引劇中角色，觀眾彷彿取而代之成為了咪咪的獵物，咪咪的笑靨彷彿正在嘲笑觀眾的「偷看」，令人覺得咪咪彷彿一直自知被偷窺，她這一刻的注視就變成對觀眾的一種反注視。同時，觀眾與咪咪的關係又彷彿是一種共犯的關係，因為觀眾與咪咪同是知道真相的人：「我從來就沒有告訴過第二個人」根本是一句謊話。觀眾在這一刻由原本處於戲劇世界以外的位置，一下子變成參與於戲劇之內的角色，令觀眾有一種處於戲劇世界與真實世界的虛擬感覺，令觀眾不得不對戲內的角色與環境做出思考，反思自己在現實生活中與劇中訊息的關係。

張愛玲在一九五五年離國赴美後，為香港電懋影業公司所撰寫多個劇本，當中仍然可見到以不同手法去達致間離效果的地方。例如在《情場如戰場》劇本中的最後一場，就以聲音破壞觀眾對大團圓結局的期待。劇情講述萬人迷葉緯芳被眾人追求，只有她喜歡的表哥史榕生對她抗拒逃避，但其實他內心亦深愛緯芳。在最後一場中，當緯芳發現目的物董事長的少爺原來只是一個十二歲的男孩子，張愛玲如此描寫這樣的場面：

葉經理：（向葉太）這是我們董事長的少爺。

葉太：歡迎歡迎。快進來歇歇。

（眾簇擁孩進屋，工役拎行李後隨。

---

64 張愛玲，〈太太萬歲〉，《沉香》，頁一八八。強調標示句為筆者從〈太太萬歲〉鐳射光碟版本所整理，《沉香》中對話本並無此記。〈太太萬歲〉鐳射光碟（福建：福建省音像出版社，出版年分不詳）。

（榕與芳目光接觸，榕突然狂奔下階，跳上汽車，開動馬達。
（但芳已追了上來，跳入後座。
（榕聽見後面砰然一聲關上門，知已不及脫逃，頹然，兩手仍按在車盤上。馬達聲停止。
喇叭聲大作，代表他心境的焦灼紊亂。
（芳伏在前座靠背上，笑著摟住他的脖子。
喇叭聲化為樂隊小喇叭獨奏，終融入歡快的音樂。）[65]

按一般好萊塢式愛情喜劇的做法，這時劇情應該讓緯芳與榕生互表心跡，解除誤會後以大團圓結局的方式收結。但張愛玲卻以喇叭煩躁的聲音代表榕生內心的掙扎，暗示二人的發展未必順利，打破了觀眾潛藏對劇情公式的期待，觀眾的預期遭到阻礙，營造出一種陌生化的效果，打開了觀眾反思這種愛情喜劇的空間。

上演於一九六三年的《小兒女》，曾得到第二屆臺灣金馬獎優等劇情片獎，可見這種溫情倫理的劇種得到當時觀眾的喜愛。[66]但《小兒女》對現實的懷疑卻一直未有得到討論，其實這齣電影同樣包含著張愛玲一貫的懷疑態度，其創作取向與她早期的作品相同，張愛玲在片中同樣以間離的手法帶出這種懷疑。電影講述景慧與兩個弟弟景方、景誠自幼喪母，一直擔心爸爸續弦。景慧得知做校長的爸爸與學校女教師李秋懷互有愛慕之意，可惜兩個弟弟見到鄰家小孩小鳳被後母虐待的情景，堅決不肯接受秋懷。景慧為了爸爸的幸福，毅然決定帶同弟弟到偏遠小島青洲島教書謀生。後來景方、景誠失蹤，得秋懷幫助而一家團聚，景慧與秋懷彼此經過了解後都接受對方，景慧願意接受爸爸與秋懷的結合。在此，按照通俗劇模式的情節發展應是景慧及弟弟接受秋懷，秋懷得以與做爸爸的王鴻琛結婚，一家人幸福地生活下去。然而張愛玲在此透露出她的懷疑。在電影劇本的文字版本中，第四十七場講述秋懷協助景方、景誠逃出墳場，張愛玲於此場中並無描寫兩個小孩對秋懷的感激及接納。但在電影版本中，卻多加了由景方所說的「弟弟，李老師人很好的」以及「李老師居然來救我們」兩句對白，修改了兩個小孩與秋懷的關係發展。

在第五十場中，張愛玲寫秋懷救了景方、景誠後，在警車上，景方不向秋懷說出弟弟發高熱，反而向素未謀面的警員提及弟弟生病：

（車中，誠擠在方與秋之間。）
方：（向前座的警甲）我弟弟生病了。
秋：（試了試額，低聲）噯呀——發燒呢。
警甲：淋了一夜的雨，怎麼不凍病了！
警乙：送他到醫院去吧！
秋：也好，讓醫生檢查一下。（脫外衣加在誠身上）
（車繼續行駛，誠自外衣袋中掏出哨子把玩。）67

---

65 張愛玲，〈情場如戰場〉，《惘然記》，頁二三九。
66 市政局，《香港影片大全——第五卷（1960-1964）》（香港：香港電影資料館，二〇〇五），頁二七二。

但在電影版本中，這一幕卻改由秋懷發現景誠發熱，除了刪除了哨子這一伏線以外，還加插了景方被秋懷擁抱入懷，兩人相視而笑的感情交流情節，增加了中國觀眾較習慣的通俗劇元素，令觀眾的期待得以落實。

在電影劇本的最後一幕中，張愛玲亦把握機會破壞觀眾對劇中人幸福未來的預期心態。她透過這一件道具哨子，令觀眾隱隱感受到他們的未來並不完全光明：

慧：李小姐，自從在青洲島見到你，我非常佩服你的為人，我希望——（低聲）希望我父親能夠跟你結婚。

鴻：（窘笑）真想不到你們瞞著我見過面。（二女雙手交握，川狼狽入，遍身污泥。）

慧：嗳呀，你來了！我都急死了——（喜極而泣）

鴻：當你失蹤了。

慧：（拉著他渾身上下看）怎麼這樣？沒出事？（誠吹著哨子走出，方隨。）

鴻：嗨！不許吹，這是醫院。

慧：你看，都是為了你們倆，大家淋著雨跑了一晚上，都急死了。

鴻：景方，弟弟不懂事，都是你帶著他胡鬧！

（方垂頭不語）

慧：害得人還不夠，你們還是鬧？（奪下哨子）還不還給李小姐！

（誠有不捨狀，但終於拿去遞給秋。）

秋：送給你。

（誠接著，仍低頭不語，瞟了瞟父親與姊，秋撫他的頭髮，方有妒意，奪哨子一路吹著跑出去，誠追。）（劇終）[68]

在這一場中，景方、景誠始終沒有表示願意接受秋懷做後母，妥協的只是作為成年人的景慧。在一堆成年人中，景方、景誠沒有發言的機會，更被當成是連累眾人整夜淋雨的禍首，唯一「發言」的機會就是靠那個「哨子」。哨子聲在這裡帶來一種陌生感，破壞了觀眾對和諧溫馨結局的期待，暗示著眾人的未來並不一定光明幸福，隱隱包含著張愛玲對後母加入家庭的懷疑。

未知是否導演不滿意這一場不諧協的收結，在電影版的《小兒女》中，這一場戲遭到大幅的改動，與張愛玲的設想並不相同。導演在電影中，加插了很多情節，以表達景方、景誠都願意接受後母，例如景慧在表達希望秋懷與爸爸在一起以後，加插了一句「我的兩個弟弟也很喜歡你」；鴻琛叫景方、景誠向秋懷道謝，兩個孩子也乖乖地照做；又安排在最後一場中，景方、景誠說「李老師，到我們家裡去」，然後拖著她離去等溫馨的場面，哨子這個道具更是被完全取消了。[69]以上種種都與張愛玲原來劇本的寫作安排不同。當中陌生化手段被取消，使觀眾對劇情欣

67 張愛玲，〈小兒女〉，《續集》，頁一五六。
68 張愛玲，〈小兒女〉，《續集》，頁一六二—一六三。
69 《小兒女》鐳射光碟（香港：鐳射娛樂有限公司及創造社，二〇〇三）。

然接受而毫無驚愕之感，一切都與觀眾的設想相符合，大團圓結局令觀眾安心滿足離場，於是就不能令觀眾對環境有所反思，一個開放性的戲劇世界因此而變得自圓其說，封閉而安全。

（三）戲劇性反諷

張愛玲喜歡在劇本中運用「戲劇性反諷」以增強戲味，由於「戲劇性反諷」是一種能夠以最低度誇飾的方法達到最高度效果的手法，因此這種反諷的美感能使劇情避免向誇張、高度集中的通俗劇傾向發展。所謂的「戲劇性反諷」，指的是劇中人被蒙在鼓裡，對劇作家、導演、演員、情節和觀眾等都「不知情」，造成一種潛在的反諷，整個劇場情境的本質就激起某種「內向化」（internalization），使劇中人變成反諷的受害人，觀眾則變成反諷的旁觀者。[70]根據道森（S. W. Dawson）的定義，當觀眾意識到反諷的意味，而舞臺上至少還有一個人物被蒙在鼓裡，那麼反諷就產生了。觀眾從中獲得喜悅及滿足，這源於他們在觀劇時像上帝一般全知全能，這種快感尤其在喜劇中得以發揮到極致。[71]道森認為喜劇的產生依賴合乎人性的錯誤與誤解，但如果觀眾設身處地想像喜劇人物的處境，他可能會對喜劇人物產生同情，因為觀眾自己如果犯了同樣的錯誤也顯得同樣愚蠢。對喜劇人物產生過分的同情，觀眾就無法領略全面的喜劇快感。要保持觀眾達到超脫與同情之間的平衡，就要阻止同情的擴展，以「戲劇性反諷」作為達致間離效果的手段就顯得非常重要。要對抗過分沉浸的感情，在戲劇中可運用一種共犯的原理，即觀眾被牽引而成為同謀犯，在某種意義上甚至成為了幫凶，令觀眾不能去同情受騙或被愚弄的人。這就是「戲劇性反諷」所帶來的同謀的反應效果，令觀眾的感情受到間離。

上一節提及《太太萬歲》中施咪咪兩次令男人上當的劇情，充分體現這種「戲劇性反諷」的間離效果，觀眾被施咪咪的眼神及表情引領而成為欺騙男人的共犯，觀眾與施咪咪站在同一位置上，於是就不能對那個被騙的男人產生同情。觀眾的感情不但受到阻隔，且被提醒自己是生活在劇情以外，對改變劇情無能為力，從而達到保持清醒的效果。

除此以外，張愛玲在寫第一個劇本《不了情》的時候，已經開始運用「戲劇性反諷」手法。她在根據《不了情》而寫的小說〈多少恨〉中就說：

> 在美國，根據名片寫的小說歸入「非書」（non-books）之列——狀似書而實非——也是有點道理。我這篇更是彷彿不充分理解這兩種形式的不同處。例如小女孩向父親嘵嘵不休說新老師好，父親不耐煩；電影觀眾從畫面上看到他就是起先與女老師邂逅，彼此都印象很深，而無從結識的男子；小說讀者並不知道，不構成「戲劇性的反諷」——即觀眾暗笑，而劇中人懵然——效果全失。[72]

以上文字顯示張愛玲由第一個劇本起已有意識運用「戲劇性反諷」來加強戲劇效果，她在以後的劇本中亦一貫運用這種手法。

---

70 John D. Jump編作，《西洋文學術語叢刊（上）》（臺北：黎明文化事業公司，一九七三），頁三六五。
71 道森（S. W. Dawson）著，《論戲劇與戲劇性》（北京：昆侖出版社，一九九二），頁五八。
72 張愛玲，〈多少恨〉，《惘然記》，頁九六—九七。

在第二個劇本《太太萬歲》中，張愛玲以這種手法讓女主角陳思珍的弟弟陳思瑞與她的丈夫的妹妹唐志琴相識。劇情講述思瑞因為知道思珍的婆婆喜歡吃菠蘿蜜，故特地去買來送禮，幫忙討好唐家。在第八場中，當思瑞去店鋪買菠蘿蜜的時候，卻巧遇同樣想買菠蘿蜜的志琴，但兩人卻不認識對方，更為爭奪菠蘿蜜而吵架：

第八場

弟：再大一點兒的有沒有呀？

店：我們都賣掉了。

弟：啊！

妹：唉，我也要菠蘿蜜。

店：對不起，菠蘿蜜已經賣完了。

妹：嗄？

妹：嗯，你能不能讓點兒給我？你就少買兩個有什麼要緊呢？我是特為跑來買的。

弟：我地是特為送禮的，少了嘛，不好看。

妹：你這個人真不講道理！

弟：啊！啊！我不講道理？我買的東西憑什麼要讓給你呢？

妹：哼！

弟：哼！[73]

到第十一場，兩人終於在家初次認識：

少：噢！唉，妹妹你回來啦，我給你介紹，這是我弟弟，剛從台灣回來的。

弟：嘿！嘿！

妹：嗄？是你？

少：什麼？你們認識的？

妹：剛才我碰見他在那兒買菠蘿蜜。

少：噢！

弟：唉，剛才真對不起呀。

妹：沒關係。[74]

觀眾在戲外看見二人的反應而暗笑，但戲中人卻懵然不知，這就是「戲劇性反諷」的運用。

在《情場如戰場》中，第四場講述榕生與表妹緯芳一家到郊外別墅度假，受姑母所託代為

73 張愛玲，〈太太萬歲〉，《沉香》，頁一三五—一三六。

74 張愛玲，〈太太萬歲〉，《沉香》，頁一三八。

看管別墅。後來榕生把別墅鑰匙借給朋友文炳，讓他可帶女朋友去玩。誰知那位女朋友就是緯芳。於是在第六場開始，就是一連串文炳在緯芳面前充闊，卻懵然不知緯芳就是別墅女主人的笑話。在這裡由於觀眾於第四場已經知道別墅誰屬，因而亦能達到「觀眾暗笑，而劇中人懵然」的效果。除了這些例子，張愛玲後期的劇作《小兒女》中亦有運用這種手法，例如在第二十九及三十場，景慧因為爸爸續弦，擔心兩個弟弟，決定到偏遠的青洲島去教書。這兩場講述她到達面試時，面試的人正是爸爸的戀人李秋懷。兩人不知對方身分，竟然因此互訴心曲，但觀眾卻清清楚楚知道前因後果，明白彼此的處境心理。

在《一曲難忘》的第一場，張愛玲就以「戲劇性反諷」營造喜劇效果。開場交代男主角伍德健與友人在橋上釣魚，橋下則有一漁船，一漁婦背著嬰孩在做活，漁女則在搧風灶煮滾水。當魚上鉤時：

> 伍友：（望伍偷笑，覺其過分緊張，少傾（頃），忽有所察，大叫）噯！釣著了，釣著了，鈎著了！
>
> （伍驚覺，連忙拉釣絲，滿面欣喜）
>
> （一條魚昇至半空，忽然一把大剪，剪斷釣絲）
>
> （魚落在漁婦的簍中，漁婦走去準備切魚，漁女偷笑）
>
> （伍拉了一會覺得不對，茫然往下看）
>
> （只見魚絲不見鈎及魚）

伍：奇怪！怎麼會讓牠跑了？[75]

電影外的觀眾對這一「戲劇性反諷」的情節心知肚明，戲內的角色卻不明所以，後來甚至造成以為女主角南子偷搶了魚的誤會。

《南北一家親》與《南北喜相逢》更以「戲劇性反諷」為劇情主線，南北兩家父親既不知自己的子女與對方的兒女約會，兩對子女亦不知兩家父親是鬥氣冤家，而觀眾則在戲外暗自好笑。沒有這種「戲劇性反諷」，《南北》系列就難以達到預設的喜劇效果。當中甚至有同一場內有三種「戲劇性反諷」效果的例子，例如在《南北一家親》中，廣東人沈敬炳的兒子沈清文與北方人李世普的女兒李曼玲戀愛，可是他們的父親卻因籍貫不同而互相仇視，因此他們被迫欺瞞父親。在一場沈清文探訪李曼玲家裡的戲中，就出現了三種「戲劇性反諷」。首先是做父親的李世普不知道沈清文是廣東人；第二是開館子的李世普不知道沈清文是衛生局的幫辦；第三是沈清文不知道李世普非常喜歡一棵家中親自栽種的植物。當劇情繼續發展，觀眾就會看見李世普起初不知沈清文是廣東人，於是鬧出很多口音上的笑話，亦不知沈清文是衛生局的幫辦，於是大膽罵走了他。沈清文由於太緊張的緣故，把那棵植物的葉子一片一片地摘了下來。由於觀眾在之前已得知這些內情，因此在這裡就會暗笑劇中人物的行為。除此以外，《南北一家親》中還有大量同類例子，例如沈敬炳不知自己每天喜歡收聽的一個播音節目的主持人正正是李世普的女兒李曼玲；他

75 張愛玲，〈一曲難忘〉，《聯合文學》第一〇二期，一九九三年四月，頁七七。

稱讚曼玲做的蘿蔔糕非常好吃，與自己的酒家出品的一模一樣，其實那蘿蔔糕確實是從他的南興酒家拿出的。

通過這些例子可以看出，張愛玲在寫作電影劇本時運用「戲劇性反諷」的次數是非常頻密的，這種手法甚至肩負起推動情節的重任，建立了整齣戲的基本架構，使電影無須依靠曲折迂迴、大悲大喜的劇情來感動觀眾，以簡單的日常生活事件就能營造出濃厚的戲味。

張愛玲不論在小說、散文或電影劇作的創作上，都著意考慮讀者及觀眾的口味，但是卻反對作者刻意迎合。她曾批評刻意迎合讀者的作家，多半是自處甚高，既不相信大眾的品味，又要利用他們做號召，出來的作品結果將會是淺薄而欠真摯。張愛玲認為：

> 將自己歸入讀者群中去，自然知道他們所要的是什麼。要什麼，就給他們什麼，此外再多給他們一點別的——作者有什麼可給的，就拿出來，用不著扭捏地說：「恐怕這不是一般人所能接受的罷？」那不過是推諉。[76]

這一說法與本章的主要論點非常配合，即張愛玲既採納通俗手段去表現大眾的趣味，同時卻不停留於通俗世界，而以不同的手法去突破通俗的局限。這一「再多給他們一點別的」的意向，令張愛玲的電影劇作既能貼近大眾的世界，同時亦把通俗劇的模式提升。張愛玲在電影劇作中對通俗劇模式的運用與突破，並不是偶爾出現的情況，而是一連串的文學實驗。她以日常生活的瑣碎情節去反對通俗劇大起大落的情節模式；以間離的手法打破通俗劇模式帶來的「自然真實」世界的幻覺，或是排除運用大悲大喜劇情的需要；以「戲劇性反諷」處處提醒觀眾身處於現實世界，都顯出她著意突破中國電影中的「媚俗」問題。如果把這種電影劇本的寫作美學放到不同的中國電影歷史中做比較，當可發現它的意義。中國電影歷來不論派別不論背景都喜愛採用通俗劇手段去爭取觀眾，這些電影可能在題材方面有所不同，但其美學手段卻都大同小異。張愛玲的做法，顯示她對這一電影傳統的反思與突破。

需要強調的是，張愛玲這一美學手段並不是單單只出現在電影劇作之中，而是貫串著她整個的文學創作，特別是在小說創作方面，她一直著意「反媚俗」的創作態度。由於小說不是本章重點討論的文類，這裡只能以〈傾城之戀〉作一例說明。在〈關於《傾城之戀》的老實話〉中，張愛玲提到：

> （〈傾城之戀〉）結局的積極性彷彿很可疑，這我在〈自己的文章〉裡試著加以解釋了。因為我用的是參差的對照的寫法，不喜歡採取善與惡，靈與肉的斬釘截鐵的衝突那種古典的寫法，所以我的作品有時候主題欠分明……[77]

76　張愛玲，〈論寫作〉，《張看》，頁二三六。

77　張愛玲，〈關於《傾城之戀》的老實話〉，《對照記》（香港：皇冠出版社，二〇〇〇），頁一〇三－一〇四。

如果按照本章的分析方向，那麼「靈與肉的斬釘截鐵的衝突那種古典的寫法」趨近本章提及的通俗劇表現模式，即以極端的善惡、誇張的悲喜作為表現手段。張愛玲在這裡同時提出〈傾城之戀〉的結局是以「參差的對照」這一「較近事實」的手法寫成的：

〈傾城之戀〉裡，從腐舊的家庭裡走出來的流蘇，香港之戰的洗禮並不曾將她感化成革命女性；香港之戰影響范柳原，使他轉向平實的生活，終於結婚了，但結婚並不使他變為聖人，完全放棄往日的生活習慣與作風。因之柳原與流蘇的結局，雖然多少是健康的，仍舊是庸俗；就事論事，他們也只能如此。[78]

由此我們可以看出，張愛玲並沒有因為要避免使〈傾城之戀〉有一個庸俗的結局，而把流蘇與柳原寫成革命女性與聖人，而這一做法往往是當時的小說及電影常見的慣性劇情。因此，直接面對「較近事實」的庸俗，去避免造成具有欺騙或自我欺騙成分的「媚俗」，是張愛玲的一種重要的寫作美學。[79]

78 張愛玲，〈關於《傾城之戀》的老實話〉，《對照記》，頁一〇四。

79 蔡美麗曾提及張愛玲「以庸俗反當代」，她的「庸俗」有兩個側面，一是她寫作的題材都是「庸人俗事」，二是她能夠在毫不濫情，並不做廉價的美化的狀態下，將實有的生命中的悲喜劇如其所真有的呈展出來。她認為張愛玲「以她庸俗的主題，實在上是叛逆了這一串串的『應該』，而重新肯定了藝術家在題材抉擇上該有的絕對自主性」。見蔡美麗，〈以庸俗反當代〉，《當代》第十四期，一九八七年六月，頁一〇五—一一二。

第八章

他者・認同・記憶

——張愛玲的香港書寫

關於香港文學的各種議題，在九七回歸前後經歷了複雜的討論，諸如「文學史定位」、「身分意識」和「家國歸屬」等議題都曾受到關注。[1]也斯於一九九五年曾經提出一個觀點：

> 香港的故事？每個人都在說，說一個不同的故事。到頭來，我們唯一可以肯定的，是那些不同的故事，不一定告訴我們關於香港的事，而是告訴我們那個說故事的人，告訴了我們他站在甚麼位置說話……香港都變成一種陪襯、一種邊緣性的存在，其功用不過是在闡釋說故事人某種曖昧的慾望與狂想。[2]

也斯的說法帶出一個重點：歷來關於香港的敘述，都不一定反映香港的真正形象；香港是一面鏡子，反照出各人的慾望；因此我們不會找到固定統一的香港書寫。持有相似看法的學者不少，例如張美君提出五、六〇年代的南來作家的想像，「浪漫北國往往是作家排拒香港這南方小島的手段」；[3]王宏志、李小良和陳燕遐等亦曾探討不同作家如何表現香港的身分和家國想像，這些想像或是來自跨中、臺、港的混雜想像，或是由於作者的位置和書寫策略不同而各呈不同的面貌。[4]這些研究讓我們看到「文學香港」並沒有統一的面貌。除此以外，很多討論都圍繞香港文學的本土意識和家國想像。有學者認為關於香港「身分認同」、「家」的觀念是浮動和虛幻的，香港文學的主體性並不能單純從這兩個方面去切入。[5]學者於是開始思考在「身分認同」等問題之外，香港文學的發展方向如何。劉紹銘在二〇〇四年提出回歸後的香港文學進入「無愛紀」的時代，作家主力表現人的疏離和病態；[6]在二〇〇七年嶺南大學人文學科研究中心舉辦的「香港文學的定位、論題及發展」研討會，其中安妮・居里安（Annie Curien）提出香港文學「向內」發展的局限。[7]同年，王德威提出香港的文學評論和文學創作有意無意偏向了「物理」、「病理」層面，而「倫理」層面則被忽視。[8]這些學者的討論提醒我們必須重新關注香港文學在回歸十多

---

1 跟香港文學有關的研討會，過去有香港中文大學新亞書院和香港藝發局合辦的「香港文學國際研討會」（一九九九年）、香港科技大學人文學部華南研究中心主辦的「華南研究講座」（一九九九年）、嶺南大學人文學科研究中心舉辦的「香港文學的定位、論題及發展」研討會（二〇〇七年）、香港中文大學中文系等主辦的「中西與新舊——香港文學的交會」學術研討會（二〇一〇年）等。

2 也斯，〈香港的故事：為什麼這麼難說？〉，《香港文化》（香港：藝術中心，一九九五），頁四。

3 張美君，〈流徙與家國想像：五、六十年代香港文學中的國族認同〉，收於黃淑嫻編，《香港文化多面睇》（香港：藝術中心，一九九七），頁九九—一一〇。

4 參見王宏志，〈葉靈鳳的香港故事〉，《歷史的沉重：從香港看中國大陸的香港史論述》（香港：牛津大學出版社，二〇〇〇），頁二二七—二五六；李小良，〈「我的香港」、施叔青的香港殖民史〉，王宏志、李小良、陳清僑，《否想香港：歷史、文化、未來》（臺北：麥田，一九九七），頁一八一—二〇八；陳燕遐，〈書寫香港——王安憶、施叔青、西西的香港故事〉，《反叛與對話——論西西的小說》（香港：華南研究出版社，二〇〇〇），頁一〇六—一三七。

5 關於這一方面的討論，可參考危令敦，〈不記來時路：論李碧華的《胭脂扣》〉，收於陳國球編，《文學香港與李碧華》（臺北：麥田，二〇〇〇），頁一六一—一九五；朱耀偉，〈小城大說：後殖民敘事與香港城市〉，收於黎活仁等主編，《方法論與中國小說研究》（香港：香港大學亞洲研究中心，二〇〇〇），頁四〇三—四二六。

6 劉紹銘，〈香港文學無愛紀〉，《信報》副刊文化版，二〇〇四年六月十九日，頁二四。

7 Annie Curien, "The Portrayal of a Closed and Swinging City,"（〈關閉與搖動狀態的城市刻劃〉），《現代中文文學學報》一期八・二—九・一，二〇〇八年，頁一二四—一三一。

年後的定位問題。在過往按年代劃分的分期研究以外，本章思考的是，作家在不同年代所表現和關心的香港是怎樣的。以同一位作家在不同年代的書寫出發，可以令我們思考這些年代之間香港文學的連貫承接，從中可以了解香港文學的歷史記憶。上述學者的研究亦可以讓我們反思，今天再要討論香港文學的發展，在關注本土作家對身分和家國等問題以外，亦要回過頭來，處理好香港文學遺留給我們的是什麼，才能談創新和傳承。香港跟其他殖民地不同，不具備本身獨有的殖民前文化，她早期的形象並不是由本土作家建立，而是由南來的作家塑造出「他者」的形象。我們要關注的就是這些最早為香港「賦形」的作家，他們是站在什麼位置講述香港、闡釋香港，香港又反映出這些「本土以外」的作家怎樣的慾望。這些「外來」作家對「文學香港」的影響和貢獻，是否只存在於五〇年代，或是在六〇年代本土意識興起以後就銷聲匿跡？本章認為在關注香港本土作家之外，不能忽略非本土作家對「文學香港」的工作，而張愛玲對香港的書寫是一個可供我們解答上述問題的例子。

張愛玲跟香港甚具淵源，她本人曾於香港兩度短暫生活，但是兩次的經歷都對她的寫作有重大影響。她很多作品都跟香港有密切關係，而且寫作這些作品的時間貫穿她整個創作生涯。關於張愛玲跟香港的討論，歷來主要圍繞兩大範疇，第一種是探討張愛玲筆下的香港形象，這些研究多屬文本的細讀和分析；[9]第二種是關於張愛玲在香港生活的史料梳理，包含各項的考證和文獻整理。[10]由張愛玲在一九四三年正式發表作品開始，直至她的晚年，一直有很多作品曾經談及香港，這些作品的類型包括散文、小說和電影劇本。本章根據張愛玲的生平，把她書寫香港的時間分為兩個階段，分別是一九四三—一九五二年和一九五五年以後。在第一個階段中，張愛玲關於香港的作品都跟她在一九三九—一九四二年於香港大學留學期間的所見所聞有關。在這一段時期，她主要有散文〈燼餘錄〉（一九四四年）、小說〈第一爐香〉、〈第二爐香〉、〈茉莉香

---

8 王德威認為：「現有的香港文學研究，尤其是香港以外對香港的研究，往往強調「物理」、「病理」層面，而香港作家們也有意無意的相與呼應。但我以為除非我們對香港敘事的倫理層面多作思考，便不足以更理解香港敘事的物理和病理意涵，也就不足以看出香港文學有別於其他華語文學的特色。見王德威，〈城市的物理、病理與倫理——香港小說的世紀因緣〉，《香港文學》總二七一期，二〇〇七年七月號，頁九。

9 這一類型的論文例如陳芳明，〈亂世文章與亂世佳人——張愛玲筆下的戰爭〉，《華麗與蒼涼——張愛玲紀念文集》（香港：皇冠出版社，一九九六），頁二三八—二四六；李歐梵，〈雙城記〉，《上海摩登》（香港：牛津大學出版社，二〇〇〇），頁三〇一—三一五；何杏楓，〈銀燈下，向張愛玲借來的「香港傳奇」——論許鞍華《傾城之戀》的電影改編〉，收於劉紹銘、梁秉鈞、許子東編，《再讀張愛玲》（香港：牛津大學出版社，二〇〇二），頁八九—一二六；蘇偉貞，《孤島張愛玲——追蹤張愛玲香港時期（1952-1955）小說》（臺北：三民書局，二〇〇二）；李歐梵，〈香港：張愛玲筆下的「她者」——張愛玲以香港為背景的小說與電影〉，《蒼涼與世故：張愛玲的啟示》（香港：牛津大學出版社，二〇〇六），頁一三七—一四二；池上貞子，〈試談張愛玲香港故事裡的花木影像與象徵〉，收於林幸謙編，《張愛玲：文學・電影・舞臺》（香港：牛津大學出版社，二〇〇七），頁四〇七—四一八；吳國坤，〈香港電影半生緣：張愛玲的喜劇想像〉，收於陳子善編，《重讀張愛玲》（上海：上海書店出版社，二〇〇八），頁二九六—三一五。

10 這一類型的論文例如廖炳惠，〈台灣的香港傳奇——從張愛玲到施叔青〉，收於楊澤編，《閱讀張愛玲》（臺北：麥田，一九九九），頁四五三—四六五；梁秉鈞，〈張愛玲與香港〉，收於劉紹銘、梁秉鈞、許子東編，《再讀張愛玲》，頁一七五—一八三；黃康顯，〈張愛玲的香港大學姻緣〉，陳子善編，《記憶張愛玲》（濟南：山東畫報出版社，二〇〇六），頁一六〇—一七八。

片〉、〈傾城之戀〉（一九四三年）和〈連環套〉（一九四四年）曾經談及香港，或以香港作為故事發生的舞臺。在第二個階段（一九五五年以後），張愛玲跟香港有關的作品主要以電影劇本為主，包括〈情場如戰場〉（一九五七年）、〈桃花運〉（一九五九年）、〈六月新娘〉（一九六〇年）、〈南北一家親〉（一九六二年）、〈小兒女〉（一九六三年）、〈一曲難忘〉和〈南北喜相逢〉（一九六四年）七個劇本。除此以外，還有寫於五〇年代、於一九八三年出版的小說〈浮花浪蕊〉。另有若干跟香港有關的散文和小說，是在張愛玲一九九五年去世以後才陸續發表的，包括散文〈重訪邊城〉（根據宋以朗的推斷，約寫於一九八二年十一月以後）和《小團圓》（二〇〇九年出版）。[11]

由這些資料可以見到，張愛玲創作有關香港的作品，在時間上貫穿她整個的創作生涯。如果把這些作品放在一條連貫的時間線上去考察，可以見到張愛玲對香港的觀察逐漸出現轉變，這種轉變流露出張愛玲對香港都市想像和文化記憶。本章要討論的是香港在一個「非本土」的作家筆下，是如何被觀察著、被想像著。這是由於香港在「本土意識」出現之前，一直是被當作某地的「他者」、南來作家的「暫時之地」而存在，而張愛玲對香港書寫的轉變，正正顯示出「文學香港」在南來作家的眼中怎樣由「他者」轉變為「形同」的過程。通過探討香港與這位「外來」作家的關係如何轉變，可以見到文學香港不同的發展面向。

「他者」的形象：張愛玲早期小說對香港的「觀看」

張愛玲在寫於一九四三年的〈到底是上海人〉中，提及以「上海人的觀點」來察看香港，她的第一本小說集《傳奇》就是為上海人所寫的香港傳奇。[12]因此過往李歐梵就曾提出香港是以一個「他者」的形象出現在張愛玲的作品之中：

> 香港就是她（張愛玲）的「她者」（other），沒有這個異國情調的「她者」，就不會顯示出張愛玲如何才是上海人。[13]

這即是說，香港是為了突顯上海的某種特質而被賦予「他者」的形象，這個具有殖民地異國情調的「他者」能夠突顯當時上海的狀態：一半是傳統中國，一半是現代中國。當中的「現代中國」

11　由於*The Book of Change*和*The Fall of Pagoda*兩本為英文小說，而《易經》和《雷峰塔》則為此二書的翻譯，因此本論文暫不討論這些小說。

12　例如在〈茉莉香片〉中，張愛玲開首即明言：「我將要說給您聽的一段香港傳奇，恐怕也是一樣的苦——香港是一個華美的但是悲哀的城。」《第一爐香——張愛玲短篇小說集之二》（香港：皇冠出版社，一九九五），頁二三四。

13　李歐梵，〈香港：張愛玲筆下的「她者」——張愛玲以香港為背景的小說與電影〉，《蒼涼與世故：張愛玲的啟示》，頁一四二。

其實又離不開半殖民的狀態，張愛玲就曾經說過「上海人是傳統的中國人加上近代高壓生活的磨練。新舊文化種種畸形產物的交流，結果也許是不甚健康的，但是這裡有一種奇異的智慧。」[14] 香港作為一個「他者」，讓本來已經在半殖民狀態下的上海，能夠站在一個較為「中國」的位置，去觀察全面被殖民的香港殖民地狀態。在〈到底是上海人〉和〈燼餘錄〉中，張愛玲都曾提及香港比不上上海具有涵養，她早期對香港的觀察是站在上海的位置上，以一個較為「中國的」態度去反思殖民主義。

那麼這個「他者」在張愛玲筆下是以怎樣的面貌出現的？李歐梵強調香港在張愛玲眼中像一間「豪華旅館」，充滿著一種自製的東方主義。[15] 張愛玲稱香港是一個「華美的但是悲哀的城」，[16] 李歐梵認為這種華美是一種非傳統中國而極富東方主義色彩的華美。[17] 這種以香港對照上海的手法，不僅符合張愛玲那種參差對照的寫作美學，更為上海與香港兩者的角色定型：上海是觀察者，香港則是被觀察者。如果我們回顧一下張愛玲的寫作生涯可以發現一些相關的現象。張愛玲在一九四二年因戰亂由香港回上海賣文為生，為什麼她最早、最急於發表的是〈第一爐香〉、〈第二爐香〉和〈茉莉香片〉，而不是後來被高度讚譽、更為傳統、更為中國的〈金鎖記〉；或是更為道地、與上海更有關係的〈封鎖〉？這跟張愛玲為自己在文壇的定位有關：她是一個為中國讀者帶來異國見聞的「講故事的人」，她要建立的敘述系統是「傳奇」的模式。[18] 她在一九四三年正式發表小說之前，曾向《二十世紀》雜誌（*The XXth Century*）供稿，題材都是集中向西方人介紹中國文化，例如中國人的宗教和服飾等。因此，張愛玲隨後所寫的這幾篇小說，明顯是向上海人講述充滿異國情調的殖民地香港故事。由此確立了香港在張愛玲早期小說中的位置，不僅是被觀看，也是被敘述的。

那麼張愛玲用了怎樣的手法去講述和觀看香港呢？本章認為，香港之所以在張愛玲的小說中以一個「他者」的形象出現，其實是張愛玲借用了一種「洋人看京戲」的眼光，亦即類似殖民主義文學中常用的「殖民者凝視」（colonial gaze）去建構出來。[19]張愛玲早年曾經在西式教會學校上學，後來又在香港大學留學，長年的西式教育使她對西方文學十分熟悉。從現有的文獻資料來看，張愛玲至少對蕭伯納、赫克斯萊、毛姆及勞倫斯的作品十分熟悉，[20]其中毛姆的作品就存在著濃厚的東方主義氣味。[21]張愛玲在她的作品中亦流露出這種類似「殖民者凝視」的觀看意識，由早年的〈洋人看京戲及其他〉到晚年的〈談看書〉、〈談看書後記〉，她都以一種帶有陌生化性質的眼光去觀察不同地方和不同種族的人，除了中國人、臺灣人和香港人以外，她早年對殖民地

---

14 張愛玲，〈到底是上海人〉，《流言》（香港：皇冠出版社，一九九八），頁五六。

15 李歐梵，《蒼涼與世故：張愛玲的啟示》，頁一四〇。

16 張愛玲，〈茉莉香片〉，《第一爐香——張愛玲短篇小說集之二》，頁二三四。

17 李歐梵，《蒼涼與世故：張愛玲的啟示》，頁一四一。

18 張愛玲曾於《傳奇》扉頁按語中提及，自己寫作這本小說的目的是要「在傳奇中尋找普通人，在普通人裡尋找傳奇」。

19 有關殖民者凝視的說法，可參考Elleke Boehmer, *Colonial and Postcolonial Literature: Migrant Metaphors* (New York: Oxford University Press, 1995), 71.

20 胡蘭成曾在《今生今世》中回憶張愛玲向他解說「蕭伯納、赫克斯萊、桑茂忒芒，及勞倫斯」的作品，參見胡蘭成，《今生今世》（北京：中國社會科學出版社，二〇〇三），頁一五七。桑茂忒芒即毛姆。

的日本人、俄國人、印度人、帕西人，乃至晚年對夏威夷侏儒、非洲小黑人的觀察，都帶有西方人類學的觀察眼光。

這種「洋人看京戲」的眼光在張愛玲早期的小說中得到充分的發揮，甚至構成了她不少小說的基本架構。我們曾於第三章討論過張愛玲在一九四六年出版的《傳奇》增訂本封面具有「殖民者凝視」的特質，並把傳統中國置於被觀察的位置。同樣，香港在張愛玲筆下亦處於被觀看的位置。如果說，西方的東方主義論述依靠許多表述（representation）的技巧，使東方可見可感，那麼，香港在張愛玲早期的作品中同樣是依靠東方主義的手法才能夠在文本中「存在」。在這些作品中的香港，大都是以這種「可見可感」的模式出現。

張愛玲在她早期對香港的描寫中，往往運用了上述「殖民者凝視」對東方好奇、窺視的眼光。在〈連環套〉中，張愛玲對香港的描寫充滿了東方主義的趣味。例如她寫光緒年間印度男子雅赫雅在香港開設的綢緞店：

> 雅赫雅的綢緞店是兩上兩下的樓房，店面上的一間正房，雅赫雅做了臥室，後面的一間分租了出去。最下層的地窖子卻是兩家共用的，黑壓壓堆著些箱籠，自己熬製的成條的肥皂，南洋捎來的紅紙封著的榴槤糕。丈來長的麻繩上串著風乾的無花果，盤成老粗的一圈一圈，堆在洋油桶上。頭上吊著燻魚，臘肉，半乾的褂袴。影影綽綽的美孚油燈（……）[22]

張愛玲在這篇小說中多次描寫各種具有東方色彩的中國陳設，以及香港那種東西交雜的殖民地生活。她的方法是描寫種種的小物件，例如自製的肥皂、榴槤糕、無花果、燻魚、臘肉等，這些都是在西方人眼中具有東方特色的物件。加上強烈的顏色視覺描寫，都類似西方殖民主義文學，對東方的原始、雜亂、紛紜的觀看和描述。張愛玲曾經回應傅雷對〈連環套〉用語陳舊的批評：

> 至於〈連環套〉裏有許多地方襲用舊小說的詞句——五十年前的廣東人與外國人，語氣像《金瓶梅》中的人物；賽珍珠小說中的中國人，說話帶有英國舊文學氣息，同屬遷就的借用，原是不足為訓的。我當初的用意是這樣：寫上海人心目中的浪漫氣氛的香港，已經隔有相當的距離；五十年前的香港，更多了一重時間上的距離，因此特地採用一種過了時的辭彙來代表這雙重的距離。[23]

張愛玲這番解釋有助我們了解〈連環套〉中為何存在一種「殖民者凝視」的情況，這是由於她強調一種時空上的距離感，這種距離感拉開了文本中觀察者和被觀察者，使這位觀察者能夠在文本

---

21 關於毛姆作品的東方主義和異域風情等問題，中文論文可參葛桂錄，〈「中國畫屏」上的景象——試看毛姆的傲慢與偏見〉，《霧外的遠音——英國作家與中國文化》（銀川：寧夏人民出版社，二〇〇二），頁三二四—三四三。英文論文可參 Phebe Shih Chao, "Reading *The Letter* in a Postcolonial World," in *Visions of the East: Orientalism in Film*, ed. Matthew Bernstein and Gaylyn Studlar (New Brunswick, N.J.: Rutgers University Press, 1997), 292-313.

22 張愛玲，〈連環套〉，《張看》（香港：皇冠出版社，二〇〇〇），頁二一一。

23 張愛玲，〈自己的文章〉，《流言》，頁二四。

中以冷靜的面貌出現。這種距離感是殖民主義文學中的重要元素，可以為西方敘述者帶來居高臨下的觀察位置。這可以讓我們看到張愛玲如何在潛移默化中運用了這種西方寫作美學。

除了〈連環套〉的例子之外，在〈第一爐香〉中，張愛玲不單以強烈的視覺化筆觸描畫梁太太在半山的房子，更加以「殖民者凝視」的手法去觀看殖民地香港：

> 山腰裏這座白房子是流線形的，幾何圖案式的構造，類似最摩登的電影院。然而屋頂上卻蓋了一層仿古的碧色琉璃瓦。玻璃窗也是綠的，配上雞油黃嵌一邊窄紅的邊框。窗上安著雕花鐵柵欄，噴上雞油黃的漆。屋子四周繞著寬闊的走廊，地下鋪著紅磚，支著巍峨的兩三丈高一排白石圓柱，那卻是美國南部早期建築的遺風。從走廊上的玻璃門裏進去是客室，裏面是立體化的西式佈置，但是也有幾件雅俗共賞的中國擺設。爐臺上陳列著翡翠鼻煙壺與象牙觀音像，沙發前圍著斑竹小屏風（……）[24]

這段文字顯露出繁瑣的細節描寫，當中對顏色的重點描寫，帶有強烈的東方主義色彩，例如把焦點集中在中國的小擺設和美國南部早期建築風格的配合上，強調梁太太的住宅中西合璧卻又不倫不類。

在〈傾城之戀〉裡張愛玲更通過上海人白流蘇的眼睛，展現香港殖民地那種原始的、沖犯的、激烈的視覺色彩：

> 好容易靠了岸，她方才有機會到甲板上看看海景，那是個火辣辣的下午，望過去最觸目的便是碼頭上圍列著的巨型廣告牌，紅的、橘紅的、粉紅的，倒映在綠油油的海水裏，一條條，一抹抹刺激性的犯沖的色素，竄上落下，在水底下廝殺得異常熱鬧。流蘇想著，在這誇張的城市裏，就是栽個跟斗，只怕也比別處痛些（……）[25]

這段文字以「誇張」的、大紅大綠的刺激顏色表現香港殖民地的異域色彩。其中的「犯沖」、「廝殺」、「栽個跟斗」等描寫，更是強調了殖民地的原始性，這種描寫方向跟殖民主義文學對殖民地的描寫十分類同。[26]

〈第一爐香〉的最後一節講述薇龍最終自願為娼養活丈夫喬琪，兩人在陰曆三十夜到灣仔看熱鬧，張愛玲以濃烈的視覺色彩去描寫灣仔：

> 她在人堆裏擠著，有一種奇異的感覺。頭上是紫黝黝的藍天，天盡頭是紫黝黝的冬天的

---

24 張愛玲，〈第一爐香〉，《第一爐香——張愛玲短篇小說集之二》，頁二六〇。

25 張愛玲，〈傾城之戀〉，《回顧展I——張愛玲短篇小說集之一》（香港：皇冠出版社，一九九一），頁二〇二—二〇三。

26 參見博埃默（Elleke Boehmer）著，盛寧譯，《殖民與後殖民文學》第二章（香港：牛津大學出版社，一九九八），頁六六—一〇七。

海，但是在海灣裏有這麼一個地方，有的是密密層層的人，密密層層的燈，密密層層的耀眼的貨品——藍磁雙耳小花瓶、一捲一捲蔥綠堆金絲絨、玻璃紙袋裝著「巴島蝦片」、琥珀色的熱帶產的榴槤糕、拖著大紅穗子的佛珠、鵝黃的香袋、烏銀小十字架、寶塔頂的涼帽……[27]

這裡灣仔被塑造成一個充滿琳瑯滿目商品的地方，小說中充滿強烈的「殖民者凝視」的意味，焦點仍然在當中的殖民地異域情調，而這種情調毫不例外的又是靠東方的枝枝葉葉來建造：花瓶、金絲絨、「巴島蝦片」、榴槤糕、大紅穗子的佛珠等，既是東方又有熱帶地方的風情。這段文字顯示香港「異國情調化」（exoticization）的描寫具有怎樣的虛幻性。薩依德曾經提及，殖民主義文本會超越單純的敘述，而轉變成展示異國情調的百科全書。當中的敘述者會以鉅細無遺的細節打斷並阻礙敘事的進程，或加插另一敘事線索，阻遏敘事順序，其手法是大量的描述性語句。敘事者控制這些大量細節的方法，就是與東方現實保持著冷靜的距離。[28]如果以薩依德的說法來看，張愛玲在書寫香港的小說中，正正是以大量的描述性細節去建構殖民地世界，其敘述的腔調是冷靜並且帶有距離的，並且強調殖民地世界的「異國情調」。在〈第一爐香〉的灣仔，其夜生活就由無數的小物件、細節所組成，密集的人與物成為了殖民地世界「異國情調」的組成物。

如果香港本身在殖民者眼中已經是以一個「他者」的面貌出現，那麼張愛玲模仿殖民主義文學中的「殖民者凝視」，跟西方殖民者對香港的「凝視」有何差別？兩者的分別又突顯了什麼問題？在前述〈第一爐香〉的例子中，當張愛玲描寫梁太太那座帶著豔異色彩的大宅以後，立即加入了她的判斷：

> 可是這一點東方色彩的存在，顯然是看在外國朋友們的面上。英國人老遠的來看看中國，不能不給點中國他們瞧瞧。但是這裏的中國，是西方人心目中的中國，荒誕、精巧、滑稽。[29]

張愛玲在這裡的態度是直接指出香港並不是真正的中國，而是按照殖民者口味打造出來的殖民地。小說直接指出了殖民地世界的不真實，目的在於揭露這些東方主義物質堆疊的背後，存在著醜惡的、殘忍的真實與日常。這種揭露破壞了「殖民者凝視」對東方細節的注視而得到的快感，因為它直接顯露這些細節背後醜陋的真相，張愛玲的書寫甚至是要令人逼視這種醜陋的現實。於是，我們在當中找不到如殖民者在東方主義文學中沉醉或流連的意圖，卻可以看到張愛玲不斷地揭露強烈的東方主義視覺世界背後那蒼涼的、灰撲撲的現實，這種情況在〈第一爐香〉最後一節可見到充分的示範。上文曾論述小說中的灣仔充滿了「異國情調」，但是讀者並不能好像殖民主

27　張愛玲，〈第一爐香〉，《第一爐香——張愛玲短篇小說集之二》，頁三一一。

28　薩義德著，王宇根譯，《東方學》（北京：三聯書店，一九九九年初版，二〇〇七年重印），頁二〇八—二一〇。薩依德把這些特徵歸入愛德華・威廉・雷恩（Edward William Lane, 1801-1876）作品的類型。

29　張愛玲，〈第一爐香〉，《第一爐香——張愛玲短篇小說集之二》，頁二六一。

義文學一般陶醉於東方主義之中，因為緊接著這種繁華，荒涼的現實就顯露出來了：

> 然而在這燈與人與貨之外，還有那淒清的天與海——無邊的荒涼，無邊的恐怖。她的未來，也是如此——不能想，想起來只有無邊的恐怖。她沒有天長地久的計畫。只有在這眼前的瑣碎的小東西裏，她的畏縮不安的心，能夠得到暫時的休息。[30]

這裡明言殖民地都市繁華的物質世界只能成為現代人心靈暫時休息的地方，生活在這裡的人對未來沒有希望，只能暫時從物質上得到安慰。張愛玲在這裡更揭露出香港這個充滿商品消費的都市背後的真面目：

> 兩人一路走一路看著攤子上的陳列品，這兒什麼都有，可是最主要的還是賣的是人。在那慘烈的汽油燈下，站著成群的女孩子，因為那過分誇張的光與影，一個個都有著淺藍的鼻子，綠色的面頰，腮上大片胭脂，變了紫色。[31]

除了琳瑯滿目的商品以外，這些「成群的女孩子」亦成為了香港迎合殖民者喜好的象徵。這篇小說明確地以「妓女」來比喻香港在殖民者面前的角色，那種刻意賣弄和經營的東方主義色彩表現了三、四〇年代香港的處境。上述的小說例子已然指出，張愛玲認為香港在受到「殖民者凝視」以後，是有目的地按照殖民者的喜好來塑造自身。因此本章認為，來自「中國上海人」的「凝視」，是對香港這種自我定位的反思，而不是像西方殖民者一般把香港塑造成其「慾望」的投射。亦是在這一層次上，令張愛玲對香港的「凝視」跟西方殖民主義文學不盡相同，可以視之為霍米・巴巴所言的「模擬」的策略。[32]在這些小說中，張愛玲往往以她的上海人眼光去看穿東方主義的「殖民者凝視」的漏洞與虛假。

張愛玲早期的小說一方面指出了香港怎樣利用西方對東方的「凝視」來生存，同時卻顯露她對香港的感情。在她的小說中，往往通過一個跟殖民地生活格格不入的角色，可能是「更中國的」或是「更西方的」角色，以他們的眼光去賦予香港「半中不西」的形象。例如〈第一爐香〉的薇龍由上海來、〈第二爐香〉的羅傑是英國人、〈傾城之戀〉的流蘇是由上海而來的「真正的中國女人」。他們都是一些寄居的、暫住的「外來者」，他們既不屬於殖民地，本身所屬的祖國（英國、中國上海）也對他們有所排斥，或是他們自我疏離於本身的文化。這些人物往往都離不開香港（葛薇龍、羅傑、聶傳慶），或是必須通過香港而達到自己的目標（香港的陷落成全了白

30 張愛玲，〈第一爐香〉，《第一爐香——張愛玲短篇小說集之二》，頁三一一。

31 張愛玲，〈第一爐香〉，《第一爐香——張愛玲短篇小說集之二》，頁三一二。

32 霍米・巴巴在《文化的定位》（*The Location of Culture*, 1994）中把這種方式視為被殖民者的一種抵抗的策略。被殖民者會以一種「幾乎相同但又不太一樣」（almost the same but not quite）的方式去「模擬」（mimicry）殖民者的行為，以此削弱殖民者的權威性。這種「模擬」最終會導致「混雜性」（hybridity）的出現。參見Homi Bhabha, *The Location of Culture* (New York: Routledge, 1994), 85.

流蘇）。香港這個城市如果作為一個角色，在這些小說中並不是一個反面形象，亦不曾被塑造成上海的對立面。這符合張愛玲寫作的參差對照的美學，不會把強烈的對照套用到香港和上海之上。[33]這些小說人物對香港這個小島有著矛盾的感情，例如〈第二爐香〉的羅傑：

> 他離開香港了——香港，昨天他稱呼它為一個陰濕、鬱熱、異邦人的小城；今天他知道它是他唯一的故鄉。他還有母親在英國，但是他每隔四五年回家去一次的時候，總覺得過不慣。[34]

或是〈第一爐香〉的薇龍：

> 薇龍嘆了一口氣；三個月的工夫，她對於這裏的生活已經上了癮了。[35]……薇龍突然起了疑竇——她生這場病，也許一半是自願的；也許她下意識地不肯回去，有心挨延著……[36]

或是〈茉莉香片〉的傳慶：

> 丹朱沒有死。隔兩天開學了，他還得在學校裏見到她。他跑不了。[37]

張愛玲這些小說中的主要人物，每一個都是「離不開」香港，或是「回不去」祖國，他們個人的命運往往配合著殖民地城市的命運而發展。最能反映這種人物命運跟香港無法分離的情況是〈傾城之戀〉中的白流蘇，一個城市甚至為了要成全她而陷落了。[38]阿巴斯（Ackbar M. Abbas）曾經提出一點，在歷來書寫香港的作品中，都具有一種集體圖像：「香港這個城市的意願是那麼強烈，個人的意願都給淹沒了。」[39]從張愛玲這些小說可以看到，儘管她以諷刺的態度來揭露香港的與殖民主義的合謀，但是她並沒有以譴責的態度來做出論斷。香港的形象既要通過本土以外的作家來形塑，同樣也形塑了這些「外來的人」。

---

33 張愛玲，〈自己的文章〉，《流言》，頁一八。

34 張愛玲，〈第二爐香〉，《第一爐香——張愛玲短篇小說集之二》，頁三四三。

35 張愛玲，〈第一爐香〉，《第一爐香——張愛玲短篇小說集之二》，頁二九四。

36 張愛玲，〈第一爐香〉，《第一爐香——張愛玲短篇小說集之二》，頁三〇七。

37 張愛玲，〈茉莉香片〉，《第一爐香——張愛玲短篇小說集之二》，頁二五七。

38 張愛玲，〈傾城之戀〉，《回顧展I——張愛玲短篇小說集之一》，頁二三〇。

39 阿巴斯（Ackbar M. Abbas），〈香港城市書寫〉，收於張美君、朱耀偉編，《香港文學@文化研究》（香港：牛津大學出版社，二〇〇二），頁三〇二。

「認同」的形象：張愛玲對香港的「本土化觀看」和「非意願記憶」

英國在五、六〇年代開始逐漸撤出亞洲，其殖民的影響力亦漸次減弱；香港在這個時候漸漸由殖民社會轉變為後殖民社會，並擺脫英國的殖民主義影響，建立文化和經濟上的自我。[40]這種殖民主義色彩的消逝，令香港由早年被別人賦予形象，轉變成自我建構。到六、七〇年代開始本土意識興起，香港人開始以普及文化的形式訴說自己的故事。然而在這種情況背後，那些非本土作家，他們在本土意識興起後，對香港的心態有沒有轉變？他們在面對本土意識的時候又有怎樣的態度？

香港文學的本土意識出現於六〇年代，藤井省三認為香港在一九六七年反英大暴動前，基本上都是被看作一個臨時之地，不論是中國人還是西方人，都只把香港看成是一個掙錢的地方，而不是一個發展安居的地方。[41]在暴動以後，香港作為一個移民社會的本質改變了，居住在這裡的人們，特別是中產階級開始形成「香港意識」。由此開始，過去在五〇年代成為左右翼爭奪之地的香港文壇，開始改變了本來以邊陲向中心發聲的模式，而在六〇年代的中後期開始慢慢建立本身的主體性。[42]張愛玲在這段時期（一九五七至一九六四年）所寫的一系列電影劇作，早已透露出一種由上海過渡香港、由中心移向邊陲的趨勢。到張愛玲後來寫作中文版〈重訪邊城〉（此文根據寫於一九六一年的英文版 *Return To The Frontier* 重寫）和〈浮花浪蕊〉時，不單她筆下的香港形象跟早期的作品已有明顯的差別，其想像和表現的手法亦跟以往大為不同。

張愛玲於五、六〇年代書寫香港，多以電影劇作來表現。這些電影劇作跟隨當時國語電影本土化的大勢，多以「倫理」的角度對香港做出「本土化」的觀看，擺脫了她早期以「傳奇」、陌生化的眼光觀察香港的手法。這種書寫角度的轉變固然有商業的考慮，但如同張愛玲早年考慮上海人的「傳奇」口味一樣，這種轉變同時亦反映出包括張愛玲在內的南來作家對香港心態的轉變。由一九五七年的《情場如戰場》、一九五九年的《桃花運》和一九六〇年《六月新娘》中表現的香港中產生活，到一九六二年起的《南北一家親》、《小兒女》、《一曲難忘》、《南北喜相逢》中表現的香港普羅大眾的生活情態，張愛玲書寫的焦點都不在香港的殖民地特徵，而是集中表現小市民的男女情愛、親子關係等家庭倫理。如果把這些電影作品跟張愛玲早期小說相比，可以發現香港的形象由過往的「豔異」轉變得「平易近人」，諸如《情場如戰場》的青山別墅、《桃花運》中的尖沙嘴大鐘、《六月新娘》的香港夜景、北角街景、大牌檔和山頂景觀、《小兒女》的青洲、渡輪和荔園、《南北喜相逢》的中區商業景觀等，這些電影所表現的香港不再是獨立或凌駕於人物的城市形象，而是一個平實的場景。影片中不再如早期小說般以「殖民者凝

40　譚國根，〈「浮城」身份意識：古蒼梧詩的非殖民意象與香港本土意識〉，《主體建構政治與現代中國文學》（香港：牛津大學出版社，二〇〇〇），頁一九九—二一八。

41　藤井省三作，劉桂芳譯，〈小說為何與如何讓人「記憶」香港——李碧華《胭脂扣》與香港意識〉，收於陳國球編，《文學香港與李碧華》（臺北：麥田，二〇〇〇），頁九一。

42　鄭樹森，〈遺忘的歷史．歷史的遺忘——五、六〇年代的香港文學〉，收於黃繼持、盧瑋鑾、鄭樹森著，《追跡香港文學》（香港：牛津大學出版社，一九九八），頁一—一〇。

視」的手法去刻劃香港的傳奇性。也斯就曾經把《小兒女》放到倫理電影的脈絡去討論，強調張愛玲在這一問題上的細膩觀察。[43]上述的電影，處理了香港當時社會「南人」和「北人」之間的衝突、女兒和後母之間的矛盾、上流社會和中產家庭中年輕人的戀愛問題，顯示張愛玲這時轉以「倫理」的角度去觀察香港，其想像香港的方法不再「傳奇化」或「異國情調化」。

在張愛玲於電影中以「倫理」的方式書寫香港的同時，她在小說和散文中對香港的書寫則常常流露出一種「非意願記憶」的突襲，這種情況跟她作為一個流亡作家的身分有密切關係。[44]其中寫於五〇年代、發表於一九八三年的〈浮花浪蕊〉，顯出張愛玲對香港的書寫跟早期的小說有明顯的區別。〈浮花浪蕊〉本身已經是一個「流亡者」的故事，主要敘述女主角洛貞在貨輪上十日的旅程。小說主要由洛貞的三段回憶所組成，其中一段跟洛貞在香港的逃難經歷有關。洛貞在大陸來香港時，要通過關口羅湖通道，張愛玲如此寫出洛貞這一段經歷：

> 出了大陸，怎麼走進毛姆的領域？有怪異之感。恍惚通過一個旅館甬道，保養得很好的舊樓，地毯吃沒了足音，靜悄悄的密不通風——時間旅行的圓筒形隧道，腳下滑溜溜的不好走，走著有些腳軟。羅湖的橋也有屋頂……[45]

這段文字先表現洛貞對身處貨輪的陌生環境感到不安，這是她的第二段「流亡歷程」。接著突如其來的回憶出現，「羅湖的橋也有屋頂」一句突然加入，使關於香港的「非意願記憶」突然出現，令洛貞不由自主地回想起她的第一段「流亡歷程」。接著張愛玲敘述洛貞第一段「流亡歷程」的具體情況：她怎樣走過羅湖橋，由大陸過關到香港：

> 過了橋就是出境了，但是她那腳夫顯然認為還不夠安全，忽然撒腿飛奔起來，倒嚇了她一大跳，以為碰上了路劫，也只好跟著跑，緊追不捨。是個小老頭子，竟一手提著兩隻箱子，一手攜著肩擔，狂奔穿過一大片野地，半禿的綠茵起伏，露出香港的乾紅土來，一直跑到小坡上兩棵大樹下，方放下箱子坐在地下歇腳，笑道：「好了！這不要緊了。」[46]

在這段文字以至整篇〈浮花浪蕊〉中，張愛玲並沒有如早期一樣用「殖民者凝視」去處理香港的場景，香港的形象仿似一段閃過的記憶，張愛玲甚至把這條羅湖橋描寫成連接人間與陰間的橋

43 也斯，〈張愛玲與香港都市電影〉，《超前與跨越：胡金銓與張愛玲》（香港：香港臨時市政局，一九九八），頁一四七－一四九。

44 本章關於「非意願記憶」的用法參自本雅明，〈論波特萊爾的幾個主題〉，《啟迪：本雅明文選》（香港：牛津大學出版社，一九九八），頁一五五。本雅明引用佛洛伊德的理論和普魯斯特的說法，提出「意願記憶」是現代人面對「震驚」時經過理性的意識規劃，而「非意願記憶」則是未能經過意識的刻意處理的遺留物。

45 張愛玲，〈浮花浪蕊〉，《惘然記》（香港：皇冠出版社，一九九九），頁三九。

46 張愛玲，〈浮花浪蕊〉，《惘然記》，頁四〇。

梁。香港不再以傳奇的面貌出現，洛貞通過羅湖橋而走到「人間」不再是一則仿似〈傾城之戀〉的浪漫傳奇，而是踏踏實實、生死攸關的流亡體驗。這種體驗不再具有歷險的性質，卻是一段未能收編入意識層面、因此在當事人毫不防備之時就會來襲的「非意願記憶」。

在〈重訪邊城〉中，張愛玲表露了以前從未表露的香港之情，然而這仍然跟她的流亡心態有密切關係。張愛玲曾於一九六一年到訪臺灣和香港，〈重訪邊城〉中記錄她為了不想追憶以往香港的經歷而感傷，於是要在一日內與親友敘舊和買金器，避免要再次渡海到中環。當日她冒險在晚上獨個兒到中環買金器，感到十分害怕。她立即自責起來：

> 都怪我不肯多跑一趟，怕過海，要兩次併一次，這麼晚才去買東西。誰叫你這樣感傷起來，我對自己說，就有那麼些感情上的奢侈！怕今昔之感，就不要怕匪頸路劫。活該！[47]

張愛玲這裡明言自己對香港有今昔之感，她對這種依戀香港之情是如此害怕，因為確實知道這是一個「流亡者」最後一次與故地接觸的機會。〈重訪邊城〉充滿了張愛玲對香港難以忘懷的記憶，她的表述方法跟寫於同一時期的〈浮花浪蕊〉屬同一風格，顯示出她早期作品沒有流露的「非意願記憶」，同時亦表現出她最後對香港的觀察。整篇文章不斷地表現著張愛玲在香港街道上的發現，這些發現勾起了她的歷史記憶，而這些歷史記憶又是她竭力避免觸及的，因為她自知這是她最後一次踏足這片與中國相連的土地，於是竭力避免感情的波動。這一來一回、一立一破的寫法，使張愛玲筆下最後一次的香港形象顯得鬼氣森森：「這不是擺綢布攤的街嗎？……事隔二十年，我又向來不認識路……但是就在這疑似之間，已經往事如潮，四周成為喧鬧的鬼市。」[48]「流亡」的其中一個意思就是「不能再重回故地」，因此，張愛玲在這裡把香港寫成一個「鬼市」，確能表現她的「流亡者」心情：這是一個在她的生命中已經「死去」、「逝去」的地方。只是，張愛玲再次不能抑止「非意願記憶」的來襲。當她逛到擺綢布攤的街時，時間立即不由自主地向後倒退二十年，張愛玲回想起一九四〇年在香港看中了紅花布的事。由看中了花布而浮想聯翩，聯想到中國人的衣著顏色，再進一步大談中國的文化習俗和香港的道地生活。這時她卻自述：

> 當時我沒想到這麼多，就只感到狂喜，第一次觸摸到歷史的質地——暖厚黏重，不像洋布爽脆——而又不像一件古董，微涼光滑的，無法在上面留下個人的痕跡；它自有它完整的亙古的存在，你沒有份，愛撫它的時候也已經被拋棄了。[49]

這種接觸的當下已然失去的心態，明確流露出張愛玲將要與故地訣別的流亡心態。一九四〇年的張愛玲在香港因一塊紅土布而與歷史相遇，但一九六一年的張愛玲卻有不同的感受：

---

47 張愛玲，〈重訪邊城〉，《重訪邊城》（香港：皇冠出版社，二〇〇八），頁四七—四八。
48 張愛玲，〈重訪邊城〉，《重訪邊城》，頁四九。強調標示為筆者所加。
49 張愛玲，〈重訪邊城〉，《重訪邊城》，頁五六。

> 而現在，這些年後，忽然發現自己又在那條神奇的綢布攤的街上，不過在今日香港不會有那種鄉下趕集式的攤販了。這不正是我極力避免的，舊地重遊的感慨？我不免覺得冤苦。[50]

這些文字讓我們看到，張愛玲在處理「記憶」的「失落」時，是通過對傳統的緬懷和追想，透過對文化的追尋去安置突如其來的「非意願記憶」。同時，張愛玲亦表現出對香港行將消逝的「殖民記憶」感到可惜。她在〈重訪邊城〉中描寫香港過往那種「被觀看」的殖民地形象已經成為過去：

> 這次別後不到十年，香港到處在拆建，郵筒半埋在土地裏也還照常收件。造出來都是白色大廈，與非洲中東海洋洲任何新興城市沒什麼分別。[51]

香港政府在六〇年代打造「新」的香港，以往那種殖民地、中西交匯的色彩被逐漸拆除。張愛玲認為，這些香港「特色」如果被放棄，就會令香港跟其他的新興城市沒有分別。本來張愛玲曾經在〈茉莉香片〉、〈第一爐香〉等小說中重點描寫過的、跟香港的異國風情有密切關係的杜鵑花，在〈重訪邊城〉中成為了張愛玲回憶的重心：

> 想必滿山都是白色高樓，半山的杜鵑花早砍光了。**我從來沒問起**。其實花叢中原有的二層樓薑黃老洋房，門前洋臺上褪了漆的木柱欄杆，掩映在嫣紅的花海中，慘戚得有點刺目，但

是配著碧海藍天的背景，也另有一種淒梗的韻味，免得太像俗豔的風景明信片。[52]

這段文字中「我從來沒問起」再次透露出張愛玲重臨香港的心情：由於對過往的香港充滿感情，因而害怕看見她的轉變。張愛玲這種不堪回首、避免今昔之比和觸景生情的心態充斥著〈重訪邊城〉全文，跟早期小說對香港殖民地形象的諷刺十分不同。她接著更直接表達她對香港的喜愛：

> 這種老房子當然是要拆，這些年來源源不絕的難民快把這小島擠坍了，怎麼能不騰出地方來造房子給人住？我自己知道不可理喻，不過是因為太喜歡這城市，兼有西湖山水的緊湊與青島的整潔，而又是離本土最近的唐人街。有些古中國的一鱗半爪給保存下來，唯其近，沒有失真，不像海外的唐人街。[53]

這段是張愛玲歷來最直接品評香港、最坦率表示對香港的感情的文字。過去的研究只能通過張愛玲把香港跟上海的比照，來估計香港在她心目中的位置。這裡張愛玲表達了她不欲香港改變的

50 張愛玲，〈重訪邊城〉，《重訪邊城》，頁五八。
51 張愛玲，〈重訪邊城〉，《重訪邊城》，頁四二。
52 張愛玲，〈重訪邊城〉，《重訪邊城》，頁四二。強調標示為筆者所加。
53 張愛玲，〈重訪邊城〉，《重訪邊城》，頁四二—四三。

原因，正正是中國式的風景（西湖山水的緊湊）和西方殖民地的城市發展（青島的整潔），這種「兼有」中西方文化的特色正是香港殖民地最強烈的色彩，並且能夠保存有古中國的某些特色，這就顯示出，張愛玲最懷念和重視的香港特色正正就是其在「殖民者凝視」下的東方主義色彩。更正確一點的說法是，張愛玲最想保留的香港特色，是那種跟傳統中國帶有一點距離的「唐人街」特色，這種離本土最近，卻又可以保持適當距離的位置，正正是香港為張愛玲帶來「洋人看京戲」式的觀看方法。

從上述的討論我們可以看到，張愛玲對香港殖民歷史的態度非常獨特。她把一般被視為應該拋棄的殖民地色彩當成一種值得保留的、快將逝去的記憶。在她的眼中，香港的殖民地色彩是一種值得保留的本土文化遺產。在〈重訪邊城〉中，殖民地色彩作為一種記憶，常常以懷舊的姿態出現，它是張愛玲一直刻意迴避、難以承受的感情。〈重訪邊城〉帶給我們的啟示是，在記憶逝去的關頭，不單傳統和本土的事物能夠維繫現代人的意識，連殖民記憶亦不能被放棄和被遺忘。過去，特別是在回歸以前，關於香港身分、本土意識的討論十分熱熾。但是，當回歸已成事實，香港跟中國的關係越趨密切的時候，「文學香港」仍然需要關注香港的獨特性。本章要提出的觀點是，殖民地的歷史已經成為香港資產的一部分，亦是我們不能放棄的一種形象。也斯曾經提出，香港的意義在於提供「異角度」去質疑單一的民族主義歷史觀，讓作家發出異見。[54]本章延伸這一論點，認為香港對於張愛玲的意義在於提供一個「異空間」，讓她可以帶有距離地審視主流的意識型態。這一「異空間」的特質正是張愛玲在早期小說中表現的一種既近又遠的距離、一種既連結又割裂的關係；同時又是她在流亡時期為她提供歷史與記憶的場所，儘管這個跟流亡相關的場所帶來的都是「非意願的記憶」。在這幾年強調香港與中國大陸來往的熱潮之後，我們也許要在文學中維持一種「距離的」、「陌生化的」觀察態度。

過往的「文學香港」往往以一個故事、一個傳奇的姿態出現，由本土以外眾多講故事的人，根據自己的角度、為了自己的慾望和需要而闡述、添加一層又一層的敘述於「香港」之上。這種香港形象之根深柢固，令後來的本土作家感到永遠不能把香港故事說清楚，正是由於他們身處的位置是「故事中的人」，而不是外在於香港去述說香港故事。本土作家因此要像本土以外的作家一樣，在述說故事時自製一種距離、一種陌生的位置，才能把香港說得清楚。因而這種做法亦是重複把香港作為「故事」來敘述。如果我們把北京和西安跟香港做比較，可以發現面對這些具有深厚歷史積澱的城市，作家很少會以「傳奇故事」的角度對其做出想像。這正正就是由香港的特質而來的文學記憶。在香港文學的「無愛紀」，我們要表現的「文學香港」也許不是純粹的身分問題，而是張愛玲所關注的香港殖民地記憶和本土倫理；或是說，不再從「病理」尋找自我身分，而可以透過倫理和殖民記憶找到答案。香港文學需要一種文化上的回顧，亦即對過去好好地反思和駕馭。

54 也斯，〈從五本小說選看五十年來的香港文學：再思五、六〇年代以來「現代」文學的意義和「現代」評論的限制〉，收於陳國球編，《文學香港與李碧華》（臺北：麥田，二〇〇〇），頁六四。

第九章

張愛玲的離散意識與後期小說風格

二〇〇九至二〇一〇年間，相繼有張愛玲的遺作出版，曾掀起了一股重新審視張愛玲文學生命和文學位置的討論熱潮。特別是《小團圓》、《雷峰塔》和《易經》的出版，改變了學術界過往對張愛玲的評論焦點，研究者對這幾部迥異於張愛玲早期風格的作品有各式各樣的評價。除了大量關注這些作品與作者私人史關係的討論，亦出現了不少對張愛玲這一時期作品的批評，例如陳暉曾批評：

《小團圓》中顯露出混亂和散漫，是張愛玲在結構控制、藝術手法運用方面的粗疏或不圓熟所致，還是因其創作方向本質性錯失所決定，比如是否由於張愛玲一味痴迷沉溺於中國舊小說傳統，而舊小說的體式章法、傳奇化情節，與張愛玲所要表現的現代、現實的生活，特別是與她同時吸納並運用於創作中的現代的文學技法（比如心理描寫、意識流、電影蒙太奇的轉換與銜接、意象與隱喻等），本身存在難以兼容和彌合的斷裂、衝突、雜糅與錯位……[1]

又例如張伯存認為：

《小團圓》的面世，昭示著張愛玲晚年又出現了一個創作高峰，雖然比不上她的「傳奇時期」，但在當今全球化的時代、傳媒時代，作為一個文學現象的張愛玲正在被無限「書寫」之中，形塑了一個新的傳奇。[2]

這些評論顯示一種觀點，即《小團圓》等作品因為跟張愛玲早期作品風格不同，因而被認為是「比不上」，或者是「粗疏」、「不圓熟」。我們當然可以輕易接受這種對張愛玲後期作品的解釋，它們確實跟我們一直以來熟悉的張愛玲不大相同。但是只要我們深入思考一下，當可提出更多的疑問，例如，為何一個「曾經」極成功、極受歡迎的作家，不按她已經得到認同的方法繼續寫作？若果她真的是逐漸「枯萎」了，那麼又怎樣解釋她晚年孜孜不倦從事寫作、翻譯和考證的大量工作？[3]我們又從哪一種標準去定論張愛玲後期作品不及早期作品？

學術界對於張愛玲後期作品的研究已有初步開展，例如陳建華在〈張愛玲「晚期」風格初探〉中，討論了張愛玲晚年生活跟文學風格的關係；[4]許子東則提出《小團圓》確立了張愛玲的

1　陳暉，〈證與非證：張愛玲遺稿《小團圓》價值辨析〉，《中國現代文學研究叢刊》，二〇〇九年五期，頁一七五。

2　張伯存，〈離散中追尋生命蹤跡的自我書寫——論張愛玲小說《小團圓》及其晚年的文學書寫〉，《棗莊學院學報》第二十六卷第四期，二〇〇九年八月，頁一。

3　柯靈在一九九五年張愛玲過世後發表的〈柯靈追憶張愛玲〉中曾以「枯萎」來形容張愛玲離開大陸後導致後期創作「比不上」早期：「試想，如果她不離開，在後來的『文化革命』中，一百個張愛玲也被壓碎了。但是，再大的天才離開自己的土地，必然要枯萎。張愛玲的光輝耀眼而短暫。張愛玲的悲劇也可以說是時代的悲劇。」參見江迅，〈柯靈追憶張愛玲〉，《明報月刊》，一九九五年十月號，頁三六。

4　陳子善編，〈張愛玲「晚期」風格初探〉，《重讀張愛玲》（上海：上海書店出版社，二〇〇八），頁一三四—一六五。其他論及張愛玲後期文學風格的文章包括趙菏，〈「張迷」的「團圓」——論張愛玲後期敘事風格的轉變〉，《河南師範大學學報》第三十七卷第五期，二〇一〇年九月，頁二二三—二二五；布小繼、張天萍，〈平淡近自然　持節而守中——張愛玲後期美學追求論析〉，《楚雄師範學院學報》第二十六卷第一期，二〇一一年一月，頁二六—三〇。

晚期小說風格；[5]王德威則在幾篇論文中以晚期風格討論張愛玲的《小團圓》、《雷峰塔》及《易經》。[6]在面對這樣一系列的後期作品時，我們應該從哪一種角度入手？要思考這一問題，本章將以下列線索來進行，即張愛玲的後期風格，是形成於張愛玲身處離散的狀態下。是在這樣的背景下，張愛玲的後期風格才能顯示出異於早期作品的意義。因此，以作家生存狀態與作品風格關係的角度來考慮，本章認為必須以離散的角度配合後期風格的理論來重新思考，才能得到更為深入的結論。以下我們將先從後期風格的定義談起。[7]

薩依德曾於《論晚期風格：反常合道的音樂與文學》（*On Late Style: Music and Literature Against the Grain*, 2006）論及一位藝術家晚年的身體精神狀況與其美學風格有密切關係。他根據阿多諾的研究，把藝術家的晚期風格分為兩類。第一類顯示出藝術家的成熟，表現出他們經歷歲月後的智慧。這類作品對現實會顯示和解，並且追求安寧。第二類作品則具有不和諧的、不安寧的張力，並且包含一種蓄意的、非創造性的、反對性的創造性。這種作品表現作家在面對死亡時的困惑、焦慮和憤怒，而不是妥協。薩依德稱這種風格為藝術上真正的「晚期」。[8]這種真正具有晚期風格的作品，沒有虛假的和諧和平靜，而是「只有在藝術沒有為了現實而放棄自身權利的情況下出現的東西，才屬於晚期風格」。[9]它們由一系列空缺、沉默和反抗所構成，而顯得不合時宜。本章認為這種不合時宜，正正反映了張愛玲後期風格中一種重要的美學風格，它體現在對自己早期作品的反叛，並且對作家身處的社會所屬的時代精神有所反抗。這種反抗，薩依德認為是作家在面對即將來臨的死亡時所流露的「對於偉大時代的厭倦」，這種厭倦表現為作家跟自己的時代格格不入，因而把自己從身處的時代放逐流亡到更早的時代。[10]

如果如薩依德所言晚期風格是一種使人不安的、不合時宜與反常的風格，那麼我們就可以解釋張愛玲後期作品中各種令人困惑的風格和特徵。張愛玲的後期作品，製造了一種在美學上、敘事上的不協調；晚年她考證《紅樓夢》和注釋翻譯《海上花》的舉動亦流露她對主流小說美學的不滿和反抗。在〈談看書〉和〈談看書後記〉兩篇文章中，張愛玲亦提出了一種不合時宜／不可能的書寫美學。薩依德稱晚期風格具有「否定性」的力量，它是「一種無情地異化和晦澀的風格」，表現出一種對資產階級社會的疏離和拒絕，因此而獲得一種更大的意義和反抗性。[11] 張愛

---

5 許子東，〈張愛玲晚期小說中的「愛情故事」〉，《張愛玲的文學史意義》（香港：中華書局，二〇一一），頁一—四二。

6 王德威曾提及：「但是在後來《小團圓》裏面，經過二十年琢磨，那個張愛玲真是晚期風格，有意的特立獨行，和《易經》塑造的形象不太一樣。」刊於〈幸有張愛玲，世界才豐富〉，《新京報》，二〇一一年五月二十六日；又如：「套用薩義德的『晚期風格』，到了晚期，她超越到另一個境界，更老辣，這絕對是生命書寫的標誌。」刊於〈沒有了華麗蒼涼，那是晚年張愛玲的「祛魅」〉，《東方早報》，二〇一〇年六月十二日；王德威，〈雷峰塔下的張愛玲：《雷峰塔》、《易經》與「回旋」和「衍生」的美學〉，《現代中文學刊》，二〇一〇年第六期，頁七四—八七。

7 本章採用「後期」而捨「晚期」一詞的原因，在於跟薩依德所言的「晚期風格」構成分別。薩依德強調藝術家在後期的作品中會出現迥異於早期的風格，這種風格並且會與世界格格不入，「不合時宜」。本章同意這種後期作品的「不合時宜」之餘，指出張愛玲的後期作品必須跟離散狀態連結討論，才能有更全面的面貌。因此以「後期」代「晚期」，以示借用同時又有別於薩依德之意。

8 薩義德，《論晚期風格——反本質的音樂和文學》（北京：三聯書店，二〇〇九），頁四—五。

9 薩義德，《論晚期風格——反本質的音樂和文學》，頁七。

10 薩義德，《論晚期風格——反本質的音樂和文學》，頁四二。

玲後期風格跟薩依德評論的阿多諾和貝多芬同樣對於藝術上的「整體」予以抨擊，她所呈現的是文學結構上的鬆散、斷斷續續，由於空缺和沉默而變成的書寫碎片，其否定性力量來自於這些作品與當時的主流文學的不和諧關係。

但不可忽視的是，張愛玲的後期風格正正出現於她流亡和離散到美國後的四十年間（一九五五—一九九五年），這一點大大影響了張愛玲後期風格的面貌，亦影響到她如何確立後期書寫的美學。陳芳明曾提及，張愛玲無法被中國、臺灣或香港任何一方的文學史所收編：

> 「孤島生活」的旅程，使張愛玲一生都停留於流離失所（diaspora）的狀態。在上海、在香港、在美國，她都扮演了邊緣性的角色。因此，過去所有文學史作品的撰寫中，張愛玲往往得不到應有的重視。[12]

張愛玲的後期創作，更是無法被歸類到任何文學史。綜觀各種不同的中國現當代文學史，包含張愛玲在內的都只是採納她的早期和中期作品，而未有一本中國、臺灣和香港當代文學史會收納張愛玲的後期作品，這些作品實在是一種文學史上的「流亡」作品。只有在離散華人的文學生產下、在沒有國家文學可以歸類下，才能安置她這一時期的創作。這或者可以說明阿多諾對離散作者的看法：「對於一個不再有故鄉的人來說，寫作成為居住之地。」[13]

薩依德曾經在《知識分子論》中提出，流亡對知識分子而言具有兩種意義：一是真實的情境，一是隱喻的情境。真實的情境指的是流離失所或跟遷徙有關的社會史和政治史；但就算沒有真實的流亡經歷，只要是一個社會的成員，都可以分為圈內人（insiders）和圈外人（outsiders）。圈內人指的是完全投入於社會，因而達致成功，受社會接納，沒有感到格格不入的知識分子；圈外人則是跟社會不合，永遠跟特權、權勢、榮耀等脫離。圈外人知識分子永遠處於不能適應的狀態，對他們來說，流亡就是無休無止、東奔西走，一直不能安定下來，永遠無法回到某個更早、更穩定的狀態，永遠無法跟新的環境融合。[14]就張愛玲後期而言，她兼具了真實和隱喻意義上的流亡，並且在文學與身體上都確切地呈現出來。這種雙重意義的流亡狀態導致了張愛玲出現了阿多諾和薩依德所言的晚期風格，配合作家本人逐漸面對身體衰敗、死亡來臨的生命歷程，令其後期風格和離散意識兩者相互得到強化。她的離散經歷具有跟古典形式的離散不同的本質，儘管她所面對的歸返的障礙同樣源於政治迫害，這種政治因素在中國大陸上固然是最重要的影響因素，但為何張愛玲不選擇去對她更為接納的香港和臺灣？她在一九五五年選擇在國民身分上完全離開「中華民族」，她當年的心態顯然跟純粹因政治問題而離散的心態有不同之處。而且，在以後的數十年，張愛玲並沒有確切的歸返的障礙，她仍然可以選擇重回香港或臺灣。只是障礙她歸返的是文化上的無根，因為當時的中文世界（包括中國大陸、臺灣和香港）都不能跟

---

11 薩義德，《論晚期風格——反本質的音樂和文學》，頁一二。

12 陳芳明，〈張愛玲與台灣文學史的撰寫〉，《後殖民台灣：文學史論及其周邊》（臺北：麥田，二〇一一年第三版），頁八三。

13 轉引自艾德華．薩依德著，單德興譯，《知識分子論》（臺北：麥田，一九九七），頁九六。

14 艾德華．薩依德著，單德興譯，《知識分子論》，頁九〇—九一。

她的文化意義上的中國產生任何共鳴。

張愛玲在抵美以前，本身已經是一個擺盪於「中國」和「西方」的知識分子。早期在上海半殖民地和香港殖民地之中的經歷本身已經為張愛玲製造一個「外在」於中國的觀看世界的方式。一九五二年張愛玲離開大陸到香港生活的幾年，尚可以見到她參與不同的文化活動，其在美新處擔任的翻譯工作，以及她跟宋淇一家的來往等，都顯示她在一定程度上融入社會。當她到達美國以後，除了早年跟賴雅生活的一段時光，越到後期，她越是自我放逐於美國社會以外。張愛玲曾經於一九六五年左右寫了一篇英文文章介紹自己：

> I myself am more influenced by our old novels and have never realized how much of the new literature is in my psychological background until I am forced to theorize and explain, having encountered barriers as definite as the language barrier.[15]
>
> （我自己因受中國舊小說的影響較深，直至作品在國外受到與語言隔閡同樣嚴重的跨國理解障礙，受迫去理論化與解釋自己，才發覺中國新文學深植於我的心理背景。）[16]

本章對這段文字的理解重心在於張愛玲提及自己在美國生活時遇到「如同語言障礙一般確切的障礙」。如果綜合全文來看，這裡提及的障礙指的是她的作品既不容於美國市場，亦不適合當時以社會主義現實主義為正統的中國大陸主流小說風格，或是以現代主義或鄉土文學為尚的臺灣文壇。因此，這種「確切得如同語言障礙」的障礙，說明了張愛玲在赴美後遭遇到的離散經驗正正影響到她的文學創作。為了解決這種在美學上、意識型態上的「障礙」，張愛玲在晚年回歸古典中國，希望從中可以找到解釋、解決這種因離散而來的寫作「障礙」。以下將探討張愛玲晚年怎樣透過建構古典中國的小說美學、以文學創作和翻譯注釋等方面的工作來回應上述問題，並且分析她如何藉此確立其小說後期風格。

重塑失落了的小說美學：《海上花列傳》、《紅樓夢魘》及其他

從張愛玲跟夏志清的通信來看，她最早提及有翻譯《海上花》的念頭是在一九六五年。其後她於一九六七年託宋淇及夏志清代購《海上花》，到十一月已譯了十回。然後一直到一九八一年十月張愛玲在信上跟夏志清說「剛譯完海上花」，到一九八二年商量英譯本的出版問題、國語本《海上花》於《皇冠》連載，可見翻譯《海上花》歷時約十五年。至於考證《紅樓夢》，則由一九六八年為《怨女》寫序而起，直至一九七七年於《中國時報》刊登了〈五詳紅樓夢〉及隨後出

15 Eileen Chang, "Chang, Eileen", in *World Authors 1950-1970: A Companion Volume to Twentieth Century Authors*, ed. John Wakeman, Stanley, J. Kunitz as editorial consultant (New York: Wilson, 1975), 298.

16 這裡借用高全之對這段文字的翻譯，見高全之，〈那人正在燈火闌珊處——張愛玲如何三思「五四」〉，《張愛玲學：批評・考證・鉤沉》（臺北：一方出版，二〇〇三），頁三四五。

版《紅樓夢魘》而完結，經歷了約九年。那麼張愛玲為什麼要在一九六五年起逐步開始翻譯《海上花》及考證《紅樓夢》？在這之前的十年，即由一九五五年赴美到一九六五年間，張愛玲經歷了多次出版作品的困難，例如以英語創作的〈北地胭脂〉未獲青睞，以致上述於一九六五年所寫的自我介紹中提及到遇到「障礙」。由此可見翻譯《海上花》及考據《紅樓夢》都是在面對這種因離散而來的「障礙」而興起的文學活動，這些文學活動因此代表了張愛玲對其作品於當時「不合時宜」的思考。張愛玲明言這種小說美學是因為小說薪傳中斷了不止一次而失傳了。[17]透過重建這種業已失去的小說美學，張愛玲為她自己將要創作的後期小說先建立了一個理論背景。因此，了解清楚這種美學具有怎樣的內涵，將能更為透徹地說明張愛玲後期小說的面貌。

張愛玲於這個階段提出的小說美學觀念是「讓讀者自己下結論」，這個觀念跟她隨後提出的「平淡而近自然」、「含蓄」、「反三底門答爾」是共通的。她曾在寫於一九七四年的〈談看書〉中談及奧斯卡·路易斯（Oscar Lewis, 1914-1970）的小說式紀錄文學與中國古典小說有一個相似點，就是在描寫人物時採用含蓄的手法，以未經理論割裂和分類的白描手法去寫人物，「讓讀者自己下結論」。[18]她認為人物的內心思想如果經過作者整理，就是「從作者的觀點」去交代人物思想，「已經不是內心的本來面目。」在〈憶胡適之〉一文中，她提及胡適（應為魯迅）對《海上花》的評語：「平淡而近自然」，甚至自承希望《秧歌》能達到如此境界，胡適的回信亦認為她「在這個方面已做到了很成功的地步！」[19]可見張愛玲在五〇年代時，其創作觀念與早期常用華美字句、豐富意象的觀念已有所轉變。她曾說明如何解讀《海上花》這種「平淡而近自然」的風格：

特點是極度經濟，讀著像劇本，只有對白與少量動作。暗寫、白描，又都是輕描淡寫不落痕跡，織成一般人的生活的質地，粗疏、灰撲撲的，許多事『當時渾不覺。』所以題材雖然是八十年前的上海妓家，並無艷異之感，在我所有看過的書裏最有日常生活的況味。[20]

張愛玲欣賞《海上花》這些特色，顯示其創作追求的方向其實就是表現人在生活中的真實，表現未經作者處理、修飾及整理的生活的真實面，因為人在生活中，對所發生的每一件事情、細節，都是「渾不覺」的，未能預知現在與將來的發展關係。「平淡而近自然」，就是不經作者篩選整理、沒有作者主觀的感情投射，而從人物的思想觀念出發，不以作者的眼睛去看人物的「演出」。所謂的「日常生活的況味」，就是表達人物當下懵然不知目前與未來的關係，只顧目前生活的情緒。所以張愛玲說《海上花》裡的人物「整天蕩來蕩去，面目模糊」，又認為讀《海上花》需要「看慣夾縫文章」。[21]所謂「看慣夾縫文章」的意思，就是能單從人物的對白及極少量的動作中看出人物之間的關係及事件的條理、因果及發展。故這類型的作品都是需要讀者在閱讀

17　張愛玲注譯，《海上花落——國語海上花列傳二》（香港：皇冠出版社，一九九二），頁七二四。
18　張愛玲，〈談看書〉，《張看》，頁一九六。
19　張愛玲，〈憶胡適之〉，《張看》，頁一四二。
20　張愛玲，〈憶胡適之〉，《張看》，頁一五二—一五三。
21　張愛玲，〈憶胡適之〉，《張看》，頁一五四。

時大量投入參與的。

在〈國語本《海上花》譯後記〉中張愛玲曾提及欣賞《海上花》所使用的「藏閃法」，這是一種在情節上刻意漏空或壓縮的手法。這種「穿插、藏閃」之法，需要讀者在閱讀中參與完成創作，陳耀成就曾經以法國新小說派的領袖羅伯．格里耶（Alain Robbe-Grillet, 1922-2008）的小說與「藏閃法」比對，認為前者的作品「無甚情節故事……的確需要讀者自己去『完成創作』」，與《海上花》同樣都屬於羅蘭．巴特所提出的可寫性文本（*le scriptable*）（或譯為「能引人寫作者」）。[22]無獨有偶，水晶亦曾在〈生死之間——讀張愛玲的《色，戒》〉一文中提到：「〈色，戒〉使我想起南美作家Jorge Luis Borges和Robbie-Grillet的那些故事。」[23]另外周芬伶亦曾說：「到美國之後，張愛玲的小說創作份量減少，這四篇短篇（指〈五四遺事〉、〈色，戒〉、〈浮花浪蕊〉、〈相見歡〉）便成為重要的作品，數量雖少，份量卻很重，四〇年代的作家到七、八〇年代，仍保持強旺的實驗精神，與其拿她與維金尼亞．渥爾芙相比，不如與法國的莒哈絲（即瑪格麗特．杜拉斯Marguerite Duras, 1914-1996）相比；莒哈絲是法國『新小說』的健將，到老實驗精神與反叛個性依然不減。」[24]在此周芬伶亦把張愛玲與「法國『新小說』的健將」比較。綜合這些評論令我們看到，張愛玲在這個時期從《海上花》中發現、提倡的小說美學，實際上是一種需要讀者參與的可寫性文本，跟法國新小說的美學精神有共通之處。羅蘭．巴特提出的可寫性文本跟可讀性文本（*le lisible*）（或譯為「能引人閱讀者」）相對。可寫性文本能令讀者作為作品的生產者而非消費者，其模式是生產式而非再現式；而可讀性文本則是一種產品、一種封閉性的文本，使讀者陷入一種閒置的境地，讀者無法干涉文本，只能全盤接受或是全盤拒絕。[25]張愛玲反對在描寫人物時喋喋不休地解釋、反對從「作者的觀點」去表達人物內心思想。她通過翻譯《海上花》來「重新發現」這種需要讀者高度參與的小說美學，強調以未經理論割裂、分類的白描手法去寫人物、在情節上刻意漏空或壓縮，目的都是希望在小說中更為真實地表現人物外在世界的行為與內心世界的思想之關係，更貼近現實。

張愛玲在《紅樓夢魘》中對《紅樓夢》的各項研究分項，其重心亦離不開她要重建的小說美學。在〈國語本《海上花》譯後記〉一文中，張愛玲把《金瓶梅》、《紅樓夢》及《海上花列傳》視為一脈，認為《海上花》承繼了前兩者含蓄的傳統。[26]《紅樓夢》的含蓄表現在什麼地方呢？張愛玲認為：

> 原著八十回中**沒有一件大事**。除了晴雯之死。……大事都在後四十回內。原著可以說**沒有輪廓**，即有也是隱隱的，經過近代的考據才明確起來。一向讀者看來，是後四十回予以輪

22 陳耀成，〈《海上花》——中國第一部現代小說〉，《最後的中國人》，頁三九—四〇。按陳耀成在文中把羅蘭・巴特的可寫性（writerly）及可讀性（readerly）文本倒轉了，他所言及無情節故事、需要讀者自己完成創作的應為可寫性（writerly）文本。

23 水晶，〈生死之間——讀張愛玲的《色，戒》〉，《替張愛玲補妝》（濟南：山東畫報出版社，二〇〇四），頁二四七。

24 周芬伶，《豔異——張愛玲與中國文學》（臺北：元尊文化，一九九九），頁二四五。

25 羅蘭・巴特著，屠友祥譯，《S/Z》（上海：上海人民出版社，二〇〇〇），頁五五—六三。

26 張愛玲，〈國語本《海上花》譯後記〉，《海上花落——國語海上花列傳二》，頁七二一。

> 廓，前八十回只提供了細密真切的生活質地。[27]

《紅樓夢》前八十回的特色是「沒有一件大事」、「沒有輪廓」、「隱隱的」、「細密真切的生活質地」。「沒有一件大事」即沒有令讀者情緒激動或呼天搶地的情節；「沒有輪廓」、「隱隱的」、「細密真切的生活質地」即小說內充滿看似不相干的細節鋪排，近似上文談及的日常生活的況味。這種小說美學卻被《紅樓夢》續補後四十回而成的百廿回本所破壞了，張愛玲批評：

> 百廿回《紅樓夢》對小說的影響大到無法估計。等到十九世紀末《海上花》出版的時候，閱讀趣味早已形成了，唯一的標準是傳奇化的情節，寫實的細節。[28]

張愛玲認為這種閱讀趣味並不能代表真正的中國古典文學的傳統，是一種被歪曲了的庸俗美學。張愛玲提到「獨有小說的薪傳中斷過不止一次」，形成了我們對小說的審美觀念非常幼稚，這種幼稚的審美觀的特色表現為「呼天搶地」、「耳提面命誨人不倦」，而且喜好忠奸分明的人物形象等。[29]為了追蹤《紅樓夢》原來的美學特徵，洗清續書對原書的改寫添刪，張愛玲因此陸續發表考證《紅樓夢》的文字，並出版《紅樓夢魘》。

《紅樓夢魘》的主要研究目標是要還《紅樓夢》所代表的美學傳統以真面目。當中不少的考證，目標都是為了還原《紅樓夢》在續書與刪改之前的真貌，以落實「含蓄」美學與《紅樓夢》的關係。張愛玲其中一項考證工作主要是針對紅學考證派，〈三詳紅樓夢〉的副題是「是創作不是自傳」。她強調《紅樓夢》不是自傳而是創作，是要把欣賞《紅樓夢》的方向從史傳還原至小說，防止讀者的興趣焦點由文本本身轉移至考察作者生平或傳記。張愛玲亟欲改變中國讀者常以史傳的角度去欣賞小說的習慣，例如她不承認晚年作品〈色，戒〉是取材於淪陷時期鄭蘋如刺殺丁默邨一案，不願讀者把小說還原成野史或黑幕。張愛玲在《續集・自序》中曾說：

> 〈羊毛出在羊身上〉是在不得已的情形下被逼寫出來的。不少讀者硬是分不清作者和他作品中人物的關係，往往混為一談。曹雪芹的紅樓夢如果不是自傳，就是他傳，或是合傳，偏偏沒有人拿它當小說讀。最近又有人說，《色，戒》的女主角確有其人，證明我必有所據，而他說的這篇報導是近年才以回憶錄形式出現的。當年敵偽特務鬥爭的內幕那裏輪得到我們這種平常百姓知道底細？[30]

這種不能分清小說人物與作者關係的閱讀方法，跟上文提及把《紅樓夢》界定為自傳的傳統小說美學一脈相承。這段文字讓我們再次看到張愛玲著意要讀者的注意力放在小說的文學性而不是原

27 張愛玲，〈國語本《海上花》譯後記〉，《海上花落——國語海上花列傳二》，頁七二二。強調標示為筆者所加。

28 張愛玲，〈國語本《海上花》譯後記〉，《海上花落——國語海上花列傳二》，頁七二三。

29 張愛玲，〈國語本《海上花》譯後記〉，《海上花落——國語海上花列傳二》，頁七二四。

30 張愛玲，〈自序〉，《續集》（香港：皇冠出版社，二〇〇〇），頁七。

材料之上。張愛玲深明以作者生平等去解讀文本的後果，就是研究者或一般讀者都會把精力放於考據歷史，或是以一種閱讀名人祕辛的心態去閱讀小說，這種情況後來確實發生於對張愛玲的《雷峰塔》、《易經》、《小團圓》等作品的研究和討論上。

張愛玲在〈談看書〉中提及她另一個後期風格理念：去「三底門答爾」（sentimental）。張愛玲認為，這個詞並未能在近代中國流行和被接受，這是因為中國人比別的民族更加受到文化的制約，個人與文化融合太過，因此反映在文藝上，往往強調道德，而沿用公式，並且喜愛黑白分明的美學。這種「去三底門答爾」的美學風格，張愛玲在一些非主流的小說中找到支持，例如她曾經提及美國的內幕小說，當中最好的一本不是小說，而是「錄音帶式的漫談」。[31]她又提到二〇年代的中國社會小說，是清末民初的鴛鴦蝴蝶派小說的一脈，這類小說具有以下的特點：結構鬆散、主題不統一明確。張愛玲的後期風格明顯推崇去「三底門答爾」，這種美學風格不一定針對共產文藝美學，卻必然包含對它的批評在內。

張愛玲在〈談看書〉提出了重要的一點，就是清末民初的諷刺小說的宣傳教育性，被新文藝繼承了去，其後的鴛蝴小說連諷刺也都沖淡了，不再「振聾發聵」。[32]這裡顯示了張愛玲的一種觀點，就是小說的發展到民初分了兩個方向：「宣傳教育性」，包括明確主題、嚴謹結構的美學由新文藝繼承；而其他的就由社會小說保留。這種社會小說有什麼特色呢？張愛玲舉了《人海潮》為例，提到這本小說沒有統一性，沒有墓誌銘式的鄭重表揚，「只是像隨便講給朋友聽，所以我這些年後還記得。」[33]張愛玲後期作品就跟傅雷當年批評《連環套》「沒有心理的進展」的批評一致，其後期風格就是要取消心理描寫的「縱深」，而走向平面發展。

以往有關張愛玲作品的批評多只著眼她的取材以及她的態度，例如一九四四年傅雷的〈論張愛玲的小說〉批評的重點就在於題材的選擇問題上：

> 我不責備作者的題材只限於男女問題。但除了男女之外，世界究竟還遼闊得很。人類的情欲不僅僅限於一二種。假如作者的視線改換一下角度的話，也許會擺脫那種淡漠的貧血的感傷情調……[34]

到一九七八年張愛玲發表〈色，戒〉後，有關的評論焦點仍然放在張愛玲對小說人物的態度上。域外人針對的是張愛玲對漢奸人物的態度問題：「也許，張愛玲的本意還是批評漢奸的？也許我沒有弄清楚張愛玲的本意？」最後又判斷〈色，戒〉是「歌頌漢奸的文學——即使是非常曖昧的歌頌」。他批評張愛玲「居然」把一個漢奸寫得面貌儀表不錯：「漢奸之相『主貴』，委實令我不解」[35]張愛玲對此的回應是：

---

31 張愛玲，〈談看書〉，《張看》，頁一八五。

32 張愛玲，〈談看書〉，《張看》，頁一八六。

33 張愛玲，〈談看書〉，《張看》，頁一八七。

34 傅雷，〈論張愛玲的小說〉，陳子善編，《張愛玲的風氣——1949年前張愛玲評說》（濟南：山東畫報出版社，二〇〇四），頁一八。

35 域外人，〈不吃辣的怎麼胡得出辣子？——評「色·戒」〉，《中國時報》人間副刊版，一九七八年十月一日。

一般寫漢奸都是獐頭鼠目，易先生也是「鼠相」，不過不像公式化的小說裏的漢奸色迷迷暈陶陶的，作餌的俠女還沒到手已經送了命，俠女得以全貞……雖然「鼠相」，面貌儀表還不錯……這一點非常重要，因為他如果是個「糟老頭子」（見水晶先生《色，戒》書評），給王佳芝買這只難覓的鑽戒本來是理所當然的，不會使她怦然心動，以為「這個人是真愛我的」。[36]

這段引文再次看到張愛玲針對的問題是「公式化」的問題，而且同時批評了中國讀者黑白分明、跡近通俗劇的美學觀：不但壞人必要以醜陋滑稽的形象出現，正面角色，特別是代表「正義」的女性角色，更加要保以「全貞」，這樣讀者才能安心地接受作品。張愛玲接著追問：

小說裏寫反派人物，是否不應當進入他們的內心？殺人越貨的積犯一定是自視為惡魔，還是可能自以為也有逼上梁山可歌可控的英雄事跡？[37]

在此張愛玲思考的是作家常依從習慣把人物形象樣版化的問題，她關心的是「人性」以及「人性的表達」。從以上兩篇對張愛玲作品的評論可瞥見，貫穿著張愛玲早後期的創作的評論都只重視作家的道德價值判斷，而漠視張愛玲是以怎樣的方式去表達她的判斷，因而對作品的評價流於表面，容易把作家與作品混為一談。

由上述的討論可以看到張愛玲後期怎樣通過翻譯《海上花》、考證《紅樓夢》，以及在〈談看書〉等文章中表現她心目中的失落了的小說美學。我們可以把張愛玲晚年對《紅樓夢》和《海上花》的密切關注，看成是對一種批判模式的選擇，一種對文化美學的保留，一種有利於建構她心目中的小說美學的文學活動。在實踐這些活動的同時，她作為一個美學、文化、文學上的批評者則處於一種放逐的生存狀況之中。薩依德曾提及「成為晚期因而意味著為了（並拒絕）處於社會內部的舒適所貢獻的眾多回報而成為晚期，並不是其中只有極少部分要為大多數人容易解讀和理解。」[38]他認為，音樂上的貝多芬、文學上的喬伊斯和艾略特，它們確實超越了自己的時代，並且在令人吃驚的新穎性上走到了時代的前面，但是，它們卻又描述了一個被前進中的歷史遺忘了的、過去了的時代，例如喬伊斯和艾略特就返回了激發他們的靈感的古代神話和史詩這種古老的形式上。[39]令人驚訝的是，這個時期的張愛玲具備了相近的晚期風格，她所推崇的中國傳統小說美學（以《紅樓夢》和《海上花》為代表）既是超越了五四以來新文學發展的各個方向，同時卻又是回到了一個被「現代」遺忘了的時代。

必須要注意的是，這種反思是出現在張愛玲身處的離散的狀態之中。離散為張愛玲提供了一

---

36 張愛玲，〈羊毛出在羊身上——談《色，戒》〉，《續集》，頁二二。強調標示為筆者所加。

37 張愛玲，〈羊毛出在羊身上——談《色，戒》〉，《續集》，頁二三。

38 薩義德，《論晚期風格——反本質的音樂與文學》，頁二〇。

39 薩義德，《論晚期風格——反本質的音樂與文學》，頁一三四。

個隔絕的空間，讓她可以自中國大陸的主流文藝中隔離出來。觀乎寫於一九五〇年和一九五一年的〈十八春〉和〈小艾〉，就明顯具有無產階級文藝的影響，可見當時張愛玲身處其中，不能不受到中國大陸主流文學的影響；而離散的狀態讓張愛玲有更切實的思考，讓她可以重新審視傳統小說美學，從而再創造新的小說美學。以下將會討論這個背景之下，張愛玲的後期小說呈現怎樣的風格。

張愛玲小說的後期風格

早年的張愛玲承認自己的文章「容易被人看做過於華靡」，但她又說：「但我以為用《舊約》那樣單純的寫法是做不通的，托爾斯泰晚年就是被這個犧牲了。」[40]有趣的是，張愛玲後期的作品一轉早期「華靡」的風格，卻用了類近「《舊約》那樣單純的寫法」，以客觀及冷靜的口吻去描繪人物的外在行為，減少了意象的運用與細節的描寫。究其原因，當是上述張愛玲晚年時對小說創作反思及改革的意欲所致，例如她曾說〈浮花浪蕊〉是帶有實驗性質的創作；[41]在一九七八年十一月二十六日寫給夏志清的信件中亦提及〈浮花浪蕊〉是寫「短篇小說的一個實驗」。[42]顯示張愛玲後期的寫作明顯帶有實驗與改變的企圖。

張愛玲赴美後的小說創作由一九五五年開始到一九九五年逝世為止，不少作品屢經修改三十年。[43]如上文所述，張愛玲關於後期風格小說美學的思考約於一九六七年翻譯《海上花》開始，因此正式具有後期風格的小說而已經出版的包括〈色，戒〉、〈浮花浪蕊〉、〈相見歡〉、〈同學少年都不賤〉、〈小團圓〉。而寫成於一九六五年的〈怨女〉（〈怨女〉是來自英文小說*Pink Tears*，而*Pink Tears*則脫胎自寫於一九四三年的〈金鎖記〉）和於一九六六年開始修改的〈半生緣〉（原稿為一九五〇年作品〈十八春〉）[44]則由於其內容均來自張愛玲赴美前寫於大陸的作品，加上其時並未開展翻譯《海上花》等文學活動，因此並不具備其後的後期風格特色。由此我們可以看到，真正具有後期風格的作品都是後來那些圍繞她個人生平的小說。

張愛玲在〈談看書〉中曾說：「我是對創作苛求，而對原料非常愛好，並不是『尊重事實』，是偏嗜它特有的一種韻味，其實也就是人生味。而這種意境像植物一樣嬌嫩，移植得一個不對會死的。」[45]這個移植植物的比喻，顯示她晚年的寫作美學著重於「事實原料」，保持它的

---

40 張愛玲，〈自己的文章〉，《流言》（香港：皇冠出版社，一九九八），頁二一。

41 張愛玲提及：「〈浮花浪蕊〉最後一次大改，才參用社會小說做法，題材比近代短篇小說散漫，是一個實驗。」參見〈惘然記・自序〉，《惘然記》（香港：皇冠出版社，一九九九），頁四。

42 參見夏志清編注，《張愛玲給我的信件》（臺北：聯合文學，二〇一三），頁二八〇。

43 根據〈惘然記・自序〉所言，其寫作〈色，戒〉、〈相見歡〉、〈浮花浪蕊〉等小說的時間由一九五〇年間起，此後多次改寫，歷時三十年。

44 參見張愛玲於一九六五年十月三十一日致夏志清信：「北地胭脂（現在叫『怨女』）的中文本直到現在剛搞完。」見夏志清編注，《張愛玲給我的信件》，頁三四。

45 張愛玲，〈談看書〉，《張看》，頁一八八。

「人生味」；又認為隨便「移植」原料，就會扼殺這種「人生味」，破壞真實。在張愛玲的寫作觀念中，「事實」是「無窮盡的因果網，一團亂絲，但是牽一髮而動全身。」[46]要表現真實，就不宜在小說中整理、篩選「事實原料」，或為之建立嚴密的框架和結構，而應把現實的混雜表現出來，這就造成了以下幾種張愛玲後期小說的風格。

首先，張愛玲後期小說刻意淡化小說的主題或文本的意義。在傳統的小說敘事裡，完整律占有主導的地位，作品普遍被要求有深刻的主題思想和明確的意義，於是作品的思想意義成為決定其價值高低的重要標準之一。若以這一角度觀察張愛玲早期的小說，可發現這批作品中有較多作者的主觀感情投射，其所要表達的文本意義或小說主題比後期小說明顯得多。張的第一部小說集以《傳奇》為名，希望在平凡人的生活中找尋傳奇的色彩，具有明確的目標和主題。以〈金鎖記〉為例，當中所要表現的人性的掙扎或女人為情慾與金錢所支配的主題都非常突出。而由〈連環套〉開始，張愛玲顯然已經掙扎於作品主題有無的問題。在回應迅雨（傅雷）批評的文章〈自己的文章〉中，張愛玲承認〈連環套〉「欠注意到主題是真，但我希望這故事本身有人喜歡。我的本意很簡單：既然有這樣的事情，我就來描寫它。」[47]她又說：「因為我用的是參差對照的寫法，不喜歡採取善與惡，靈與肉的斬釘截鐵的衝突那種古典寫法，所以我的作品有時候主題欠分明。但我以為，文學的主題論或者是可以改進一下。寫小說應當是個故事，讓故事自身去說明，比擬定了主題去編故事要好些。」[48]從以上引文的重點標示可見，這個時期張愛玲已經開始反思小說是否必須要主題的問題。

然而，真正落實淡化主題的小說要到張愛玲後期才得以全面實現。她的後期小說的主題比起《傳奇》時期的作品已模糊得多，例如〈色，戒〉引起評論者如域外人（張系國）對她寫〈色，戒〉的本意諸多猜測：「也許張愛玲的本意還是批評漢奸的？也許我沒有弄清楚張愛玲的本意？」最後又認為是「歌頌漢奸的文學——即使是非常曖昧的歌頌——」[49]域外人猜度不出張愛玲寫〈色，戒〉的本意，就是因為這篇小說沒有流露明顯的傾向或主題色彩。另外，張愛玲在《惘然記》序中曾說〈浮花浪蕊〉的題材比近代短篇小說散漫，承認這篇小說缺乏主題，沒有預設文本的意義。張愛玲另外兩篇後期作品〈相見歡〉及〈同學少年都不賤〉同樣都是沒有明顯的主題，只有客觀地表現幾個人物的對話或經歷。〈相見歡〉中荀太太與伍太太的對話情調，跟〈小團圓〉中蕊秋與楚娣的日常對話情調十分相近，〈相見歡〉彷彿就是從〈小團圓〉抽取一段出來，而苑梅就彷彿是九莉，在〈小團圓〉中往往負責聆聽親戚間的談話，並且維持一種抽離、置身於外的位置，以便對談話做出反應、判斷和說明。兩篇小說的角色原型分別是張愛玲的母親、姑姑和她自己。這裡把〈相見歡〉跟〈小團圓〉比對，並不是要說明人物的來龍去脈，而是要指出〈相見歡〉跟〈小團圓〉的情調氣氛相似，因而都具有張愛玲小說後期風格的特徵：散漫、欠缺主題，沒有明顯的文本意義。

46 張愛玲，〈談看書〉，《張看》，頁一八九。
47 張愛玲，〈自己的文章〉，《流言》，頁二二。強調標示為筆者所加。
48 張愛玲，〈自己的文章〉，《流言》，頁二一。強調標示為筆者所加。
49 張愛玲，〈羊毛出在羊身上——談《色，戒》〉，《續集》，頁二三—二四。

除了淡化主題和意義外，張愛玲的後期小說亦一改早期刻劃人物的手法。在張愛玲早期小說的筆下，各個人物都極具血肉，這是因為人物形象的塑造在傳統的小說敘事中占重要的地位。作家不但要交代人物的基本資料如姓名、外貌、喜好、背景、家世等，另一方面也要說明人物的成長過程、性格，甚至描述人物生活的環境及社會狀態等。人物既然處於傳統小說敘事的中心位置，人物塑造的成敗，往往決定了一部作品的優劣臧否。張愛玲這一時期的小說以極細緻的描寫交代人物的各個方面，人物的形象當可用「豐滿」一詞形容。例如〈金鎖記〉的曹七巧，作者一開始以兩個下人的對話，把七巧的出身、人物形象、在姜家中的地位、與各人的關係等都交代得非常圓滿清楚。其他如〈第一爐香〉的葛薇龍及〈紅玫瑰與白玫瑰〉的佟振保等，讀者對他們的身世經歷及外貌性格都瞭如指掌。這些豐富的描寫，令張愛玲早期小說筆下的人物栩栩如生，充滿血肉，是一般讀者認為張愛玲早期小說比後期小說較好的原因之一。

與這種塑造人物的做法不同，在張愛玲的後期作品中，人物的性格、歷史、外貌、衣著等都占次要地位。與人物息息相關的社會背景也消失掉，剩下的只是表示人物存在於當下的即時對話、見聞及思想。由於張愛玲沒有填滿人物的所有資料，使人物能具有空缺性，讓讀者能猜度、估計，而不是由作者交代說明，故此張愛玲後期小說中充滿了「不豐滿」的人物形象。然而，淡化人物形象，不等於這一時期的小說中人物沒有形象。只是作者並不為讀者提供方便，沒有於小說開始時完全交代資料，而是逐漸於小說的不定處略略說明細節。

由於消減了作者主觀的描寫，令人物及其環境缺少人為的感情色彩，從而表現出現實中更為真實的一面。人物既沒有鮮明的輪廓，關於過往經歷的表述也斷斷續續、瑣瑣碎碎，令張愛玲後期小說中的人物就如她自己所言的「不過是一個籠統的印象，也就可以覺得是多方面的人生，有些地方影影綽綽，參差掩映有致。」[50]這種描寫人物的手法，到了張愛玲後期小說中得到落實。綜觀她這一時期的小說，可以發現她在描寫人物方面，由早期多描寫人物的家世背景外貌性格，轉至後期集中描寫人物當下的所見所想或心理變化。〈浮花浪蕊〉是消滅中心人物重要性的一個好例子。小說主要表現女主角洛貞離鄉背井遠赴日本的航海旅途。但張愛玲對洛貞這個人物只有隨口提及，沒有以重點描寫，反而對洛貞眼中的事物重筆書寫。整篇小說著重描寫洛貞眼下看見的各人與回憶的片段，例如船上的西崽、萍水相逢的李察遜夫婦、姊姊、姊姊最好的朋友范妮及其丈夫艾軍等。洛貞出國前的經歷及遭遇卻略過未提，對將來茫茫前路也毫無預示。這是因為小說中重點描述的是洛貞當下在旅程中的「這一段真空管的生活」，是要表達人的「存在」，而不是表達「人」的歷史與形象。主人公洛貞退守小說邊緣，連帶喪失了鮮明的形象。作者沒有花費筆墨寫洛貞的心理變化，只是客觀地表達了她在船上的所見所聞及回憶。

在〈同學少年都不賤〉中，主角趙珏的面目更為模糊，作者對她的外貌描寫極少，只有兩處。第一處是寫趙珏與恩娟：

> 她們學校同性戀的風氣雖盛，她們倆倒完全是朋友，一來考進中學的時候都還小，一個又是個醜小鴨，一個也並不美。[51]

50　張愛玲，〈談看書〉，《張看》，頁一九七。

此處單用了一句「一個又是個醜小鴨」去表示趙玨的外貌。另一處是趙玨逃婚，在親戚家暫住，有一次恩娟約她出外散步，趙玨「冬衣沒帶出來，穿著她小舅舅的西裝褲，舊黑大衣，都太長，拖天掃地，又把訂婚的時候燙的頭髮剪短了，表示決心，理髮後又再自己動手剪去餘鬈，短得近男式，不過腦後成鋸齒形。」[52]此處略多的外貌描寫都不是純粹為了表達人物外型，而是顯示趙玨拒婚的決心。另一方面，小說中省略了趙玨在離開家庭至出國中間重要的一段經歷，例如她在逃婚後跑單幫、與高麗浪人的經歷等，留下一大段空白（空缺）讓讀者思考。

若以張愛玲早期的作品〈紅玫瑰與白玫瑰〉中的佟振保與後期作品〈色，戒〉中的易先生做一對比，當可有更多發現。同樣是寫自私的男人，張愛玲對佟振保這個人物寫得極為詳細，除了描述他的出身、性格及外貌外，亦重點交代他一生中的幾個女人。[53]第一個是妓女、第二個是情人玫瑰、第三個是朋友的妻子王嬌蕊，第四個是他的太太孟烟鸝。對於佟振保與四個女人的描寫，張愛玲鉅細無遺地交代了他們一起相處的細節與經歷，全面顯示跟四個女人的交往如何影響了振保的生命。在這篇小說中，張愛玲以非常詳盡的細節描寫去表達人物的各方面。相比之下，〈色，戒〉中的易先生的形象是較不豐滿的。雖然小說中在人物形象方面交代得頗為詳細，例如寫他「矮小」，「穿著灰色西裝，生得蒼白清秀，前面頭髮微禿，褪出一隻奇長的花尖；鼻子長長的，有點『鼠相』，據說也是主貴的。」[54]但是小說沒有交代易先生以往的生活或出身，只有「他自己是搞特工的」、「情報工作的首腦」等，讀者對他的背景一無所知。其他重要的事件如易先生與王佳芝的交往、王佳芝放走易先生後，易先生如何迅速行動捕殺各人等都略而不提，留下了更為開放的想像空間，亦將傳統小說著重描寫人物形象的重心移至表達人物當下的存在及感受。這些都是張愛玲早期與後期小說的分別之一。

為了要表現「真實」，張愛玲的後期小說著力消減敘述者的重要性，盡量不讓主觀的敘述參與小說。在張愛玲早期的小說中，敘述者具有明確的地位，是作品的主體和中心，小說中往往見到敘述者的判斷和評價，作用明顯。作品中的敘述者承載著作者的思想及價值觀，因此敘述者的看法往往決定著作品的意義與價值，因而塑造了一種「講故事」的風格。但在張愛玲後期的小說中，著力隱去敘述者、觀察者的「主觀」意識，去除了敘述者建構的內部框架，造成後期小說的碎片化、斷裂化。張愛玲後期風格其中一個最顯著的特徵是敘述者／講故事者的功能大為削弱，小說中向讀者說明解釋的地方大為減少，營造故事氣氛的敘事亦被取消。這種讓讀者自行聯想和

51　張愛玲，〈同學少年都不賤〉，《同學少年都不賤》（香港：皇冠出版社，二〇〇四），頁一〇。

52　張愛玲，〈同學少年都不賤〉，《同學少年都不賤》，頁二四。

53　在〈紅玫瑰與白玫瑰〉中，作者描寫佟振保的出身是：「他是正途出身，出洋得了學位，並在工廠實習過，非但是真才實學，而且是半工半讀赤手空拳打下來的天下。」然後寫他的性格：「事奉母親，誰都沒有他那麼周到；提拔兄弟，誰都沒有他那麼經心；辦公，誰都沒有他那麼火爆認真；待朋友，誰都沒有他那麼熱心，那麼義氣、克己。」寫他的外貌是：「他個子不高，但是身手矯捷。晦暗的醬黃臉，戴著黑邊眼鏡，眉目五官的詳情也看不出個所以然來。但那模樣是屹然；說話，如果不是笑話的時候，也是斷然。爽快到極點，彷彿他這人完全可以一目了然的，即使沒有看準他的眼睛是誠懇的，就連他的眼鏡也可以作為信物。」寫得極為詳細。

54　張愛玲，〈色，戒〉，《惘然記》，頁一二一。

參與的小說美學，跟她晚年提出的「含蓄而近自然」等小說美學直接相關。

閱讀《小團圓》時可以不斷找到跟張愛玲早期小說相似的細節，但是只要一比較就可以看到她的後期小說如何刻意淡化敘述者的主觀意識。在《小團圓》中有一節寫九莉到淺水灣探望母親蕊秋，蕊秋邀請九莉到海灘去走走，揀了一塊白石坐下：

> 「就在這兒坐坐吧。」蕊秋在林邊揀了塊白石坐下。
> 蚊子咬得厲害。當眾不能抓癢，但是終於不免抓了抓腿肚子。「這兒蚊子真多。」
> 「不是蚊子，是沙蠅，小得很的。」
> 「叮了特別癢。早曉得穿襪子了。」到海灘上要穿襪子？
> 憋著不抓，熬了很久。[55]

這一情節在寫於一九四三年的〈傾城之戀〉中曾經出現過：

> 只有一次，在海灘上。這時候流蘇對柳原多了一層認識，覺得到海邊上去去也無妨，因此他們到那裏去消磨了一個上午，他們並排坐在沙上，可是一個面朝東，一個面朝西，流蘇嚷有蚊子。柳原道：「不是蚊子，是一種小蟲，叫沙蠅，咬一口，就是個小紅點，像硃砂痣。」流蘇又道：「這太陽真受不了。」……那口渴的太陽汩汩地吸著海水，漱著、吐著，嘩嘩的響，人身上的水分全給它喝乾了，人成了金色的枯葉子，輕飄飄的。流蘇漸漸感到那

怪異的眩暈與愉快，但是她忍不住又叫了起來：「蚊子咬！」她扭過頭去，一巴掌打在她裸露的背脊上。柳原笑道：「這樣好吃力。我來替你打罷，你來替我打。」流蘇果然留心著，照準他臂上打去，叫道：「哎呀，讓牠跑了！」柳原也替她留心著。兩人噼噼啪啪打著，笑成一片。流蘇突然被得罪了，站起身來往旅館走，柳原這一次並沒有跟上來。[56]

比較兩段文字可以見到，「打蚊子」的細節對小說情節的作用大為不同。在〈傾城之戀〉中，「打蚊子」具有推進情節的作用，由流蘇本來擔心柳原是否會突然向她「襲擊」，但結果毫無動靜，心裡覺得不踏實；到「打蚊子」後兩人有了「肌膚之親」，調情的程度更進了一步。整個在海灘上的場景包含了人物心理演化、情節推進，以及更重要的：敘述者本身的主觀描述和情緒通過「口渴的太陽」幾句表現出來。但在《小團圓》的那段文字中，儘管敘述者較早前曾說過：「不知道為什麼，一跟她母親在一起，就百樣無味起來。」但是「打蚊子」的細節在小說情節上的作用較不明顯，敘述者亦沒有加入主觀情緒，使這段文字較〈傾城之戀〉的不那麼「吸引」。這是因為這段文字中敘述者並沒有代讀者「消化」整個場景，沒有為讀者塑造一個容易理解、代入的世界。甚至可以說，要到《小團圓》的這段文字，我們才能知道〈傾城之戀〉這一場景的「原初」面貌，才能看到張愛玲如何「包裝」、「改寫」了本來不具備任何情緒的「素材」。

55　張愛玲，《小團圓》（香港：皇冠出版社，二〇〇九），頁四三。
56　張愛玲，〈傾城之戀〉，《回顧展I——張愛玲短篇小說集之一》（香港：皇冠出版社，一九九一），頁二一三。

除此以外，《小團圓》中提及九莉讀書的大學「維大」，跟〈第二爐香〉中提及的華南大學同樣都是以香港大學為原型。小說中對「維大」附近山景的描寫，跟〈第二爐香〉中華南大學的景色描寫相近，但效果卻截然不同。《小團圓》是這樣描寫：

有一天九莉頭兩堂沒課，沒跟車下去，從小路走下山去。下了許多天的春雨，滿山兩種紅色杜鵑花簌簌落個不停，蝦紅與紫桃色，地下都鋪滿了，還是一棵棵的滿樹粉紅花。天晴了，山外四週站著藍色的海，地平線高過半空。附近這一帶的小樓房都是教授住宅。57

而〈第二爐香〉則是：

那時候，夜深了，月光照得地上碧清，鐵闌干外，挨挨擠擠長著墨綠的木槿樹；地底下噴出來的熱氣，凝結成了一朵朵多大的花，木槿花是南洋種，充滿了熱帶森林中的回憶——回憶裏有眼睛亮晶晶的黑色的怪獸，也有半開化的人們的愛。木槿樹上面，枝枝葉葉，不多的空隙裏，生著各種的花，都是毒辣的黃色、紫色、深粉紅——火山的涎沫……再加上銀色的小四腳蛇，閣閣作聲的青蛙，造成一片怔忡不甯的龐大而不徹底的寂靜。58

比較兩段文字，可以見到《小團圓》的描寫竭力去除敘述者對景色的主觀情緒，對杜鵑花的描寫盡量保持客觀，只集中在顏色、數量、綻放的情況等。但在〈第二爐香〉中，對木槿花的描寫則賦予了各種色彩濃烈的意象，以「森林的回憶」、「怪獸」、「半開化的人們」、「火山的涎沫」、「小四腳蛇」、「青蛙」等，塑造了一個恐怖怪誕的異域場景，表現出人物此刻的心境怔忡、惶恐不寧。

又例如張愛玲於一九四四年二月四日初識胡蘭成，其後於一九四四年五月起連載〈紅玫瑰與白玫瑰〉，當中描寫嬌蕊痴戀振保時有以下的情節：

> （振保）一眼看見他的大衣鈎在牆上一張油畫的畫框上，嬌蕊便坐在圖書下的沙發上，靜靜的點著支香烟吸……原來嬌蕊並不在抽烟，沙發的扶手上放著隻烟灰盤子，她擦亮了火柴，點上一段吸殘的烟，看著它燒，緩緩燒到她手指上，燙著了手，她抛掉了，把手送到嘴跟前吹一吹，彷彿很滿意似的。他認得那景泰藍的烟灰盤子就是她屋裏那隻。[59]

到張愛玲晚年寫作《小團圓》時，當中描寫九莉跟之雍戀愛，也有跟菸蒂有關的情節：

> 她崇拜他，為什麼不能讓他知道？……他走後一烟盤的烟蒂，她都揀了起來，收在一隻舊

---

57 張愛玲，《小團圓》，頁四八。

58 張愛玲，〈第二爐香〉，《第一爐香——張愛玲短篇小說集之二》（香港：皇冠出版社，一九九五），頁三二八。

59 張愛玲，〈紅玫瑰與白玫瑰〉，《回顧展Ⅰ——張愛玲短篇小說集之一》，頁七一。

> 信封裏……他臨走她順手抽開書桌抽屜，把裝滿了烟蒂的信封拿給他看。他笑了。[60]

姑且不論這一段相近的情節是否張愛玲與胡蘭成的真實經驗，張愛玲在兩段時期不約而同選擇以菸蒂表達女子對男性痴心崇拜的心情，已可表達出這段「經驗」的重要性。然而比較兩段文字，可以發現張愛玲的後期風格竭力去除一種抒情的氛圍，並且以簡練壓縮的文字去掉角色情緒的渲染，特別是最後的一句「他笑了」就有多種解讀的可能，之雍是感到「可笑」、覺得九莉可愛天真；是雙方兩情相悅的愉悅，還是一種已然掌握的勝利笑容？《小團圓》裡的之雍可能與〈紅玫瑰與白玫瑰〉的振保同樣自私，然而卻比振保更有城府。這種表達的方法，明顯就是來源於《海上花》和《紅樓夢》的含蓄表現手法。

跟早期小說相比，張愛玲後期作品中的敘述者跟作者本人的距離極近，很多時候讀者甚至可以直接把敘述者當作作者本人，有時甚至因為讀者過於熟悉張愛玲本人而影響到了解小說本身。《同學少年都不賤》中的趙玨、〈浮花浪蕊〉中的洛貞、《小團圓》中的九莉，無可避免地處處帶有張愛玲本身的影子，就算讀者如何小心敘述者不等同作者的理論，在閱讀張愛玲這些後期作品的時候，根本不能脫離張愛玲本身的人生歷程去閱讀小說。甚至，如果沒有張愛玲早期作品（包括小說和散文）的說明，讀者對這些後期作品未必能有足夠的了解。今天閱讀張愛玲後期作品的讀者，普遍都熟讀她的〈私語〉、〈燼餘錄〉、《對照記》以及胡蘭成的《今生今世》。曾閱讀過這些作品的讀者，對比一個沒有閱讀上述任何作品的讀者，在理解張愛玲後期作品時的閱讀期待、習慣、角度都相差甚遠。由這一角度看來，這就可以解釋為何張愛玲的後期小說可以放膽消去敘事者的主觀敘事，因為讀者對「原來」的故事情節已經十分熟悉，對以張愛玲為原型的各個主角、以她身邊的人為原型的其他人物都瞭如指掌，小說可以排除了「說故事」的需要，壓抑讀者渴望「聽故事」的欲望，以精簡的、瑣碎的、有時甚至是艱澀的表現方法來「不斷」、「再次」呈現張愛玲自己本身的故事。因此，其後期小說甚至可以破壞張愛玲早期小說的傳奇性和浪漫史，當中對母親（《小團圓》）、炎櫻（《小團圓》、《同學少年都不賤》）、姑姑（《小團圓》）的性格和經歷的揭露式描寫，打破了由《流言》和其他早期小說對三個原型人物塑造出來的形象。當中姑姑與母親後來關係破裂、作者本人曾經墮胎等更是與讀者對人物的預期有極大落差。

張愛玲的後期小說創作，放棄了傳統小說「說故事」或以「情節」為發展主軸的寫作方式，取而代之的是一種「去情節化」的寫作策略。傳統的小說觀強調故事情節的連續性及完整性，讓讀者在閱讀故事情節中，如同親身經驗了一場夢幻、歷險或特殊經歷，故此傳統小說重視故事情節的趣味性，用以吸引讀者的興趣。若以此方向去觀察張愛玲早期的小說，可發現這個時期她的小說大多有完整的故事情節，情節發展講求邏輯性及連續性。以〈傾城之戀〉為例，整篇小說以流蘇的遭遇為骨幹，先是遭遇家庭的留難，然後經歷與范柳原在香港的一段感情歷險，故事的高潮是二人在香港遭遇戰爭，最後二人共結連理，儘管婚後范柳原「把他的俏皮話省下來說給旁的女人聽」，但對流蘇來說這已經是一個較好的結局。〈傾城之戀〉的情節布局與好萊塢電影情節

60 張愛玲，《小團圓》，頁一六五。

非常相似，都是以完整的情節去表達的「傳奇」故事，即從衝突到解決的情節結構模式。

然而張愛玲在後期小說中著意運用情節空缺、破壞完整的方法。故事不再是小說的中心，與以往直線的表達方法不同，情節將以放射或碎片的形式出現，表現出支離破碎、混亂矛盾的效果。因此，傳統小說固有的完整情節模式在張愛玲後期的小說中被徹底地改變及顛覆了，取而代之的就是文本情節空缺的表現方法，而這種表現方法可體現於時間鏈及因果鏈的空缺之上。傳統敘事學中「完整」意味著時間上的連續，而「空缺」則意味著瞬間性和斷裂感。張愛玲後期小說則把敘述的事件脫離時序及連續性。在張愛玲的眼中，生活本身是無序的，因果關係只是人為的附加物，人類希望以此去解釋世界，讓世界顯得合理有序。因此在解除時間鏈之餘，她的後期小說往往破除因果關係，讓世界的真實性得以顯現出來。

〈同學少年都不賤〉是一個很好的例子。整篇小說的時序跳躍不定，先由趙玨當下的感想而起，三小段後立即跳至一次在恩娟家裡吃晚飯的回憶，然後又跳至初考進中學後的生活描寫，接著思緒一直流動，想起學校裡她倆與芷琪、赫素容的事、進入大學、趙玨逃婚、出國後二人的遭遇、多年後的通信與相見等，當中加插了非常繁多的旁枝或瑣碎事，顯示小說的斷裂感與瞬間感。另一方面，小說中的因果關係並不明顯，文中所寫一段關於趙玨對赫素容的同性愛慕，跟後來趙玨跑單幫跟了一個高麗浪人，或與萱望離婚等感情生活沒有任何結構上連繫，或至少小說並沒有刻意鋪排彼此之間的因果關係。如果以〈同學少年都不賤〉跟〈紅玫瑰與白玫瑰〉相比，就可以發現張愛玲早期小說的因果結構緊密得多。小說講述佟振保年少時與妓女及初戀女友玫瑰的戀情，對將來情人嬌蕊及妻子烟鸝的影響，以致出現以「紅玫瑰」和「白玫瑰」命名分類的局面。另外〈相見歡〉僅以幾個人之間的對話構成整篇小說，缺乏明顯情節發展的布局，亦是張愛玲後期小說情節空缺的例子。又例如在〈色，戒〉中，王佳芝與一班同學布局兩年，為了刺殺偽政府的官員易先生，甚至喬裝為已婚婦女，被迫失身於同夥的一位同學。犧牲這麼大，卻在行刺的最後一刻以為易先生「這個人是真愛我的」而放了他，自己最終卻被易先生恩將仇報殺了。這裡事情發展蓋過人物性格的發展及塑造，表現了人物言行的不連貫。

〈浮花浪蕊〉的洛貞是一個一無所有、離鄉背井遠赴日本的獨身女子。她因一時的饒舌，害得姊姊的朋友范妮中風而死。後來在范妮的喪禮上，洛貞竟然「還沒走出門去就拆開紅包，帶著好奇的微笑。只見裡面一隻雙毫硬幣，同時瞥見女傭驚異憤激的臉。……她也是事後才想到，想必是一時天良發現，激動得輕性神經錯亂起來，以致舉止乖張。」[61]陳耀成分析洛貞這個行為：「這樣的一段突然令我們驚醒，原來洛貞所謂無心搬嘴，其實也跡近有意。善惡成敗不過是在一動念之間。」[62]范妮是洛貞姊姊最好的朋友，又曾在洛貞居於香港時接待過她，洛貞並無任何動機去破壞她的幸福。僅僅是一動念之間，洛貞便違反性格邏輯的發展而害死范妮，且沒有在喪禮上表現悔疚。這種手法跟上述〈色，戒〉中佳芝在一動念之間放走易先生非常相似，可說是張愛玲後期小說中其中一種特色：放棄前因後果鋪排精密，取而代之的是表現一剎那、一動念之間的人性抉擇。

61　張愛玲，〈浮花浪蕊〉，《惘然記》，頁六三。

62　陳耀成，〈美麗而蒼涼的手勢〉，《最後的中國人》，頁二三。

或許有論者會認為〈金鎖記〉中以電影手法去省略七巧在分家前十年的情節，同樣是屬於情節的空缺，故張愛玲早期小說中亦不乏情節空缺的例子。然而以此例與〈浮花浪蕊〉做比較，當可發現兩者的情節空缺絕不相同。在〈金鎖記〉中，被省略掉的十年是較不重要的，與主題無關，缺少這十年情節的描寫，並不會令讀者對七巧的性格及經歷欠缺理解。但在〈浮花浪蕊〉中，洛貞為小說主要人物，她在出國前的個人經歷，直接影響當下她在船上的心理狀況，然而作者集中交代的卻是她姊姊的朋友范妮的經歷。欠缺了對洛貞個人的情節交代，讀者對洛貞這個人物就未能穩固掌握，這就是張愛玲後期小說的特色之一。

從以上的討論可以見到，張愛玲後期小說具備了一種刻意的實驗性，通過在各方面的空缺和斷裂來表現其創造性。這種創造性跟她在早期小說中所建立的相反，因此而具有一種否定性的力量。這種創造性得益於其生活於離散的狀態之中，故此不論作者本人或其作品都因而可以以一種放逐、隔離的形式而存在。這些充滿後期風格的作品，放棄了「受歡迎」、「成為榜樣」的權利而存在，不以為讀者帶來閱讀愉悅為目標，甘願僅僅留下各種的片段和碎片，因而永遠存在於一種未完成、可以不斷被改寫添寫的狀態。這樣或許可以解釋，為什麼大多數具有張愛玲後期風格的作品都未能於她本人在世時出版，因為它們仍然處於一種不受約束、不斷仍可變化的未完成狀態。

通過上文的討論可以見到，張愛玲的後期風格跟她的離散經歷息息相關，兩者甚至相互加強：離散經驗加深了後期風格的內容，而後期風格則為她的離散經驗提供了方式。張愛玲晚年的一系列寫作，從離散的意義來說，是在返回的過程中為出發國（中國大陸）的文藝帶來異質性和混雜性，亦即為中國、臺灣和香港等華文場域帶來迴異於五四主流、左右翼文藝、商業通俗文學、鄉土文學或現代主義文學等各範疇的異質物。離散之於張愛玲後期風格的意義在於，提供一個「海外」、「離開」、「隔離」的空間，讓她能抽離地觀看「中國性」，並梳理出一個有別於新文藝或「紅樓夢被庸俗化後」的小說傳統。

以張愛玲的個案來看，她並不能代表傳統離散研究「落葉歸根」或「斬草除根」式的情況，同時亦不屬於「落地生根」式的個案。[63]她晚年既抗拒落葉歸根於「中國」，同樣亦不能「落地生根」於美國，其後期風格接近於一種文化中國上的精神回歸，然而這一種文化中國卻迴異於當代所設定的文化中國共同體。她無異於重新挖掘另一個被遺忘了的中國，用以抗衡被歸入各種類型的可能性。張愛玲晚年對原鄉或本土都不能認同，這種「包括在外」的情況，正正是造成她後期風格「格格不入」於世的重要特徵。張愛玲後期作品中較少表現明顯由離散而來的心理創傷，作品中表現傷感懷念的地方絕少。這是因為張愛玲的「離散」狀態並不能建基於認同那個普遍被認為是想像共同體的「中國」。其認同的「中國」亦並不能以杜維明提出的「文化中國」的概念來說明，因為張愛玲心目中的「中國」是一種業已失落的、過去的，並且是異質的「中國」。這

63 關於離散華人研究的分類，可參考陳榮強，〈華語語系研究：海外華人與離散華人研究之反思〉，《中國現代文學》第二十二期，二〇一二年十二月，頁七五—九二。

「中國」從未成為主流，在過去或現在都是被排除在外。

過去讀者對於張愛玲的期待，不論是作者本人或作品而言，都包括著一種「中國本質主義」，即我們假設張愛玲是在逼不得已的情況下才離開中國，因此她在情況許可之下應該重回中國，或是渴望回到作為祖國的中國；或是張愛玲晚年的作品應該跟早期一樣，具有華麗頹廢的「張腔」，因為這種風格才是「正統」的、「中國」的張愛玲風格。她在海外的創作如果有異於這種風格，就必然是她「枯萎」、「江郎才盡」。但是，從本章的討論可以看到，張愛玲後期風格實踐的是對「失去的語言」的追尋，以及創造一種與過去／失去了的語言之間的連繫。這不同於她的早期作品在文化意涵上與過去連繫，她的後期風格更多的是一種美學上的連繫，形成一條由《海上花》和《紅樓夢》到〈浮花浪蕊〉、〈色，戒〉和〈小團圓〉的美學路線。因此，不能以我們早已十分熟悉的張愛玲風格去看待她的後期小說，而應從離散的角度繼續深入闡釋這一條未被重視的小說發展路線。

第十章

張愛玲後期作品中的女性離散者自我論述

張愛玲由一九五五年離開香港赴美，到一九九五年於美國逝世，她在這四十年間的創作與之前在上海和香港的都不同，出現了一種晦澀難明的風格。在張愛玲一系列遺作出版之前，評論者和讀者對張愛玲後四十年小說創作的印象只能由〈浮花浪蕊〉、〈相見歡〉、〈色，戒〉等作品而來，不少評論都認為張愛玲後期作品的價值比不上她的早期創作。例如柯靈就曾在一九九五年張愛玲過世後發表的〈柯靈追憶張愛玲〉中說：

> 試想，如果她不離開，在後來的「文化革命」中，一百個張愛玲也被壓碎了。但是，再大的天才離開自己的土地，必然要枯萎。張愛玲的光輝耀眼而短暫。張愛玲的悲劇也可以說是時代的悲劇。[1]

柯靈這番說明加上發表於一九八四年的〈遙寄張愛玲〉，長時間以來形構了過往讀者對張愛玲後期生活和創作的想像。因為以往關於張愛玲後期創作的各項研究並未有全面展開，在各項資料付之闕如的情況下，柯靈以張愛玲舊朋友的身分現身說法，加強了他上述說明的說服力和權威性。

在《同學少年都不賤》、《小團圓》、《雷峰塔》及《易經》等張愛玲遺作出版後，學術界已開展對於張愛玲後期作品的研究，在各種的研究角度之中，以離散的角度來研究張愛玲小說的研究近年逐漸出現，[2]分別討論了張愛玲後期創作中的單篇小說〈浮花浪蕊〉和《小團圓》。然而，張愛玲在赴美後整整四十年的創作尚有其他重要作品，仍未得到相關研究，因此，本章擬把張愛玲赴美後的後期小說創作以離散的角度做全面整體的分析，討論當中的離散意識，以及這種意識對張愛玲後期創作有怎樣的影響和意義。第二，張愛玲表現離散意識的小說都採用自傳體小說的方式書寫，其對男性自傳和與之相關的父權敘事持有什麼態度，以及她以怎樣的方式對之做出反抗，亦是本章的討論重點。下文亦會以胡蘭成的《今生今世》與張愛玲的女性離散小說做對比，除了探討兩者的分別，亦會從中突顯女性離散作家對傳統離散文學的反思。

張愛玲並不是在一九五五年赴美後才經歷離散，她的第一次「離散」是在一九三九年到香港大學讀書時，當時她曾三年不用中文寫作，只用英文練習。她在一九四四年三月的〈存稿〉中曾說：

> 後來我到香港去讀書，歇了三年光景沒有用中文寫東西。為了練習英文，連信也用英文寫，我想這是很有益的約束。現在我又寫了，無限制地寫著。實在是應當停一停了，停個三年五載，再提起筆來的時候，也許得有寸進，也未可知。[3]

1 江迅，〈柯靈追憶張愛玲〉，《明報月刊》，一九九五年十月號，頁三六。

2 以離散為研究角度的論文例如周芬伶，〈移民女作家的困與逃——張愛玲〈浮花浪蕊〉與聶華苓《桑青與桃紅》的離散書寫與空間隱喻〉，《臺灣文學研究學報》第二期，二〇〇六年四月，頁九五—一一四；張伯存，〈離散中追尋生命蹤跡的自我書寫——論張愛玲小說《小團圓》及其晚年的文學書寫〉，《棗莊學院學報》第二十六卷第四期，二〇〇九年八月，頁一—七；趙亮，〈「流散文學」視野中的張愛玲〉，《遼寧大學學報（哲學社會科學版）》第三十八卷第三期，二〇一〇年五月，頁七二—七八；Shen Shuang, "Ends of Betrayal: Diaspora and Historical Representation in the Late Works of Zhang Ailing," *Modern Chinese Literature and Culture* 24.1 (Spring 2012), 112-148.

這跟張愛玲初到美國時，曾有一段時間嘗試以英文寫作而不用中文的情況相近，可見每一次的「離散」都會為張愛玲帶來一種新的風格和觀察角度。但是，張愛玲一九五五年赴美後的經歷是一種遠離中國的「海外離散」，她遭遇的文化和語言隔閡更為明顯。她曾於一九六五年左右在一篇英文文章中說明她在這段時間遭遇的「障礙」：

> I myself am more influenced by our old novels and have never realized how much of the new literature is in my psychological background until I am forced to theorize and explain, having encountered barriers as the language barrier.
>
> 我自己因受中國舊小說的影響較深，直至作品在國外受到與語言隔閡同樣嚴重的跨國理解障礙，受迫去理論化與解釋自己，才發覺中國新文學深植於我的心理背景。[4]

這種由語言和文化差異而來的隔閡是離散作家普遍遇到的情況。離散是指離散者失去了與母語日常用語的接觸，並且失去了與自己文化的緊密連繫，這種情況正正是張愛玲赴美後所經歷的。但是跟傳統的離散文學不同，張愛玲的後期作品中較少出現明顯由離散而來的鄉愁或感傷書寫，作品中表現傷感懷念的地方絕少。上文提及已經開展的有關張愛玲離散研究的論文中，仍然存有作家離開中國以後將會失去寫作重心的取態；[5]本章要強調的是，應該擺脫這種以鄉愁或落葉歸根的角度去討論張愛玲後期的作品，因為正如史書美所言，離散總有完結的一天。[6]因此我們可以發現，要真正理解張愛玲後期小說的特色，在承認她是一個離散作家的身分以後，應進一步理解

3 張愛玲，〈存稿〉，《流言》（香港：皇冠出版社，一九九八），頁一三二。

4 這裡借用高全之對這段文字的記錄和翻譯，見高全之，〈那人正在燈火闌珊處——張愛玲如何三思「五四」〉，載《張愛玲學：批評．考證．鉤沉》（臺北：一方出版，二〇〇三），頁三四五—三四六。

5 例如趙亮認為：「（張愛玲）終於輾轉抵達西方『中心』，卻沒能給她以新的創作靈感。一九六六年《怨女》模仿〈金鎖記〉，但放棄了長安這條線，大概她意識到將永遠失去中國這塊『底子』……」參見趙亮，〈「流散文學」視野中的張愛玲〉，《遼寧大學學報（哲學社會科學版）》第三十八卷第三期，二〇一〇年五月，頁七八。又例如張伯存認為：「（張愛玲）還有一重異域的離散和飄泊對她的寫作產生重大影響。流離、離散、飄泊、自我放逐和精神流亡，與故土家園故國神州形成一種地理上的距離感和因此而產生的一種遠距離觀照的審美效應及去國懷鄉的悵惘之情氤氳在文本中。」相關研究仍會引用張愛玲刊於一九四六年的〈中國的日夜〉中「到底是中國」和「走在我自己的國土／亂紛紛都是自己人」的說法，引證張愛玲在一九五五年赴美後對中國的態度。參見張伯存，〈離散中追尋生命蹤跡的自我書寫——論張愛玲小說《小團圓》及其晚年的文學書寫〉，《棗莊學院學報》第二十六卷第四期，二〇〇九年八月，頁四。

6 Shu-mei Shih, "Against Diaspora: The Sinophone as Places of Cultural-Production," in *Sinophone Studies: A Critical Reader*, ed., Shu-mei Shih, Chien-Hsin Tsai and Brian Bernards. (New York: Columbia University Press, 2013), 37. 本章同意史書美對過去有關中國離散文學研究側重點在落葉歸根、涕淚飄零，以致強化單一中國性的觀點。然而本章認為，離散是一種不能否認的狀態，以張愛玲為例，她既沒有單一的渴求回歸中國，卻也顯露未能在美國全面適應以致可以全面放棄對中國的想像。因此，本章採用王德威對這個問題的看法：「中國從來也不是鐵板一塊；今天中國與海外華語世界的互動極其頻繁，我們不能忽視；而海外華語『弱小民族』既然已是在離散情境以下，各有各的打算，邏輯上也未必形成（與霸權對抗的）生命共同體。刻意區分中國和華語社群，儼然有了敵我抗衡的姿態，這豈不讓我們想起二十世紀中期的冷戰論述？更何況歷史的演進千迴百轉，我們不能忽略這些年中國以及境外所產生的各種各樣的語境變化。」參見王德威，〈文學地理與國族想像：臺灣的魯迅，南洋的張愛玲〉，《中國現代文學》第二十二期，二〇一二年十二月，頁二五。

其後張愛玲以何種策略、哪種態度去面對涕泣飄零、傷感懷鄉以外的生活和寫作狀態。本章的討論強調張愛玲以有別於傳統自傳的「自傳體小說」模式，去表現她作為女性離散者的心路歷程，其風格卻不如早期小說般廣受讀者歡迎。如果說，張愛玲的早期小說廣受歡迎，是因為表現了讀者對中國性的想像，[7]那麼她的後期小說與早期小說迥異的地方，就成為一種有異於「中國性」的「異質性」，這種「異質性」是形成於張愛玲遠離「中國」的情境之下：包括地理上的「中國」與語境上的「中國」，這種獨特的寫作狀態就如王德威所言「從邊緣打入中央」，[8]也是從這種狀態之中，可以用一個新的角度去審視張愛玲有別於早期創作的後期作品。以下將會以此為線索，探討張愛玲後期小說具有怎樣的離散意識，其與早期小說相異之處又具備什麼意義。

張愛玲赴美後的離散意識

張愛玲於一九五五年赴美後，正式面對因離散而來的各種問題，「海外流亡」的經驗使她的作品有異於在「境內流亡」的香港時期。[9]在「境內流亡」的時期，張愛玲創作了《秧歌》和《赤地之戀》，當中並未見到明顯因流亡而出現的離散意識。然而，在「海外流亡」階段出版的小說中，不少都出現與張愛玲早期作品相異的離散意識。有關這種流亡狀態與張愛玲小說創作的關係，我們可參照薩依德的相關說法，他曾經在《知識分子論》（*Representations of the Intellectual*, 1996）中提出流亡對知識分子而言具有兩種意義：一是真實的情境，一是隱喻的情境。真實的情境指流離失所或跟遷徙有關的社會史和政治史；但就算沒有真實的流亡經歷，只要是一個社會的成員，都可以分為圈內人（insiders）和圈外人（outsiders）。圈內人指的是完全投入於社會，因而達致成功，受社會接納，沒有感到格格不入的知識分子；圈外人則是跟社會不合，永遠跟特權、權勢、榮耀等脫離。圈外人知識分子永遠處於不能適應的狀態，對他們來說，流亡就是無休無止、東奔西走，一直不能安定下來，永遠無法回到某個更早、更穩定的狀態，永遠無法跟新的環境融合。[10]就張愛玲的赴美後的生活而言，她兼具了真實和隱喻意義上的流亡，並且在文學與身體上都確切地呈現出來。值得留心的是，張愛玲這種離散經驗具有女性主義書寫的特質，她作為一個女性作家，雖然在美國生活的年分比在中國更長，但是她在小說著眼的不只是女性主體在離散前的原初國（中國）或離散後的移居國（美國）的生存狀態，而是兩者的前後經驗如何同時對女性主體構成的影響。以下將先梳理張愛玲在一九五五年後的離散經歷和體驗，為下一節的分析建立基礎。

---

7 典型例子可以朱西甯為例，朱天文如此形容張愛玲對於朱西甯的意義：「所以張愛玲，不只是文學上的，也是父親鄉愁裡的，愁延子孫，日益增殖長成為我的國族神話。」當時二人對張愛玲的喜愛是建立於對她的早期小說閱讀之上。參朱天文，〈獄中之書〉，《黃金盟誓之書》（臺北：印刻，二〇〇八），頁一五八。

8 王德威，〈文學地理與國族想像：臺灣的魯迅，南洋的張愛玲〉，《中國現代文學》第二十二期，二〇一二年十二月，頁二六。

9 這裡有關張愛玲「海外流亡」和「境內流亡」的分野借用陳建忠的說法。參見陳建忠，〈「流亡」在香港——重讀張愛玲的《秧歌》與《赤地之戀》〉，《臺灣文學研究學報》第十三期，二〇一一年十月，頁二七五—三一一。

10 艾德華·薩依德著，單德興譯，《知識分子論》（臺北：麥田，一九九七），頁九〇—九一。

張愛玲離散到美國的四十年間極少明確表現其因離散而造成的心理創傷，只有在幾篇並不以離散為主題的散文中我們可以窺見她這方面的思考。張愛玲一九五五年初到美國，曾三次跟胡適見面。在一九六八年發表的〈憶胡適之〉一文中，張愛玲以摩西比喻胡適於現代中國的意義：

我屢次發現外國人不了解現代中國的時候，往往是因為不知道五四運動的影響……我覺得不但我們這一代與上一代，就連大陸上的下一代，儘管反胡適的時候許多青年已經不知道在反些什麼，我想只要有心理學家榮（Jung）所謂民族回憶這樣東西，像五四這樣的經驗是忘不了的，無論湮沒多久也還是在思想背景裏。榮與佛洛依德齊名。不免聯想到佛洛依德研究出來的，摩西是被以色列人殺死的。事後他們自己諱言，年代久了又倒過來仍舊信奉他。[11]

張愛玲跟胡適這一次的會面在一九五五年十一月，而一九五四至一九五五年正是中國大陸批判胡適運動最轟烈的時期，張愛玲這裡所言的反胡適，當指這段時間發生的反胡適運動。張愛玲的這段文字充分反映了兩個因政治影響而離散的中國現代知識分子的心態，儘管背景不同，卻同樣由於一個共同原因而離開中國。這種受迫性的放逐，使張愛玲感受到現代中國知識分子的離散心態：[12]

我送到大門外，在台階上站著說話……適之先生望著街口露出的一角空濛的灰色河面，河上有霧，不知道怎麼笑瞇瞇的老是望著，看怔住了……我也跟著向河上望過去微笑著。可是彷彿有一陣悲風，隔著十萬八千里從時代的深處吹出來，吹得眼睛都睜不開。[13]

張愛玲這段文字充分表現了二人在異鄉的心情。張愛玲強調這風是「時代的深處」所吹來，並且「吹得眼睛都睜不開」，流露知識分子離散於異鄉的複雜心情。這種因受迫性遷移和自我放逐而來的失落感，是五、六〇年代中國知識分子共同的離散感受。但張愛玲在美國亦不能找到她的歸屬，她晚年越趨離群索居的生活模式，反映一個女性離散者在出發地和停留地飄泊不定的認同危機。那麼張愛玲作為一個離散於美國的亞裔女性究竟面對怎樣的情況？有關這個問題，鄭明河（Trinh T. Minh-ha, 1952-）曾有具體的說明，她認為亞裔女性移居者在美國，既不屬於第一世界，也不能回到原先的國家，同時亦受到移居國父權社會的歧視，因此成為一種既不是局內人，也不是局外人的無所適從的身分。由於其位置的矛盾曖昧，因此她們不斷在兩者之間游離和進出，希望尋得安身立命之所。[14]從女性離散文學的角度來看，張愛玲在一九五五年後的離散經歷，恰恰正是上述的寫照。張愛玲後期的作品不但與移居國（美國）的文學風格疏離，也跟

---

11 張愛玲，〈憶胡適之〉，《張看》（香港：皇冠出版社，二〇〇〇），頁一四八。

12 根據張愛玲的記載，她跟胡適的第三次會面約於一九五五年感恩節以後至次年二月之間。

13 張愛玲，〈憶胡適之〉，《張看》，頁一五〇—一五一。

14 Minh-ha T. Trinh, *Woman, Native, Other: Writing Postcoloniality and Feminism*（Bloomington: Indiana University Press, 1989）, 95-116 and "Not You/Like You: Post-colonial Women and the Interlocking Questions of Identity and Difference," in *Making Face, Making Soul*, ed. Gloria Anzaldua.（San Francisco: Aunt Lute Books, 1990）, 371-375.

原初國家（中國）的主流文學相異，可說是受到雙重離散的影響。美國出版商對*The Fall of the Pagoda*和*The Book of Change*並不接納，看來並不能只從商業角度或是英語問題來考慮，只要想想早年跟男性／國家敘述較為接近的*The Rice-Sprout Song*得以在美國出版，就知道這跟張愛玲的女性離散文學風格在當時的美國得不到支持有關。[15]

張愛玲曾經以「流徙」來形容自己在美國的生活情況，她曾在給朱西甯的信上說：「多年前收到您一封信，所說的背包裡帶著我的書的話，是我永遠不能忘記的，在流徙中常引以自慰。」[16]但是她在作品中很少直接表現鄉愁，她曾於一九九二年致鄺文美和宋淇的信上說：「中國人內大概是我最不思鄉。要能旅行也要到沒去過的地方，這話也跟你們說過不止一次。」[17]張愛玲多年來很少明顯流露思鄉之情，她在作品中流露的離散創傷跟懷鄉情緒關係不大，然而這並不能表示離散對張愛玲並沒有影響。在極少數的情況下，張愛玲曾在與友人的書信往來中顯露因離散而來的傷感。例如在一九六九年六月二十四日致鄺文美的信中，張愛玲道：

> 我想那次聽見Stephen病得很危險，我在一條特別寬闊的馬路上走，滿地小方格式的斜陽樹影，想著香港不知道是幾點鐘，你們那裏怎樣，中間相隔一天半天，恍如隔世，從來沒有那樣尖銳的感到時間空間的關係，寒凜凜的，連我都永遠不能忘記。[18]

這一情景確實對張愛玲來說非常難忘，因為在一九八五年十月二十九日的信中，她再次提及：

> 那次Stephen病後來信說我差點見不到他了，我習慣地故作輕鬆，說我對生死看得較淡。雖然也是實話，那時候有一天在夕照街頭走著，想到Stephen也說不定此刻已經不在人間了，非常震動悲哀。[19]

上述一九六九年的那段文字，深刻表現了張愛玲身在異地，與舊友在時間空間上隔閡而來的傷感。張愛玲以「恍如隔世」和「寒凜凜」來形容這種因離散而來的傷痛，跟一九八五年的信件以「震動悲哀」來形容這種隔閡非常一致。一般來說，張愛玲絕少在書信或創作中坦然表現自己的「震動悲哀」，就算是賴雅過世，張愛玲在致夏志清的信件中亦只有「Ferd八月底搬來，上月突然逝世」寥寥數語。[20]張愛玲的離散創傷與離家遠國的民族情懷不同，它比較偏向私人感情和個人經驗，顯出女性離散者獨有的離散感受。這一點我們會在下一節有更深入的討論。

---

15 從張愛玲跟宋淇的通信來看，她曾委託Dick McCarthy處理《易經》的出版事宜，唯最終《易經》並未找到出版社出版。參宋以朗，〈《雷峰塔》／《易經》引言〉，張愛玲，《易經》（香港：皇冠出版社，二〇一〇），頁六。

16 朱天文，〈獄中之書〉，《黃金盟誓之書》，頁一五七。

17 張愛玲、宋淇、宋鄺文美著，宋以朗主編，《張愛玲私語錄》（香港：皇冠出版社，二〇一〇），頁二九〇。

18 張愛玲、宋淇、宋鄺文美著，宋以朗主編，《張愛玲私語錄》，頁一九四。

19 張愛玲、宋淇、宋鄺文美著，宋以朗主編，《張愛玲私語錄》，頁二五三。

20 參張愛玲於一九六七年十一月二十五日致夏志清信，見夏志清編注，《張愛玲給我的信件》（臺北：聯合文學，二〇一三），頁一〇四。

張愛玲雖然不會在作品中明確提及鄉愁，但她仍在不少地方流露因離散而來的獨特體會。有關張愛玲移居到美國後的離散體驗，只有一篇散文〈一九八八——？〉曾明確提及，我們可以從這篇散文了解張愛玲赴美後的離散心境。張愛玲這篇散文跟傳統離散文學不同，當中並沒有表現對家鄉的懷念，但是就流露出人在異鄉的疏離感。洛杉磯在張愛玲筆下是一個冷清、荒涼、渺無人煙的地方。文中強調這裡的景色永恆不變，就連「第一批西班牙人登陸的時候見到的空山，大概也就是這樣」。[21]一直以來，美國在張愛玲筆下甚少出現，這裡零星的敘述，卻處處著力表現洛杉磯的荒涼破敗，文中不斷出現「空城」、「人踪全無」等描寫。為什麼張愛玲要書寫一個什麼都沒有的空城呢？張愛玲此刻是以一個等待公車的人的心態去敘述，在等待之中，見到一個公車站牌下書寫了疑似是中國人的姓：「Wee and Dee」（「魏與狄」），張愛玲甚至代入這個人，想像他也曾經在這裡等公車：

> 雖說山城風景好，久看也單調乏味，加上異鄉特有的一種枯淡，而且打工怕遲到，愈急時間愈顯得長，久候只感到時間的重壓，一切都視而不見，聽而不聞，更沉悶得要發瘋……[22]

這裡張愛玲透過想像這位中國人在漫長沉悶的等待之中的感受，把自身身處異鄉的離散感受表現出來。文中分析這個人為何要寫「魏與狄，一九八八至——？」，是類同墓碑上寫的「亨利・培肯，一九二三至一九七九」。由此可見，張愛玲把離散體驗跟墓碑這種與死亡相關的意象連上關係，表現離散體驗在她心目中的本質。隨後作者再次代入這個人的感受：

亂世兒女，他鄉邂逅故鄉人，知道將來怎樣？要看各人的境遇了。[23]

這句說話既是代入想像中的中國人所說，亦是她自己在此刻的離散心理。文末甚至明寫身在異鄉的感受，由於張愛玲在表現感受的部分省略了表示主體的語句（例如「他感到」），因此下文由「一絲尖銳的痛苦」起可看為「他」或敘述者本身的感受：

但是他這時候甚麼都不管了。一絲尖銳的痛苦在惘惘中迅即消失。一把小刀戳進街景的三層蛋糕，插在那裏切下去。太乾燥的大蛋糕，上層還是從前西班牙人初見的淡藍的天空，黃黃的青山長在，中層兩條高速公路架在陸橋上，下層卻又倒回到幾十年前，三代同堂，各不相擾，相視無覩。三個廣闊的橫條，一個割裂銀幕的彩色旅遊默片，也沒配音，在一個蝕本的博覽會的一角悄沒聲放映，也沒人看。[24]

21　張愛玲，〈一九八八——？〉，《對照記》（香港：皇冠出版社，二〇一〇），頁一〇二。
22　張愛玲，〈一九八八——？〉，《對照記》，頁一〇五。
23　張愛玲，〈一九八八——？〉，《對照記》，頁一〇五。
24　張愛玲，〈一九八八——？〉，《對照記》，頁一〇六。

這段文字對眼前的異鄉做出了奇妙的比喻，三層蛋糕分別代表異鄉的遠古、近古和現在。三段時間空間之間割裂而「各不相擾」的感覺，其實反映敘述者自己的人生在離散前後的割裂，過去的經驗跟現在眼前的現實毫無關係，而張愛玲表現這種割裂的體驗是以一個具體的形象——「一把小刀」——來比喻，形象化地表現了由離散帶來的對記憶連貫性的切割和破壞。而現在，這個三層蛋糕的世界儘管色彩斑斕，卻是像默片般無聲地播放，此刻的離散狀態如「蝕本的博覽會」般「沒人看」。這段文字深刻表現了張愛玲人在異鄉的疏離感，以及她對此刻在離散狀態下蒼涼孤寂的看法，透露了張愛玲經歷多年離散的心情。這種明確的離散體驗，跟傳統男性離散文學有關家國追懷和文化調適問題都不同，而是著重表現個人體驗。這種個人體驗並不以「落葉歸根」的渴望為前提，亦不以懷舊感傷為終點。有關這種女性離散體驗如何落實到張愛玲的小說創作，下文將會有更深入的分析。

張愛玲的離散女性書寫與自傳體小說

張愛玲由一九五五年赴美後創作的小說共十五篇（附錄六），當中明確流露離散體驗的小說包括〈浮花浪蕊〉、《同學少年都不賤》和《小團圓》，下文將會以這三篇小說作討論焦點，而其他作品包括《怨女》、〈色，戒〉、〈相見歡〉及英文小說中譯版《雷峰塔》、《易經》和〈少帥〉等，本章亦會作為輔助材料論及，或以這些作品與上文三篇小說做比較，以突顯張愛玲在漫長的四十年離散生涯中的階段性分別。[25]

〈浮花浪蕊〉是張愛玲在這一時期最明顯表現移民記憶的小說，包含了張愛玲於一九五二年十一月到日本探訪炎櫻的個人經歷在內。她於一九五二年八月離開大陸到港，「讀了不到一學期，因為炎櫻在日本，我有機會到日本去，以為是赴美捷徑」。[26]小說的名字採自中文成語，本來比喻輕浮的人。張愛玲在小說中借用這成語作為小說名稱，當是指女主角洛貞的移民經歷及幾次的移民記憶；同時又暗指洛貞是一個「輕浮的人」，或是小說中牽涉到幾個人的命運都是因洛貞一時「輕浮」而改變。這種「輕浮」同時亦表現洛貞飄泊無根的狀態，深刻地象徵了離散女性的生存狀態。

---

25 張愛玲曾於發表於一九八三年的〈惘然記〉中提到，〈色，戒〉、〈相見歡〉、〈浮花浪蕊〉三篇小說是一九五〇年間寫，但其後屢次經過徹底改寫，張愛玲甚至稱呼這三篇小說為近作，可見她視這三篇小說為七〇年代末至八〇年代初的作品。參見張愛玲，〈惘然記〉，《惘然記》（香港：皇冠出版社，一九九九），頁四。張愛玲的英文小說，例如與《怨女》相關的 *Pink Tears* 及 *The Rouge of the North*，由於與《怨女》較為接近，故此當論述需要時會以《怨女》作為參照。另外，由於〈五四遺事——羅文濤三美團圓〉（以及英文版本“Stale Mates: A Short Story Set in the Time When Love Came to China”）較少顯露離散和自傳體小說的特徵，而《半生緣》則改寫自張愛玲的早期小說〈十八春〉，與離散的關係不大，因此本章未有論及這兩篇小說。又由於 *The Rice-Sprout Song* 及 *Naked Earth: A Novel about China* 兩篇英文小說分別跟《秧歌》和《赤地之戀》接近，而《秧歌》和《赤地之戀》均不在本章論述張愛玲後期寫作之列，故此本章同樣不會論及。最後，有關 *The Book of Change*、*The Fall of Pagoda* 及 *The Young Marshal*，下文為論述方便，會以中文譯本為引述參考。

26 參張愛玲於一九六六年五月七日致夏志清信，見夏志清編注，《張愛玲給我的信件》，頁四二。

〈浮花浪蕊〉中第一次的移民記憶是洛貞出了大陸到香港，經過羅湖橋的邊境時的冒險經歷：「自從羅湖，她覺得是個陰陽界，走陰的回到陽間，有一種使命感。」[27]第二次是更早的回憶，由大陸先到廣州換車才到香港，在廣州這個人生路不熟的地方遭遇釘梢的驚嚇經驗。接著由這次記憶推到更早的時段，即臨離開上海時同樣經歷釘梢，那時洛貞的感覺是：

她想是世界末日前夕的感覺。共產黨剛來的時候，小市民不知厲害，兩三年下來，有點數了。這是自己的命運交到了別人手裏之後，給在腦後掐住了脖子，一種蠢動蠕動，乘還可以這樣，就這樣。

恐懼的面容也沒有定型的，可以是千面人。[28]

小說中多次明言洛貞臨離開大陸時的不捨與惶恐，例如在廣州遭遇釘梢：

這些人像傍晚半空中成群撲面的蚊蚋，她還捨不得錯過最後的一個機會看看廣州，橫了心還往前走。[29]

三次的遷徙對洛貞都造成不同程度的震驚，以致在小說中人物對這幾段移民經歷念念不忘。由於這種遷徙移民的漂泊不定，使整篇小說在移民記憶及個人的「闖禍」記憶中不斷閃進閃出。時間和空間的跳躍不定，貼切地反映女性離散作家在惶恐不安的移民經驗中的心理狀態，這些都成為張愛玲這一時期的小說特色之一。離散論述往往強調身分認同與出生地、國家源根脫節，人物的意識因此亦存在於流放的心理狀態下。〈浮花浪蕊〉在這一層面上表現了洛貞對離散狀態感到的不安。結尾寫洛貞將要面對前路茫茫、獨自一人的處境：

> 船小浪大，她倚著那小白銅臉盆站著，腳下地震似的傾斜拱動，一時竟不知身在何所。還在大吐——怕聽那種聲音。聽著痛苦，但是還好不大覺得。漂泊流落的恐怖關在門外了，咫尺天涯，很遠很渺茫。[30]

這裡清楚說明女性離散者面對離散的惶惑不安，只能以逃避的態度暫時把恐怖隔絕門外。這正正象徵張愛玲於美國遁隱的情況：把自己隔離於恐怖之外。除了〈浮花浪蕊〉，〈相見歡〉中苑梅對荀太太與伍太太人到中年、命運既定，不斷念叨著釘梢的事的反應：「苑梅恨不得大叫一聲，又差點笑出聲來。」[31]；《同學少年都不賤》中趙珏想起青少年期的朋友恩娟跟自己現在的身分地位有天壤之別的「雲泥之感」等，都顯出張愛玲於離散狀態下對生命的焦慮、困惑與尚未解決

27 張愛玲，〈浮花浪蕊〉，《惘然記》，頁五三。
28 張愛玲，〈浮花浪蕊〉，《惘然記》，頁四三。
29 張愛玲，〈浮花浪蕊〉，《惘然記》，頁四一。
30 張愛玲，〈浮花浪蕊〉，《惘然記》，頁六五—六六。
31 張愛玲，〈相見歡〉，《惘然記》，頁九三。

的矛盾。

《小團圓》的最後一段亦顯出張愛玲在離散生涯的後期對「故鄉」感到疏離的感受：

> 現在大陸上他們也沒戲可演了。她在海外在電視上看見大陸上出來的雜技團，能在自行車上倒豎蜻蜓，兩隻腳並著頂球，花樣百出，不像海獅只會用嘴頂球，不禁傷感，想道：「到底我們中國人聰明，比海獅強。」[32]

這段文字正正說明了張愛玲的女性離散書寫強調「回歸」的不可能，以及對當時的「中國」不能認同。移居國的國家／民族無法成為離散女性的安身之所，過往的「原鄉」亦無法帶來融合與團結的安慰，張愛玲在這段離散時期的小說創作，見不到對渴求故鄉的情緒，只見其與移居國和原初國文化的雙重疏離。

張愛玲面對這種雙重疏離而要尋找其安身立命之所，致使其以回顧自身的方式去重新梳理過去的生存體驗。她由六〇年代前後開始寫作具有私人史性質的小說，比起中國大陸九〇年代出現的女性作家「個人化寫作」的風潮都要早。如果回溯張愛玲的小說創作歷史，可以發現她在赴美後期的寫作階段主要是以自傳體小說的方式去寫作個人經歷。除了〈浮花浪蕊〉一篇她明言具有「自傳」特徵以外，[33]其他小說例如*The Fall of Pagoda*（《雷峰塔》）、*The Book of Change*（《易經》）、《小團圓》和《同學少年都不賤》[34]等都明確可以找到自傳的成分；而《對照記》雖非小說，但其片段明顯摘自《小團圓》的不同部分，因此亦會納入本文的討論範圍。根據宋以朗的說法，張愛玲在與宋淇的通信中曾說明〈相見歡〉是來自她在大陸時候聽見兩個密友的談話而寫成的，她自己的反應跟小說中的苑梅相同，可見亦具有個人經歷的成分。[35]《怨女》雖沒有明確的自傳成分在內，但根據高全之的研究，書中強調銀娣與夫家在地域、膚色和語言的差別，成為與改編對象〈金鎖記〉的明確差別，可見其包含張愛玲赴美後的離散體驗在內。[36]由此推斷，張愛玲寫作自傳體小說的時間，約由一九五七年她開始寫作 *The Book of Change* 起，其後 *The Book of Change* 一分為二，前半部獨立成為 *The Fall of Pagoda*，是為第二部具有私人史性質的小說。之後張愛玲開始寫作《小團圓》，時間約為一九七五年；而寫作《同學少年都不賤》的時間則約為一九七八年前後。[37]可見張愛玲由一九五五年赴美後不久，已經開始投入寫作自傳體小說，並且

---

32 張愛玲，《小團圓》（香港：皇冠出版社，二〇〇九），頁三二四。

33 張愛玲曾於致夏志清的信中提及：「『浮花浪蕊』一次刊完。沒有後文了。裡面是有好些自傳性材料，所以女主角脾氣很像我。」可見其自傳體小說的性質。參考夏志清編注，《張愛玲給我的信件》，頁二七四—二七五。

34 有關《同學少年都不賤》的自傳性特徵，陳子善曾認為該書與〈浮花浪蕊〉相似，具有「好些自傳性材料」，參陳子善，〈從《小團圓》到《同學少年都不賤》〉，《研讀張愛玲長短錄》（臺北：九歌，二〇一〇），頁一六。同時，根據宋以朗的判斷，《同學少年都不賤》具有不少張愛玲個人的自傳性資料在內，詳參宋以朗，〈《同學少年都不賤》解密〉，《宋淇傳奇：從宋春舫到張愛玲》（香港：牛津大學出版社，二〇一五），頁三一七—三二五。

35 宋以朗，〈《相見歡》究竟想說什麼？〉，《宋淇傳奇：從宋春舫到張愛玲》，頁二七四—二七五。

36 有關研究可參高全之，〈《怨女》的藝術距離及其調適〉，《張愛玲學：批評・考證・鉤沉》，頁二九四—三一五。由於《怨女》一文雖具備有張愛玲的離散體驗，但未見明確的自傳性質，因此本章只會列作參考之用。

維持到晚年，貫串著她整個的離散創作生涯。[38]

要探尋張愛玲於離散的狀態下寫作自傳體小說的意義，其中一個可能的研究角度是從其女性離散者的身分作起點。張愛玲作為一個離散的女性作家，經歷由原初國（中國）、移居國（美國）以及當中的父權敘事等多重的邊緣化。面對這種情況，張愛玲選擇了以自傳體小說的模式去表現個人和私人家族的歷史，通過這種方法擺脫上述三種力量的控制。自傳體寫作是邊緣婦女自我形塑、介入話語權的一種有利文體，它既不像女性主義者那樣在自傳中進行自我暴露和自我張揚，也不同於後殖民男性作家在自傳中著意表達歷史和民族寓言，而是力圖寫出在多重壓抑中離散女性作為反抗主體的生存狀態。自傳體小說可使女性離散作家在男性主宰的語境中找到自己的屬地。相比自傳，自傳體小說有更大的空間去表現女性離散作家私密的、個人的抗爭經驗，其自我本質亦可以在當中充分表現。同時，由於其兼具自傳和小說（真實與虛擬）的特徵，因此可以讓女性離散作家有更大的彈性去表現自我。這種模式使女性離散作家在面對性別／國家的各種壓力時，能憑藉自己的經驗去表現自我屬性。自傳體寫作的模式能提供平臺讓離散女性作家尋找適合於表現經驗的詞語和形式。[39]

自傳體小說能製造空間讓離散女性作家處理自我與家族史的關係，身在離散狀態下的張愛玲就是以這種方式去梳理兩者，並為兩者找到連結點。關於這一點，她的散文集《對照記》有清楚的說明。《對照記》於張愛玲去世前兩年（一九九三年十一月）於《皇冠》雜誌刊登，這部作品是由張愛玲晚年作品中抽取片段並配上照片，可說是*The Fall of Pagoda*、*The Book of Change*和《小團圓》中重要情節的精華濃縮版。然而，由於張愛玲直至去世都沒有出版《小團圓》的打算，所以成書較後但出版較早的《對照記》一直形構了讀者對晚年張愛玲的想像。因此，閱讀《對照記》跟《小團圓》一樣可以從作者私人家族史的角度入手。《對照記》多番強調作家自己與祖先的連繫，不論是精神或肉體上的遺傳，是整本書的主題之一。例如「圖二」提及自己設計的封面那種孔雀藍與母親衣服顏色的關聯、「圖二十二」說：「因為是我自己『尋根』，零零碎碎一鱗半爪挖掘出來的，所以格外珍惜。」以及「圖二十五」：

---

37 參張愛玲一九七八年八月二十日致夏志清信：「『同學少年都不賤』這篇小說除了外界的阻力，我一寄出也發現它本身毛病很大，已經擱開了。」夏志清編注，《張愛玲給我的信件》，頁二七五。

38 有關把張愛玲這些具自傳內涵的小說分類為自傳體小說，可參考劉紹銘對《小團圓》的看法。他認為《小團圓》並不是自傳，而應屬自傳體小說。見劉紹銘，〈小團未圓〉，《印刻文學生活誌》第五卷第八期，二〇〇九年四月號，頁一六一。另外，沈雙及李歐梵亦同意 *The Book of Change* 及 *The Fall of Pagoda*「是張愛玲的自傳式小說」，參張潔平、張殿文，〈新張愛玲現象：緣滅緣起胡蘭成〉，《亞洲週刊》，二〇〇九年三月二十九日，頁二八。

39 有關女性自傳寫作的分析，博埃默曾以後殖民文學的角度分析自七〇至八〇年代起的後殖民女性寫作，當中不少女性作家均選擇以自傳體寫作表現她們的生存經驗；而在Lourdes Torres及Estelle C. Jelinek的研究中，則強調在二戰後歐美世界中的女性自傳體寫作與男性自傳之間的分別。這些研究都顯示，女性自傳體寫作適合在不同壓迫下的女性作家書寫自身之用，本章以下將以此協助說明張愛玲後期作品中具有的自傳體寫作特色。詳參博埃默著，盛寧譯，《殖民與後殖民文學》（香港：牛津大學出版社，一九九八），頁二四六—二五一；Lourdes Torres, "The Construction of the Self in U.S. Latina Autobiographies," in *Third World Women and the Politics of Feminism*, ed. Chandra Talpade Mohanty, Ann Russo, Lourdes Torres.（Bloomington: Indiana University Press, 1991）, 272-273; Estelle C. Jelinek, *Women's Autobiography: Essays in Criticism*（Bloomington: Indiana University Press, 1980）, 1-20.

> 我沒趕上看見他們，所以跟他們的關係僅只是屬於彼此，一種沉默無條件的支持，看似無用，無效，卻是我最需要的。他們只靜靜地躺在我的血液裏，等我死的時候再死一次。
>
> 我愛他們。

對比《小團圓》，《對照記》的剪裁令作家本身及其家族史以較為平和安穩的狀態呈現出來。《對照記》的鋪排讓我們看到，個人與私人家族史之間的對照是離散女性作家念茲在茲的事。《對照記》中只有寥寥四張照片及四組短文字記錄張愛玲離散到美國後的情況，最後以「時間加速，越來越快，越來越快，繁弦急管轉入急管哀弦，急景凋年倒已經遙遙在望。一連串的蒙太奇。下接淡出。」來形容自己赴美後的離散狀態。[40]跟離散時期相對，《對照記》中的童年則詳盡而豐富得多。在這種比對之下，《對照記》中的「對照」意義，多了一種「離散前」對照「離散後」的解讀可能。

另外一點可供深思的是，張愛玲在離散的狀態下選擇以自傳體小說寫作，而不是「為自己作傳」，主要原因是因為她作為一個離散女性當時正／將要面臨「被寫作」及「被言說」的情況。由一九四四年開始寫作至一九五九年於日本完成的《今生今世》，胡蘭成在當中「塑造」、「寫作」了一個廣為人知的「張愛玲」；其後，崇拜胡蘭成的朱西甯亦籌備寫作張愛玲的傳記。[41]張愛玲在《今生今世》中「被寫作」和「被言說」的情況，對後來讀者理解和形塑張愛玲形象有深遠影響，王德威就曾說過：「我們對張愛玲的迷戀實則來自我們對胡蘭成（所描述的張愛玲）的迷戀。」[42]可見張愛玲在胡蘭成筆下「被寫作」的影響。王德威同時指出，胡蘭成的《今生今世》以抒情的方式，暗含著一種潛在的表演性和虛構性。[43]這就可以見到，男性離散者雖然以「真實」的自傳方式去書寫自己，卻悖論地暴露出更多的不真實。同時《今生今世》以中國現代歷史的變化作為背景來表現胡蘭成自己的人生變化，這就可以見到作為一個男性離散者，胡蘭成在《今生今世》中把歷史與個人連繫，兩者密不可分，表現他對離散和家國的看法。重要的是，《今生今世》以同時刻劃幾位女性與作者的情愛經歷，來加強男性離散者在離散中的自我形塑，並以一眾女性中最重要的女性標誌——女性離散者張愛玲——來完整其情／民族論述。[44]

---

40 張愛玲，《對照記》，頁八八。

41 參張愛玲一九七五年十月十六日致宋淇、鄺文美書信：「趕寫《小團圓》的動機之一是朱西甯來信說他根據胡蘭成的話動手寫我的傳記……」，載宋以朗，〈《小團圓》前言〉，張愛玲，《小團圓》，頁五。同時，張愛玲在一九七五年六月一日給朱西甯的信亦曾說：「我近年來總是儘可能將我給讀者的印象『非個人化』——depersonalized，這樣譯實在生硬，但是一時找不到別的相等的名詞——希望你不要寫我的傳記。」參朱西甯，〈遲覆已夠無理——致張愛玲先生〉，《印刻文學生活誌》第五卷第八期，二〇〇九年四月號，頁一九〇。

42 王德威，〈情之「真」，情之「正」，情之「變」：重讀《今生今世》〉，《印刻文學生活誌》第五卷第八期，二〇〇九年四月號，頁一六五。

43 王德威，〈情之「真」，情之「正」，情之「變」：重讀《今生今世》〉，《印刻文學生活誌》第五卷第八期，二〇〇九年四月號，頁一六五—一六六。

44 王德威曾言：「藉著『情』的理論，胡（蘭成）將他一段段情史編織成為完整的論述，並回應輿論對他的批判。」王德威，〈情之「真」，情之「正」，情之「變」：重讀《今生今世》〉，《印刻文學生活誌》第五卷第八期，二〇〇九年四月號，頁一六六。

胡蘭成把自己的個人情史與現代中國歷史的變化結合而寫成《今生今世》。與其說這本書是一部「懺悔錄」，[45]不如說是一個流亡離散的男性作家，藉記述與眾女性的情史來製造機會，表現自己對「將來」「仕途」的構想和希望。《今生今世》中明言：

> 但將來我還是要出去到外面天下世界的，那裡的熟人經過這次浩劫，已經蕩盡，我得事先佈置，想法子結識新人。我就寫信與梁漱溟。[46]

這裡明言「事先佈置」，而撰寫《今生今世》明顯就是「佈置」之一，書中亦提及他撰寫《山河歲月》亦是為將來籌謀：

> 我是想如今結識了劉景晨先生，在溫州大約是可以站得住了，且又與梁漱溟先生通信成了相契，將來再出中原亦有了新的機緣，那時我有《山河歲月》這部書與世人做見面禮……[47]

可見胡蘭成這位男性離散作家在撰寫《今生今世》時具有功利的目的在內，此書亦成為他對未來希望的重要憑藉。然而值得留心的是，《今生今世》中對幾位女性的記錄完全是由「我」來形塑，有關她們的形象和心理亦是一廂情願的以「我」的角度來解讀和建構，例如寫妻子玉鳳在鄉下：

我出門在外，玉鳳在胡村，她入廚下燒茶煮飯，在堂前檐頭做針線，到橋下到井頭洗衣汲水，心裡只記著我。[48]

還有寫初識張愛玲：

從此我每隔一天必去看她。才去看了她三四回，張愛玲忽然很煩惱，而且凄涼。女子一愛了人，是會有這種委屈的。[49]

以上兩例對女性的記錄例如「心裡只記著我」和「女子一愛了人，是會有這種委屈的」，統統是出自作者的自我判斷，當中的因果連繫是作者按自己的邏輯建構出來，書中類似的例子不勝枚舉。在《今生今世》中，女性人物完全處於「被言說」和「被書寫」的狀態，她們真正的心理和生存狀態並沒有在《今生今世》中得到闡述的機會。《小團圓》則與《今生今世》不同，張愛玲除了重點剖白九莉的心路歷程外，對男性人物之雍亦不會直接代為發言，更處處表現對這個角色

45 據朱天文所記，把《今生今世》看待成懺悔錄的是郭松棻。參朱天文，〈懺情之書〉，《黃金盟誓之書》，頁一六二。
46 胡蘭成，《今生今世》（北京：中國社會科學出版社，二〇〇三），頁二六九。
47 胡蘭成，《今生今世》，頁二七三－二七四。
48 胡蘭成，《今生今世》，頁一二〇。
49 胡蘭成，《今生今世》，頁一四六。

心理的不確定，例如之雍與九莉談到結婚：

> 他拿著她的手翻過來看掌心的紋路，再看另一隻手，笑道：「這樣無聊，看起手相來了。」又道：「我們永遠在一起好嗎？」
> 「你太太呢？」
> 他有沒有略頓一頓？「我可以離婚。」[50]

這段文字中的「他有沒有略頓一頓？」表現九莉／張愛玲對之雍這個人物的不確定，亦證明了《小團圓》不像《今生今世》般直接把看法和判斷強加到人物之上。又例如：

> 他掀鈴她去開門，他笑道：「我每次來總覺得門裏有個人。」聽他的語氣彷彿有個女體附在門後，連門都軟化了。她不大喜歡這樣想。[51]

這段文字同樣顯示九莉對之雍說話的猜想，只是估計他話裡的可能意思，而作者並不會自行下了定論，跟《今生今世》直接判斷女性人物內心狀態的做法不同。

《今生今世》藉情史來建立男性離散作家本身的一套價值體系，因此本章認為不應把《今生今世》視為懺悔錄，而是一本具有流亡離散本質的男性作家自傳。男性自傳作品的特色是把書寫焦點放到自己身上，再藉此表現自身與社會的連結。除此以外，男性自傳著重反映他身處的時代，並多以順時序的方式表現男性主體的事業（或知性生命）與世界的關係，[52]《今生今世》就正正流露這種男性主體撰寫自傳的心理。[53]與之相反，歷史在女性自傳作品中並不是表現重點，甚至女性作家本身的成就、對世界的影響或她的公共生活層面等資料都不是構成女性自傳作品的重心。取而代之的，是女性表現個人私密，包括家庭和親密朋友等所有對她的個人生命有所影響的人。女性作家在自傳體作品中甚至會故意不提她的事業成就，或對之採用淡化處理。[54]張愛玲在她的自傳體小說中，流露出一種只跟特定讀者對話的趨向，她明知讀者可能會對當中重複而繁瑣的情節感到不耐，但是她仍然選擇以晦澀的手法去書寫。[55]這些自傳體小說強調自己生存經驗

---

50 張愛玲，《小團圓》，頁一六七—一六八。

51 張愛玲，《小團圓》，頁一七六。

52 Estelle C. Jelinek, *Women's Autobiography: Essays in Criticism*, 7.

53 黃錦樹甚至認為《今生今世》是胡蘭成的「創世之書」：「所親證閱歷的民國史；那是一種聖徒傳式的寫法，以一己之親歷見證中國民間之底蘊無限的『貞親』」，可見《今生今世》的自傳成分與作者希望建構歷史的心態密不可分。參見黃錦樹，〈世俗的救贖——論張派作家胡蘭成的超越之路〉，載《文與魂與體：論現代中國性》（臺北：麥田，二〇〇六），頁一四四。

54 Estelle C. Jelinek, *Women's Autobiography: Essays in Criticism*, 7-8.

55 張愛玲在一九六三年六月二十三日致宋淇、鄺文美的信中曾提及：「《易經》決定譯，至少譯上半部《雷峰塔倒了》，已夠長，或有十萬字。看過我的散文〈私語〉的人，情節一望而知，沒看過的人是否有耐性天天看這些童年瑣事，實在是個疑問……我用英文改寫不嫌膩煩，因為並不比他們的那些幼年心理小說更『長氣』，變成中文卻從心底裡代讀者感到厭倦，你們可以想像這心理。」見宋以朗，〈《雷峰塔》／《易經》引言〉，張愛玲，《易經》，頁五。

中獨特的部分，而歷史在她的小說中往往只是用於表現人物的工具，甚至連推進情節的作用亦被刪除。例如在早期作品《傾城之戀》中，香港之戰尚具有推進情節的功用，客觀上如果沒有香港之戰，則不會有流蘇與柳原的和解。但是在《同學少年都不賤》中，甘迺迪之死僅僅為身處異鄉的趙珏帶來一刻的安慰：「甘迺迪死了。我還活著，即使不過在洗碗。」[56]《小團圓》則集中表現女性作家主體的心路歷程，小說很少提及九莉事業成就——寫作——的情況，例如以下兩處：

「經濟上我保護你好嗎？」他說。

她微笑著沒作聲。她賺的錢是不夠用，寫得不夠多，出書也只有初版暢銷。剛上來一陣子倒很多產，後來就接不上了，又一直對濫寫感到恐怖。[57]

又例如：

（之雍）又道：「良心壞，寫東西也會變壞的。」

九莉知道是說她一毛不拔，只當聽不出來。指桑罵槐，像鄉下女人的詛咒。在他正面的面貌裏探頭探腦的潑婦終於出現了。

嚇不倒她。自從「失落的一年」以來，早就寫得既少又極壞。這兩年不過翻譯舊著。[58]

這兩段文字雖然提及九莉的寫作，但重點不是表現自傳體小說中人物的事業成就，而是表達九莉對金錢的看法。因此，《小團圓》作為自傳體小說與《今生今世》在表現人物／作者事業成就方面具有不同的功能。雖然《今生今世》並不是典型的男性自傳作品（如當中極為詳盡的浪漫史書寫），然而從本質上說，《今生今世》與《小團圓》仍然構成在「男性離散者和女性離散者」及「自傳和自傳體小說」方面極大的差異。張愛玲選擇以自傳體小說書寫自己，在當中包含真實的傳記、回憶、家族史和虛構的小說元素，而不是像《今生今世》般為自己作傳。這一點構成了女性離散作家跟男性離散作家的不同，亦顯出張愛玲對男性離散作家「完滿自足」的自傳寫作的不滿和反抗。而且，張愛玲在這些自傳體小說中著力表現本來應該已被遺忘的個人歷史，這些文本合起來，展現了離散女性群體的敘事結構，在男性／國家敘事的一元結構以外，呈現多中心的結構，既能表現多元化的特色，亦能呈現女性自我的力量。這種無民族根基和歷史根基的表述，顯示張愛玲著意在這一時期的小說中，以私人記憶和經驗建立其離散女性的書寫世界，把過往男性敘述所關注的都削弱稀釋。

張愛玲在這些自傳體小說中所書寫的離散女性都不帶任何遠離祖國的哀痛，這跟傳統離散文學強調鄉愁和哀怨都不同。這些女性人物大多獨來獨往，具有一種對斷絕歷史連繫和承傳的取向。薩依德認為，歷史就是把不斷流逝的時光視為不斷重複著的過程，是人類不斷繁育的過程，

56 張愛玲，《同學少年都不賤》（臺北：皇冠出版社，二〇〇四），頁五九。
57 張愛玲，《小團圓》，頁二二七。
58 張愛玲，《小團圓》，頁二七二。

通過這一過程，人類生育並繼續繁衍他自己或者他的子女。小說則是通過敘事講述（narrative telling）來表現重複的一種手法。如果女主角或男主角要反抗壓在他們身上的父權社會，他們要做的就是標新立異——對「重複」進行割斷。小說人物因此成為了對「重複」本身的挑戰，其選擇因此產生了與其他人的區別。[59]觀察張愛玲的離散小說，多以女性人物斷絕生命意義上的重複來表現對離散女性在離散狀態下與原初國／移居國父權社會的反抗，例如《小團圓》中的九莉在生育問題上的決絕：

> 她從來不想要孩子，也許一部份原因也是覺得她如果有小孩，一定會對她壞，替她母親報仇。[60]

又或是《同學少年都不賤》的趙玨跟丈夫萱望：

> 他們沒有孩子，他當然失望。她心深處總覺得他走也是為了擺脫她。[61]

除了這段文字，《同學少年都不賤》寫趙玨在替恩娟照料孩子時，為了怕小孩哭鬧而把報紙罩在他背上，趙玨「自己覺得像白雪公主的後母。」[62]明顯表現離散女性人物並不喜愛孩子。這些小說中的離散女性角色，都以女主角割斷生命的延續作為對離散狀態的回應。這種做法，跟傳統男性離散文學強調母性與國族的關係不同，反而以顛覆女性生育「天職」的必然性，來表現離散女性對自我的掌握，以及對這種以生育作為女性存在意義的「合法性」提出質疑。

傳統的自傳作家通過寫作來建立自我本質，他們在文本中顯現的自我往往是完整而統一的，《今生今世》就是一個很好的例子。然而，張愛玲的女性離散作品呈現的是一個不斷變化、流動的自我，因為離散女性作家往往要遭受由原初國和移民國中的父權社會帶來的多種壓力。這從張愛玲對相近題材進行多番改寫可以見到，例如由*The Book of Change*和*The Fall of Pagoda*再改寫成《小團圓》，或是〈浮花浪蕊〉由"The loafer of Shanghai"集中寫「艾軍」的角色而一再修改，最後加入洛貞這個離散女性的「自傳」人物等，[63]都可以見到離散女性作家在自傳體小說中流露自己多重分裂的主體。但是離散女性自傳作品並不只是沉醉於表現這種分裂，其意義是通過小說中的梳理去思考與其他女性的關聯性，特別是與離散女性的連結。在張愛玲的後期小說中，幾次出現了一個集體女性的意象。在《少帥》中寫少帥要與趙四交歡：

「我們一定要搞好它。」

他拉著她的手往沙發走去。彷彿是長程，兩人的胳臂拉成一直線，讓她落後了幾步。她發

59 薩義德著，李自修譯，《世界．文本．批評家》（北京：三聯書店，二〇〇九），頁二〇九—二一〇。
60 張愛玲，《小團圓》，頁三二四—三二五。
61 張愛玲，《同學少年都不賤》，頁四一。
62 張愛玲，《同學少年都不賤》，頁三三一。
63 詳參宋以朗，〈《上海懶漢》是《浮花浪蕊》初稿？〉，《宋淇傳奇：從宋春舫到張愛玲》，頁二七五—二八三。

現自己走在一列裹著頭的女性隊伍裏。他妻子以及別的人？但是她們對於她沒有身分。她加入那行列裏，好像她們就是人類。[64]

在《小團圓》中則寫之雍與九莉：

他坐了一會站起來，微笑著拉著她一隻手往床前走去，兩人的手臂拉成一條直線。在黯淡的燈光裏，她忽然看見有五六個女人連頭裹在回教或是古希臘服裝裏，只是個昏黑的剪影，一個跟著一個，走在他們前面。她知道是他從前的女人，但是恐怖中也有點什麼地方使她比較安心，彷彿加入了人群的行列。[65]

這兩段文字中的有關兩人手臂「拉成一條直線」，都是寫男主角「拉」女主角去交歡的一幕。這個意象對張愛玲來說顯然難忘，因為在《小團圓》最後的部分，寫九莉已對之雍徹底死心，甚至「不欣賞了」。但是，有一次在夢中，仍然夢見相同的情景：

山青山上紅棕色的小木屋，映著碧藍的天，陽光下滿地樹影搖晃著，有好幾個小孩在松林中出沒，都是她的。之雍出現了，微笑著把她往木屋裏拉。非常可笑，她忽然羞澀起來，兩人的手臂拉成一條直線，就在這時候醒了……她醒來快樂了很久很久。[66]

這段文字除了有相同的「手臂拉成一條直線」的意象外，更與孩子（下一代）連上關係：

> 她從來不想要孩子，也許一部份原因也是覺得她如果有小孩，一定會對她壞，替她母親報仇。[67]

這就可以看到，張愛玲通過把自身生存（離散）狀況歸到女性群體之中，在「恐怖中也有點什麼地方使她比較安心」，表現女性離散者在關注自身之餘，亦會思考作為個人的她與女性群體的關係。上述「走到女性群體行列」的意象，表現女性離散者與女性群體連成一線，共同承受由男性而來的層層壓抑，最後雖然跟快樂的夢連繫，同時卻又連結拒絕下一代的「女性天職」之上。這種由個人到群體的關聯性思考，表現出離散女性在反思過去和現在時的獨特意義。

張愛玲有關個人離散體驗的小說有別於早期作品，亦與傳統離散文學不同。不少研究表明，離散移民文學如果採用西方接受的方式去塑造東方，最終只是參與了西方人觀察他者的過程；[68]

64 張愛玲，《少帥》（香港：皇冠出版社，二〇一四），頁五一。
65 張愛玲，《小團圓》，頁二五六。
66 張愛玲，《小團圓》，頁三二五。
67 張愛玲，《小團圓》，頁三二四—三二五。

但張愛玲卻反其道而行，其離散小說比起她的早期小說更為簡樸，並沒有在小說中展現西方希望看到的東方。對此張愛玲就曾說過，她希望揭破西方對東方的刻板印象：「我一向有個感覺，對東方特別喜愛的人，他們所喜歡的往往正是我想拆穿的。」[69]我們同時可以從讀者的反應來印證張愛玲這種小說風格。〈浮花浪蕊〉、〈相見歡〉、〈色，戒〉等小說在一九七七—一九七八年發表，並未受到華語讀者的廣泛歡迎，其中香港作家亦舒的批評或可代表當時大多數讀者對張愛玲後期作品的看法：

> 整篇小說（〈相見歡〉）約兩萬許字，都是中年婦女的對白，一點故事性都沒有，小說總得有個骨幹，不比散文，一開始瑣碎到底，很難讀完兩萬字……張愛玲女士真的過時了……兩位中年太太「相見歡」，說的盡是家中嚕裏嚕囌事！[70]

上述文字指出了張愛玲這些小說幾個「不受歡迎」的原因：缺少故事性、瑣碎而「不像」小說；題材是女性的囉嗦家庭事（暗含「不重要」、「不宏大」的意思）；內容過時、讀者沒有共鳴。Estelle C. Jelinek曾經深入分析這種對女性自傳作品的批評。她認為，社會上不少評論都對女性自傳作品有偏見，她列舉評論者對美國女性主義作家凱特・米勒特（Kate Millett, 1934-2017）所撰自傳作品《飛翔》（*Flying*, 1974）的批評：

> ... a book? No. It is the personal outpouring of a disturbed lady—albeit genius—whose eclectic

> life is of more interest to her than to the reader. There is no story line, no plot, no continuity. Her writing is a frantic stringing together of words without any thought for the ordinary arrangement of noun and verb. It is hard reading ... it is utter confusion.
>
> (《飛翔》……是一個心理失常的女性在宣洩悲傷情緒，儘管她是一個天才。只有作者自己才對這個天才折衷的生命感到興趣，而讀者卻並不。書中沒有故事線，沒有情節且缺乏連貫性。她的寫作只是瘋狂地把文字連在一起，卻沒有思考如何把名詞和動詞按序編排。這本書令人感到很難讀……令人感到十分困惑。)[71]

Jelinek認為，上述對《飛翔》的批評是由於社會上普遍認為女性的個人生命或生活沒有重要性所致。[72]如果我們把上文對《飛翔》的批評與亦舒對〈相見歡〉的批評比對一下，可發覺兩者有不少的共通之處，就是兩者都沿用著父權／國家敘事所統馭的自傳體作品評價標準：連貫性的組

---

68 博埃默（Elleke Boehmer）著，盛寧譯，《殖民與後殖民文學》，頁二六二。

69 夏志清編注，《張愛玲給我的信件》，頁二六。

70 亦舒，〈閱張愛玲新作有感〉，《自白書》（香港：天地圖書出版有限公司，一九八二），頁七三—七四。

71 Estelle C. Jelinek, "Introduction: Women's Autobiography and the Male Tradition," *Women's Autobiography: Essays in Criticism*, 4. 中文翻譯為筆者所譯。

72 Estelle C. Jelinek, "Introduction: Women's Autobiography and the Male Tradition," *Women's Autobiography: Essays in Criticism*, 3-4.

織、宏大的題材和明確的意義等。亦舒對〈相見歡〉的批評，正正以反面的角度說明了張愛玲這些小說具備了離散女性自傳作品的重要特徵。

張愛玲對亦舒這番批評有以下的看法。她在回覆宋淇的信中道：

> 亦舒罵〈相見歡〉……中國人的小說觀，我覺得都壞在百廿回《紅樓夢》太普及，以致於經過五四迄今，中國人最理想的小說是傳奇化（續書的）情節加上有真實感（原著的）細節，大陸內外一致（官方的干擾不算）。[73]

張愛玲對中國人小說觀的看法跟〈談看書〉及〈國語本《海上花》譯後記〉所說的一致。面對這種庸俗化了的小說美學，張愛玲提出了有關「sentimental」的美學思考。[74]有關這個問題，我們首先可從張愛玲對韓素音（Rosalie Matilda Chou, 1917-2012）小說的評論入手。韓素音自傳體小說中的女性跟歷史表述關係密切，例如《瑰寶》（*A Many-Splendored Thing, 1952*）就是根據韓素音本人的經歷所寫成，當中充滿了異國風情的體驗，歷史的宏大題材構成了《瑰寶》故事的重要背景。[75]對此，張愛玲曾於一九六五年十二月三十一日致夏志清的信中批評：

> 韓素音除親共外，也sentimental，寫與白種人戀愛，也使讀者能identity自己，又引些古詩等等，不但慕風雅的suburbanites喜歡，就連像高先生，並不親共，也熟悉中國，照樣喜歡而且佩服。[76]

這番話跟張愛玲在五〇年代對鄺文美所說的話非常一致：

> 我要寫書——每一本都不同……我自己的故事，有點像韓素音的書——不過她最大的毛病就是因為她是個second rate writer，別的主場等卻沒有關係。我從來不覺得jealous of her，雖然她這本書運氣很好，我可以寫得比她好，因為她寫得壞，所以不可能是威脅，就好像從前蘇青成名比我早，其書的銷路也好，但是我決不妒忌她。[77]

張愛玲這兩段關於韓素音的批評十分重要，因為可以看出張愛玲寫作自傳體小說時或多或少都有以韓素音的《瑰寶》來參考和比較。我們可以透過張愛玲對韓素音的批評去推斷她對自己的

---

73 張愛玲、宋淇、宋鄺文美著，宋以朗主編，《張愛玲私語錄》，頁二三〇—二三一。

74 有關「sentimental」，張愛玲曾在〈談看書〉一文論及，詳情可參考張愛玲，〈談看書〉，《張看》，頁一八四—一八五。

75 馬爾克姆・麥克唐納，〈《瑰寶》英文版序〉，收於韓素音著，孟軍譯，《瑰寶》（上海：世紀出版集團、上海人民出版社，二〇〇七），頁五。

76 夏志清編注，《張愛玲給我的信件》，頁三六。

77 張愛玲、宋淇、宋鄺文美著，宋以朗主編，《張愛玲私語錄》，頁四八—四九。按這一系列〈張愛玲語錄〉由鄺文美作筆記，其時約為一九五四—一九五五年。張愛玲提及韓素音的書，應為於一九五二年出版的《瑰寶》（*A Many-Splendored Thing*）。

自傳體小說的定位——不sentimental、不寫與白種人戀愛去引導讀者連繫自身、不賣弄古中國情調。同時，上述引文顯示張愛玲絕非不知道當時西方讀者對中國故事的口味，然而她選擇反其道而行，致使作品在當時的西方並未受到歡迎。這就可以看到，張愛玲在她的離散小說中呈現的中國，有別於西方當時的理解和想像，其作品中的離散女性亦跟一般離散文學中的不同，可見張愛玲要在她的自傳體小說中拆穿第一世界對第三世界離散女作家的虛幻想像及刻板印象。

要達到這種效果，張愛玲在自傳體小說中往往自覺地採用非單一線性敘述的手法，而以中途打斷或加入插敘的方式，製造出跳躍和斷裂的效果，這在她的小說例如〈浮花浪蕊〉、《同學少年都不賤》、《小團圓》等都可以見到。以下為《小團圓》中的一段例子：

> 蕊秋備下茶點，楚娣走開了，讓他們三個人坐下吃茶。
>
> 「小林你的牙齒怎樣回事？」
>
> 他不作聲。九莉也注意到他牙齒很小，泛綠色，像搓衣板一樣粼粼的，成為鋸齒形。她想是營養缺乏，他在飯桌上總是食不下咽的樣子。
>
> 有一天她走進餐室，見他一個人坐在那裏，把頭抵在皮面方桌的銅邊上。
>
> 「你怎樣了？」
>
> 「頭昏。」他抬起頭來苦著臉說：「聞見鴉片烟味就要吐。」
>
> 她不禁駭笑，心裏想我們從小聞慣的，你更是偎灶貓一樣成天偎在旁邊，怎樣忽然這樣嬌嫩起來？

> 蕊秋講了一段營養學，鼓勵的說他夠高的，只需要長寬……[78]

這段文字由一開始到「有一天」之前處於現在的時空，由「有一天」到「她不禁駭笑」一段則跳接到過去，「蕊秋講了一段營養學」則又跳回現在。在這段短短的文字內出現了兩次敘述意識和時空的跳接，但小說的敘述卻沒有任何鋪排或說明。小說不斷出現隨意打斷或插敘的地方，顯示作家的敘述隨著思緒隨意發揮。跟早期的小說不同，張愛玲後期小說的敘述者沒有協助讀者串連敘述邏輯或脈絡，因此令這些小說常常出現上述跳躍和斷裂的情況。宋以朗就曾在訪問中提及有讀者向他說看不懂《小團圓》，本章認為原因就在於這種斷裂和跳躍的離散女性自傳體小說風格。[79]

張愛玲在這些小說中打破單一線性的自傳敘事習慣，小說敘述常常自由轉換時間和空間。這種寫法可以改變男性離散書寫中女性的消極形象，使離散女作家在新形式的自傳體小說中得以重新書寫自己，以自己的方式述說自己的故事。例如有關張愛玲跟胡蘭成於一九四四年結婚一事，胡蘭成在《今生今世》中如此描寫：

78 張愛玲，《小團圓》，頁二二四。

79 宋以朗曾於訪問中提及「『很多人覺得那本小說結構很亂，看不太懂。』但宋以朗認為：『但其實是有結構的，也講出了一個很重要的部分：香港。』有看不懂的讀者投訴，小說的第一章第二章，女孩人在港大，之後嗖的一聲就跳回上海，怎麼一回事。」參宋以朗，〈宋以朗與「張愛玲的香港故事」〉，香港《文匯報》A23版「名人薈」，二〇一三年三月二十三日。

我與愛玲只是這樣，亦已人世有似山不厭高，海不厭深，高山大海幾乎不可以是兒女私情。我們兩人都少曾想到要結婚。但英娣竟與我離異，我們才亦結婚了。是年我三十八歲，她二十三歲……我們雖結了婚，亦仍像是沒有結過婚。我不肯使她的生活有一點因我之故而改變。兩人怎樣亦做不像夫妻的樣子，卻依然一個是金童，一個是玉女。[80]

《今生今世》這段文字明確寫著兩人很少提及婚姻，而且看似因為胡的元配英娣主動跟胡離婚，所以他才順理成章地跟張愛玲結為夫妻。在這段文字中，絲毫感受不到胡蘭成對結婚的意願和主動性。但在《小團圓》中，張愛玲則多次描寫九莉和之雍的婚姻是由之雍主動提出，九莉對這段婚姻的反應並不積極：

「我不喜歡戀愛，我喜歡結婚。」「我要跟你確定，」他把臉埋在她肩上說。

……

說過兩遍她毫無反應，有一天之雍便道：「我們的事，聽其自然好不好？」

「嗳。」她有把握隨時可以停止。這次他走了不會再來了。[81]

在這段文字中，結婚的原因是之雍要跟九莉「確定」，可見當時需要感情上的肯定的是之雍。但是跟胡蘭成在《今生今世》中把這段婚姻描寫成「金童玉女」的結合不同，在《小團圓》這段文字後緊接著，小說的敘述意識，通過門框上站著的一隻木雕的鳥，連結到十幾年後九莉在美國打胎的一天。這隻鳥當時彷彿監視著正在擁抱的九莉和之雍，正正跟十幾年後九莉在美國打下來的胎具有相同形象：

> 足有十寸長，畢直的欹立在白磁壁上與水中，肌肉上抹上一層淡淡的血水，成為新刨的木頭的淡橙色。凹處凝聚的鮮血勾劃出它的輪廓來，線條分明，一雙環眼大得不合比例，雙睛突出，抵著翅膀，是從前站在門頭上的木彫的鳥。[82]

緊接著這段描寫，敘述意識又回到十幾年前九莉和之雍正擁抱的時刻：

> 「我們這真是睜著眼睛走進去的，從來沒有瘋狂，」之雍說。
> 也許他也覺得門頭上有個什麼東西在監視著他們。[83]

上文的木雕鳥正在觀察離散主體作為女性的兩次關鍵時刻：婚姻和生育，以「過去的九莉」與「今日的九莉」的意識來貫串，兩者的敘述時有打亂、拼接和組合，呈現離散女性在面對兩次重

80 胡蘭成，《今生今世》，頁一五五。
81 張愛玲，《小團圓》，頁一七六—一七七。
82 張愛玲，《小團圓》，頁一八〇。
83 張愛玲，《小團圓》，頁一八〇。

要人生抉擇時（接受婚姻和毀滅生命）分裂的主體意識。這種書寫方式破壞了讀者的閱讀習慣和愉悅，更打破了胡蘭成這位男性離散作家把「現實」書寫得看似完滿自足、結構井然的幻覺。《小團圓》中不同敘述意識的穿插，揭露了金童玉女式的美滿婚姻背後暗藏的恐怖與殘忍。張愛玲的自傳體小說，因此顯示她的自我反思及自我形塑，對以往各種支配著她及其作品的書寫做出顛覆與修正。

王德威曾指出張愛玲的創作具有敘事和寫作題材的「迴旋」及「衍生」美學。[84]本章認為，在張愛玲長達四十年的後期創作中，她的小說書寫在「重複」中卻有著美學上的變化。下文將會論證，張愛玲後期小說的「重複」是建基於「顯示差異」之上，因為一再的重寫，會使事件的重要性和真實性越發降低，反而突顯每一次重寫中尖銳的感受和體驗。薩依德曾分析「重複」對「事實」的影響：

> 重複注定要從經驗的直接（immediate）重新集結，越來越向居間調停的（mediated）重新塑造和重新安排靠攏，在這中間，一個版本和它的重複之間的懸殊就會增加，因為重複不能長期迴避它內部帶有的那些反諷。因為即使在重複產生的時候，它仍然會提出問題：重複是加強還是貶低了事實呢？[85]

薩依德的話提醒我們，張愛玲的重複書寫不是一再耽溺於回憶之中，也不是不斷地「享受」、「沉浸」於過去，或是透過重寫來重建回憶。她在後期小說中的重複書寫是對鄉愁的顛覆，是對回憶的破壞，同時也是對過去「真相」的揭破和釐清。一再地重寫造成一再地淡化，張愛玲的後期小說以此破壞讀者過往對張愛玲個人歷史及其作品的印象，帶來「震驚」的效果。例如《小團圓》的最早讀者宋淇及鄺文美就曾坦言閱讀《小團圓》後感到「震動」；[86]張瑞芬就曾經說過她在閱讀《雷峰塔》和《易經》之後感到「驚嚇」。[87]本章認為，張愛玲後期小說中的「重複」，改變了庸俗現實主義對「現實」再現的規條，反而以另一種的方式去表現現實的不可靠。例如同一個「事實」，在《易經》和《小團圓》中就顯出不同的面貌。以母親輸掉獎學金一事為例，《易經》描述琵琶在聽到母親把她的八百塊獎學金輸掉後：

> 琵琶一聽八百塊整個木然，聽在耳朵裏也沒有反應。八百塊不是她昨天帶來的錢嗎？為甚麼不輸個七百塊或是八百五？如果有上帝的話，她要抗議：拜託，別開玩笑了。她哪裏還有臉再看著布雷斯代先生？他領的不是教授的薪水，還特為送她一筆獎學金。她母親並不想說

84 王德威，〈張愛玲再生緣——重複、迴旋、與衍生的美學〉，《後遺民寫作》（臺北：麥田，二〇〇七），頁一六五。

85 薩義德著，李自修譯，《世界．文本．批評家》，頁二二四。

86 鄺文美曾於一九七六年三月二十五日致張愛玲信件中提及《小團圓》「你早已預料有一些地方會使我們覺得震動……」，參閱宋以朗，〈《小團圓》前言〉，張愛玲，《小團圓》，頁七。

87 張瑞芬提及：「二〇一〇年溽暑中看完《雷峰塔》與《易經》這兩本應是（上）（下）兩冊的『張愛玲前傳』，一股冷涼寒意，簡直要鑽到骨髓裡。原先想像的中譯問題並沒有發生，倒是書裡揭露的家族更大秘辛令人驚嚇。」張瑞芬，〈童女的路途——張愛玲《雷峰塔》與《易經》〉，張愛玲，《易經》，頁九。

出輸了多少錢，躊躇了片刻，還是說了，漫不經心的拋出了數目，正眼也沒看她一眼，彷彿在說：看吧，造化弄人。

……

將近一星期之後她才又到飯店去，態度也變了。不再在意她母親說麼做甚麼。倒不是她做了決定，只是明白到了盡頭了，一扇門關上了，一面牆一寸寸從她面前挪開，她聞到隱隱的塵土味，封閉的，略有些窒息，卻散發著穩固與休歇，知道這是終點了。她母親說輸了八百塊那天，她就第一次感覺到了。[88]

同樣的情節，在《小團圓》中則是：

九莉本來沒注意，不過覺得有點奇怪，蕊秋像是攔住她不讓她說下去，隨又岔開了，始終沒接這碴。那數目聽在耳朵裏也沒有反應，整個木然……偏偏剛巧八百。如果有上帝的話，也就像「造化小兒」一樣，「造化弄人，」使人哭笑不得。一回過味來，就像有件什麼事結束了。不是她自己作的決定，不過知道完了，一條很長的路走到了盡頭。[89]

從兩段文字的比較可以看到，《小團圓》對女主角的心態描寫較為壓縮節制，女主角對自己內心的叩問亦較少，刪去了內心獨白和自我對話的性質，對自己內心感受的說明亦刪減不少；相反，較早寫作的《易經》則多了很多心理上的說明和解釋的獨白。這種不同的「重複」令《易經》比

《小團圓》多了一份抒情的意味，而《小團圓》對事件的態度則冷酷得多。又例如在女主角患病時母親的態度一事上，《小團圓》明顯比《易經》嚴厲而具批判性。在《易經》中，母親責罵琵琶生病一事，是連結著「報社採納琵琶漫畫」，以及「母親多番致電到男友希第涅上尉家中卻找不著他」這兩件事而寫的，是在這兩件事發生以後，母親才對琵琶發恨：

「你真是麻煩死了。你活著就會害人。我現在怕了你了，我真是怕了你了。怕你生病，你偏生病。怎麼幫你都沒用，像你這樣的人，就該讓你自生自滅。」

琵琶正為了病榻搬進了喜歡的房間，沾髒了這個地方，聽了這話，頭腦關閉了，硬起心腸不覺得愧疚。[90]

而在《小團圓》中寫九莉患病，這段情節前後都沒有連結其他的事，因此母親的責罵成為了患病事件的主幹，增加了責罵的傷害：

她正為了榻邊一隻嘔吐用的小臉盆覺得抱歉，恨不得有個山洞可以爬進去，免得沾髒了這

88 張愛玲，《易經》，頁一三三－一三四。
89 張愛玲，《小團圓》，頁三三一。
90 張愛玲，《易經》，頁八三。

> 像童話裏的巧格力小屋一樣的地方。蕊秋忽然盛氣走來說道：「反正你活著就是害人！像你這樣只能讓你自生自滅。」
>
> 九莉聽著像詛咒，沒作聲。[91]

比較兩段文字，可以看到張愛玲的處理手法十分不同。在《易經》中母親的責罵較長，亦有母親自己的一些情緒性宣洩，加上前文情節的沖淡，都使這段責罵看起來造成的傷害較少，小說中亦明言琵琶能硬起心腸排除愧疚感。但在《小團圓》中，小說對患病情節的描寫毫無鋪墊，在突然的患病中寫母親忽然盛氣走來責罵，其言辭亦簡短而具殺傷力，小說因此寫九莉聽著像詛咒一樣。可以看到，在同一件事的處理上，《易經》比後來刪改的《小團圓》溫和而較少批判性。由此我們可以看到「重複」的作用在張愛玲的後期小說中，具有「重新創作」、「修改態度」的意味。

如果我們把張愛玲的寫作時序排列一下，就可以發現張愛玲的後期小說創作風格並不是全面統一。根據張愛玲與宋淇、鄺文美和夏志清的通信，我們得知張愛玲寫作 *The Fall of the Pagoda* 和 *The Book of Change* 是於一九五七—一九六四年間，[92] 而寫作 *The Young Marshal*（《少帥》）則在一九六三年間。[93] 其後，於一九七四—一九七七年間寫作〈色，戒〉，[94] 在一九七五—一九七六年間寫作《小團圓》，[95] 隨後還有寫於一九七三—一九七八年間的《同學少年都不賤》、[96] 寫於一九七七年前後的〈相見歡〉[97] 以及寫於一九七八年前後的〈浮花浪蕊〉[98] 等。由此我們可以見到，在寫作《小團圓》以前，張愛玲的後期小說並未以晦澀的手法來書寫，直到後來，她的小說

91 張愛玲，《小團圓》，頁一四九。

92 宋以朗，〈《雷峰塔》／《易經》引言〉，張愛玲，《易經》，頁三一六。

93 有關 *The Young Marshal*（《少帥》）的寫作時間，根據宋以朗和馮晞乾的說法，張愛玲於一九五六年開始構思，後於一九六三年動筆，因此可視 *The Young Marshal* 為一九六三年的作品。詳情可參宋以朗，〈書信文稿中的張愛玲〉，《印刻文學生活誌》第五卷第八期，二〇〇九年四月號，頁一三七；馮晞乾，〈《少帥》考證與評析〉，張愛玲，《少帥》，頁二〇二。

94 有關〈色，戒〉的創作時間，根據宋以朗的說法，一九五三年張愛玲完成〈色，戒〉英文版“Spy Ring”，而一九七四年她開始想重寫“Spy Ring”，跟宋淇就小說的安排以書信做討論至一九七七年。宋以朗認為：「她在一九五三年寫成的時候，試過拿去賣卻沒有人要，她當時不明白，二十年後再看才覺得寫得不好……」中文版直至一九七七年八月才完成定稿。這亦符合張愛玲於〈惘然記〉中說明〈相見歡〉、〈浮花浪蕊〉、〈色，戒〉三篇雖然於五〇年代開始寫作，但是「屢經徹底改寫」，甚至稱呼這三篇小說為近作，可見她視〈色，戒〉為一九七七年左右的作品。有關上述資料，可參宋以朗，〈書信文稿中的張愛玲〉，《印刻文學生活誌》，第五卷第八期，二〇〇九年四月號，頁一三〇—一三三。

95 宋以朗，〈《小團圓》前言〉，張愛玲，《小團圓》，頁四—一四。

96 根據陳子善的推測，〈同學少年都不賤〉作於一九七三—一九七八年之間。參陳子善，〈序〉，張愛玲，《同學少年都不賤》（天津：天津人民出版社，二〇〇四），頁八。

97 根據宋以朗所記，〈相見歡〉的英文版原題為“Visiting”，約寫於五〇年代，其後根據張愛玲與宋淇就〈相見歡〉的書信討論，可推斷〈相見歡〉中文版約作於一九七七年間，原題為〈往事知多少〉，參宋以朗，〈《相見歡》究竟想說什麼？〉，《宋淇傳奇：從宋春舫到張愛玲》，頁二七三—二七五。

98 根據宋以朗所記，〈浮花浪蕊〉的英文版“The Shanghai Loafer”寫於一九五七年七月十四日，詳參宋以朗，〈《上海懶漢》是《浮花浪蕊》初稿？〉，《宋淇傳奇：從宋春舫到張愛玲》，頁二八三。其後張愛玲與夏志清在一九七八年八月二十日的書信中提及〈浮花浪蕊〉刊登完畢，可估計〈浮花浪蕊〉中文版跟〈相見歡〉和〈色，戒〉大約都寫於七〇年代。詳參夏志清編注，《張愛玲給我的信件》，頁二七四—二七五。

創作才採用跳躍、斷裂和簡略的方式來書寫。這裡明顯可見張愛玲的後期創作分為兩段時間，約於賴雅在一九六七年去世為界。

在「重複」寫作下，張愛玲的後期小說逐漸減淡了小說的闡述意味，敘述意識明顯不再願意為讀者做出太多解說。這些小說令人感到難讀，由於它並不以與所有人展開對話為目的，其關注點轉為著重表現事件本身的尖銳和冷漠。關於這種特色，我們可以張愛玲的早期小說跟後期小說比較來說明。在〈茉莉香片〉及《小團圓》中，有一段關於兒子簽署父親支票的情節非常相似。在〈茉莉香片〉中小說如此描寫傳慶：

> 總有一天罷，錢是他的，他可任意的在支票簿上簽字。他從十二三歲起就那麼盼望著，並且他曾經提早練習過了，將他的名字歪歪斜斜，急如風雨地寫在一張作廢的支票上，左一個，右一個，「聶傳慶，聶傳慶，」英俊地，雄赳赳地，「聶傳慶，聶傳慶。」可是他爸爸重重的打了他一個嘴巴子，劈手將支票奪了過來搓成團，向他臉上拋去。為什麼？因為那觸動了他爸爸暗藏著的恐懼。錢到了他手裏，他會發瘋似的胡花麼？這畏葸的陰沉的白癡似的孩子。[99]

而在《小團圓》中則描寫九莉的弟弟九林的遭遇：

> 有一次九莉剛巧看到他在一張作廢的支票上練習簽字。翠華在烟舖上低聲向乃德不知道說

了句什麼，大眼睛裏帶著一種頑皮的笑意。乃德跳起來就刷了他一個耳刮子。[100]

通過兩段文字的比較，可以看到張愛玲後期小說著意去除敘述者的闡釋和說明，例如〈茉莉香片〉中由「為什麼」一句開始的解說、對簽名的形容描述及對父親心理的解釋等，在《小團圓》中都被刪去，這種做法跟張愛玲提及要減低sentimental影響非常一致。又例如對小說環境氛圍的塑造，張愛玲的早期小說跟後期小說亦有明顯的分別。在張愛玲的眾多小說中，常常會找到以香港大學為原型的大學環境描寫，例如早期小說〈茉莉香片〉中的華南大學是這樣的：

> 香港雖說是沒有嚴寒的季節，耶誕節夜卻也是夠冷的。滿山植著矮矮的松杉，滿天堆著石青的雲，雲和樹一般被風噓溜溜吹著，東邊濃了，西邊稀了，推推擠擠，一會兒黑壓壓擁成了一團，一會兒又化為一蓬綠氣，散了開來。林子裏的風，嗚嗚吼著，像猘犬的怒聲，較遠的還有海面上的風，因為遠，就有點淒然，像哀哀的狗哭。[101]

而在後期小說《同學少年都不賤》中的芳大則是：

---

99 張愛玲，〈茉莉香片〉，《第一爐香——張愛玲短篇小說集之二》（香港：皇冠出版社，一九九五），頁二四〇。

100 張愛玲，《小團圓》，頁一一四。

101 張愛玲，〈茉莉香片〉，《第一爐香——張愛玲短篇小說集之二》，頁二五〇。

她也考進了芳大……耶誕前夕，恩娟拖她去聽教堂鳴鐘……到了教堂，只見彩色玻璃長窗內燈火輝煌，做彌撒的人漸漸來得多了。她們只在草坪上走走。午夜幾處鐘樓上鐘聲齊鳴，音調參差有致，一唱一和，此起彼落，成為壯麗的大合唱。[102]

以及《小團圓》的大學描寫：

有一天九莉頭兩堂沒課，沒跟車下去，從小路走下山去。下了許多天的春雨，滿山兩種紅色杜鵑花簌簌落個不停，蝦紅與紫桃色，地下都鋪滿了，還是一棵棵的滿樹粉紅花。天晴了，山外四周站著藍色的海，地平線高過半空。附近這一帶的小樓房都是教授住宅。[103]

比較三者，可以見到張愛玲的後期小說去除了對環境氛圍的闡釋和渲染。周蕾在一九九五年出版的《婦女與中國現代性：東西方之間閱讀記》中曾提及，張愛玲小說世界以細節、瑣碎破壞現代中國對「完整性」的建構，當時張愛玲主要的後期小說仍未有出版；[104]隨著張愛玲主要的後期作品例如《同學少年都不賤》和《小團圓》的出版，我們可以發現這些小說顯出張愛玲作為女性離散作家對父權／國家敘述的反抗，在題材上瑣碎細節化，但表現手法上則極力去除敘述者塑造的感官和情緒性。這樣，瑣碎細節現在只剩下客觀的、物質性的、冷靜的外在，讀者不再能「舒適地」接收敘述者的判斷和感受，而必須要參與為這些瑣碎細節賦予意義與否。這裡可見張愛玲如何通過女性離散自傳體小說，在題材和手法上的創新，以及她對傳統（男性）離散文學的反思。

張愛玲由一九五五年起移居到美國，至一九九五年於美國逝世，經歷了四十年的離散狀態。本章梳理了張愛玲在作品中表現的離散心境，以一九六八年發表的〈憶胡適之〉及後來發表的〈一九八八——？〉，配合她與友人的書信，說明了張愛玲在美國的離散體驗。張愛玲很少明確表露她自己的離散心境，但在上述的資料中，隱隱可見她所流露的離散創傷，跟傳統離散作品強調懷鄉和創傷不同，而是強調個人經驗和私人感情，顯示女性離散者看待個人、國家民族和歷史的獨特角度。

本章其後以張愛玲赴美後創作的小說和其他資料（例如《對照記》）為例，說明了張愛玲在小說中表現的各種離散體驗，並以〈浮花浪蕊〉、《小團圓》和《同學少年都不賤》等作品，觀察張愛玲如何以自傳體小說作為對男性自傳寫作的回應，反映她作為女性離散者如何找尋適合表現自我屬性的形式，改變離散女性「被寫作」、「被言說」的困境。文中以《小團圓》跟《今生今世》做比較，說明胡蘭成選擇以自傳書寫自身，跟張愛玲選擇以自傳體小說表現自己的不同，帶出研讀張愛玲後期小說的一種可能性。

---

102 張愛玲，《同學少年都不賤》，頁二六。

103 張愛玲，《小團圓》，頁四八。

104 周蕾，《婦女與中國現代性：東西方之間閱讀記》（臺北：麥田，一九九五），頁二一八—二一九。

張愛玲曾明言自己「沒有國家思想」[105]，直至她去世為止，我們都見不到她希望再次踏足「故鄉」的意圖。儘管張愛玲面對的歸返障礙跟古典形式的離散一樣源於政治，但是她的離散經歷跟古典離散有著不同的本質，因為當時張愛玲仍可選擇定居於對她更為接納的香港和臺灣。她選擇在一九五五年於國民身分上完全離開「中國」，當中的原因顯然跟純粹因政治問題而離散的情況有不同之處。而且，在以後的數十年，張愛玲並沒有確切的歸返的障礙，她仍然可以選擇重回香港或臺灣等華文地區。她的這種選擇，反映她作為女性離散者面對的兩難：在美國，她以英語寫作的小說或不被接納出版，或是未受廣泛歡迎；在華語圈子（包括中國大陸、臺灣和香港），她又不能完全與之融合。她晚年選擇遠離和沉默，更是要避開華語世界對她的形塑和控制。張愛玲於一九九四年得到第十七屆「時報文學獎特別成就獎」以一首詩說明晚年心境：

人老了大都
是時間的俘虜，
被圈禁禁足。
它待我還好——
當然隨時可以撕票。
一笑。[106]

這首充滿黑色幽默的詩作，帶點荒誕、陰暗甚至是殘忍，配合她最後一張公開的照片——手持「主席金日成昨猝逝」的報紙，她自己形容像「綁匪寄給肉票家人的照片，證明他當天還活著」。這張照片加上詩中的「綁票」意象，顯示張愛玲在得到特別成就獎的喜慶時刻精心設計出自己跟讀者的「最後一面」，具有反高潮的意味。這個形象象徵著張愛玲後期在離散狀態下創作的氛圍和特質，具有一種否定性的力量。它顛覆了一直以來評論家對「張愛玲」形象的塑造，諸如水晶和胡蘭成等，過往都是以文學天才、民國世界的臨水照花人、水仙子、童女等形象來描畫張愛玲本人及其文學。[107]讀者在看到張愛玲這張「最後的照片」時，反應是驚駭的；[108]水晶更曾以「巧扮死神」為題來表達他對張愛玲這張拍於生命中最後一年的照片的感覺。[109]這種自我形塑是張愛玲的一次「創作」，配合她後期的小說創作來看，可見到她怎樣以顛覆性的形象和論述來表現女性離散作家對世界的回應。

105 宋以朗，〈書信文稿中的張愛玲〉，《印刻文學生活誌》第五卷第八期，二〇〇九年四月號，頁一四四。
106 這首詩其後成為《對照記》的〈後記〉。參見張愛玲，《對照記》，頁八〇。
107 例如水晶曾把張愛玲與嘉寶對照，以「天才的毛病」和「天才的模式」等形容張愛玲，參見水晶，〈天才的模式——張愛玲與嘉寶〉，《替張愛玲補妝》（濟南：山東畫報出版社，二〇〇四），頁一四三—一四七。
108 例如周芬伶就曾以「營造令人驚駭的效果」來形容張愛玲手拿「金日成昨猝逝」報刊拍照的舉動。參周芬伶，《豔異：張愛玲與中國文學》（臺北：元尊文化，一九九九），頁一三八。
109 水晶，〈殺風景——張愛玲巧扮「死神」〉，《替張愛玲補妝》（濟南：山東畫報出版社，二〇〇四），頁一三五—一三八。

第十一章
終章

小說的地位自經過梁啟超擢升以後，成為了現代中國人想像和敘述「中國」的重要方法。現代中國在各方面的變化，常常反映在小說的想像之中。由王德威在一九九三年提出「小說中國」的議題開始，小說如何虛構中國、主導我們的國族想像，以及與歷史的關係，這種想像中國的方法成為了學術界普遍關注的議題。陳平原亦曾在八〇年代提出中國現代文學中「史傳」和「詩騷」兩種傳統。在「史傳」傳統下發展的現代小說以現實主義陳述模式為表現手法，而在「詩騷」傳統下則以浪漫主義的模式的抒情為表現手法。根據這些研究，本書提出在這兩種現代小說發展面向以外，尚有一種跟殖民主義文學有密切關係的小說「視覺化表述」，由來自殖民時期臺灣的劉吶鷗引入到中國，其後又經過穆時英和張愛玲進一步改寫和創造。本書強調這種「視覺化表述」是「另一種」想像中國的方法，目的是要展示現代中國人在對民族和國家的想像中，並不是單單運用小說的現實主義「史傳」和浪漫主義的「抒情」傳統。在新文學興起直至一九四九年以前，國人對中國的想像並不是單一而且集中，而是多元以及繁雜的。學術界一直留意到在新文學和革命文學之間，有新感覺派這一現代派以「第三種人」的面貌出現。如果以本雅明的文學生產「技術」和「機器」的理念來看，以往的研究並未強調他們的「技術」如何具有「革命性」，亦未論及這種「視覺化表述」的生產「機器」如何成為一個引導更多作家採納這種寫作模式的過程。本雅明認為，當藝術生產關係與藝術生產力發生矛盾，阻礙生產力發展時，就會產生藝術上的革命，或者打破舊有的藝術生產關係，以新的藝術生產力，即新的藝術技巧取而代之。[1]通過本書的論述，我們可以發現，在三〇至四〇年代的中國大陸和臺灣，劉吶鷗、穆時英和張愛玲這些較接近殖民文化的作家，他們跟民族主義作家不同，處身於殖民者和被殖民者中間，成為了後殖民理論中的「土著奸細」。[2]他們由於自身被殖民的經驗，或是生活於接近殖民文化的社會，因此採用了跟殖民主義文學有關的文學「技術」，表現的是在民族主義作家以外，現代中國作家另一種對中國的想像，這種想像起初是他們心目中的「現代」中國，隨著「視覺化表述」引入並本土化以後，這種技術被應用到表現本土的事物當中。這種具有凝視和陌生化本質的技術，令三位作家可以用不同角度觀察中國本土和傳統事物，帶來有別於民族主義作家筆下的中國形象。隨著這種文學生產技術被不同的作家共用、發展、轉化，本雅明所言的「文學生產機器」就由劉吶鷗所引入，並通過穆時英和張愛玲的轉化而得到確立。

在上海三、四〇年代的文學場域中，各種各樣的文學勢力都在互相競爭。作為文學生產技術的「視覺化表述」，必須跟場域內的其他技術較量，爭取場域內自身的合法性。在小說的範疇方面，「視覺化表述」的競爭對象包括現實主義的講述模式和浪漫主義的抒情模式，它們各自爭取想像中國的正統位置。作為三者之中最後加入的「視覺化表述」，需要在場域內爭取資源和位置，並且通過創作、出版、評論等方法，為自己求得最觸目的位置。以此觀察劉吶鷗在上海的文化活動，可發現他先是跟朋友創辦《無軌列車》這本文學雜誌，又配合戴望舒、施蟄存和後來的

1　本雅明認為作家的工作不只是生產產品，而同時也在於生產的手段。他又說「作家如果僅僅是從思想上，而不是作為生產者同無產階級站在一邊，無論他的政治傾向看起來如何革命，也會起著反對革命的作用。」見本雅明，〈作為生產者的作家〉，塞．貝克特等著，沈睿、黃偉等譯，《普魯斯特論》（北京：社會科學文獻出版社，一九九九），頁一五四及一六一。

2　博埃默（Elleke Boehmer）著，盛寧譯，《殖民與後殖民文學》，頁一九〇。

穆時英在《新文藝》和《現代》發表創作，爭取到自己發聲的地盤。他又翻譯法國和日本的現代派小說，兩者都是他引入「視覺化表述」的源頭，其中法國作家保爾．穆杭和日本新感覺派的小說跟他日後的創作關係最為密切。劉吶鷗這些翻譯活動，使上海文學場域開始接觸這一類型的小說風格，為他日後發表自己的小說創作奠下基礎。在劉吶鷗所著的小說集《都市風景線》內，各篇都具有新感覺派風格。他又成立第一線書店，出版同人的刊物和書籍，為「視覺化表述」確立了發展的空間。隨著場域內左右翼勢力的壯大，以及其他客觀的因素（例如第一線書店遭日軍空襲破壞），劉吶鷗隨後轉移到電影的創作和發行，在電影場域中大展拳腳，又發表多篇電影理論文章。他這一方面的工作對小說「視覺化表述」以及日後穆時英加入電影的行列甚具影響。

在穆時英方面，他把劉吶鷗引入的「視覺化表述」加以發揮，結合了更多的電影視覺元素，以此來書寫上海本土的人事，以這種具有凝視和陌生化特徵的「視覺化表述」，突顯上海本土的貧富懸殊和階級問題。穆時英跟劉吶鷗同樣參與場域內的多種文化活動，除了創作小說，亦有於報刊雜誌撰寫專欄文章，以及參與創辦和主編《婦人畫報》和《文藝畫報》。後來穆時英亦有涉獵電影工作，曾在《晨報》發表電影評論文章，更曾自編自導電影《十五勇士》，可見他在場域內的活躍程度。然而，他的這種寫法在場域中的民族主義作家看來，跟殖民者有著看似共謀的關係，對民族主義強調內部團結、加強群體意識的理念有所危害，因而被冠以「頹廢」之名，並受到批評和指責。由此可見小說「視覺化表述」作為一種新興的「技術」，面對場域內既有的勢力時，其爭取合法性的活動是多樣的，面對的阻礙也是強大的。由殖民主義文學而來的文學技術，雖然經過本土作家的轉化和「模擬」，然而在民族主義的勢力下，加上上海政局於一九三七年開始的急劇變化，小說的「視覺化表述」必須讓位予現實主義的陳述模式。

至於張愛玲，在上海淪陷後期的場域下，配合「舊」派文學的抬頭，她把「視覺化表述」和現實主義的陳述模式互相調和，以「講故事」的方式跟「視覺化表述」融合，使她的小說能夠達到帶來啟示和形象化的效果，並且能夠在多方面把來自劉吶鷗和穆時英的「視覺化表述」加以改造，達到新的表現效果。「視覺化表述」在這一場域中進一步本土化，並且轉化成表現戰爭經驗的新方法。而張愛玲本身的位置，則在場域中享受了短暫的擢升，成為了淪陷時期上海紅極一時的作家。在抗戰勝利後，民族主義重新得到發聲的自由，張愛玲這位本身及文學技術均與殖民者連上關係的作家，隨即面對著各方批評，被迫減少發表作品，更曾一度銷聲匿跡。本書就是在這一背景下，開展了各章的論述。

本書論證了小說「視覺化表述」怎樣通過劉吶鷗、穆時英和張愛玲的引入、移植和「模擬」，在上海文壇成為一種重要的想像中國的方法。劉吶鷗獨特的出身和成長背景，配合他於殖民地臺灣和日本受到的教育，形成了一種具有殖民背景的文化素養，他的文藝創作風格經歷了中國、臺灣、日本以及西方而成。本書勾勒了劉吶鷗由臺灣到日本的學習過程，顯示了他在殖民地教育下形成的文藝趣味。在這些背景下，本書集中討論了日本新感覺派小說和法國現代作家保爾·穆杭的小說，跟劉吶鷗本身的小說創作的連繫，以文本細讀的方法，證明了劉吶鷗在這兩種外國文學資源中吸收了不同的「視覺化表述」方法。例如在對日本新感覺派小說方面，劉吶鷗吸收了的是日本語言的具象化表現方法；在法國作家保爾·穆杭的小說方面，劉吶鷗則吸取了穆杭對東方的「殖民者凝視」手法。這些手法都有助劉吶鷗以一種陌生化、異域風情的角度在小說中對中國做出想像，顯示一種跟中國文學場域不同的想像面貌。穆時英承接劉吶鷗的這種想像方法，把「視覺化表述」運用在對上海社會貧富懸殊、階級分化的表現上。他以陌生化的眼光觀看上海上流社會的窮奢極侈，以繁多的視覺描寫顯示他們這種生活的荒誕。同時，穆時英以簡樸的筆調描寫低下階層，以此跟上流社會形成對比。穆時英的這種做法，減低了「視覺化表述」的「外來」感覺，使這種表述方法能夠脫離跟殖民主義文學的關係，成為本土的文學想像方法。還有，劉吶鷗和穆時英對「殖民者凝視」的改造，意義在於把殖民者眼中對「東方」形象的偏見——例如喜好對中國的貧窮做出凝視——書寫成對中國「現代」的、「富裕」的一面的觀看，改變了「殖民者凝視」當中的權力分配。至於張愛玲方面，由於她身處四〇年代的上海文學場域，並且受西式教會學校的培訓，加上曾經到香港這個殖民地留學，因此，她對西方殖民主義文學的「殖民者凝視」非常熟悉。她把這種觀看方法由穆時英對階級的觀看，轉變為對傳統中國的觀看。張愛玲以一種好奇的、窺視的眼光，對傳統中國加以觀察，目的是要製造一種距離，重新對熟悉的中國傳統加以省思。同時，她又對新舊交替的中國，或是中西交雜的殖民地生活進行「凝視」，例如以上海人的眼光觀看殖民地香港，如此則可以看穿殖民者東方主義式「凝視」的虛偽，還原「東方」以真實和日常面貌。但是，張愛玲對「殖民者凝視」最強力的質疑卻是透過把殖民者放到「被凝視」的位置之上，對殖民者的恐懼和軟弱進行直視，揭開在殖民主義文學中一直隱身，或是具有莊嚴形象的殖民者真面目。通過這些手法，張愛玲把東西方對世界的認識重新調整，表現她心目中的現實。

除此以外，本書亦討論了劉吶鷗、穆時英和張愛玲的小說「視覺化表述」，怎樣以電影式的「視覺化表述」為表現方式，跟文字的現實主義陳述模式競爭和融合。劉吶鷗和穆時英在「第三種人」論爭以後，積極開拓另一公共領域——電影想像空間。他們一邊出版《現代電影》、《六藝》、《文藝畫報》等雜誌，在當中發表一系列的電影評論和理論文章，又翻譯國外電影理論；一邊又加入不同的電影製作公司，參與電影劇本、導演、拍攝等各方面的製作。這些活動表現了他們對電影的表現形式的關注。本書透過梳理劉吶鷗在電影場域中跟左翼影人的「軟性電影」論爭的始末，討論了他對電影表現形式的看法，這種看法直接跟他早年的小說創作有關。當時的左翼影人，關注的是電影上表現的中國人形象，他們急欲改變的是殖民者電影裡中國人頹敗的形象。這是因為，民族形象的問題是關乎主導權的問題，並且是需要被建構的。[3]因此，左翼影人關心的是電影的內容問題，這直接牽涉到民族形象的建構。而劉吶鷗的陣營，則認為電影的表現模式，特別是跟現代性有密切關係的西方電影表現手法，是中國電影能否現代化的關鍵。這種取態使劉吶鷗等人在左翼影人的眼中成為了殖民者的幫凶，阻礙了他們的民族主義工作。劉吶鷗重視電影的視覺本質，特別是他關於「照相的」和「影戲的」的兩個概念，以及對「電影眼」理論的關注，都可以在他的小說中找到類似的電影觀看模式。本章認為，劉吶鷗把電影的視覺模式加入小說之中，令他可以提升源於殖民主義文學的小說「視覺化表述」的質素，亦使這種「外來」

3 博埃默（Elleke Boehmer）著，盛寧譯，《殖民與後殖民文學》，頁二〇四。

的表述方法具有本土的意味。劉吶鷗這種對電影視覺表述的愛好，在穆時英的小說中得到進一步強化。穆時英加強了小說對蒙太奇的運用，特別是把蒙太奇應用到表現上海社會貧富不均的生活情況，使「視覺化表述」更具本土的特色。同時，穆時英又以好萊塢電影的敘述特徵——即隱匿敘述的痕跡或隱藏攝影機的痕跡，以達致對觀眾的控制——使讀者在閱讀的時候，不知不覺代入了文本觀察者的眼光。如此，穆時英的小說就以一種本土化的元素，「模擬」了殖民主義文學的「視覺化表述」，並把它改造成符合表現本土事物的小說模式。本書然後分析了劉吶鷗和穆時英在文學和電影場域中的位置，特別是他們這種「視覺化表述」怎樣被視為「頹廢」和「邪僻」，或被認為是跟帝國主義和殖民主義有密切關係。這些都表現了民族主義陣營對小說「視覺化表述」的戒心。劉吶鷗和穆時英對他們心目中的「現代」中國的想像，並未能在場域中完全得到其他勢力的接納。在張愛玲方面，由於她對傳統中國小說和鴛鴦蝴蝶派的熟悉，使她能夠把小說的「視覺化表述」和現實主義的陳述模式調和。她利用漢語語法可以省略某些句子的主語，以及無須變換時態、語態這一特徵，在小說中自由地把人物的視覺轉換成敘述者的視覺，由此就可以自由滲入敘述者的意識。透過這種方法，她可以自由靈活地加入敘述者的看法和反思，對「視覺化表述」進行補充和評價。這種做法滿足了戰爭時期對小說「視覺化表述」和現實主義陳述模式之間調和的需要：一方面以「視覺化表述」表現中國的現代想像，一方面又對這種想像進行省思和啟示。

本書以性別主體轉移的角度，討論了由劉吶鷗、穆時英到張愛玲的小說「視覺化表述」中男性視覺和女性視覺的演變。本書先透過比對保爾・穆杭小說和劉吶鷗小說中的男性視覺，說明劉吶鷗在這方面對殖民主義文學男性視覺的引入和模仿，在於他們對女性形象的塑造具有共同的「刻板印象」特徵。女性作為殖民者男性和土著男性之間爭奪領土主權的象徵，她們於文本內被「凝視」，隱喻著殖民者男性和土著男性對她們的占有。由於劉吶鷗跟西方殖民者的位置不同，他作為一個「土著男性」而對殖民話語中的「刻板」「凝視」進行「模擬」，卻無法維持殖民話語中產生「刻板印象」的權力，這種「模擬」因而造成一種對殖民話語的反諷。本書論證了劉吶鷗小說裡「摩登女郎」那種看似自主獨立、對愛情掌控自如的形象，其實反映出劉吶鷗作為被殖民的「土著男性」雙重的焦慮：一種是來自殖民者壓迫的焦慮，另一種則是來自「土著女性」「西化」後難以被控制的焦慮。在「土著男性」的意識中，殖民者對「土著女性」的占有等同對領土的占據。劉吶鷗小說中著力描寫「摩登女郎」的西化行為，表現出他對「土著女性」脫離「土著男性」控制的擔憂。這些小說對女性人物做出重複的戀物化觀看，這種觀看行為流露出男性作家對性差異的焦慮。同時，小說中「土著男性」的形象往往跟殖民者把「土著男性」做女性化刻劃的形象相同，顯示出劉吶鷗作為「被殖民的男性」是怎樣受到殖民行為的影響去看待自我形象。穆時英接續了劉吶鷗這種對女性的觀看，但是他的做法跟劉吶鷗不同，關注的重心由西方女性、西化的「土著女性」和傳統的「土著女性」三者轉為集中到兩種「土著女性」身上，表現穆時英對這種男性視覺的轉化。穆時英以女性隱喻都市，以色情的眼光去觀看城市，沿襲了殖民主義文學以「占有女性」隱喻「占領殖民地」的習慣模式。小說中的觀察者對「摩登女郎」做出色情的觀看，表現的是穆時英對上海朝不保夕的動盪生活的感想。穆時英在小說中更以傳統的「土著女性」跟「摩登女郎」做對比，他沒有以色情的眼光觀看傳統「土著女性」，卻仍然流露出「土著男性」對傳統「土著女性」全面控制的慾望。本書討論了相關的文學場域中，時人的精神形式如何透過對性的壓抑來形成。這種心態透過場域內左右翼勢力對穆時英的批評而表現出來，穆時英小說的男性視覺，一方面是對這些壓力的回應，同時他的小說又出現男性人物對性的壓抑，反過來又加強了這種男性觀看的慾望。張愛玲的小說「視覺化表述」在「模擬」這些男性視覺時，同時又有轉化和改造，改變了小說中兩性的權力位置。她把在小說中被觀看的女性放到能夠自陳生存狀況的位置上，改變了女性人物身處的客體位置，而賦予她們以主體性。張愛玲對這種觀看的權力二分系統做出根本性的質疑，其方法是引入女性的觀看模式，亦即模仿女性把自己一分為二的觀察方式，在小說中把女性人物被觀察的狀況這一焦點轉化成表現女性對自己的感覺。這種女性的觀看模式過往不論在殖民主義文學或劉吶鷗和穆時英的小說中都不曾被述及，張愛玲這種重視女性觀看心理的做法，把女性的位置由為男性提供視覺愉悅，改變為集中表現自身。而且，張愛玲把這種性別的觀看跟殖民的觀看連上關係，通過女性對自身被觀看的感受和反思，表現了殖民者凝視／男性凝視／攝影機凝視三者在觀看問題上的不公平，並且暴露了這種觀看權力的運作過程。張愛玲更透過表現男性觀察者自身的生存狀況來表達她對男性視覺的質疑。她「模擬」小說中男性人物的觀看，但觀看的指向卻是指出男性人物的虛偽。她的小說不僅關注被觀看的女性背後的心理，同時亦對作為觀察者的男性心理有著深刻的剖析。本書指出張愛玲在身處的文學場域，如何因應淪陷區上海女性作家冒起的情況，爭取空間去表現女性的「視覺化表述」。同時本書亦提出，場域內對張愛玲作為女性作家的想像仍然依循過往的性和國家論述模式，張愛玲在場域內仍然是被觀看的對象。

在上述的討論之後，本書承接有關「作為文學生產技術」的思考角度，以這方面的革新作為研究方向，討論張愛玲的作品，包括小說、散文和電影劇作等，在各方面的創新意義。本書以「講故事」到「小說」的角度研究了張愛玲早、中到後期的小說如何轉變，這些轉變一方面跟她對世界的觀照和看法改變有關，更重要的是，她在「生產」小說的「技術」方面連繫這種改變而變化；這種情況亦出現在她寫作電影劇作方面。本書關注張愛玲如何在貼近一般觀眾的觀影需求之餘，以「反媚俗」的方式去突破通俗劇模式的規限，當中包括運用間離手法、「戲劇性反諷」，這與她寫作小說的美學相一致。同時，在這些對小說「生產技術」的關注之下，張愛玲筆下的香港顯示出非同一般的意義。本書討論了她對香港的獨特看法，對比她早期小說中對香港的態度，以及後來在〈重訪邊城〉的看法，可以見到香港對於她的獨特意義，在於可以提供一個抽離的觀察空間，去觀看「傳統中國」與「現代中國」，香港的殖民地語境又為張愛玲帶來前文論及的「凝視」和對這種「凝視」反思的空間。除此以外，本書亦論述了張愛玲的後期小說風格跟她離散經歷的關係，其中的意義在於能以帶有距離的角度去觀看中國，並且重新梳理和建立她心目中的小說傳統美學。另一方面，張愛玲後期小說所具有的女性自傳體小說特徵，都需要以後期風格來重新審視，而不能再以她早期小說的成就作為標準，以此突顯一個離散女作家在晚年對生命和世界更深入的思考。

透過上述的研究，本書指出了劉吶鷗、穆時英和張愛玲三位作家在視覺性、歷史與記憶、性別與離散等問題上的重要意義。他們為中國現代文學場域引入並創造了「另一種」的想像中國的方法，顯示了中國現代小說在現實主義的陳述模式和浪漫主義的抒情模式以外，如何以別樣的方式去構想和建築現代中國。這「另一種」方法的意義在於，它是現代中國在現代化的過程中，生活在殖民地、半殖民地或離散狀態下的作家，他們在民族主義和反帝反封建主義勢力以外，對現代中國的想像和渴求，反映的是中國現代性想像的另一種面貌。本書認為，本來在中國現代文學場域中，現實主義的陳述模式由於其接近「史傳」的功能，可以為現代中國人透過這種敘事行為而重構民族的觀念，現實主義「敘述」成為左右翼作家重新掌握民族想像領導權的重要手段。掌握這種想像的權力，能夠為一個民族界定自身，因此任何危及這種主要的想像形式，都會被視為對民族的背叛。過往對劉吶鷗、穆時英和張愛玲的理解，往往容易以現實主義的標準為正宗，把他們的小說標籤為「頹廢」，視之為對現實主義的危害。通過前文各章的研究，本書指出了「視覺化表述」源自於殖民主義文學中殖民者對被殖民者的觀看，並且重點分析了三位作家怎樣逐步改造了這種本來具有殖民主義內涵的「視覺化表述」。這一分析旨在指出三位作家對殖民主義文學的改造和超越，他們引入或採用「視覺化表述」，是因為這種方法在他們眼中適合用於想像「現代」中國。透過使用類似殖民者的目光做出觀看，顯示了他們如何透過這種想像來表現對「現代」中國的渴求。了解這種想像，將有助我們重新思考中國在現代化進程中的多元面貌，以及它的另一種可能。同時，本書透過對三位作家的小說做出詳細的文本細讀，指出了在地域的因素以外，他們的作品在文學內部結構上連貫的發展脈絡，在這種連繫之外，穆時英和張愛玲又怎樣透過「模擬」和改寫去把「視覺化表述」轉變為中國本土的文學資源。三位作家在「視覺化表述」的關係是，劉吶鷗的引入讓穆時英接觸到這一表述方法，穆時英把這種方法應用到表現本土事物之中，貼近上海社會的各種面貌。穆時英的這種做法，為張愛玲帶來了以「洋人看京戲」式的觀看方法來觀察傳統和新舊交替時期的中國。這樣，本來具有殖民主義和凝視意涵的「視覺化表述」，逐漸轉變成一種陌生化的眼光，並且被穆時英和張愛玲借用，以一種審視和懷疑的眼光反思中國的現代性問題。本書展示了中國文學現代性的其中一個形構的過程，除了說明三位作家演示了現代文學中的一種想像方法，亦在主要的「想像中國」方式以外，建立了新的參照體系。

附錄

附錄一：劉吶鷗一九二七年讀書月誌（只列外語作品）[1]

月份	所讀作品	讀後感	本文注解
一月[2]	堀內大學：〈月下の一群〉	—	—
	菊池寬：〈藤十郎の戀〉	—	—
	島崎藤村：〈嵐、三人、伸び支度〉	果然大家的老練的筆法	—
二月[3]	伊藤介春：《眼と眼》（詩集）	沒有《病魚集》那樣的好	—
	潤一郎：《近代情痴集》	「富美子の足」感深し（〈富美子的腳〉極為感動）	—
三月[4]	宇野浩二：《彼等のモーダン振り》	—	—
	武者小路：〈愛慾〉	出來てるとは思ふが讀んでると隨分氣持（我想他寫得不錯，可是讀起來……）	—
	近松秋江：〈無明〉	實にいい（很好）	—
	佐藤春夫：〈惡魔の玩具〉	氣持野いいもの春天氏らしい（感覺很好，完全像春天氏的作風）	—

四月[5]	宇野浩二：〈汽車で〉	ステキニイへ	—
	秦豐吉譯：《若きエルテルの悲み》（《少年維特的煩惱》）	○に優れた、現代人には出來そうもない○んだがあれ○に恋したひものだ（現代人似乎做不到，但我希望像那樣戀愛）	—
	里見弴：《多情佛心》	才人才筆	—
	Paul Morand, "Monsieur U". 收於 *The Best French Short Stories of 1925-1926*	—	—
	Jean Girardoux, "The First Disappearnce of Jerome Bardini" 收於 *The Best French Short Stories of 1925-1926*	—	Jean Girardoux 為十九世紀法國作家

1 表格內的資料來自由康來新、許秦蓁整理的劉吶鷗日記集（集中未有九月及十二月讀書日誌），當中的資料錯誤經筆者於本表整理修改。表內資料經過篩選，只列舉劉吶鷗於一九二七年曾閱讀的外文書籍。書目全貌可參康來新、許秦蓁合編，《劉吶鷗全集：日記集（上）》（臺南：臺南縣文化局，二〇〇一），及《劉吶鷗全集：日記集（下）》（臺南：臺南縣文化局，二〇〇一）。

2 康來新、許秦蓁合編，《劉吶鷗全集：日記集（上）》，頁九二。

3 康來新、許秦蓁合編，《劉吶鷗全集：日記集（上）》，頁一五四。

4 康來新、許秦蓁合編，《劉吶鷗全集：日記集（上）》，頁二二〇。

5 康來新、許秦蓁合編，《劉吶鷗全集：日記集（上）》，頁二八四。

五月[6]	*The Best French Short Stories of 1926*	—	—
	高須芳次郎：《東洋文藝十六講》	—	—
六月[7]	後藤朝太郎：〈武漢三鎮遊記〉	—	—
	堀谷氏：《元の雜劇に就いて》	普通槐南〇〇元曲四種品	—
	青木正兒：《支那文藝論藪》	不好	—
	夏木漱石：《修善寺日記・思い出す事な》	—	—
七月[8]	E.V. Lucas, *Zigzags In France And Various Essays*	—	E.V. Lucas為十九世紀英國作家
	里見淳：《大道無門》	才人才筆	—
	宮地嘉六：《累》	二度目の結婚は決して幸福デナイ、前妻の靈が入ルカラ（再婚絕不幸福，因為前妻的陰魂仍然不散）	—
	橫光利一：〈春は馬車に乘って〉（〈春天的馬車曲〉）	無礼な町、妻、表現低落者	—
	近松秋江：〈黑髮〉	情痴，愚痴，纏綿不盡	—
	德田秋聲：〈元の枝へ〉	若返り（去老返童）	—

八月[9]	芥川龍之介：〈沙羅の花〉	——	——
	後藤朝太郎：〈中國の田舍巡り〉	——	——
	《長久の中國》	——	——
	Maupassant（莫泊桑）：《世界文學全集・脂の塊り》	——	——
十月[10]	中野江漢：《支那の賣笑》	歷史的一部	——
	盛敘切：《福建省一瞥》	——	——
	Paul Morand, *Poêsie*	——	——
	中野江漢：《北京繁昌記》	——	——
	Cheikh Nefzaoui: *Le Jardin Parfumé*（The Perfumed Garden）	Érotologie Grabe	本書為十五世紀阿拉伯情色作品

6 康來新、許秦蓁合編，《劉吶鷗全集：日記集（上）》，頁三五〇。
7 康來新、許秦蓁合編，《劉吶鷗全集：日記集（上）》，頁四一四。
8 康來新、許秦蓁合編，《劉吶鷗全集：日記集（下）》，頁四八六。
9 康來新、許秦蓁合編，《劉吶鷗全集：日記集（下）》，頁五五二。
10 康來新、許秦蓁合編，《劉吶鷗全集：日記集（下）》，頁六八一。

十一月[11]	橫光利一：〈皮膚〉	只可看Style，內容是nonsence（nonsense）	—
	John Cleland, *Oeuvres de John Cleland, Mémoires de Fanny Hill, femme de Plaisir*	—	John Cleland為十八世紀英國作家

11 康來新、許秦蓁合編，《劉吶鷗全集：日記集（下）》，頁七四四。

附錄二：劉吶鷗及相關人士翻譯作品年表[1]

	作家及國籍	作品名稱	日期	初刊刊物	結集或備注
1.	小川未明（日）	〈將軍〉	—	—	未有結集。按劉吶鷗一九二七年十月二十二日日記：「把《改造》裡面的小川未明的〈將軍〉譯了三分之二，到十二點才出來。」
2.	B. Crémieux（法）	〈保爾．穆杭論〉	一九二八年十月二十五日	《無軌列車》第四期	劉吶鷗翻譯
3.	保爾．穆杭（法）	〈懶惰病〉	一九二八年十月二十五日	《無軌列車》第四期	戴望舒翻譯
4.	保爾．穆杭（法）	〈新朋友們〉	一九二八年十月二十五日	《無軌列車》第四期	江思（即戴望舒）翻譯

1 本表包括與劉吶鷗相關的翻譯作品，例如在他出版的刊物或出版社出版的作品，以顯示當時相關人士的一系列翻譯活動。本表格第八—一四項資料出處參考康來新、許秦蓁合編，《劉吶鷗全集：文學集》（臺南：臺南縣文化局，二〇〇一）中所記；第二八項參考許秦蓁，《摩登．上海．新感覺——劉吶鷗（1905-1940）》（臺北：秀威資訊科技股份有限公司，二〇〇八），頁xii；第四七—五一項參考自康來新、許秦蓁合編，《劉吶鷗全集：增補集》（臺南：國立臺灣文學館，二〇一〇）。其餘各項均由筆者翻查原文出處所得。

5.	Pierre Valdagne（法）	〈生活騰貴〉	一九二八年十一月十日	《無軌列車》第五期	劉吶鷗翻譯
6.	武者小路實篤（日）	〈深夜小曲〉	一九二八年十一月二十五日	《無軌列車》第六期	郭建英翻譯
7.	片岡鐵兵（日）	〈一個經驗〉	一九二八年十二月十日	《無軌列車》第七期	劉吶鷗翻譯（筆名葛莫美）
8.	片岡鐵兵（日）	〈色情文化〉	一九二八年	《色情文化》	劉吶鷗翻譯，第一線書店出版
9.	横光利一（日）	〈七樓的運動〉	一九二八年	《色情文化》	劉吶鷗翻譯，第一線書店出版
10.	池谷信三郎（日）	〈橋〉	一九二八年	《色情文化》	劉吶鷗翻譯，第一線書店出版
11.	中河與一（日）	〈孫逸仙的朋友〉	一九二八年	《色情文化》	劉吶鷗翻譯，第一線書店出版
12.	林房雄（日）	〈黑田九郎氏的愛國心〉	一九二八年	《色情文化》	劉吶鷗翻譯，第一線書店出版
13.	川崎長太郎（日）	〈以後的女人〉	一九二八年	《色情文化》	劉吶鷗翻譯，第一線書店出版

14.	小川未明（日）	〈描在青空〉	一九二八年	《色情文化》	劉吶鷗翻譯，第一線書店出版
15.	保爾・穆杭（法）	〈新朋友們〉	一九二九年	《天女玉麗》[2]	戴望舒翻譯。由上海尚志書屋出版
16.	保爾・穆杭（法）	〈天女玉麗〉	一九二九年	《天女玉麗》	戴望舒翻譯。由上海尚志書屋出版
17.	保爾・穆杭（法）	〈洛迦特金博物館〉	一九二九年	《天女玉麗》	戴望舒翻譯。由上海尚志書屋出版
18.	保爾・穆杭（法）	〈六日競走之夜〉	一九二九年	《天女玉麗》	戴望舒翻譯。由上海尚志書屋出版
19.	保爾・穆杭（法）	〈懶惰的波浪〉	一九二九年	《天女玉麗》	戴望舒翻譯。由上海尚志書屋出版
20.	保爾・穆杭（法）	〈茀萊達夫人〉	一九二九年	《天女玉麗》	戴望舒翻譯。由上海尚志書屋出版

2 雖然這本小說集並不是由劉吶鷗翻譯，但考慮到由一九二八年起，劉吶鷗跟戴望舒和施蟄存的關係非常密切，三人共住在劉吶鷗的洋房中，每天一同看書、翻譯和寫作，而且三人這時聯同杜衡、馮雪峰和徐霞村成立「水沫社」，更出版《無軌列車》；一九二九年一月，又開設「水沫書店」。因此，劉吶鷗應很大機會閱讀過戴望舒翻譯的這本《天女玉麗》，因此本表納入此項資料。關於劉吶鷗等人在這段時間的交往狀況，可參金理，《從蘭社到〈現代〉：以施蟄存、戴望舒、杜衡及劉吶鷗為核心的社團研究》（上海：東方出版中心，二〇〇六），頁三九—四四。

21.	保爾・穆杭（法）	〈匈牙利之夜〉	一九二九年	《天女玉麗》	戴望舒翻譯。由上海尚志書屋出版
22.	保爾・穆杭（法）	〈六日之夜〉	一九二九年	法蘭西短篇傑作集（第一冊）	戴望舒翻譯。《法蘭西短篇傑作集》由水沫社編譯，上海現代書局出版，一九二九年。
23.	平林泰子（平林たいこ）（日）	〈我的朋友〉	一九二九年一月	《人間》雜誌創刊號	劉吶鷗翻譯，現收於《劉吶鷗全集：增補集》
24.	橫光利一（日）	〈新郎的感想〉	一九二九年五月	《新郎的感想》	郭建英翻譯，劉吶鷗寫序。由劉吶鷗開設的水沫書店出版
25.	橫光利一（日）	〈點了火的紙煙〉	一九二九年五月	《新郎的感想》	郭建英翻譯，劉吶鷗寫序。由劉吶鷗開設的水沫書店出版
26.	橫光利一（日）	〈妻〉	一九二九年五月	《新郎的感想》	郭建英翻譯，劉吶鷗寫序。由劉吶鷗開設的水沫書店出版
27.	橫光利一（日）	〈園〉	一九二九年五月	《新郎的感想》	郭建英翻譯，劉吶鷗寫序。由劉吶鷗開設的水沫書店出版
28.	碼差（匈牙利）	〈歐洲新文學底路〉	一九二九年五月十五日	《引擎》月刊創刊號	—

29.	藏原惟人（日）	〈新藝術形式的探求〉	一九二九年十二月十五日	《新文藝》第一卷第四號	劉吶鷗翻譯（筆名葛莫美）
30.	掘口大學（日）	〈掘口大學詩抄〉	一九二九年十二月十五日	《新文藝》第一卷第四號	劉吶鷗翻譯（筆名白璧）
31.	茀理契（Friche. Vladimir Maksimovich, 1870-1929）（俄）	〈藝術之社會的意義〉	一九三〇年三月十五日	《新文藝》第二卷第一號	劉吶鷗翻譯（筆名洛生）
32.	茀理契（Friche. Vladimir Maksimovich, 1870-1929）（俄）	〈藝術風格之社會學的實際〉	一九三〇年四月十五日	《新文藝》第二卷第二號	劉吶鷗翻譯（筆名洛生）
33.	—	〈國際無產階級不要忘記自己的詩人〉	一九三〇年四月十五日	《新文藝》第二卷第二號	文章中注明：革命文學國際委員會關於馬雅珂夫斯基之死的宣言：譯自少共直理報 劉吶鷗用筆名洛生所譯

34.	—	〈革命文學國際委員會關於馬雅珂夫斯基之死的宣言〉	一九三〇年四月十五日	《新文藝》第二卷第二號	—
35.	—	〈關於馬雅珂夫斯基之死的幾行記錄〉	一九三〇年四月十五日	《新文藝》第二卷第二號	—
36.	—	〈論馬雅珂夫斯基〉	一九三〇年四月十五日	《新文藝》第二卷第二號	—
37.	—	〈詩人與階級〉	一九三〇年四月十五日	《新文藝》第二卷第二號	—
38.	茀理契（Friche. Vladimir Maksimovich, 1870-1929）（俄）	《藝術社會學》	一九三〇年十月	《藝術社會學》（Sotsiologiia Iskusstva）	水沫書店出版
39.	天野隆一（日）	〈六月橫濱風景——A Litoshi Aizawa〉	一九三二年八月	〈日本新詩人詩抄〉，載《現代》第一卷第四期	劉吶鷗翻譯

40.	後藤楢根（日）	〈滿月思慕〉	一九三二年八月	〈日本新詩人詩抄〉，載《現代》第一卷第四期	劉吶鷗翻譯
41.	乾直惠（日）	〈丘上〉	一九三二年八月	〈日本新詩人詩抄〉，載《現代》第一卷第四期	劉吶鷗翻譯
42.	大塚敬節（日）	〈真生頌〉	一九三二年八月	〈日本新詩人詩抄〉，載《現代》第一卷第四期	劉吶鷗翻譯
43.	岡村須磨子（日）	〈冰雨的春天〉	一九三二年八月	〈日本新詩人詩抄〉，載《現代》第一卷第四期	劉吶鷗翻譯
44.	田中冬二（日）	〈吃飯〉	一九三二年八月	〈日本新詩人詩抄〉，載《現代》第一卷第四期	劉吶鷗翻譯
45.	齊藤杜口（日）	〈復腥〉	一九三三年十月一日	《矛盾》革新號第二卷第二期	劉吶鷗翻譯，現收於《劉吶鷗全集：增補集》
46.	舟橋聖一（日）	〈青色睡衣的故事〉	一九三四年十一月一日	《現代》第六卷第一期	劉吶鷗翻譯

47.	Clifford Leech（英）	〈電影作風的派別〉	一九三五年三月	《明星半月刊》	現收於《劉吶鷗全集：增補集》
48.	Karl Freund（捷克）	〈電影MONTAGE理論之來源〉	一九三五年四月	《時代電影》	現收於《劉吶鷗全集：增補集》
49.	安海姆（美）	〈藝術電影論〉	一九三五年九月三日	《晨報》	現收於《劉吶鷗全集：增補集》
50.	西條八十（日）	〈西條八十詩抄〉	一九三五年十月十日	《現代詩風》創刊號／最終號（戴望舒主編）	現收於《劉吶鷗全集：增補集》
51.	艾森斯坦（俄）	〈墨西哥萬歲！〉	一九三六年二月	上海《六藝》創刊號	現收於《劉吶鷗全集：增補集》

附錄三：張愛玲電影劇作年表

	片名（中文）	上演日期	地區	語言	發行電影公司
1.	不了情	一九四七年四月十日[1]	上海	國語	文華
2.	太太萬歲	一九四七年十二月十四日（星期日）	上海	國語	文華
3.	哀樂中年[2]	一九四九年	上海	國語	文華

1 資料來源於一九四七年四月十日上海《大公報》及《申報》內的廣告。

2《哀樂中年》的編劇和導演雖是由桑弧掛名，但根據林以亮所記，《哀樂中年》是由桑弧構思，執筆的是張愛玲，詳見鄭樹森，〈張愛玲與《哀樂中年》〉，《私語張愛玲》（*Siyu Zhang Ailing*）（杭州：浙江文藝出版社，一九九五），頁二二〇—二二二。唯張愛玲本人曾表示她在《哀樂中年》的參與度不高，而根據桑弧《哀樂中年》劇本的後記中所言，這劇本是由他所創作，並未提及張愛玲的名字，因此，本文將不會對此劇作研究。見張愛玲致蘇偉貞信，收於蘇偉貞主編，《魚往雁返：張愛玲的書信因緣》（臺北：允晨文化，二〇〇七），頁一九。桑弧在〈後記〉中的自述謹記錄如下：

我寫《哀樂中年》電影劇本的時候，只是著眼於製作上的應用，從沒有考慮到它有一天會以書籍的形式與人相見。除了對白以外，我沒有加上什麼關於性格和景物的描寫，僅有一些說明也是非常簡略的，因此這個劇本恐不能引起多大閱讀的興味。其次，在攝製過程中，我有時不免要改動劇本，而當本書付印之時，《哀樂中年》尚未攝製完成，因此它在銀幕上的面目可能和劇本有些不同。

我敢貿然把這麼一個「毛坯」交給書店排印，是由於一位朋友的熱心鼓勵，但對於讀者，我永遠感到一種無可求恕的慚疚。

桑弧　三十八年一月於徐家匯

這段〈後記〉收於桑弧，《哀樂中年》（上海：潮鋒出版社，一九四九），頁九五。

4.	金鎖記	—	—	—	未開拍
5.	情場如戰場	一九五七年五月二十九日（星期三）	香港	國語	電懋
6.	人財兩得	一九五八年一月一日（星期三）	香港	國語	電懋
7.	桃花運	一九五九年四月九日（星期四）	香港	國語	電懋
8.	六月新娘	一九六〇年一月二十八日（星期三）[3]	香港	國語	電懋
9.	溫柔鄉[4]	一九六〇年十一月十七日	香港	國語	電懋
10.	紅樓夢	—	—	—	一九六一年撰寫，未開拍
11.	南北一家親	一九六二年十月十一日（星期四）	香港	國語／粵語	電懋
12.	小兒女	一九六三年十月二日（星期三）	香港	國語	電懋
13.	魂歸離恨天	—	—	—	一九六三年撰寫，未開拍
14.	一曲難忘	一九六四年七月二十四日（星期五）	香港	國語	電懋
15.	南北喜相逢	一九六四年九月九日（星期三）	香港	國語／粵語	電懋

3 經筆者查證香港電影資料館及當日刊行之《華僑日報》，證實《六月新娘》的上演日期為一九六〇年一月二十八日。

4 宋淇曾在一篇文章中提及《溫柔鄉》的編劇為張愛玲，而不是電影中所記易文為編劇。但由於證據不足的緣故，筆者並不把此劇列為張愛玲的作品之一。林以亮（宋淇），〈文學與電影中間的補白〉，《回望張愛玲．昨夜月色》（北京：文化藝術出版社，二〇〇三），頁三七七—三七八。

附錄四：有關《桃花運》及《六月新娘》故事梗概的資料

一、《桃花運》資料來源說明

在張愛玲多部的電影劇作中，《桃花運》因為缺少參考資料而一直較少受到討論，部分論文亦未有得知《桃花運》的存在。鑑於相關研究的真空，筆者於是翻查一九五七年至一九六四年的香港《華僑日報》，發現《桃花運》的故事內容分日連載於一九五九年四月六日至十一日《華僑日報》的娛樂圈版中，以及不少當年關於《桃花運》一劇的評論。根據筆者蒐集所得，在《星島日報·娛樂版》有七篇關於《桃花運》的評論。香港電影資料館也收藏了《桃花運》的宣傳資料，當中《桃花運》的故事梗概可與上述《星島日報》及《華僑日報》的資料互相補證。從這些資料可見當時影壇、影評家及觀眾對《桃花運》一劇的觀感，這是最貼近當時社會的資料，可以補充今天我們對於張愛玲劇作的看法。

二、《桃花運》故事梗概（根據香港《華僑日報》一九五九年四月六日至十一日娛樂圈版）

（一）楊福生（劉恩甲飾）與妻子瑞菁（王萊飾），由一家小飯店起家，他們以十四年的辛苦積蓄，在熱鬧市區，開起現代化的貴妃酒家，楊做老闆，瑞菁任經理，為增強號召力，聘女歌星丁香（葉楓飾）登臺歌唱，丁香每晚到貴妃酒家練習歌曲，楊福生親自招待，對丁香顯得十分殷勤。

（二）丁香有非常漂亮的外型，一頭秀髮披垂下來，掩住雙耳，襯托出白皙的臉，漆黑的眼珠，和嬌豔的嘴，修長的身軀，有著誘人的曲線，使楊福生大為神往。這時貴妃酒家內部正在裝潢，丁香姍姍前來，楊福生笑臉相迎，把她介紹給瑞菁認識，瑞菁一見丁香，留下一個深刻的印象。

（三）當貴妃酒家開幕的一天，楊福生特邀了丁香蒞臨剪綵。這天晚上丁香穿起半裸的禮服，風情萬千。她的如花美貌加上娉婷娜娜的姿態，贏得賓客們一陣熱鬧的掌聲，剪綵時楊福生夫婦親任招待，樂師小王（楊群飾）和小李（田青飾）在旁伴奏，丁香引吭高歌，場面熱鬧非凡。

（四）此後楊福生對於丁香，傾倒備至。一號侍者（吳家驤飾）好管閒事，把這些事都看在眼裡，但是丁香已有未婚夫陳乃興（陳厚飾），乃興是一個小職員，收入菲薄，每晚，必到貴妃酒家來等待丁香，風雨無間。丁香和乃興雙雙並肩而出，楊福生目睹此情，內心悶悶不樂。

（五）乃興雖愛丁香，但限於條件，不能結婚。他到貴妃酒家來，總是清茶一杯，枯坐以待。瑞菁此時明白了福生對丁香的心事，以為乃興足以阻擋福生的痴心夢想，乃叫侍者送上點心，說明是老闆的敬菜，乃興據案大嚼，福生妒火中燒，嗾使一侍者送上帳單，使乃興之啼笑皆非。

（六）楊福生對丁香的追求，越來越見積極。丁香約福生到深水飯店見面，福生提出條件，要丁香與乃興斷絕往來，丁香也故弄玄虛，說除非結婚，否則無法阻止他來。

一號侍者跟蹤而至，從旁偷窺。丁香又戲弄福生，引他在沙漠上追逐，福生色授魂與，失足跌入海中，變成了落湯雞。

（七）其實丁香對楊福生是有企圖的，所以她對乃興的態度，未免有點轉變，在情場中的人，觸角非常敏銳，陳乃興很快地就發覺丁香態度有異，親往貴妃酒家質問丁香，不料丁香卻非常冷淡地沉下臉來，絲毫沒有什麼肯定的表示，反而在乃興面前，說他沒有志氣，真把他氣壞了。

（八）福生為了表示熱愛丁香，答應和瑞菁離婚。當天晚上他回到自己臥室，獨坐在洋臺的籐椅上，唉聲嘆氣地一副頹唐模樣，瑞菁換了睡衣出來，看見福生的神氣，就知道他要向自己提出離婚了。福生這時直言說出這一心事，並提出以酒家和資本五十萬元相贈，瑞菁毫無猶豫地一口答應。

（九）第二天，楊福生夜訪丁香香閨，告訴他離婚的事，丁香大喜，她夢想到日本去度蜜月，並一面準備新屋，要福生購買鑽戒，福生在丁香面前，只是嘻皮笑臉，滿口應允。但私底下的他，已空無所有，但又不便直說，只好興致盎然地辭別丁香，回到家裡去整理衣物。

（十）楊福生回到貴妃酒家，與瑞菁告別，正好遇上陳乃興來興師問罪，乃興一見福生，從懷中拔出匕首，直向福生撲去，伶俐乖巧的一號侍者，見狀即用手中托著的一盤烤鴨，迎了上去，匕首正好刺中烤鴨，擋去了一場災禍，瑞菁乘勢拉著福生躲入經理室，緊閉室門，以防乃興衝入。

（十一）丁香一團高興，推開經理室門，擬找福生去買鑽戒，一見他與瑞菁獨處一室，以為他們故劍情深，難分難解，就出言諷刺瑞菁坦白說出福生全部財產，已送給自己，丁香聞言，大失所望，決定和福生絕交，在門外偷聽的陳乃興，痛恨丁香的所為，狠狠地摑了丁香一掌。

（十二）丁香羞憤離去，瑞菁婉言勸告陳乃興，願以朋友立場，贈給他十萬元，作為與丁香的結婚費用，乃興堅拒不受，瑞菁把支票一紙，悄悄放入他的口袋。福生的「桃花夢」一醒，心痛損失了三十萬元，在言談間，陳乃興與丁香進來，丁香說不愛支票，愛的是他，說罷，挽著陳乃興走了。（完）

三、《六月新娘》故事梗概（根據香港《星島日報》一九六〇年一月二十六日至二月二日娛樂圈版）

（一）過氣財主汪卓然（劉恩甲飾）帶著獨生女兒丹林（葛蘭飾）自日本回香港與南洋橡膠大王的兒子董季方（張揚飾）結婚，丹林年逾雙十，長得十分美麗，從小嬌生慣養，心高氣傲，自己守身如玉，把愛情看得很神聖，認為「愛情的眼睛裡不能容忍一顆沙粒」。

（二）丹林和季方訂婚已有兩年，為了彼此是世家出身，這門親事可以說門當戶對。最近季方對丹林的愛情似有減退，情書越少，丹林為此鬱鬱不歡，更因老父沉湎於酒和好賭，入不敷出，常向季方要錢，心中更加不快。

（三）在回港的輪船上，一個精通音樂的菲律賓華僑林亞芒（田青飾）看上丹林，百般向她追求，丹林不假辭色，汪卓然對他更斷然拒絕，但是亞芒毫不灰心，並且斷定丹林與董季方之間並無真愛情，所以在有機可乘時，他仍要繼續追求。

（四）董季方毫無疑問地愛著丹林，但因獨居香港，生活單調，有時難免涉足舞場，因此認識了一個走紅於銀燈蠟板上的舞女白錦（丁好飾），白錦久歷風塵，識透人情，對季方甚有好感，在丹林所乘輪船到埠的前一天晚上，季方到舞廳去玩並和白錦道別。

（五）當季方在舞場時，卻被一個飲醉酒的青年纏上，他名字叫麥勳（喬宏飾），身材粗壯，是香港出身的海員，他稍有積蓄，擬回港完婚，可是女友早已移情別向，大受刺激，飲酒醉倒，季方怕他出事，扶之歸家，打算等次日麥勳酒醒後再遣他走。

（六）次日輪船到埠，季方匆匆起身前往接船，已晚到二十分鐘，未曾接著，卻遇上林亞芒，攀談之下，亞芒知季方就是丹林的未婚夫，著意聯絡，季方亦賞識亞芒的音樂天才，要他有空時到家裡晤敘，亞芒得到季方的重視，正中下懷。

（七）季方趕回家中時，麥勳已經酒醒起身，對季方痛陳他的失戀經過，季方的同情心又油然而生，他覺得不如把白錦介紹給麥勳，主意既定，就打電話給白錦，要她即刻前來，然後告訴麥勳，麥勳聞之大喜，乃至浴室剃鬚換衣，準備與白錦會面。

（八）丹林未見季方接船，已經忿然不平，又見老父一味奉承董家，心中更為不滿。獨自到董寓晤季方，二人正在敘談，汪卓然跟蹤而至，擬與季方有所商談。這時林亞芒亦按址尋至，丹林對他表示冷淡，嚴詞警告亞芒，請他勿再糾纏，亞芒失望而去。

（九）林亞芒走後，汪卓然拉著季方和丹林外出午餐，白錦適於此時打電話來找季方，語氣甚為親暱，電話為丹林接聽，以為季方別有所戀，大受刺激，她本來疑季方為什麼不來接船，再憑這女人的電話，使她更為疑惑。

（十）麥動從浴室出來，看見丹林，誤為就是白錦，大喜過望，趨前殷殷勸酒，丹林借酒消愁，不支醉倒，道為麥動偷吻，丹林一怒，摑麥動之頰，然後奪門而出，而麥動猶以為女性故態，及至白錦來訪，始知鑄成大錯，但對丹林之印象，始終未能忘懷。

（十一）季方與丹林婚期將屆，丹林憤季方二心，臨時拒婚，使汪卓然進退兩難。麥動受季方之託，前往丹林處探詢真相，二人言談投機，同往香港仔等處遊覽，至夜未歸，季方又疑丹林與麥動之間已有情愫，大為憤恨，乃轉而向白錦求婚，白錦應允。

（十二）婚禮進行時，麥動匆匆趕回，正告季方，以丹林仍愛他，季方雖受感動，但因事已如此，仍示強項，白錦聞言，決定成全丹林與季方之美滿婚姻，偕麥動四出找尋丹林，在太平山頂覓得丹林，挽回禮堂，與季方終諧好事，而麥動與白錦一對，亦默然相許焉。

附錄五：《星島日報．娛樂版》中關於張愛玲電影劇作的評論表

	電影名稱	刊登日期	篇名
1.	《情場如戰場》	1957.5.27	〈亞洲影壇的新后——林黛的「戀愛戰術」〉
		1957.5.28	〈「情場」上佈戰雲——秦羽敗於林黛〉
		1957.5.29	〈張愛玲的「情場如戰場」〉
		1957.6.10	〈評「情場如戰場」〉
		1957.6.17	〈陳厚擅演喜劇〉
		1957.6.20	〈「情場如戰場」兩小生〉
2.	《人財兩得》	1957.12.29	〈雞尾酒似的「人財兩得」〉
		1957.12.31	〈岳楓指點陳厚婚變〉
		1958.1.4	〈「人財兩得」中突出人物〉
		1958.1.6	〈陳厚一夕數驚〉
		1958.1.8	〈劉恩甲充闊〉
3.	《桃花運》	1959.4.5	〈葉楓的撩人歌聲〉
		1959.4.6	〈春天帶來了《桃花運》〉
		1959.4.9	〈《桃花運》中的眾生相〉

		1959.4.10	〈葉楓是否拜金？〉
		1959.4.12	〈葉楓爭奪戰——劉恩甲發動銀彈攻勢　陳厚被殺得一敗塗地〉
		1959.4.13	〈葉楓的歌聲〉
		1959.4.14	〈劉胖子大拋銀彈 俏葉楓險誤終身〉
4.	《六月新娘》	1960.1.24	〈張愛玲新作——「六月新娘」〉
		1960.1.25	〈失蹤的新娘〉
		1960.1.27	〈六月新娘迎春〉
5.	《南北一家親》	1962.10.6	〈談「南北一家親」〉
		1962.10.10	〈丁皓巧手製蘿蔔糕——「南北一家親」笑料如潮〉
		1962.10.11	〈劉恩甲爭氣不爭財！——與梁醒波在「南北一家親」中鬥上了〉
		1962.10.14	「《南北一家親》上映，南北觀眾笑盡開顏！連日大爆滿場，假期自更求賞不易，除非及早買票。梁醒波、劉恩甲二肥大打出手一場，屬『滑稽開打』，花拳繡腿，爾來我往，招數新奇，動作惹笑，好過看世界拳王爭霸賽也。」
		1962.10.15	〈北京填鴨戰廣東燒鵝〉
		1962.10.17	「南北一家親，獻映如許日，無一日無一場不滿。為況較南北和更盛，足見電懋劇情之趣味，口碑之佳勝。笑料之外，則有良好的意義俱在，那是勸人以和為貴，對於五方雜處，畛域之見偏強的香港，星加坡，臺灣，都有寓誨勸於嬉笑之功。」

6.	《小兒女》	1963.10.3	〈「小兒女」祝賀尤敏〉
		1963.10.8	〈「小兒女」的兩面人物〉
7.	《一曲難忘》	1964.7.22	〈一曲難忘中的田青李芝安〉
		1964.7.24	〈誰說歡場女人無真情？請看「一曲難忘」〉
8.	《南北喜相逢》	1964.9.6	〈「南北喜相逢」中南北人物〉
		1964.9.8	〈「南北喜相逢」中男女愛〉
		1964.9.9	〈梁醒波左擁右抱——白露明鍾情吃豆腐〉
		1964.9.10	〈電懋的招牌喜劇——「南北喜相逢」緊接上映〉
		1964.9.11	〈鍾情初試「南北喜相逢」〉
		1964.9.12	〈電懋的南北片與白露明〉
		1964.9.13	〈電懋正宗南北片的絕招〉

附錄六：張愛玲赴美後小說年表

	篇名	首次發表刊物	首次發表刊物時間	首次結集版本	首次結集出版資料
1.	*The Rice-Sprout Song*	—	—	—	New York: Charles Scribner's Sons, 1955
2.	*Naked Earth: A Novel about China*	—	—	*Naked Earth: A Novel about China*	Hong Kong: Union Pressm, 1956.
3.	Stale Mates: A Short Story Set in the Time When Love Came to China	*The Reporter*	一九五六年九月十二日（根據林以亮：〈張愛玲的《五四遺事》說起〉，《昨日今日》臺北：皇冠出版社，一九八一年，頁一二六—一三一。）	—	—
4.	五四遺事——羅文濤三美團圓	臺北《文學雜誌》第一卷第五期	一九五七年一月二十日	《續集》	臺北皇冠出版社，一九八八年
5.	怨女	香港《星島晚報》	一九六六年八月二十三日至一九六六年十月二十六日連載	《怨女》	臺北皇冠出版社，一九六八年
6.	*The Rouge of the North*（《北地胭脂》）	—	—	*The Rouge of the North*	London: Cassel & Company Ltd., 1967

7.	半生緣（惘然記）	臺灣版《皇冠》	一九六八年二月號	《半生緣》	臺北皇冠出版社，一九六九年
8.	色，戒	臺灣版《皇冠》	一九七七年十二月號（二八五期）	《惘然記》	臺北皇冠出版社，一九八三年
9.	浮花浪蕊	臺灣版《皇冠》	一九七八年八月號（二九三期）	《惘然記》	臺北皇冠出版社，一九八三年
10.	相見歡	臺灣版《皇冠》	一九七八年十二月號（二九七期）	《惘然記》	臺北皇冠出版社，一九八三年
11.	同學少年都不賤	—	—	《同學少年都不賤》	臺北皇冠出版社，二〇〇四年
12.	小團圓	—	—	《小團圓》	臺北皇冠出版社，二〇〇九年
13.	*The Fall of Pagoda*（《雷峰塔》）	—	—	《雷峰塔》	中文翻譯版由香港皇冠出版社出版，二〇一〇年九月
14.	*The Book of Change*（《易經》）	—	—	《易經》	中文翻譯版由香港皇冠出版社出版，二〇一〇年九月
15.	*The Young Marshal*（《少帥》）	—	—	《少帥》	中文翻譯版由香港皇冠出版社出版，二〇一四年九月

參考書目

（一）張愛玲作品及有關研究資料

(1) 張愛玲作品

小說、散文及翻譯著作

1. 來鳳儀編，《張愛玲散文全編》（杭州：浙江文藝出版社，一九九二）。
2. 張愛玲，《回顧展——張愛玲短篇小說集之一》（香港：皇冠出版社，一九九一）。
3. 張愛玲，《第一爐香——張愛玲短篇小說集之二》（香港：皇冠出版社，一九九五）。
4. 張愛玲，《餘韻》（香港：皇冠出版社，一九九六）。
5. 張愛玲，《怨女》（香港：皇冠出版社，一九九六）。
6. 張愛玲，《流言》（香港：皇冠出版社，一九九八）。
7. 張愛玲，《惘然記》（香港：皇冠出版社，一九九九）。
8. 張愛玲，《張看》（香港：皇冠出版社，二〇〇〇）。
9. 張愛玲，《續集》（香港：皇冠出版社，二〇〇〇）。
10. 張愛玲，《對照記——看老照相簿》（香港：皇冠出版社，二〇〇〇）。

11. 張愛玲，《沉香》（天津：天津人民出版社，二〇〇五）。
12. 張愛玲，《沉香》（香港：皇冠出版社，二〇〇五）。
13. 張愛玲，《鬱金香》（北京：北京十月文藝出版社，二〇〇六）。
14. 張愛玲，《重訪邊城》（香港：皇冠出版社，二〇〇八）。
15. 張愛玲，《小團圓》（香港：皇冠出版社，二〇〇九）。
16. 張愛玲，《對照記》（張愛玲典藏）（香港：皇冠出版社，二〇一〇）。
17. 張愛玲，《惘然記》（張愛玲典藏）（香港：皇冠出版社，二〇一〇）。
18. 張愛玲，《易經》（香港：皇冠出版社，二〇一〇）。
19. 張愛玲，《對照記》（香港：皇冠出版社，二〇一〇）。
20. 張愛玲，《少帥》（香港：皇冠出版社，二〇一四）。
21. Chang, Eileen. "Love in a Fallen City." trans. Karen Kingsbury, *Renditions: A Chinese English Translation Magazine* 45 (Spring 1996), 61-92.
22. Chang, Eileen. "Traces of Love." trans. Eva Hung, *Renditions: A Chinese English Translation Magazine* 45 (Spring 1996), 112-127.

(2) 張愛玲研究

專書

1. 水晶，《張愛玲未完：解讀張愛玲的作品》（臺北：大地出版社，一九九六）。

2. 水晶，《替張愛玲補妝》（濟南：山東畫報出版社，二〇〇四）。
3. 王德威，《落地的麥子不死：張愛玲與「張派」傳人》（濟南：山東畫報出版社，二〇〇四）。
4. 古蒼梧，《今生此時今世此地——張愛玲、蘇青、胡蘭成的上海》（香港：牛津大學出版社，二〇〇二）。
5. 李歐梵，《蒼涼與世故：張愛玲的啟示》（香港：牛津大學出版社，二〇〇六）。
6. 李黎，《浮花飛絮張愛玲》（臺北：印刻出版有限公司，二〇〇六）。
7. 肖進編著，《舊聞新知張愛玲》（上海：華東師範大學出版社，二〇〇九）。
8. 周芬伶，《孔雀藍調——張愛玲評傳》（臺北：麥田出版社，二〇〇五）。
9. 周芬伶，《豔異——張愛玲與中國文學》（臺北：元尊文化出版社，一九九九）。
10. 林幸謙，《女性主義的祭奠：張愛玲女性主義批評Ｉ》（桂林：廣西師範大學出版社，二〇〇三）。
11. 林幸謙，《女性主義的祭奠：張愛玲女性主義批評II》（桂林：廣西師範大學出版社，二〇〇三）。
12. 林幸謙，《張愛玲論述——女性主體與去勢模擬書寫》（臺北：洪葉文化事業出版社，二〇〇〇）。
13. 林幸謙，《歷史、女性與性別政治：重讀張愛玲》（臺北：麥田出版社，二〇〇〇）。
14. 林幸謙編，《張愛玲：文學．電影．舞台》（香港：牛津大學出版社，二〇〇七）。
15. 林幸謙編，《張愛玲：傳奇．性別．系譜》（臺北：聯經出版公司，二〇一二）。
16. 金宏達，于青編，《張愛玲文集》（一—四卷）（合肥：安徽文藝出版社，一九九二）。
17. 金宏達，于青編，《張愛玲研究資料》（福州：海峽文藝出版社，一九九四）。

18. 金宏達，《平視張愛玲》（北京：文化藝術出版社，二〇〇五）。
19. 金宏達，《回望張愛玲．昨夜月色》（北京：文化藝術出版社，二〇〇三）。
20. 金宏達，《回望張愛玲．華麗影沉》（北京：文化藝術出版社，二〇〇三）。
21. 金宏達，《回望張愛玲．鏡像繽紛》（北京：文化藝術出版社，二〇〇三）。
22. 唐文標，《張愛玲研究》（臺北：聯經出版公司，一九八六年增訂新二版）。
23. 唐文標，《張愛玲資料大全集》（臺北：時報出版社，一九八四）。
24. 唐文標，《張愛玲雜碎》（臺北：聯經出版公司，一九七六）。
25. 唐文標編，《張愛玲卷》（香港：藝文出版社，一九八二）。
26. 高全之，《張愛玲學：批評．考證．鉤沉》（臺北：一方出版社，二〇〇三）。
27. 高全之，《從張愛玲到林懷民》（臺北：三民出版社，一九九八）。
28. 許子東，《張愛玲的文學史意義》（香港：中華書局，二〇一一）。
29. 陳子善，《作別張愛玲》（上海：文藝出版社，一九九六）。
30. 陳子善，《張愛玲的風氣——一九四九年前張愛玲評說》（濟南：山東畫報出版社，二〇〇四）。
31. 陳子善，《說不盡的張愛玲》（臺北：遠景，二〇〇一）。
32. 陳子善編，《私語張愛玲》（杭州：浙江文藝出版社，一九九五）。
33. 陳子善編，《重讀張愛玲》（上海：上海書店出版社，二〇〇八）。
34. 陳暉，《張愛玲與現代主義》（廣州：新世紀出版社，二〇〇四）。

35. 黃德偉編，《閱讀張愛玲》（香港：香港大學比較文學系，一九九八）。
36. 楊澤，《閱讀張愛玲：張愛玲國際研討會論文集》（臺北：麥田出版社，一九九九）。
37. 劉峰杰等著，《張愛玲的意象世界》（銀川市：寧夏人民出版社，二〇〇六）。
38. 劉紹銘、梁秉鈞、許子東編，《再讀張愛玲》（香港：牛津大學出版社，二〇〇二）。
39. 劉紹銘，《文字的再生》（香港：天地圖書有限公司，二〇〇六）。
40. 鄧如冰，《人與衣：張愛玲〈傳奇〉的服飾描寫研究》（桂林：廣西師範大學出版社，二〇〇九）。
41. 鄭培凱主編，《〈色．戒〉的世界》（桂林：廣西師範大學出版社，二〇〇七）；李歐梵，《睇色，戒：文學．電影．歷史》（香港：牛津大學出版社，二〇〇八）。
42. 鄭樹森編選，《張愛玲的世界》（臺北：允晨出版社，一九九〇）。
43. 鍾正道，《張愛玲小說的電影閱讀》（臺北：印書小舖，二〇〇八）。
44. 藍天雲編，《張愛玲：電懋劇本集》（香港：香港電影資料館，二〇一〇）。
45. 蘇偉貞，《孤島張愛玲：追蹤張愛玲香港時期（1952-1955）》（臺北：三民出版社，二〇〇二）。
46. 蘇偉貞，《張愛玲的世界．續編》（臺北：允晨文化，二〇〇三）。
47. Zhang, Eileen, James Schamus and Hui Ling Wang. *Lust, Caution: the Story, the Screenplay, and the making of the Film*. New York: Pantheon Books, 2007.

單篇論文

1.〈宋以朗與「張愛玲的香港故事」〉，《文匯報》（香港），二〇一三年三月二十三日，A23版「名人薈」。

2.也斯，〈張愛玲與香港都市電影〉，《超前與跨越：胡金銓與張愛玲》（香港：香港臨時市政局，一九九八），頁一四七—一四九。

3.水晶，〈天才的模式——張愛玲與嘉寶〉，《替張愛玲補妝》（濟南：山東畫報出版社，二〇〇四），頁一四三—一四七。

4.王文參，〈張愛玲小說意象論〉（河南大學碩士論文，二〇〇一）。

5.王文碩，〈解讀張愛玲文學作品的電影特質〉，《臨沂師範學院學報》第三十卷第四期，二〇〇八年八月，頁九六—一〇〇。

6.王宏志，〈「雜種」的故事：張愛玲的香港傳奇〉，載王宏志，李小良，陳清僑著，《否想香港：歷史．文化．未來》（臺北：麥田出版社），一九九七年，頁六九—七七。

7.王雪媛，〈張愛玲小說視覺藝術新探〉（青島大學碩士論文，二〇〇五）。

8.王嘉絨，〈張愛玲的《傳奇》與繪畫藝術〉，載《20世紀中國文學的跨學科研究》（北京：中國社會科學出版社，二〇〇四），頁一一—一二五。

9.王德威，〈張愛玲再生緣——重複、迴旋、與衍生的美學〉，《後遺民寫作》（台北：麥田出版社，二〇〇七），頁一六五—一七九。

10. 王德威，〈從「海派」到「張派」——張愛玲小說的淵源與傳承〉，載《如何現代，怎樣文學？十九、二十世紀中文小說新論》（臺北：麥田出版社，一九九八），頁三一九—三三五。
11. 王德威，〈情之「真」，情之「正」，情之「變」：重讀《今生今世》〉，《印刻文學生活誌》第五卷第八期（二〇〇九年四月號），頁一六五—一七四。
12. 王德威，〈雷峰塔下的張愛玲，《雷峰塔》、《易經》與「回旋」和「衍生」的美學〉，《現代中文學刊》二〇一〇年第六期，頁七四—八七。
13. 王曉鶯，〈張愛玲的中英自譯：一個後殖民理論觀點〉，《外國語文》第二十五卷第二期，二〇〇九年四月，頁一二五—一二九。
14. 史書美著，王超華、蔡建鑫譯，〈理論・亞洲・華語語系〉，《中國現代文學》二〇一二年第二十二期，頁三九—五八。
15. 申載春，〈張愛玲小說的電影化傾向〉，《樂山師範學院學報》第十九卷第三期，二〇〇四年三月，頁一二—一六。
16. 亦舒，〈閱張愛玲新作有感〉，收於亦舒著，《自白書》（香港：天地圖書出版有限公司，一九八二），頁七三—七四。
17. 朱水涌、宋向紅，〈好萊塢電影與張愛玲的「橫空出世」〉，《福建論壇》（人文社會科學版）二〇〇七年第五期，頁八六—九〇。
18. 朱西甯，〈遲覆已夠無理——致張愛玲先生〉，《印刻文學生活誌》第五卷第八期（二〇〇九年四月號)，頁一八三—一九二。
19. 朱育纓，〈張愛玲小說中的感官書寫〉(新竹：玄奘大學中國語文學系碩士論文，二〇〇六)。
20. 江迅，〈柯靈追憶張愛玲〉，《明報月刊》一九九五年十月號，頁三五—三六。
21. 池上貞子，〈試談張愛玲香港故事裏的花木影像與象徵〉，林幸謙編，《張愛玲：文學．電影．舞臺》(香港：牛津大學出版社，二〇〇七)，頁四〇七—四一八。
22. 何文茜，〈張愛玲小說的電影化技巧〉，《石家莊師範專科學校學報》第五卷第四期，二〇〇三年七月，頁五〇—五二。
23. 何杏楓，〈銀燈下，向張愛玲借來的「香港傳奇」——論許鞍華《傾城之戀》的電影改編〉，劉紹銘、梁秉鈞、許子東編，《再讀張愛玲》(香港：牛津大學出版社，二〇〇二)，頁八九—一二六。
24. 何蓓，〈猶在鏡中——論張愛玲小說的電影感〉，《內蒙古民族大學學報》第三十卷第四期，二〇〇四年八月，頁四〇—四五。
25. 吳國坤，〈香港電影半生緣：張愛玲的喜劇想像〉，陳子善編，《重讀張愛玲》(上海：上海書店出版社，二〇〇八)，頁二九六—三一五。
26. 吳淑鈴，〈張愛玲小說意象研究〉(臺北：銘傳大學應用中國文學系碩士論文，二〇〇四)。
27. 宋以朗，〈書信文稿中的張愛玲〉，《印刻文學生活誌》第五卷第八期(二〇〇九年四月號)，頁一二二—一四五。
28. 辛金順，〈文本、影像與女性符號的再複製——論張愛玲的小說電影〉，《秘響交音：華語語系文學論集》（臺北：新銳文創，二〇一二），頁一—一三。
29. 阮佩儀，〈中國現代文學中的「視覺」——魯迅、穆時英、張愛玲〉（香港：香港浸會大學中國語言文學系博士論文，二〇〇三）。
30. 周芬伶，〈移民女作家的困與逃——張愛玲〈浮花浪蕊〉與聶華苓《桑青與桃紅》的離散書寫與空間隱喻〉，《台灣文學研究學報》第二期，二〇〇六年四月，頁九五—一一四。
31. 周筱華，〈張愛玲小說的視覺意象〉，《東疆學刊》第二十四期第四號，二〇〇七年十月，頁四九—五二。
32. 屈雅紅，〈張愛玲小說對電影手法的借鑑〉，《南京理工大學學報》（社會科學版）第十六卷第六期，二〇〇三年十二月，頁三三—三六。
33. 姚玳玫，〈從吳友如到張愛玲：十九世紀九〇年代到二十世紀四〇年代海派媒體「仕女」插圖的文化演繹〉，《文藝研究》二〇〇七年第一期，頁一三四—一四六。
34. 姚玳玫，〈描摹女性——張愛玲的文學插圖〉，《東方藝術》二〇〇六年第十四期，頁九二—九六。
35. 范智紅，〈在「古老的記憶」與現代體驗之間——淪陷時期的張愛玲及其小說藝術〉，《文學評論》第六期，頁六二—六九。
36. 高全之，〈張愛玲的女性本位〉，《當代中國小說論評》（臺北：幼獅文化，一九七八），頁五九—七五。
37. 高揚，〈張愛玲小說的電影化特徵〉，《江蘇社會科學》二〇〇六年S2期，頁六九—七二。
38. 域外人，〈不吃辣的怎麼胡得出辣子？——評「色·戒」〉，《中國時報》一九七八年十月一日，人間副刊。
39. 張江元，〈論張愛玲小說的電影手法〉，《涪陵師範學院學報》第二十卷第四期，二〇〇四年七月，頁五四—五六。
40. 張伯存，〈離散中追尋生命蹤跡的自我書寫——論張愛玲小說《小團圓》及其晚年的文學書寫〉，《棗莊學院學報》第二十六卷第四期，二〇〇九年八月，頁一—七。
41. 張瑞芬，〈童女的路途——張愛玲《雷峰塔》與《易經》〉，張愛玲，《易經》（香港：皇冠出版社，二〇一〇），頁九—一八。
42. 張潔平、張殿文，〈新張愛玲現象：緣滅緣起胡蘭成〉，《亞洲週刊》，二〇〇九年三月二十九日，頁二五—二九。
43. 張曉平，〈張愛玲小說比喻手法的現代性特徵〉，《語文研究》二〇〇二年第二期，頁二二—二四。
44. 梁慕靈，〈從「講故事」到「小說」——論張愛玲小說中的記憶轉化〉，台灣中央大學文學院，《中央大學人文學報》第三十九期，二〇〇九年七月，頁九九—一五二。
45. 許子東，〈張愛玲意象技巧初探〉，載劉紹銘等編，《再讀張愛玲》（香港：牛津大學出版社，二〇〇二），頁一四九—一六二。
46. 陳子平，〈論張愛玲小說中的色彩意象〉（蘇州大學碩士論文，二〇〇六）。
47. 陳芳明，〈張愛玲與台灣文學史的撰寫〉，《後殖民台灣：文學史論及其周邊》（臺北：麥田出版社，二〇一一），頁六九—九〇。

48. 陳建忠，〈「流亡」在香港——重讀張愛玲的《秧歌》與《赤地之戀》〉，《台灣文學研究學報》第十三期，二〇一一年十月，頁二七五—三一一。
49. 陳建華，〈張愛玲「晚期」風格初探〉，陳子善編，《重讀張愛玲》（上海：上海書店出版社，二〇〇八），頁一三四—一六五。
50. 陳暉，〈證與非證：張愛玲遺稿《小團圓》價值辨析〉，《中國現代文學研究叢刊》二〇〇九年第五期，頁一七一—一七六。
51. 陳榮強，〈華語語系研究：海外華人與離散華人研究之反思〉，《中國現代文學》二〇一二年第二十二期，頁七五—九二。
52. 傅雷，〈論張愛玲的小說〉，陳子善編，《張愛玲的風氣——一九四九年前張愛玲評說》（濟南：山東畫報出版社，二〇〇四），頁三—一八。
53. 傅嘉琳，〈張愛玲小說色彩與配色之研究〉（臺北：國立臺灣科技大學碩士論文，二〇〇三）。
54. 喬幪，〈話語的力量——析張愛玲小說《桂花蒸 阿小悲秋》譯文對原文的顛覆〉，《天津外國語大學學報》第十九卷第一期，二〇一二年一月，頁六三—六八。
55. 賀玉慶，〈論張愛玲小說的電影式技巧〉，《電影文學》二〇〇九年第十八期，頁六九—七〇。
56. 馮晞乾，〈《少帥》考證與評析〉，張愛玲，《少帥》（香港：皇冠出版社，二〇一四），頁二〇二—二九一。
57. 馮愛琳，〈死亡視域中的張愛玲和新感覺派〉（桂林：廣西師範大學碩士論文，二〇〇一）。

58. 黃錦樹，〈世俗的救贖——論張派作家胡蘭成的超越之路〉，《文與魂與體：論現代中國性》（臺北：麥田出版社，二〇〇六），頁一二九—一五四。
59. 溫毓詩，〈張愛玲文本中的人物心理與殖民文化研究〉（高雄：國立中山大學中文所碩士論文，一九九九）。
60. 趙亮，〈「流散文學」視野中的張愛玲〉，《遼寧大學學報（哲學社會科學版）》第三十八卷第三期，二〇一〇年五月，頁七二—七八。
61. 劉再復，〈張愛玲的小說與夏志清的《中國現代小說史》〉，劉紹銘、梁秉鈞、許子東編，《再讀張愛玲》（香港：牛津大學出版社，二〇〇二），頁三〇—五四。
62. 劉高峰，〈張愛玲小說的電影化傾向〉，《名作欣賞》二〇〇八年第二期，頁六〇—六二。
63. 劉紹銘，〈小團未圓〉，《印刻文學生活誌》第五卷第八期（二〇〇九年四月號），頁一六一—一六三。
64. 劉瓊，〈傳奇的「異托邦」——張愛玲小說的電影化想像〉，《湖南人文科技學院學報》二〇〇九年第一期，二〇〇九年二月，頁六七—七〇。
65. 蕭紀薇，〈欲望之衣——張愛玲作品中的女性戀物、電影感與現代性〉，《文藝研究》二〇〇九年第四期，頁七二—八二。
66. 韓蕊，〈張愛玲與毛姆小說比較研究〉（西北大學碩士論文，二〇〇二）。
67. 嚴紀華，〈論毛姆與張愛玲〉，《中國文化大學中文學報》第十二期，二〇〇六年四月，頁一三九—一七〇。

68. 嚴家炎，〈張愛玲和新感覺派小說〉，載金宏達主編，《回望張愛玲・華麗影沉》（北京：文化藝術出版社，二〇〇三），頁四二八－四三五。

69. 龔文華，〈後殖民批評視閾中的張愛玲〉（華中師範大學碩士論文，二〇〇七）。

70. Chang, Eileen. "Chang, Eileen." *World Authors 1950-1970: A Companion Volume to Twentieth Century Authors*. Ed. John Wakeman, Stanley, J. Kunitz. New York: Wilson, 1975. 297-299.

71. Deppman, Hsiu-Chuang. "Seduction of a Filmic Romance: Eileen Chang and Ang Lee." In *Eileen Chang: Romancing Languages, Cultures and Genres*, edited by Kam Louie, 155-176. Hong Kong: Hong Kong University Press, 2012.

72. He, Hao and Xiaoli Liu. "Analysis of Constructive Effect That Amplification and Omission Have on the Power Differentials—Taking Eileen Chang's Chinese-English Self-translated Novels as Example." *Theory and Practice in Languages Studies* 4.3 (2014 March), 588-592.

73. Li, Changbao and Huang Jinzhu. "A Comparative Study Between Self-Translation and Conventional Translation of Eileen Chang's Gui Hua Zheng Ah Xiao Bei Qiu: from the Perspective of Translator's *Subjectivity.*" *Studies in Literature and Language* 10.4 (2015), 15-23.

74. Marchetti, Gina. "Eileen Chang and Ang Lee at the Movies: the Cinematic Politics of Lust, Caution." In *Eileen Chang: Romancing Languages, Cultures and Genres*, edited by Kam Louie, 131-154. Hong Kong: Hong Kong University Press, 2012.

75. Meng, Qiao, and Noritah Omar. "Resistance Against and Collusion with Colonialism: Eileen Chang's Writing and Translation of 'Steamed Osmanthus Flower Ah Xiao's Unhappy Autumn'." *Pertanika Journal Social Sciences and Humanities* 20.2 (2012), 563-576.

76. Shuang, Shen. "Ends of Betrayal: Diaspora and Historical Representation in the Late Works of Zhang Ailing." *Modern Chinese Literature and Culture* 24.1 (Spring 2012), 112-148.

網頁資料

1. 王德威，〈沒有了華麗蒼涼，那是晚年張愛玲的「祛魅」〉，《東方早報》http://www.dfdaily.com/html/150/2010/6/11/362659.shtml。

2. 王德威，〈幸有張愛玲，世界才豐富〉。《新京報》（電子報）http://epaper.bjnews.com.cn/html/2011-05/21/content_233392.htm?div=-1。

（二）劉吶鷗作品及評論

(1) 劉吶鷗作品

1. 康來新、許秦蓁合編，《劉吶鷗全集：文學集》（臺南：臺南縣文化局，二〇〇一）。

2. 康來新、許秦蓁合編，《劉吶鷗全集：日記集（上）》（臺南：臺南縣文化局，二〇〇一）。

3. 康來新、許秦蓁合編，《劉吶鷗全集：日記集（下）》（臺南：臺南縣文化局，二〇〇一）。

4. 康來新、許秦蓁合編，《劉吶鷗全集・電影集》（臺南：臺南縣文化局，二〇〇一）。
5. 康來新、許秦蓁合編，《劉吶鷗全集：增補集》（臺南：國立臺灣文學館，二〇一〇）。
6. 賈植芳、錢谷融主編，《劉吶鷗小說全編》（上海：學林出版社，一九九七）。

(2) 評論

專書

1. 國立中央大學中國文學系編輯，《劉吶鷗國際研討會論文集》（臺南：國立臺灣文學館，二〇〇五）。
2. 康來新、許秦蓁編選，《臺灣現當代作家研究資料彙編53：劉吶鷗》（臺南：國立臺灣文學館，二〇一四）。
3. 許秦蓁，《摩登・上海・新感覺——劉吶鷗（1905-1940）》（臺北：秀威資訊科技股份有限公司，二〇〇八）。
4. 彭小妍，《海上說情慾：從張資平到劉吶鷗》（臺北：中研院文哲所籌備處，二〇〇一）。

單篇論文

1. 三澤真美惠著，王志文譯，〈電影理論的「織接=Montage」——劉吶鷗電影論的特徵及其背景〉，康來新、許秦蓁編選，《臺灣現當代作家研究資料彙編53：劉吶鷗》（臺南：國立臺灣文學館，二〇一四），頁二三九—二六八。
2. 張炎憲，〈變動年代下的臺灣人劉吶鷗——一個臺灣史觀點的思考（節錄）〉，康來新、許秦蓁編選，《臺灣現當代作家研究資料彙編53：劉吶鷗》（臺南：國立臺灣文學館，二〇一四），頁一三三—一三八。

3.王志松，〈劉吶鷗的新感覺小說翻譯與創作〉，《中國現代文學研究叢刊》期四，二〇〇二年，頁五四—六九。

4.孫乃修，〈劉吶鷗（1900-1939）〉，《佛洛伊德與中國現代作家》（臺北：業強出版社，一九九五），頁二一三—二三六。

5.許秦蓁，〈重讀臺灣人劉吶鷗（1905-1940）：歷史與文化的互動考察〉（桃園：國立中央大學中文系碩士論文，一九九八）。

6.許綺玲，〈菊、香橙、金盞花——從《菊子夫人》到〈熱情之骨〉的互文試探〉，康來新、許秦蓁編選，《臺灣現當代作家研究資料彙編53：劉吶鷗》（臺南：國立臺灣文學館，二〇一四），頁一九三—二一五。

7.郭詩詠，〈持攝影機的人——試論劉吶鷗的紀錄片〉，《文學世紀》第二卷第七期，二〇〇二年七月，頁二六—三二。

8.賀昱，〈行走在文學與電影的邊緣——論作家劉吶鷗的電影觀〉，《語文學刊》二〇〇七年第九期，頁六—八。

9.黃仁，〈劉吶鷗關於維爾托夫與「影戲眼」（電影眼）的介紹與分析〉，載王慰慈主編，《臺灣當代影像：從紀實到實驗1930-2003》（臺北：同喜文化，二〇〇六），頁三八。

10. 盤劍，〈「電影的」電影的追求——論劉吶鷗的電影觀〉，《當代電影》二〇〇六年第二期，頁六五—六九。

11. 盤劍，〈論《現代電影》的文化特徵〉，《當代電影》二〇〇六年第二期，頁七五—七八。

12. 藤井省三，〈臺灣新感覺派作家劉吶鷗眼中的一九二七年政治與性事——論日本短篇小說集《色情文化》的中國語譯〉，康來新、許秦蓁合編，《劉吶鷗全集：增補集》（臺南：國立臺灣文學館，二〇一〇），頁三五六—三七五。

13. 酈蘇元，〈審美觀照與現代眼光——劉吶鷗的電影論〉，《當代電影》二〇〇六年第二期，頁六二—六五。

14. Shih, Shu-Mei. "Gender, Race, and Semicolonialism: Liu Na'ou's Urban Shanghai Landscape." *Journal of Asian Studies*, vol. 55, no. 4(1996 Nov), 934-956.

（三）穆時英作品及評論

(1) 穆時英作品

1. 穆時英著，嚴家炎、李今編，《穆時英全集》第一卷至第三卷（北京：北京十月文藝出版社，二〇〇五）。

(2) 單篇評論

1. 司馬今，〈財神還是反財神〉，《北斗》第二卷第三、四期合刊，一九三二年七月二十日，頁五〇五—

五一六。

2. 李今，〈穆時英年譜簡編〉，《中國現代文學研究叢刊》二〇〇五年第六期，頁二三七—二六八。

3. 李今，〈頹廢文化的遺留——關於穆時英小說中頹廢女人的形象和意象〉，《現代中文文學學報》第一卷第二期，一九九八年一月，頁九五—一二〇。

4. 沈從文，〈論穆時英〉，《沈從文文集》第十一卷（廣州：三聯書局、花城出版社，一九八五），頁二〇三—二〇五。

5. 周毅，〈浮光掠影囂孤魂——析三十年代作家穆時英〉，《中國現代文學研究叢刊》一九八八年第三期，頁一六二—一七七。

6. 張勇，〈穆時英的小說佚作《上海的季節夢》〉，《中國現代文學研究叢刊》二〇〇六年第六期，頁八〇—八八。

7. 寒生，〈南北極〉，《北斗》創刊號，一九三一年九月二十日，頁一二一—一二三。

8. 黑嬰，〈穆時英的小說〉，《文海潮汐》（西安：華岳文藝出版社，一九八九），頁一一一—一一四。

9. 楊之華，〈穆時英論〉，錢理群主編，《中國淪陷區文學大系．評論卷》（南寧：廣西教育出版社，一九九八），頁五七二—五八〇。

10. 趙國忠，〈穆時英的一篇佚文〉，《博覽群書》二〇〇九年九月號，頁三六—四〇。

（四）電影和視覺研究

(1) 論著

1. Rose, Gillian著，王國強譯，《視覺研究導論：影像的思考》（臺北：群學出版社，二〇〇六）。
2. 丁亞平主編，《百年中國電影理論文選：1897-2001》上冊（北京：文化藝術出版社，二〇〇三）。
3. 大衛・鮑德威爾（David Bordwell）著，曾偉禎譯，《電影藝術——形式與風格》（臺北：麥格羅希爾，一九九六）。
4. 中國電影資料館編，《中國無聲電影》（北京：中國電影出版社，一九九六）。
5. 王慰慈主編，《臺灣當代影像：從紀實到實驗1930-2003》（臺北：同喜文化，二〇〇六）。
6. 史書美，《反離散：華語語系研究論》（臺北：聯經出版公司，二〇一七）。
7. 史書美，《視覺與認同》（臺北：聯經出版公司，二〇一三）。
8. 吳瓊，〈視覺性與視覺文化——視覺文化研究的譜系〉，載吳瓊主編，《視覺文化的奇觀：視覺文化總論》（北京：中國人民大學出版社，二〇〇五）。
9. 李樸園等著，《近代中國藝術發展史》（上海：上海書店，一九八九）。
10. 李晉生、徐虹、羅藝軍編，《中國電影理論文選》（北京：文化藝術出版社，一九九二）。
11. 李道新，《中國電影文化史（1905-2004）》（北京：北京大學出版社，二〇〇五）。
12. 李道新，《中國電影史研究專題》（北京：北京大學出版社，二〇〇六）。

13. 沈芸著，《中國電影產業史》（北京：中國電影出版社，二〇〇五）。
14. 周憲，《視覺文化的轉向》（北京：北京大學出版社，二〇〇八）。
15. 胡克，《中國電影理論史評》（北京：中國電影出版社，二〇〇五）。
16. 孫紹誼，《想像的城市：文學、電影和視覺上海（1927-1937）》（上海：復旦大學出版社，二〇〇九）。
17. 徐巍，《視覺時代的小說空間：視覺文化與中國當代小說演變研究》（上海：學林出版社，二〇〇八）。
18. 馬國亮，《良友憶舊：一家畫報與一個時代》（北京：生活・讀書・新知三聯書店，二〇〇二）。
19. 張英進著，秦立彥譯，《中國現代文學電影中的城市：空間、時間與性別構形》（南京：江蘇人民出版社，二〇〇七）。
20. 陳平原、夏曉虹編注，《圖像晚清：點石齋畫報》（天津：百花文藝出版社，二〇〇一）。
21. 陳播主編，《中國左翼電影運動》（北京：中國電影出版社，一九九三）。
22. 陶東風等主編，《文化研究》第三輯（天津：天津社會科學院出版社，二〇〇〇）。
23. 傅葆石，《雙城故事：中國早期電影的文化政治》（北京：北京大學出版社，二〇〇八）。
24. 喬治・布魯斯東著，高駿千譯，《從小說到電影》（北京：北京大學出版社，一九八一）。
25. 程季華主編，《中國電影發展史》第一卷（北京：中國電影出版社，一九六三年初版，一九九七年第二版）。

26. 黃克武主編，《畫中有話——近代中國的視覺表述與文化構圖》（臺北：中央研究院近代史研究所，二〇〇三）。

27. 愛德華・茂萊（Edward Murray）著，邵牧君譯，《電影化的想像：作家和電影》（北京：中國電影出版社，一九八九）。

28. 葉渭渠、唐月梅，《日本現代文學思潮史》（北京：中國華僑出版公司，一九九一）。

29. 路文彬，《視覺文化與中國文學的現代性失聰》（合肥：安徽教育出版社，二〇〇八）。

30. 劉紀蕙編，《文化的視覺系統I：帝國—亞洲—主體性》（臺北：麥田出版社，二〇〇六）。

31. 劉紀蕙編，《文化的視覺系統II：日常生活與大眾文化》（臺北：麥田出版社，二〇〇六）。

32. 廣播電影電視部電影局黨史資料徵集領導小組、中國電影藝術研究中心編，《三十年代中國電影評論文選》（北京：中國電影出版社，一九九三）。

33. 廣播電影電視部電影局黨史資料徵集領導小組、中國電影藝術研究中心選，《王塵無電影評論選集》（北京：中國電影出版社，一九九四）。

34. 盤劍，《選擇、互動與整合：海派文化語境中的電影及其與文學的關係》（杭州：浙江大學出版社，二〇〇六）。

35. 羅崗，顧錚主編，《視覺文化讀本》（桂林：廣西師範大學出版社，二〇〇三）。

36. 蘇汶編，《文藝自由論辯集》（上海：現代書局，一九三三）。

37. 酈蘇元，《中國現代電影理論史》（北京：文化藝術出版社，二〇〇四）。

38. Allert, Beate, ed. *Languages of Visuality: Crossings between Science, Art, Politics, and Literature*. Detroit: Wayne State University Press, 1996.

39. Bluestone, George. *Novels into Film*. Baltimore: Johns Hopkins Press, 1957.

40. Boehmer, Elleke. *Colonial and Postcolonial Literature: Migrant Metaphors*. Oxford, New York: Oxford University Press, 1995.

41. Bordwell, David, Janet Staiger and Kristin Thompson. *The Classical Hollywood Cinema: Film Style and Mode of Production to 1960*. London: Routledge, 1985.

42. Clunas, Craig. *Pictures and Visuality in Early Modern China*. London: Reaktion Books, 1997.

43. Debord, Guy. *Society of the spectacle*. Translated by Donald Nicholson-Smith. New York: Zone Books, 1994.

44. Foster, Hal. *Vision and Visuality*. Seattle, Washington: Bay Press, 1988.

45. Hayward, Susan. *Key Concepts in Cinema Studies*. London, New York: Routledge, 1996.

46. Jay, Martin. *Downcast Eyes: the Denigration of Vision in Twentieth-century French Thought*. Berkeley: University of California Press, 1993.

47. Lessing, Gotthold Ephraim. *Laocoon: An Essay on the Limits of Painting and Poetry*. Translated by Edward Allen McCormick. Baltimore: Johns Hopkins University Press, 1984.

48. Leyda, Jay. *Electric Shadow: An Account of Film and the Film Audience in China*. MIT Press, 1972.

49. Mitchell, W. J. T. *Iconology: Image, Text, Ideology*. Chicago: University of Chicago Press, 1986.
50. Mitchell, W. J. T. *Picture Theory: Essays on Verbal and Visual Representation*. Chicago: University of Chicago Press, 1994.
51. Mitchell, W. J. T., ed. *The Language of Images*. Chicago: University of Chicago Press, 1980.
52. Mulvey, Laura. *Visual and Other Pleasures*. Basingstoke: Macmillan, 1989.
53. Pang, Lai-kwan. *The Distorting Mirror: Visual Modernity in China*. Honolulu: University of Hawai'i Press, 2007.
54. Vertov, Dziga. *Kino-Eye: the Writings of Dziga Vertov*. Edited by Annette Michelson. Berkeley, California: University of California Press, 1984.

(2) 單篇論文

1. 江兼霞，〈關於影評人〉，《文藝畫報》創刊號，一九三四年，頁七。
2. 汪朝光，〈好萊塢的沉浮——民國年間美國電影在華境遇研究〉，《美國研究》一九九八年第二期，頁一一三—一三九。
3. 袁叢美，〈中國電影界應負的使命——應站在反帝國的立場上進攻〉，《現代電影》第一卷第一期，一九三三年三月，頁二五。
4. 黃嘉謨，〈《現代電影》與中國電影界〉，《現代電影》第一卷第一期，一九三三年三月一日，頁一。

5. 黃嘉謨，〈硬性影片與軟性影片〉，《現代電影》第一卷第一期，一九三三年，頁三。
6. 嘉謨，〈「現代電影」與中國電影界〉，《現代電影》第一卷第一期，一九三三年三月一日，頁一。
7. 嘉謨，〈電影之色素與毒素〉，《現代電影》第一卷第五期，一九三三年十月一日，頁二。
8. 顧肯夫，〈《影戲雜誌》發刊詞〉，《影戲雜誌》第一卷第一號，一九二一年，頁一〇。現收於姜亞沙、經莉、陳湛綺編輯，《中國早期電影畫刊》卷一（北京：全國圖書館文獻縮微複製中心，二〇〇四），頁一四。
9. Bal, Mieke. "Visual Essentialism and the Object of Visual Culture." *Journal of Visual Culture* 2 (Apr 2003), 5-32.
10. Bataille, Georges. "The Psychological Structure of Fascism." (1933). In *The Bataille Reader*, edited by Fred Botting and Scott Wilson, 122-146. Oxford and Massachusetts: Blackwell, 1997.
11. Baudry, Jean-Louis. "The Apparatus: Metapsychological Approaches to the Impression of Reality in Cinema." *In Film theory and criticism: introductory readings*, edited by Gerald Mast, Marshall Cohen, Leo Braudy, 690-707. New York: Oxford University Press, 1992.
12. Berry, Chris. "Chinese Left Cinema in the 1930s: Poisonous Weeds or National Treasuries." *Jump Cut*, no. 34 (1989.3), 87-94.
13. Elliott, Kamilla. "Novels, Films, and the Word/Image Wars," In *A Companion to Literature and Film*, edited by Robert Stam and Alessandra Raengo, 7-18. Malden: Blackwell Publishing Ltd., 2004.

14. Fu, Poshek. “The Struggle to Entertain: The Politics of Occupation Cinema, 1941-1945.” In *Between Shanghai and Hong Kong*, 93-132. Stanford, California: Stanford University Press, 2003.

15. Huang, Nicole. “Fashioning Public Intellectuals: Women’s Print Culture in Occupied Shanghai (1941-1945).” In *In the Shadow of the Rising Sun: Shanghai under Japanese Occupation*, edited by Wen-hsin Yeh and Christian Henriot, 325-345. Cambridge: Cambridge University Press, 2003.

16. Hans, Jonas. “The Nobility of Sight.” *Philosophy and Phenomenological Research*, vol. 14, no. 4, (1954), 507-519.

17. Ma, Ning. “The Textual and Critical Difference of Being Radical: Reconstructing Chinese Leftist Films of the 1930s.” *Wide Angle* 11, no. 2(1989), 22-31.

18. Metz, Christian. “From the Imaginary Signifier: Identification, Mirror.” In *Film Theory and Criticism: Introductory Readings*, edited by Gerald Mast, Marshall Cohen and Leo Braudy, 730-740. New York: Oxford University Press, 1992.

19. Pickowicz, Paul. “Cinema and Revolution in China: Some Interpretive Themes.” *American Behavioral Scientist*, 17 (Jan-Feb 1974), 328-335.

20. Sun, Shao-yi. “Urban Landscape and Cultural Imagination-Literature, Film, and Visuality in Semi-Colonial Shanghai, 1927-1937 (China)” PhD diss., University of Southern California, 1999.

（五）文學論著

⑴ 專書

1.《申報索引》編輯委員會編，《申報索引：1919-1949》（上海：上海書店，二〇〇八）。

2.三澤真美惠，《在「帝國」與「祖國」的夾縫間：日治時期台灣電影人的交涉與跨境》（臺北：臺大出版中心，二〇一二）。

3.巴特．穆爾．吉爾伯特著，陳仲丹譯，《後殖民理論：語境、實踐、政治》（南京：南京大學出版社，二〇〇七）。

4.毛姆著，陳壽庚譯，《在中國屏風上》（長沙：湖南人民出版社，一九八七）。

5.水沫社編譯，《法蘭西短篇傑作（第一冊）》（〔上海？〕：現代書局：張鑫山發行，一九三七）。

6.王文英主編，《上海現代文學史》（上海：上海人民出版社，一九九九）。

7.王向遠，《中日現代文學比較論》（銀川市：寧夏人民出版社，二〇〇七）。

8.王向遠，《王向遠著作集：中日現代文學比較論》（銀川市：寧夏人民出版社，二〇〇七）。

9.王哲甫，《中國新文學運動史》（香港：香港遠東圖書公司，一九六五）。

10.王德威，《如何現代，怎樣文學？十九、二十世紀中文小說新論》（臺北：麥田出版社，一九九八）。

11.王德威，《想像中國的方法：歷史．小說．敘事》（北京：生活．讀書．新知三聯書店，一九九八）。

12.古蒼梧，《今生此時今世此地：張愛玲、蘇青、胡蘭成的上海》（香港：牛津大學出版社，二〇〇二）。
13. 史書美著，何恬譯，《現代的誘惑：書寫半殖民地中國的現代主義（1917-1937）》（南京：江蘇人民出版社，二〇〇七）。
14. 班納迪克・安德森著，吳叡人譯，《想像的共同體：民族主義的起源與散佈》（上海：上海人民出版社，二〇〇三）。
15. 本雅明著，漢娜・阿倫特編，張旭東、王斑譯，《啟迪：本雅明文選》（香港：牛津大學出版社，一九九八）。
16. 皮耶・布爾迪厄（Pierre Bourdieu）、華康德（Loïc Wacquant）著，李猛、李康譯，《布爾迪厄社會學面面觀》（臺北：麥田出版社，二〇〇八）。
17. 朱天文，《黃金盟誓之書》（臺北：印刻出版有限公司，二〇〇八）。
18. 朱惠足，《「現代」的移植與翻譯：日治時期台灣小說的後殖民思考》（臺北：麥田出版社，二〇〇九）。
19. 朱壽桐，《中國現代主義文學史・上卷》（南京：江蘇教育出版社，一九九八）。
20. 艾德華・薩依德著，單德興譯，《知識分子論》（臺北：麥田出版社，一九九七）。
21. 吳中杰、吳立昌主編，《1900-1949：中國現代主義尋蹤》（上海：學林出版社，一九九五）。
22. 吳福輝，《都市漩流中的海派小說》（長沙：湖南教育出版社，一九九五）。
23. 呂正惠，《抒情傳統與政治現實》（臺北：大安出版社，一九八九）。
24. 宋以朗，《宋淇傳奇：從宋春舫到張愛玲》（香港：牛津大學出版社，二〇一五）。

25. 宋國誠，《後殖民論述：從法農到薩依德》（臺北：擎松圖書出版有限公司，二〇〇三）。
26. 宋曉霞編，《「自覺」與中國的現代性》（香港：牛津大學出版社，二〇〇六）。
27. 李今，《海派小說論》（臺北：秀威資訊科技股份有限公司，二〇〇四）。
28. 李永東，《租界文化與30年代文學》（上海：上海三聯書店，二〇〇六）。
29. 李奭學主編，《異地繁花：海外臺灣文論選譯．上》（臺北：臺大出版中心，二〇一一）。
30. 李歐梵著，毛尖譯，《上海摩登》（香港：牛津大學出版社，二〇〇〇）。
31. 李曉紅，《女性的聲音：民國時期上海知識女性與大眾傳媒》（上海：學林出版社，二〇〇八）。
32. 阮斐娜著，吳佩珍譯，《帝國的太陽下：日本的台灣及南方殖民地文學》（臺北：麥田出版社，二〇一〇）。
33. 周芬伶，《豔異：張愛玲與中國文學》（臺北：元尊文化，一九九九）。
34. 周蕾，《原初的激情：視覺、性慾、民族誌與中國當代電影》（臺北：遠流出版事業股份有限公司，二〇〇一）。
35. 周蕾，《婦女與中國現代性：東西方之間閱讀記》（臺北：麥田出版社，一九九五）。
36. 邱明正主編，《上海文學通史》（下冊）（上海：復旦大學出版社，二〇〇五）。
37. 金理，《從蘭社到〈現代〉：以施蟄存、戴望舒、杜衡及劉吶鷗為核心的社團研究》（上海：東方出版中心，二〇〇六）。
38. 哈貝馬斯著，曹衛東譯，《公共領域的結構轉型》（上海：學林出版社，一九九九）。

39. 姚玳玫，《想像女性：海派小說（1892-1949）的敘事》（北京：中國社會科學出版社，二〇〇四）。
40. 施淑，《兩岸文學論集》（臺北：新地文學出版社，一九九七）。
41. 柯慶明，《中國文學的美感》（臺北：麥田出版社，二〇〇〇）。
42. 柳書琴、邱貴芬主編，《後殖民的東亞在地化思考：臺灣文學場域》（臺南：國立臺灣文學館，二〇〇六）。
43. 約翰．伯格（John Berger）著，吳莉君譯，《觀看的方式》（臺北：麥田出版社，二〇〇五）。
44. 胡秋源，《文學藝術論集》上冊（臺北：學術出版社，一九七九）。
45. 胡蘭成，《今生今世》（北京：中國社會科學出版社，二〇〇三）。
46. 胡蘭成，《亂世文談》（香港：天地圖書有限公司，二〇〇七）。
47. 茅盾，《子夜》（北京：人民文學出版社，一九七七）。
48. 香港嶺南學院翻譯系，文化／社會研究譯叢編委會編譯，《解殖與民族主義》（香港：牛津大學出版社，一九九八）。
49. 夏志清著，劉紹銘等譯，《中國現代小說史》（香港：香港中文大學出版，二〇〇一）。
50. 夏志清編注，《張愛玲給我的信件》（臺北：聯合文學出版社，二〇一三）。
51. 耿德華（Edward M. Gunn）著，張泉譯，《被冷落的繆斯：中國淪陷區文學史（1937-1945）》（北京：新星出版社，二〇〇六）。
52. 荊子馨，《成為「日本人」：殖民地台灣與認同政治》（臺北：麥田出版社，二〇〇六）。

53. 高友工，《中國美典與文學研究論集》（臺北：臺大出版中心，二〇〇四）。
54. 高全之，《張愛玲學：批評・考證・鉤沉》（臺北：一方出版，二〇〇三）。
55. 崔之清主編，《國民黨政治與社會結構之演變（1905-1949）》中編（北京：社會科學文獻出版社，二〇〇七）。
56. 張淑香，《抒情傳統的省思與探索》（臺北：大安出版社，一九九二）。
57. 張愛玲、宋淇、宋鄺文美著，宋以朗主編，《張愛玲私語錄》（香港：皇冠出版社，二〇一〇）。
58. 張福貴、靳叢林，《中日近現代文學關係比較論》（長春：吉林大學出版社，一九九九）。
59. 曹雪芹，《紅樓夢》（北京：人民文學出版社，一九八二）。
60. 梁啟超，《飲冰室文集》第二冊「飲冰室文集之三」（臺北：臺灣中華書局，一九六〇）。
61. 許道明，《海派文學論》（上海：復旦大學出版社，一九九九）。
62. 陳子善，《研讀張愛玲長短錄》（臺北：九歌出版社，二〇一〇）。
63. 陳子善編，《張愛玲的風氣——一九四九年前張愛玲評說》（濟南：山東畫報出版社，二〇〇四）。
64. 陳世驤，《陳世驤文存》（臺北：志文出版社，一九七二）。
65. 陳平原、夏曉虹編，《二十世紀中國小說理論資料》第一卷（北京：北京大學出版社，一九八九）。
66. 陳平原，《中國小說敘事模式的轉變》（北京：北京大學出版社，二〇〇三）。
67. 陳芳明，《殖民地摩登：現代性與台灣史觀》（臺北：麥田出版社，二〇〇四）。
68. 陳芳明主編，《台灣文學的東亞思考——台灣文學藝術與東亞現代性國際學術研討會論文集》（臺北：文建會，二〇〇七）。
69. 陳青生，《年輪：四十年代後半期的上海文學》（上海：上海人民出版社，二〇〇一）。
70. 陳青生，《抗戰時期的上海文學》（上海：上海人民出版社，一九九五）。
71. 陳培豐，《「同化」の同床異夢：日治時期臺灣的語言政策、近代化與認同》（臺北：麥田出版社，二〇〇六）。
72. 陳惠英，《感性、自我、心象——中國現代抒情小說研究》（香港：商務印書館，一九九六）。
73. 陳鵬仁譯著，《近代日本的作家與作品》（臺北：致良出版社，二〇〇五）。
74. 博埃默（Elleke Boehmer）著，盛寧譯，《殖民與後殖民文學》（香港：牛津大學出版社，一九九八）。
75. 彭小妍，《浪蕩子美學與跨文化現代性》（臺北：聯經出版公司，二〇一二）。
76. 斯皮瓦克著，陳永國等主編，《從解構到全球化批判：斯皮瓦克讀本》（北京：北京大學出版社，二〇〇七）。
77. 黃仁，《國片電影史話：跨世紀華語電影創意的先行者》（臺北：臺灣商務印書館，二〇一〇）。
78. 黃美娥，《重層現代性鏡像：日治時代臺灣傳統文人的文化視域與文學想像》（臺北：麥田出版社，二〇〇四）。
79. 黃源選譯，《現代日本小說譯叢》（上海：商務印書館，一九三六）。
80. 黃獻文，《論新感覺派》（武漢：武漢出版社，一九九九）。
81. 楊小濱著，愚人譯，《中國後現代：先鋒小說中的精神創傷與反諷》（臺北：中研院文哲所，二〇〇九）。

82. 葉渭渠譯，《川端康成小說選》（北京：人民文學出版社，一九八五）。
83. 賈植芳主編，《中國現代文學社團流派》（南京：江蘇教育出版社，一九八九）。
84. 廖炳惠主編，《回顧現代文化想像》（臺北：時報文化，一九九五）。
85. 廖炳惠等編，《「重建想像共同體——國家、族群、敘述」國際學術研討會論文集》（臺北：文建會，二〇〇四）。
86. 齊煙、汝梅校點，《新刻繡像批評金瓶梅》（香港：三聯書店，一九九〇）。
87. 劉禾，《跨語際實踐：文學、民族文化與被譯介的現代性（中國：1900-1937）》（北京：生活‧讀書‧新知三聯書店，二〇〇八）。
88. 劉紀蕙，《心的變異》（臺北：麥田出版社，二〇〇四）。
89. 劉紀蕙，《孤兒‧女神‧負面書寫：文化符號的徵狀式閱讀》（臺北：立緒文化事業有限公司，二〇〇〇）。
90. 劉增杰、關愛和，《中國近現代文學思潮史》上卷（上海：上海文藝出版社，二〇〇八）。
91. 廚川白村著，林文瑞譯，《苦悶的象徵》（臺北：志文出版社，一九七九）。
92. 鄧元忠，《國民黨核心組織真相：力行社、復興社、暨所謂「藍衣社」的演變與成長》（臺北：聯經出版公司，二〇〇〇）。
93. 横光利一著，卞鐵堅譯，《寢園》（北京：作家出版社，二〇〇一）。
94. 蕭馳，《中國抒情傳統》（臺北：允晨文化，一九九九）。

95. 錢理群主編，《中國淪陷區文學大系・史料編》（南寧：廣西教育出版社，二〇〇〇）。
96. 戴維・斯沃茨著，陶東風譯，《文化與權力：布爾迪厄的社會學》（上海：上海譯文出版社，二〇〇六）。
97. 韓素音著，孟軍譯，《瑰寶》（上海：世紀出版集團、上海人民出版社，二〇〇七）。
98. 薩義德，《論晚期風格——反本質的音樂和文學》（北京：生活・讀書・新知三聯書店，二〇〇九）。
99. 薩義德著，王宇根譯，《東方學》（北京：生活・讀書・新知三聯書店，一九九〇年初版，二〇〇七年重印）。
100. 薩義德著，李自修譯，《世界・文本・批評家》（北京：生活・讀書・新知三聯書店，二〇〇九）。
101. 羅鵬著，趙瑞安譯，《裸觀：關於中國現代性的反思》（臺北：麥田出版社，二〇一五）。
102. 羅蘭・巴特著，屠友祥譯，《S/Z》（上海：上海人民出版社，二〇〇〇）。
103. 嚴家炎，《中國現代小說流派史》（增訂本）（武漢：長江文藝出版社，二〇〇九）。
104. 嚴家炎，《中國現代小說流派史》（北京：人民文學出版社，一九八九）。
105. 嚴家炎，《新感覺派小說選》（北京：人民文學出版社，一九八五）。
106. 嚴家炎，《論現代小說與文藝思潮》（長沙：湖南人民出版社，一九八七）。
107. 蘇汶編，《文藝自由論辯集》（上海：現代書局，一九三三）。
108. Arac, Jonathan, Ritvo Harriet, ed. *Macropolitics of Nineteenth-Century Literature: Nationalism, Exoticism, Imperialism*. Philadelphia: University of Pennsylvania Press, 1991.
109. Barker, Francis. ed. *The Politics of Theory*. Colchester: University of Essex, 1983.

110. Barlow, Tani E. *Formations of Colonial Modernity in East Asia*. Durham, London: Duke University Press, 1997.

111. Benjamin, Walter. *Selected Writings* Vol. 3. Edited by Marcus Bullock and Michael W. Jennings. Cambridge, Mass.: Belknap Press, 1996.

112. Benjamin, Walter. *Selected Writings* Vol.2. Translated by Rodney Livingstone and others, edited by Michael W. Jennings. London: Harvard University Press, 1999.

113. Berger, John. *Ways of Seeing*. London: British Broadcasting Corporation and Penguin Books, 1985.

114. Bhabha, Homi. *The Location of Culture*. London and New York: Routledge, 1994.

115. Boehmer, Elleke. *Colonial and Postcolonial Literature*. Oxford, New York: Oxford University Press, 2005.

116. Bourdieu, Pierre, and Loïc Wacquant. *An Invitation to Reflexive Sociology*. Chicago: University of Chicago Press, 1992.

117. Cao, Xueqin. *The Story of the Stone*. Translated by. David Hawkes. Harmondsworth: Penguin Books, 1977.

118. Egerton, Clement, trans. *The Golden Lotus: A Translation, from the Chinese original, of the Novel Chin P'ing Mei*. London, New York: Kegan Paul International, 1995.

119. Fanon, Frantz. *A Dying Colonialism*. Translated by Haakon Chevalier. New York: Grove Press, 1965.

120. Fanon, Frantz. *Black Skin, White Masks*. Translated by Charles Lam Markmann. New York: Grove Press, 1967.

121. Ferris, David S. *The Cambridge introduction to Walter Benjamin*. Cambridge, UK; New York: Cambridge University Press, 2008.

122. Habermas, Jürgen. *The Structural Transformation of the Public Sphere: An Inquiry into a Category of Bourgeois Society*. Translated by Thomas Burger with the assistance of Frederick Lawrence. Cambridge, Mass.: The MIT Press, 1989.

123. Huang, Nicole. *Women, War, Domesticity: Shanghai Literature and Popular Culture of the 1940s*. Leiden, Boston: Brill, 2005.

124. Jelinek, Estella C. ed. *Women Autobiography: Essays in Criticism*, Bloomington: Indiana University Press, 1980.

125. Link, E. Perry. *Mandarin Ducks and Butterflies: Popular Fiction in Early Twentieth-century Chinese Cities*. Berkeley: University of California Press, 1981.

126. McClintock, Anne. *Imperial Leather: Race, Gender and Sexuality in the Colonial Context*. New York: Routledge, 1995.

127. McDougall, Bonnie S. *Fictional Authors, Imaginary Audiences: Modern Chinese Literature in the Twentieth century*. Hong Kong: Chinese University Press, 2003.

128. Mohanty, Chandra Talpade., Russo, Ann., and Torres, Lourdes., ed. *Third World Women and the Politics of Feminism*, Bloomington: Indiana University Press, 1991.

129. Nandy, Ashis. *The Intimate Enemy: Loss and Recovery of Self Under Colonialism*. Delhi: Oxford University Press, 1983.

130. Naoki Sakai（酒井直樹）. *Translation and Subjectivity : On "Japan" and Cultural Nationalism*. Minneapolis: University of Minnesota Press, 1997.

131. Nieh, Hua-Ling. *Eight Stories by Chinese Women*. Taipei: the Heritage Press, 1962.

132. Pincus, Leslie. *Authenticating Culture in Imperial Japan: Kuki Shūzō and the Rise of National Aesthetics*. Berkeley: University of California Press, 1996.

133. Průšek, Jaroslav. *The Lyrical and the Epic*. Edited by Leo Ou-fan Lee. Bloomington: Indiana University Press, 1980.

134. Sapajou with R.T. Peyton-Griffin. *Shanghai's Schemozzle*. Hong Kong: China Economic Review Publishing, 2007.

135. Shi, Shumei. *The Lure of the Modern: Writing Modernism in Semicolonial China, 1917-1937*. Berkeley: University of California Press, 2001.

136. Trinh T. Minh-ha. *Woman, Native, Other: Writing Postcoloniality and Feminism*. Bloomington: Indiana University Press, 1989.

137. Widmer, Ellen, David Der-wei Wang ed. *From May fourth to June fourth: Fiction and Film in Twentieth-Century China*. Cambridge, Mass.: Harvard University Press, 1993.

138. XiaoXiaoSheng. *The Plum in the Golden Vase*. Translated by David Tod Roy. Princeton, New Jersey: Princeton University Press, 1993.

(2) 單篇論文

1.〈讀者的告發與作者的表白〉，《現代》第三卷第二期，一九三三年六月，頁三一一－三一三。

2. 也斯，〈香港的故事：為甚麼這麼難說？〉，《香港文化》（香港：藝術中心，一九九五），頁四－一二。

3. 也斯，〈從五本小說選看五十年來的香港文學：再思五、六〇年代以來「現代」文學的意義和「現代」評論的限制〉，陳國球編，《文學香港與李碧華》（臺北：麥田出版社，二〇〇〇），頁六一－七八。

4. 千葉龜雄，〈新感覺派の誕生〉，伊藤聖等編，《日本近代文學全集》（東京：講談社，一九六八），頁三五七－三六〇。

5. 大鹿卓，〈野蠻人〉，王德威、黃英哲主編，《華麗島的冒險：日治時期日本作家的台灣故事》（臺北：麥田出版社，二〇一〇），頁七五－一一二。

6. 川端康成，〈詭辯：答諸家問〉，高慧勤主編，魏大海、侯為等譯，《川端康成十卷集》第十卷（石家莊：河北教育出版社，二〇〇〇），頁三三七－三四四。

7. 王向遠，〈新感覺派文學及其在中國的變異——中日新感覺派的再比較與再認識〉，《中國現代文學研究叢刊》一九九五年第四期，頁四六－六二。

8. 王向遠，〈廚川白村與中國現代文藝理論〉，《文藝理論研究》一九九八年第二期，頁三九－四五。

9. 王宏志，〈葉靈鳳的香港故事〉，《歷史的沉重：從香港看中國大陸的香港史論述》（香港：牛津大學出版社，二〇〇〇），頁二二七—二五六。
10. 王志松，〈新感覺文學在中國二、三十年代的翻譯與接受——文體與思想〉，《日語學習與研究》二〇〇二年第二期，頁六八—七四。
11. 王國棟，〈中國現代派小說對日本新感覺派的傾斜〉，《杭州師範學院學報》一九九二年第二期，一九九二年六月，頁三四—四一。
12. 王德威，〈「有情」的歷史——抒情傳統與中國文學現代性〉，《中國文哲研究集刊》第三十三期，二〇〇八年九月，頁七七—一三七。
13. 王德威，〈文學地理與國族想像：臺灣的魯迅，南洋的張愛玲〉，《中國現代文學》第二十二期，二〇一二年十二月，頁一一—三八。
14. 王德威，〈城市的物理、病理與倫理——香港小說的世紀因緣〉，《香港文學》二〇〇七年七月號（總二七一期），頁六—九。
15. 本雅明，〈作為生產者的作家〉，塞．貝克特等著，沈睿、黃偉等譯，《普魯斯特論》（北京：社會科學文獻出版社，一九九九），頁一四八—一六九。
16. 本雅明，〈論波德萊爾的幾個主題〉，《啟迪：本雅明文選》（香港：牛津大學出版社，一九九八），頁一四九—一九五。
17. 危令敦，〈不記來時路：論李碧華的《胭脂扣》〉，陳國球編，《文學香港與李碧華》（臺北：麥田出版社，二〇〇〇），頁一六一—一九五。

18. 安妮・居里安（Curien, Annie）著，傅杰譯，〈關閉與搖動狀態的城市刻劃〉（"The Portrayal of a Closed and Swinging City"），《現代中文文學學報》八・二—九・一期，二〇〇八年，頁一二四—一三一。

19. 朱自清，〈論白話——讀《南北極》與《小彼得》的感想〉，延敬理、徐行選編，《朱自清散文》（中）（北京：中國廣播電視出版社，一九九四），頁四九二—四九七。

20. 朱耀偉，〈小城大說：後殖民敘事與香港城市〉，黎活仁等主編，《方法論與中國小說研究》（香港：香港大學亞洲研究中心，二〇〇〇），頁四〇三—四二六。

21. 佐藤春夫著，金溟若譯，〈指紋〉，《小說月報》第二十一卷第三號，一九三〇年三月十日，頁五二一—五四六。

22. 吳艷，〈從「誤讀」到創造——論中國新感覺派的創作策略和文體特點〉，《江漢大學學報》二〇〇〇年第五期，頁三四—三七及四五。

23. 李小良，〈「我的香港」、施叔青的香港殖民史〉，王宏志、李小良、陳清僑著，《否想香港：歷史、文化、未來》（臺北：麥田出版社，一九九七），頁一八一—二〇八。

24. 李今，〈從「硬性電影」和「軟性電影」之爭看新感覺派的文藝觀〉，《中國現代文學研究叢刊》一九九八年第三期，頁一四〇—一七〇。

25. 李今，〈新感覺派和二三十年代好萊塢電影〉，《中國現代文學研究叢刊》一九九七年第三期，頁三二—五六。
26. 李歐梵，〈中國現代小說的先驅者——施蟄存、穆時英、劉吶鷗〉，《現代性的追求》（臺北：麥田出版社，一九九六），頁一六一—一七四。
27. 李歐梵，〈批判空間：論現代中國的文化批判領域〉，廖炳惠主編，《回顧現代文化想像》（臺北：時報文化，一九九五），頁四—二五。
28. 李歐梵，〈香港文化的「邊緣性」初探〉，《今天》一九九五年第一期，頁七五—八〇。
29. 沈起予，〈所謂新感覺派者〉，《北斗》第一卷第四期，一九三一年，頁六五—七〇。
30. 沈從文，〈論「海派」〉，《沈從文文集》第十二卷．文論（香港：三聯書局、花城出版，一九八五），頁一五八—一六二。
31. 沈從文，〈關於海派〉，《沈從文文集》第十二卷．文論（香港：三聯書局、花城出版社，一九八五），頁一六三—一六五。
32. 沈綺雨，〈所謂「新感覺派」者〉，《北斗》第一卷第四期，一九三一年十二月二十日，頁六五—七〇。
33. 谷非，〈粉飾，歪曲，鐵一般的事實——用「現代」第一卷的創作做例子，評第三種人論爭中的中心問題之一〉，《文學月報》五—六期合刊，一九三二年十二月，頁一〇三—一一七。
34. 周起應（周揚），〈關於「社會主義的現實主義與革命的浪漫主義」——「唯物辯證法的創作方法」之否定〉，《現代》第四卷第一期，一九三三年十一月，頁二一—三一。
35. 岩崎昶作、魯迅譯，〈現代電影與有產階級〉，《魯迅全集》第四冊（北京：人民文學出版社，一九八一），頁三八九—四一三。

36. 阿巴斯（Ackbar M. Abbas），〈香港城市書寫〉，張美君、朱耀偉編，《香港文學@文化研究》（香港：牛津大學出版社，二〇〇二），頁三〇二。

37. 保爾・穆杭著，戴望舒譯，〈匈牙利之夜〉，《天女玉麗》（上海：尚志書屋，一九二九）。

38. 施蟄存，〈我的創作生活之歷程〉，樓適夷編，《創作的經驗》（南昌：江西人民出版社，一九八二），頁四二—五二。

39. 施蟄存，〈最後一個老朋友——馮雪峰〉，《新文學史料》，一九八三年二期，頁一九九—二〇三。

40. 施蟄存，〈震旦二年〉，《新文學史料》一九八四年四期，頁五一—五五。

41. 查爾斯・泰勒（Charles Taylor），〈現代性與公共領域的興起〉，廖炳惠主編，《回顧現代文化想像》（臺北：時報文化，一九九五），頁五六—六九。

42. 郁達夫，〈關於小說的話〉，吳福輝編，《二十世紀中國小說理論資料（第三卷1928-1937）》（北京：北京大學出版社，一九九七），頁一五五—一五八。

43. 孫紹誼，〈敘述的政治：左翼電影與好萊塢的上海想像〉，《當代電影》二〇〇五年第六期，頁三二—四〇。

44. 徐有威，〈一九三〇年代力行社眼中的意大利法西斯主義——以《前途》雜誌為例〉，中國社會科學院近代史研究所民國史研究室及四川師範大學歷史文化學院編，《一九三〇年代的中國》上卷（北京：社會科學文獻出版社，二〇〇六），頁一四六—一五九。

45. 海德格爾（Martin Heidegger），〈世界圖像的時代〉，孫周興譯，《林中路》（上海：上海譯文出版社，一九九七），頁六五—九九。

46. 高友工，〈試論中國藝術精神〉（上），《九州學刊》第二卷第二期，一九八八年一月，頁一—一二。

47. 高友工，〈試論中國藝術精神〉（下），《九州學刊》第二卷第三期，一九八八年四月，頁一—一二。

48. 張美君，〈流徙與家國想像：五、六十年代香港文學中的國族認同〉，黃淑嫻編，《香港文化多面睇》（香港：藝術中心，一九九七），頁九九—一一〇。

49. 張英進，〈批評的漫遊性：上海現代派的空間實踐與視覺追尋〉，《中國比較文學》二〇〇五年第一期，頁九〇—一〇三。

50. 張英進，〈動感摹擬凝視：都市消費與視覺文化〉，《當代作家評論》二〇〇四年第五期，頁一三一—一三五。

51. 張國安，〈日本新感覺派初論〉，《日本研究》一九九五年第二期，頁六二—六五。

52. 梁秉鈞，〈張愛玲與香港〉，劉紹銘、梁秉鈞、許子東編，《再讀張愛玲》（香港：牛津大學出版社，二〇〇二），頁一七五—一八三。

53. 畢克偉著，蕭志偉譯，〈「通俗劇」、五四傳統與中國電影〉，鄭樹森編，《文化批評與華語電影》（臺北：麥田出版社，一九九五），頁三五—六七。

54. 陳建忠，〈差異的文學現代性經驗——日治時期臺灣小說史論（1895-1945）〉，陳建忠等著，《臺灣小說史論》（臺北：麥田出版社，二〇〇七），頁一五—一一〇。

55. 陳建華，〈民族「想像」的魔力——論「小說界革命」與「群治」之關係〉，李喜所主編，《梁啟超與近代中國社會文化》（天津：天津古籍出版社，二〇〇五）。
56. 陳建華，〈豈止「消閒」：周瘦鵑與一九二〇年代上海文學公共空間〉，姜進主編，《都市文化中的現代中國》（上海：華東師範大學出版社，二〇〇七），頁二二四—二四五。
57. 陳國球，〈從律詩美典到中國文化史的抒情傳統——高友工「抒情美典論」初探〉，《政大中文學報》十期，二〇〇八年十二月，頁五三—九〇。
58. 陳慧忠，〈中國新感覺派文學的形成〉，《文藝理論研究》一九九五年第二期，頁三一—三九。
59. 陳蝶衣，〈通俗文學運動〉，《萬象》第二卷第四期，一九四二年十月，頁一三〇—一四一。
60. 陳燕遐，〈書寫香港——王安憶、施叔青、西西的香港故事〉，《反叛與對話——論西西的小說》（香港：華南研究出版社，二〇〇〇），頁一〇六—一三七。
61. 彭小妍，〈一個旅行的現代病——「心的疾病」、「科學術語與新感覺派〉，《中國文哲研究集刊》第三十四期，二〇〇九年三月，頁二〇五—二四八。
62. 彭小妍，〈浪蕩子美學與越界——新感覺派作品中的性別、語言與漫遊〉，《中國文哲研究集刊》第二十八期，二〇〇六年三月，頁一二一—一四八。
63. 彭小妍，〈浪蕩天涯：劉吶鷗一九二七年日記〉，《中國文哲研究集刊》第十二期，一九九八年三月，頁一—四〇。
64. 黃錦樹，〈抒情傳統與現代性：傳統之發明、或創造性的轉化〉，《中外文學》第三十四卷第二期，二〇〇五年七月，頁一五七—一八六。
65. 黑嬰，〈我見到的穆時英〉，《新文學史料》一九八九年第三期，頁一四二—一四五。
66. 楊義，〈論海派小說〉，《中國現代文學研究叢刊》一九九一年第二期，頁一六七—一八一。
67. 葛桂錄，〈「中國畫屏」上的景象——試看毛姆的傲慢與偏見〉，《霧外的遠音——英國作家與中國文化》（銀川：寧夏人民出版社，二〇〇二），頁三二四—三四三。
68. 廖炳惠，〈台灣的香港傳奇——從張愛玲到施叔青〉，楊澤編，《閱讀張愛玲》（臺北：麥田出版社，一九九九），頁四五三—四六五。
69. 趙凌河，〈中、日的現代派小說之比較〉，《江寧大學學報》第一百三十五期（一九九五年第五期），頁一一一—一一三。
70. 趙景深，〈穆杭的兩部著作〉，《小說月報》第二十二卷第九號，一九三一年九月十日，頁一二四六。
71. 趙景深，〈穆杭的蠻荒描寫〉，《小說月報》第二十卷第五號，一九二九年五月十日，頁八九七—八九八。
72. 趙景深，〈穆杭最近的言論〉，《小說月報》第二十二卷第十號，一九三一年十月十日，頁一三六五—一三六六。
73. 劉紹銘，〈香港文學無愛紀〉，《信報》二〇〇四年六月十九日，副刊文化版P24。
74. 盤劍，〈娛樂的電影：論黃嘉謨的電影觀〉，《北京電影學院學報》二〇〇五年第二期，頁三三—三八。
75. 盤劍，〈論新感覺派小說的隱性視覺形態〉，《文藝理論研究》二〇〇九年第二期，頁一〇三—一一〇八，一二三。

76. 鄭樹森，〈遺忘的歷史・歷史的遺忘——五、六十年代的香港文學〉，黃繼持、盧瑋鑾、鄭樹森，《追跡香港文學》（香港：牛津大學出版社，一九九八），頁一一一〇。

77. 魯迅，〈《吶喊》・自序〉，載《魯迅全集》第一卷（北京：人民文學出版社，一九八一），頁四一五—四二一。

78. 橫光利一著，章克標譯，〈一個結局〉，《小說月報》第二十一卷第二號，一九三〇年二月十日，頁四三五—四三八。

79. 橫光利一著，章克標譯，〈春天坐了馬車〉，《小說月報》第二十一卷第三號，一九三〇年三月十日，頁五一三—五二〇。

80. 錢杏邨，〈一九三一年中國文壇的回顧〉，《阿英全集》第一卷（合肥：安徽教育出版社，二〇〇三），頁五六三—五九九。

81. 錢崇惠，〈意大利巴里拉少年團之概況（羅馬通訊）〉，《前途》第三卷第二期，一九三五年二月十六日，頁六七—七〇。

82. 閻振宇，〈中日新感覺派比較論〉，《文學評論》一九九一年第三期，頁八七—九六。

83. 隨初（黃天佐），〈我所認識的劉吶鷗先生〉，《華文大阪每日》，第五卷第九期，一九四〇年十一月一日，頁六八—六九。

84. 霍米・巴巴著，張萍譯，〈他者的問題：刻板印象和殖民話語〉，羅崗、顧錚主編，《視覺文化讀本》

（桂林：廣西師範大學出版社，二〇〇三），頁二一八—二三〇。

85. 謝六逸，〈新感覺派——在復旦大學的講演〉，陳江、陳庚初編，《謝六逸文集》（北京：商務印書館，一九九五），頁一六〇—一六五。

86. 鄺可怡，〈論戴望舒香港時期的法文小說翻譯（1938-1949）〉，《現代中文文學學報》第八．二—九．一期，二〇〇八年，頁三二一—三四四。

87. 羅崗，〈性別移動與上海流動空間的建構——從《海上花列傳》中的「馬車」談開去〉，《華東師範大學學報（哲學社會科學版）》第三十五卷一期，二〇〇三年一月，頁八九—九七。

88. 羅崗，〈視覺「互文」、身體想像和凝視的政治——丁玲的《夢珂》與後五四的都市圖景〉，《華東師範大學學報（哲學社會科學版）》第三十七卷五期，二〇〇五年九月，頁三六—四三。

89. 藤井省三作、劉桂芳譯，〈小說為何與如何讓人「記憶」香港——李碧華《胭脂扣》與香港意識〉，陳國球編，《文學香港與李碧華》（臺北：麥田出版社，二〇〇〇），頁八一—九八。

90. 譚國根，〈「浮城」身份意識：古蒼梧詩的非殖民意象與香港本土意識〉，《主體建構政治與現代中國文學》（香港：牛津大學出版社，二〇〇〇），頁一九九—二一八。

91. 嚴家炎，〈張愛玲和新感覺派小說〉，《中國現代文學研究叢刊》一九八九年第三期，頁一三二—一三九。

92. 嚴家炎，〈論三十年代的新感覺派小說〉，馬良春等編，《中國現代文學思潮流派討論集》（北京：人民文學出版社，一九八四），頁二四六—二八八。

93. 蘇雪林，〈新感覺派穆時英的作風〉，《蘇雪林文集》第三卷（合肥：安徽文藝出版社，一九九六），頁三五三—三六〇。

94. 龔鵬程，〈不存在的傳統：論陳世驤的抒情傳統〉，《政大中文學報》十期，二〇〇八年十二月，頁三九—五二。

95. Bataille, Georges. “The Psychological Structure of Fascism.” In *The Bataille Reader*, edited by Fred Botting and Scott Wilson, 122-146. Oxford and Massachusetts: Blackwell, 1997.

96. Benjamin, Walter. “The Author as Producer.” In *The Work of Art in the Age of Its Technological Reproducibility and Other Writings on Media*, edited by Michael W. Jenning, Brigid Doherty and Thomas Y. Levin, 79-95. Cambridge, Massachusetts: The Belknap Press of Harvard University Press, 2008.

97. Bourdieu, Pierre. “The Field of Cultural Production, or the Economic World Reversed.” *Poetics* 12(1983 November), 311-56.

98. Braseter, Yomi. “Shanghai’s Economy of the Spectacle: The Shanghai Race Club in Liu Na’ou’s and Mu Shiying’s Stories.” *Modern Chinese Literature*, 9 (1995), 39-57.

99. Chao, Phebe Shih. “Reading *The Letter* in a Postcolonial World.” In *Visions of the East: Orientalism in Film*. Edited by. Matthew Bernstein and Gaylyn Studlar, 292-313. New Brunswick, N.J.: Rutgers University Press, 1997.

100. Deppman, Hsiu-Chuang. “Rewriting Colonial Encounters: Eileen Chang and Somerset Maugham.” *Jouvert,* volume 5, issue 2, (2001 winter), http://english.chass.ncsu.edu/jouvert/v5i2/hcdepp.htm (accessed December

23, 2009).

101. Glosser, Susan. " 'Women's Culture of Resistance' An Ordinary Response to Extraordinary Circumstances." In *In the Shadow of the Rising Sun: Shanghai under Japanese Occupation*, edited by Christion Henriot, 302-324. Cambridge: The Press Syndicate of the University of Cambridge, 2004.

102. Hanan, Patrick. "The technique of Lu Hsun's Fiction." *Harvard Journal of Asiatic Studies* 34(1974), 53-96.

103. Huang, Nicole. "Fashioning Public Intellectuals: Women's Print Culture in Occupied Shanghai (1941-1945)." In *In the Shadow of the Rising Sun: Shanghai under Japanese Occupation*, edited by Wen-hsin Yeh and Christian Henriot, 325-45. Cambridge: Cambridge University Press, 2003.

104. Lamont, Michele, and Annette Lareau. "Cultural Capital: Allusions, Gaps and Glissandos in Recent Theoretical Developments." *Sociological Theory* 6(2) (1988), 153-168.

105. Liu, Jianmei. "Shanghai Variations on 'Revolution Plus Love.'" *Modern Chinese Literature and Culture*, 14.1 (Spring 2002), 51-92.

106. Lowe, Lisa. "Nationalism and Exoticism: Nineteenth-Century Others in Flaubert's *Salammbô and L'Éducation sentimentale*." In *Macropolitics of Nineteenth-Century Literature: Nationalism, Exoticism, Imperialism*, edited by. Jonathan Arac and Harriet Ritvo, 213-242. Philadelphia: University of Pennsylvania Press.

107. Shih, Shu-mei. "Against Diaspora: The Sinophone as Places of Cultural-Production." In *Sinophone Studies:*

A Critical Reader, edited by Shu-mei Shih, Chien-Hsin Tsai and Brian Bernards, 25-42. New York: Columbia University Press, 2013.

108. Shin, Shu-mei. “Global Literature and the Technologies of Recognition.” *PMLA* 119.1 (Jan 2004), 16-30.

109. Spivak, Gayatri Chakravorty. “Can the Subaltern Speak?” In *Marxism and the Interpretation of Culture*, edited by Cary Nelson and Lawrence Grossberg, 271-313. Champaign: University of Illinois Press, 1988.

110. Trinh T. Minh-ha. “Not You/Like You: Post-colonial Women and the Interlocking Questions of Identity and Difference.” In *Making Face, Making Soul*, edited by Gloria Anzaldua, 371-375. San Francisco: Aunt Lute Books, 1990.

（六）報章

1. 周復，〈復興民族運動的基點〉，《中央日報》民國二十三年十月三十日和三十一日，第二張第三版。
2. 翁靈文，〈劉吶鷗其人其事（上）〉，香港《明報》〈自由談〉，一九七六年二月十日。
3. 蔣中正，〈新生活運動綱要——附新生活須知〉，《中央日報》民國二十三年五月十五日，第二張第三版。
4. 羅浮（夏衍），〈告訴你吧！所謂軟性電影的正體〉，上海《大晚報》，一九三四年六月二十一日。
5. 羅浮（夏衍），〈軟性的硬論〉，上海《民報・影譚・映畫列車》，一九三四年六月十三日。

（七）其他

1. 牛津英語字典網上版http://www.oed.com
2. 王先霈、王又平主編，《文學理論批評術語匯釋》（北京：高等教育出版社，二〇〇六）。
3. 佐伯慶子、南雲智編，《小說月報（1920-1931）總目錄、著譯者別作品一覽、漢音譯外國人名索引》（東京：東京大學東洋文化研究所，一九八〇）。
4. 法蘭西學術院官方網站：http://www.academie-francaise.fr
5. 陳湛綺編，《民國珍稀短刊斷刊．上海卷》（北京：全國圖書館文獻縮微複製中心，二〇〇六）。
6. 賈植芳、俞元桂主編，《中國現代文學總書目》（福州：福建教育出版社，一九九三）。
7. 廖炳惠編，《關鍵詞200：文學與批評研究的通用詞滙編》（南京：江蘇教育出版社，二〇〇六）。
8. 劉吶鷗，《持攝影機的男人》（DVD）（臺北：同喜文化，二〇〇六）。

論文初出一覽

第二章　混種文化翻譯者的凝視——劉吶鷗對殖民主義文學的引入和轉化
國立清華大學出版社，《清華學報》新四十四卷第三期，二〇一四年九月，頁四五九—五〇二。

第三章　劉吶鷗、穆時英和張愛玲小說的「視覺性」
國立政治大學中文系，《政大中文學報》第十九期，二〇一三年六月，頁二一九—二六〇。

第四章　劉吶鷗、穆時英和張愛玲小說的「電影視覺化表述」
臺灣中央大學文學院，《中央大學人文學報》第五十期，二〇一二年四月，頁七三—一三〇。

第五章　性別與視覺——從穆時英到張愛玲小說的「視覺性」變化
臺灣中國現代文學學會，《中國現代文學半年刊》第二十七期，二〇一五年六月，頁一八三—二〇八。

第六章　從「講故事」到「小說」——張愛玲小說中的記憶轉化
臺灣中央大學文學院，《中央大學人文學報》第三十九期，二〇〇九年七月，頁九九—一五二。

第七章 「反媚俗」——論張愛玲電影劇作對通俗劇模式的超越
臺灣中央大學文學院，《中央大學人文學報》，第四十期，二〇〇九年十月，頁一七三—二三八。

第八章 他者·認同·記憶——張愛玲的香港書寫
臺灣中國現代文學學會，《中國現代文學半年刊》，第十九期，二〇一一年七月，頁四七—七五。

第九章 張愛玲的離散意識與晚期小說風格
劉石吉等主編，《遷徙與記憶研討會論文集》（高雄：國立中山大學人文研究中心、國立中山大學文學院，二〇一三年十二月），頁八九—一一一。

第十章 女性離散者的自我論述——張愛玲後期作品中的離散意識
北京大學中國語言文學系及香港中文大學中國語言及文學系，《中國文學學報》，二〇一六年第六期，頁一七三—二〇〇。

致謝後記

二〇〇七年，我做了一個人生中頗為重要的決定——重回校園修讀博士。十年後的今天，喜獲聯經出版公司出版拙作，我欣喜的感覺難以言喻。回望這段人生中重要的十年，我告訴自己當年的決定是正確的。在這裡，我要感謝香港中文大學中國語言及文學系的何杏楓教授，由本科、碩士到博士，何教授都是我的指導老師，本書內的很多文章都曾得到她的批改和指正。同時，我亦要感謝同系的張雙慶教授，雖然老師現在已經退休，但他的為人處事及待人接物，仍然是我現在常常提醒自己要努力學習的榜樣，更不忘老師多年來在方方面面的照顧了。回望過去，更感覺到今天我所擁有的，很多都是由在中大中文系所結下的緣分而來，因而我亦感謝在中文系內認識的每一位老師和同學。

談及緣分，我一直覺得自己與臺灣也是結下了不解之緣的。由二〇〇二年獲得《聯合文學》第十六屆小說新人獎短篇小說首獎，到其後我能夠在不少臺灣期刊發表文章，直至今天能得到聯經出版拙作，這些都令我感受到臺灣文化界對人文學科研究和文學創作的熱愛和支持，我衷心希望臺灣這個地方能繼續保持它的熱忱，並持續成為華文文學研究和創作的重地。在此，我要感謝聯經出版公司的胡金倫總編、沙淑芬主編和張擎編輯的辛勞工作，以及其他編委會成員的修改意見，拙書能夠出版，都得到上述各人的努力。

另外，我要感謝一直以來支持和愛護我的家人和朋友，特別是梁德華博士多年的陪伴和支持，成為我一直努力的動力。最後我想感謝香港公開大學的前輩和同事對我的鼓勵和支持，特別是我的助理龔倩怡女士，令我能在一個愉快的工作環境下完成這本書。

視覺、性別與權力：從劉吶鷗、穆時英到張愛玲的小說想像

2018年10月初版　定價：新臺幣680元

著者　梁慕靈
叢書編輯　張擎
校對　蘇暉筠
馬文穎
內文排版　極翔企業有限公司
封面設計　江孟達
編輯主任　陳逸華

出版者　聯經出版事業股份有限公司
地址　新北市汐止區大同路一段369號1樓
編輯部地址　新北市汐止區大同路一段369號1樓
叢書主編電話　(02)86925588轉5321
台北聯經書房　台北市新生南路三段94號
電話　(02)23620308
台中分公司　台中市北區崇德路一段198號
暨門市電話　(04)22312023
台中電子信箱　e-mail：linking2@ms42.hinet.net
郵政劃撥帳戶第0100559-3號
郵撥電話　(02)23620308
印刷者　世和印製企業有限公司
總經銷　聯合發行股份有限公司
發行所　新北市新店區寶橋路235巷6弄6號2樓
電話　(02)29178022

總編輯　胡金倫
總經理　陳芝宇
社長　羅國俊
發行人　林載爵

行政院新聞局出版事業登記證局版臺業字第0130號

本書如有缺頁，破損，倒裝請寄回台北聯經書房更換。　ISBN 978-957-08-5182-3 (精裝)
聯經網址：www.linkingbooks.com.tw
電子信箱：linking@udngroup.com

國家圖書館出版品預行編目資料

視覺、性別與權力：從劉吶鷗、穆時英到張愛玲的小說想像/梁慕靈著．初版．新北市．聯經．2018年10月（民107年）．
544面．14.8×21公分
ISBN 978-957-08-5182-3（精裝）

1.現代小說　2.文學評論

820.9708　107015763